Zu diesem Buch

Evan Hunter, geboren am 15. Oktober 1926 in New York, war nach einem Studium Lehrer an einer Berufsschule. Bereits sein Erstlingsroman «Saat der Gewalt» brachte ihm literarische Ehren ein und wurde als Film mit Glenn Ford ein Welterfolg. Zu seinen weiteren Werken gehören die Romane «Schock», «Der Bestseller», «Das 500000-Dollar-Ding», «Das war im letzten Sommer», «Westwärts liegt die Freiheit», «Zweimal ist einmal zuviel» und die Kurzgeschichte «Glückliches neues Jahr, Herbie». Als rororo-Taschenbücher erschienen ferner seine Romane «Ich und Mr. Stenner» (Nr. 4446) und «Söhne» (Nr. 4670). Lange blieb es ein bestgehütetes Geheimnis, daß sich auch hinter dem Pseudonym des weltbekannten Kriminalschriftstellers Ed McBain, dem Erfinder des 87. Polizeireviers in New York, Evan Hunter verbarg. In ihren Memoiren «Nehmt nur mein Leben» schreibt Marlene Dietrich: «John McDonald, Rex Stout, Ed McBain gehören zu den Schriftstellern, die uns helfen, unsere täglichen Probleme zu vergessen. Ich bin sicher, daß sie für uns alle nötig sind; sie sind Meister auf ihrem Gebiet. Während so mancher Nacht merkte ich nicht, wie die Zeit verging, so gepackt war ich von ihren Geschichten.»

Evan Hunter

Fremde, wenn wir uns begegnen

Roman

Aus dem Amerikanischen
von Arno Schmidt

rororo
Rowohlt

Die Originalausgabe erschien unter dem Titel «Strangers when we meet» bei Simon & Schuster, New York
Umschlagentwurf Werner Rebhuhn
(Foto: Kim Novak und Kirk Douglas in der gleichnamigen Verfilmung der Columbia/Sammlung Jürgen Menningen)

Alle Personen und Vorgänge in diesem Buch sind frei erfunden. Es ist nicht beabsichtigt, irgendeine lebende Person oder einen tatsächlichen Vorgang zu charakterisieren.

Veröffentlicht im Rowohlt Taschenbuch Verlag GmbH,
Reinbek bei Hamburg, Juli 1982

Satz Bembo (Linotron 404)
Gesamtherstellung Clausen & Bosse, Leck
Printed in Germany
980-ISBN 3 499 14970 2

Dieses Buch
ist meiner Frau Anita
gewidmet

Erstes Buch

I

Montag morgen.

Grauester Oktober; fröstelnde Frühe im Haus; von draußen drückt mürrische Trübe auf die Fensterscheiben. Von der Küche her hört man die Kinder: Chris hat David in der Mache; er stichelt und foppt den Kleinen, weil der vergangene Nacht wieder mal das Bett naß gemacht hat.

Wieder ein Tag.

Und hier im Haus herrscht ein Dienstplan, der stetige Minutenfall aus dem Gesicht der Schlafzimmeruhr kann nicht vorschriftsmäßiger abticken. Einen Dienstplan haben wir hier, mußte er denken, und der regiert die Leute, die hier leben; nur sonnabends und sonntags setzt der Dienstplan aus – und dann wird er lediglich durch einen andern ersetzt, der nicht minder exakt und unerbittlich ist.

«Ich glaub, wir stehen auf, Eve», sagte er; und Eve, neben ihm, den Kopf unterm Kissen, einen Arm in der Steppdecke verfangen, murmelte unverbindlich-unzusammenhängend.

Er sah wieder zur Frisierkommode hin, zur Uhr, zum Zuchtmeister, zum Sergeant vom Dienst, dem das allmorgendliche Wecken unterstand, Schlag 7 Uhr in der Frühe. Was für eine absurde Stunde, sich dem Weltlauf gegenüberzustellen! (Um 7 Uhr 10 dann wurde der Sergeant abgelöst; und übergab an den weißmaskigen Rekrutenschreck, der von der Küchenwand herunterdrohte – man konnte ihn vom Badezimmer aus sehen. Während des Rasierens sogar konnte man mit dem Kopf um den Türpfosten schielen und verfolgen, wie er mit harter Stimme die Minuten kommandierte: Abzählen!).

Zeit.

Er stand auf und dehnte sich. Ein hochgewachsener, sehniger Mann; braunes Haar und dunkelbraune Augen, Augen, die fast schwarz waren. Vorstehende Backenknochen, eine lange gerade Nase und ein voller Mund, der selbst dann amüsiert wirkte, wenn der Inhaber es nicht war. Er reckte die muskulösen Arme in Richtung Zimmerdecke, und gähnte die Kiefer auseinander, weit, wie Löwen pflegen; dann knöpfte er an der Jacke seines Schlafanzugs, zog sie aus und warf sie auf den Stuhl neben dem Bett.

«Eve», sagte er, «los, komm.»

«Is schon wieder Zeit?» fragte sie.

«Ja, 's ist wieder Zeit», antwortete er.

Zeit.

Von der Küche her hörte man Chris sagen: «So ein großer Junge – und macht nachts das Bett naß!»

«Ich hab's nich naß gemacht», erwiderte David.

Mit der ausgereiften Logik des Erwachsenen fragte Chris: «Wer war es denn dann?»

«Eine Hexe. Hat mir in die Hosen gemacht», sagte David.

Chris, plötzlich aller Logik bar, fing wie toll an zu lachen. David schloß sich an. Sie brüllten im Chor vor Gelächter, bis sie den eigentlichen Grund vergessen hatten, bis das ganze Haus von ihrem entzückten Gemecker schallte und widerhallte.

«Wollt ihr wohl ruhig sein, da drinnen», rief Larry. Er griff hinter sich und ertastete Eves warme Schulter. «He, du», sagte er: «Komm doch.»

«Bistu schon auf, Pappi?» fragte Chris aus der Küche. «Machs'u uns heut Eierkuchen?»

«Eierkuchen gibt's sonntags. Das war gestern.»

«Was iss'n heute?»

«Montag.»

«Geh ich da heut in die Schule?»

«Jawohl.»

«Geht David auch in die Schule?»

«Nein.» Er unterbrach sich. «Hast du dich schon angezogen? Wie sieht's damit aus?» Er zog sich die Hose an und schüttelte Eve dann energisch. «He, Schätzchen», sagte er, «steh auf und sieh nach Chris; komm doch!»

Eve fuhr kerzengrade hoch. «Wie spät ist es denn?» fragte sie.

Er sah zur Uhr hin. «Zehn nach.»

Eve rieb sich die Augen. Die waren blau und sahen morgens immer seltsam blaß aus, als zöge die Farbe über Nacht irgendwie aus. Langes schwarzes Haar hatte sie; und ihre nächste Bewegung wußte er auch auswendig, ehe sie sie noch machte: Gähnen; beide Hände ins Genick; und sie dann über den Hinterkopf hochführen, hoch die Kaskaden des Schwarzhaars – so strich und rekelte sie die Schläfrigkeit aus ihrem Körper.

«O Gott», sagte sie, «hatte ich einen scheußlichen Traum eben. Ich hab geträumt, du hättest mich verlassen.»

«Wenn du nicht aus dem Bett findest, erfolgt das jetzt automatisch», sagte Larry, der sich schon die Halbschuhe zuschnürte.

«Nein, im Ernst. Du warst ein Vieh.»

«Stehst du jetzt auf?»

«Du gingst, und ich erwartete natürlich gerade ein Kind.»

«Laß bloß das Geunke!»

«Das war schrecklich», sagte Eve. Sie schauderte ein bißchen und schwenkte dann die Beine über die Bettkante. Der Schauder schien die letzte Erinnerung an den Traum zu vertreiben. Sie lächelte verschlafen und sagte: «Guten Morgen, mein Vieh.» Er küßte sie behutsam; und sie sagte: «Puh, ich hab mir die Zähne noch nicht geputzt.»

«Das Gebiß ist tunlichst nach der ersten Mahlzeit zu reinigen.»

«Ja, das sagen die Zahnärzte. Die haben ja keine Ahnung.»

Seine Hand war auf ihrem Knie gelandet. Begann sich zu bewegen; glitt über das glatte Fleisch ihrer Oberschenkel, bis seine Finger sich dort im Wärmewinkel einnisteten, wo das nächtlich-kurze Flatterhemdchen aufhörte. Eve entzog sich ihm, lächelnd. «Nicht doch», sagte sie. «Ich muß doch ins Badezimmer.»

«Du mußt immer ins Badezimmer!»

«Das müssen doch alle Leute», wich sie leichthin aus. Zwinkerte ihm zu, und verschwand dann, den Korridor entlang, wo sich am Ende der Diele das Badezimmer befand.

«Ma», sagte Chris, und fing sie ab.

«Du sollst nicht ‹Ma› sagen!»

«Mutter ...»

«So ist's schon besser.»

«Geht David in die Schule?»

«Nein.»

Chris wandte sich. Er hatte das schwarze Haar und die blauen Augen der Mutter und war fünf Jahre alt. «Siehst du, David», sagte er: «Du darfst nicht in die Schule, weil du immer das Bett vollmachst!»

«Hast du dich wieder naß gemacht?» fragte Eve.

«Ja», gestand David mit schwächlicher Stimme.

«Ich weiß nicht mehr, was ich mit dir anstellen soll!»

«Eine Hexe hat mir in die Hosen gemacht, Eve», sagte David; er hoffte, daß sein Witz von vorhin auch die Mutter überwältigen würde; außerdem wußte er, daß sie seine Mordsschlauheit zu würdigen pflegte, wenn er sie beim Vornamen nannte.

«Wir sprechen uns nachher noch», sagte Eve und zog die Badezimmertür hinter sich zu.

«Hast du dich schon fertig angezogen?» fragte Larry, der aus dem Schlafzimmer kam.

«Nein», antwortete Chris. «Was zieh ich denn an?»

«Frag deine Mutter.»

Chris trommelte an die Tür des Badezimmers: «Ma! Was zieh ich an?!»

«In einer Minute bin ich da», antwortete Eve. Als sei es ihr soeben eingefallen, fügte sie noch hinzu: «Larry, kannst du etwa rasch Kaffeewasser aufstellen?»

«Ja, sicher.» Er ging in die Küche. David folgte ihm wie ein büßender Schatten. Davids Haar und Augen waren braun; und er war drei Jahre alt. Seine feuchte Pyjamahose klebte unglücklich um das magere Gestaltchen.

«Nu, Papa», sagte er.

Larry füllte den Kessel, und zauste David dann ein bißchen. «Na, mein Sohn. Gut geschlafen?»

«Ich habs Bett naß gemacht», gab David zur Auskunft.

«Du mußt doch aufpassen», mahnte Larry und trug den Kessel zum Herd.

«Ich weiß», stimmte David ernsthaft bei, «aber das Pipi kommt eben einfach da raus.»

«Na ja», sagte Larry, «du mußt halt aufpassen.»

«Ja, bestimmt», sagte David.

Die Badezimmertür ging auf. Eve schwand den Korridor hinunter.

«Schnell, Schatz, ja?» sagte Larry.

«Wie spät ist es denn?»

«Gleich zwanzig nach sieben.»

Er ging seinerseits ins Bad und schloß die Tür. Während des Rasierens registrierte er alle die Hausgeräusche: das Summen der Ölheizung, im Keller unten, als die Flamme das Aluminium der Schlangenrohre attackierte. Wieder ein Tag. Wieder einmal mehr den Harnisch anlegen und den großen Turnierplatz betreten. Lawrence Cole in schimmernder Rüstung, Ritter ohne Furcht und Tadel, zuständig für Drachenkämpfe, Ehrenrettungen und Gralsrittereien.

«Mach flott, Larry!»

Eves Stimme. Im Dienstplan vorgesehen. Irgendwann kam an den Tagen, wo er frühmorgens in die Stadt rasen mußte, grundsätzlich der Moment, wo Eve und die Uhren sich zusammentaten; wo sie einander machtvoll in die Hände arbeiteten, den schlaffen, trägen, affektierten Lawrence Cole von der Wärme des heimatlichen Herdes wegzuschubsen ins Freie, in Richtung Turnierplatz. Gesicht abspülen und trocknen. Dann rasch wieder ins Schlafzimmer. Er zog den zweiten Kommodenschub auf – der oberste gehört Eve, was heißt hier schon Privatleben – und entnahm ihm hastig das weiße Oberhemd; wobei er gleichzeitig vermerkte, daß jetzt nur noch eins als Reserve blieb.

Als er wieder in die Küche kam war es bereits 7 Uhr 35. Fruchtsaft, Flocken und Kaffee standen für ihn auf dem Tisch. Wundersamerweise war Chris schon komplett angezogen und aß an seinem weichgekochten Ei. David hockte düster da; noch immer den feuchten Pyjama am Leibe.

«Wie seh ich aus, Papi?» fragte Chris.

«Charmant, Chris.» Er griff nach dem Glas Fruchtsaft. «Übrigens, wann kriegen wir die Wäsche wieder?»

«Heute. Warum?»

«Ich hab fast kein Hemd mehr.»

«Schon wieder? Warum kaufst du dir denn nicht mal ein paar neue? Ich kann mir gut vorstellen, daß ein Mann einen Komplex kriegt, wenn er ständig grübeln muß, ob seine Hemden noch die Woche reichen.»

«Mal sehen, vielleicht kauf ich heute ein paar. Sobald ich mit dem Kunden da klar bin.»

«Das sagst du so, tust es aber doch nicht. Warum kaufst du bloß so ungern etwas zum Anziehen?»

«Ich kaufe leidenschaftlich Textilien», sagte Larry. Und mußte grinsen: «Ich hasse es lediglich, Geld auszugeben.» Er nahm einen Schluck Orangensaft: «Schmeckt ausgezeichnet.»

«Sonderangebot im Konsum.»

«Schön. Besser als das Zeug letzte Woche.»

«Du siehst hübsch aus, Papa», sagte David.

«Schönen Dank; iß dein Ei, mein Junge.»

«Zur Autobushaltestelle mußt du heute Chris mitnehmen», sagte Eve. «Ich bin nicht angezogen.»

«Was heißt das? Sollst du zum Empfang beim Präsidenten oder lediglich Chris zum Schulbus bringen?»

«Weder das eine noch das andere: *Du* wirst ihn nämlich hinschaffen.»

«Zu den Aufgaben einer Mutter ...»

«Larry, ich kann doch nicht im Unterrock gehen! Sei doch ...»

«Wieso nicht? Die ganze Siedlung Föhrenhof würde Kopf stehen.»

«Das würde dir so passen.»

«Und sämtlichen Männern der Umgegend nicht minder.»

«An was anderes denkt ihr wohl überhaupt nicht», sagte Eve.

«An *was* denkt er immer?» fragte Chris. Er schob seine Tasse beiseite. «Ich bin mit meinem Ei fertig.»

«Geh und wasch dir's Gesicht», sagte Eve.

«Na klar.» Chris stieß ein Stühlchen zurück. «Aber *was iss'n* das, woran er immerfort denkt?»

«Ess – E – Icks», buchstabierte Eve.

«Was iss'n das?»

«Verführung Minderjähriger», erklärte Larry. «Los, wasch dir's Gesicht.»

«Ist Esseicks der Weihnachtsmann?» fragte Chris.

«In gewissem Sinne», erwiderte Larry lächelnd.

«Das hab ich gewußt», sagte Chris triumphierend: «Jedesmal wenn ihr buchstabiert, geht's um Weihnachten.»

«Is bald wieder Weihnachten?» fragte David.

«Aus, Schluß», sagte Larry, nicht wenig erschrocken. Er langte nach der Kaffeetasse. «Ab, Chris, wasch dir's Gesicht.»

Chris verschwand.

«Warum ißt du deine Flocken nicht?» fragte Eve.

«Ich will mich nicht überfüttern. Außerdem hat mich der betreffende Mann zum Frühstück eingeladen.»

«Bei dem bißchen, was du ißt, kannst du ja einfach nicht zunehmen.»

«Ja, will ich denn das? 174 Pfund sind doch ganz anständig.»

«Du bist immerhin einsfünfundachtzig», sagte sie, und prüfte ihn kritisch, als sähe sie ihn zum erstenmal: «Ein paar Pfund könntest du gut und gern brauchen.»

Larry schob den Stuhl zurück. «Chris, los, komm!»

Chris kam aus dem Badezimmer gestürzt. «Bin ich fertig, Ma?» fragte er.

«Ja, sehr schön. Zieh dir noch 'n Pullover an.»

Chris rannte ins Kinderzimmer. Larry nahm Eve in die Arme.

«Sei schön artig. Mach dem Mann von der Wäscherei keine Augen.»

«Du, der ist hübsch: sieht genau aus wie Gregory Peck!»
«Hast du dir die Zähne geputzt?»
«Ja.»
«Bekomm ich jetzt einen Kuß?»
«Und wie.»
Sie küßten sich noch, als Chris in die Küche zurückkam. Als er sie umarmt ertappte, fing er sofort an zu singsangen: «Liebstu mich, dann heirat mich; liebstu mich ...»
«Bist du ruhig, Zwerg Nase», sagte Larry. Er machte sich los von Eve. «Ich ruf nachher an.»
Sie gingen zusammen hinaus. David und Eve standen in der Haustür und sahen zu. «Nächste Woche, wenn ich groß bin – darf ich dann mit?» fragte David.
«Erst mal mußt du dir abgewöhnen, ins Bett zu machen», sagte Eve abwesend.
Aus dem Auto schrie Chris: «Wie'ersehn, Ma!»
Larry winkte, während er nach rückwärts abfuhr. Wieder registrierte er die Umrisse seines Siedlungshauses; wieder haßte er, zum hundertstenmal, dessen Stil. «Siedlung Föhrenhof», dachte er. «Alt-Föhrenhof, du Feine.» Die Armbanduhr zeigte 7 Uhr 50. An der Straßenecke winkte er noch einmal. Die Autobushaltestelle war fünf Häuserblocks weiter, an der Hauptverkehrsstraße, die sich um die Siedlung zog. Er stoppte an der Kreuzung und machte Chris die Tür auf. «Viel Spaß», sagte er.
«Ja, ja», sagte Chris; und sprang hinüber zu dem Haufen Kinder und Mütter, der sich am Bordstein zusammengefunden hatte. Larry, stolz auf seinen Sohn, sah ihm nach; und vergaß für einen Augenblick ganz, daß er den Zug erreichen mußte.
Und da sah er die Frau.
Das Profil vor dem greisen Himmel; blaßgoldenes Haar und braune Augen; ein hochgetragener Kopf auf einem Vorhang aus Grau. Sie hielt die Hand eines blonden Jungen, und Larry sah auf den Jungen und dann wieder auf die Frau. Eine der anderen Mütter der Gruppe, von Eves Freundinnen eine, sah ihn halten und winkte. Er winkte zurück und zögerte noch, ehe er den Wagen wieder in Gang setzte. Er sah auf die Uhr – 7 Uhr 55! Jetzt würde es ein Todesrennen werden bis zum Bahnhof! Er bog um die Ecke, in die Hauptstraße ein. – Ein Blick zurück noch, zu jener Blaßgoldenen ...?
Sie erwiderte seinen Blick nicht.

Der betreffende Mann hieß Roger Altar.

«Ich bin Schriftsteller», sagte er zu Larry.

Sie saßen einander am Restauranttisch gegenüber. Es lag etwas Ehrliches darin, sich so bei einem späten Frühstück zu treffen: Noch hatte keiner der beiden sich mit der Tagesrüstung gesellschaftlicher Verbindlichkeit gewappnet; noch blickten die Augen frei aus ungeschlossenen Visieren. Sie saßen einander gegenüber; ein Duft nach Kaffee und gebratenen Speckscheibchen umschwebte den Tisch; und Larry kam zu dem Ergebnis, daß man Geschäfte eigentlich grundsätzlich beim Frühstück abmachen sollte, wo man noch ehrlich gegeneinander sein konnte.

«Los, sagen Sie's schon», sagte Altar.

«Was soll ich sagen?»

«Daß Sie sich auch immer gewünscht hätten, Schriftsteller zu sein.»

«Warum sollte ich das sagen?»

«Weil jeder es sagt.» Altar zuckte die massigen Achseln. Eine Kellnerin kam vorbei, und seine Augen folgten ihrem Gang durch den ganzen Raum.

Larry stocherte mit der Gabel in seinem Eidotter und sah zu, wie das helle Gelb langsam zerfloß. «Ich muß Sie leider enttäuschen», sagte er, «aber der Einfall ist mir bis jetzt noch nie gekommen. Um ganz offen zu sein: ich habe immer genau das werden wollen, was ich bin.»

«Und das ist?»

«Der beste Architekt der Welt.»

Altar gluckste, als könne er Humor bei einem anderen nicht leiden. Aber das Glucksen kam gleichzeitig tief aus seinem faßgroßen Brustkorb, erleichtert und belustigt. «Bescheidenheit ist eine Zier», sagte er. «Ich glaube, Sie könnten mir gefallen.» Er hob seine Kaffeetasse mit beiden Händen, in einer Art, wie Larry sie sich bei Königen des Mittelalters vorgestellt hatte. «Gefalle ich Ihnen?»

«Ich kenne Sie noch zu wenig.»

«Wie lange brauchen Sie dazu? Ich mache Ihnen ja schließlich keinen Heiratsantrag.»

«Ich müßte ihn auch ablehnen», sagte Larry.

Diesmal lachte Altar offen und laut heraus. Er war von mächtiger Gestalt, und die dicke Tweedjacke, die er anhatte, betonte seine Massigkeit noch. Seine buschigen Brauen waren schwarz, wie auch das Haar; und die Nase gab ehrlich kund, daß sie einmal gebrochen gewesen war. Das Kinn war gespalten und wirkte unehrlich – aus dem einfachen Grund, weil es mit seinen tadellos klassischen Linien nicht zu den übrigen zerklüfteten desorganisierten Zügen paßte. An Altars Augen allerdings war nichts Unehrliches. Sie waren scharf, von einem durchdringenden Braun, und schienen jeden einzelnen Gegenstand im Gastzimmer zu registrieren, während sie wundersamerweise gleichzeitig fest auf dem üppigen Popo der Kellnerin verweilten.

«Mit einem schöpferischen Geist zu plaudern ist ein Vergnügen», sagte Altar. «Sind Sie nun tatsächlich ein guter Architekt oder ist Ihr Selbstgefühl reiner Bluff?»

«Sind Sie nun tatsächlich ein guter Schriftsteller oder ist Ihr Selbstgefühl reiner Bluff?» fragte Larry.

«Ich geb mir Mühe», sagte Altar schlicht. «Man hat mir gesagt, Sie wären ehrlich. Und derselbe sagte auch, daß Sie ein guter Architekt wären. Deswegen habe ich Fühlung mit Ihnen aufgenommen. Ich brauche jemanden, der mir ein Haus entwirft, frei und unbeeinflußt, ohne sich um meine unfertigen knolligen Einfälle zu scheren. Wenn ich es mir selbst entwerfen könnte, würde ich es tun. Aber ich kann's nicht.»

«Angenommen, meine Ideen stimmen aber nicht mit Ihren überein?»

«Unsere Ideen brauchen nicht haarklein zu stimmen. Aber unsere Denkweise, unsere Geisteshaltung. Deshalb wollte ich Sie kennenlernen.»

«Und Sie meinen, ein Gespräch am Frühstückstisch gibt Ihnen ausreichend Aufschluß über mein Wesen?»

«Höchstwahrscheinlich nicht. Haben Sie etwas dagegen, daß ich ein paar Fragen an Sie richte?» Er schnipste ungeduldig mit den Fingern in Richtung der Kellnerin. «Ich brauch noch Kaffee.»

«Los. Stellen Sie Ihre Fragen.»

«Sie hatten meinen Namen noch nie vorher gehört, als ich anrief, nein?»

«Hätte ich ihn kennen sollen?»

«Je nun», sagte Altar angegriffen, «ich habe immerhin einen, sei es noch so kleinen, Grad von Berühmtheit erworben.»

Die Kellnerin kam an den Tisch. «War noch etwas, Sir?» fragte sie.

«Zweimal Kaffee noch», sagte Altar.

«Was haben Sie geschrieben?» fragte Larry.

«Sie müssen abgründig unwissend sein», sagte Altar, dessen Blick schon wieder der Kellnerin galt, wie sie vom Tisch wegging.

Larry zuckte die Achseln. «Wenn's Ihnen peinlich ist, lassen wir's.»

«Ich habe zwei Bücher geschrieben», sagte Altar. «Das erste hieß *Griff nach den Sternen*. Es erschien als Fortsetzungsroman in der *Hausfrau*; und auch im Buchklub als ‹Buch des Monats›. Wir haben hundertfünfzigtausend Leinenbände davon verkauft, und vom Taschenbuch über eine Million. In dem Film spielte Ray Milland die Hauptrolle. Haben Sie ihn voriges Jahr etwa gesehen?»

«Nein, bedaure. Was war das zweite Buch?»

«*Der Reinfall*», sagte Altar, «erschien vergangenen Juni.»

«Das ist ein gefährlicher Titel», sagte Larry. «Ich sehe förmlich die Besprechung, wie sie beginnt: ‹Das vorliegende Buch führt den richtigen Namen.›»

«Genauso fing eine an», sagte Altar, ohne zu lächeln.

«Ist es ebenfalls von einer Zeitschrift übernommen worden?»

«*Die Dame*», sagte Altar, «und Bücher-Gilde und Film haben's auf Grund der bloßen Korrekturfahnen sofort erworben. Die Aufnahmen sind eben im Gange.»

«Aha. Man kann Sie also ausgesprochen erfolgreich nennen.»

«König Midas in Person.»

«Na ja, wie dem auch immer sei: Ich habe keines Ihrer Bücher gelesen. Tut mir leid.»

«Aber nicht doch. Mit zwei unsterblichen Werken kann man eben nicht schon alle Leserschichten erfassen.»

«Mein Gott, es ist aber wirklich fast nicht auszuhalten mit Ihnen», sagte Larry lachend. «Können Sie mir ein Exemplar des *Reinfall* besorgen? Wobei ich voraussetze, daß es das bessere der beiden ist.»

«Wenn's nicht so wäre, würde ich morgen das Bücherschreiben an den Nagel hängen.»

«Besorgen Sie mir es also?»

«Kaufen Sie sich doch eins», sagte Altar. «Ich handle nur mit Frischgemüse, nicht mit Konserven. Der Preis ist dreifünfundneunzig. Falls Sie knapp bei Kasse sind, warten Sie bis nächsten Juni; dann kommt der Neudruck, und es kostet Sie nur noch 35 Cents.»

«Ich kauf mir jetzt eins. Ich ruiniere mich zwar finanziell; aber es sei. Wieviel gedachten Sie an Ihr zukünftiges Haus zu wenden?»

«Rund dreihunderttausend.»

«Dann stimmt König Midas allerdings!»

«Geldverdienen ist nicht das Schwierigste», sagte Altar in plötzlichem Ernst.

«An was für eine Art Haus dachten Sie?»

«In dem man als Mensch wohnen kann.»

«Ich entwerfe aber keine süßen Nichtigkeiten, so im Kolonialstil, oder als Gutshaus oder sonst irgendwelche Zwitterprodukte. Ich gestalte ein zeitgemäßes Haus, und damit basta.»

«Was kann ein moderner Architekt denn anderes gestalten?»

«Sie würden sich vielleicht umsehen!»

«Zeigen Sie mir gelegentlich Fotos von früheren Arbeiten», sagte Altar. «Alles andere ist dann Ihre Sache. Ich belehre keinen Klempnermeister, wie er Rohrleitungen zu verlegen hat; und schätze Leute nicht, die mir beibringen wollen, wie man Bücher schreibt. Gebe Ihnen ergo auch keine Ratschläge für Bauzeichnungen.»

«Es könnte sein, daß Ihnen die Häuser nicht gefallen, die ich Ihnen zeigen kann. Sie sind für ganz andere Kunden entworfen worden.»

«Na und? Jedes Buch, was ein Autor schreibt, ist auch ein selbständiges Gebilde für sich; aber alle tragen irgendwie das Gepräge ihres Verfassers. Ich mag Sie persönlich leiden; aber Ihr ‹Gepräge› könnte trotzdem oberfaul sein: Das eben will ich feststellen.»

«Wie alt sind Sie, Altar?»

«Zweiunddreißig. Und Sie?»

«Einunddreißig.»

«Gut. Ich hab was übrig für junge Leute.»

«Gesetzt, wir finden beide meine Häuser gut, Altar?»

«Dann ist die Sache eben abgemacht. Und nennen Sie mich nicht beim Nachnamen; das wollen wir den Kritikern überlassen.»

«Was ist denn los? Sind Ihre Bücher nicht gut besprochen worden?»

«Um ehrlich zu sein – nein, gar nicht.» Altar brach ab und warf den Kopf. «Zum Teufel mit allen Kritikern. Wollen Sie ein Haus für mich entwerfen?»

«Möglicherweise.»

«Wann werden Sie's endgültig wissen?»

«Sobald ich Ihr Buch gelesen habe.»

«Warum das?»

Larry grinste. «Ich möchte *Ihr* Gepräge erst kennen», sagte er.

Roger Altars Prosa hatte, wie Larry am selben Abend feststellen mußte, eine Politur, die im Widerstreit zu dem derben, irdischen Äußeren des Mannes zu stehen schien, ein Mißverhältnis, das ihn beim Lesen verwirrte. Mit dem besten Willen konnte er Altar und dieses Buch nicht zusammenreimen. Nichts von dem Mann schien ins Buch übergegangen zu sein.

Dergleichen Widerspruch war Larry unbegreiflich. Er war sich völlig bewußt, daß jeder seiner Hausentwürfe gleichzeitig etwas von seinem Charakter enthüllte, und sei es nur einen Teil. Ebenso hatte er gehofft, vermittels der Seiten dieses Buches einen Zugang zu Altars innerstem Wesen zu finden, war aber bitterlich enttäuscht worden. Das Buch schien ein flotter Unterhaltungsroman zu sein, und sonst gar nichts.

Altar schrieb den gewöhnlichen klar-knusprigen Illustrierten-Stil. Mit Hilfe glatter, wohlpolierter Wortfolgen gelang es ihm, um seine handfesten Gestalten die entsprechende Weltkulisse zu erbauen. Das Befremdliche an diesen Gestalten war nur, nach Larrys Meinung, daß sie in jedweder Situation mit halben Wahrheiten operierten. Der Roman wirkte wie eine Zusammenstellung banaler, abgewetzter Redensarten; und als Larry sich der 50. Seite dieses *Reinfalls* näherte, fragte er sich ernstlich, ob er wirklich ein Haus für einen Mann entwerfen solle, der in einem solchen Maße der inneren Redlichkeit ermangelte.

Wie er weiter in der Lektüre vorankam, änderte sich seine Ansicht wieder.

Altar versuchte sehr wohl, etwas zu sagen; aber beständig schob sich Hemmendes ein und verhinderte eine ungeschminkte Darstellung. Vielleicht war es Furcht; Zurückhaltung; eine Scheu vor der Preisgabe an das gedruckte Wort. Dies Ringen nahm allmählich phantastische Ausmaße an und überschattete gänzlich, was Altar an Figuren geschaffen hatte. Mit jeder Seite wurde die Entwicklung der komplizierten Fabel bedeutungsloser, im Vergleich mit Altars persönlichem, qualvollem Problem. Larry hätte nicht genau angeben können, wieso Altar damit eine verwandte Seite in seinem eigenen Innern berührte. Er fühlte nur, daß er das Wesen dieses Mannes erwühlen mußte, daß er innerlich ständig schrie: «Heraus damit! Um Gottes willen, bitte, bitte, bitte sag's doch endlich!» Die

Anstrengung erschöpfte ihn völlig. Um so mehr, als sie ohne Ergebnis blieb; die Halbwahrheiten triumphierten am Ende.

Als Larry den *Reinfall* schloß, war es vier Uhr morgens. Gleich nach dem Abendbrot hatte er angefangen zu lesen, und dann nichts mehr von Eve und seiner Umgebung wahrgenommen. Jetzt fiel es ihm auf, daß sie vermutlich längst zu Bett gegangen war und ihm sicher auch einen Gute-Nacht-Kuß gegeben hatte; aber wann und wie wußte er nicht. Er saß im Klubsessel, unter der gelben Lichttüte, das Buch zugeklappt auf dem Schoß. Zehn Minuten saß er so; dann ging er ins Schlafzimmer und wählte eine Nummer.

«Hallo?»

«Altar?»

«Ja.»

«Hier ist Larry Cole.»

«Mann, mitten in der Nacht?! Was –»

«Ich bin eben mit Ihrem Buch zu Ende.»

«Oh.»

Ein langes Schweigen.

«Ich möchte doch Ihr Haus entwerfen.»

Altar lachte; es klang merkwürdig erleichtert.

«Danke», sagte er.

2

Sie mochte den Herbst nicht, und würde ihn nie mögen.

Herbst war gleichbedeutend mit Sterbezeit, im November der Todestag des Großvaters, der größte Todesfall weit vor allen anderen, aber auch Tod anderer Art, kleines Sterben ringsum, Tod entflatterte allen Bäumen, raschelte unterm Schuh. Tod in hinreißend bunter Maskerade; im Grunde ein Schimmelüberzug, der das starke Sommergrün erstickte mit dem Rot der Verwesung und schlappem Orange und Gelb. Sogar die Sonne selbst starb im Herbst; aus schmetterndem Gold wurde kränkliche Blässe, eine leere gelbe Miene auf matte Himmelswände geklebt, verängstigt ob fremder scharfer Winde. Oktober, das war ein Paradoxon, der Fröstelmonat mit den hitzigen Farben einer Dirne – die an einem Begräbnis teilnimmt.

Ich bin zu empfindlich, dachte sie. Viel zu empfindlich, ich muß mich zusammennehmen. Gewiß, der Winter kommt. Trotzdem muß ich mich zusammennehmen.

Letzten Endes ist alles Gewohnheit, sagte sie sich. Daß ich Patrick jeden Tag zur Schule bringe ist eine neue Gewohnheit; und daß ich dann allein in dem plötzlich stillgewordenen Haus herumwirtschafte ist eben auch eine. Wenn er weg war, schien das Cape Cod-Haus größer zu sein. In so viel schweigender Unermeßlichkeit wirkte dieser dritte Schlafraum, den sie oben eingerichtet hatten, unnötig und überflüssig. Aber Don hatte, im Hinblick auf die Besuche seiner Mutter, auf einem Fremdenzimmer bestanden, und folglich hatte man eben umgeräumt: das eheliche Schlafgemach in die ausgebaute Mansarde; Patrick ins frühere eheliche Schlafgemach; das kleinste Zimmer mit Bett blieb für Mrs. Gault reserviert, ständig sauber und aufgeräumt, falls sie erscheinen sollte.

Ich kann genausogut auch jetzt anfangen, dachte sie, und stieg verbissen die Treppe hinauf, ins Schlafgemach, in die ausgebaute Mansarde, im Eigenheim Siedlung Föhrenhof.

Mitten im Zimmer, auf dem sehr bunten billigen Teppich, lagen weiß und zusammengefallen Dons T-Shirt und kurze Unterhose. Drüben an der Wand stand das Himmelbett, dem die Steppdecken heraushingen und am Fußboden schleppten. Angewidert hob sie die Unterkleidung auf und trug sie zum Wäschekorb. Irgend etwas an seiner Kleidung irritierte sie. Nicht nur an seinen getragenen Sachen, sondern an allen schlechthin; selbst die neugewaschenen weißen Oberhemden, wie sie sauber geordnet dort in der Kommode aus Kirschbaumholz paradierten, frisch von der Wäscherei, über jeder Brusttasche das verschlungene Monogramm DG. Oder die gut gebügelten Anzüge und Jacketts im Wandschrank, breit und straff brüsteten sich die Schultern über den Bügeln, von den hölzernen Querstängelchen hingen, untadelig gefaltet, die Hosenbeine. Nun wirken leere Anzüge zwar immer falsch und komödiantisch; aber hier lag der Fall vor, daß sie gegen Dons Bekleidung auch dann Abneigung empfand, wenn er in ihr steckte.

Mit der Intuition der Frau begriff sie sehr wohl, daß an dieser ihrer Einstellung irgend etwas nicht stimmen konnte. Sie sah, wie andere Ehefrauen manchmal das Hemd oder die Jacke ihres Mannes trugen, mit einem merkwürdigen Besitzerstolz. Auf den Gesichtern war dann stets weit mehr zu lesen gewesen als etwa nur die bewußte weibliche Koketterie, in den viel zu großen Männersachen besonders zart und schutzbedürftig zu wirken.

Sie aber mußte an die Bootsfahrt denken, Hudson aufwärts, landein auf finsteren Wassern; junge Sternspitzen hatten schüchtern versucht, die immer dunkelnderen Himmel zu durchstoßen; ein kalter Wind überm Wasser, ein starker Wind, der ihr bis ins Mark schnitt. Sie hatte bei den Frauen gesessen, den Debatten über Kleinkinder und Schönheitspflege zugehorcht, mitten in diesem Wind. Don, ein Mann unter Männern – obwohl der einzige Ehemann, der vorher, nachmittags auf Bear Mountain, nicht mehr getrunken hatte, als er vertrug –, hatte die Männergruppe mit ihren Zoten verlassen, war zu ihr hingekommen und hatte ihr seinen Pullover angeboten.

Umgeben von diesem Pullover dann, wie die grobe Wolle überall kratzte, hatte sie angefangen zu zittern. Mehr als vorher vom Wind allein. Der Pullover roch nach ihrem Mann; nach seinem Haarwasser, nach seinem Rasierwasser, nach seinem Körper. In der einschnürenden Schallkulisse aus Männergebell und dürftigem Frauengezirpe war ihr urplötzlich zum Erbrechen übel geworden. Sie hatte sich rasch den Pullover heruntergerissen und ihm wiedergegeben. Und war dann nach hinten gegangen, zum Heck, und hatte das Gesicht der schneidenden Brise hingehalten, die über die Wasserwirbel des Hudson hergezogen kam.

Sie hatte ihn schwer gekränkt an jenem Abend. Die weite Fahrt vom Pier bis nach Hause hatten sie zwar schweigend zurückgelegt; aber aus seinen Augen las sie alles, was zu sagen gewesen wäre. In ihrer weißgefleckten Hellbläue schienen sie all die steife Förmlichkeit widerzuspiegeln, die jeder empfand, der Don zum erstenmal kennenlernte. Es dauerte längere Zeit, ehe man bei ihm etwas wie menschliche Wärme spürte; es dauerte lange, ehe einem zum Bewußtsein kam, daß diese Blauaugen im Grunde sanft waren, empfindlich und gar leicht zu verletzen.

In der Schwärze ihres Mansardenschlafzimmers dann, im rechtwinklig umhimmelten Vakuum ihres Ehebetts, wo im Cape Cod-Haus hinter gerüschten Vorhängen die moderne Klimaanlage anachronistisch mitzusummen versuchte mit den Geräuschen der Sommernacht, insektiges Gebrumm und das ziehende Gewisper ferner Autoreifen, da hatte sich seine Hand versuchsweise auf ihre Schulter begeben. Sie hatte sich nicht gerührt. Leicht hatte die

Hand über ihrem Fleisch gelegen, ohne weitere Bewegung. Eine beredte Hand war es gewesen, so viel hatte sie gesagt; sie aber lag nackt und versteift neben ihm und zog vor, den sanften Druck nicht zu verstehen, so daß er endlich doch Worte sprechen mußte.

«Wollen wir – lieb zueinander sein?»

«Nein», sagte sie.

«Oh.»

Eine Silbe nur, aber sie war froh, daß sie die Blauaugen dabei jetzt nicht zu sehen brauchte. Seine Hand zog sich zurück, wieder summte Stille im Raum; und dann atmete er einmal schwer: und sagte: «Gute Nacht, Margaret.»

Jenen Pullover erwähnte er nicht mehr. Trug ihn auch niemals wieder.

Sie kehrte dem Wäschekorb den Rücken und ging zum Bett. Unten läutete die Türklingel. Ohne Eile begab sie sich zur Treppe. Durch die Dachfenster fiel kaltes, verschlossenes Licht auf die Stufen vor ihr; eine Goldhaarige stieg hinter ihrer Silhouette her. Auch trug sie eine enge schwarze Hose, einen weißen Pullover und nahm die Treppe mit sehr weiblichem, unbewußt-zagem Frauenschritt. Wieder ging die Türklingel.

«Ich komme schon», rief sie.

Die Treppe endete unmittelbar an dem kurzen Hausflur. Sie öffnete, und bog dabei instinktiv dem Zugwind aus, wobei ihr einfiel, daß sie Don nochmals daran erinnern müßte, endlich die Scheibe in die Windfangtür einzusetzen.

Betty Anders stand auf der Vortreppe und hob strafende Augenbrauen. Betty war eine zierliche Brünette, mit vorstehenden Bakkenknochen und großen blauen Augen. Sie war fünfundzwanzig und recht hübsch; ausgenommen, wenn sie, wie heute früh eben, den Kopf voller Lockenwickler hatte. Der darumgeschlungene Schal verbarg wohl etwas von der komplizierten Verschönerungsmaschinerie, aber nicht alles. Betty schien sich freilich nicht sonderlich viel daraus zu machen. Betty tat ja immer so ziemlich, was sie wollte. Sie war die Tochter eines presbyterianischen Geistlichen, und ihre Neigung zu rücksichtslosen Formulierungen hatte ein ernsthaftes Zerwürfnis heraufbeschworen, als sie sich seinerzeit mit Felix verheiraten wollte, der streng katholisch war. Ihr Trotz behielt am Ende die Oberhand. Und auch heute, aller Oktoberrauheit betont zum Trotz – und weil sie hübsche Beine hatte –, trug Betty eine kurze Hose. Einen Augenblick stand sie noch in

Positur, ganz Empfindlichkeit und Verdruß, und platzte dann ins Haus wie eine Handgranate.

«Sitzt du auf den Ohren?» fragte sie; ihre Stimme war laut und tragend.

«Ich war oben, saubermachen.»

«Gib mir 'ne Tasse Kaffee», sagte Betty. «Wie machst du das bloß, in aller Herrgottsfrühe um zehn schon so verdammt hübsch auszusehen?»

Sie begab sich bereits in Richtung Küche, mit der unbefangenen Zwanglosigkeit eines Menschen, der sich überall zu Hause fühlt. Die letzte Frage hatte sie schon zurück, über die Schulter, geworfen, ohne eine Antwort weder zu erwarten noch zu wünschen, mit leichtem Ton, dem man nicht im mindesten anhörte, daß jegliches Zurschautragen von Schönheit, zumal morgens um zehn, ihr maßlos mißfiel. Außerdem hegte sie die Meinung, daß überhaupt keine Frau das Recht hatte, so herausfordernd schön zu sein, wie die hier. Und folglich, als Verteidigung gegen solche Schönheit, und um das Selbstbewußtsein ihres eigenen lockengewickelten Frauentums zu reparieren, beschloß sie, die Welt im allgemeinen – und diese Frau hier im besonderen – zu informieren, daß auch sie in ihrer Art begehrenswert sei.

«Ich bin vielleicht ein Wrack!» sagte sie. «Also dieser Mann hat nichts als Liebe im Kopf.»

Sie betonte die letzten Worte, als hoffte sie, Margaret zusammenzucken zu sehen. Margaret tat es nicht.

«Wenn ich nicht bald zu etwas Schlaf komme, sterbe ich», fuhr Betty beharrlich fort.

«Ich mach schon Kaffee warm», sagte Margaret.

Sie begab sich zum Elektroherd, und Betty folge ihr mit den Blicken. Sie hätte sich selbst etwas vorheucheln müssen, wäre sie hartnäckig dabei geblieben, daß Margaret Gault ihr mißfiel. Wenn sie sich Margaret so ansah: da stand eine Aschblonde, mit braunen Augen und dichten Wimpern. Eine wohlgeformte Nase sah sie, und einen vollen Mund, besonders die Unterlippe. Beneidenswert die Brust, die Taille schmal, breite Hüften, hübsche Beine; man nehme, was man wolle: ein Bild vollendeter Weiblichkeit.

Irgend etwas konnte natürlich an diesem übernatürlich guten Aussehen Margarets nicht stimmen, vermutete Betty. Derart üppige Reize grenzten haarscharf ans Billige und waren in Bettys Augen kein Pluspunkt. Wäre das Haar weniger blond gewesen, die Augen weniger braun, die Brust nicht ganz so herausfordernd gewölbt, die Schenkel um eine Spur weniger schön geschwellt, man hätte der Frau allenfalls vergeben können. Wäre das Lächeln nicht von so strahlender Vollkommenheit gewesen ... da, dieses Lächeln. Also nehmen wir bloß mal das Lächeln. Margaret Gault hatte eine Narbe, unten auf der rechten Wange, von einem Unfall her noch aus der Kinderzeit. Eine kleine kreuzförmige Narbe, und nahezu unsichtbar, solange sich ihre Züge in Ruhe befanden. Aber sobald sie lächelte, wurde die Narbe zum tiefen Wangengrübchen, das das Lächeln untermalte. Diese einseitige Grübchenhaftigkeit, dazu die plötzlich aufleuchtenden weißen Zähne hinter roten Lippen, machten aus ihrem simplen Lächeln eine maßlos aufregende Angelegenheit.

Es war schlichtweg unfair. Ihre Schönheit war immer parat, und diese Unzerstörbarkeit nagte an einem. Und doch war Margarets Schönheit das einzige an ihr, das Betty, wenn sie sich Mühe gab, mißbilligen konnte. Und selbst dann noch wurde ihr, paradoxerweise, das eigene Auge ab und zu abtrünnig.

«Ich bleibe dabei, er ist krankhaft sexuell.»

«Meinst du wirklich?» fragte Margaret.

«Wenn du die Wahrheit hören willst: meiner Meinung nach sind es *alle* Männer.»

Margaret zuckte die Achseln.

Betty beobachtete sie schlau. Nichts hätte ihr mehr Vergnügen gemacht, als die Überzeugung, daß in der Gaultschen Ehe etwas nicht stimmte. Unglücklicherweise schienen die Anzeichen, zumindest soweit Betty sie entziffern konnte, in dieser Richtung nichts zu ergeben. Betty war eine begierige Zeichendeuterin, aber nur zuständig für solche, die in ihrer eigenen Fahrtrichtung lagen, und sie ließ die Vermutung noch schneller fallen, als sie sie aufgegriffen hatte.

«Und ich wollte mir gerade Steve Allen ansehen», sagte sie. «Das war ja wohl bestimmt nicht zu viel verlangt, nachdem man den ganzen Tag auf *seine* Mißgeburten aufgepaßt hat.»

«Willst du Sahne?» fragte Margaret.

«Und Zucker, jawohl! Sechs Monate kennt mich die Frau, und fragt immer noch.» Sie rührte in ihrem Kaffee, und nahm dann einen Schluck. «Steve Allen hatte Louis Jordan als Gast. Mir gefällt er.»

«Mir auch», sagte Margaret und setzte sich Betty gegenüber an den Küchentisch.

«Er sang eben dieses Dings da, ‹Gib acht, Freundchen, gib acht›.

Ist Schmiß drin; ich ging so richtig mit. Und ausgerechnet da kam Felix natürlich mit seinen Wünschen. Ich wittere seine Wünsche ja zehn Kilometer gegen den Wind, ehe er noch den Mund auftut. Wenn es nach Felix ginge –»

«Was haben sie denn noch gesungen?»

«Keine Ahnung. Felix stellte sofort ab.» Sie lehnte sich vertraulicher her. «Er hat mich die Treppe raufgetragen, jeder Zoll ein Held. Bloß daß er die ganze Zeit die Hand bei mir unterm Rock hatte. Das wird im Film natürlich nicht mitgezeigt, mein Fräulein.» Betty kicherte in der Erinnerung. «Aber, um ehrlich zu sein, ein übermäßiger Genuß war es diesmal nicht. Dazu muß ich in Stimmung sein; und zur Zeit war ich eben in Stimmung für Steve Allen.» Betty pausierte: «Geht dir's auch manchmal so?»

«‹Wie› meinst du?»

«Daß du eben gerade keinen Appetit drauf hast.»

«Doch.»

«Felix hat immer Appetit. Jederzeit! – Da muß doch irgendwie ein großer Unterschied sein zwischen Männern und Frauen. Geht es Don etwa auch so?»

«Wie meinst du?»

«Na, daß er immer will.»

«O ja. Doch.»

«Manchmal kann ich seinen Anblick kaum ausstehen, geschweige daß ich ins Bett mit ihm möchte. Manchmal langweilt er mich unsagbar.» Wieder machte Betty eine Pause. «Langweilt dich Don auch?»

«Nein», beeilte sich Margaret zu antworten.

«Niemals?»

«Nein; er ist immer sehr interessant.»

«Na ja, bei 'ner Frau wie du ...» fing Betty an, ließ aber dann den Satz unbeendet.

Margaret starrte zum Küchenfenster hinüber, durch die Kattunvorhänge hindurch, und wunderte sich erneut, warum wohl sämtliche Frauen ihrer Bekanntschaft ihr im Laufe der Zeit unweigerlich die intimsten Details ihres Ehelebens anvertrauten. Sie wußte sehr wohl, daß sie gut aussah, und hatte beide, Frauen wie Männer, im Verdacht, daß sie, und sei es auch unbewußt, Schönheit mit Sinnlichkeit gleichsetzten. Diese wie automatisch erfolgende Voraussetzung ärgerte sie. In einer Frauengesellschaft war sie grundsätzlich von vornherein im Nachteil; sobald sie das Zimmer betrat, sah sie sich einer geschlossenen Verteidigungsfront gegenüber. Und hätte sie sich sofort in die Ecke gesetzt, und den ganzen Abend im Geist das Vaterunser aufgesagt – jede der anwesenden Frauen hätte beschworen, daß sich hinter dieser hübschen Stirn die schwülsten Gedanken tummelten.

Und auf die primitive Voraussetzung, daß soviel Rauch auch Feuer bedingen müsse, wurde unverzüglich der nächste dubiose Schluß gebaut: Margaret Gault wurden männlicherseits und automatisch Aufmerksamkeiten erwiesen, woraus alle Frauen schlossen, daß sie dergleichen mit kalter Berechnung provoziere. Alle zerbrachen sich den Kopf, was an Margaret wohl besonders war, das sie nicht besaßen – auch wenn die Antwort nur allzu klar auf der Hand lag. Also versuchten sie es im Gespräch mit ihr zu ergründen; und diese Unterhaltungen schienen von vornherein aufs Merkwürdigste festgelegt. Wenn sie zu dem Ergebnis gelangt waren, daß ein so hübsches Gesicht auf einem so aufreizenden Körper von der Vorsehung zu nichts als zur Sünde bestimmt war, dann setzten sie als nächstes bei Margaret eine Gewitztheit in geschlechtlichen Dingen voraus, die sie, zumindest zu Anfang, wahrlich nicht besaß. Und behandelten sie gleichzeitig als den klassischen Urtyp der dummen wohlgebauten Blondine, die nur für das eine gut ist; so daß sie es kaum wagen durfte, ein anderes Gesprächsthema anzuschneiden, wollte sie nicht als fürwitziger Naseweis, und überlegen, ausgelacht werden.

«... am Ende dann. Was soll man einem solchen Mann antworten?» Betty unterbrach sich plötzlich. «Hörst du überhaupt zu?»

«Was? O ja, doch, selbstverständlich.»

«Wo bist du in Gedanken gewesen?» wollte Betty wissen.

«Ich mußte bloß denken ... Bald haben wir wieder Winter.»

«Du bist mir heute um eine entscheidende Spur zu anregend, mein Kind», sagte Betty. «Da geh ich lieber nach Hause.»

«Willst du nicht noch 'ne Tasse Kaffee?»

«Nein. Danke.»

Sie war schon aus der Küche und ging durchs Wohnzimmer. Im Hausflur hielt sie an. Es schien, als wollte sie noch etwas sagen, sei jedoch plötzlich anderen Sinnes geworden, öffnete die Tür, und ging ab. Margaret sah ihr aus der Tür nach, wie sie über die Straße kreuzte. Die Blätter umschwirrten das kleine Figürchen wie ein flüchtender Schwarm vielfarbiger Vögel.

Das Telefon läutete.

Eine Schrecksekunde lang blieb Margaret wie erstarrt an der Haustür. Der durchdringende Radau der Apparatur füllte das ganze schweigende Haus.

«Ich laß es läuten», sagte sie laut; und begann dann die Klingelstöße zu zählen – *drei, vier, fünf* ...

«Ich laß es läuten», sagte sie wiederum; hörte die eigenen Worte in der Hausflurstille, aber auch das Telefongeschrille in der Küche – *acht, neun, zehn* ...

Sie schloß die Haustür und ging durch das Wohnzimmer, und dann weiter, zum Telefon hin, wo es auf der Platte der Anrichte neben dem Ausguß stand. Sie starrte darauf, die Zähne in der Lippe, und weigerte sich abzunehmen. Dann begann ihre Hand sich auszustrecken; sie hob den Hörer aus seiner Gabelwiege, und hielt sich die Muschel ans Ohr, schwieg noch sekundenlang, wartete, wartete und wußte nicht worauf.

Als sie dann sprach, geschah es mit leiser Stimme.

«Hallo?» sagte sie.

«Margaret?» fragte die Stimme.

«Du», sagte sie.

3

«Die Leute halten immer große Reden über Nachsommer und herbstliche Schönheit», sagte Altar, «und dabei, wenn sie mitten drin stecken, merken's die wenigsten.»

«Wie der Witz von Lucky Pierre», sagte die Blonde. «Die Pointe kennt jeder, aber die dazugehörige Vorgeschichte hat sich keiner gemerkt.»

«Das trifft nicht ganz das, was ich meinte, Puppe», sagte Altar. Sein Blick ging zu Larry, und er ergänzte: «Sie ist dumm, aber sie ist 'ne Puppe.»

Aus Altars Mund klang die Illustriertenformel wie eine präzise Beschreibung. Die Blonde *war* eine Puppe, mit rundem Puppengesicht und runden blauen Puppenaugen und dem Amorbogen-Mündchen einer Puppe. Ihr Körper allerdings hatte nichts Puppenähnliches mehr, und auch die fachmännische Nachlässigkeit nicht, mit der sie im Frontsitz des Kabrioletts ihre Beine übereinanderzuschlagen wußte. Larry fiel ein, daß sie eine der wenigen ledigen Frauen sei, mit denen er im Laufe einer ganzen Reihe von

Jahren in gesellschaftliche Berührung gekommen war, und ihre realistische Einstellung allen fundamentalen Lebensnotwendigkeiten gegenüber verwirrte und erquickte ihn gleichzeitig.

Als sie ins Auto stiegen, war Altars erstes Wort gewesen: «Das ist Agnes. Wollen Sie sie umlegen?»

Agnes hatte mit keiner Wimper gezuckt. Agnes hatte gelächelt, wie Puppen pflegen, und gesagt: «Jetzt gleich nicht, Mr. Cole. Ich hab gerade gefrühstückt.»

Ihre ganze blonde Gegenwart, das leichte Wortgeplänkel zwischen ihr und Altar, und die Art, wie sie Larry bewußt als männliches Wesen würdigte, gaben dieser Wochenendfahrt ein recht ungeschäftsmäßiges Ansehen, so daß Larry etwas wie Schuldbewußtsein fühlte. Es handelte sich ja schließlich um eine Geschäftstour zur Begutachtung von Altars künftigem Baugrundstück. Eve hatte sich nachdrücklichst für einen geschäftsfreien Sonnabend ausgesprochen: «Der einzige Tag doch, wo du dich ganz den Kindern widmen kannst.» Larry hatte darauf hingedeutet, daß sich der Sonntag gleichermaßen für Widmungen eigne; und weiterhin auf das Prinzip «Geschäft ist Geschäft» verwiesen, das er Eve als eine der bitteren Tatsachen des menschlichen Lebens zu akzeptieren gelehrt hatte. Jetzt allerdings, wo der Herbsttag sich derart glanzvoll zu entfalten begann, jetzt, auf dem Frontsitz des aufgeklappten Wagens, die übereinandergeschlagenen Beine der Blonden neben sich, begann Larry reuevoll einzusehen, daß er diesen Tag doch wohl besser im Schoß seiner Familie verbracht hätte.

«Ich bin Herbst-Fanatiker», sagte Altar. «Es gibt da ja die verschiedensten Typen, wissen Sie.» Er fuhr Auto in derselben Art, wie er aß: ließ die Augen überallhin spazieren, in Larrys Gesicht, über die Beine der Blonden, die Straße entlang, über die Bäume und den Himmel. «Ich denke mir, es muß irgendwie mit dem Geburtsmonat zu tun haben. Wann sind Sie geboren, Larry?»

«Juli», sagte Larry.

«Und was ist Ihr Lieblingsmonat?»

«Oktober.»

«Das sagen Sie lediglich, um meine Theorie zu stürzen!»

«Nein, allen Ernstes. Es ist der Oktober.»

«Wann bist du geboren, Agnes?» Altar gab sich nicht geschlagen.

Agnes erwog die Frage einen Augenblick lang. «Dezember», sagte sie. «Ich bin als Weihnachtsgeschenk gekommen.»

«Was ist dein Lieblingsmonat?»

«Ich hab alle gern.»

«Aber einer muß dir doch besonders lieb sein», sagte Altar. «Wann fühlst du dich denn am wohlsten? Wenn die Luft so hübsch eisig geht; oder an einem heißen, sonnigen Mittag?»

«Ich hab beides gern.»

Altar schien langsam die Geduld zu verlieren. «Du hast ganz einfach einen lieber zu haben!»

«Aber warum? Wie könnte ich heiße Tage richtig genießen, wenn's keine kalten gäbe?»

Larry lächelte und sagte: «Ist ein Standpunkt.»

«Ja, zum Kopf drauf stehen», sagte Altar. «Wieso gerate ich bloß immer an einfältige Mädchen?»

«Er kann nicht mit Anstand verlieren», sagte Agnes kichernd. «Dann wird er sofort wild.»

«Sie kennt mich jetzt vierzehn Tage und zergliedert mich schon psychologisch», sagte Altar. «Wenn Sie eines guten Rates fähig sind: leben Sie mit keiner Frau länger zusammen als fünf Tage.»

«Ihr Ratschlag kommt zu spät», sagte Larry. «Ich lebe seit acht Jahren mit ein und derselben Frau.»

«Ach, Sie meinen Ihre Frau? Wer redet denn von Ehefrau? Ehefrauen sind wieder ein Kapitel für sich.»

«Er ist Fachmann für Ehefrauen», sagte Agnes, und zwinkerte. «Er stellt mehr Ehefrauen nach, als je ein Mann ...»

«Sie werden feststellen», fuhr Altar trocken fort, «daß nach diesem bewußten fünften Tag unfehlbar eine Art Drang nach Eigentumsbildung einsetzt. Man sollte meinen, die Frauen müßten begreifen, daß satter Besitz jedwelcher Art ihnen letztlich zum Verhängnis wird – obwohl sie freilich die Erfinder des Eigentums sind.» Und im selben Atem, ohne Zwischenpause, fügte er hinzu: «Jetzt sind wir gleich da.»

«Wissen Sie, was Ihre Hauptschwäche ist, Altar?» fragte Larry.

«O ja», sagte Altar.

«Na, welche?»

«Daß ich immer die Wahrheit rede.»

«Nein. Vielmehr, daß Sie Banalitäten so vorbringen, als wäre es der reinste Tiefsinn.»

Er hatte Altar nicht verletzen wollen. Er hatte die Worte in demselben leichten, unverbindlichen Ton gesprochen, der von Anfang der Fahrt an zwischen ihnen geherrscht hatte. Jetzt aber spürte er in Sekundenschnelle, daß er etwas zu nahe an eine empfindliche Stelle gerührt hatte. Er erkannte den plötzlichen Schmerz in Altars Zügen, und empfand augenblicklich Reue.

Aber Altar grinste schon wieder. «Ich will Ihnen ein Geheimnis verraten», sagte er leichthin. «Die Wahrheit klingt immer banal. Niemand sollte sich formelhafter Wendungen schämen: Es sind die volkstümlichen Ausprägungen der Wahrheit.»

«Versteh ich alles nicht», sagte Agnes.

«Zur Hölle mit dir», sagte Altar gutgelaunt. «Hier, die Straße geht's runter.»

«Zur Hölle?»

«Nein, zum Grundstück, Puppe.»

Er nahm die scharfe Linkskurve und fuhr dann einen Steilhang hinan. Oben ging der Hügel in eine wellige weite Landschaft über und das verschossene Grün herbstlicher Rasenflächen.

«Ein zeitgemäßes Haus ist nicht zu sehen», sagte Larry.

«Nanu? Was sind das da drüben denn?»

«Brechmittel.»

«Sie kriegen's fertig und nennen den Tadsch-Mahal ein Brechmittel.»

«Wenn er hier stände, ohne weiteres», sagte Larry.

«‹Stunde ist Stunde›», sagte Altar, «‹und Ort ist immer Ort›.»

«Was soll das sein?»

«Eliot. ‹Und alles Gegenwärtige ist an seine eine Stunde gebunden, und seinen einen Ort.›»

«Ist der Mann Architekt?» fragte Larry.

«Sie scherzen!» sagte Altar entsetzt.

«Ich scherze.»

«Nein, Sie scherzen nicht! Bei Gott, ich seh's Ihnen an!»

«‹Ich werde niemals rückwärts schaun, nie mehr will ich es tun›», rezitierte Larry. «‹Ich neide Niemand den Besitz, und Niemand seinen Ruhm ...›»

«Warum fragen Sie denn erst, wenn Sie das Gedicht kennen?»

«Ich merke mir immer nur die Anfangszeilen», sagte Larry. «Damit wirke ich schon gebildet.»

«Wer ist dieser Eliot?» fragte Agnes. «Ich kenn ihn nicht.»

«T. S.», sagte Altar.

«Zu Unflätigkeiten liegt gar kein Grund vor», erwiderte sie; Altar grunzte vor Vergnügen, und lenkte den Wagen einen scharf abfallenden Feldweg hinunter.

«Genau wo dieser Weg endet, ist es», sagte er. «Was halten Sie davon?»

«Bis jetzt hab ich's noch nicht gesehen, Altar.»

«Warum hören Sie eigentlich nicht mit Ihrem ewigen ‹Altar› auf?»

«Weil ‹Roger› klingt, als bestätigte ich die Durchgabe von Flug-Anweisungen.»

«Na schön, nehm ich alles mit dem Ausdruck des Bedauerns zurück, verlassen Sie sich drauf. Ich wußte nicht, daß Sie ein wilder Ex-Pilot sind.»

«War ich auch nicht. Ich war Infanterist.»

«Offizier?»

«Ja.»

«Ich war Matrose auf 'm Schlachtschiff», sagte Altar mit einem gewissen Stolz. Sie waren am Fuß der Bodenwelle angelangt. Er zog die Handbremse an und fragte: «Wie gefällt Ihnen die Aussicht?»

«Schön», sagte Larry. «Wo ist die für die Soldaten im Mannschaftsstand?»

Altar, der sich an Mauldins Bilderserie erinnerte, platzte heraus: «Sie sind ein Himmelhund», sagte er. «Ich verstehe mich selbst nicht, wieso ich Sie leiden kann. Los, wollen wir uns das Gelände mal anschauen.»

Larry stieg aus dem Auto und hielt dann Agnes eine helfende Hand hin. Sie ergriff sie und wand sich heraus, ohne die geringste Rücksicht auf ihren Rock, so daß er die langen Beine bis obenhin sah. Einen Herzschlag lang verstärkte sich der Druck ihrer Hand. Drüben auf seiner Seite schlug Altar die Tür zu. Agnes lächelte einmal kurz und ließ Larrys Hand los.

«Ja und? Ihr Urteil?» heischte Altar.

«Abfallendes Gelände», sagte Larry.

«Ist das schlimm?»

«Nein; ich denke lediglich laut. Das muß ich beim Hausentwurf berücksichtigen. Wieviel Morgen sind's im ganzen?»

«Zehn.» Altar sah ins Weite. «Wie finden Sie die Bäume?»

«Sehen gut aus. Kommen Sie; wir wollen mal ganz durchgehen.»

«Da rein?» fragte Agnes, deren Blicke auf dürre Äste fielen, Brombeerranken und dichtverwachsenes Gestrüpp. «Ich hab hohe Hacken.»

«Du darfst im Wagen bleiben, wenn du willst», sagte Altar.

«Nein. Ich will mal sehen, wie ein Architekt rangeht», sagte sie und warf einen durchtriebenen Blick auf Larry. Einen Moment lang dachte er, er hätte sich diesen Blick bloß eingebildet. Derart hatte man ihn seit vollen acht Jahren nicht mehr angesehen.

Unverhüllte Einladung lag im Blick dieser blauen Augen, sachlich und unverkennbar; er brauchte nur zuzugreifen und auf den Wink einzugehen. Er entschied sich, es zu lassen, wie es war. Sie betraten zusammen das Gehölz. So Blatt für Blatt einzeln gesehen verlor die Herbstespracht ein wenig. Wie bei Seurats Pointilliertechnik mußte man die winzigen Farbfleckchen aus einer gewissen Entfernung betrachten, um den machtvollen Gesamteindruck des Bildes recht zu würdigen. Wirr lag jetzt um sie das große Zusammensetzspiel des Herbstes. Die Wälder waren merkwürdig still; kein Vogelgeräusch, kein Tierlaut. Nur das Blattgeraschel unterm Fuß, und ein Gefühl als stände die Zeit still, unbeweglich; bis Larry sich desorientiert fühlte, außer Kraft gesetzt, wie er so mit einem Mann dahinschritt, den er nocht nicht kannte, und einer Blonden, die ihn näher kennenlernen wollte.

Ihre Einladung kam ihm nicht aus dem Sinn. Auch konnte er über ihre körperliche Anwesenheit nicht hinwegsehen. Hier, an seiner Seite, war sie; hier, am Arm, spürte er ihre Hand, sobald der Boden nur etwas schwieriger wurde. Er hatte das groteske Gefühl, als handle er Altar gegenüber unehrlich und wollte so ein Gefühl nicht haben. Dennoch konnte er den ansprechenden Gedanken nicht loswerden, daß dies Mädchen ihn begehrenswert fände, und fluchte doch auf sein eigenes Unterbewußtsein, daß es dergestalt reagierte.

In dem Versuch, seine Gedanken wieder auf das Geländestudium, seine eigentliche Aufgabe, zu richten, fragte er:

«Haben Sie einen Katasterplan zur Hand, Altar?»

«Ja, er liegt im Wagen. Soll ich ihn holen?»

«Es wäre von Nutzen.»

«Okay», sagte Altar, wandte sich auf dem Absatz und verschwand in Richtung Kabriolett.

Agnes ließ sich auf einen großen Findlingsblock nieder, schlug die Beine übereinander und untersuchte ihre Nylons auf Laufmaschen. Larry sah ihr zu. Die Stille der Wälder schien gespannter zu werden.

Unvermittelt sah sie hoch und fragte: «Wollen Sie mich nicht mal anrufen?»

«Zu welchem Zweck?»
«Möchten Sie nicht?»
«Ich weiß es nicht», sagte er ehrlich.
«Rheinländer 4 = 4598», sagte sie. «Überlegen Sie sich's.»
«Das tu ich längst.»
«Gut», sagte sie, als bestände kein Zweifel mehr an seinem Anruf.
«Sie wissen, daß ich verheiratet bin.»
«Ich weiß.»
«Ja, aber ...»
«Ich nicht», sagte Agnes schlicht. «Rheinländer 4 = 4598.»
Altar kam durchs Unterholz gebrochen.
«So, hier sind die Pläne», sagte er und hielt Larry die fotokopierten Blätter hin. «Wollen Sie sie umlegen?»
Und Larry mußte doch lachen.

Der Tag mit Altar und Agnes hatte irgendwie etwas Narkotisches gehabt.
Um Altar lag eben doch der Glanz des ungebundenen, verantwortungsfreien Hengstes, der bohemehaft dahinlebte. Diese Woche hieß die Blonde vom Dienst Agnes; und sobald sie abgetreten war, kam die nächste Blonde oder auch eine Rote oder Braune. Und keiner bewilligte Altar ernsthaftere Ansprüche; es war geradezu sündhaft anregend, wenn man sich's vorstellte. Und prompt in dergleichen kopfverdrehende Gedankengänge hinein war die Einladung dieses Mädchens erfolgt und hatte in Larry männliche Gefühle erweckt, wie er sie seit der Schulzeit ab und tot geglaubt.
Daß er sogleich reagiert hatte – zuerst sich geschmeichelt gefühlt und dann verwirrt und aufeinmal mordsmäßig männlich –, beunruhigte ihn nicht wenig. Er hatte die Angelegenheit Eve gegenüber nicht erwähnt; und daß er bewußt verschwieg, was ihm im Sinn lag, verursachte ihm ein Schuldgefühl, das in gar keinem Verhältnis zu dem stand, was wirklich geschehen war.
Nächsten Nachmittag dann, gegen 17 Uhr 30, wurde dieser Schuldkomplex – ohnehin von arger Gravitation, was ein Geständnis anlangte – völlig unbeweglich unter der demoralisierenden Einwirkung zweier Martinis.
«Du bist hübsch», sagte er zu Eve. Der leicht undeutliche Klang seiner Stimme fiel selbst ihm auf, und er wunderte sich, wieso ein derart zart-schönes Getränk gleichzeitig von so durchschlagender Wirkung sein konnte.

Wieder griff er nach dem Mixbecher, und Eve, ihm gegenüber, in glattem schwarzem Rock und blaßblauem Pullover, warnte: «Du, betrink dich nicht.»

«Warum eigentlich nicht?»

«Weil du dann idiotisch wirst.»

«Verliebt höchstens.»

«Ja, impotent wirst du.»

«Wie dem auch immer sei: Hübsch siehst du aus.» Und er nickte sich selbst Beistimmung zu.

«Aus dir spricht lediglich der Martini, und ich fühle mich nicht geschmeichelt.»

«Du kannst dich ruhig geschmeichelt fühlen», sagte er.

«Wieso?»

«Weil», setzte er an, und hätte beinahe hinzugefügt, «weil eine andere mir ihre Telefonnummer gegeben hat», schnappte aber noch hinter dem ersten Wort ab, so daß es wie eine kindisch-einfältige Erklärung klang.

«Ich geh jetzt Abendbrot zurechtmachen», sagte Eve, schon im Aufstehen.

«Laß uns doch erst austrinken.»

«Lieber nicht. Du wirst mir allzu romantisch, und außerdem hab ich Hunger.» Sie zögerte. «Die Kinder sind auch noch auf.»

«Die lassen wir reinkommen.»

«O Larry, um Gottes willen.»

«Was ist denn jetzt los?»

«Alles zu seiner Zeit», sagte Eve. «Ich find's schauderhaft, wenn du albern wirst.»

«Was ist denn daran albern, wenn man ein paar Martinis trinkt?»

«Nichts.»

«Bist du irgendwie wütend, oder was?»

«Nein.»

«Was ist denn dann?»

«Nichts. Wir brauchen noch Brot. Willst du zum Laden gehen?»

«Die Läden sind zu. Wir haben heut Sonntag.»

«Das Feinkostgeschäft hat offen. Du kannst das Brot da holen.»

«Der Mensch lebt nicht vom Brot allein», sagte er grinsend.

«Hör mal, laß...» Eve unterbrach sich. «Larry, morgen ist doch auch noch ein Tag. Gehst du Brot holen?»

«Sicher. Wartest du, bis ich zurückkomme?»

«Ich gedenke nirgends hinzugehen.»

«Das hab ich damit nicht gemeint.»

«Ich weiß, was du gemeint hast.»

«Ja, und?»

Eve lächelte. Larry las Geheimnis in diesem Lächeln, Geheimnis und Versprechen. «Ich sagte doch schon», wiederholte sie, «ich gedenke nirgends hinzugehen.»

«Das bedeutet also nein.»

«Wirklich?» sagte sie und lächelte immer noch.

«Du willst also, daß ich zum Feinkosthändler gehe?»

«Ja.»

«Na schön.» Er erhob sich und startete, leicht unsicheren Schritts, in Richtung Haustür.

«Fahr recht vorsichtig, ja?»

«Ich fahre immer vorsichtig. Ich bin viel zu begabt, um bei einem Autounglück umzukommen.»

«Und zwar ein Weißbrot.»

«Sehr wohl, Madam.»

«Du hast schon einen sitzen, sei ehrlich.»

«Mitnichten, Madam.»

«Du müßtest mal sehen können, wie albern du wirkst, wenn du dieses dumme Lächeln aufsetzt...»

«Sehr wohl, Madam.»

«Laß dich nicht totfahren.» Sie maß ihn mit besorgtem Blick. «Vielleicht geh ich doch besser selber nach Brot?»

«Ich schaffe euch allen Brot!» sagt er pompös und schritt aus dem Haus.

Die Luft ging messerscharf, aber er war gerade angeheitert genug, um das als Wohltat zu empfinden. Glänzende Einrichtung: am Tage sonnigwarm, am Abend frisch – ein Modellwetter, vorgesehen von einer vorsichtigen Vorsehung –, womit haben wir armen Menschenkinder so viel Güte verdient? Er ging zum Auto hin, einem 52er Dodge: ein Teil meines Preises, dachte er, hab ich mal einen Preis gewonnen, hab ich tatsächlich mal einen Preis gewonnen, wo ist das Geld hin, wo ist jetzt das seinerzeit so kometengleich aufgehende Gestirn, wieso bin ich dabei gelandet, Harems für Schriftsteller vierten Ranges zu bauen, was ist los mit dir, Cole, was, beim glutrot geschwänzten Teufel, ist eigentlich passiert mit dir?!

Er fuhr an, den Blick auf sein Haus gerichtet, vom First bis zum Keller: der lächerliche, unverhältnismäßig große Giebel, die ganze verfluchte, schäbige, falsche, anmaßende Bauweise dieser reizenden Föhrenhof-Siedlung, diese Beleidigung, diese architektonische Ohrfeige, dieser gepolsterte Käfig eines Adlers. Und da wohne ich, dachte er.

Verflucht: da wohne ich?!

«Gepflegte Häuslichkeit», hatte sie es genannt. Nicht das Gebäude selbst, so tief sinkt keine Architektenfrau, Eve schon gleich gar nicht, mit ihrem richtigen Blick, sie, die sehr wohl durchschaute, was an Föhrenhof alles nicht stimmte, und die die Anlage der Siedlung kritisieren konnte, eiskalt und logisch, wie ein Professor für Ästhetik. Aber die Schnäpschen hier. Eves Erfindung und Eves Name dafür.

Als er aus dem kleinen dritten Schlafzimmer rauskam, das ihm als Arbeitsraum dienen mußte, und zum erstenmal vor all der Pracht von Hors d'œuvres und Cocktail zu zweien stand. Waren sie tatsächlich jemals so naiv gewesen? Hatten sie «Gepflegte Häuslichkeit» schon damals groß geschrieben und in Anführungsstrichen; oder hatten sie diese vorabendliche Cocktailstunde allen Ernstes *für sich ersonnen*, und die Benennung erst später im ironischen Sinne gebraucht, weil sie sich ihrer früheren Kindlichkeit schämten?

Er steuerte die Einfahrt im Rückwärtsgang hinaus, und dann nach links, daß es nur so kreischte.

Und er dachte an jene andere Nacht, wo sie vorher nur rasch die Kinder abgefüttert und dann eine höchst ungepflegte Stunde veranstaltet hatten, bis sie buchstäblich aufeinander kleben blieben und keiner mehr an Abendbrot dachte. Mein Gott, war das lange her! Ist man wirklich jemals derart jung? Gepflegte Häuslichkeit. Jungejunge, was leben wir gepflegt!

Er würgte das Steuerrad mit Fäusten und sagte laut: «Föhrenhof, dich hab ich vielleicht im Magen!»

Der Parkplatz vor den Geschäften war nahezu leer, wie immer an Sonntagen. Offen waren lediglich die Feinkosthandlung und die Drogerie. Er stoppte neben einem hellblauen Chevy, zog die Bremse und stieß die Tür auf, alles in einem Bewegungsfluß. Am Steuer des Chevy wartete ein Mann mit kurzgeschnittener Haarbürste.

Los, sag schon was, dachte Larry.

Der Mann sagte nichts.

Larry schlenderte zum Laden hinüber, mit einem gewissen stolzen Selbstbewußtsein. Er stieß die Glastür auf, entdeckte auch sogleich das Brotregal, steuerte darauf zu und erkannte die Frau. Die Blaßblonde. Die Frau von der Bus-Haltestelle. Er ging an all den Broten vorbei. Einen halben Meter vor ihr blieb er stehen und sagte: «Nu?»

Margaret Gault drehte sich um.

Ein unsicheres Lächeln begann um ihren Mund; und er sah zu, wie die Kissen der Lippen schwollen, wie das Gestrahle ihres Lächelns entstand, auch das tiefe Grübchen da in der rechten Wange, und er dachte, sie ist schön.

«Stichwort Autobus-Haltestelle», sagte er. «Ich bin der Vater von Chris.»

«Ach.» Das Lächeln nahm zu. «Ja.»

Einen Augenblick lang standen sie einander schweigend gegenüber. Sie schien einerseits zögernd zu gehen; andererseits spürte er aber auch, daß sie weg wollte, plötzlich kam ihm die Vermutung, daß sie Angst vor ihm haben könnte, und er dachte, bin ich *derart* betrunken?

Und dann – aus einem Grund, über den er sich keine Rechenschaft zu geben vermochte; er dachte ja gar nicht so, dachte vielmehr das genaue Gegenteil davon! – sagte er: «So hübsch sind Sie eigentlich gar nicht.»

Ihr Lächeln verblaßte und schwand. Eine perlschriftkleine Narbe hatte sie da auf der Wange, erkannte er. Einen Herzschlag lang schien sie verstört; dann raffte sie ihr Päckchen vom Ladentisch und sagte: «Ich muß weiter. Mein Mann wartet», und verließ das Geschäft.

Als er hinaustrat war der blaue Chevy verschwunden. Er fuhr nach Hause, die Einfahrt hoch, ging ins Haus und warf das Brot auf den Küchentisch.

«Eben hab ich mit einer aufreizenden Blonden gesprochen», sagte er.

«Tatsächlich?» fragte Eve.

«Tja.»

«Wie heißt sie denn?»

«Keine Ahnung.»

«Lange könnt ihr euch nicht unterhalten haben», sagte Eve. «Wohnt sie hier in der Nähe?»

«Ich glaube, ja. Ich hab sie früher mal an der Bus-Haltestelle gesehen.»

«Ah.» Und Eve nickte verständnisinnig. «Margaret Gault», sagte sie. «Los, wasch dir die Hände. Abendbrot ist so weit. Chris! David! Abendbrot!»

4

Don Gault betrat sein Haus, die Hände in den Taschen.

Es war Montag abend, und er hatte einen langen, anstrengenden Tag in der Fabrik hinter sich. In dem Moment, wo er aus dem Auto stieg, hatte er sich auch schon den Schlips heruntergezogen und den Hemdkragen geöffnet; dann das Jackett über den Arm geworfen und beide Hände in die Taschen geschoben – nur ganz kurz nahm er die eine heraus, zum Türaufmachen, dann verschwand sie wieder in ihrer Tasche.

Ein feines Goldkettchen lag um seinen Hals und übertrieb noch den muskulösen Eindruck, den sein Genick ohnehin machte; das kleine Medaillon, das sich in seine Kehlgrube schmiegte, enthielt ein Miniaturporträt seiner Mutter.

Er suchte im Wohnzimmer nach Patrick, ging dann an dem Kaffeetischchen, das niedrig war wie ein Flickschustertisch, vorbei zur Fensterreihe und schaute hinaus in den Hinterhof. Sein Sohn war nirgends zu sehen.

«Margaret!» rief er.

«Don?» Ihre Stimme kam von oben, aus dem Schlafzimmer.

«Ha-Joo.»

«In einer Minute bin ich unten, Schatz.»

«Wo ist die Post?»

«Küchentisch.»

«Okay.»

Er warf das Jackett über einen Stuhl und ging in die Küche. Die eingegangene Post war bereits geöffnet, und Margaret hatte die aufgeschlitzten Umschläge fein säuberlich neben der Zuckerschale übereinader gestapelt. Er setzte sich an den großen runden Kiefernholztisch, nahm die Blätter auf und ging sie rasch mit dem Daumen durch. Rechnungen. Selbstverständlich Rechnungen. Rechnungen gibt's immer. Tiefer wurde die Dämmerung in der Küche; er saß da, mit Briefumschlägen in den breiten, festen Händen und sorgenvoll-abwesendem Gesicht.

Don Gaults Gesicht war insofern merkwürdig, als es völlig leer und reinlich wirkte. Das blonde Haar war zu einer ganz kurzen Bürste geschoren, was dem Gesicht zu seiner quadratischen Unbeflecktheit noch gefehlt hatte. Denn alle seine Züge waren von geometrischer Regelmäßigkeit; von der unerbittlichen Eintönigkeit der geradlinigen hellblonden Augenbrauen an, die saubergezogene Linie der Nase hinunter, bis zur harten, ungeschwungenen Geraden des Mundes. Nur die Augen milderten diesen Gesamteindruck. Mit ihrer hellen weißfleckigen Bläue schienen sie zuerst gleichermaßen kalt und adrett wie das übrige Gesicht. Aber in Wahrheit sprach Wärme aus ihnen, Wärme und Güte.

Er war ein Meter fünfundsiebzig groß – zehn Zentimeter größer als Margaret in Strümpfen; aber Zentimeter spielten keine Rolle bei Don Gault. Er gehörte zu jenen fehlerlos gebauten Männern, deren Körper den matten verdeckten Schimmer polierten Gesteins haben. Der einzige Widerspruch in all der geometrischen Vollkommenheit Don Gaults waren die Augen. Und möglicherweise war er wie diese Augen.

Nicht das störte ihn, daß Margaret *sämtliche* Briefe geöffnet hatte, einschließlich der an ihn gerichteten. Er glaubte, daß Ehe gleichbedeutend mit hundertprozentiger Partnerschaft ist und wäre nie auf den Gedanken geraten, seine Post könnte Dinge enthalten, die nicht für Margarets Augen bestimmt seien.

Seine Sorge galt lediglich diesen Rechnungen und wie schwer es war, Geld zu verdienen, und zwar pausenlos. Zum fünfzigstenmal ungefähr fragte er sich, ob er damals, nach dem Krieg, nicht doch lieber das Militärstipendium hätte annehmen und ein College besuchen sollen. Die Chance hätte er nicht vorübergehen lassen dürfen. In der Gegenwart von akademisch Gebildeten fühlte er sich immer etwas bedrückt. Er hätte nicht genau definieren können, was an jenen ihm dies Gefühl der Unbeholfenheit verursachte. Vielleicht ihre äußerliche geschmeidige Glätte; oder daß sie so anmaßend das Bewußtsein zur Schau trugen, für den Lebenskampf besser, raffinierter ausgerüstet zu sein.

Im tiefsten Innern allerdings wußte er, daß er auf der Schule ein absoluter Versager gewesen wäre. Er hatte niemals Geduld und Ausdauer mit Büchern gehabt, so still sitzen und lesen oder einen anderen reden hören. Aber geschickte Finger hatte er, schon von kleinauf. Er konnte sich noch gut an das hölzerne Schmuckkästchen erinnern, das er in der Unterstufe im Werkunterricht für seine Mutter gemacht hatte.

«Das hast du gemacht, Donald?» hatte sie gefragt. «Für mich?» Er hatte wortlos genickt und sich in ihrer ungekünstelten Bewunderung gesonnt. «Mit eigener Hand? Mit deinen eigenen Händen?»

Mit eigenen Händen; mit den Händen hier.

Er hielt sie vor sich hin. Gute Hände. Ihm waren sie immer nützlich gewesen.

Mit diesen Händen habe ich einen Menschen umgebracht, dachte er. Er verdrängte den Gedanken sogleich wieder aus seinem Bewußtsein. Aber einem Nagel gleich, den man zu tief in ein dünnes Brett getrieben hat, kam die Spitze des Gedankens hervor und blieb ihm im Gemüt haften.

«Margaret!» rief er in plötzlichem Ärger.

Er steckte die Hände in die Taschen, ging ins Wohnzimmer und weiter, bis zum Fuß der Treppe, die nach oben führte.

«Margaret?!»

«Ja», sagte sie: «Ich komme.»

Er wartete unmutig, ohne recht zu wissen warum, und schob es schließlich darauf, daß er Hunger hatte und im ganzen Haus noch kein Essengeruch zu verspüren war. Oben an der Treppe erschien sie, in knappem schwarzem Pullover, weißbauschigem Glockenrock und überhohen Hackenschuhen.

«Was stellst du eigentlich vor?» fragte er.

«Was gibt's denn?» Sie lächelte. Ihre eine Hand lag auf dem hölzernen Treppengeländer; die andere hatte sie in die Hüfte gestemmt.

«Mußt du denn grundsätzlich aussehen wie eine ...» Er verschluckte den Rest des Satzes.

«Wie wer?» Das Lächeln erstrahlte. Ihr Haar, obwohl immer kraus, wirkte jetzt, als hätte sie es absichtlich zerzaust, ehe sie aus dem Schlafzimmer trat.

«Wie was weiß ich», sagte er rauh. «Warum mußt du dich im Haus hier immer so herausputzen?»

«Willst du nicht, daß ich hübsch aussehe?»

«Ich will, daß du nicht aussiehst wie eine ...»

«Wie eine was?» fragte sie geschwind.

Ihr Lächeln fing an, ihn rasend zu machen. «Laß gut sein», sagte er.

«Ich hab drunter nichts an», sagte sie.

«Margaret! Im Namen aller ...!»

Sie kam langsam die Treppe herunter, ihre Hand schlich neben ihr übers Geländer, halb parodierte sie eine Film-Sirene, glitt stufenabwärts, ihr Leib bog sich schlangenhaft, zwischen den Lippen züngelte es, der Mund lächelte pausenlos. Mit verschwollener, geiler Stimme sagte sie: «Los; komm mit, Großer.»
«Wo ist Patrick?» fragte er.
«Ich hab ihn zu Betty rübergeschickt.»
«Alles sorgfältig vorbereitet, was?»
«M-m!»
Sie stand jetzt nur eine Stufe über ihm, so daß ihre Augen fast auf gleicher Höhe waren. In ihren spielte koboldige Helle, und ihr Mund lächelte unaufhörlich, und er hätte sie küssen mögen, sie an sich ziehen und ihren Mund mit Küssen zudecken. Ihre Hand legte sich über seine Schulter, verblieb dort einen Augenblick, glitt dann weiter, über seine Brust, tiefer, und hinterließ eine Feuerspur. Sie rührte ihn an, und er stöhnte unter der Berührung, fühlte, wie er sogleich hellwach wurde und ihr Lächelmund sich weitete, weitete, bis nichts mehr im Raum war als ihr Lächeln und ihre Hand an ihm, und er dachte, das ist Sünde, Sünde ist das.
«Komm nach oben», sagte sie.
«Was ... was ist heute?»
«Alles in Ordnung.»
«Daß nichts passiert, du?»
«Nein», sagte sie.
«Daß bestimmt nichts passiert. Ich will nicht –»
«Bestimmt nicht.»
«Wann kommt Patrick wieder?»
«Ich hab gesagt, ich ruf dann an.»
«Weiß sie, warum –?»
«Komm rauf.»
«Margaret ...»
«Komm rauf.»
«Es ist doch noch hell.»
«Es wird gleich finster.»
«Margaret ...»
«Komm mit, Don. Komm rauf mit mir.»
«Was wird mit Abendbrot? Hast du –?»
«Willst du mich nicht *haben*, Don?»
«Ich ...»
«Don, Don ...»

Ihre Finger schlossen sich fester, und jetzt war kein Lächeln mehr da, seine Lebenskraft war von ihrer vollen heißen Hand fest umschlossen; und dann ließ sie ihn plötzlich los, wandte sich, und stieg wieder treppauf. Raschen Schritts, der Rock machte weite Schlingen um ihre Beine, die spitzen Hacken hinterließen winzige rundeckige Quadrate im weichen Flor des Läufers. Abenddämmer war ins Wohnzimmer gedrungen, hatte die Winkel besetzt und Dunkelheit im stillen Haus verbreitet. Vom Keller her kam ein plötzliches Knacken: Die Ölheizung setzte ein.

Er strich sich mit der Hand über die Augen und stieg dann langsam hinauf, ihr nach. Als er ins Schlafzimmer trat, war sie schon nackt. Er sah die Linien ihres Körpers sich vom tiefen Blau der Steppdecke abheben, die Dämmerung machte die Umrisse weicher. Als er ins Zimmer trat, regte sie sich; das vertraute goldene Haupt wand sich in weißen Kissen.

Er ging ins Badezimmer. Er schaltete kein Licht ein. Lange stand er und starrte ins Waschbecken, während um ihn die Dunkelheit zunahm. Dann entkleidete er sich und legte die einzelnen Stücke, sorgfältig gefaltet, über den Badewannenrand. Dann wusch er sich noch die Hände und ging hinaus zu ihr.

Es war sehr finster im Zimmer. Er tastete sich hin zum Bett und setzte sich; ihre Hand war sogleich an ihm, und er bestieg das Bett im Gefühl riesiger Plumpheit; dann lag er neben ihr auf dem Rükken und wisperte: «Sei lieb zu mir.»

«Findest du mich hübsch?»

«Ja.»

«Liebst du mich?»

«Ja.»

«Denkst du auch während deiner Arbeit an mich?»

«Ja.»

«Was denkst du denn da?»

«Ich weiß nicht.»

«Denkst du dir, wie wir zusammen ins Bett gehen?»

«Laß doch diese Ausdrücke.»

«Was denkst du denn sonst?»

«Ich weiß nicht.»

«Don ...»

«Sei lieb zu mir.»

«Was möchtest du denn mit mir machen? Was denkst du dir denn, was du gern mit mir machen möchtest?»

«Ach, nichts. Ich denke gar nichts dergleichen. Das weißt du doch selber.»

«Ja, aber an *was* denkst du denn dann?»

«An dich eben.»

«Und was?»

«Dich.»

«An was an mir denn?»

«Eben an dich.»

«Wie denn da?»

«Ich weiß nicht.»

«Denkst du an mich im Bett?»

«Nein.»

«Nackt?»

«Nein.»

«Wie denn dann?»

«Ich weiß nicht.»

«Margaret ...»

«Sag mir, daß du mich haben willst.»

«Margaret ...»

«Sag's doch, was du alles mit mir machen möchtest.»

«Ach, Margaret, Margaret ...»

«Warum faßt du mich nicht an?»

«Liebste, können wir nicht ...?»

«Küß mich.»

Er küßte sie; ihre Hand schloß sich enger, und er zog seinen Mund von dem ihren.

«Faß meine Brust an. Magst du meine Brüste nicht?»

«Ich bete sie an.»

«Sie sind auch schön: groß und elastisch; und die Spitzen –»

«Du sollst nicht so reden!»

«Warum faßt du sie nie an?»

«Ich tu's ja. Du weißt's doch: hier. Hier!»

«Gefällt dir's, wie sie sich anfühlen?»

«Ja.»

«Sag mal, wie.»

«Ich mag sie gern.»

«Sag doch warum.»

«Weil ich sie mag.»

«Sag's doch. Don, sprich mit mir: *sag's doch!*»

«Du, du, hilf mir, du!»

«Nein! Du mußt selbst anfangen.»
«Ich kann nicht, du. Ich mag nicht.»
«Wieso nicht?»
«Ich kann nicht ...»
Er brach ab. Es war sehr still im Raum. Als sie wieder anhob, war ihre Stimme ein verschleiertes, untergründiges Gebot:
«Faß mich an!»
«Nein.»
«Faß mich an.»
«Nein.»
«Don: Warum? Warum? Warum?!»
«Ich will ... ich will dich nicht schmutzig machen», sagte er.
Er hörte ihren schweren Seufzer und hielt den Atem einen Augenblick an; dann fühlte er die Schwere ihres Körpers auf sich und ihre Hände, die ihn führten; und er schloß fest die Augen und sagte wieder: «Sei lieb zu mir ...»

5

Im zweiten Akt von ‹*Wo ist mein Pyjama?*› fing Eddie Foy jun. dann an, sich mit seinen Hosen herum zu turnieren, und Larry fiel vor Lachen beinah vom Stuhl. Sein Gelächter verblüffte und erfreute Eve gleichzeitig; sie kannte Larry jetzt zehn Jahre, davon acht als seine Frau, und begriff noch immer nicht, wann und über was er gegebenenfalls lachen würde.

Daß er einen ausgeprägten Sinn für Humor hatte, wußte sie. Er war der erste, der über einen guten Witz lachte und konnte auch selber die drolligsten Aussprüche tun. Aber wie oft kamen nicht im Theater oder Kino die komischsten Pointen, daß das ganze Haus sich vor Lachen bog – und Larry blieb ungerührt wie eine Sphinx. Und dann auf einmal sagte oder tat einer der Schauspieler irgend etwas, das kein anderer für sonderlich spaßig hielt – und prompt barst Larry vor unterdrücktem Gelächter, das spät noch anhielt, nachdem der betreffende Satz oder Gestus längst vorbei waren.

Zwar hatte sie nach jahrelangem Rätselraten resigniert und diese seine Eigentümlichkeit eben als solche hingenommen, war Freitag abend jedoch nichtsdestoweniger erfreut, daß Larry in das Gelächter der Umsitzenden mit einstimmte, als oben das Gefummel mit der Hose anfing. Seine Aufgeschlossenheit trug das ihrige zu der allgemeinen Überraschung bei, die das Kennzeichen dieser unvorhergesehenen abendlichen Unternehmung war.

Er war mittwochs in der Stadt gewesen, abends heimgekommen und hatte verkündet: «Wir sind für Freitag eingeladen, Wein und großes Menü.»

«Von wem?» fragte sie.

«Baxter & Baxter.»

«Und wer ist dieser Baxter & Baxter?»

«Nicht mehr und nicht minder als die größte Baufirma in New York», sagte Larry selbstzufrieden.

«Und aus welchem Anlaß?»

«Man will mir irgendein Angebot machen.»

«Ich denke, du arbeitest lieber zu Hause? Du wolltest doch zu keiner Firma gehen, oder?»

«Das schon; aber es handelt sich auch um kein Angebot in diesem Sinne. Ich soll sie bei irgendwas beraten.»

«Tatsächlich? Aber das ist ja großartig, Larry! Fühlst du dich nicht geschmeichelt?»

«Ach so; ja, doch», sagte er, als würde ihm das jetzt erst klar.

«Ich muß jemanden besorgen, der auf die Kinder aufpaßt», sagte Eve und ging schon zum Telefon. Larry folgte ihr ins Schlafzimmer.

«Sie soll möglichst früh kommen, Eve. Wir essen zuerst zu Abend, und dann nehmen sie uns mit ins Theater.»

«Grandios!» sagte Eve strahlenden Auges, während sie die Scheibe kreisen ließ. «Werden Baxter *und* Baxter da sein?»

«Nein; lediglich Harry Baxter und Frau.»

«Wie ist sie?»

«Nie gesehen.»

«Meinst du, man ...?» Sie unterbrach sich. «Ja, hallo?» sagte sie in die Muschel; und begann dann, gemäß kompliziert-weiblichem Verfahren, einleitende Freundlichkeiten mit einer siebzehnjährigen Babysitterin auszutauschen.

Eloisa Baxter hatte sich als eine gutmütige Frau Mitte Vierzig entpuppt. Obwohl gebürtige New Yorkerin, machte sie ständig den Eindruck, als käme sie vom Lande und sei noch verwirrt vom Lärm und Durcheinander der großen Stadt. Beim Abendessen gestand Eve ihr, daß sie heute das erste Mal bei *Sardi* wäre. Schlicht und ehrlich antwortete Eloisa: «Man ißt hier gut und auch pünktlich, so daß man zur Vorstellung zurechtkommt. Außerdem kennen die Kellner Harry: Wenn sie ihn mit ‹Mister Baxter› anreden, kommt er sich ganz prominent vor.»

Harry Baxter selbst war ein kleiner, untersetzter Mann von 54 Jahren, mit knochigem Gesicht, ungepflegtem Schnurrbart und einer tiefen, polternden Stimme. Er wirkte so lange plump und unempfindlich, bis einem die Augen aufgefallen waren und die Hände; dann, auf einmal, überkam einen das Gefühl, als müßte dieser unscheinbare kleine Mann wunderbare Bauten entwerfen können. Er und Larry verstanden sich auf Anhieb, und als der Nachtisch erschien, waren sie schon munter bei Namen wie Gropius, Le Corbusier und Mies van der Rohe.

«Zweifellos», sagte Baxter am Ende der Debatte, «unser Puerto Rico-Projekt läuft irgendwie auf Fertighäuser hinaus. Eben deswegen habe ich ja schon gleich zu Anfang Gropius erwähnt.»

«Ich versteh schon», sagte Larry.

«Und? Was halten Sie davon?»

«Es hört sich soweit ganz ordentlich an.»

«Das klingt ermutigend», sagte Baxter. «Denken Sie doch mal darüber nach.» Er sah auf die Uhr. «Wenn wir zur Vorstellung noch zurechtkommen wollen, muß ich mich aber nach der Rechnung umtun.»

Eve hatte mit halbem Ohr das Wort Puerto Rico vernommen, und ihre Neugier war erregt, aber nicht gestillt worden. Auch kam der Gegenstand erst dann wieder zur Sprache, als sie nach der Vorstellung zusammen bei *Lindy* saßen, und selbst da hätte Eve, die eben die Speisekarte las, um ein Haar Baxters zweite Erwähnung des Themas verpaßt.

«... und eine Fahrt nach Puerto Rico wäre begreiflicherweise unumgänglich.»

«Natürlich», sagte Larry.

«Ich stelle mir vor, daß eine Woche ausreichen könnte», sagte Baxter. «Das heißt, falls Ihnen mein Vorschlag zusagt.»

«Ich bin Ihnen sehr verbunden, daß Sie gerade an mich gedacht haben, wirklich», sagte Larry; und jetzt wandte Eve ihre ungeteilte Aufmerksamkeit dem Gespräch der beiden zu.

«Aber Sie haben kein Interesse daran, wollen Sie sagen?»

«Interesse schon; aber ich arbeite gerade im Augenblick an einem anderen Auftrag.»

«Oh? Darf man fragen?»

«Ein Privathaus.»

«Wie weit sind Sie damit?»

«Na ja, um die Wahrheit zu sagen: wir haben kaum erst angefangen.»

«Dann verschieben Sie's doch eine Zeit.»

«Nein, das kann ich nicht gut machen. Mein Kunde hat es eilig; und ich möchte ihm auch selbst gern ein paar Einfälle vorlegen.»

«Aha. Wann werden Sie ihm die ersten Skizzen zeigen können?»

«Ich komme mit ihm am neunundzwanzigsten zusammen.»

«Und nach diesem Termin dann?»

«Soll er sich die Entwürfe in aller Ruhe überlegen.»

«Also könnten Sie theoretisch doch am ersten kommenden Monats abfahren?»

«Ja. Vorausgesetzt, daß ich den Auftrag übernehme.»

«Welchen Auftrag?» fragte Eve. «Und wohin abfahren?»

«Puerto Rico», sagte Larry.

«Meine Firma macht den Entwurf für eine Fabrikanlage auf der Insel», erläuterte Baxter. «Die niedrigen Steuersätze dort ziehen ganz neue Industrien hin. Wirtschaftlich betrachtet ist das wirklich eine ganze wunderbare Sache und tut unserer Industrie nicht im geringsten weh. Diese unsere neue Fabrik nun soll eine eigene Wohnsiedlung für Arbeiter und Angestellte bekommen.» Er machte eine Pause, um Eve die Tatsachen verarbeiten zu lassen.

«Ah, jetzt versteh ich», sagte sie nickend.

«Da Ihr Mann nun damals, 1952, einen Preis gewonnen hat, lag natürlich ...»

«Ach, tatsächlich?» unterbrach Eloisa Baxter. «Das habe ich nicht gewußt.»

«Doch, El», sagte Baxter. «In einem internationalen Wettbewerb. Larry hatte eine Wohnsiedlung entworfen, für eine Mailänder Schreibmaschinenfabrik. Sechshundert Familien. Sein Entwurf erhielt den zweiten Preis. 7500 Dollar, stimmt's, Larry?»

«Ja.» Nach einer Pause: «Etwas weniger eigentlich, wegen des damaligen Lira-Kurs.»

«Ich will Ihnen keineswegs schmeicheln, wenn ich behaupte, daß Sie den ersten Preis hätten erhalten müssen. Ich habe beide Entwürfe genau durchgearbeitet, sobald sie veröffentlicht waren; und der Ihrige war bei weitem besser.»

«Recht schönen Dank.»

«Das hab ich auch immer gedacht», sagte Eve.

«Du bist voreingenommen», erwiderte Larry.

«Ich aber *nicht*», sagte Baxter, «aber lassen wir mal all diese albernen Jurys. Ausschlaggebend ist allein, daß ich mir ihre Pläne angesehen habe und die ganze Art mir gefallen hat. Solchen Einfallsreichtum könnte ich bei dem vorliegenden Projekt gut gebrauchen. Bitte, mißverstehen Sie mich nicht: Mein Arbeitsstab ist erste Garnitur und der Entwurf der Fabrik schlechterdings unübertrefflich. Und ich zweifle auch nicht daran, daß wir hinsichtlich der Wohnsiedlung solide Arbeit liefern würden. Aber wenn ich Pfiff hineinbringen könnte, wenn wir Ideen entwickelten, in der Art, wie seinerzeit Ihr Mailänder Entwurf war – dann könnten wir Überdurchschnittliches zeigen, über das bloß Notwendige hinaus. Sie begreifen, was ich meine?»

«Ja», sagte Larry.

Baxter wandte sich zu Eve: «Und das ist der eigentliche Grund, weswegen ich Ihren Mann als Berater hinzuziehen möchte. Er soll nach Puerto Rico fahren und die ganze Atmosphäre dort kennenlernen. Man kann gut planen, man kann aber auch schlecht planen, eines ist so leicht wie das andere, und ich möchte eben gleich richtig anfangen.»

Eve nickte. Stolz stieg in ihr hoch, Stolz auf ihren Mann.

«Ich würde Ihnen 1500 Dollar zahlen, Larry. Spesen selbstverständlich extra. Sie liefern mir dafür eine wohldurchdachte Geländestudie; Vorschläge über Art und Anordnung der einzelnen Gebäude und schließlich die Skizze für eines der Normhäuser.»

«Das ist aber ganz wesentlich mehr wert als fünfzehnhundert», sagte Larry; und Eve gab es einen Stich ob seiner Kühnheit.

«Wie viel mehr?»

«Ich müßte dreitausend haben. Plus Spesen. Falls Sie die Spesen einsparen wollten, könnte ich nach Fotografien der Gegend arbeiten.»

«Nein, ich halte den persönlichen Eindruck doch für zu wichtig. Wären Sie mit fünfundzwanzig einverstanden?»

Eve sah nervös auf Larry. «Das ginge an», sagte Larry.

«Was gibt's, Mrs. Cole?» fragte Baxter.

«Oh, nichts. Das kommt einzig und allein auf meinen Mann an.»

Baxter lächelte. «Sind Sie schon früher längere Zeit getrennt gewesen?»

«Nein.»

«Aha.»

«Oh, seien Sie nicht töricht», sagte Eve. «Bestimmt, damit hat es gar nichts zu tun, ich bin ganz dafür, daß Larry fährt. Die Entscheidung liegt einzig und allein bei ihm.»

«Larry», sagte Baxter, «würden Sie bereitwilliger ja sagen, wenn Ihre Frau mitkommen könnte?»

«Ach Gott, ich ...»

«Nehmen Sie sie mit.»

«Das ist natürlich maßlos nett von Ihnen. Aber ...»

«Es ist durchaus nicht nett. Architektur ist eine der schönen Künste; ist aber auch ein Geschäft. Und ich habe noch keinen erfolgreichen Geschäftsmann gekannt, der nicht auch spekuliert hätte. Wenn ich jetzt einen wirklich überragenden Entwurf vorlegen kann, dann bin ich sicher, daß meiner Firma weitere Aufträge zukommen. Und die Wohnsiedlung ist ein wesentlicher Teil der ganzen Fabrikplanung. Ich brauche Ihre Einfälle. Was ich heute bezahle, davon profitiere ich später.»

Baxter schwieg. Es war plötzlich still um den Tisch.

«Können Sie mit Eve am 1. November abfahren?»

Larry sah Eve an. Eve nickte.

«Okay», sagte Larry.

«Gut», antwortete Baxter. «Dann ist das abgemacht.» Er hielt die Hand hin, und Larry schlug ein. Dann schmunzelte er breit und sagte: «Ah, und hier kommt auch der Kaffee.»

Sie hatten beide geschwiegen, bis die Brücke in Sicht kam.

Das Radio ging im Auto, und Larry schien stillvergnügt zuzuhören. Eve hatte allmählich gelernt, ihm keinerlei Gespräch aufzudrängen, zumal wenn eben ein neues Projekt aufgetaucht war. Sie wußte, daß jede Idee ihre Zeit brauchte, um gewissermaßen zu gelieren; und auch, daß wenn es ihn erst einmal gepackt hatte – ob nun Begeisterung oder gegebenenfalls die Enttäuschung –, sein Wortkatarakt dann nicht zu stoppen war.

Also würde sie, ob sie gleich vor Aufregung zappelte, niemals von selbst von Puerto Rico angefangen haben, wäre der Ansager nicht mit einem Mambo angekommen. Dann allerdings – da sie gewohnt war, bei ‹Mambo› an allerlei Spanisches zu denken; auch an üppige tropische Pflanzenwelten und den entsprechenden feurigen Himmel – sagte sie automatisch: «Ein paar neue Badeanzüge muß ich gleich kaufen.»

Er merkte wohl, daß sie lediglich laut dachte, und in ihren Worten lag auch zuverlässig nichts, was einen Zank hätte auslösen können; dennoch fühlte er etwas wie Ärger in sich hochsteigen, obschon er milde erwiderte.

«Macht eigentlich 'n recht netten Eindruck, der Mann», sagte er. «Baxter, mein ich.»

«Ja, unbedingt.»

«Ich hoffe, wir nützen ihn nicht aus.»

«Wie meinst du das?»

«Na, das weißt du ja.»

«Nein», sagte Eve unschuldig.

«Daß du mitfährst», sagte Larry. Noch war kein Ärger in seiner Stimme hörbar. Aber er fühlte, wie sich seine Stirn runzelte und wunderte sich selbst, warum.

Eve überlegte einen Augenblick und sagte dann: «Je nun; er hat es doch selbst vorgeschlagen.»

«Mehr oder weniger», antwortete Larry.

«Mehr oder weniger?»

«Du hast gewissermaßen mit dem Zaunpfahl gewinkt.»

«Ich? Mit dem Zaunpfahl gewinkt?»

«Doch.» Und freundlich, trotz seiner eigenen zunehmenden Gereiztheit, fügte er noch hinzu: «Liebling, du mußt nicht jedes Wort wiederholen, was ich sage.»

«Aber ich hab doch gar nicht mit dem Zaunpfahl gewinkt. In keiner Hinsicht.»

«Schön; sagen wir: du hast sehnsüchtig gelächelt. Du weißt, was ich meine.»

«Sehnsüchtig?» wiederholte Eve.

«Also dann wie eine Frischverheiratete eben, wenn du so willst, die eine Trennung von Männe nicht überleben würde.»

«O Larry, aber das stimmt doch gar nicht», sagte Eve lachend und etwas betroffen.

Ihr Lachen verdroß ihn. «Mir schien es jedenfalls so», sagte er. «Ich will nur hoffen, er hält dich nicht für ... na ja, also: raffgierig.»

«Raffgierig? Mich?!» Jetzt zog sich Eves Stirn zusammen.

«Jawohl, ja.»

«Raffgierig? Meinst du im Ernst *mich*?»

«Eve, du ereiferst dich ...»

«Ich schätze es eben nicht, raffgierig genannt zu werden.»

«Kein Mensch hat dich raffgierig *genannt*», sagte er, und auch seine Lautstärke nahm zu. «Ich sprach lediglich die Hoffnung aus, Baxter möchte nicht in den Irrtum verfallen und dich für raffgierig *halten.*»

«Ich sehe keinerlei Grund, wieso er *diesen* Eindruck hätte gewinnen können», sagte Eve erhaben.

«Mein Gott, du ... du machtest einen Eindruck, als ... ach verdammt, du zogst ein Gesicht, als wärst du außer dir, daß ich allein runterfahren könnte!«

Er fühlte, wie ihn die Gereiztheit völlig überwältigte, und dachte, das setzt einen Mordskrach; aber er konnte seiner Gereiztheit einfach keinen Einhalt tun oder den Zank vermeiden, der jetzt unweigerlich losplatzen mußte. Er wußte nicht einmal, warum er wütend war, und diese Unfähigkeit, sich Rechenschaft über die Gründe zu geben, schürte seinen Zorn nur noch mehr.

«Um es kurz zu machen», sagte er, «es war ganz schön peinlich.»

«Was war peinlich?» fragte Eve.

«Geschäft ist Geschäft», sagte er rundheraus. «Ich dächte, das könntest du gelernt haben.»

«Inwiefern habe ich denn –?»

«Wegen dir hätte das Ganze schiefgehen können!» sagte er und kam immer mehr in Fahrt. «Schlankweg schiefgehen! Glück haben wir gehabt, das ist das Ganze. Baxter hätte genausogut umgekehrt reagieren können.»

«Reagieren auf *was*, verdammt noch mal?!» sagte Eve.

«Auf deinen Wunsch nach Mitfahren, verdammt noch mal!» sagte Larry.

«Aber es war doch sein eigener Vorschlag!»

«Ach, hör doch auf!» schnauzte Larry.

«Es war –»

«Um alles hättest du uns bringen können. Um die erste *wahrhaft* ernst zu nehmende Chance seit diesem blödsinnigen Preis. Meinst du denn, Konstruieren macht mir Spaß – so süße Nichtigkeiten zu entwerfen? Denkst du, ich will nie mal was Größeres machen? Du hättest fast ...»

«Ich?» fragte Eve.

«Ja, du! Du! Wen mein ich wohl sonst?!»

«Also könntest du mir vielleicht jetzt mal *klar sagen*, was ich verbrochen habe?»

«Warum hast du dich mit Gewalt darauf versteift, die Reise mitzumachen?»

«Versteift?»

«Jawohl: versteift, versteift! Und hör gefälligst auf, jedes Wort, das ich sage, zu wiederholen!»

«Ich habe mich auf gar nichts versteift. Der Vorschlag ging von Baxter aus.»

«Zweifellos; er ging von Baxter aus. Und du hast dagesessen, wie eine welke Blüte, und verzeihend gelächelt. Aber nicht doch», äffte er nach, «bestimmt, Mr. Baxter, die Entscheidung liegt einzig und allein bei Larry, bestimmt.»

«Na, das tat sie doch auch. Und ich habe gar nicht wie eine welke Blüte oder sonst was dagesessen. Natürlich lag die Entscheidung bei dir.»

«Sicher, vorausgesetzt, daß du mitkonntest. Das handelt sich hier um eine Geschäftsreise, wie du weißt, um Arbeit, und nicht um –»

«Wer will dich denn am Arbeiten hindern? Ich war doch vollkommen einverstanden damit, daß du allein fährst. Baxter sagte –»

«Baxter sagte, Baxter sagte –»

«Na, etwa nicht? Also jetzt hör auf damit, Larry! Jetzt werde ich unangenehm!»

«Ach, wirst du? Also das geht aber doch über die Hutschnur!»

«Von mir aus darfst du allein nach Puerto Rico gondeln. Meinethalben auch nach China. Von mir aus hau ab, und bleib ganz weg!»

«Sicher, sicher. Jetzt bin ich schon derjenige geworden, der um jeden Preis von dir weg will. Der weiter nichts im Sinn hat, als sich Hals über Kopf ins nächste spanische Bordell zu stürzen, und da –»

«Jawohl; vielleicht willst du *genau das*!» zischte Eve.

Plötzlich war es totenstill im Auto geworden.

Er saß da, die Hände am Steuer, den Fuß auf dem Gaspedal, und sah auf die Straße voraus; seine Wut war verschwunden und hatte einer großen Verworrenheit Platz gemacht.

«Entschuldige», sagte er leise. «Ich wollte keinen Zank.»

«Das hätte mal tatsächlich schön werden können», sagte Eve, die jetzt ihrerseits vor Zorn flammte. «Das zu verderben hättest du uns wirklich ersparen können!»

«Entschuldige», sagte Larry wiederum.

Den Rest der Heimfahrt sprach keiner mehr. An der Haustür begrüßte sie schon die Babysitterin mit der Versicherung, daß keiner der Kleinen wach geworden wäre. Larry bezahlte sie und fuhr sie noch nach Hause. Als er endgültig heimkam, schlief Eve bereits. Er entkleidete sich still und kletterte dann ins Bett neben sie. Irgendwann, gegen Mitternacht, wurde es kühl; Eve wühlte sich näher an ihn, und seine Arme umschlossen sie unwillkürlich; seine Hände legten sich um ihre Brüste, und sie murrte im Schlaf: «Du Stänkerer, du», blieb aber weiterhin in der Wärme seiner Umarmung.

6

Montag morgen.

Ihm war ganz dumm und wie gedunsen vor Verschlafenheit, und er gelobte sich, abends künftig den Thermostat klein zu stellen, daß es kühler würde im Haus, und menschlich zum Schlafen; aber das ging auch wiederum nicht, weil Kinder da waren, und David machte noch zusätzlich das Bett naß, der Junge konnte sich ja 'ne Lungenentzündung holen.

Verdrossen und schweigsam saß er am Frühstückstisch. Er hatte sich für heute früh eine ausgedehnte Sitzung am Zeichentisch vorgenommen und sich deswegen nicht erst mit Rasieren abgegeben. Er erspürte sogleich Eves stillen Tadel und beschloß, gleich nach dem Mittagessen ans Rasieren zu gehen. Sie hatten sich im Laufe des Wochenendes langsam wieder vertragen, ja, die bevorstehende Reise nach Puerto Rico mit großer Begeisterung besprochen; und er hatte keine Lust, wegen ein paar lächerlichen Bartstoppeln einen neuen Krach zu riskieren.

«Wir gehen zusammen zu Fuß zum Autobus», sagte er zu Chris. «Ich muß heute früh ein bißchen frische Luft schnappen.»

«Kann ich mitkommen, Pappi?» fragte David.

«Es wird kaum noch Zeit sein, dich richtig warm einzupacken, David.»

«Ist keine Zeit mehr, Eve?» fragte David.

«Ich glaub kaum, mein Sohn.»

«Ich komm nirgendwo hin», sagte David. «Bloß immer Chris.»

«Weil ich eben fünf bin», sagte Chris.

«Ich bin auch fünf.»

«Das bist du nicht.»

«Ich bin fünf», behauptete David fest.

«Ist er, Pappi?»

«Nein. Aber du wirst bald fünf werden, David. Bleib du hier und hilf deiner Mutti.»

Sie zogen ihre Mäntel an und verließen das Haus. Die Luft ging scharf und klar; er fühlte sie auf Wangen- und Zahnfleisch wie die kalte Spritze eines Arztes.

«Ich hab gestern 'n Eichhörnchen gesehen», sagte Chris.

«Ja?»

«Er grub Nüsse ein.»

«Sehr gut», sagte Larry.

«Damit er dann im Winter was zu essen hat.»

«Ich weiß.»

«Sicher. Ich weiß auch.»

Er wurde langsam munterer. Ihm war, wie wenn sein Geist nach längerer Abwesenheit in den Körper zurückkäme und sich allmählich wieder mit den Möbeln vertraut machte. Ein kalter Tag, gewiß; aber auch schön, mit der wolkenleeren Bläue seines Himmels und den kahlen Straßen, die zu ihrem geheimen Fluchtpunkt, fern am Horizont zielten.

«Zeit für Frostschutzmittel», sagte er laut.

«Was?»

«Ach, nichts weiter.»

«Er hält die Nüsse in der Hand», sagte Chris. «Genau wie 'n Mensch.»

«In den Pfötchen.»

«Sicher; in Pfötchen.»

Als sie noch eine Häuserecke von der Haltestelle entfernt waren, sah er Margaret Gault. Er beschleunigte unbewußt seinen Schritt, so daß Chris sich in Trab setzen mußte, um an seiner Seite zu bleiben. Nur sie und ihr Sohn standen erst da; der Junge hatte die Ärmchen um sie geschlungen und den Kopf in ihre schützenden Rockfalten gewühlt.

«Da ist Patrick», sagte Chris und rannte zu dem anderen Jungen hin. Larry verlangsamte seinen Schritt und gab sich das Ansehen nachlässiger Ungezwungenheit. Als er nahe genug war, lächelte er und sagte: «Guten Morgen.»

«Guten Morgen», erwiderte sie, gab das Lächeln zurück, und schon war ihre rechte Wange voll Grübchenzauber.

«Ist plötzlich kalt geworden über Nacht, was?»

«Ja», sagte sie; schauderte ein bißchen bei den Gedanken und drückte ihren Sohn fester an sich.

«Meinen Sie, daß der Frost dem Rhabarber schaden wird?» fragte Larry.

«Dem was?» sagte sie.

«Der –» Er lächelte. «Ach, nichts weiter. Ein dummer Witz.»

«Ich hab Sie wirklich nicht verstanden», beteuerte sie.

«Es ist und bleibt trotzdem ein dummer Witz.»

Sie schwiegen einen Augenblick. Er musterte sie. Sie schien verwirrt in seiner Gegenwart. Einen flüchtigen Moment lang mußte er denken, wie sich die Szene wohl aus den Fenstern der Nachbarn ausnähme: sie beide, ganz allein auf der windigen Straße?

«Sie sind ja so vornehm angezogen», sagte er.

«Ich will nur einkaufen gehen.»

«New York?»

«Nein. Bloß in die Geschäfte hier.»

«Sie sehen gut aus.»

Sie lächelte. Ein unentschlossenes Lächeln, als zweifle sie, ob sie das Kompliment akzeptieren solle oder nicht. «Haben Sie Ferien?» fragte sie.

«Ich? O nein. Ich arbeite fast immer zu Hause.»

«Ich wunderte mich nur.»

«Ja, ich arbeite zu Hause.»

Sie zögerte; er konnte sehen, daß sie überlegte, und dann lächelte sie wieder und sagte: «Ein Cousin von mir ist auch Buchmacher.»

Er mußte laut lachen, überrascht ob ihres Humors; überrascht auch deshalb, daß sie sich die Mühe gemacht hatte, ihn zum Lachen bringen zu wollen. Er hatte den Eindruck, sie sei dumm; allerdings auch das anschließende Gefühl, daß er in einen abgenützten Trugschluß verfiele, mit seiner stereotypen Voraussetzung, alle schönen Frauen müßten dumm sein. Auch war er irgendwie unklar betroffen darüber, daß er ihre Schönheit derart bereitwillig anerkannt hatte und so eifrig auf ihren kleinen Scherz eingegangen war.

Ihr Sohn kuschelte sich noch enger an sie, den Kopf fest zwischen ihren Schenkeln.

«Beneidenswert», sagte Larry.

Sogleich schien sie wieder verwirrt. Sie sah rasch nach unten, wie im Zweifel, ob sie den Knaben von ihrem Körper wegdrängen sollte oder aber ihn noch näher ziehen. Ihre Wimpern flatterten, und Larry hätte nicht sagen können, ob das ein wohlüberlegtes Manöver war oder tatsächlich nur das Anzeichen ehrlicher Verwirrung.

Plötzlich fiel ihm ein, daß sie seine Worte möglicherweise für doppelsinnig gehalten haben könnte, und fügte rasch erläuternd hinzu: «Er hat's hübsch warm da»; und wurde sich ebenso plötzlich bewußt, daß er vorhin mit voller Absicht zweideutig gewesen war.

Mütter erschienen jetzt überall in den Straßen. Windfangtüren schnappten hinter ihnen ins Schloß; sie betraten die wohlaufgeräumten Vorortstraßen und geleiteten müde ihre Schützlinge in einen neuen Schultag. Sie versammelten sich an der Haltestelle, Margaret begann ein Gespräch mit einigen, und sogleich nahm er eine Veränderung ihres Wesens wahr, und gleichmütigeren Stimmklang, und ein Lächeln, das gezwungener schien und nicht halb so natürlich wie zuvor. Und da kam schon der dicke gelbe Schulautobus um die Ecke gerumpelt, bremste mit vielem Geknirsch, die Türen schnappten auf, alle kleinen Jungen schubsten sich im Kampf um die Fensterplätze; ein kleines Mädchen quiekte: «Erst die Damen, erst die Damen!» Chris kam gerannt, tupfte einen kleinen feuchtkalten Kuß auf seine Backe und krabbelte dann ebenfalls an Bord des Autobus; und ganz unvermittelt kam er sich jetzt maßlos unrasiert vor. Fast ehe der Bus noch anfuhr, begannen die Frauen sich schon wieder zu verlaufen. Er winkte Chris und wandte sich dann um.

«Also», sagte er zu Margaret, «bis zum nächstenmal.»

Sie nickte kurz zurück, lächelte, und er wandte sich endgültig und ging nach Hause.

Nach Verlauf von zwei Tagen waren die Wände seines Büros über und über mit Skizzen bedeckt.

Der Raum war nur klein, der kleinste im ganzen Haus, genau dreidreißig mal dreidreißig im Quadrat. In der Wand gegenüber der Tür befand sich von Schulterhöhe bis unter die Decke eine Fensterreihe; und obgleich die fensterlose Mauer des benachbarten Hanghauses keine fünf Meter weit entfernt war, fiel gutes Licht von Norden hindurch.

Abgesehen vom Zeichentisch, einem Hocker, einem Schrank für Lichtpausen und einem zweiten Briefordner war der Raum möbelleer. Über dem Tisch, am schwenkbaren Arm, hing einsatzbereit die Neonlampe, falls das Tageslicht nicht ausreichen sollte.

An der Fensterwand stand der Zeichentisch, ein großes Rechteck, neunzig mal einszwanzig; die hölzerne Fläche war glatt mit mehreren Lagen derbem braunem Packpapier überzogen. Er war für Ordnung bei der Arbeit, und außer dem, was er als Handwerkszeug für unentbehrlich erachtete, durfte nichts auf dem Tisch herumliegen. Darunter verstand er eine Schachtel mit Drehbleistiften, eine weitere mit Bleistiften verschiedener Härtegrade (B und B2 waren die am meisten gebrauchten), dann ein Lineal mit Maßstab, ein Radiergummi, und dann, als etwas, ohne das er nicht auskam: eine Radierschablone. Rechts neben dem Tisch hing an ihrem Häkchen eine Reißschiene. Auf der glatten grünen Fläche des Lichtpausenschranks lagen Rollen Pauspapier in verschiedenen Breiten, dreißig, sechzig und fünfundsiebzig Zentimeter; auch stand dort die Schreibmaschine, eine Koffermaschine, die bessere Tage gesehen hatte.

Als er Altars Auftrag zuerst übernahm, war sie in Aktion getreten, um die Erfordernisse für jeden einzelnen Raum festzuhalten. Er hatte sich nicht etwa mit allgemeinen Anforderungen befaßt; die merkte er sich so und bedurfte dazu keiner maschinengeschriebenen Merkzettel. Auch handelte es sich bei seinen Aufzeichnungen – seien sie noch so eingehend – nicht etwa um Einzelheiten wie Möbelgrößen; die wußte er auswendig und hatte sie parat, wenn er die Ausmaße jedes einzelnen Raums festlegte.

Seine Notizen, ausführlich, aber nicht auf Einzelheiten eingehend, sahen etwa so aus:

STUDIO – WICHTIGSTER RAUM IM GANZEN HAUS!! / Gefühl der Geräumigkeit erwünscht, und weite Aussichten. / Abneigung in Wandnähe zu arbeiten. Tisch also freistehend. / Platz für viele Bücher. / Vom Balkon aus nahe Aussicht. (Im Gegensatz zur weiten Aussicht vom Schreibtisch.) / Hinsichtlich Beleuchtung nicht eigen; Hauptsache: kein direktes Sonnenlicht. Arbeitszeit im allgemeinen von zehn Uhr vormittags bis vier Uhr nachmittags. / ‹Bürogefühl› oder gar -aussehen unerwünscht. Dagegen Platz für Kleinkühlschrank und Kochplatte schaffen. / Unauffällige Aktenschränke anbringen; zumal für Durchschläge von Buchmanuskripten und Korrespondenzablage. / Beachten, daß großen Schreibtisch gewohnt. / Weitere Möbel: Sofa, Hausbar, Spültisch.

SCHLAFZIMMER – für zwei. / Aussicht belanglos. Wenn möglich beim Erwachen Morgensonne. / Anderthalb Quadratmeter für Einbauschrank. / Direkter Zugang zum Studio. / Falls möglich Balkon. (Mit dem des Studio verbinden?) Unnötig dagegen …

In dieser Art erfaßten die Notizen einen Raum des künftigen Hauses nach dem andern. Früher, zu Beginn seiner Laufbahn und frisch vom Pratt Institute, hätte Larry sich zuerst ein Runddiagramm entworfen: Das bestand aus einer einfachen Gruppe sich überschneidender Kreise, für jedes Zimmer einen, und diente dazu, die Beziehungen der einzelnen Räume zueinander festzulegen. Wohl entwarf er sich auch jetzt noch in Gedanken ein solches Runddiagramm; aber dergleichen elementare Planung lange zeichnerisch zu fixieren war nicht mehr nötig. Es sei denn, das betreffende Objekt hätte so viel Einzelelemente gehabt wie, sagen wir, ein Krankenhaus. Ein Privathaus aber bestand selten aus mehr als zehn, höchstens zwölf Elementen, und damit konnte er bequem im Geist jonglieren.

Bei den meisten Häusern hatte Larry es als beste Methode erprobt, den großen allgemeinen Grundgedanken des Kunden herauszuschälen und dann von dem auszugehen. Ob zwingende Notwendigkeit oder frommer Wunsch – ihn hämmerte er sich ein, sei es Ideale Lage, Maximale Raumausnützung, Allgemeines Himmelsstreben, Klösterliche Stille, und dergleichen mehr. Roger Altar nun wollte 100000 Dollar für sein Haus ausgeben und hatte Larry praktisch völlig freie Hand gelassen. Finanziell nicht eingeengt, architektonisch unbeschränkt, brauchte er nur schöpferisch zu werden, und hatte nicht schon im Anfangsstadium zu berücksichtigen, daß die Toiletten aus Sparsamkeitsgründen Rücken gegen Rücken anzulegen wären. Was sollte der Grundgedanke sein; was sollte das Haus ausdrücken?: Kraft? Dramatik? Natur? Kurzum, er fragte sich, welches Gefühl einem das Haus letzten Endes vermitteln sollte, und begann diesmal also methodisch nicht mit Grundrissen, sondern mit Ansichten.

Würde ein einziger allesumfassender Innenraum das Richtige für Altar sein?

Oder würde er nicht für die Wohnraumgruppe einen vollständig anderen Stil sehen wollen als für den Schlafzimmertrakt?

Würde ein Turmhaus angemessener sein oder ein langgestreckter flacher Typ?

Oder läge Altar eine leichtblütigere Bauweise, etwa mit tief gelegten Binnenhöfen?

Er wählte ein gelbliches Pauspapier und überließ sich ganz seiner schweifenden Phantasie, dem schöpferischen Getändel seiner Bildkraft. Was würde Altar zu einem Würfel auf Stelzen sagen? Das Gelände fiel immerhin steil: Sollte er diesen Hang benützen à la Wright? Oder sollte er, umgekehrt, dagegen angehen: Hausgestalt gegen Geländebeschaffenheit, wie Le Corbusier getan hätte?

Er warf keine seiner Skizzen weg, alle hingen sie Mittwoch früh an Zelluloseklebestreifen an der Bürowand; er selbst stand inmitten des kleinen Raums, wie ein Kenner in der Gemäldegalerie, und studierte sie eingehend. Alle wollte er Altar nicht zeigen. Was nicht geraten schien, mußte aussortiert werden; die restlichen würde er im Maßstab 1 : 100 ins reine zeichnen – diese Erstentwürfe konnte er Altar zum Ansehen und Durchdenken vorlegen. Sobald dann annähernd die allgemeine Richtung des Ganzen festlag, konnte man die brauchbaren Vorstudien ineinanderarbeiten, am besten wohl auf weißem, nicht auf dem groben Pauspapier.

Das Aussondern erwies sich als nicht ganz einfach. Er brauchte dazu den ganzen Vormittag und aß dann schnell etwas in der Küche. Nach dem Imbiß empfand er die Notwendigkeit einer kleinen Umschaltpause und fuhr deshalb ins Geschäftsviertel, um sich die Abendzeitung zu holen. Er rechnete nicht damit, Margaret Gault zu treffen, und hielt auch nicht Ausschau nach ihr.

Aus der Konsumtür kam Mrs. Garandi, eine alte, verwitwete Dame, die mit Sohn und Schwiegertochter im Haus gegenüber wohnte, die Einkaufstasche in der Hand. Larry klemmte sich die Zeitung unter den Arm und ging rasch zu ihr hinüber.

«Kann ich Ihnen tragen helfen, Signora?» fragte er.

Überrascht sah Mrs. Garandi hoch; sie war eine weißhaarige, zähe Frau mit einem Körper, solide wie ein Baumstumpf. Sie stammte aus Basilico, und trotzdem sie ein völlig akzentfreies Englisch sprach, hieß sie in der ganzen Nachbarschaft nur die Signora. In dieser vertraulichen Bezeichnung lag keinerlei Spur von Anzüglichkeit; sie war eine Lady, vom Scheitel bis zur Sohle.

Im geheimen bildete sich Larry ein, daß die Signora einer vornehmen italienischen Familie entstamme und ihr Englisch sowie zweifellos auch Reiten und Teetischmanieren einer Gouvernante verdanke. Nichts konnte falscher sein als solche Hypothese. Mrs. Garandi war arm geboren, hatte arm geheiratet und war mit ihrem Mann nach Amerika ausgewandert, um sich eine neue Existenz zu schaffen. Sie hatte eingesehen, daß sie dabei nicht auch noch sprachlich gehandicapt sein dürfte und sofort eine Abendschule besucht, wo sie ihr untadeliges Englisch lernte.

«O Larry», sagte sie, «keine Umstände. Es ist nicht schwer.»

«Macht gar keine Umstände. Wo steht Ihr Wagen?»

«Ich bin zu Fuß gegangen.»

«Oh, dann kommen Sie, ich fahr Sie nach Hause.»

«Danke schön», sagte sie. «Etwas müde bin ich freilich.»

Er nahm ihr die Einkaufstasche aus der Hand, und sie gingen nebeneinander zum Auto. Er schloß die Wagentür hinter ihr, und ging dann herum zum Führersitz. Als er Platz genommen hatte, sagte er: «Puh! Kalt!»

«Schrecklich, schrecklich. Meinen Sie wirklich, es könnte schon schneien?»

«Hieß es so?»

«Ja. Im Radio.»

«Heute?»

«Heute nachmittag soll es anfangen.»

«Ach, das glaub ich nicht», sagte er. «Der Himmel ist doch ganz klar.»

Er fuhr im Rückwärtsgang aus seinem Parkplatz. An der Straßenauffahrt bremste er und sah im gleichen Augenblick Margaret.

Sie schritt den Kopf gegen den Wind geneigt, eine Hand in der Manteltasche. Mit der rechten Hand hielt sie den hochgeschlagenen Kragen und hatte die Wange hineingekuschelt. Er tutete einmal; sie sah sogleich hoch, erkannte ihn und winkte. Er winkte zurück. Margaret kam näher ans Auto. Sie sagte etwas, aber er konnte sie durch das geschlossene Fenster nicht verstehen.

Er kurbelte es herunter und fragte: «Was?»

«Ich sagte: ‹Fahren Sie berufsmäßig herum und lesen alle Frauen der Nachbarschaft auf?›»

Larry lachte. «Nein», antwortete er, «lediglich die hübschen.»

«Ah», sagte sie, stimmte in sein Gelächter ein, winkte und ging dann weiter in Richtung der Läden. Larry drehte das Fenster wieder hoch.

«È bella», sagte Mrs. Garandi; das erste Mal, seit er sie kannte, daß sie Italienisch sprach: *«È bellissima!»*

Das Mädchen, das ihm diesmal die Tür von Roger Altars Wohnung aufmachte, war nicht Agnes.

Er gab sich nicht deutlich Rechenschaft darüber, ob er Agnes erwartet hatte oder nicht, war aber nichtsdestoweniger enttäuscht, einer Fremden zu begegnen. Und zwar einer langen, schlaksigen Brünetten mit gelangweiltem Gesichtsausdruck, ohne jedes Make-up; ihre Ohren schmückten ein Paar große Messingringe. Sie ging ganz in Schwarz – schwarzer Pullover, schwarze Hose, schwarzer Gürtel, schwarze Capezio-Sandalen. Larry fragte sich im stillen, ob sie etwa gerade von irgendeinem Begräbnis käme?

«Wer sind Sie?» fragte sie.

«Larry Cole.»

«Ah, richtig. Kommen Sie rein. Der Genius arbeitet gerade.»

Er trat ein und fand sich einer Spitzenleistung der Unordnung gegenüber. Inmitten des Zimmers, der Hausbar gegenüber, stand die blaue Couch: Eine Hose rekelte sich darauf. Die Bar selbst war hoch mit leeren Flaschen und gebrauchten Gläsern bewachsen. Unter den Fenstern an der Langseite stand ein Tisch, voll mit schmutzigem Frühstücksgeschirr, obgleich es jetzt drei Uhr nachmittags war. Der Spülstein quoll über mit Tellern vom letzten Abendbrot.

Aus nicht durchschaubaren Gründen hielt sich unter dem Klubsessel, links von der Bar, eine halbleere Milchflasche auf. Mitten auf dem Fußboden lag ein Haufen Grammophonplatten aufs Geratewohl durcheinander. Auf dem Tisch stand ein Männerschuh – sein Partner lag in der fernsten Ecke des Zimmers. Über die geöffnete Tür der Musiktruhe war ein Paar rote Socken gehängt worden.

«Sie sind der Architekt, ja?» sagte das Mädchen.

«Ja.»

«Wieder ein Genius. Mir stehen die Genies bis hier.» Sie musterte Larry. «Und Sie sind nicht einmal ein gutaussehender Genius.»

«Ich bin nicht einmal ein Genius», antwortete er.

«Die Bescheidenen sind die Schlimmsten», sagte das Mädchen. «Außerdem heiße ich Marcia.»

«Wie geht es Ihnen?»

«Ausgezeichnet. Darf ich Ihnen etwas einschenken?»

«Nein, danke sehr.»

«Noch zu früh am Tag?»

«Das nicht.»

«Was dann?»

«Mir ist im Moment nicht danach.»

«Stört es Sie, wenn ich einen nehme?»

«Aber nicht im geringsten.»

«Danke.» Das Mädchen schritt zur Bar und füllte sich ein Wasserglas halb voll Bourbon. «Erstick dran», wünschte sie sich und leerte den Inhalt. Von irgendwoher aus der Wohnung konnte Larry das Geticke einer Schreibmaschine hören. Marcia blickte auf, schnitt ein Gesicht und sagte: «Der Genius.»

«Möchten Sie ihn nicht unterrichten, daß ich da bin?»

«Ich? Wenn ich den Kopf in die Tür stecke: der beißt ihn mir ab! Nein, ohne mich, danke.»

«Was macht er denn?»

«Das ist eine ausgesprochen dämliche Frage. Hören Sie die Schreibmaschine nicht klappern?»

«Ich kenne Sie noch nicht gut genug, daß sich eine Beleidigung lohnte», sagte Larry, «aber ich möchte Sie doch bitten, damit aufzuhören.»

«Womit aufhören?»

«Mit dem dauernden Angeremple.»

«Ich wußte nicht, daß Sie derart sensibel sind.»

«Bin ich auch nicht. Aber Ihnen empfehle ich etwas Lippenrot; dann wird Ihnen besser werden.»

«Besten Dank, aber ich fühl mich sehr wohl so.»

«Wie lange arbeitet er denn schon?»

«Heute früh um zwei ist er aus dem Bett gesprungen. Seitdem ist er pausenlos im Gange.»

Larry warf einen Blick auf den Tisch mit Tellern. «Aber eine Frühstückspause hat er doch eingelegt, oder?»

Das Mädchen war Larrys Blick gefolgt. «Die sind noch von gestern.» Und nach einer Pause: «Sind Sie mit ihm befreundet?»

«Ich weiß es nicht», sagte Larry.

«Meiner Ansicht nach hat er 'n Vogel.»

«Durchaus möglich.»

«Halten Sie ihn für einen bedeutenden Schriftsteller?»

«Ich weiß es nicht.»

«*‹Griff nach den Sternen›* stinkt gen Himmel, meiner Ansicht nach. Und der *‹Reinfall›* ist, um ganz ehrlich zu sein, um keinen Deut besser. Ich hätte auf die Kritiker hören sollen.»

«Vielleicht wär's richtig gewesen.»

«Ach, klar wär's garantiert richtig gewesen! Wenn ein Autor von mir verlangt, daß ich Geld für sein Buch ausgebe, verpflichtet er sich gleichzeitig seinerseits, mich zu amüsieren.»

«Und das war nicht der Fall?»

«Nein, ein glatter Versager. Meiner Ansicht nach ist er ein miserabler Schriftsteller. Und die Kritiker sagen dasselbe. Ich hab sämtliche Rezensionen gelesen, von A bis Z; das heißt zumindest sämtliche in New York und Umgebung. ‹Himmelschreiend› schrieb eine wie die andere; und das ist auch mein Urteil.» Sie hielt inne. «Außerdem hat er meiner Ansicht nach 'n Vogel – oder hab ich das schon mal gesagt?»

«Allerdings.»

«Ist es also doppelt wahr.»

Drüben ging eine Tür auf und Roger Altar erschien. «He, Larry», sagte er, «war mir's doch, als hörte ich Ihre Stimme.» Er kam mit ausgestreckter Hand näher. «Seit wann sind Sie denn schon da?»

«Seit geschlagenen fünf Minuten», sagte Marcia.

Altar runzelte abwesend die Stirn: «Bist du immer noch hier?» fragte er das Mädchen. «Ich denke, du bist längst fort.»

«Ich wollte mal sehen, wie lange dein Spurt anhält.»

«Mißliche Methode», sagte Altar zu Larry. «So frei nach Inspiration zu schreiben, mein ich. Der Routinier setzt sich hin und haut seine Seiten raus, ob er nun inspiriert ist oder nicht. An sich das einzig richtige Verfahren, wenn sich das blödsinnige Gewerbe auszahlen soll.» Er wischte langsam mit der Hand über den Mund. «Das ist das erste Mal bei mir, daß mir dergleichen passiert. Ich bin mitten im Rohentwurf zum neuen Buch. Mitten in der Nacht trieb es mich auf einmal hoch und an die Schreibmaschine. Was sagen Sie dazu? Ist es Ihnen auch schon so gegangen?»

«Nein.»

«Ist ein tolles Gefühl. Ich muß seit letzter Nacht sechzig Seiten rausgehauen haben und bin immer noch voll in Fahrt. Das wird ein großes Buch; groß! – Haben Sie schon gefrühstückt?»

«*Und* Mittag gegessen», sagte Larry.

«Ja? Wie spät ist es denn überhaupt?»

«15 Uhr durch.»

«Im Ernst? Was sagen Sie dazu?!» Altar massierte sich langsam das Kinn mit der Hand; er sah sehr zufrieden aus und sehr müde und maßlos abwesend. «Rasieren müßte man sich», sagte er. «Und Hunger hab ich auch.» Ihm schien aufzufallen, daß er unten zwar eine Hose, oben aber noch die Pyjamajacke trug, und fing an sie aufzuknöpfen. «Dreh dich mal um, Schatz», sagte er zu Marcia und fing dann unvermittelt an zu kichern. «Ein Mordsbuch, Larry; das beste, was ich jemals gemacht habe. Ich fühl's bis ins Innerste, wie das funkt. Oh, mein Gott, wird das ein Ding werden!!»

«Sie wirken wie außer sich», sagte Larry.

«Ich *bin* außer mir! Die Worte strömen an mir runter, wie Schweiß in den Hundstagen. Ich kann gar nicht glauben, daß ich derjenige bin, der sie niederschreibt, so toll sind sie: So gut *bin* ich doch einfach nicht.»

«Sehen Sie?» sagte Marcia. «Er gibt es selbst zu.»

Altar sah sie unverwandt an, Stück für Stück zählten seine Augen die schwarze Tracht nach. «Wen mimt sie?» fragte er Larry: «Die Blumen-für-die-Toten-Verkäuferin im ‹*Straßenbahnwagen*›?»

«Jetzt denkt er, er wirkt literarisch», sagte Marcia. «Dabei ist er der unwissendste Genius, der mir je über den Weg lief.»

«O Baby, geh raus, laß 'n Drachen steigen», sagte Altar milde, als hätte er für ein Wortgefecht keine Energie übrig.

«Er hat mit zwei Büchern Glück gehabt und hält sich nun für einen bedeutenden amerikanischen Schrifsteller.»

«Ich bin ein bedeutender amerikanischer Schriftsteller.» Altar sagte es so, als stände das Faktum außerhalb jeder Debatte.

«Die Kritiker haben deine zwei Bücher abgestochen», sagte Marcia. »Ich weiß es. Ich habe die Rezensionen gelesen.»

«Kritiker», sagte Altar achselzuckend.

«Man behauptet, du schriebest gutgehenden Kitsch.»

Altar zuckte schweigend die Achseln.

«Vorlagen für die Traumfabriken in Hollywood, hieß es.»

Wieder hob Altar die Schultern, aber, wie es schien, nicht mehr aus bloßer Wortmüdigkeit. Er schien zusammenzusinken unter der Wucht von Marcias Zitaten. Er machte keinerlei Versuch, die Richtigkeit der Zitate zu bestreiten, und Larry erkannte auf der Stelle, daß das Mädchen solche Rezensionen mitnichten etwa erfand. Aber das hatte er nicht erwartet, daß Altar derart dadurch getroffen werden würde. Er erwartete, Altar würde die Attacken des Mädchens umgehend parieren; aber vor der Feuerwalze ihrer Worte schien er völlig wehrlos. Er hatte die Pyjamajacke zwischendurch ausgezogen und stand nun im Raum wie ein zottiger Riesentanzbär, der von seinem wütenden Besitzer ausgepeitscht wird.

«Eine Rezension lautete: ‹Roger Altar hat das Räderwerk seines Romanfabrikchens wieder in Gang gesetzt und einen neuen Drehbuchstoff für Tab Hunter geliefert.› Erinnerst du dich speziell an die? Die hat mir einen Mordsspaß gemacht beim Lesen.»

«O, je: Kritiker», sagte Altar abwehrend.

Larry beobachtete den Mann. All seine vorige Begeisterung schien plötzlich von ihm gewichen. Selbstbewußt, sicher und aufgeregt war er aus seinem Studio getreten, erschöpft von ehrlichster Anstrengung. All das hatte das Mädchen anzustechen gewußt; jetzt stand er eingefallen und unsicher da und schien Larrys Anwesenheit im Zimmer gänzlich vergessen zu haben.

«Die allerschönste ist natürlich in meinen Augen die», sagte das Mädchen träumerisch, als erzähle sie ihren Lieblingswitz, «die, die anfängt: ‹Der *Reinfall* hat genau den Titel, den er verdient.› Das war unbezahlbar! Eine klassische Formulierung!»

«Kritiker haben keine Ahnung», sagte Altar still. «Was wissen denn die schon?» Er bewegte planlos die Schultern.

«Sie behaupten, du schriebst mit einer gewissen geschmeidigen Glätte, hättest aber im Grunde nichts Nennenswertes zu sagen. Nichts; gar nichts.»

«Wohl hab ich was zu sagen», sagte Altar.

«Der Ansicht ist man eben nicht.»

Altar ließ den Blick nicht von dem Mädchen. «Doch hab ich was zu sagen!» Seine Stimme klang fester.

«Warum sagst du's denn dann nicht?» stichelte Marcia. «Warum verzapfst du dann gutgehenden Kitsch?»

«Ich schreibe durchaus nicht gutgehenden Kitsch», sagte Altar und schien endlich ärgerlich zu werden. «Die Kritiker haben keine Ahnung. Wer denen Glauben schenkt, kann gleich ins Irrenhaus gehen. Auf Kritiker hör ich überhaupt nicht.»

Ja, gib ihr Kontra, dachte Larry. Los, Altar, gib's ihr.

«Die Kritiker wissen sehr wohl, was sie schreiben», sagte Marcia grinsend. «Sie sind ja schließlich ausgebildet –»

«Von nichts haben sie eine Ahnung!» sagte Altar wütend.

«Umbringen möchtest du dich, weil die Kritiker deine Bücher so verreißen», sagte Marcia. «Das frißt an dir. Du stirbst zehn Jahre früher deswegen.»

Altar nahm die Schultern zurück; sein unrasiertes Kinn begann sich vorzuschieben. Gib's ihr doch, dachte Larry. Stopf ihr das Schandmaul!

«Sicher, weinen tu ich, wenn ich mein Bankkonto ansehe!» brüllte Altar.

Larry sah ihn an, enttäuscht und zwinkernd. Doch dann kam es ihm zu Sinn, daß Altar die zur Zeit einzig mögliche Verteidigungswaffe gewählt hatte: Finanzieller Erfolg lag zu seinen Füßen, und er ergriff den ERFOLG und handhabte ihn als Keule. Aber nun, nachdem er seine allerletzte Waffe eingesetzt hatte, schien ihn Scham ob deren Unzulänglichkeit zu überkommen. Er konnte Larry nicht ansehen. Er drehte Marcia den Rücken und stapfte barfuß und mit großem Aufwand von Prahlerei zum Kühlschrank hin. Er griff sich eine Packung Schnittkäse heraus, riß die Zellophanhülle herunter, faltete sich sechs Scheiben auf einmal zusammen und stopfte sie in den Mund.

«Kritiker», sagte er. «Die schluck ich runter wie den Käse, den sie schreiben.»

Der Raum blieb still. Altar kaute seinen Bissen. Das Mädchen ging zur Bar und schenkte sich den nächsten Bourbon ein.

«Ich habe Ihnen ein paar Entwürfe mitgebracht», sagte Larry.

«Ach, richtig.»

«Sie wissen, ich war für 15 Uhr bestellt.»

«Ja, entschuldigen Sie, ich hatt's vergessen.» Altar machte eine Flasche Milch auf, setzte sie an den Mund und fing an zu schlucken. Wischte sich den Milchbart mit dem Handrücken ab und sagte dann: «Ich kann die Skizzen heute nicht mit Ihnen erörtern. Ich hab zuviel zu tun.»

«Okay», sagte Larry. «Sehen Sie sie in aller Ruhe an; darüber sprechen können wir, sobald ich zurück bin.»

«Von wo zurück?» fragte Altar interessiert.

«Meine Frau und ich fahren nach Puerto Rico.»

«Warum das, zum Teufel? Das ist doch der Arsch der Welt, ganz unten in den Antillen.»

«Beruflich», sagte Larry. «Ich hol jetzt gleich die Tickets fürs Flugzeug ab.»

«Na schön; aber sagen Sie hinterher nicht, ich hätte Sie nicht gewarnt.» Altar wandte sich dem Mädchen zu. «Hör mal, verehrter Kritiker», sagte er, «anstatt mir sämtliche Flaschen im Haus auszusaufen, könntest du die Bude lieber etwas in Ordnung bringen. Es sieht aus hier wie im Saustall.» Er wandte sich wieder an Larry. «Sie will mich mit aller Macht dahin bringen, so zu hausen, wie ihrer Ansicht nach jede Dichtertype müßte. Sie kennt zuviel solche Buchstabenjungens aus der Künstlerkolonie.»

«Sobald ich mal Zeit hab, mach ich Ordnung», sagte sie.

«Ach, laß gut sein», sagte Altar. «Pack dein Krämchen zusammen und zieh zu einem Kritiker; was willst du hier?»

«Mir gefällt's hier.»

«Du bist die phantasieloseste, großschnauzigste Edelnutte, die mir im ganzen Leben vorgekommen ist», sagte Altar.

«Ich? Ich habe deinen schöpferischen Spurt ausgelöst», sagte Marcia.

«Klar. Also es gibt doch keine Frau, die sich nicht einbildete, ihr Körper sei ein Brunnquell an Seelentiefe, aus dem ein schrecklich stumpfes Männchen sich dann und wann diebischerweise eine Handvoll göttlicher Inspiration schöpft. Also, Baby, ich reiße dich ja ungern aus dem Wahn, aber –»

«Tu's nicht», sagte Marcia.

«Also ich verschwinde», sagte Larry. «Sobald ich wieder zurück bin, ruf ich an.»

«Einverstanden», sagte Altar. Er geleitete Larry zur Korridortür und sagte dann als Zugabe: «Schönen Gruß auch.»

«An wen?» fragte Larry.

Und Altar, der sich an den Kalauer erinnerte, gab Larry ein Knie vor den Hosenboden und rief: «Na, an den Vorgesetzten natürlich!»

7

Morgen war Halloween, und die Kürbisse mußten noch gekauft werden.

Don würde ihnen die gebührenden Grinsefratzen einschneiden – Patrick sah so gern zu, wie auf den gelben Globen die Gesichter erschienen. Und natürlich mußten Maiskolben vors Haus gehängt werden, neben den Briefkasten. Wie schnell war es schon wieder Halloween geworden; wie schnell war der Sommer gestorben.

Sie schauderte.

Das bloße Wort Halloween konnte sie nicht ausstehen; ihr war der Klang gleichbedeutend mit Entsetzen: Schon war wieder der Junge hinter ihr her mit seinem gekreideten Stecken, schlug auf sie ein, johlte «Halloween! Halloween!» und rannte jetzt um sie herum, nach vorn, immer den Mund voll Geschrei, und sein weißer Stecken war spitz und scharf. Sie konnte sich ganz genau erinnern, zwölf war sie gewesen und der Großvater zwei Jahre tot, wie sie weglaufen wollte, dabei stolperte, und auf einmal saß ihr das bohrerspitze Ende des Steckens in der Backe; und das Blut; die Augen des Jungen wurden plötzlich ganz groß vor Schreck.

Zwei Stiche hatte der Arzt machen müssen, um das kurios geformte kleine X auf ihrer rechten Wange zu schließen. Ich habe mein Kreuz zu tragen, sann sie, aber sie lächelte nicht. Denn auch die schüchterneren Jungen, zu anderen Halloweens, hatten sie mit mehlgefüllten Strümpfen gejagt und ihr die Kleider gezeichnet. Nein, Halloween war für sie gleich Entsetzen; die mächtigen Freudenfeuer in den Straßen von Manhattan, die Kinder, die mit ihrer Beute den lodernden Flammen zustürzten: alte Stühle, Lattenkisten, Bündel Zeitungen, von den Läden abgerissene Reklameschilder; wie Kobolde tanzten sie um die Feuer, Papiermützen über Augen und Ohren gezogen, manche Jungen hatten auch lederne Sturzhelme auf und Schutzbrillen gegen die sich ballenden Rauchschwaden, verhexte Spiegelaugen im Feuerschein. Entsetzen. Nein, sie mochte das Wort Halloween nicht.

Kürbisse, prägte sie sich ein, und Mais. Und Bonbons für die Kleinen, die an die Haustür kommen. Und möglichst auch gleich ein paar Tütchen, um die Bonbons hineinzutun. Mein Gott, es gab heute wohl keinen Feiertag mehr, der nicht ein ganzes Vermögen kostete.

Sie schritt aus mit gesenktem Kopf, den Blick auf dem Pflaster.

Der Wind ging, und zum Teil als Schutz gegen ihn trug sie den Kopf geneigt. Aber selbst wenn es Sommer gewesen wäre, wäre sie niedergeschlagenen Blicks ihres Weges gegangen. Sie war der plötzlich stoppenden Autos und der Einladungen zum Mitfahren gewohnt geworden, hatte sich an die Pfiffe der Lkw-Fahrer gewöhnt, sich mit dem Panzer gespielter Gleichgültigkeit gegen ihre Umgebung abgeschirmt, und ging für sich hin, allein mit ihren Gedanken. Die eine Hand trug sie in der Manteltasche. Die andere hielt schützend die Kragenecke vor die Ziernarbe ihrer rechten Wange. Lange, baumelnde Ohrringe trug sie, ein Kopftuch aus hellem Blau, und ihre Absätze hielten hurtig Zwiesprache mit dem Pflaster.

Als sie die Autohupe hörte, sah sie nicht erst hoch. Aber der Wagen bog an den Bordstein, genau dort, wo sie die Straße überqueren mußte. Hielt an, und erneut vernahm sie die Hupe. Sie hob zögernd den Blick.

Und erkannte fast gleichzeitig den Dodge, und war auch erstaunt über das Lächeln, das sich umgehend um ihren Mund bildete. Sie mußte unvermittelt daran denken, daß sie nicht einmal den Namen dieses Mannes wußte, höchstens eben «der Vater von Chris». Er lächelte; so im sonnenhellen Innern des Autos wirkten seine Augen beinah schwarz; sie besah sich sein Gesicht zum erstenmal mit Bewußtsein und dachte, daß es nicht sonderlich hübsch war, ausgenommen die Augen. Die Augen waren warm und tief und braun.

«Hallo, Maggie», sagte er, und die Benennung traf sie bis ins

Innerste, denn kein Mensch außer ihrem Großvater hatte sie je Maggie genannt.

«Mein Name ist Margaret», korrigierte sie, unfähig, ihren Ärger zu verbergen; merkte, daß ihre Stimme sogar ein wenig gebebt hatte; und zusätzlich fiel ihr wieder ein, daß er sie als ‹so hübsch gar nicht› bezeichnet hatte, eine Erinnerung, bei welcher ihr Ärger entsprechend zunahm.

«Meiner ist Larry», sagte er. «Larry Cole. Freut mich, Sie kennenzulernen. Wollen Sie mal was ganz Schreckliches sehen?»

Sie hätte sagen mögen: «Nein, nicht im geringsten!», und zwar fest und mit Nachdruck. Aber sein Gesicht war so eifrig und jungenhaft, seine Augen glänzten; sie merkte unschwer, daß ihm sehr viel daran lag, und hätte ihm um alles in der Welt seinen Spaß nicht verderben können.

«Um was handelt sich's denn?» fragte sie.

«Für Halloween-Abend», verriet er ihr. Hob den Zeigefinger: «Einen Moment, bitte», sagte er, und tauchte dann seitlich weg, unter das Wagenfenster.

Sie wartete und dachte ‹Halloween›; und plötzlich war sein Gesicht wieder am Fenster, aber es war nicht mehr sein Gesicht. Er trug eine groteske Gummimaske, ein Ding wie ein übertriebener Neandertaler, so daß sie einen Herzschlag lang vor dem Schock zurückfuhr. Die Maske hatte eine klobige Nase, dicke leberfarbene Lippen, und in der niedrigen Stirn klebten schwarzverfilzte Haarzotten. Hinter der Maske fing es an zu lachen, und sie lachte mit; dann nahm er die Maske wieder vom Gesicht und fragte mit den Augen um Zustimmung.

«Ist das nicht großartig?»

«Wo haben Sie die denn her?»

«Aus'm Geschäft oben. Ich konnte einfach nicht widerstehen.» Er war ganz außer Atem. Er sah auf seine Maske und sagte: «Na los, sagen Sie's schon.»

«Sagen? Was?»

«‹Setzen Sie die Maske noch mal auf.›»

Sie lachte. «Nein, lieber nicht. Ohne ist es doch besser.»

«Sie wollen eben Einkaufen gehen?»

«Ja.»

«Sie müssen doch frieren. Kommen Sie, ich fahr Sie hin.»

«Nein, mir macht das Gehen nichts.»

«Okay», sagte er. Setzte sich am Steuer zurecht, schien anfahren zu wollen und kam dann doch noch einmal ans Fenster. «Ich verreise dahin, wo's warm ist.»

«Und wo ist das?»

«Puerto Rico.»

«Tatsächlich?» fragte sie mit großen Augen.

«Übermorgen.» Eine Pause; dann: «Werden Sie mich vermissen?»

Sie gab keine Antwort. Ihr war plötzlich über und über warm geworden, und sie wandte das Gesicht vom Auto.

«Maggie, werden Sie mich vermissen?»

«Sie sollen mich nicht Maggie nennen!» versetzte sie kurz.

Er lächelte, und sie spürte die Nervosität in diesem Lächeln; Rückzug. Einen Moment lang saß er unschlüssig und sagte endlich: «Wir unterhalten uns weiter, wenn ich zurückkomme.»

«Worüber?»

Er grinste unbehaglich. «Och, ich weiß nicht. Man muß sich doch über Tausenderlei unterhalten können.»

«Na schön, suchen Sie sich einiges davon aus», sagte sie. «Ich muß jetzt einkaufen.»

Sie ging weg von dem Auto und weiter. Hinter sich hörte sie ihn sagen: «Also bis nächstes Mal, Maggie.» Dann sprang der Motor an, und die Reifen rauschten über den Asphalt. Sie schickte dem Auto keinen Blick nach. Sie duckte wieder den Kopf gegen den Wind an, schritt weiter aus und konnte seltsamerweise nichts denken als Maggie-Halloween, Maggie-Halloween.

«Ich werde nie und nimmer begreifen, warum ihr ausgerechnet fliegen müßt», sagte Mrs. Cole honigsüß. «Es gibt doch wahrlich noch andere Reisemöglichkeiten, Lawrence. Fliegen ist nicht unbedingt erforderlich.»

«Das andere dauert zwar ein bißchen länger», sagte Larrys Vater, «aber wozu das Gehetze?» Er zog an seiner Pfeife und mahnte dann: «Meinst du nicht, daß du die Hosen richtiger erst übern Bügel hängst, mein Junge?»

«Ach ja, sicher», murmelte Larry. Sein Blick durchirrte einmal das Wohnzimmer; und erneut fragte er sich, inwiefern, um Himmels willen, aus einer so simplen Angelegenheit ein derartiges Affentheater hatte entstehen können. Eve hatte es so eingerichtet, daß während der Zeit ihrer Abwesenheit jedes der Großelternpaare eines der Kinder übernahm, und das war ja sehr geschickt, wie Eve denn immer dergleichen befriedigend zu bewerkstelligen verstand.

Chris kam zu ihren Leuten und David zu Larrys; und das war auch insofern sehr verständig verteilt, weil jeder der Kleinen auf die Art bei seinen Lieblingsgroßeltern war. Aber sie hatte ursprünglich lediglich ihren Vater gebeten, mit dem Wagen herauszukommen und die Kinder abzuholen. Statt dessen waren ein ganzer Geleitzug von zwei Autos und beide Familien geschlossen erschienen, so daß das Wohnzimmer von Menschen wimmelte, während sie ihre Koffer packten.

«Hast du die Manschettenknöpfe eingepackt?» fragte Eve.

«Ja.»

«Man hört neuerdings ständig von Flugzeugunglücken», sagte Mrs. Cole honigsüß. «Warum müßt ihr denn fliegen, Lawrence?»

«Alle Leute fliegen doch, Mama», sagte Larry geduldig.

«Na, eh ich mich in'n Flugzeug setz», sagte Mr. Cole. Er klopfte den Tabakrest aus seiner Pfeife und wandte sich an Mr. Harder. «Hast du schon jemals in einem Flugzeug gesessen, Alex?»

«Mich stören die Dinger überhaupt nicht», sagte Mr. Harder.

«Stören tun sie mich auch nicht», sagte Mr. Cole, «aber bist du jemals in einem drin gewesen?»

«Nee», antwortete Mr. Harder kichernd. «Und werde es hoffentlich auch nicht mehr, Phil.»

Larry vermochte nie zu begreifen, wieso sein Vater bei jeglichem nichtigen Anlaß sich vom Geschäft freimachen konnte. Wenn sich's um Leben und Tod handelte, konnte man lange betteln – der Schuhladen konnte doch nicht mit dem ungeschulten Personal alleingelassen werden. Aber bei so einer Sache wie heut, wo er ungefähr so notwendig war wie ein sechster Finger, da erschien der alte Papa unweigerlich und gab gute Ratschläge über Luftreisen. Im stillen dankte er Gott, daß sein Bruder Peder verheiratet war und Advokat im fernen Pennsylvania. Andernfalls wäre *der* zur Feier des Tages garantiert auch erschienen.

Unseligerweise waren jedoch Eves Schwestern noch nicht verheiratet. Unseligerweise waren beide siebzehn, besuchten die Oberstufe der High School und waren maßlos stolz ob der Tatsache, daß sie endlich einen Busen bekamen. Es war noch keine sechs Monate her, daß der Mangel daran Eves Mutter veranlaßt hatte, deswegen einen Spezialisten vom Murray Hill Hospital um Rat anzugehen. Und nicht minder bezeichnend für Mrs. Harder war ihre jetzige Bekümmernis, weil ihre Töchter nunmehr prompt Pullover trugen, die drei Größen zu klein waren.

«Eve ist so niemals rumgelaufen», hatte sie sich immer wieder zu betonen angewöhnt. «Eve war vernünftig. Die ja.»

Das Zwillingspärchen, Lois und Linda, bewerkstelligte jedoch, was diesen Gegenstand anbetraf, alle Wünsche zu umgehen – ihre eigenen ausgenommen. Sie suchten sich auch weiterhin grundsätzlich anliegende und die Figur betonende Pullover aus. Mr. Harder, untersetzt und blühend mit seinen zweiundfünfzig, wurde dadurch manchmal in Verlegenheit gesetzt; aber wenn er wiederum an die Säcke dachte, die Eve ihrerzeit in der High School angezogen hatte, mußte er sich jetzt doch fragen, was das geringere der beiden Übel wäre.

«Wenn ich groß bin, darf ich dann auch nach Puerto Rico?» fragte David.

«Sicher», sagte Larry. «Mama, könntest du mit den Kindern nicht ein Stück spazierengehen oder dergleichen? Auf die Art werden wir mit dem Packen bestimmt nicht zur rechten Zeit fertig.»

«Packen hättet ihr gestern abend sollen», sagte Mrs. Harder. «Ich weiß auch nicht, warum ihr beiden alles immer bis auf die letzte Minute verschiebt.»

«Gestern abend kamen noch ein paar Nachbarn an», sagte Eve.

«Wann fliegt denn euer Flugzeug ab?» fragte Mrs. Cole.

«So eine Flugzeug-Stewardess möchte ich zu gerne sein», sagte Linda. «Chris, komm her; laß dir die Nase putzen.»

«Sie läuft gar nicht», sagte Chris.

«Um welche Zeit, Lawrence?» fragte Mrs. Cole beharrlich.

«16 Uhr 30», sagte Larry; und seine Mutter wiegte den Kopf und machte «Ts-ts», als hätte er soeben den genauen Zeitpunkt seines Ablebens bekanntgegeben.

«Da habt ihr ja noch viel Zeit», sagte Mr. Cole.

«15 Uhr 30 soll das Gepäck aber möglichst aufgegeben sein.»

«Die kalkulieren Verzögerungen schon vorsichtshalber ein», sagte Mr. Harder.

«Hast du eigentlich etwas gegen Schiffe, Lawrence?»

«Wie meinst du, Mama?»

«Schiffe: hättet ihr nicht mit dem Schiff fahren können?»

«Mama, wir haben doch nur eine einzige Woche. Du weißt doch genau, daß wir nicht nach Staten Island fahren, sondern bis ganz hinunter nach Puerto Rico.»

«Spar dir deine Ironie», sagte Mrs. Cole. «Auch nach Puerto Rico fahren Schiffe.»

«Du kannst doch *die* beiden nicht belehren, Louise», sagte Mrs. Harder. «Die wissen doch alles.»

«Na ja, immerhin», griff Eve ein, «die Zeit *spielt* in dem Fall eine Rolle.»

«Eine einzige Woche», wiederholte auch Larry. «Mehr haben wir nicht zur Verfügung.»

«Hans und Franz», sagte Mrs. Cole, «derselbe Tanz.»

«Eve, hast du den Wecker mitgenommen?»

«Brauchen wir ihn?»

«Den Telefonfräulein im Hotel trau ich nicht.»

«Er steht im Schlafzimmer. Ich hol ihn.»

Eve verließ das Wohnzimmer, und Lois kam hinterher. Sie zog den Stecker der elektrischen Uhr heraus, und Lois sagte: «Meinst du auch, der Pullover wär zu eng, Eve?»

«Na ja», sagte Eve salomonisch, «etwas vollbusig siehst du darin ja vielleicht aus.»

«Ich *bin* vollbusig», sagte Lois.

«Liebstes», sagte Eve, «lange Beine hast du auch: aber läufst du deswegen in Schlüpfern rum?»

«Das wohl kaum», sagte Lois unschlüssig. Sie studierte Eves Gesicht einen Augenblick und fragte dann: «Wie ist es denn? Das Verheiratetsein, mein ich.»

«Es macht Spaß», sagte Eve.

«Mußt du absolut tun, was er von dir verlangt?»

«Wie meinst du das?»

«Im Bett, mein ich.»

«Also Lois!»

«Letzten Sonnabend abend hat mich ein Junge mit geöffnetem Mund geküßt», sagte Lois.

«Und was hast du getan?»

«Meinen auch aufgemacht. Man hatte wirklich mehr davon.»

«Ich glaube, es ist das beste, wenn du dich mal richtig lange mit Mama aussprichst», sagte Eve seufzend.

«Mama? Hat von nichts 'ne Ahnung», sagte Lois. «Das einzige, was sie beständig predigt: ‹Setzt euch nie, niemals, unter keinen Umständen, einem Jungen auf den Schoß!› Nu frag ich bloß, was ist dabei wohl so schrecklich, wenn man einem Jungen auf'm Schoß sitzt?»

«So hat sie mich auch immer ermahnt», sagte Eve lachend, «und rausgekriegt hab ich die Gefahr bis heute noch nicht.»

«Hast du jemals?» fragte Lois. «Bevor du heiratetest, mein ich.»

«Einem Jungen auf dem Schoß gesessen?»

«Ach nein. Du weißt schon.»

«Also Lois ...»

«Mit Larry, mein ich doch.»

«Das ist nicht deine Sache», sagte Eve. «Weißt du, sobald wir wieder zurück sind, sprechen wir uns am besten mal aus.» Sie wikkelte das Kabel um die Uhr, seufzte und murmelte, während sie aus dem Schlafzimmer ging: «Wenn's bis dahin nicht schon zu spät ist.» Sie gab Larry die Uhr.

«Und sobald ihr auf dem Flugplatz seid, laß dich versichern, Lawrence», sagte Mrs. Cole. «Hörst du mich?»

«Meinst du, daß das Flugzeug dann nicht mehr abstürzen kann, Mama?»

«Seid nicht so neunmalklug!» sagte Mrs. Cole. «Ich hab dir immerhin die Windeln gewaschen.»

Mr. Cole lachte und sagte: «Laß ihn doch in Ruhe, Louise. Er ist alt genug und kann auf sich selber aufpassen.»

«Zweifellos», sagte sie. «Deswegen *fliegt* er ja auch mit dem *Flugzeug*.»

«Flugzeuge sind das allerschlimmste noch nicht, Louise», sagte Mrs. Harder, und Linda hob erstaunt den Blick zu ihrer Mutter.

Obwohl die Mädchen eineiige Zwillinge und identisch waren, hätte man Linda doch vielleicht die hübschere von beiden nennen können. Das kam einem allerdings erst zu Bewußtsein, wenn man die Mädchen einige Zeit lang kannte. Auf den ersten Blick schienen sie absolut gleich, von einer Ähnlichkeit, die einen zur Verzweiflung treiben konnte. Später dann entdeckte man allerdings feinste Unterschiede in den Gesichtern: Das von Lois, der Erstgeborenen, war um eine Spur vollkommener geschnitten, als sei es die Urform gewesen, von der beide Gesichter gegossen worden waren. Aber über Linda lag der Ausdruck einer heiteren Ruhe, die Lois immer fremd bleiben würde; eine Ausgeglichenheit, die der Lebhaftigkeit der Schwester still entgegenstand und sie im letzten Sinne anziehender machte.

Sie kämmte eben Chris' Haar durch und sagte: «Du hast wirklich Glück, Eve. Ich wollte, ich könnte mitfahren.»

Eve wandte den Blick nur ganz kurz, aber ihre Augen fanden sich sofort, sie tauschten ein sanftes, fast zärtliches Lächeln.

«Er hat ja immer schon fliegen wollen», sagte Mrs. Cole. «Als der Krieg losging, dachte ich, er würde mich zum Wahnsinn treiben: Täglich, wenn er aus der Schule kam, hielt er mir die Bewerbung um Einstellung bei der Luftwaffe unter die Nase und plagte mich, doch zu unterschreiben.»

«Hast du's getan?»

«Natürlich nie.»

«Ich kenn einen Jungen, der bei der Luftwaffe ist», sagte Lois, die eben aus dem Schlafzimmer kam. «Heckschütze ist er.»

«Ich erlaube ihnen keinerlei Verabredung mit Soldaten», erläuterte Mrs. Harder.

«Das ist sehr weislich gehandelt, Patricia», sagte Mrs. Cole.

«Und Eve hat es damals auch nicht gedurft.»

«Ich war doch erst dreizehn, als der Krieg ausbrach», sagte Eve.

«Das ist alt genug», sagte Mrs. Harder. «Du warst sehr entwikkelt für dein Alter.»

«Entwickelt ist die heute noch», sagte Larry vom Koffer her. «Wie spät ist es eigentlich, Schatz?»

«Ich hab dir eben die Uhr hingegeben», sagte Eve.

Larry wollte wirklich erst auf die herausgezogene elektrische Uhr sehen und schnitt sich dann selbst ein Gesicht. «Papa?» fragte er; und sowohl Mr. Harder als Mr. Cole konsultierten beide zur gleichen Zeit ihre Taschenuhren.

«Fast genau zwei», sagte Mr. Harder.

Im Schlafzimmer fing das Telefon an zu klingeln. Larry fuhr herum, sagte: «Wer mag das sein?» und verließ ungeduldig den Raum.

«Wie nervös er geworden ist», sagte Mrs. Cole. «Aber er war ja immer so: Peder ist ruhig; Lawrence, das ist der Zappelige.»

«Na, das ist ja schließlich 'ne große Sache für ihn», sagte Mrs. Harder.

«Weißt du noch, damals, als er den Preis gewann?» fragte Mrs. Cole. «Ich dachte, er springt mir durch die Decke.»

«Er ist ein guter Architekt», sagte Linda zu niemandem Bestimmten, und wieder schenkte ihr Eve einen zärtlichen Blick.

Larry kam aus dem Schlafzimmer, mit ausgesprochen widerwilligem Gesichtsausdruck.

«Wer war's denn?» fragte Eve.

«Der Flughafen», sagte Larry. «Der Start der Maschine verzögert sich. Gepäckaufgabe ist jetzt für 16 Uhr 15 angesetzt.»

«Start? Verzögert?» fragte Mrs. Cole hastig: «Warum?»

«Ach, irgendwelche technischen Schwierigkeiten», sagte Larry.

«O mein Gott! Wußte ich's nicht!»

«Aber Louise, Louise ...»

«Mama», sagte Larry verzweifelt, «wir fliegen auf jeden Fall, und damit gut nun!» Er wandte sich zu Eve und bat sanft: «Schatz, könntest du Kaffee machen, oder sonst was?»

«Ich mach's schon», sagte Linda und erhob sich aus ihrem Türkensitz vom Teppich.

«Wo ist denn meine Uhr?» fragte Larry.

«Auf der Frisiertoilette. Da hab ich alles, Uhr, Brieftasche und Schlüsselbund, hingelegt.»

«Die Reiseschecks?»

«Die ebenfalls.»

«Auch das Scheckbuch?»

«Ja.»

«Du, ich nehm hundert in bar in der Brieftasche mit», sagte Larry, «und pack das Scheckbuch mitsamt den Reiseschecks in den Koffer, der schließt. Einverstanden?»

«Wunderbar», sagte Eve abwesend. «Linda, Mädchen, der Kaffee ist in dem Schränkchen überm Elektroherd. Der Nescafé.»

«Hab ihn schon, Eve», rief Linda aus der Küche.

«Sind das die Sachen, die du im Flugzeug anziehst?» fragte Lois und musterte den einfachen Schnitt von Eves Rock und Bluse.

«Ja. Mit der Kostümjacke dazu. Warum?»

«Ach, nichts», sagte Lois. Sie zögerte. «Hast du nichts Schickeres?»

«Liebes Kind», sagte Mrs. Harder, «deine Schwester bedarf deines Rates hinsichtlich Bekleidung nicht.»

«Ich dachte bloß, für 'nen Flug könnte was Schickeres ...»

«Möchtest du ihr vielleicht einen deiner eingelaufenen Pullover anbieten?»

«Mama», sagte Lois rundheraus, «hast du dich jemals in deinem roten Cocktail-Kleid richtig angesehen?»

«Wie bitte?»

«Du läufst halb nackt darin rum», sagte Lois. «Ich meinerseits würde mich schämen –»

«Also *jetzt* ist es aber genug, verehrtes Fräulein», sagte Mr. Harder mit Nachdruck.

«Freu dich, daß du keine Mädchen hast, Louise», sagte Mrs. Harder.

«Jungen sind auch kein Spaß», erwiderte Mrs. Cole.

Eve sagte ganz leise: «Ein kleines Mädchen möcht ich wohl haben.»

Larry, der neben ihr an seinem Koffer packte, flüsterte: «Ich will sehen, was sich tun läßt», und Eve kicherte in sich hinein.

«Kaffee für alle?» fragte Linda aus der Küche.

«Ihr Mädchen sollt keinen Kaffee trinken», sagte Mrs. Harder. «Eve, Liebling, habt ihr denn keine Milch im Haus?»

«Natürlich haben wir Milch», sagte Eve, gereizt ob der negativen Form der Fragestellung.

«Für dich und Lois etwas Milch, mein Kind», rief Mrs. Harder in Richtung Küche.

«Gib den Kleinen doch vorsichtshalber auch gleich was», sagte Mrs. Cole. «Gott weiß, zu welch später Stunde sie heute abend wieder essen werden.»

Mrs. Harder nahm Eve zur Seite und hauchte: «Hast du auch alles eingepackt?»

«Ja, Mama.»

«Ich meine jetzt: *Alles*, mein Kind?»

«Alles ist eingepackt.»

«Wirklich alles? Du weißt, was ich meine?»

«Mama», sagte Eve mit Lammsgeduld, *«alles.»*

«Sehr gut», sagte Mrs. Harder nickend. Und dann, immer noch unwillig, den Gegenstand fahrenzulassen, fügte sie hinzu: «Du verstehst, was ich meine; nicht wahr?»

«Ja doch, Mam: ich hab die verdammten Dinger einge –»

Von der Küche her erscholl Lindas Ruf: «Kaffee!»

David brach auf dem Flugplatz in Tränen aus, als Eve ihn küßte, und Chris schrie: «Ich auch. Ich will Papi auch 'n Kuß geben!» Larry zog Eve durch das Ladctor, während der uniformierte Angestellte mit ausgestrecktem Arm die Glück zur Reise wünschenden Angehörigen zurückhielt, die auf den Start des Flugzeugs warteten. Larry bückte sich unter dem blauen Ärmel des Mannes hindurch und küßte seinen Sohn; dann richtete er sich auf, rief: «Macht's gut! In einer Woche sehen wir uns wieder!» und rannte dann zusammen mit Eve über das Flugfeld. Schon machte der Luftwirbel der Propeller ihre Mäntel flattern; sie klommen den Laufsteg hoch und in die Maschine, wo eine lächelnde Stewardess sie begrüßte. Unvermittelt roch es nach menschlichen Lebewesen hier drinnen, gedämpft kam das Summen der Motoren herein; dann der lange Weg den Mittelgang hinunter, bis sie sich auf ihre Plätze durchwinden konnten, an einem kleinen Mann aus Puerto Rico vorbei, der eine Gitarre im Schoß hielt. Von der Stirnwand des Raums her leuchteten die Schilder ‹Rauchen verboten› und ‹Festschnallen auf dem Sitz, bitte!›. Dann plötzlich begannen die Motoren zornig zu grollen, Eve lehnte sich weit über ihn hin, um hinter dem Fenstervorhang noch einmal zu winken; dann rollte die Maschine aber schon über das Feld, wurde schneller, Gebäude stürzten mit weißgrau verwischten Fronten vorbei, vor der Kraft seiner Motoren begann das Flugzeug zu zittern, und nebenan betete der kleine Mann aus Puerto Rico halblaut auf spanisch.

Und dann waren sie in der Luft.

8

Er erwachte. Einen Augenblick lang wußte er nicht, wo er war. Er setzte sich auf, blinzelte; und dann fiel ihm ein, daß er sich in Puerto Rico befand.

Und zwar im *Caribe Hilton Hotel*. Was so befremdlich im Zimmer summte war die Klimaanlage; und das ungewohnte Licht, das durch die faltige Säulenreihe der Vorhänge hereinsiebte, war die Tropensonne; vor den Fenstern, die die ganze Breite der Wand einnahmen, lag das Meer.

Er erhob sich – geräuschlos, damit Eve, im Bett nebenan, möglichst nicht wach würde – und ging zum Frisiertisch, zündete sich eine Zigarette an, zehenspitzte dann zum Fenster und lugte um die Gardinenkante.

Das Zimmer lag im sechsten Stock des Hotels. Vor den Fenstern war ein kleiner Balkon, auf diesem Balkon hatten Eve und er gestern nacht vor dem Schlafengehen gesessen.

Das Flugzeug war 0 Uhr 30, Puerto-Rico Zeit, auf dem International Airport gelandet. Als sie ausgestiegen waren und ihres Gepäcks harren wollten, mußten sie binnen kurzem die Erfahrung machen, daß es erst mit einer späteren Maschine nachkam. Also nahmen sie eine Taxe und fuhren zum Hotel. Ehe sie sich eingetragen und bei dem Angestellten am Schreibtisch erkundigt hatten, ob sie nicht noch etwas zu essen bekommen könnten, war es fast 1 Uhr 45. Gegen 2 Uhr klopfte ein Hotelpage an ihre Zimmertür. Er erklärte ihnen, wie er Kaffee und belegte Brote erst aus dem Spielkasino hatte holen müssen, die Hotelküche sei geschlossen, er hoffte sie würden entschuldigen, und ob es recht so wäre? Larry hatte ihm ein fürstliches Trinkgeld gegeben und das Rolltischchen dann auf den Balkon hinausgefahren. Mit Wolfsgier waren Eve und er über die Speisen hergefallen und hatten die ganze Kaffeekanne ausgetrunken. Anschließend hatten sie sich, müde und gesättigt, zurückgelehnt und eine letzte Zigarette vorm Zubettgehen geraucht; über ihnen der Himmel Puerto Ricos, dick gepfeffert mit Sternstaub.

Jetzt, um 11 Uhr 15 vormittags, sah Larry also aus dem Fenster, mit einer wunderbaren Freude, daß er auf der Welt war.

Tief unter ihm glitzerte eine hell-indigofarbene Riesenamöbe in der Sonne: das hoteleigene Schwimmbecken, von Mädchen umgeben, Seeleuten in weißen Leinenanzügen, lustig bunten Liegestühlen und üppigen Palmen. Jenseits des Schwimmbeckens, der Längsfront des Hotels genau gegenüber, schmiegte sich in Form eines überdimensionalen großen weißen C der Sandstrand um eine stille blaue Lagune. Rechts drüben, wo der Wellenbrecher die Lagune abschloß, sprang in prachtvoll weißgrüner Wut der Ozean gegen die Steinblöcke an.

«Eve», sagte er.

«Mmmmm?»

«Eve: sieh dir das bloß mal an.»

«Wie spät isses denn?»

«Zwanzig nach elf.»

«Chris schon wach?»

«Wa –?» Er grinste. «Ja, sicher; ich hab ihn schon zur Haltestelle geschafft.»

«Schön. Sehr schön. Hastu Kaffee aufgestellt?»

«Ja.»

«Fein.»

«Liebling?»

«Mmmmm?»

«Guck mal!»

Mit einem Ruck zog er die Gardinen auseinander, daß die Sonne den ganzen Raum überschwemmte. Sie drehte den Kopf weg, und blinzelte dann, und setzte sich aufrecht, rieb sich die Augen, lächelte töricht, und sagte dann: «Ach: Puerto Rico.» Verschlafen noch dehnte sie sich geschmeidig, verschränkte die Hände im Genick und führte sie dann nach oben – wie eine Kaskade von flüssigem Ebenholz stieg und fiel und glitzerte ihr schwarzes Haar.

«Komm, sieh mal», sagte Larry.

«Ich hab doch nichts an. Sind unsere Koffer schon da?»

«Ich hab noch nicht nachgefragt. Komm doch.»

«Larry. Ich bin doch nackt.»

«Na und? Ich hab auch bloß eine kurze Unterhose an.»

«Hast du in der geschlafen?»

«Mein Pyjama steckt doch irgendwo unten im Koffer.»

«Gib mir dein Hemd», sagte sie.

«Das wird auch gerade viel verdecken.»

«Das reicht. Gib's mal her.»

Er gab ihr das Hemd hinüber und fragte dann: «Brauchst du die Manschettenknöpfe ebenfalls?»

«Ha-ha», sagte sie. Sie knöpfte das Hemd zu und kam ans Fenster; um die Taille drapierte sie sich ein Stück Vorhang, wo das Hemd aufhörte, die Beine zu bedecken. «Ach, ist das schön», sagte sie. «Hast du schon Frühstück bestellt?»

«Ich bin gerade aufgestanden.»

«In Ordnung; dann ruf gleich unten an, bestell Frühstück und versuch rauszukriegen, ob man vom Flugplatz endlich das Gepäck geschickt hat.»

Er grüßte sogleich militärisch und sagte: «Jawohl, Sir, wird sofort erledigt, Sir!»

«Wenn die Sonne aber so brennt, wie es aussieht, geh ich in dem Rock ein, den ich auf der Reise anhatte.»

«Warum gehst du nicht einfach in meinem Hemd auf den Balkon?»

«Wenn's nur auf mich ankäme, gern, Schatz», sagte Eve leichtfertig, «aber was solltest *du* dann anziehen, Liebling?»

Er gab ihr einen Klaps hinten drauf und begab sich zum Telefon. Während er anrief – erst die Zimmerbedienung und dann den Portier – sah er ihr genießerisch beim Anziehen zu. Als er auflegte, fragte sie schon: «Na?»

«Frühstück erscheint innerhalb einer Minute, Puerto Riconer Ortszeit.»

«Und die Koffer?»

«Sind noch nicht eingetroffen.»

«Heiliger Petrus!» sagte sie und verschwand im Badezimmer.

Als der Page mit dem Frühstück kam, bat Larry ihn, das Tischchen auf den Balkon hinauszufahren. Er unterschrieb erst die Rechnung, gab das Trinkgeld und begab sich dann zu Eve, die bereits am Tisch Platz genommen hatte.

«Willst du als erstes etwas Kaffee?» fragte sie.

«Laß ihn doch in der Kanne, bis ich soweit bin.»

«Was hast du denn alles bestellt?»

«Ein wahres Bankett.» Er begann auf dem Tablett herumzustöbern, hob Deckel hoch und nahm Servietten auf. «Apfelsinensaft, Cornflakes, heiße Roggenbrötchen, Kaffee.»

«Eier keine?»

«Mir war gerade nicht eierig zumute.»

«Wie ist der Saft denn?»

«Ich hab noch nicht gekostet.»

Sie hoben ihre Gläser, und Larry stieß mit Eve an. «Auf einen genußreichen Aufenthalt im Zaubereiland des Südens», war sein Trinkspruch.

«Nennen sie es so?»

«Ja.» Er nahm einen Schluck von dem Saft.

«Na, wie schmeckt's?»

«Nach Konservenbüchse.»

«Nein! Machst du Witze?»

«In vollem Ernst.»

«Verdammt!» Eve überlegte einen Augenblick. «Willst du bitte unten anrufen und mir eine Grapefruit kommen lassen?»

«Oh, laß gut sein, Eve. Trink doch den Saft.»

«Kannst du nicht anrufen?»

«Klar kann ich.» Er zögerte. «Soll ich's tatsächlich tun?»

«Na ja, also – du weißt ja, was ich von Saftkonserven halte.»

«Ja ja, aber ...» Er trank wieder ein Schlückchen aus seinem Glas. «So schlimm ist es gar nicht. Es schmeckt gut, und kühl auch.»

«Hier. Kannst meinen noch dazu kriegen.»

«Du willst, daß ich unten anrufen soll?»

«Nein, laß gut sein.»

«Also wenn du's durchaus willst, tu ich's.»

«Nein, ist schon erledigt.»

«Ich kann bloß nicht einsehen, daß wegen einer einzigen Grapefruit ein Boy bis hier raufkommen soll.» Er wartete wieder. «Wenn dir natürlich viel dran liegt, mach ich's.»

«Nein.» Sie halbierte ein Roggenbrötchen und fing an, es mit Butter zu schmieren.

«Willst du gar keine Flocken essen?»

«Nein.»

«Soll ich wegen 'ner Grapefruit runterrufen?»

«Nein. Wir wollen um keinen Preis die armen Boys sich überarbeiten lassen.»

«Wenn du anfängst, böse zu werden –»

«Nein, Larry, im Ernst. Ehe er hier wäre, würde der Kaffee ohnehin kalt sein. Denk an was anderes. Ich bin nicht böse, nicht einmal ärgerlich.» Sie machte eine Pause. «Aber je länger ich mit dir lebe, desto mehr muß ich manchmal denken, ob ich dich überhaupt kenne.»

Larry ließ seine Stirn sich runzeln. Mit halblauter, unheilverkündender Stimme sagte er: «Du denkst dir, ich wäre dein Mann, nicht wahr?»

«Was?» fragte Eve.

Er lachte tückisch und ließ den Blick nicht von ihr. «Ich habe vor undenklicher Zeit den Leib deines Mannes bewohnt.»

«O Larry ...»

«Die Marsmenschen sind los», sagte er. «Jetzt wißt ihr's endlich und könnt uns doch nicht aufhalten!»

«Ich glaub's fast», sagte sie kopfschüttelnd. «Das ist starker Kaffee.»

«Aber gut.»

«Wenn du ihn stark magst, schon.»

«Ich liebe starken Kaffee und schwache Frauen.»

«Ich möchte doch den Plural beanstanden», sagte Eve. Sie trank noch einen Schluck Kaffee und zündete sich dann eine Zigarette an. «Was steht nun für heute alles auf der Tagesordnung?»

«Ich muß rund ein halb Dutzend Telefongespräche erledigen, mit Leuten, die ich im Auftrage Baxters besuchen soll. Viel mehr wird heute wohl kaum werden. Ich denke, wir können in aller Ruhe ausspannen.»

«Sehr gut. Darauf hab ich gehofft, daß das kommt. Können wir später nach San Juan reinfahren?»

«Wenn's dir Spaß macht.»

«Alles in allem genommen werd ich dich vielleicht doch noch nicht umtauschen», sagte Eve, beugte sich über den Tisch her und küßte ihn einmal flink auf die Backe.

Um 13 Uhr brachte der Page dann ihre Koffer. Sobald er wieder hinaus war, schloß Larry den einen verschließbaren auf und fing wie wild an, nach den Reiseschecks zu suchen. Als er sie gefunden hatte, atmete er auf, zeigte sie hoch und sagte: «Ich kriegte es schon ein bißchen mit der Angst.»

«Wieso?» fragte Eve. «Als Schiffbrüchiger an fremder Küste, ohne Kenntnis der Landessprache: wer braucht da Geld?»

Larry lachte. «Wollen wir schwimmen gehen?»

«Hast du schon alle deine Anrufe erledigt?»

«Alle, außer einem; und der hat später noch Zeit. Für morgen sind zwei Besprechungen angesetzt; und heute abend sind wir schon zum Essen eingeladen. Von einem Mann namens Hebbery.»

«Schön. Dann laß uns schwimmen gehen.»

Sie zogen sich die Badeanzüge an und fuhren mit dem Fahrstuhl nach unten; gingen den Wegweisern nach, durch die kühlen Korridore des Souterrains, und traten hinaus in die hitzige Sonne von Puerto Rico. Sie machten zwei Stühle ausfindig, besetzten sie durch Ablage ihrer Handtücher und gingen zum tiefen Ende des Schwimmbeckens. Larry tat als erster den Kopfsprung. Eve folgte mit einem flachen Startsprung, tauchte auf, und verfiel sofort in einen kräftigen schnellen Crawl, schlug bei der Kachelwand am flachen Ende drüben an, wendete vorschriftsmäßig und startete wieder zurück ins tiefe Wasser, als sei sie beim High School-Wettschwimmen. Larry sah ihr und ihrer Art zu schwimmen wohlgefällig zu. Er stieg die Stufen wieder hinauf, wartete auf sie und reichte ihr das Handtuch, als sie, tropfig über und über, aus dem Bassin stieg.

«Zigarette gefällig?» fragte er.

«Ja. – Das hat gut getan. Mich kribbelt's richtig überall.»

Sie zog sich die Badekappe vom Kopf, und ihr Schwarzhaar ergoß sich über die Schultern. Larry nahm zwei Zigaretten in den Mund, zündete sie an und gab dann eine davon Eve.

«Mmmm», sagte sie und inhalierte. «So, jetzt gehen wir zu unseren Stühlen, schlage ich vor, und lassen uns eine Weile braten.»

Eine halbe Stunde lang tranken sie Sonne ein. Danach mußten beide zugeben, daß diese Sonne es in sich hatte, und verzogen sich in den Schatten einer Palme. Auf Eves Oberlippe standen feine Schweißperlen. Sie lag schlapp im Stuhl und sagte: «Mir ist, als hätte ich schwer Prügel gekriegt.»

«Eine Hitze», sagte er. Er hatte sich auf den Ellbogen hochgerichtet und sah zu der Mole hinüber. «Was mag denn da los sein?»

«Wo?»

«Da drüben. Der ganze Auflauf.»

Eve wälzte sich herum. Sie blinzelte durchs Sonnenlicht. «Sieht aus, als wenn sie Aufnahmen machten.»

«Laß uns mal hingehen», sagte er.

Gemächlich bummelten sie zur Mole hin. Ein Stativ war aufgebaut, davor das weite Meer. Zwei junge Mädchen, eine Rothaarige und eine Blonde, lächelten hinreißend dem Mann hinter der Kamera zu.

«Du, das ist ein *Vogue*-Modell», flüsterte Eve. «Ich kenn sie wieder.»

«Welche davon?»

«Die Rote.»

«Hübsches Kind.»

«Auf Aufnahmen sieht sie gut aus», sagte Eve. «Aber hier enttäuscht sie etwas. Sie ist doch sehr mager.»

«Will ich gar nicht mal sagen.»

Eine Frau mit breitrandigem Strohhut ging eben zu den Mädchen hin und machte sich an deren Kleidung zu schaffen. Dann sagte sie etwas zu dem Fotografen, und beide Mädchen, in derselben Pose, lächelten noch intensiver.

«Hinten auf dem Rücken haben sie lauter Wäscheklammern», sagte Eve, «damit die Kleider vorn keine Fältchen aufweisen.»

Sie sahen eine Zeitlang schweigend zu. Rüstig waren sie sämtlich am Werk: der Fotograf, die beiden Modelle und die Frau mit dem Strohhut.

«Die Sonne macht mich schon wieder fertig», sagte Eve. «Können wir zurück in den Schatten gehen?»

«Ich möchte noch ein bißchen zusehen», sagte Larry. «Das ist doch interessant.»

«Das Aufnahmeverfahren oder die Rote?»

«Nu hör mal.»

Sie sah ihn merkwürdig an und sagte: «Na schön; sobald du genug hast: ich bin unter der Palme.»

«Ja, ist gut.»

Wieder sah sie ihn an, denselben kuriosen Ausdruck im Gesicht. Dann wandte sie sich und ging zurück, ihrem Liegestuhl zu.

Bei den beiden sonnabendlichen Besprechungen Larrys handelte es sich um Leute, die zwar normalerweise am Sonnabend nicht arbeiteten, ihm aber willig entgegengekommen waren. Die erste fand in

Rio Piedras statt, im Büro der Autoridad Sobre Hogares de Puerto Rico.

Mit einem Mann namens Fiente diskutierte Larry über das unumgängliche Minimum an Wohnraum, wie es sich im Laufe des öffentlichen Wohnungsbauprogramms der Inselverwaltung allmählich ergeben hatte. Er ging dies Problem einer Arbeitersiedlung genauso an wie jede andere architektonische Aufgabe auch. Ihm lag daran, den zur Verfügung stehenden Raum so zu gestalten, daß die Leute, die einmal in diesem Raum wohnen mußten, sowohl vom Nützlichkeits- als auch vom Schönheitsstandpunkt aus zufrieden sein konnten. Und wenn es auch Baxter war, der ihm seine Rechnung unterschrieb, so betrachtete Larry doch im Grunde den Fabrikarbeiter von Puerto Rico als seinen eigentlichen Kunden und Klienten.

Fiente war ein intelligenter, weitblickender Mann, der sich mit dem wahrscheinlich schwerwiegendsten Problem der Insel herumschlug: Beseitigung der Elendsviertel. Von seinem eigenen Programm und den bei Ausräumung der *fanguitos* bereits erzielten Erfolgen sprach er voll Enthusiasmus; wußte aber gleichzeitig die Neuansiedlung ganzer Industrien zu würdigen, zumal solcher, die Wohnungsbau als einen wesentlichen Faktor ihrer Gesamtplanung ansahen.

Larry unterhielt sich nahezu an die drei Stunden mit ihm. Er selbst verstand kein Wort Spanisch und machte rasch die Erfahrung, daß dann das Gespräch mit einem Mann, der seinerseits Schwierigkeiten mit Englisch hatte, eine ziemlich aufreibende Angelegenheit darstellte. Die langen Zwangspausen, während der Geist fieberhaft nach einer Übersetzung suchte; die fehlerhafte Aussprache; die Reduktion von Gedankengängen auf Einsilbigkeiten; die Beschränkung auf einen primitiven Wortschatz, die man sich selbst auferlegen mußte, um dem Gegenüber in seinem Ringen mit der Fremdsprache entgegenzukommen – eine Verständigung auf solcher Basis konnte einem auf die Nerven fallen. Als er sich von Fiente verabschiedete, um sich zu der verabredeten Konferenz ins Planungsamt nach San Juan zu begeben, war er erschöpft; dankte ihm aber für die so freundlich zur Verfügung gestellte Zeit und verließ das Büro. Draußen empfing ihn unvermittelt ein Puerto Ricanischer Platzregen.

Beim Planungsamt sprach er mit einem Herrn namens Miguel Dominguez. Und war das Thema ihrer Erörterungen, über die empfehlenswertesten und für eine beabsichtigte Wohnsiedlung wohlfeilsten Baustoffe, auch das allererersprießlichste – wiederum erhob sich die Schwierigkeit der Verständigung wie eine undurchdringliche Mauer zwischen ihnen. Sie sprachen von Bauholz und Zement, von Türen und Fenstern, von Schotter und Rohrleitungen, von Fußbodenkacheln, von Innen- und Außenanstrich, von Sand und galvanisch verzinktem Wellblech. Und war schon die einfache Unterhaltung mit Fiente kompliziert genug gewesen, so erwies sich jetzt das Problem, Begriffe wie ‹galvanisch verzinktes Wellblech› aus dem Spanischen ins Englische zu übertragen, als schlechterdings nicht zu bewältigen. Larry war binnen kurzem nur noch bestrebt, möglichst bald wieder ins *Caribe* zurückzukehren und Eve ihr schönes, einfaches, klares Amerikanisch-Englisch sprechen hören zu dürfen.

Beim Abschied sagte Dominguez: «Hat mich sehr gefreut, Señor Cole.»

«Gleichfalls», sagte Larry. «Es freut mich, daß wir uns aussprechen konnten.»

«Wenn Sie ankommen, denke ich: ist es wohl Tyrone Power?! Meine Sekretärin kommt herein und sagt, hübscher Amerikaner ist da und will Sie sprechen.» Dominguez grinste. Linkisch fügte er noch hinzu: «Man sieht selten Besucher hier, von dem Kontinent.»

Larry war abgearbeitet genug, um die Bemerkung als ausgesprochene Beleidigung zu empfinden. Aber Dominguez lächelte, und er fühlte, daß der Mann keinerlei Anstoß hatte geben wollen; im Gegenteil, in seinem verworrenen Englisch ein Kompliment beabsichtigt hatte. Er schüttelte ihm die Hand, dankte nochmals für die gewährte Zeit und ging ab.

Im Hotelzimmer fand er Eve auf einem der Betten liegen; sie hatte sich schon abgeduscht und ruhte noch etwas aus. «Wie ist es gegangen?» fragte sie, ohne die Augen zu öffnen.

«Ziemlich dürftig. Warum hab ich in der High School bloß nicht Spanisch mitgenommen?»

«Hast du dir schon das Gelände ansehen können?»

«Noch nicht. Das müssen wir heute abend mit Hebbery besprechen. Vielleicht kann er uns morgen mal rausfahren.»

«Wohin raus?»

«Nach Vega Alta. Das ist das Industrieviertel.»

«Ist das weit von San Juan?»

«Keine Ahnung. Das werden wir alles von Hebbery erfahren.»

Eve nickte. «Ich seh zu, daß ich noch etwas schlafen kann», sagte sie. «Du weckst mich, sobald du fast fertig bist, ja?»
«Und stehe dann eine volle Stunde da und warte auf dich, ja?»
«Ach, Mensch, hau ab», sagte Eve und rollte sich behaglicher ein. Er grinste und ging ins Badezimmer, unter die Dusche.

Um 19 Uhr 20, als Eve noch am Frisiertisch in Büstenhalter und halbem Unterrock mit ihrem Make-up beschäftigt war, klingelte das Zimmertelefon. Larry war schon fertig angezogen und nahm ab.
«Cole?»
«Ja?»
«Hier Frank Hebbery. Wir sind etwas vor der Zeit da.»
«Wo sind Sie?»
«Hier unten, in der Hotelhalle. Sind Sie schon fertig mit Anziehen?»
«Ich wohl; aber Eve ist noch dabei.»
«Könnten Sie schon auf ein Glas zu meiner Frau und mir runterkommen?»
«Einen Moment, bitte.» Er hielt die Hand über das Mundstück. «Hebbery. Ich soll schon auf ein Glas runterkommen, während du dich weiteranziehst. Ist dir's recht?»
«Sicher.»
«Ja, schön», sagte Larry in den Apparat.
«Wir warten in der Außenbar auf Sie. Wissen Sie, wo's ist?»
«Ich finde hin», sagte Larry. «Gedulden Sie sich bitte noch ein paar Minuten.»
Hebbery war ein kleines, hageres Männchen mit durchdringenden braunen Augen und schlichtem braunem Haar. Er trug einen erstklassig gebügelten lohfarbenen Leinenanzug und unter der Nase ein sauber gestutztes Schnurrbärtchen. Im Augenblick, als Larry die Bar betrat, schnellte er auch schon hoch und kam im Geschwindschritt auf ihn zu.
«Cole?» sagte er.
«Hebbery?»
«Jawohl. Freut mich, Sie kennenzulernen. Bitte, kommen Sie doch mit zur Bar. Wie gefällt Ihnen Puerto Rico?»
«Bis jetzt ausgezeichnet.»
«Bueno», sagte Hebbery. «Kommen Sie, ich stelle Sie meiner Frau vor.»

Die Bar war eine ovale Insel inmitten des offenen Patio. Sie schritten hinüber, zogen sich Klubsessel heran, und die Bar war vernünftig niedrig, so daß man auch in diesen flachen Sitzgelegenheiten in aller Bequemlichkeit trinken konnte. Eine mollige Brünette saß im weißen Kleid an der Bar und tändelte mit ihrem Tom Collins. Hebbery steuerte gerade auf sie zu und sagte: «Hier, Liebling, das ist Larry Cole. – Mr. Cole: meine Frau, Anne.»

«Wie geht es Ihnen?» sagte Anne.

«Mrs. Hebbery», sagte Larry.

«Oh, sagen Sie bitte Anne.»

«Also schön: Anne.»

«Bueno», sagte Hebbery. «Was wollen wir trinken, Cole?»

«Sagen Sie Larry.»

«Bueno. Und wir trinken was?»

«Vertragen sich Martinis mit dem Klima?»

«Möchte ich nicht raten.»

«Also dann Gin und Tonic.»

Larry rückte sich seinen Sessel zurecht und nahm Platz. Hebbery schnippte mit den Fingern in Richtung des Barmixers und sagte: *«Mira, mira!»*

«Sie müssen mir ausführlich von New York berichten», sagte Anne. «Ich bin schon eine Ewigkeit nicht mehr dort gewesen.»

«Wie gefällt Ihnen Puerto Rico?» fragte Hebbery. Zu dem Barmixer sagte er: «Gin und Tonic, *por favor.*»

«Mir gefällt es ausgezeichnet hier», sagte Larry. «Ich habe heute ausführlich mit ...»

«Sie werden begeistert sein», unterbrach ihn Hebbery. «Wenn Sie erst einmal eine Weile hier sind, sind Sie begeistert. Das ist der schönste Fleck auf Erden, glauben Sie mir.»

«Na ja, wir haben lediglich eine Woche Zeit.»

«Oh, das ist ja eine Schande. Und ausgerechnet in der schlechten Zeit noch. Wir haben gerade etwas Regen gehabt.»

«Wir haben beständig etwas Regen», sagte Anne.

Hebbery klopfte ihr aufs Knie. «Anne und ich sind jetzt sechs Jahre hier. Das schönste Fleckchen auf Erden!»

«Gott sei Dank», sagte Anne.

«Ja, es scheint wirklich nett», sagte Larry.

Der Barkellner kam jetzt mit Gin und Tonic. Er wollte Hebbery zuerst bedienen; aber Hebbery sagte: *«No, no, allí»*, und wies dabei auf Larry. Der Kellner servierte. *«Muchas gracias»*, sagte Hebbery, «ein prachtvoller Menschenschlag hier, Larry, wirklich wundervoll, nicht unterzukriegen. Arm ja, zugegeben. Aber was Glücklichkeit anbelangt? Da sind sie nicht zu schlagen. Von keinem anderen Erdstrich. Wie schmeckt's?»

Larry kostete. «Gut», sagte er.

«*Bueno*. Bist du soweit, Anne, für noch einen?»

«Ich warte damit lieber auf Mrs. Cole. Larry, hat man in New York ...?»

«*Bueno*. Waren Sie schon irgendwie einkaufen, Larry?»

«Lediglich gestern einmal kurz in San Juan.»

«Tolle Stadt, was? Das alte San Juan, meine ich. Río Piedras ist wieder was ganz anderes. Auch schön, sicher, aber kein Vergleich mit dem Zauber von San Juan. Wie haben Ihnen die alten Straßen mit ihrem Kopfsteinpflaster gefallen?»

«Die Stra –»

«Noch von den Spaniern erbaut, wissen Sie. Jahrhunderte her. Keine Automobile damals; nur für Pferde. Geben dem Ort so eine Atmosphäre nach alter Welt. Möchte sie gegen allen Tee in China nicht eintauschen. Können Sie sich vorstellen, wie *conquistadores* in voller Rüstung so eine Straße entlangreiten?»

«Ja, ich –»

«Waren Sie schon in Morro draußen?»

«Nein, wir hatten noch kei –»

«El Morro dürfen Sie auf keinen Fall übergehen», sagte Hebbery. «Das ist ein Schlager.»

«Wenn wir irgend können, versu –»

«Hat der Weihnachtsverkauf in New York schon eingesetzt?» fragte Anne.

«Nein; es ist ja noch etwas früh für –»

«Sie spricht, als säßen wir irgendwo mitten im Pazifik», sagte Hebbery.

«O nein», erwiderte Anne, «wir sitzen irgendwo mitten im Atlantik.»

«Im Karibischen Meer, Liebling», sagte Hebbery. «Im romantischen Karibischen Meer.»

«Jaja», sagte Anne lustlos.

«Ah, da kommt Eve schon», sagte Larry, erhob sich und machte sich durch ein Zeichen bemerkbar.

Sie war nach ihrem Eintritt in die Bar stehengeblieben und sah vornehm und distinguiert um sich. Er wußte wohl, daß sie sich verstellte; dennoch bot sie auch für ihn das Bild einer straffen, selbstbewußten, leicht gelangweilten jungen Lady. Ihre Haut war aus eisblauer Seide, und um den Hals lag eine Perlenreihe.

«Sie entschuldigen», sagte er und ging ihr entgegen, ergriff sie bei der Hand und wisperte: «He; schön, du.»

«Hm. Seh ich ordentlich aus?»

«Maßlos süß, du.»

«Das wollte ich eigentlich nicht hören.»

«Nicht?»

«Nein. Sage mir, ich wirke sinnlich; aufreizend.»

«Oh?»

«Mmmmm», machte sie und lächelte wissend.

«Klar! Ja, natürlich.»

«Vorsicht ist die Mutter der Weisheit», warnte Eve. «Wie ist dieser Hebbery?»

«Bueno», sagte er.

«He?»

«Komm, komm; wir müssen hin zu ihnen.»

«Es ist hübsch kühl geworden, was?» sagte Eve.

«Findest du?» Er grinste. «Ich möchte sagen, es ist in den letzten Sekunden wesentlich schwüler geworden.» Er preßte ihre Hand, und beide begaben sich schmunzelnd in Richtung Bar.

9

Sonntag war der Winter da.

Wie ein alter Mann sich nach Hause schleppt, um zu früh zu sterben, so war er, plötzlich und greis, am Himmelsrand erschienen.

Und während Eve und Larry Cole einer endlosen Folge von *«Buenos»* aus Frank Hebberys Mund lauschten, als er sie durch den Regenwald im Bosque Nacional del Caribe führte, wo Baumrekken ihre Laubschilde zwischen sie und die sengende Sonne Puerto Ricos hielten; während sie neben einem rauschenden Katarakt lehnten und seine Wässer über die glatte steile Felsmauer springen und hechten sahen; während sie im geheimen verhangenen Schweigen von weltaltem Pflanzenwuchs standen und den maßlosen Bauweisen der Natur gegenübertraten; während sie also über die Tropeninsel El Yunque schritten, saß, 2300 Kilometer höher im Norden,

Margaret Gault in der Küche ihres Cape Cod-Hauses, lauschte den Worten ihrer Mutter, und Winter stierte rauh durch alle Scheiben.

«Ich möchte wissen, was du letzten Sommer alles erlebt hast», sagte Mrs. Wagner.

Sie saßen einander gegenüber, an dem runden Küchentisch aus Kiefernholz, den Margaret in New Jersey alt gekauft hatte, die siebenundzwanzigjährige Blondine und die zweiundfünfzigjährige Blondine, die ihre Mutter war.

Die zweiundfünfzigjährige Blondine war eine hübsche Frau mit braunen Augen, denen nahezu nichts entging. Sie war etwas zu voll, mit dem Busen einer Matrone. Die Jahre hatten ihr die Augenwinkel gefältelt, ihr Kinn wurde schlaff, und die Halshaut zeigte die feine Musterung des Alters und begann nachzugeben. Dennoch konnte man unschwer feststellen, daß Elisabeth Wagner einst eine Schönheit gewesen war. Konnte mit hundertprozentiger Gewißheit behaupten, daß sie den Charleston getanzt hatte und den Bunny Hug; sich die Brüste klein geschnürt hatte, zu einer Zeit, wo Mädchen wie Jungen aussehen mußten, so eng, daß sie beinahe die Stützmuskulatur ruiniert hätte, aber Gott sei Dank nicht ganz, so daß sie doch noch rund und fest waren, als Mädchen dann wieder wie Mädchen aussehen durften.

Elisabeth Wagners Haar prangte allerdings nicht mehr in natürlichem Aschblond, wie zu jener Zeit des Alkoholverbots, da sie bei Trinkgelagen den Gin aus dem Waschfaß probierte; der mußte mit der Tasse ständig umgeschöpft werden, und so nach der vierten schmeckte er dann annähernd wie alt und abgelagert im Faß, obwohl es immer noch das gleiche grausige, magenumdrehende Zeug war wie vor Stunden, ehe das künstliche Schnellreifeverfahren einsetzte und die Sauferei begann. Jetzt stand ihr Haar unter der fachmännischen Pflege eines Verschönerungskünstlers, und im Verein mit den braunen Augen verlieh es dem Aussehen der Frau etwas Hartes.

Sie lehnte sich jetzt weiter über den Tisch, die Brust auf den übereinandergeschlagenen Armen, und hoffte, daß ihre Augen den Blick mütterlicher Besorgnis zeigten. Aber Besorgnis war aus diesen Augen vor undenklicher Zeit schon entwichen, und die Tochter wußte das, und sie saßen da, Fremdlinge, die vor Ewigkeiten einmal ein Strang verbunden und das gleiche reiche Blut durchströmt hatte.

«Was ist diesen Sommer alles passiert?» fragte Mrs. Wagner; und

Margaret sah sie an und dachte, ich werde dir ebensowenig wie dem Milchmann erzählen, was letzten Sommer passiert ist.

«Ach, allerlei», sagte sie. «Parties haben wir veranstaltet, mit Braten im Freien. Du weißt ja, wie es in so einer kleinen Siedlung her- und zugeht.»

«Du weißt, was ich meine, Margaret. Du weißt ganz genau, was ich meine. Fang nicht an, mir von Parties und Spießbraten zu erzählen. Daran hab ich kein Interesse.»

«Woran *hast* du denn Interesse, Mutter?»

An dem Tag, wo ihr Großvater gestorben war, hatte sie aufgehört, ‹Mutti› zu sagen, oder ‹Ma› oder ‹Mama›. An jenem Tag hörte ihre Mutter auf, eine Blutsverwandte zu sein und wurde eine fremde Frau wie andere mehr, namens Elisabeth Wagner; eine Frau, die etwas unsagbar Schreckliches getan hatte. Sie hätte sie jetzt ohne weiteres Elisabeth genannt, nur daß es eben nicht auf ihrer Abrechnung vorgesehen war, jene Fremde beim Vornamen zu nennen. Also hatte sie den kältesten Schall gewählt, den sie im Rahmen jenes abgelehnten Mutter-Tochter-Verhältnisses ersinnen konnte, und dieser Schall hieß eben ‹Mutter›.

«Ich habe an *dir* Interesse», sagte Mrs. Wagner.

«Du hast an mir Interesse?» fragte Margaret, und ein winziges, sardonisches Lächeln umspielte ihren Mund.

«Du bist genau wie ich», sagte Mrs. Wagner. «Du bist meine Tochter. Du siehst genau aus wie ich in deinem Alter; und ich kann in deinen Augen das gleiche entdecken, was damals auch in meinen geschrieben stand. Also brauche ich nicht weiterzuhören, was letzten Sommer passiert ist. Ich weiß, was passiert ist.»

«Tatsächlich?»

«Ja.»

«Dann frag mich doch nicht erst.»

«Aber nicht in der Art, wie es mir seinerzeit gegangen ist, Margaret, ganz und gar nicht in der Art. Auch das steht in deinen Augen zu lesen. Was auch immer geschehen ist, gut war es nicht.» Mrs. Wagner wartete. «Margaret, es ist mir vollständig gleich, wie du über mich denkst, oder was –»

«Mutter –»

«Oder was –»

«Mutter; sprich etwas leiser.»

«Die sitzen drüben im Wohnzimmer, bei der Übertragung des Footballspiels, deine beiden männlichen Wesen; sei unbesorgt ihretwegen! – Hör mich an, Margaret. Als es bei mir passierte, war es *alles* – und das ist der Unterschied! Und das ist's auch, was du niemals verstehen können wirst; das ist, was du nicht verstehen *willst.*»

«Ich möchte nicht –»

«Nichts war mehr von Bedeutung, Margaret: nicht dein Vater, und du nicht und nicht ... auch dein Großvater nicht, nein. Es gab nur noch –»

«Ich lege keinen Wert drauf, das zu hören.»

«Wann wirst du Wert darauf legen?»

«Nie.»

«Brich nicht den Stab über mich, Margaret. Du bist nicht zu meiner Richterin bestellt; ich bin schließlich immer noch deine Mutter, ja?»

«Tatsächlich?»

«Jawohl, verdammt noch mal, das bin ich! Und verstehe eine Kleinigkeit mehr vom Leben, und wie es darin her- und zugeht, als du dir vielleicht einbildest.»

«Ich bilde mir ein, daß du sehr, sehr viel vom Leben verstehst, und wie es darin her- und zugeht, Mutter», sagte Margaret.

Mrs. Wagner seufzte schwer. «Du bist ein sehr kaltes Geschöpf, Margaret», sagte sie. «Sehr kalt bist du.»

«Es tut mir leid, falls ich –»

«Sehr kalt. Ich würde mich gern mit dir unterhalten. Wirklich, ich möchte mich gern mit dir unterhalten können. Ich habe mir oft Gedanken darüber gemacht, damals, als es passierte, wie ich es dir erklären sollte, wie ich es dir sagen könnte, sobald du alt genug wärst zum Zuhören. Damit hab ich mich noch am meisten gequält, weißt du? Was wird meine Tochter von mir denken, was wird meine Tochter von mir denken? Oh, ich kann durchaus begreifen, was du wegen meiner späteren Handlungsweise empfinden mußt; aber das gehörte nun einmal dazu, und lediglich wegen dem, was geschah, lediglich weil ich so verzweifelt –»

«Mutter –»

«Margaret, ich bin keine Hure.»

«Mutter –»

«Bitte, behalte das immer im Auge, Margaret. Ich bin keine Hure! Mir liegt daran, daß du begrei –»

«Bitte, bitte», sagte Margaret.

Sie sah zu ihrer Mutter hinüber, sah, wie sich Tränen in Mrs. Wagners Augen bilden wollten; und einen Herzschlag lang hätte sie über den Tisch langen mögen, die gepflegten Hände ihrer Mutter erfassen, auf dem dritten Finger steckten sie groß übereinander, der Trauring und der Verlobungsring, hätte die Hände der Mutter in ihre eigenen nehmen mögen und sagen: «Es ist alles wieder gut. Bitte nicht weinen, bitte.»

Ein Augenblick der Unentschiedenheit.

Dann sagte Margaret: «Ich möchte nichts mehr davon hören, Mutter.»

«Hoffentlich verläuft dein Leben immer unbedroht, Margaret. Hoffentlich wird dein Nachschub an Lebensenergie nie abgeschnitten.»

«Ich will nichts weiter hören», sagte Margaret, diesmal noch fester.

«Schön; was also passiert ist, ist deine Angelegenheit; aber ich merke, daß es auf jeden Fall bedeutungslos war.» Mrs. Wagner musterte ihre Tochter, und ihre Augen waren wieder klar geworden. «Weißt du, was ich dir wünsche?»

«Was?»

«Ich wünsche dir, daß du dich eines Tages verliebst. Ich wünsche von ganzem Herzen, daß du erfährst, was Liebe bedeutet.»

«In der Art wie *du* seinerzeit, Mutter?» fragte Margaret, mit unverhülltem Hohn in der Stimme.

«Jawohl», sagte Mrs. Wagner langsam, mit hellem und hartem Blick: «Wie ich seinerzeit.»

Es war Dienstagfrüh, als Larry in Vega Alta, der Stadt, das Begräbnis sah.

Die Stadt war heiß und trocken und staubig. Geschäfte säumten die Hauptstraße; und Larry wartete auf dem Bürgersteig auf Hebbery, der ihm am Morgen das Baugelände gezeigt hatte und jetzt eben in einen Laden gegangen war, um sich ein paar *cigarillos* zu kaufen. Stille lag über der Stadt, das Schweigen von bloßen Füßen auf staubbedeckten Straßen. Nur ganz wenige Käufer waren unterwegs, und man wurde von einem Gefühl nahezu vollständiger Untätigkeit überkommen, einer Trägheit, befördert von einer Sonne, die Straßen wusch und Bürgersteige und die verblichenen pastellblassen Auslagen der Schaufenster in einer reizlosen warmen Flut von Sonnengelb ertränkte. Plötzlich schien die Stille noch pilzhafter zu wuchern. War sie schon vorher allgegenwärtig gewesen, so wurde sie nunmehr noch tiefer, wie vor einem sommerlichen Wolkenbruch, so daß Larry unwillkürlich himmelwärts blickte, ob Regen drohe.

Ganz hinten, am anderen Straßenende, sah er die Prozession. Er brauchte einen Augenblick, um sich bewußt zu werden, was es überhaupt bedeute; und einen weiteren, um einzusehen, daß sie die Ursache des noch tieferen Schweigens war.

Vor der Prozession gingen kleine Mädchen in Weiß. Er zählte ihrer ein rundes Dutzend, wie sie paarweise ankamen, jede mit einem Blumenstrauß in der Hand, in langsamstem Gleichschritt, staubumwallt, die peinigend stille Straße heran. Sechs Paar Mädchen in weißen Kleidern, junge Mädchen mit dunkelbraunen Gesichtern, und hellbraunen Gesichtern; jede hielt den Buschen blutroter Blumen fest umklammert in Taillenhöhe. Und hinter den kleinen Mädchen marschierten feierlich steif die Leichenträger: so gleichmäßig die Last des mächtigen schwarzen Sarges auf die Schultern verteilt, daß er keinerlei Gewicht mehr zu haben schien, daß es schien, als gingen sie mühelos unter der massigen schwarzen Kiste dahin, die auf unbegreiflich magische Weise dicht über ihren Schultern durch die Luft heranschwebte.

Hinter den Leichenträgern, hinter dem Sarg, schritten in Schwarz die Trauernden. Sie nahmen Schulter an Schulter die ganze Breite der engen Straße ein, ernste Gesichter, beschäftigt mit einer todernsten Angelegenheit; aber unten der winzige, unbeschäftigte Schlendertritt.

Am Rand des Bürgersteigs hatten sich jetzt die Käufer aufgestellt. Männer nahmen die Hüte ab, während der Sarg vorbeizog. Geschäftsinhaber traten heraus, und zogen ihre Ladentüren hinter sich zu. Die ganze Länge der Straße hinunter ging die Welle sich schweigend entblößender Häupter und schallbretterhaft die Lautlosigkeit weiterleitender still-regsamer Ladentüren; und die schlendernden Leidtragenden regten riesige Staubschwaden auf, die sich schweigend in die goldhelle Sonnenluft erhoben.

Er kam sich als Außenstehender vor. Wie ein Wissenschaftler, der unterm Mikroskop das Treiben von Infusorien betrachtet, und wollte doch gar nicht so fühlen; wollte nicht, daß diese Leute hier denken sollten, er sähe kalt und wissenschaftlich ihren Tod vorbeiziehen; wollte von ihnen nicht für den stolzen, hochmütigen *americano* gehalten sein, der leidenschaftslos zusah, wie sie einen Freund oder Nachbarn zur Ruhe betteten. Er war plötzlich an diesem Begräbnis beteiligt, stark beteiligt; er spürte die unschuldige weiße

Reinheit der Blumenmädchen, fühlte mit die Last der Leichenträger, teilte die Trauer auf den Gesichtern jener Leidtragenden, die in schlaffer Nicht-Ordnung dahinzogen, an beiden Seiten ihres Körpers mit Händen behangen, von denen sie nicht wußten, wohin damit.

Und fühlte sich urplötzlich am Rande einer großen Erkenntnis hinsichtlich des Daseins überhaupt. Hier in dieser staubigen Stadt, dieser Stadt, die so befremdlich verstummt war, vor der Nähe des Todes; hier, wo er nicht wußte, gemäß welchem Brauch man die Ladentüren schloß, oder wer der Fremde im Sarg sein mochte – hier fühlte er, wie ein Etwas in seiner Magengrube begann, zu brennen anfing mit wilder Heftigkeit, und sich weiter verbreitete, in die Blutbahn, einem Rauschgift gleich, und höher stieg, hirnwärts. Er bemühte sich, es zu definieren, es in Greifbareres zu überführen, etwas, das man bewußt erfassen konnte. Er ahnte den Tiefsinn des Vorgangs, wußte um dessen Wichtigkeit und große Bedeutsamkeit; um Wert und Ziel der Dinge ging es irgendwie, um die Unzulänglichkeit und bestürzende Kürze des Daseins, irgendwie um Anhalt, Leben, Bauen, um die Endgültigkeit des Todes irgendwie; aber er konnte nicht denken, nur fühlen, und seine Unfähigkeit, solches Gefühl in Zusammenhang zu bringen, es klar zu ordnen, wie einen Grundriß, es in sinnvolle Zeichen und Zahlen zu übersetzen, mit denen er weiterarbeiten konnte, diese seine Unfähigkeit enttäuschte ihn, so daß er stumm und grübelnd stand, voll mit quälend unfaßbarem Gedankenstrandgut, während der Sarg vorbeizog, und die Ladentüren sich schlossen, und Staub aufwallte über der sonnenlichtgetränkten Straße.

«Die Türen schließt man deshalb, weil ein Freund vorbeikommt», sagte an seinem Ellbogen unten Hebbery. «Während ein toter Freund vorbeikommt, wollen sie keine Geschäfte machen. Aus Respekt.»

Er nickte; aber nicht, weil Hebbery etwas gesagt hatte, er wußte gar nicht, wie lange Hebbery schon so an seiner Seite stand. Der Zug war vorbei, und hinter ihm die Staubwolke. Die kleinen Mädchen in Weiß waren nicht mehr zu sehen. Nur die Rücken der Leidtragenden noch, die die Straße sperrten, ein dichtgedrängter Wall aus Kummer. Ihm war, daß wenn sie erst ganz fort wären, wenn er sie ganz fort ließe, er nie mehr imstande sein würde, zu begreifen, was er doch schon fast in der Hand hielt, was immer noch in Reichweite war, wenn er es doch fassen könnte, und halten!

In einiger Entfernung begann eine Glocke zu schallen. Der Zug bog am Ende der Straße um die Ecke, und Hebbery sagte: «Sie steuern in Richtung Kirche. Sieht hübsch aus, nicht?»

Er nickte. Er hätte sagen mögen, ja, ja, hübsch sieht es aus, aber das ist es doch nicht, hilf mir, Hebbery, der ganze Sinn des Lebens ist das doch hier, wenn du mir bloß helfen könntest, es in Worte zu fassen.

Der letzte der Leidtragenden schwand um die Ecke, im Kielwasser des Sarges. Der Staub senkte sich; die Ladentüren gingen wieder auf; die Köpfe der Männer bedeckten sich mit Hüten; die Straße erwachte erneut zu lethargischem Leben.

In der Ferne hörte er das pausenlose, unerbittliche Hämmern des Kapellenglöckchens.

Zwei Tage später, in der Abenddämmerung, startete das Flugzeug von Isla Verde, dem internationalen Flughafen der Insel. Sie saßen Seite an Seite und sahen die Nebel aus dem Laubdach der Insel steigen, als der Abend sank und die kühlen Seewinde einsetzten.

Als die Räder den Boden verließen, griff Eve nach seiner Hand, und ließ sie nicht eher los, als bis, eine ganze Stunde später, die Spannung in ihr nachgelassen hatte; dann fiel sie in tiefen Schlaf.

10

Er schritt scharf aus mit Chris.

Er war frisch rasiert und hatte sein wollenes Lieblingssporthemd angezogen. Er ließ den Kragen offen und hatte lediglich ein Sportjakkett darüber geworfen, obwohl es für dergleichen Kleidung eigentlich viel zu kalt war. Als er sie sah, lächelte er, ließ das Lächeln jedoch sogleich wieder von seinem Gesicht verschwinden. Ihre Augen verrieten, daß sie ihn wiedererkannte; und er musterte ausgiebig erst ihr Gesicht, dann das aschblonde Haar und dann die baumelnden Ohrringe. Sie vermied seinen Blick. Wiederum schien seine Gegenwart sie zu verwirren, und er fragte sich, was wohl schuld daran sein möchte.

«Hallo», sagte er.

«Hallo.»

Sie standen schweigend. Schon begann er die Kälte zu fühlen. Er hätte doch einen Mantel anziehen sollen.

«Sie sind hübsch braun geworden», sagte sie.

«Danke schön.»

«Ihre Augen wirken dadurch ...» Sie hielt inne.

«Ja?»

«Braun. Brauner.»

Ihm fiel keine passende Entgegnung ein. Er nickte nur, und wieder standen sie schweigend; schon begann er sich auf das Erscheinen anderer Nachbarsfrauen gefaßt zu machen, und ertappte sich dabei, wie er ganz bewußt wünschte, sie möchten erst so spät wie möglich kommen.

«Haben Sie sich gut amüsiert?» fragte sie.

«Oh doch, sehr.»

Wieder brach Stille herein. Er hatte das Gefühl, daß ihr Gespräch völlig richtungslos verliefe, und keiner von ihnen wußte, wohin es führen würde. Aber zur selben Zeit fühlte er auch, daß es seinen Gang gehen würde, ohne daß sie es bewußt lenkten. Ihm fiel nicht ein einziger Gegenstand ein, über den er hätte reden können. Unvermittelt kam ihm zum Bewußtsein, daß Margaret Gault im Grunde nur eine Fremde sei, und er fragte sich kopfschüttelnd, warum er heute früh hierher zur Haltestelle gekommen war.

Und dann sagte er: «Gehen Sie heute wieder einkaufen?»

«Nein», sagte sie, «warum?»

«Sie sehen so angezogen aus.»

«Nein.»

Die Worte sprangen aus seinem Mund: «Wann *gehen* Sie denn wieder mal?»

Auf das argwöhnische Zusammenziehen der Brauen und die plötzliche Kälte in ihrer Stimme war er nicht gefaßt gewesen. Schlagartig überkamen ihn Panik und Zweifel, während sie knapp fragte: «Warum?»

«Ach, ich weiß auch nicht», trat er sofort den Rückzug an.

Aber sie erlaubte ihm kein Ausweichen. Wieder wurde ihre Stimme um eine Nuance kälter. Aus ihrem Blick ersah er, daß er auf dem Objektträger festgemacht war und sie sich leidenschaftslos anschickte, ihn zu sezieren. «Was ist daran so wichtig, wenn ich einkaufen gehe?»

Aber er erwitterte nicht minder, daß sie das Thema ja auch prompt und endgültig hätte abbrechen können – und es *nicht* getan hatte. Eine Erkenntnis, die sogleich in voller Blüte stand, und ihm ein plötzliches Gefühl der Macht einflößte.

«Werden Sie morgen gehen?» fragte er.

«Möglich.» Ihre Antwort verriet ihm, daß er sich nicht geirrt hatte. Sie wollte das Thema mitnichten fallenlassen. Ein Anflug von Grinsen zeigte sich auf seinem Gesicht, so überraschte ihn das Gefühl der Macht, das immer noch in ihm zunahm.

«Um welche Zeit?»

«Warum?»

«Warum nicht?» parierte er flink. «Ich will Ihnen eine Tasse Kaffee spendieren.»

Sie wollte beginnen, an ihrer Unterlippe zu nagen, und stellte es dann wieder ein. Mit schwankender Stimme sagte sie: «Ich weiß doch gar nicht, ob ich morgen werde einkaufen gehen.»

«Vormittags?»

«Ich weiß noch nicht, ob ich überhaupt etwas einkaufen muß.»

«Oder nachmittags?»

«Ich weiß nicht.»

«Wann also?» fragte er und sah ihr voll ins Gesicht. Ihre Blicke senkten sich ineinander. Schweigend standen sie und starrten sich an.

Und dann, als nehme sie eine Hürde im Zeitlupentempo, sagte sie sehr langsam und sehr auf der Hut: «Morgen haben wir Sonnabend. Selbst falls ich einkaufen gehen müßte, würde Don dabei sein.» Sie ließ kein Auge von ihm, als wolle sie seine volle Aufmerksamkeit mit Gewalt erzwingen und ganz sicher sein, daß er auch nicht das geringste ihrer Worte überhöre: «Mein Mann.»

«Ah.» Er hielt inne. Irgendwie war die Hürde jetzt genommen, und er fühlte, wie die Spannung sich fast auf der Stelle gelockert hatte. «Und wann werden Sie dann das nächste Mal gehen?» fragte er leichthin.

«Oh, ich weiß wirklich nicht.» Er meinte etwas wie Schelmerei in ihrem Stimmklang entdecken zu können, eine Art Koketterie, die zuvor nicht dagewesen war. Sie lächelte sirenenhaft: «Ich hab gehört, Sie sind Architekt?»

«Woher wissen Sie das?»

«Eine der Nachbarinnen. Sie haben einen Preis gewonnen?»

«Das stimmt.»

«Dann müssen Sie aber gut sein.»

«Bin ich», sagte er. «Wie steht's mit Montag?»

«Montag ist schulfrei. Da ist mein Sohn zu Hause.»

«Dienstag?»

«Ich weiß nicht. Sind von Ihren Häusern welche abgebildet, in Zeitschriften oder so?»

«Ja. Wäre Dienstag ...»

«Welche Zeitschriften?»

«Ach, 'ne ganze Menge. Eins war in der September-Nummer von *Haus und Garten.*» Er sah sie neugierig verwundert an. «Warum?»

«Ich möchte mal sehen, was für Häuser Sie entwerfen», sagte sie; und er mußte plötzlich an sein erstes Zusammentreffen mit Altar denken, und dessen Worte: «Ich muß erst Ihr ‹Gepräge› kennenlernen.» Sein Blick ruhte auf ihr, und er mußte sich doch wieder den Kopf zerbrechen, ob die betreffende Hürde wirklich genommen wäre. Über ihre Schulter hinweg sah er jetzt allmählich die anderen Frauen erscheinen, auch einen kleinen Jungen, der im Laufschritt auf die Haltestelle zugerannt kam.

Ganz ruhig sagte er: «Dienstag nachmittag, um 14 Uhr, bin ich also im Geschäftsviertel. Werden Sie ebenfalls da sein?»

Ein erschreckter Ausdruck trat in ihre Augen. Sie zögerte lange, ehe sie Antwort gab, und auch dann sagte sie nur: «Vielleicht.»

«Mir wäre es sehr lieb», sagte er. «Mir wäre –»

Sie unterbrach ihn, daß ihre Worte sich voller Hast übereinander schoben. «Ich will sehen. Vielleicht. Ich möchte bloß wissen, wieso –»

Schon sagte eine der näherkommenden Frauen: «Hallo, Margaret.» Um ihren Mund erschien sogleich jenes andere mechanische Lächeln, und sie wandte sich von ihm.

Der Plattenspieler der Musiktruhe ging mit höchster Lautstärke, als Larry an Roger Altars Tür klopfte. Schon beim Eintreten ins Haus hatte er die Musik vernommen und gehört, wie sie mit jeder Treppenstufe entsprechend lauter wurde. Jetzt, wo er vor der Korridortür von Altars Wohnung stand, war der Krach schier unerträglich. Er klopfte erneut, diesmal wesentlich kräftiger, in der Überzeugung, daß in der Wohnung ihn kein Mensch hören könnte.

«Kommen Sie rein!» schrie Altar. «Die Tür ist offen.»

Er stieß die Tür auf. Altar lag auf der Couch und rauchte. Er trug kurze Socken zu seiner Hose, und das Oberhemd stand ihm offen. Er erhob sich nicht, als Larry ins Zimmer trat; und das wurmte diesen irgendwie. Den Abend zuvor hatte er gerade über seinem Gutachten für Baxter & Baxter gesessen, als Altar anrief, ihm mitteilte, daß er die Skizzen durchgesehen hätte und sie mit ihm zu besprechen wünschte. Demzufolge war Larry jetzt, am Montag früh, in die Stadt gefahren; und hatte, nun da er in Altars Wohnung stand, das berechtigte Gefühl, daß jener die Höflichkeit getrost hätte soweit erstrecken und ihn begrüßen können.

«Ist das nicht ein bißchen laut?» sagte er.

«Was?» erwiderte Altar.

«Die Musik!» brüllte Larry.

«Ach so. Wenn Sie wollen, können Sie leiser stellen.»

Larry ging an die Musiktruhe; machte den Lautstärkeregler ausfindig und stellte ihn aufs leiseste ein. Altar lag noch immer regungslos auf seiner Couch.

«Musik mögen Sie wohl nicht, hm?» sagte er.

«Ich mag sie sehr», antwortete Larry.

«Aber laute nicht?»

«Manchmal auch laut. Aber ich bin schließlich nicht hier, um mir ein Konzert anzuhören.»

«Warum so gereizt?» wollte Altar wissen.

«Durchaus nicht.»

«Hoffentlich nicht. Hoffentlich bringen Sie viel gute Laune mit.» Altar lächelte; aber es war ein sogenanntes ätzendes Lächeln, und Larry war lange genug beim Militär gewesen, um dieses berühmte ätzende Lächeln sogleich zu erkennen und zu wissen, wovon es der Vorbote war. Sogleich versteifte er sich innerlich.

«Setzen Sie sich», sagte Altar. «Was zu trinken gefällig?»

«Nein.» Verspätet setzte er noch ein «Danke» hinzu.

«Schön; aber setzen Sie sich auf jeden Fall.»

«Sicher.» Larry nahm in dem Klubsessel links von der Hausbar Platz, gegenüber der blauen Couch, auf der sich Altar noch immer rekelte.

«Ich tue es ungern», sagte Altar. «Ich schätze es gar nicht, wenn es mir passiert, und das geschieht bei Gott oft genug. Aber ich glaube, dieser Fall hier liegt anders; falls ich mich irren sollte, will ich mich gerne entschuldigen. Kann ich wie ein Mann zu Ihnen sprechen, Larry? Oder muß ich die Schmalz-Methode anwenden?»

«Was wollen Sie damit sagen?»

Altar zuckte die Achseln und stieß Zigarettenrauch aus. «Eine schlechte Kritik ist eine schlechte Kritik. Mag man's pudern und schminken, wie man will, es läuft immer auf Ablehnung hinaus, und von der Mutterbrust wegschieben läßt sich wohl niemand gern. Ich mag schlechte Kritiken nicht, und werde sie vermutlich nie mögen. Aber wenn schon, dann ziehe ich die offenen und brutalen den zuckersüßen und giftigen vor.»

«Also spucken Sie's jetzt aus, Altar!»

«Ihre Entwürfe stinken.»

Es war sehr still im Zimmer, nur aus dem Grammophon kamen unermüdlich die gedämpften Cellotöne.

Altar wollte neu ansetzen: «Vielleicht gehören Sie zu der Sorte, der man schmalzig kommen –» Und Larry schnitt ihm das Wort ab mit: «Das ist Ihr wohlüberlegtes Urteil?»

«Ich will Sie nicht absichtlich verletzen, Larry», sagte Altar. «Wenn ich gewußt hätte, daß Sie empfindlich sind, hätte ich den Mund nicht aufgetan.»

«Ich bin durchaus nicht empfindlich.»

«Und wie; das merke ich doch ganz genau.»

«Nein, überhaupt nicht. Versuchen Sie bloß nicht, mir auseinanderzusetzen, was in mir vorgeht. Ich finde das Ganze amüsant, nichts weiter. Waren Sie nicht derjenige, der Klempnern nicht Belehrungen erteilen wollte, wie Rohrleitungen zu verlegen sind?»

«Sehr richtig.»

«Aber eine Serie von Rohentwürfen sehen Sie sich an, und geben dann vornehm das Urteil ab, daß – wieso sind Sie in diesem Fall der Meinung, Sie wären der zuständige Richter?»

«Warum bin ich das Ihrer Ansicht nach nicht?»

«Wie kann jemand, der Architektur nicht unterscheiden kann von –»

«Larry –»

«Sie sind ein Egomane, Altar! Sie werfen einen Blick auf eine Reihe von Rohentwürfen, und behaupten, sie stänken. Was bilden Sie sich wohl dabei ein? Meinen Sie, Sie hätten eine seichte Liebesgeschichte in einer Ihrer kunstdruckpapierenen Illustrierten vor sich, und mit ein bißchen Naschen daran wäre es getan? Sie haben Planzeichnungen und Aufrisse vor sich! Wissen Sie überhaupt, wie man einen solchen Plan liest?»

«Oh, doch.»

«Wo, zum Teufel, hätten Sie wohl jemals –»

«Ich hab mal 'ne Zeitlang mit Bauzeichnern zusammen gearbeitet. Also, Larry –»

«Da sind Sie ja ein Tausendsassa, alle Wetter», sagte Larry, mit immer steigender Wut. «Was haben Sie denn sonst noch alles gelernt? Tätige Vulkane besteigen? Mit Krokodilen ring –»

«Und Sie meinten, Sie wären nicht empfindlich?»

«Jetzt *bin* ich empfindlich; und Sie können zum Teufel gehen.»

«Setzen Sie sich hin. Wir wollen ganz von vorne anfangen.»

«Ich fahr nach Hause. Von vorne können *Sie* anfangen. Zeichnen Sie sich Ihr albernes Haus doch alleine.»

«Setzen Sie sich jetzt hin», sagte Altar mit Nachdruck. «Um Gottes willen, setzen Sie sich hin, und hören Sie auf, sich zu benehmen wie –»

«Fangen Sie bloß nicht an, *mich* herumzukommandieren, Altar!» fuhr Larry ihn an. «Und wenn von Ihren Büchern *zehn* Millionen Stück verkauft worden sind, berührt's mich nicht *so*viel!»

«Na schön», sagte Altar grinsend. «Ach *bitte*, nehmen Sie doch Platz. Ist es so recht?»

Larry setzte sich. Altar musterte ihn eine Weile. «Die schmalzige Methode», sagte er dann, «beginnt folgendermaßen –»

«Ach, hauen Sie ab, Mensch.»

«Mein lieber Mr. Cole. Zweifellos verraten Ihre Entwürfe für Altars künftiges Heim eine meisterliche Beherrschung der rein technischen Mittel –»

«Schon gut», sagte Larry.

«Wünschen Sie, daß wir –»

«Ich sagte ‹schon gut›.» Er seufzte schwer. «Ich kann bloß dergleichen Attacken nicht vertragen, Altar.»

«Aber wer verträgt die schon? Sobald etwas schwarz auf weiß vorliegt, stellt es sich auch jeder öffentlichen Kritik. Soll ich Ihnen dartun, weshalb mir die Skizzen nicht zusagen?»

«Das würde ich sehr schätzen. Das heißt, falls Eure Allmächtigkeit und Allwissenheit –»

«Sie werden schon wieder empfindlich.»

«Gut, gut; bitte, sprechen Sie. Ich bin ganz Ohr.»

«Unsere geschäftlichen Beziehungen sind noch nicht aufgelöst?»

«Das kommt darauf an, was Sie sagen werden.»

«Erstens: ich glaube nicht, daß Sie meinem Haus mehr Nachdenken gewidmet haben, als wenn Sie eine Müllverwertungsanstalt hätten bauen sollen.»

«Ich habe Ihrem Haus jede Stunde ge –»

«Ihre *Zeit* ja; aber nicht Ihre wahre schöpferische Kraft, Larry. Diese Entwürfe hier sind Tagelöhnerarbeit, reine Fingerfertigkeit. Ich weiß, was Sie leisten können. Ich hab's ja gesehen.»

«Bitte weiter», sagte Larry verkniffen.

«Zweitens: ich kann nicht glauben, daß Sie dieses Haus für *mich* entworfen haben. Meiner Ansicht nach haben Sie mir eine dürftige Blütenlese von dem aufgetischt, was sich von einem Grundlehrgang für Architektur noch so in den untersten Schubladen Ihres Geistes vorfand.»

«Verdammt noch mal, das ist aber doch –»

«Drittens: Ich bin zu der Überzeugung gekommen, daß Sie mein Haus nicht gestalten *wollen*. Warum weiß ich nicht. Vielleicht sind Sie in Gedanken anderswo. Vielleicht ist Ihnen der Auftrag nicht bedeutend genug. Aber was immer –»

«Das ist doch alles Unsinn!»

«Wirklich? Sehen Sie, Larry, Sie sollten mich allmählich doch leidlich kennengelernt haben. Sollten eine leise Ahnung davon erlangt haben, wie das Haus beschaffen sein müßte, das mich umgeben soll. Von diesen Skizzen hier hat nicht eine etwas mit Roger Altar zu tun. Von ihm ist keine Spur darin enthalten.»

«Es sind doch bloß Vorarbeiten. Sie sollen doch lediglich –»

«Was schlimmer ist: auch von *Ihnen selbst* ist nichts in diesen Entwürfen zu entdecken. Nichts, gar nichts von Ihnen ist darin, und Sie sind doch schließlich der verdammte Architekt! Wo ist hier Ihr ‹Gepräge›? Was wollen Sie mir hier andrehen?»

«Andrehen will ich Ihnen überhaupt –»

«Wollen Sie mich betrügen?»

«Ich hab in meinem Leben noch niemanden betrogen!» sagte Larry, der wieder wilder wurde.

«Hier; *mich* betrügen Sie hier. Und sich selbst außerdem noch!» Er hielt inne. «Lassen Sie das Gehopse. Setzen Sie sich wieder hin.»

«Warum wenden Sie sich nicht an einen anderen Architekten?»

«Weil ich keinen brauche; es sei denn, Sie teilten mir offiziell mit, der Fall wäre für Sie erledigt.»

«Sie mögen meine Skizzen nicht; Sie mögen meine –»

«Wollen Sie mein Haus bauen, oder nicht?»

«Das weiß ich noch nicht», sagte Larry rauh.

«Warum grollen Sie mir?»

«Ich grolle Ihnen überhaupt nicht.»

«Weil ich Erfolg habe?»

«Was?!»

«Wenn das der Grund ist, sagen Sie's getrost. Das tun viele Leute. Ich reg mich darüber nicht mehr auf.»

«Werden Sie nicht lächerlich. Wir sind doch keine Konkurrenten.»

«Also warum dann? Weil ich Junggeselle bin?»

«Was hat das mit der ganzen Angelegenheit zu schaffen?»

«Weiß ich es denn? *Warum* grollen Sie mir?»

«Ich sagte Ihnen schon einmal, ich grolle Ihnen nicht im geringsten. Ich bewundere Sie vielmehr. Ich halte Sie für den größten lebenden Schriftsteller der Welt. Ich kann mir nicht vorstellen, was die Literatur ohne Sie wäre. Ich küsse Ihnen die Füße.»

Sanft sagte Altar: «Sie sind ein großer Junge, nichts weiter, ja?»

«Werden Sie nicht persönlich, Altar. Für Ihre zehn Prozent haben Sie noch nicht meine Seele mit erkauft.»

«Das habe ich auch gar nicht erwartet; wohl aber Ihren Geist.»

«Einen Teil davon.»

«Was Architektur anbelangt, den *ganzen!*»

«Ich könnte Ihnen ein Haus hinsetzen, daß Sie Angst davor kriegten.»

«Versuchen Sie's doch mal.»

«Ich könnte Ihnen ein Haus bauen, das Sie einfach nicht verstehen würden.»

«Meine Bücher sind zu gut für den Pöbel», sagte Altar.

«Was?»

«Bekannte Methode der Selbstbetäubung. Nur weiter.»

«Was bin ich Ihnen denn schuldig, Altar? Ich könnte den zehnten Teil meines Gehirns einsetzen und Ihnen immer noch einen besseren Entwurf liefern als hundert andere Architekten im Umkreis.»

«Wann gedenken Sie endlich mit der Angeberei aufzuhören, Larry?»

«Wann gedenken Sie aufzuhören, sich wie mein bester Freund zu gebärden? Mein Gott, Mann, wir kennen uns doch kaum!»

«Ich will noch einen Schritt weitergehen: ich glaube, Sie *wollen* mich gar nicht kennenlernen.»

«Muß denn jeder Literaturklempner in der Welt sich unbedingt für einen Seelenkenner halten?»

«Wieviel andere Schriftsteller kennen Sie denn noch?» fragte Altar.

«Gott sei Dank keinen weiter. Kommen Sie zur Besinnung, Altar. Lassen Sie etwas Selbsterkenntnis walten. Sie greifen im Grunde gar nicht mich an: Sie greifen *sich* an!»

«Das ist nicht wahr, Larry!»

Altar rammte wütend seine Zigarette in den Aschenbecher auf dem Kaffeetischchen. Zur selben Zeit setzte er sich auf, als lege er jetzt die Rüstung an, bereit zur Schlacht. Seine Augen zogen sich zusammen, und die buschigen Brauen stiegen tiefer.

«Nicht?» fragte Larry. «Sie haben die gutgehende Tagelöhnerarbeit satt gekriegt –»

«Das stimmt nicht!» schnauzte Altar. «Sie denken vielleicht, es wäre dasselbe; aber es ist nicht der Fall. Wenn ich drüben in meinem Zimmer sitze, schufte ich jede verdammte Minute, und vor allem *gebe ich mir Mühe*! Ich sorge mich intensiv um das, was ich tue: und das tun Sie nicht!»

«‹Gutgehenden Kitsch›, haben die Kritiker geurteilt. Und sie haben den Nagel genau –»

«Die Kritiker haben nicht die geringste Ahnung, wie ich mich bis zum Weißbluten schinde!» schrie Altar. «Jede einzelne Seite schreibe ich aus meinen Adern! Alles gebe ich hin, bis aufs letzte, mein Blut, mein rotes heißes Blut! Und was, in Gottes Namen, geben Sie? Wovor haben Sie Angst? Daß Sie ein Stück von sich *selbst* hingeben müßten? Diese Skizzen hier sind die Spielereien eines Kerls, der isoliert in seinem Schneckenhaus lebt. Ich, ich lebe in keinem Schneckenhaus! Ich nehme, ich nehme eine ganze Menge, schön – ich versuche aber auch, etwas dafür wieder zu geben. Wenn Sie keine Lust haben, für mich zu arbeiten –»

«Für Sie *arbeiten*! Heiliger Gott –»

«Na und? Ist Arbeiten eine Schande? Arbeiten Architekten nicht? Was möchten Sie denn gerne hören? Soll ich mich Ihren ergebenen Klienten nennen? Wäre das geeignet, unsere Beziehungen zu verbessern? Schön, wenn Sie mich aber zum Klienten haben wollen, müssen Sie auch etwas dafür geben. Und zwar alles. Ich halte Sie wie ein Vollblutrennpferd; und alles, was ich verlange, ist, daß Sie nun auch entsprechend antreten und für mich laufen. Ich will nichts von Sehnenzerrungen hören oder daß die Bahn aufgeweicht wäre: Ich erwarte lediglich von Ihnen, daß Sie laufen. Sind Sie in der Lage, zu laufen, Larry? *Und zwar über die volle Distanz?*»

Larry war verstummt. Altar zündete sich eine neue Zigarette an. Entließ einen Rauchstrom aus seinem Innern; und immer noch herrschte Stille.

Langsam nickte Altar, und sagte: «Schön; reden wir nicht mehr davon. Es war mir sehr angenehm. Senden Sie mir die Rechnung über Ihre aufgewendete Ar –»

«Ich werde Ihnen Ihr Haus entwerfen», sagte Larry.

«Nicht, um mir einen Gefallen zu erweisen, bitte. Wenn Sie kein wirkliches Bedürfnis haben –»

«Ich habe es. Ich will laufen. Sie haben's zwar nicht verdient; aber ich will für Sie laufen.»

«Wieso hab ich das nicht verdient? Muß denn erst ein Preis zu gewinnen sein, damit Sie richtig aufdrehen?»

«Das war aber ein ausgesprochener Tiefschlag, Altar. Dieser alberne Preis hatte gar nichts zu sagen, und das wissen Sie auch ganz genau.»

«Sicher.» Altar hielt inne. «Vielleicht hat *kein* Preis etwas zu sagen, Larry. Vielleicht gibt es nur einen einzigen, der wirklich zählt.»

«Und zwar welcher?»

«Das sagen *Sie* mir.»

«Ich bin kein großer Denker», wehrte Larry ab. Er stand auf. «Ich bringe Ihnen also neue Entwürfe. Ich will alles an Können hineinlegen, was mir zu Gebote steht; und wenn sie Ihnen dann noch immer nicht gefallen, ist es nicht zu ändern. Ich kann den Rest meiner Tage nicht damit verbringen, Ihnen zu Gefallen zu leben.»

«Und auch damit nicht, sich selbst zu Gefallen zu leben.»

«Was soll das heißen?»

«Woher soll ich das wissen?» grinste Altar. «Eine mehr von meinen tiefsinnigen Banalitäten.»

«Oh, Sie Himmelhund», sagte Larry, und gab das Grinsen zurück. «Sie vergessen wohl nichts, was einer einmal gesagt hat, was?»

«Niemals. Ich bin ein Riesenschwamm in der Hinsicht. Ein Gehirnklau. Protokollführer und Archivar des Universums. Erzählen Sie mir ja nicht mal Ihre Lebensgeschichte. Ich bin imstande und mach 'n Roman draus.»

«Völlig aussichtslos», sagte Larry. «Wär viel zu langweilig.» Er ging zur Tür. «Sie dürfen das Grammophon jetzt abstellen», sagte er, lächelnd. «Wir brauchen die Begleitung durch Streichinstrumente nicht mehr.»

Noch im Hausflur hörte er Altar schallend auflachen.

11

An jenem Dienstag, an dem er Margaret Gault treffen wollte, Punkt 13 Uhr 45, brachte Larry die erste Lüge vor, an die sich eine endlose Folge von ähnlichen knüpfen sollte.

Er fand keinen sonderlichen Geschmack an seiner Lüge, zumal da Eve sich so verständnisvoll erwiesen hatte, seit gestern abend, als er den Vorfall mit Altar berichtete. Und ihre aufrichtige Sympathie hatte den ganzen Tag angehalten. Während er versuchsweise ein Schema für ein Einzelhaus der Arbeitersiedlung ausarbeitete, umsorgte sie ihn unermüdlich, brachte ihm Kaffee und Toast, kam jede Stunde einmal nach ihm sehen, und suchte ihm in jeder Hinsicht das Gefühl zu verschaffen, daß zumindest sie ihn für einen fabelhaft *guten* Architekten hielt.

Daß Altars Attacke ihn schwer getroffen hatte, konnte er nicht leugnen. Zwar wollte er sich nicht selbst zugeben, daß das Unangenehmste an ihr war, daß sie haargenau stimmte; aber er hatte die Attacke genützt, um seine Entrüstung anzuschüren, und sich in dem wütenden Entschluß zu bestärken, diesem Altar ein Haus hinzulegen, das den Jungen umhauen sollte. Insofern war er Altar dankbar, für den neuen Antrieb, den er erhalten hatte. Aber angesichts des fälligen Entwurfs der Arbeitersiedlung vermochte er den im Unterbewußtsein unleugbar wirkenden Reiz hochherrschaftlicher Villenplanung nicht voll zu würdigen. Und angesichts von Eves nicht nachlassender Freundlichkeit heute vormittag übersah er das Gewicht der Lüge, die er ihr binnen kurzem aufbinden wollte.

Vom Mittagessen ab verfolgte er dann mit Bewußtsein das stetige Vorrücken der Uhrzeiger. Wohl lauschte er Eves Geplauder, sah David lustlos in seiner Schüssel stochern, und konnte doch während alldem immer nur denken, heute ist Dienstag, um 14 Uhr wird sie vor den Geschäften stehen.

Ein bißchen Angst hatte er ja vor der Begegnung. Er hatte keine Ahnung, was er ihr sagen sollte, und fragte sich noch oft genug verwundert, ob er sie *überhaupt* dort abholen wollte. Noch war schließlich alles offen. Nichts Endgültiges war gesagt oder getan worden. Andererseits konnte eine Fortsetzung der Angelegenheit sonstwohin führen. Noch war Margaret Gault ihm ein vollständiges Rätsel; und er vermochte ebensowenig präzise anzugeben, was alles geschehen könnte, als er sich über die versuchsweise Bindung klar wurde, die er mit ihr bereits eingegangen war. Wohl hatte er an die hundertmal bei sich erörtert, ob er zum Rendezvous gehen sollte, und wußte doch genau, daß er gehen *würde* und, noch befremdlicher, daß er nichts unternehmen konnte, die Begegnung zu verhindern. Eine merkwürdig fatalistische Einstellung; vor allem für einen, der schon mit siebzehn und ohne Zögern das *Rubayat* abgelehnt hatte. Aber er wußte, daß er Margaret Gault wiedersehen mußte, sei es auch nur, um ihr zu sagen, er sei wahnsinnig gewesen, jemals mit dem Gedanken zu spielen –: mit *welchem* Gedanken? Er wußte es nicht.

Er würde sie ja sehen. Und ihr erklären. –: Ihr *was* erklären?

Und wieder fiel ihm nichts ein.

So saß er während des Mittagessens, bastelte insgeheim an der Lüge, die er Eve vorsetzen wollte, und fühlte sich zutiefst beschämt, als sie sich zu ihm wandte, und fragte: «Hörst du mir überhaupt zu?»

Um 13 Uhr 45 ließ er die Mine springen.

Er ließ Zeichenbrett Zeichenbrett sein, wischte sich die Hände am groben Tweed seiner Hose ab und rief: «Eve?!»

«Ich bin im Keller, Schatz», antwortete sie.

Er stieg die Stufen hinab, in das dämmerige Zementgewölbe. In der einen Kellerecke musizierte disharmonisch für sich die Waschmaschine. Eve stand über den Wäschekorb gebückt und sortierte Kleidungsstücke. Er wollte möglichst nicht ihr Gesicht sehen, während er die Lüge vorbrachte. Also sagte er von der Treppe herunter: «Ich fahr rasch für eine Minute in die Stadt, Eve.»

«Gut», sagte sie.

«Es kann 'ne Zeit dauern. Ich hab einiges zu besorgen.»

«Ja, gut», sagte sie. «Kommst du bei der Drogerie vorbei?»

«Ich kann gern halten. Warum?»

«Bring doch etwas St. Josephs Aspirin mit. Ich glaube, in David steckt irgendwas.»

«Okay», sagte er. Wandte sich hastig und stieg wieder treppauf. Sein Herz hämmerte. Sie hatte die Lüge akzeptiert, hatte ihr fast noch Vorschub geleistet; aber nichtsdestoweniger hämmerte sein Herz, hämmerte so schwer, daß er zu zittern begann, während er den Mantel anzog. Von der Haustür her, fühlte er sich gedrungen, ihr wenigstens noch ein Wort zu sagen.

«Sehr lange werd ich nicht weg sein, Schatz», rief er.

Er wartete auf eine Antwort; aber die Waschmaschine hatte ihn vermutlich übertönt. Er seufzte auf, trat aus dem Haus und ging zum Auto hin. Drüben, über der Straße, saß hinter dem großen Querfenster ihrer Küche, klar sichtbar wie ein Bild, Mrs. Garandi. Er lächelte gefällig und winkte ihr zu. Dann schloß er die Wagentür auf, stieg ein, und sah auf die Uhr: zehn Minuten vor 14 Uhr. Sein Herz schlug immer noch schwer. Ihm kam zum Bewußtsein, daß er große Angst hatte; er fragte sich bestürzt, ob etwa die Signora etwas Auffallendes an ihm bemerkt haben könnte; ob Eve den falschen Ton in seiner Stimme bemerkt hatte; und was er überhaupt aus der Stadt mitbringen sollte, um seine Fahrt einigermaßen zu rechtfertigen? Irgendwie schien die schlichte Verabredung plötzlich gigantische Ausmaße anzunehmen. Er fuhr im Rückwärtsgang die Einfahrt hinaus, nickte dann nochmals möglichst selbstbewußt zu Mrs. Garandi hinüber, in deren Gesicht er Verdacht zu lesen glaubte, und winkte zusätzlich.

Halb und halb war er darauf gefaßt, Eve anklagend in der Haustür erscheinen zu sehen; aber es war nicht der Fall. Er seufzte vor vermeintlicher Erleichterung, bog um die Ecke und fuhr dann geradewegs zum Geschäftsviertel. Erst als er schon fast da war, kam es ihm zum Bewußtsein, daß Margaret Gault nichts Bindendes darüber gesagt hatte, ob sie kommen würde. Ein seltsames Gefühl der Hoffnung beschlich ihn, sie würde nicht da sein. Aber zur selben Zeit wünschte er dringend, daß sie da sein möchte; und wußte, daß, falls sie die Verabredung nicht einhielte, er sie erneut darum angehen würde.

Ihm war plötzlich, als sei er in eine Falle gegangen.

Er wollte den Wagen wenden, heimwärts steuern, und fast hätte er es getan. Aber seine Hände lagen fest und unerbittlich am Steuer, er bog auf den Parkplatz ein, stoppte, und hielt Umschau nach ihr.

Sie war nicht da.

Nervös zündete er sich eine Zigarette an und begann zu warten.

Adrienne Gault war Witwe.

Sie konnte nicht selbst Auto fahren und fand die Reise mit der Bahn bis zum Haus ihres Sohnes langweilig; dennoch unternahm sie diese Reise allwöchentlich. Für gewöhnlich kam sie mittwochs an, übernachtete, und fuhr Donnerstag früh wieder weg.

Diese Woche traf sie unerwartet schon am Dienstag ein. Um 13

Uhr 35, als Margaret im Badezimmer war und sich kämmte, stand auf einmal Mrs. Gault in der Tür, und sagte: «Falls du einkaufen gehen solltest, würde ich gern mitkommen.»

«Das möchte ich lieber nicht», sagte Margaret.

«Warum?» fragte Mrs. Gault, obwohl sie recht gut wußte, warum. Das Mädchen konnte sie einfach nicht leiden. In Donalds Haus, im Heim ihres eigenen Sohnes, wurde sie grundsätzlich behandelt, als käme ein hoher Staatsbesuch. Sie hatte zwar nichts dagegen, bedient und umsorgt zu werden; protestierte aber gegen eine bloße Duldung. Es hätte Margaret nicht im geringsten geschadet, ein bißchen mehr menschliche Wärme aufkommen zu lassen. Je nun, das war wohl eben nicht anders. Man zog die Kinder groß, und dann verließen sie einen.

«Ich möchte es möglichst rasch erledigen, und dann sofort wieder nach Hause kommen», sagte Margaret.

«Ich bin seit meinem elften Lebensjahr einkaufen gegangen», sagte Mrs. Gault. «Ich glaube nicht, daß man sagen kann, ich kaufte zu langsam ein.»

«Außerdem gehe ich zu Fuß. Don ist mit dem Wagen weg.»

Die Aussicht auf eine Fußwanderung gefiel Mrs. Gault schon weniger; aber sie dachte deswegen nicht schlechter von ihrem Sohn, weil er im Auto weggefahren war. Wie sie den Fall sah, war ihr Sohn ein offener, warmherziger Charakter, der betrüblicherweise an ein fischblütiges Geschöpf geraten war. Tatsächlich war er auch am warmherzigsten, wenn Margaret nicht in der Nähe war. Dann konnten sie zusammen alte Zeiten wieder aufleben lassen; sie erzählte ihm, was er als kleiner Junge alles gesagt und getan hatte, und wie furchtbar es war, als sein Vater – möge er in Frieden ruhen – dann gestorben war. Sie hatten danach sehr eng und vertraut zusammen gelebt; und jetzt, im einsamen Zwiegespräch, stellte sich jene Vertrautheit zuweilen wieder ein, im Gespräch von Mutter und Sohn, im Gespräch, wie zwei Fremde es nie zusammen führen konnten, ein Fleisch und Blut, *ihr* Fleisch und Blut. Es tat gut, dies Band immer wieder neu zu knüpfen. Es tat gut, mit ihrem Sohn zu plaudern, ohne daß Margaret in der Nähe war.

Margaret legte den Kamm fort und nahm die Lippenstiftbürste zur Hand. Mrs. Gault beobachtete, wie sie den Außenumriß ihres Mundes umzog. Sie konnte förmlich fühlen, wie von dem gutgebauten Mädchen vor dem Spiegel dort Gleichgültigkeit ausging. Woran liegt das? dachte sie. Bin ich denn keine gute Mutter? Was will das Mädchen denn noch von mir, jetzt, wo sie meinen Sohn hat? Und fast immer endeten ihre Überlegungen in dieser Hinsicht mit den gleichen vier Worten: Zum Teufel mit ihr!

«Was willst du denn alles einkaufen?» fragte sie.

«Ach, bloß so diverse Kleinigkeiten.»

«Schön, wenn du also prinzipiell gegen meine Begleitung bist ...»

«Durchaus nicht. Ich will nur nicht eine ganze Expedition daraus werden lassen.»

«... könntest du mir aber doch vielleicht eine Zeitung mitbringen?»

«Gern.»

«Das *Journal American*. Die neue Nummer müßte eigentlich erschienen sein.»

Margaret tupfte ihre Lippen ab, tippte mit dem kleinen Finger auf den Farbstift und dann einmal auf jede Wange und begann die Farbe zu verreiben.

«Meinst du nicht?»

«Oh, entschuldige, Mama. *Was* sollte ich meinen?»

«Ob die Zeitungsnummer schon erschienen ist oder nicht. Wo bist du denn mit deinen Gedanken?»

«Ich hatte dich nur nicht verstanden, das war alles.»

«Vielleicht sollte ich doch lieber mitgehen. Du bist ja ganz geistesabwesend. Du läßt dich womöglich noch von einem Auto überfahren.»

«Nein», sagte Margaret rasch.

Ihre Schwiegermutter starrte sie an.

«Ich ... ich möchte lieber allein gehen.»

«Ich wollte dir meine Gesellschaft keinesfalls aufdrängen, glaube mir», sagte Mrs. Gault, entfernte sich von der offenstehenden Badezimmertür, und ging in die Küche. Die Uhr an der Küchenwand zeigte auf 13 Uhr 45. Sie saß an dem Kiefernholztisch und bedachte, wie traurig es doch sei, daß ihre eigene Schwiegertochter sie nicht liebte. Als Margaret aus dem Badezimmer kam, musterte sie sie mit leidenschaftslosem Blick – es war ihr nicht möglich, die geringste Ähnlichkeit zu entdecken.

Adrienne Gault war eine hübsche Frau mit braunem Haar und blauen Augen. Sie hatte die breiten Hüften einer Bäuerin, dazu die schlanke Taille eines jungen Mädchens, und ihre Brust war groß und fest. Aber Margaret sah sie bestimmt nicht ähnlich; und sie konnte sich ärgern, wenn man sie für Mutter und Tochter hielt, was gar nicht selten geschah.

«Also, amüsier dich gut», sagte sie milde.

«Ich geh lediglich einkaufen», sagte Margaret. Sie sah hoch zur Uhr. «Ich muß jetzt gehen.»

«Ziehst du dich eigentlich immer derart an, wenn du einkaufen gehst? Man sollte meinen, du gingst zum Tanz.»

«Ich zieh mich gern nett an», sagte Margaret.

«Wann wird Donald wohl nach Hause kommen?»

«Um dieselbe Zeit wie immer.»

«Der wird ja Augen machen, wenn er mich sieht», sagte Mrs. Gault, und die ihren funkelten vor freudiger Erwartung.

«Ja», sagte Margaret ohne Begeisterung. «So, und ich muß jetzt gehen. Ich bin gleich wieder da.»

Die Uhr an der Küchenwand stand auf 13 Uhr 57.

Er entdeckte sie sofort.

Und sie war ja auch nicht leicht zu übersehen, wie er sich sagen mußte. Man sah sich um – und sogleich fiel der Blick auf sie. Er stieg schnell aus dem Wagen, und sagte leise «Maggie», so leise, daß er sicher war, sie könnte es nicht hören. Aber sie hob schon den Kopf auf das Wort hin, und eilte auf sein Auto zu. Sie trug einen schwarzen, gut geschneiderten Mantel, schwarze Pumps, und in ihren Ohren schlenkerten lange Gehänge aus Rheinkieseln. Sie hielt den Mantelkragen gegen die eine Wange gepreßt, als sie so mit geneigtem Kopf daherkam, und die leichte Wintersonne fing sich in ihrem blonden Haar.

«Steigen Sie ein», sagte er lächelnd. Er war sehr nervös, und staunte über sich selbst, daß er zu lächeln vermochte. Was sollte er Eve gegenüber bloß als Entschuldigung vorbringen, falls jemand Zeuge gewesen war, wie das Mädchen hier in seinen Wagen stieg?

«Warum?» fragte sie.

«Wir fahren ein Stück. Ich möchte mich mit Ihnen unterhalten.»

«Ich weiß nicht, worauf das Ganze hinaussoll», sagte Margaret. «Wirklich, ich hab keine Ahnung. Ich wollte –»

«Lassen Sie uns hier nicht lange Worte wechseln», sagte er. «Wollen Sie nicht einsteigen?»

Sie sah ihn an, einen winzigen Augenblick nur. Dann zuckte sie die Achseln, kam auf die andere Seite des Wagens herum und stieg ein. Im Augenblick, wo die Tür hinter ihr zufiel, fuhr er auch schon an und vom Parkplatz fort. Sie saß sehr steif da, die Hände im Schoß gefaltet. Nur einmal, vorhin, hatte sie ihn angesehen; jetzt saß sie und starrte ängstlichen Blicks nur nach vorn, durch die Windschutzscheibe.

«Wohin fahren wir?» fragte sie.

«Ich weiß nicht.» Auch seine eigene Furcht nahm zu. Er hatte irgendeine Geste der Entspannung von ihr erhofft; aber sie saß derart versteift und auf der Hut, daß ihre Panik auf ihn übergriff. Die ganze Affäre gewann immer mehr die Gestalt eines tollkühnen, überstürzten Risikos, bei dem schlechterdings nichts zu gewinnen war. Er ertappte sich dabei, wie seine Augen über die ganze Straße abirrten und nach bekannten Gesichtern forschten, Gesichtern, die er vermeiden wollte. Er begann schon im voraus Entschuldigungen zu erfinden, um die Anwesenheit der hübschen Blondine auf dem Sitz neben sich glaubwürdig zu erklären. Als sie das Geschäftsviertel hinter sich gelassen hatten, verspürte er unverzüglich Erleichterung. Seine Hände hatten bisher das Steuerrad umklammert, daß die Knöchel weiß heraustraten; jetzt spürte er, wie ihr Griff sich lockerte.

«Wo fahren wir hin?» fragte sie wiederum. «Was wollen Sie überhaupt von mir?»

«Ich weiß selber nicht.»

«Was es aber auch sei, meine Antwort lautet: Nein!»

Ihre Worte gaben ihm einen Ruck. Zusätzlich zu der Angst, die er bis jetzt empfunden hatte, gesellte sich die schreckliche Vorstellung, daß er einen ganz schweren Fehler begangen hatte. Sein Annäherungsversuch an diese Frau war ein reiner Irrtum gewesen; jetzt würde sie die Geschichte in der ganzen Siedlung breittreten, und wiederum sah er sich vor Eve stehen und mühsam Ausreden erfinden. Er trat auf den Gashebel.

«Ja, und?» sagte sie.

«Was, und? Um Gottes willen, beruhigen Sie sich doch bloß.»

«Tut mir leid. Wohin bringen Sie mich jetzt?»

«Ich sagte doch schon, ich habe keine Ahnung. Ich fahr aufs Geratewohl. Es ist doch heller Tag. Sie sind doch absolut sicher.»

«Vor was?» fragte sie. «Denken Sie ja nicht, weil –» Sie brach ab. Sie schien jetzt sehr ärgerlich zu sein. «Denken Sie ja nicht, Sie könnten sich was einbilden; ich warne Sie.»

«Ich weiß gar nicht, wovon Sie andauernd reden.»

«Ich rede von meinem Körper!» sagte sie.

Zu seiner ersten Befürchtung, und zu der späteren Befürchtung, kam jetzt die dritte und zum Teil schon geargwöhnte: Das Mädchen hier war entweder sehr dumm oder aber unglaublich offenherzig, und der eine Defekt war ebenso gefährlich wie der andere. Im Augenblick wollte er nur noch so schnell wie möglich mit Anstand von ihr loskommen, in der Hoffnung, sie würde jetzt noch den Mund über den ganzen Vorfall halten.

Nervös sagte er: «Ich wollte nichts, als mich mal mit Ihnen etwas unterhalten. Sie wirkten so interessant. Ich wollte Sie ein bißchen näher kennenlernen.» Er sah hoffnungsvoll zu ihr hinüber. Seine Worte schienen keinerlei Eindruck auf sie zu machen. «Wirklich», fuhr er fort, «ich dachte mit keinem Gedanken an ... an was ... an was Sie denken, das ich dachte.»

«Ich möchte wetten.»

«Wenn Sie es wünschen, wende ich auf der Stelle um.»

«Wenden Sie», sagte sie.

«Gern», erwiderte er erleichtert. Er steuerte den Wagen an den Straßenrand, wartete, bis das Auto hinter ihnen vorbei war, und beschrieb dann eine U-Kurve.

«Sie veranstalten oft dergleichen, ja?»

«Nein.»

Sie lachte verächtlich. «Sicher, ich möchte wetten.» Sie schien maßlos wütend auf ihn; und er wunderte sich plötzlich, was für einen Grund diese völlig Fremde wohl haben konnte, um derart wütend zu sein. Er hatte sie doch nicht mit Gewalt in sein Auto gezwungen; und zum Geschäftsviertel hatte sie auch kein Mensch hingeschleppt.

«Was wollen Sie eigentlich in meinem Wagen?» fragte er impulsiv.

«Ich ... Sie sagten doch, Sie wollten ein Stück fahren.»

«Und was dachten Sie, was sich auf dieser Fahrt ereignen würde?»

«Ich hab nicht darüber nachgedacht.»

«Haben Sie gedacht, ich würde Sie um ein weiteres Zusammentreffen bitten?»

«Ja. Das wohl.»

«Und wenn ich's nun täte?»

«Ich hab keinerlei Lust dazu.»

«Ich frage ja gar nicht. Ich sagte lediglich: wenn.»

«Ich dürfte nicht hier bei Ihnen sein. Sie hätten sich nicht mit mir verabreden dürfen.»

«Warum *sind* Sie dann gekommen?»

«Ich wollte erfahren, was Sie dazu veranlaßt hat.»

«Und das wissen Sie jetzt?»

«Nein. Sehen Sie ...» Sie wollte etwas sagen, schüttelte dann aber nur den Kopf.

«Was war denn?»

«Ach, lassen Sie nur.»

«Los, sagen Sie's. Wir werden uns ja nie mehr wiedersehen, also sagen Sie's schon.»

«Nein, nicht das, was Sie denken.»

«Ich denke überhaupt nichts.»

«Es ... sehen Sie, ich war sehr einsam diesen ganzen Sommer. Mein Mann war auswärts, und ich ...» Sie brach ab, wandte sich von ihm, und starrte wieder durch die Windschutzscheibe. «Ich war so einsam.»

Sie sagte nur das, nichts weiter; aber es reichte hin, ihm zu sagen, daß er sich nicht in ihr geirrt hatte. Er warf einen Blick in den Rückspiegel, bremste, und machte die zweite U-Kurve.

«Was ...?»

«Ich will jetzt noch nicht zurück; oder Sie?»

«Ich ...» Sie befeuchtete ihre Lippen. «*Sie* sitzen ja am Steuer.»

Einige Minuten lang fuhren sie schweigend dahin. «Sie fragten vorhin, was ich von Ihnen wollte», sagte er. «Jetzt weiß ich's.»

«Und zwar was?»

«Ich möchte eine Nacht mit Ihnen zusammen sein.»

«O Gott, Sie sind so verdammt geübt. Wie oft haben Sie das früher schon gemacht?»

«Noch nie», sagte er schlicht.

«Und Sie kennen mich nicht einmal. Wir haben uns auf der Straße getroffen! Wieso kennen Sie mich?»

«Das tue ich ja gar nicht. Deswegen wollte ich Sie ja treffen. Um –»

«Ich will Sie nicht kennenlernen», sagte sie.

«Gut; dann lassen wir die Sache hier ruhen. Ich fahre Sie zurück.»

«Ja, bitte.»

«Schön.»

Zum drittenmal wendete er. Er kam sich langsam ein bißchen albern vor. Bis jetzt war ihre Unterhaltung ausgesprochen lächerlich verlaufen. Aber was hatte er denn erwartet? Worüber unterhalten sich Fremde schon groß? Es war still im Wagen. Er fuhr nur langsam. Jetzt, wo er sein Sprüchlein gesagt hatte, und abgewiesen worden war, beeilte er sich nicht mehr sonderlich mit der Heimfahrt. Jetzt verspürte er lediglich noch Erleichterung, und ein seltsames Gefühl des Friedens.

«Ich hab Ihr Haus gesehen», sagte sie unvermittelt. «Das in *Haus und Garten* abgebildet war.»

«Hat es Ihnen gefallen?»

«Ja, sehr. Es ist ein ... ein starkes Haus.»

«Schönen Dank auch.» Er unterbrach sich. «Wo haben Sie es überhaupt gefunden? Die betreffende September-Nummer, mein ich?»

«In der Bibliothek.»

«Sie haben extra nachgesehen?»

«Ja.»

Erneut schwiegen sie. Er fragte sich, was wohl in ihr vorgehen mochte, fürchtete sich aber auch wieder, es zu wissen. Er konnte ihre Schönheit neben sich förmlich fühlen, als körperliche Gegenwart, die das Wageninnere ganz erfüllte. Seine Furcht war zergangen und an ihre Stelle das überdeutliche Bewußtsein ihrer Nähe getreten. Aber dumm ist sie, dachte er, und wunderte sich, in welchem Grade sie wohl dumm sein könnte.

«Was haben Sie damit gemeint?» fragte sie.

«Womit?»

«Damals, als Sie sagten, so hübsch sei ich gar nicht.»

«Ach, lediglich, daß ... manchmal sehen Sie eben hübsch aus, und manchmal nicht», log er.

«Und im Augenblick jetzt?»

«Reizend.» Seine Augen gingen einmal über ihr Gesicht. «Also wollen Sie mich nun treffen oder wollen Sie nicht?»

«Würde es Sie sehr verletzen, wenn ich nein sagte?»

«Verletzen?» Er fühlte sich plötzlich total verwirrt. Wieso machte sie sich Sorgen darüber, ob sie ihn verletzte oder nicht? «Enttäuscht würde ich sein, ja», sagte er. «Ach, zum Teufel mit der ganzen Sache: ich bin verheiratet; Sie sind verheiratet; es ist blanker Wahnsinn. Reden wir nicht mehr davon.»

«Wann hatten Sie gedacht, daß wir uns treffen?»

«Wann könnten Sie abkommen?»

«Nein; sagen *Sie* einen Termin. Es muß von *Ihnen* ausgehen.»

«Heute abend?»

«Nein.»

«Morgen abend?»
«Nein.»
«Donnerstag abend?»
«Das könnte sein.»
«Und Sie wollen mich wirklich wiedersehen?»
«Ja. Aber denken Sie bitte nicht, ich sei ein Straßenmädchen. Bitte, denken Sie das nicht.»
«Das tue ich mitnichten.» Merkwürdigen Gesichts sah er sie an. «20 Uhr?»
«Don wird ebenfalls ausgegangen sein. Ich muß jemand als Kinderaufsicht beschaffen.»
«Ist 20 Uhr zu früh?»
«Nein, ist schon recht. Aber bitte, ja nicht denken –»
«Ich denke überhaupt nichts.»
«Nicht, daß ich nicht dächte –» Sie schüttelte den Kopf. «Was haben wir vor? Donnerstag abend?»
«Was Sie wollen.»
«Nein. Nein. Das müssen Sie sagen.»
«Überrasch ich Sie also. Einverstanden?»
«Ja.» Sie nickte zwar, schien aber verstört. «Sind Sie sich auch ganz gewiß, daß Sie mich treffen möchten?»
«Doch. Sind Sie sich nicht gewiß?»
«Nein», sagte sie. «Nicht im geringsten.»
«Hm», sagte er, von ihrer unerwarteten Offenheit enttäuscht. Viel mehr zu verabreden schien nicht erforderlich. Alles war anscheinend glatt aufgegangen; etwas verworren, aber deshalb nicht minder gesichert. Er verspürte nicht die geringste Aufregung. Nun, da alles vorüber war, fühlte er fast etwas wie Enttäuschung.
«Wo soll ich hinkommen?» fragte sie.
«Ach, richtig.» Er überlegte einen Augenblick. «Zum Postamt? Wissen Sie, wo das ist?»
«Natürlich. Um 20 Uhr, sagen Sie?»
«Ja.»
«Ich werde dort sein. Und Sie wissen ganz bestimmt, daß Sie's wollen?»
«Ja, ganz bestimmt», sagte er. «Wir sind fast schon wieder bei den Geschäften; ich glaube, Sie steigen besser hier irgendwo aus.»
«Doch, ja.»
Jetzt waren beide wieder hellwach und auf der Hut. Er fuhr an den Bordstein. Als sie nach der Tür griff, sagte er: «Warten!». Und

sie wartete gehorsam, ohne nach dem Grund solcher Anordnung zu fragen. Der Wagen, den Larry im Rückspiegel gesehen hatte, blitzte vorbei.

«Also abgemacht», sagte er. «Donnerstag abend; Postamt; 20 Uhr: Bitte möglichst nicht warten lassen.»

«Ich bin pünktlich», sagte sie. Sie öffnete die Tür, und beim Aussteigen aus dem Auto hörte er sie «Larry» flüstern.

«Ja? Was gibt's?» fragte er.

Sie lächelte. «Ach, nichts. Ich wollte nur – Ihren Namen probieren.»

Er fuhr weiter in die Stadt, kaufte einen extraweichen Radiergummi, ein neues Schreibmaschinenfarbband und eine Rolle Pauspapier. Auch bei der Drogerie hielt er, um rasch das Aspirin für David zu besorgen. Dann fuhr er heimwärts.

Wie gigantische überwinternde Insektenlarven standen die mächtigen flügellosen Flugzeugrümpfe auf dem Fließband, und ihr Aluminium erschimmerte unter dem Glanz der Neonlampen darüber. Irgend etwas an der Szene war geisterhaft, dachte Don; die maskenbedeckten Gesichter der Schweißer, in deren Schutzbrillen sich die blaue Stichflamme ihres Geräts spiegelte; Niethämmer steppten im Stakkatotakt; gehämmertes Aluminium hallte wider; wie Eingeweide aus einem toten Soldaten hing ein labyrinthisches Gewirr von Drähten aus dem Flugzeugrumpf; Männer durcheilten die weite Fabrikhalle, jeglicher gemäß seinem bestimmten Auftrag, und trotzdem wirkten sie sämtlich wie irrende Ameisen, die auf ihrem ordentlich und symmetrisch gebauten Haufen sinnlos hin und her hasten.

Genau wie beim Militär, dachte er. Jeder rennt rum wie wild und weiß nicht wohin. Trotzdem war's bei der Armee so übel nicht gewesen. Er war überall beliebt gewesen. Dort in dem unübersehbar wimmelnden Morast von Menschen ohne Gesichter hatte er seine Winkel voller Lust an der Anonymität getragen und war zufrieden gewesen. Bis dann. Ja,ja, bis dann.

Alles hat schließlich ein Ende, philosophierte er. Glück hat ein Ende; Zufriedenheit hat ein Ende; wir legen uns hin und sind tot. Ach was, Schluß damit. Damals war man eben bei der Armee und jetzt ist man hier; und er war ja zweifellos auch im Werk allgemein beliebt. Und zwar nicht mit der falschen Unterwürfigkeit, wie manche Leute sie aus Angst körperlich überlegenen Männern gegenüber grundsätzlich zur Schau tragen. Don war vorbildlich athletisch gebaut und außerdem Vorarbeiter seiner Gruppe; zwei Eigenschaften, die bei den ihm unterstellten Leuten durchaus Anlaß zu geheuchelter Freundlichkeit hätten sein können. Aber ihm lag daran, sich selbst für einen netten Kerl zu halten, voll menschlicher Wärme und Humor; einen Mann, der die kleinen Probleme der Flugzeugproduktion nicht allzuschwer nahm und der immer bereit war, Pannen im Fabrikbetrieb von der lichteren Seite zu sehen. Deshalb kam er mit den Leuten gut aus. Er war eben ein Teil ihrer Gemeinschaft.

Es hatte eine gewisse Ähnlichkeit mit einem Spähtruppunternehmen bei der Armee, wo das Wohlergehen jedes einzelnen von dem jedes anderen abhing. Er konnte sich noch gut an das nächtliche Schleichen erinnern und das Hochspannungsgefühl in der kleinen Gruppe, die gegen eine unsichtbare, ungleich größere Gruppe angesetzt ist: DEN FEIND! Das neblige schwarze Schweigen des Dschungels fiel ihm wieder ein, das Gefühl unmittelbar drohender Gefahr; und das Bedauern, daß außer den eigentlichen Spähtruppteilnehmern keine Zuschauer weiter da waren, um die spannende Filmszene zu bewundern.

Margaret hätte ihn mal so sehen müssen beim Spähtrupp, Gesicht und Hände geschwärzt, rußbedeckte Hände, ganz bedeckt. Wie schade, daß sie ihn nicht mit seinem vollautomatischen Karabiner hatte sehen können, die todbringende Länge des Laufs, am Koppel schlenkerten die Handgranaten, und er beschlich den unsichtbaren Feind, den unkörperlichen, den Feind, der keiner war, keine Persönlichkeit, kein Einzelwesen, das atmete und lachte, Zigaretten rauchte und schwatzte, nicht diesen Himmelhund von Feind, nein.

Der Krieg ist vorbei, dachte er.

Er steckte die Hände in die Taschen und ging hinüber zu einem der Schweißer. Blieb stehen und sah ihm zu, ihm und der Flamme, die ununterbrochen aus dem schlanken Mundstück seines Brenners fuhr. Der Mann stellte die Flamme klein, lüftete die Maske und grinste zu Don hinauf. Don stand breitbeinig über ihm; er legte die Hände auf den Rücken und faltete sie dort.

«Wie läuft der Laden, Pete?» fragte er.

«Soso», grinste Pete, ein zwergiger Mann mit krummen schwarzen Brauen und einem strahlenden Lächeln. Unter der Schutzmaske, die er wie das Visier eines Turnierhelms hochgeschoben hatte, hing ihm schwarzes, gelocktes Haar heraus und in die Stirn. Wie er so neben Don kauerte, der, die Hände auf dem Rücken, muskulös und hell dastand, und in dessen blonder Haarbürste der Neonlampenschimmer spielte, wirkte Pete wie ein kniender Schildknappe, der seinem Ritter die Beinschienen anlegt.

«Wie würde dir's schmecken, von dem Luder hier bombardiert zu werden?» fragte er und grinste.

«Nicht besonders», sagte Don. Er mochte Pete gut leiden. Mochte sein lustiges Gesicht und die feurigen braunen Augen. War ein feiner Kerl, der Pete; und ein guter Schweißer obendrein.

«Mir auch nicht. Wir bauen sie immer größer und größer. Demnächst werden wir sie bald nicht mehr in der Halle montieren können. Was meinst du, Don, warum die immer größer werden?»

«Daß sie mehr Bomben tragen können, vermutlich.»

«Wie das? 'ne Atombombe paßt heutzutage doch schon in jedes Damenhandtäschchen.»

«Wir werden nie Atombomben anwenden», sagte Don.

«Wir *haben* sie doch schon angewendet; oder irre ich mich?»

«Gewiß; aber das war unbedingt notwendig.»

«Dann wird's auch wieder notwendig werden. Krieg hat seine eigene Gesetzlichkeit. Irgendeines schönen Tages behauptet irgendein Bube, ‹es bestünde die unerläßliche Notwendigkeit, daß wir eine Atombombe abwerfen›. *Bumm!* Deiner Mutter vor die Hintertür!» Pete lachte.

Don stimmte in sein Gelächter nicht ein. «Ich glaube nicht, daß wir jemals wieder Atombomben einsetzen werden», sagte er.

«Was denn sonst? Wasserstoffbomben? Das bleibt sich gleich: *Bumm!* Deiner Mutter vor die ...»

«Kein vernünftiger Mensch wird jemals nukleare Waffen anwenden», sagte Don hastig.

«Oh, das ist ein ausgesprochenes Hochwort: Nuklear.»

«Ein Hochwort? Was ist das?»

«Ich hab mir dieses Buch da gekauft, über Hochworte. Willst du nicht auch höher kommen, Don?»

«Ich bin so hoch gekommen, daß mir's für meine alten Tage reicht», sagte Don und lächelte; er dachte, Pete wollte scherzen, und ging bereitwillig auf das vermeintliche Wortspiel ein.

«Markig», sagte Pete.

«Was?»

«‹Markig›: das ist ein Hochwort.»

«Was ist daran so hohes?»

«Weißt du, was es bedeutet?»

«Mar*kiert*?»

«Nein, mar*kig*: mar-kig.»

«Sicher. Etwa so – gehaltvoll.»

«Stimmt genau», sagte Pete überrascht. «Hast du dir das Buch auch gekauft?»

«Ich brauch doch kein Buch, um zu wissen, was ‹markig› bedeutet», sagte Don. «Frag mal nach einem anderen Hochwort.»

«Fruktifizieren. Das ist aber nun ein ausgesprochenes Hochwort für Fortgeschrittene. Das steht ganz am Buchende.»

«Fruktifizieren, hm?» Don dachte einen Augenblick nach. «Nein – *das* weiß ich, glaub ich, nicht.»

«Es bedeutet befruchten, Frucht tragen: Das ist doch ein Mordsding, was?»

«Kein schlechtes Wort», gab Don zu. «Das muß ich Margaret mal sagen. Die ist sehr für neue Worte. Hat einen wirklich schönen Sprachschatz.»

«Fruktifizieren», wiederholte Pete und rollte das Wort förmlich auf der Zunge. «Klingt direkt unanständig, was?» Und er brach in Lachen aus.

«Ja, ja», sagte Don, dem es mißfiel, daß Pete die Sache ins Lächerliche zog. Ihm gefielen diese Hochworte. Sich weiterzubilden hatte noch niemandem geschadet.

«Klar, erzähl's Margaret», sagte Pete. «Wer derart hübsch ist wie Margaret muß auch klug sein. Das ist unerläßlich, sonst sieht sie ja keiner mehr an.» Wieder erscholl sein fröhliches Gelächter.

«Ja, ja», sagte Don und steckte die Hände wieder in die Taschen.

«Die Art wie Margaret auf der Höhe ist», sagte Pete, «ist die, die ich ganz besonders schätze.»

«Ja, ja», sagte Don.

«Sie ist die aufreizendste Frau, die ich in meinem Leben gesehen hab, mit Verlaub zu sagen.»

«Ja, ja», sagte Don, in Verlegenheit versetzt.

«Wenn du sie jemals satt haben solltest, gib mir einen Wink. Ich laß meine Frau sitzen und geh mit Margaret durch bis nach China. Ich ‹werde flüchtig›: das ist ein Hochwort!»

«Ja, ja», sagte Don und mußte doch grinsen.

«Ist sie eigentlich so leidenschaftlich, wie sie aussieht?»

«Ach, hör doch auf.»

«Nein, sag mal, *ist* sie? Ich habe sie zwar nur ein einziges Mal gesehen, aber –»

«Ach, ich weiß nicht.»

«Was heißt denn das: Du weißt das nicht? Ist sie leidenschaftlich oder nicht?»

«Na, ja, also nicht sonderlich. Du weißt ja. Nicht übermäßig. Sie ist eben 'ne Frau. Und die haben ja alle zeitweilig ihre Grillen. Du weißt ja.»

«Klar», sagte Pete. Er überlegte einen Augenblick, kicherte in sich hinein und sagte dann: «Vielleicht fruktifizierst du sie nicht genug.» Er platzte unbeherrscht heraus: «O Junge-junge, also dieses Wort bringt mich noch um!»

«Los, los», sagte Don. «Fang wieder an zu schweißen. Wir können nicht gleichzeitig über Weiber quatschen und Flugzeuge bauen, das steht ja wohl fest.»

Petes Gelächter verklang. Er seufzte auf, zog sich die Maske herunter und begab sich wieder an die Arbeit. Don verließ ihn, die Hände tief in den Taschen.

«Dir passierte ja andauernd was», sagte Mrs. Gault am selben Abend. «Schon als du noch ein ganz kleines Baby warst. Und du warst doch bloß eine winzige Handvoll!»

Sie saßen zusammen im Wohnzimmer – Don, seine Mutter und Margaret. Der Fernsehapparat lief, und Margaret versuchte sich das einstündige Schauspiel anzusehen; aber Mrs. Gault hörte nicht auf, Anekdoten aus Dons Kindheit zu erzählen. Es blieb Margaret unfaßbar, wie er es fertigbrachte, sich dieselben Geschichten immer und immer wieder ruhig anzuhören, und dazu noch mit scheinbar interessiert lächelndem Gesicht. Sie hatte jedes einzelne dieser Histörchen, seitdem sie verheiratet war, mindestens vierzigmal gehört; und nur Gott allein wußte, wie oft Don sie gehört hatte, ehe er und Margaret sich kennenlernten.

«Du warst damals erst drei», sagte Mrs. Gault, «aber ich sehe es noch vor mir, als wäre es gestern gewesen. Dein Vater – möge er in Frieden ruhen – und ich, wir zogen uns gerade für eine Hochzeit an. Deine Tante Marie. Na schön; und du ranntest durch alle Zimmer, dein Fläschchen im Mund, und kautest bloß so am Lutscher – und auf einmal stolperst du doch über die Türschwelle zwischen zwei Zimmern –: so weit hat die Kinnwunde offengestanden!»

«Drei Stiche hat man machen müssen, Margaret», sagte Don.

«Mmm», sagte Margaret.

«Also ein Augenblick war das!» sagte Mrs. Gault. «Der Arzt kommt angesaust. So viel Blut hab ich in meinem Leben nicht gesehen. Und wir stehen da und warten und sollen zur Hochzeit gehen. Oh Gott, warst du ein Sorgenkind!»

«Na, ich habs ja alles überstanden», sagte Don.

«Freilich, *du* hast's überstanden! Aber die Angst! Kannst du dich noch an die Tage in Spotswood erinnern, in New Jersey? Bei Tante Gussie? Das war auch so ein Fall.»

«Ja, das weiß ich noch gut», sagte Don.

«Du pumptest draußen Wasser. Deine Tante hatte noch eine von diesen ganz altmodischen Pumpen. Das war schon nach dem Tod deines seligen Vaters, der Arme. Du ließest den Schwengel lustig auf und ab gehen, dachtest aber gar nicht daran, daß dadurch ja Druck in der Pumpe entsteht. Auf einmal läßt du den Griff los – und der schnellt hoch und trifft dich mitten auf den Mund! Also so wahr ein Gott im Himmel ist, es war ein reines Wunder, daß dir nicht sämtliche Zähne ausgeschlagen wurden. Mein Gott, war das schrecklich! Ich kann mich noch entsinnen, ich trug einen weißen Strandanzug und drückte deinen Kopf an mich, und deine Lippe blutete vielleicht – ich mag gar nicht daran denken! Der ganze Anzug vorn herunter, alles voll Blut! Bis zum Büstenhalter durch, Margaret!» Sie schüttelte den Kopf in lebhaftem Erinnern an diesen Vorfall und die ausgestandene Angst.

«Ja, ich weiß wohl», sagte Don. «So verblüfft bin ich nie wieder gewesen, wie damals, als der Pumpenschwengel hochkam und mir eins versetzte.» Er lächelte. «Aber in gewissem Sinne muß es doch auch putzig gewesen sein.»

«Also was Putzigkeit anbelangt», sagte Mrs. Gault, und beugte sich vor, als sei jetzt ihr eigentliches Stichwort gefallen. «Dein putzigster Unfall war ja doch wohl der, als wir damals an der See waren und diesen Bungalow gemietet hatten, du und ich. Ja, *der* war allerdings putzig.» Sie fing an zu lachen.

Mit einer Stimme voller Neckerei sagte Don: «Na, das freut mich, Ma, daß es dir so viel Spaß gemacht hat.»

«Donald, warst du komisch an dem Tag! Ich muß laut lachen, wenn ich nur daran denke.»

Donald sah zu Margaret hinüber und grinste breit im Vorgenuß des Kommenden.

«Ich war unten am Strand», sagte Mrs. Gault. «Du warst gerade dreizehn, als wir uns dies nette Sommerhäuschen in Rockaway gemietet hatten, weißt du noch? Und dann eben dieses Bett, ein Feldbett im Grunde. Also das ist tatsächlich zum Schreien!» Wieder setzte ihr Gelächter ein, daß sie sich die Tränen aus den Augen wischen mußte.

«Dieses Feldbett werd ich mein Lebtag nicht vergessen», sagte Don.

«Jedenfalls hör ich dich auf einmal schreien und kann mir mit dem besten Willen nicht vorstellen, was dir zugestoßen sein mag. Ich komme im Badeanzug den Strand raufgerannt und sehe das Spektakel. Du hattest dich irgendwie zu schnell und unvorsichtig aufgerichtet und dich in den Sprungfedern verfangen.»

«Ich hab mich in einem Feldbett verfangen, Margaret», sagte Don lachend.

«Aber du kannst dir nicht vorstellen, *wie*, Margaret!» sagte Mrs. Gault. «Er war ja bloß 'n Junge, aber die Art, wie er sich verfangen hatte, war derart putzig. Eigentlich war es gar nicht zum Lachen. Er hätte sich ja ganz erheblich verletzen können. Aber dann war es wiederum doch so spaßig. Ich konnte nicht aufhören zu lachen, als ich die Bescherung sah.»

«Und ich konnte schreien», sagte Don.

«Ich glaube, das war lediglich der erste Schreck», sagte Mrs. Gault. «Weh getan mag es auch haben, ja; aber hauptsächlich war es der Schreck. Ich hätte nicht lachen sollen; aber es war eben ausgesprochen komisch, Donald. Du hast selbst lachen müssen, als ich dich dann losgemacht hatte. Nein, das war aber wirklich ein Schlager, der Tag. Ich weiß noch, wie ich deinen Kopf an mich drückte, danach, als alles überstanden war, und wir zusammen lachten, einer immer mehr als der andere. Kannst du dich noch erinnern?»

«Selbstverständlich kann ich mich erinnern. Und wie. Du rochst ganz nach Sonnenöl. Du warst den Sommer enorm braun geworden.»

Mrs. Gault nickte, verloren in Erinnerungen.

In der Küche klingelte das Telefon. Margaret stand auf.

«Wir haben doch schöne Zeiten zusammen verlebt, wie?» sagte Mrs. Gault. «Weißt du noch, wie unser Haus der Sammelplatz für deine ganzen Freunde war? In dem kleinen Zimmer? Mir hat das immer einen Heidenspaß gemacht. Seitdem du verheiratet bist, kommt keiner mehr von ihnen. Nicht einer. War ich nicht immer freundlich ihnen gegenüber, als du ein Junge warst?»

«Ach, sicher warst du das, Ma. Aber es waren eben *meine* Freunde. Du weißt ja, wie das ist.»

«Sammy . . . hieß er nicht so? Der kleine Dicke?» Mrs. Gault lachte laut auf. «Aber er aß ja doch auch beständig! Pausenlos!»

Als Margaret den Hörer hochnahm, war sie überzeugt, daß jetzt Larry Cole anrufen und ihre für Dienstag abend getroffene Verabredung absagen würde. Seit dem Augenblick ihres Abschieds hatte sie erwartet, daß er den Rückzug antreten würde, und sein Anruf jetzt überraschte sie nicht.

«Hallo?» sagte sie sanft.

«Margaret?» fragte die Stimme.

Es war nicht Larry Cole. Sie war überrumpelt von der Stimme, weil sie sie jetzt längere Zeit nicht gehört hatte. Und nun, wo sie sie erkannte und sich erinnerte, begann sie zu zittern und war einen Augenblick lang der Sprache nicht mächtig.

«Margaret?»

«Du», sagte sie. «Was willst du?»

«Leg nicht auf. Bitte.»

«Er ist zu Hause», sagte sie.

«Bitte. Ich will doch nur mit dir reden.»

Margaret warf einen Blick in Richtung Wohnzimmer. Sie konnte Mrs. Gault durch die geschlossene Tür lachen hören. «Und zwar worüber?» fragte sie.

«Margaret . . .»

Sie fühlte die Schwäche in seiner Stimme, und seine Schwäche durchrann sie wie eine Woge von Stärke. «Faß dich kurz.»

«Können wir uns nicht treffen?»

«Nein.»

«Bloß für ein paar Minuten?»

«Nein.»

«Bitte. Margaret, bitte. Bestimme einen Zeitpunkt, und ich komme. Wo du auch willst, ich komm hin!»

«Ich sage: nie und nirgends.»

«Margaret . . .»

«Hör zu», sagte sie. «Ich leg jetzt auf.»

«Nein! Bitte! Nicht!»

«Ich habe dir nichts mehr zu sagen. Und unterlaß die Anrufe. Sobald ich deine Stimme höre, lege ich kurzerhand auf. Hast du mich verstanden?»

«Ich hab verstanden; aber –»

«Ich wünsche dich nicht zu sehen, nicht zu sprechen, nicht mehr angerufen zu werden. Wenn du noch ein einziges Mal anrufst, sag ich's ihm. Ich schwöre dir, ich erzähle ihm alles, und er bringt dich um. Du weißt genau, daß er dich totschlägt.»

«Ich hab keine Angst vor ihm.»

«Er schlägt dich tot», sagte sie. «Und nun verbitte ich mir in Zukunft jede Belästigung.»

«Margaret, ich kann nicht aufhören, an dich zu denken. Ich kann nichts dafür. Jede Minute muß ich an dich denken. Ich kann nichts dafür. Ich kann doch nichts dafür.» Er fing an zu weinen, und sie vernahm seine Seufzer, ihre Wimpern zitterten, und ein verstörter Ausdruck trat in ihr Gesicht. Ihre Hand am Hörer wurde feucht vor Schweiß.

«Hör auf damit», sagte sie.

«Ich kann nichts dafür.»

«Hör auf zu heulen. Ich kann das nicht vertragen. Bist du ein Mann, oder was bist du?»

«Margaret, wie kannst du nur so ganz vergessen, was zwischen uns geschehen ist? Wie kannst du nur –»

«Ich will vergessen: Laß die Anrufe!»

«Margaret, ich muß dich anrufen. Muß deine Stimme hören –»

«Aufhören, aufhören!»

Eine Sekunde lang fürchtete sie, sie wäre zu laut geworden. Sie fuhr herum, in Richtung Wohnzimmer – aber immer noch hörte sie Don und seine Mutter zusammen plaudern.

«Ich lege also jetzt auf», sagte sie kalt.

«Nein! Nicht! Wenn du das tust, ruf ich sofort wieder an. In dem Augenblick, wo du auflegst, ruf ich dich zurück.»

«Bist du verrückt? Was ist denn mit dir los? Ich sage dir doch, daß er zu Hause ist!»

«Das ist mir ganz gleich. Wann sehen wir uns?»

«Nie!» sagte sie; und dann legte sie auf und sank gegen die Tischkante. Sie preßte die Hand vor den Mund, schlug langsam die Zähne in die Knöchel und drückte die Augen fest zusammen. Nichts hat jemals ein Ende, dachte sie. Man zahlt dafür und zahlt. Drüben, im Zimmer, hörte sie wieder Mrs. Gault lachen, und das Gelache machte sie rasend. Sie lehnte sich fester an die Kante und wartete, die Zähne in das Fleisch ihres Handrückens geklammert. Sie war auf das Klingeln des Telefons zwar gefaßt, zuckte aber dennoch zusammen, als es erfolgte.

Sie erwog, ob sie reagieren sollte. Aber falls sie es nicht tat, würde unfehlbar Don in die Küche kommen. Nichts hat jemals ein Ende, dachte sie, und nahm den Hörer ab.

«Hallo?»

«Margaret –»

Sie hieb den Hörer wieder auf und ließ die Hand darauf ruhen, zum Ausdruck der Unwiderruflichkeit. Vom Wohnzimmer her kamen gedämpft die Fernsehstimmen, und als Begleitung das aufreizende Lachen ihres Mannes und dessen Mutter. Sie ließ den Blick nicht von der Uhr. Fünf Minuten vergingen. Ihr Atem war wieder ruhig geworden. Sie besah ihre Hand und die hellen Stellen, wo ihre Zähne ihr eigenes Fleisch gekniffen hatten. Sie seufzte tief auf und ging dann ins Wohnzimmer zurück. Ihre Schwiegermutter erzählte immer noch von einem Jungen namens Sammy. Don saß zu ihren Füßen und sah auf, als Margaret ins Zimmer trat.

«Wer war denn dran, Schatz?» fragte er.

«Betty Anders», sagte sie.

12

Aus dem Radioapparat drängte sich jetzt noch eine Rock'n'Roll-Ballade mit ins Schlafzimmer der Mädchen, und das Fieber der Vorbereitungen stieg wiederum um einige Grade. Für diesen einzigen Mittwoch abend heute war Mrs. Harder, die sonst nur Wochenend-Verabredungen erlaubte, von ihrer unverbrüchlichen Regel abgegangen. Anscheinend war ihr Lois' Partner doch wichtig erschienen; und da auch Linda für heute abend einen Anbeter gefunden hatte, hatte sie das Gesetz vorübergehend außer Kraft treten lassen.

Lois war geschäftig und nervös beim Anziehen, wie stets. Sie konnte nicht einen Augenblick lang still sitzen oder liegen. Selbst jetzt, während sie ihr Haar bürstete, stand sie vor dem Spiegel, und ihre Füße steppten im Takt der Radiomusik. Linda saß am Frisiertisch, den Lippenstift am Mund, und sah den Fußgaukeleien ihrer Schwester zu.

«Kann ich, oder kann ich nicht?» fragte Lois.

«Wenn Mama dich hörte, kippte sie aus den Socken», sagte Linda.

Lois setzte die Hände auf die Hüften und nahm eine Miene unsäglicher Geduld an. So, in halbem Unterrock und Büstenhalter, wirkte sie vollbusig und schmalhüftig, kurz ganz fraulich, die kindische Verdrossenheit auf ihrem Gesicht ausgenommen.

«Auch wenn Mama dich von ‹kippen› reden hörte, würde sie aus den Socken kippen.» Geduldig berichtigte sie sich: *«Darf* ich also oder *darf* ich nicht! Nämlich den braunen Gürtel nehmen?»

«Du darfst», sagte Linda. «Und Mama hat schließlich immer das eine oder andere, warum sie aus den Socken kippt. Ist dir das schon aufgefallen?»

«Das sind die Wechseljahre», sagte Linda kundig.

«Meinst du?»

«Aber sicher. Wenn man erst einmal so alt ist wie Mama, geraten einem alle Organe durcheinander, und alles verdrießt einen.»

Ihr Bürstenstrich wurde bösartiger: «Ach, ich könnt 'ne Zigarette brauchen», sagte sie. «Hast du welche?»

«Wenn du rauchen willst, geh ins Klo.»

«Sie weiß es ohnehin», sagte Lois. «Jedesmal, wenn sie reingeht, erstickt sie bald von dem verdammten Rauch. Man sollte meinen, sie nähme endlich Vernunft an und würde sagen: ‹Also los, Kinder, raucht offiziell.› Aber Mama nicht.» Lois schüttelte den Kopf. «In mancher Hinsicht ist sie eben dumm.»

«Eve durfte auch nicht rauchen, bevor sie achtzehn war», sagte Linda.

«Eve gehört zu 'ner ganz anderen Generation», sagt Linda. «Außerdem möchte ich wetten, sie hat auch geraucht.»

«Zu Hause nicht.»

Lois suchte schon in Lindas Handtasche. Als sie die Zigaretten gefunden hatte, zündete sie sich unverzüglich eine an, ging zum Fenster, stieß es auf, stand und tat fieberhaft Zug nach Zug.

«Wieso du dich mit diesen MacLean triffst, faß ich nicht», sagte sie unvermittelt. «Das ist doch ein Gespenst.»

«Ich hab eigentlich nicht den Eindruck.»

«Doch, doch. Ich war auch mal mit ihm verabredet und kann mitreden: ein ausgesprochenes Gespenst.»

«Ansichtssache», sagte Linda und zuckte die Achseln.

«Wohin führt er dich denn?»

«Ins Kino.»

«Klar, das sieht ihm genau ähnlich. Hinterher kauft er dir dann noch eine Eiskremsoda. MacLean scheut keine Ausgabe; er stammt wahrlich nicht umsonst von Schotten ab. Was auch immer eintreten möge, bestell ja nicht was Teures, und wenn's Bananensplit ist oder so was. Der fällt dir auf der Stelle tot um.»

«So knauserig wirkte er gar nicht.»

«Woher willst du das wissen? Du warst doch noch nie mit ihm aus.»

«Ich meine, was man so aus der Unterhaltung entnehmen kann.»

«Ich wette, er erzählt dir vom Clan seines Vaters und von dessen Kilt. Wenn du ihn erröten sehen willst, erkundige dich doch mal, was ein Schotte unter seinem Röckchen anhat.»

«Hast *du*'s getan?»

«Nein; aber ich hatte große Lust dazu. Er ist ein Gespenst. Und vom Küssen hat er schon gar keine Ahnung.»

«Er macht einen netten Eindruck», sagte Linda.

«Gedenkst du ihn zu lassen?» Nach einer Pause: «Küssen, mein ich.»

«Bei der ersten Verabredung noch nicht. Das haben wir doch miteinander abgemacht, oder?»

«Sicher; aber ist es nicht irgendwie albern? Ich wäre dafür, wir ändern das. Ich glaub, wir haben deswegen schon so manches verpaßt.»

«Ich würde sagen, unsere Regeln sind recht ordentlich», sagte Linda.

«Und ich würde sagen, wir könnten getrost Streicheln mit einbeziehen. Alle Mädchen tun's doch, Lindy. Im Ernst. Ich bin des ewigen Händewegschiebens redlich überdrüssig.»

«Ich nicht.»

«Außerdem bin ich auf das Gefühl neugierig.»

«Lois, Mama würde bestimmt nicht –»

«Ach Mama, Mama! Papa faßt *sie* auch nach Belieben an, oder etwa nicht?»

«Die sind aber verheiratet.»

«Hab ich etwa gesagt, wir sollten bis zum *Letzten* gehen? Hab ich *davon* gesprochen?»

«Das nicht; aber ...»

«Jedenfalls wär ich dafür, daß wir die Regeln abändern. Und wenn du nicht einverstanden bist, tu ich's eben allein.»

«Tu, was du nicht lassen kannst», sagte Linda.

«Ja, aber wenn du nicht auch mitmachst, ist es doch kein Spaß mehr», protestierte Lois. Sie begann im Zimmer auf und ab zu laufen. «Warum ziehst du überhaupt dies Kleid fürs Kino an?» fragte sie. «Ist es dazu nicht etwas zu anspruchsvoll, wie?»

«Nein, ich glaub kaum.»

«Auch so tief ausgeschnitten! MacLean verliert seinen Kilt, wenn er dich in dem Kleid sieht, Lindy. Du müßtest vor allem mal sehen, wie du darin von hinten wirkst.»

«Es wirkt gut», sagte Linda. «Ich hab doch in den Spiegel gesehen.»

«Mir scheint es doch ein bißchen knapp. Na, wenn du dir nichts draus machst, aller Welt deinen Popo vorzuzeigen, dann kann ich ja zweifellos auch –»

«Das sitzt gar nicht zu stramm. Mama hat ja längst die Nähte ausgelassen.»

«Ich dachte lediglich ... Du erinnerst dich an mein blaues Kleid?»

«Ja, und?»

«Das wollte ich ursprünglich heute abend anziehen. Du weißt ja, daß ich das allererste Mal mit Alan ausgehe.»

«Ja, ich weiß.»

«Er ist dreiundzwanzig, Linda: drei-und-zwanzig. Und eine Phi Sigma-Veranstaltung außerdem, direkt im Heim der Verbindung. Seine ganzen Kommilitonen kommen.»

«So?»

«Und deswegen dachte ich eben das blaue Kleid anzuziehen. Man kann ja schließlich zu 'ner Phi Sigma-Veranstaltung nicht das erste beste Stück tragen.»

«Ja, und warum tust du's jetzt nicht?»

«Mir ist ein Fleck draufgekommen. Und es ist noch bei der Reinigung.» Lois war einen Moment lang still. «Und das Beige wirkt zu streng. Und das einzige andere, das noch in Frage käme, ist dieses grüne Scheusal, dieses bauschige, in dem ich aussehe, als ob ich ein Kind kriegte.»

Linda fing an zu lachen.

«Lach nicht, Lindy. Ich kann doch nicht in Rock und Pullover zu 'ner Phi Sigma-Veranstaltung gehen? Wie stellst du dir das vor?»

«Na ja, was gedenkst du aber zu unternehmen?» fragte die immer noch lachende Linda.

«Ich *könnte* dein Kleid tragen. Gesetzt den Fall, du würdest es mir leihen.»

«Oh, wie schmutzig!» sagte Linda.

«Gibst du's?»

«Nein.»

«Es *ist* dir aber zu eng. Auf Ehre und Gewissen.»

«Nein.»

«Linda, zum Teufel noch mal, das ist doch wahrlich wichtig!»

«Meine Verabredung mit Hank auch.»

«Dieses Gespenstes wegen? Linda, sei nicht egoistisch.»

«Ich bin durchaus nicht egoistisch. Außerdem bin ich schon fertig angezogen, Lo. Er kann jede Minute kommen.»

«Wie lange brauchtest du denn fürs Umziehen?»

«Nein.»

«Du kannst doch tragen, was ich anziehen wollte. Meinen schwarzen Rock; mit der braunen Kaschmirbluse.»

«Nein.»

«Linda, meine *Kaschmir*bluse; kein gewöhnlicher Orlon-Trödel oder sonst was.»

«Lois –»

«Lindy, bitte. Hab ich in letzter Zeit jemals was von dir haben wollen?»

«Das nicht; aber –»

«Und ich würde auch jetzt nicht damit ankommen, wenn es nicht so maßlos wichtig wäre. – Lindy.» Eine kleine Pause. «Lindy?» Wieder eine. «Bitte?»

«Ich bin doch fertig *angezogen!*»

«Bitte schön?»

«Wie kann ich denn –»

«Bitte schön, mit Zucker bestreut?»

«Ach, mach los», sagte Linda. «Ich will ... Ach, mach los, schnell. Hilf mir den Reißverschluß aufmachen.»

«Ich geb dir auch meine Perlenkette zum Ummachen», sagte Lois glücklich und hantierte schon am Reißverschluß.

«Ich brauch deine Perlen nicht», sagte Linda. «Ich hab selber welche.» Sie stieg aus dem Kleid und hielt es Lois hin.

«Du, da läuft dir 'ne Masche», sagte Lois.

«Verdammt, das hat mir grade noch gefehlt.»

«Ich hab ein Paar Reservestrümpfe für dich», sagte Lois großzügig. Sie ging zur Frisierkommode. Über die Schulter zurück sagte sie: «Falls Alan versuchen sollte, mit Streicheln anzufangen: ich laß ihn.»

«Tu, was du nicht lassen kannst», sagte Linda.

«Du nicht?»

«Nein.»

«Jetzt mit *deinem* Kleid an», sagte Lois, «versucht er's garantiert. Dessen bin ich sicher.» Sie hielt Linda die Strümpfe hin. «Hier.»

«Danke.»

«Und für dich *war* es zu eng, bestimmt, du –» sagte Lois. – «du sahst wie 'n Affe drin aus.»

«Manchmal komm ich mir *selber* wie einer vor», sagte Linda. Überdrüssig streckte sie ein Bein aus und fing an, den Strumpf anzuziehen.

Alles und jedes schien eben, früher oder später, in das Niemandsland gemeinsamen Eigentums zu entschwinden. Die paar Besitztümer, die sie ausschließlich und unverbrüchlich ihr Eigen nennen konnte, waren an den Fingern einer Hand abzuzählen. Alle übrigen Gegenstände des täglichen Lebens gingen zu gleichen Teilen ein in die doppelte Firma des Schwestern- und Zwillingsverhältnisses. Im Grunde waren es nur drei Gegenstände, die ihr wahrhaft gehörten und die eifersüchtig in einer alten blechernen Bonbonbüchse, hinten im zweiten Schub der Kommode, gehütet wurden.

Der erste war eine Muschelschale, rosig und so zierlich geschnörkelt wie das Ohr einer Wassernymphe.

Die hatte sie einmal im Sommer gefunden, in Easthampton, während sie allein für sich am Strand ging und eben ein schweres Wetter aufzog. Sie war neun Jahre alt gewesen und hatte beobachtet, wie der Himmel sich stets drohender schwärzte und Wind und Wellen den Sand zorniger schlugen. Als sie auf die Muschel stieß, hob sie sie auf und hielt sie achtsam im Handschüsselchen: Das war etwas Köstliches, die rosige Lichterscheinung vor dem Hintergrund aus rasendem Sturm. Dann brachen die Wolken um sie. Barfuß, mit fliegendem Rock und Haar, war sie über den plötzlich nassen Sand zur Hütte zurückgerannt, die Muschel fest in der kleinen Faust. –

Das zweite der Besitztümer war ein Herbstblatt; dünn und brüchig, und – obgleich sorgfältigst auf steifen grünen Karton geklebt – schon zerfallenden Stützgewebes, so daß man nur stellenweise noch die Zierlichkeit des feinen Geäders zu erahnen vermochte.

Als dieses Blatt fiel, war sie elf gewesen.

Sie hatte allein auf der Parkbank gesessen, dem Mietshaus, wo sie wohnten, gegenüber, das schwarze Haar als Ponyfrisur mit Pferdeschwanz gekämmt, auf dem Schoß ein aufgeschlagenes

Buch, die Blauaugen groß von der Lyrik Edna St. Vincent Millays. Der Tag war windstill, noch brannte der Wald in herbstlichem Feuer. Sie hatte allein mit ihrem Gedichtband gesessen und gelesen:

Silberhaut von Birk und Buche,
Birk und Weid in gelbem Tuche,
gelb die Ruten.
Grün geflickt des Ahorns Joppe ...

Da fiel das Blatt.

Sank in Spiralen durch die stille Luft und ließ sich auf der aufgeschlagenen Buchseite nieder. Lag gelb und braun über der aufgeschlagenen Seite, raschelte einmal, wie zur Flucht bereit, und kam wieder zur Ruhe, als sie die Hand darüber deckte. Ohne sichtbaren Grund hatten sich ihre Augen plötzlich mit Tränen gefüllt. Das Blatt hatte sie mit nach Hause genommen und aufgeklebt. –

Das dritte Besitztum in der Bonbonschachtel, ganz hinten im zweiten Kommodenschub, war ein Abzeichen für den Wahlfeldzug Adlai Stevensons. –

Darin bestand ihr ganzes Eigentum.

Alles übrige teilte sie mit Lois, einschließlich Gesicht und Körper. Ihr Groll über solche Teilhaberschaft war nicht mehr ganz so anhaltend wie in früheren Zeiten; aber nicht minder intensiv. Sie wollte ja lediglich Linda Harder sein, dachte sie. Und der Zufall einer simplen Zellteilung hatte daraus das schwierigste Unternehmen in der Welt für sie gemacht.

Ganz zu Anfang hatte sie sich natürlich nichts dabei gedacht.

Da war eben die Mama da, und Papa, und Eve und Lois. Lois schien halt jemand anders zu sein, von Linda und überhaupt allen Leuten so verschieden wie nur irgend möglich. Ihre Schwester eben. Genau wie auch Eve ihre Schwester war.

Nach einer Zeit dann hatte sich ergeben, daß sie und Lois etwas Besonderes waren. Zuerst begriff sie nicht, warum Mrs. Harder sie immer gleich anzog. Warum nicht auch, zum Beispiel, Lois und *Eve*? Eve fungierte doch auch als ihre Schwester im Familienkreis, wie? Sie begann darüber nachzudenken. Auch fiel ihr der oftgebrauchte Ausdruck nun auf: «Ach wie süß! Sind es Zwillinge?»

Eines Tages war sie zur Mutter gegangen und hatte gefragt: «Was ist das: Zwillinge?»

«Du und Lois, ihr seid Zwillinge, Liebling», sagte Mrs. Harder.

«Das weiß ich; aber was sind Zwillinge eigentlich?»

«Es bedeutet, daß ihr zur gleichen Zeit geboren und euch ähnlich seid.»

«Sind Eve und ich auch zusammen geboren worden?»

«Nein, mein Liebling.»

«Wir sehen uns aber *auch* ähnlich.»

«Gewiß, aber nicht genau. Du und Lois, ihr seid identische Zwillinge; das heißt, daß ihr beide euch *ganz* gleich seht.»

Linda hatte das einen schweren Augenblick lang verarbeitet. Und dann gesagt: «Ganz gleich will ich bloß mir selber sehen.»

Und obwohl Mrs. Harder nur aufgelacht und etwas in der Art gesagt hatte, daß ihre *beiden* Mädchen die süßesten kleinen Geschöpfe auf der ganzen Welt wären, war Linda unbefriedigter denn je.

Ab jetzt, wenn jemand sie verwechselte, und zufällig «Lois» zu ihr sagte, fuhr sie ärgerlich herum und korrigierte: «Ich bin *Linda!*»

Die Verwirrungen, die ihre Ähnlichkeit anrichtete, waren ihr *kein* Genuß. Sie lächelte mitnichten, wenn die Lehrerin vom Kindergarten wieder einmal klagte: «Eines Ihrer Mädchen war heute sehr, sehr unartig, Mrs. Harder. Ich kann aber nicht sagen, welche. Sie sind ja *so* schwer auseinanderzuhalten.»

Und sie schätzte es gar nicht, wenn die anderen Kinder von ihr und Lois als «Harder eins» und «Harder zwei» sprachen. Einem dieser Kinder hatte sie einmal ärgerlich entgegengehalten: «Ich bin keine Nummer; ich bin *Linda!*»

Und auch die beständigen Vergleichungen mißfielen ihr.

«Na ja, zeichnen kann Linda nicht so gut wie Lois; aber sie modelliert gern in Ton.»

«Nein, die, die die Geschichten erzählt, ist Lois. Linda ist ein bißchen schüchtern.»

«Wenn man genau darauf achtet, kann man's merken: Lindas Haar glänzt längst nicht so.»

«Du ißt jetzt deinen Blumenkohl, Linda! Siehst du nicht, wie artig Lois ißt?»

Sie brauchte eine geraume Weile, bis sie erkannte, daß ein, und welcher, Ausgleich für diesen Persönlichkeitsverlust statthatte.

Zunächst einmal das, was man die Schutzfärbung des Rudels nennen konnte: Beide Mädchen konnten, wie sie merkte, vereint die tollsten Sachen anstellen, und man ließ sie ihnen durchgehen, weil solches ‹Paarlaufen› allgemein für unwiderstehlich hinreißend gehalten wurde. Beide Mädchen konnten den größten Blödsinn vorbringen – und prompt hielt man ihn für schrecklich altklug und erwachsen, bloß weil sie ihn im Chor sprachen. Bei jeder Veranstaltung waren es die Harder-Zwillinge, die – genau gleich gekleidet, die schwarzen Ponies blank gebürstet, unter langen Schwarzwimpern funkelten die Blauaugen und die Petticoats machten Frou-Frou – sobald sie in den Saal traten, den Vogel abschossen. Nicht nur Schutz also bot ein Zwillingsverhältnis, sondern auch Stadtbekanntheit.

Das weitaus Wichtigste von allem jedoch: die unvergleichliche Kameradschaft.

Es gab keine einsam-langweiligen Regentage in der Stube; es gab keine endlos-kränkliche Isolation bei Keuchhustenanfällen oder Mumps. Stets war Lois an ihrer Seite, die Verbündete und die Freundin. So schlimm war es eigentlich gar nicht, ein Zwilling zu sein.

Es sei denn manchmal.

Es sei denn manchmal, wenn man daran dachte, wie man allein auf einer Parkbank gesessen hatte, ganz allein, ganz Linda Harder. Wenn man daran dachte, wie ein einsames Blatt fiel.

Zwanzig nach acht, als Linda aus dem Schlafzimmer kam, saß Hank MacLean schon im Wohnzimmer und unterhielt sich mit ihren Eltern. Er war groß, mit sandbraunem Haar und dunkelbraunen Jungenaugen; zum grauen Tweedanzug trug er einen blauen Schlips, und als Linda ins Zimmer trat, erhob er sich unverzüglich.

«Du siehst gut aus», sagte er.

«Danke dir. Hat Papa dir erzählt, wie schlecht das Geschäft geht?»

«Um korrekt zu sein», sagte Hank, *«ich* war es, der *ihm* erzählte, und zwar über Fechten.»

«Ich wußte gar nicht, daß er in der Fechtriege ist, Linda», sagte Mr. Harder.

«In der *zweiten* Riege, Mr. Harder», berichtigte Hank. «Das heißt, ich muß nur dann und wann die Leute erstechen.»

Mr. Harder kicherte; Mrs. Harder inspizierte ihre Tochter und sagte dann: «Du siehst ganz reizend aus, Kind.»

«Danke dir. – Können wir gehen, Hank?»

«Natürlich. Wenn du fertig bist?»

Linda gab ihren Eltern den Abschiedskuß und ging dann zum

Wandschrank. «Ist es kalt draußen?» fragte sie. «Muß ich mir was auf den Kopf setzen?»

«Lediglich etwas frisch», sagte Hank.

Sie nahm ihren Mantel vom Kleiderbügel, und er half ihr beim Anziehen. Sie hatte ein recht merkwürdiges Gefühl, wie immer wenn sie mit einem von Lois' ‹Abgelegten› ausging. Sie konnte sich des Eindrucks nicht erwehren, als sei es dem Betreffenden mit dem Original mißglückt, und er versuche es nun noch einmal mit der recht gut gelungenen Kopie. Aber die Jungen, die einen identischen Kohlepapierdurchschlag von Lois zu finden erwarteten, waren unweigerlich enttäuscht. Von Hank hier wußte sie so gut wie nichts, außer daß er einige Male mit Lois ausgegangen war, und dann auf einmal, vergangene Woche, Linda angerufen hatte. Aber sie konnte das Gefühl nicht abschütteln, daß sie wieder einmal zweite Wahl war, Nachfolgerin war; auch konnte sie sich noch erinnern, wie er, nur zwei kurze Wochen zuvor, Lois gleichermaßen in deren Mantel half, und die Erinnerung daran war ihr peinlich.

«Ich wußte nicht, ob du und deine Schwester heute dasselbe tragen würdet», sagte er. Sie war beim Mantelzuknöpfen und drehte sich betroffen um. «Aber auch wo ihr nicht zusammen ausgeht, dachte ich, es wäre netter für die Leute, wenn man euch gleich auseinanderhalten kann, weißt du?»

«Was?» fragte sie, jetzt ehrlich betroffen.

Er nahm eine Schachtel vom Flurtisch. «Zum Anstecken», sagte er. «Damit ich dich immer wieder erkenne, wenn wir uns mal außerhalb, am Zeitungsstand sehen.»

Sie war zu überrascht, um gleich Worte zu finden. Sie hob den Deckel ab, schlug das grüne Seidenpapier auseinander und nahm dann das Sträußchen heraus.

«Rosen passen zu allem, denke ich», sagte er. «Das heißt: hoffe ich.»

«Das ... das ist aber sehr aufmerksam, Hank», sagte sie. «Könntest du mir wohl beim Anstecken helfen?»

«Ich bin nur in der *zweiten* Riege!» sagte er und zog sich vor den Nadeln zurück.

Linda lachte. «Mam?» sagte sie; und Mrs. Harder kam und befestigte die Blumen.

«Sieh da», sagte sie. «Was für ein hübsches Sträußchen. Du siehst prächtig aus, Linda.»

Hank nickte. Er sprach kein Wort. Nickte lediglich. Linda sah dies Nicken und das seltsame Leuchten, fast wie Stolz, in seinen Augen; und plötzlich schob sie die Hand durch seinen Arm und hakte ihn ein.

«Und bitte nicht zu spät, Hank», sagte Mrs. Harder. «Es ist ja ein Wochentag.»

«Okay», antwortete er. «Gute Nacht, Mr. Harder.»

«Gute Nacht», sagte, vom Wohnzimmer her, Mr. Harder.

Aus dem Schlafzimmer kam Lois' Ruf: «Viel Spaß, Lindy! – Hallo, Hank!»

«Hallo», rief Hank zurück.

Sacht nahm er Lindas Hand von seinem Ärmel und umschloß sie mit der seinen.

13

Donnerstag abend saß Larry in der Finsternis seines geparkten Autos und wartete.

Dankbar war er für diese Finsternis; wollte er doch um keinen Preis hier im Ort gesehen werden, da man ihn in New York vermutete. Im schwachen Licht des Instrumentenbretts zeigte die Uhr auf 20.15; und zum fünfzehntenmal seit der vollen Stunde fragte er sich, ob sie überhaupt kommen würde. Warten war nie etwas für ihn gewesen. Und sie müßte sich eigentlich denken können, wie peinlich es für ihn wäre. Sie hätte getrost so viel Rücksicht nehmen und pünktlich erscheinen können.

Das heißt natürlich, *falls* sie zu kommen gedachte.

Was will ich überhaupt hier? fragte er sich. Bin ich verrückt? Warum hab ich Eve belogen? Diese Frau bedeutet mir doch nichts. Sie ist dumm und billig und wahrscheinlich schon durch tausend Hände gegangen. Was will ich da von ihr?

Er gestand sich ein, was er von ihr wollte.

Kein geistvolles Gespräch; kein bezauberndes Gegenüber beim Diner; keine leichtfüßige Tanzpartnerin. Er wußte ganz genau, was er ersehnte. Und weil er's wußte, weil er sich's stillschweigend zugab, war auch die Lüge unvermeidlich geworden.

Aber sie störte ihn dennoch; und zwar nicht etwa, weil er Eve damit gekränkt hatte – die hatte seine Falschheit mit kindlicher Unschuld hingenommen. Vielmehr war es eben dieses Vertrauen, das aus seiner Täuschung den widerhakigen Pfeil gemacht hatte, der ihm jetzt tief im Herzen stak. Er war auch früher wohl unwahrhaftig gewesen; aber noch nie Eve gegenüber. Und auch jene Lügen waren keine übermäßigen Falschheiten gewesen; sondern lediglich die üblichen höflichen Ungenauigkeiten der Gesellschaft; kleine Unaufrichtigkeiten, zur Ölung der amerikanischen Kulturmaschinerie, bestimmt, die allgemeine Harmonie zu fördern, und im Grunde fast barmherzig.

Aber die Unwahrheit, die er Eve serviert hatte, war die nackte, mißgestaltete Lüge, die auf nichts als Betrug ausgeht.

«Ich muß heute abend zu Altar in die City», hatte er behauptet. Dergestalt ausgesprochen und gelten gelassen, vom Trug bewußt ins Dasein gerufen und genährt, hatte die Lüge bereits eine Eigengesetzlichkeit entwickelt; schon hatte er für *sie* arbeiten müssen, anstatt daß sie *ihm* diente.

Während David sein Nachmittagsschläfchen hielt, war Eve irgend etwas einkaufen gegangen. Er sah sie abfahren und erwog erneut im Geist die schwere Frage, ob er zum Stelldichein mit Margaret Gault gehen sollte oder nicht. Da fiel ihm die Ausrede ein.

Und auch das bedachte er, daß im Fall eines Wasserrohrbruchs, oder wenn Eve plötzlich entdecken sollte, daß sie schwanger war, oder bei zehn, hundert, tausend sonstigen Möglichkeiten und Unmöglichkeiten Eve auf den Einfall geraten könnte, ihn bei Altar anzurufen. Altars Nummer war in ihr Verzeichnis persönlich wichtiger Anschlüsse eingetragen, und er fühlte sich nicht intim genug mit ihm, ihn notfalls um ein Alibi zu bitten. Dennoch heischte die Lüge gebieterisch Tarnung.

Er ging ins Schlafzimmer und fand das schwarze Heft neben dem Apparat liegen. Er schlug Altars Nummer auf. Die letzte Ziffer war eine fünf. Mit großer Sorgfalt, emsig wie der Fälscher über einem Scheckformular, übermalte er die fünf und machte daraus eine sechs. Der erste Teil, seine List zu tarnen, war vollbracht: Falls Eve Altar anrief, würde sie falsch verbunden werden.

Aber als nächstes würde sie dann logischerweise das gedruckte Telefonbuch von Manhattan zur Hand nehmen und dort nachschlagen. Also nahm Larry sich den ungefügen Band vor und durchging das ‹A›, fest entschlossen, die Seite mit Altars Namen und Nummer herauszureißen. Zu seiner Erleichterung entdeckte er, daß Altar gar nicht im Verzeichnis stand. Aber wenn Eve ihn ernstlich erreichen wollte, würde sie die telefonischen Möglichkeiten bis zum äußersten ausschöpfen, und folglich durfte Larry die Sache noch nicht als erledigt betrachten.

Er ließ sich die Auskunft geben und bat um Roger Altars Nummer. Das Fräulein vom Amt teilte ihm mit, daß es sich um eine nichtöffentliche Nummer handle, die mitzuteilen sie nicht berechtigt sei. Er beschwor sie, es wäre ein dringender Fall; aber sie blieb diamanten. Da legte er wieder auf; beruhigt, daß Eve ihn zumindest durch einen Anruf bei Altar nicht würde überführen können. Befremdlicherweise mischte sich jetzt noch eine Art Wohlgefallen ein, daß er Eve derart beschützte. Und doch konnte er gleichzeitig die Ungeheuerlichkeit seines Betrugs nicht aus dem Sinn bringen, und auch nicht das Bewußtsein, wie sein Geist sich bereits einarbeitete und neue Täuschungen ausklügelte. Auch hatte er das Gefühl eines unmäßigen Energieverbrauches. Er hatte eben zwanzig Minuten äußerster Konzentration daran gewendet, seine List zu tarnen. Er war sich bewußt, daß weitere Energie würde vergeudet werden müssen, um später das entsprechende Lügengewebe hinsichtlich dessen zu erfinden, was in Altars Wohnung vor sich gegangen war. Denn Eve würde garantiert wissen wollen, was Altar gesagt und getan hatte. Er mußte ein ganzes Zwiegespräch fabrizieren und es dann wiedergeben, als hätte es wirklich stattgefunden. Er fühlte sich plötzlich erleichtert, daß er gerade auf Altar verfallen war; jetzt konnte er die phantastischsten architektonischen Tiefsinnigkeiten auftischen und als Gewaltsprüche Altars ausgeben. Was Eve bis jetzt über den Schriftsteller gehört hatte, war völlig ausreichend, um ihm die widersinnigsten und verschrobensten Behauptungen zuzutrauen. Und dennoch, trotz allen Wohlgefallens an den Vorsichtsmaßnahmen, die ihm fast automatisch einzufallen schienen, überkam ihn ein Schuldgefühl ob der Leichtigkeit und Schnelle, mit der sein Geist sich auf Betrug umstellte.

Als er dann abends von zu Hause wegfuhr, war das Schuldgefühl noch stark in ihm. In einer Hinsicht mochte es ein Reagenz auf die Furcht sein, die er ja auch vielleicht hätte verspüren können. Aber Furcht kannte er heute abend nicht. Mit seltsamer Entschlossenheit steuerte er die Auffahrt hinunter. Und obgleich er zuweilen noch im Geist mit der Möglichkeit tändelte, er könnte ja immer noch vor sie hintreten und sagen: «hören Sie mal, Maggie; lassen wir's dabei bewenden. Die ganze Affäre hat nicht viel Sinn; und ich fühl mich scheußlich schuldbewußt», so verwarf er den Einfall doch ebenso rasch wieder, wie er auftauchte. Jetzt, wo er im geparkten Auto saß und wartete, wußte er, wie weit er gegangen war und daß er nicht mehr zurück konnte. Er verspürte ein tief innerliches Verlangen; sagte sich, das sei das Verlangen nach Margaret Gaults Körper, und für den Augenblick schien ihm die Erklärung ausreichend.

Ein Auto kam die Straße herauf.

Seine Scheinwerfer erleuchteten das Innere des Dodge, und Larry verdeckte automatisch sein Gesicht mit der linken schützenden Hand. Als der Wagen vorbeiglitt, sah er, daß es ein hellblauer Cheviot war, und folgte ihm im Rückspiegel mit den Blicken. Ein Stück hinter dem Postamt hielt der Cheviot an. Sein Motorengeräusch erstarb. Er zählte die Sekunden. Die vordere Tür ging auf, er sah sie aus dem Wagen steigen und abschließen. Sogleich drehte er seinen Zündschlüssel und ließ den Motor anspringen.

Sie wartete, bis die Verkehrsampel ihr erlaubte, die Straße zu überqueren; und schritt dann, ohne zu zögern, auf den Dodge zu. Er hatte sich ausgerechnet, daß bei dem Stelldichein heute abend die beiden gefährlichsten Momente die sein würden, wo sie bei ihm ein- und wieder ausstieg. Denn das waren die Momente von Gruß und Abschied; und weder für den einen noch den anderen würde – falls man sie gesehen hatte – sich eine unverdächtige Erklärung erfinden lassen. Nervös wartete er ihr Näherkommen ab und hörte ihre Absätze auf dem Pflaster des Bürgersteigs klappern.

Ein Kopftuch verbarg ihr Blondhaar, und er war ihr dankbar ob solcher Umsichtigkeit. Sie zögerte einen Augenblick, ehe sie die Tür öffnete, gleichsam unsicher, ob es auch das rechte Auto wäre. Dann griff sie nach der Klinke, und als sie die Tür aufzog, ging die Innenbeleuchtung an, daß sie vor der plötzlichen Illumination zurückzufahren schien. Rasch nahm sie Platz und riß die Tür hinter sich zu. Aus ging das Licht. Nur noch Dunkelheit und Stille.

«Hallo», sagte er.

Sie lächelte unbehaglich. «Hallo.»

Er hatte bereits die Scheinwerfer angestellt und lenkte vom Bordstein weg. «Ich dachte schon, Sie kämen nicht», sagte er.

«Ich hatte es doch versprochen. Und könnten wir bitte recht rasch von der Stadt weg?»

Der Ton bestürzte ihn. Genau wie beim letztenmal hier in seinem Auto war eine verkrampfte Nervosität an ihr spürbar, Furcht lag um ihren Mund und die braunen Augen irrten unruhig hin und her. Er riß sich zusammen, um ihre Panik nicht auf ihn übergreifen zu lassen. Zumindest einer mußte den Kopf klar behalten, und offenkundig war sie dieser eine nicht. «Haben Sie irgendwelche Schwierigkeiten gehabt?» fragte er.

«Nein. Don hat mir den Wagen überlassen; aber ich habe ihn unterwegs absetzen müssen. Könnten wir nicht etwas schneller fahren?»

«Ich möchte eine polizeiliche Vorladung wegen Geschwindigkeitsüberschreitung möglichst vermeiden», sagte er. «Es würde ein bißchen schwer zu erklären sein.»

Sie nickte. «Wohin fahren wir?»

«Ich dachte, allgemein in Richtung Norden.»

«Schön.» Sie zögerte. «Gesetzt den Fall, wir werden gesehen?»

«Wer soll uns schon sehen?»

«Weiß ich es? Einer der Nachbarn.»

«Heute ist Donnerstag abend, wo die Läden offen sind. Da ist alles im Geschäftsviertel.»

«Ja», sagte sie. «Ich hab ein scheußliches Gefühl. Ich fühl mich derart schuldig. Sie sich auch?»

«Ja.»

«Ich schäm mich so. Vielleicht sollten Sie mich doch besser nach Hause bringen?»

«Wenn Sie durchaus wollen.»

«Er hat mir Blumen mitgebracht. Weil er heute abend weggeht; er ist Mitglied im Demokratischen Klub. Die haben Versammlung.»

«Wo findet sie statt?»

«Im Saal der Amerikanischen Legion.»

«In dessen Nähe kommen wir nicht. Wann müssen Sie zurück sein?»

«Um elf.»

«So früh?»

«Oder zwölf? Es ist nicht so wichtig. Ihn bringt ein anderes der Mitglieder nach Hause. Er denkt, ich bin mit 'ner Freundin im Kino.»

«Welcher Freundin?»

«Das hab ich nicht gesagt. Er fragt auch nicht. Er fragt ja niemals.»

«Wird er nicht wissen wollen, wovon der Film handelte?»

«Vielleicht. Aber das spielt keine Rolle. Ich erfinde schon was.»

Sie waren jetzt auf der Landstraße. Finsternis umgab sie, und ihre Verkrampfung schien sich zu lösen in solcher Dunkelheit. Sie nahm das Kopftuch ab und steckte es in ihr Handtäschchen. Sie seufzte und sagte: «Larry, sind Sie sich ganz sicher, daß es recht ist, was wir tun?»

«Ich bin mir ganz sicher, daß es unrecht ist», sagte er aufrichtig.

«Wir könnten noch ... ich meine, es ist immer noch Zeit.»

«Wollen Sie nach Hause gebracht werden?»

«Nein.»

«Fein. Ich dachte schon, wir müßten erst wieder diverse U-Kurven beschreiben.» Sie lachte, ein halblautes, kehliges Glukken, das ihn überraschte. «Sie können aber sinnlich lachen», sagte er.

«Sagen Sie das nicht. Das sagt schließlich jeder.»

«Entschuldigung. Ich werde versuchen, in Zukunft origineller zu sein.»

«Ich will lachen, Larry. Sie dürfen mich nicht ... nicht zum Denken kommen lassen, wenn ich lache.» Sie brach ab. Im Bemühen, ein gemeinsames Thema zu finden, sagte sie: «Aus der Bibliothek hab ich mir gestern Ihr Haus mit heimgenommen. Die Zeitschrift, mein ich. In dem Haus möchte ich wohnen. Ich hab mir's ganz genau angesehen – den Grundriß, alles –, vergangenen Abend, ehe ich zu Bett ging. Er dachte, ich wäre verrückt oder ich wollte schon wieder mal umziehen. Wissen Sie, was mir daran am allerbesten gefallen hat?»

«Was?»

«Dieser mächtige Rundkamin, der mitten im Wohnzimmer aus dem Boden wächst. Wie kamen Sie darauf, ihn dorthin zu setzen?»

Er zuckte die Achseln. «Steinzeitlogik wahrscheinlich: Wärme für den Höhlenmenschen und Rückendeckung gegen die alte Nacht. Auf die Art kann er sich von allen Seiten dagegen kuscheln.» Sie lachte. Er fuhr ermutigt fort: «Die primitivste Richtung in der Architektur. Die, die davon ausgeht, der Mensch brauche lediglich dreierlei: ein Dach über dem Kopf, ein Feuer und ein Loch in der Wand zum Ausschauhalten.»

Wieder lachte sie. «Es ist eine sehr eindrucksvolle Feuerstelle. Man lodert gleich mit himmelan. Ich würde das Haus gern einmal sehen. Können Sie mir's mal zeigen?»

Bis jetzt, bis zu dieser Sekunde, hatte er nicht über die heutige Nacht hinausgedacht. Sie hatte, vermittels zweier Sätze, Dauer in ihre Beziehung gebracht, und ihm war noch nichts weniger als klar, ob er Dauer wollte.

«Sicher», sagte er. «Ich nehm Sie bei Gelegenheit mal mit hin.»

«Fein. – Lesen Sie viel? Ich hab vergangene Nacht lange gelesen. Zuerst die Zeitschrift, wo Ihr Haus drin ist; und dann Gedichte.»

«Was für welche?»

«Sie werden sie kaum kennen.»

Wie auf Eingebung hin sagte er: *«Das ist's, was ich liebe?»*

Sie fuhr überrascht herum. «Aber ... aber ja! Woher haben Sie das gewußt?»

«Gut geraten lediglich. Ich habe eine Zeitlang in der Volksbücherei an der Fifth Avenue gearbeitet; als junger Mensch, als ich noch zu Pratt ging. Ich mußte die neueingehenden Bücher mit dem Bibliotheksstempel versehen. Ich hab's noch als Broschüre gekannt, ehe ein Verleger es als Buch herausbrachte. War damals wesentlich besser; man hat 'ne ganze Menge gestrichen.»

«Mir gefällt's sehr.»

«Und warum?»

«Ach, eben so. Fühlen Sie sich immer noch schuldbewußt?»

«Nein», log er. «Sie?»

«Ja.»

Die Antwort machte ihn betroffen. Sie hätte lügen, hätte nein sagen sollen. Ihre Ehrlichkeit gab ihm Rätsel auf; oder war es ihre Dummheit? Er war sich darüber noch immer nicht im reinen.

«Also, sehen Sie, Maggie», sagte er, «wir sind hier, wir sind zusammen, das ist nun mal der Fall. Es hat nicht viel Sinn, darüber nachzugrübeln.»

«Warum nennen Sie mich Maggie?»

«Tun das nicht alle?»

«Nein, Sie sind der einzige. Sogar *er* sagt Margaret zu mir.»

«Dann bleibe ich weiter bei Maggie. Ich will der einzige auf der Welt sein, der Sie Maggie nennt.»

«Aber warum?»

«Weil es ein häßlicher Name ist. Und Sie derart hübsch sind, daß auch der Name hübsch wird, bloß weil Sie ihn tragen. Es ist genau wie mit Kate oder Bess, das sind gleichfalls häßliche Namen.»

«Was ist denn Ihr Lieblingsname?»

«Eve», sagte er unverzüglich.

«Oh.» Er spürte sogleich ihre Versteifung. Er wollte hinzufügen: «Ach, ich meinte nicht *das*. Ich meinte ...», und wunderte sich dann, wieso er das Bedürfnis fühlte, die Vorliebe für den Namen seiner eigenen Frau zu rechtfertigen.

«Ich hab eine ganze Menge Lieblingsnamen», behauptete er einlenkend.

«So, tatsächlich?» fragte sie kalt.

«Jawohl. Gertie und Sadie und Myrtle und Brunhilde ...»

Sie versuchte vergebens, ihr Lachen zu unterdrücken. «Ich hab auch meine Lieblingsnamen für Jungen», sagte sie lachend, «Percy und Abercrombie und Irwin ...»

«Maximilian nicht zu vergessen.»

«Ja, freilich», sagte sie, und ihr Lachen wurde lauter.

«Ist Ihnen Fundgie bekannt?» fragte er. «Es heißt eigentlich genau Fotheringay; aber die Engländer sprechen's Fundgie aus.»

«Ein Scherz, ja?»

«Nein, im Ernst.» Eine Pause. «Oder Giovanni Battista?»

«Ist das Johannes der Täufer?» fragte sie sofort.

Durch ihre schnelle Reaktion überrascht, sagte er: «So dumm sind Sie gar nicht.»

«Dachten Sie das denn?»

«Nein, nicht doch.» Er zögerte. «Na ja, also – zuerst ja.»

«Und so übermäßig hübsch bin ich eigentlich auch nicht, was? Wissen Sie noch?»

«Doch sind Sie's.»

«Aber Sie sagten, ich wär's nicht.»

«Nur manchmal.»

«Wann manchmal? Wenn einem die Narbe auffällt?»

«Wer achtet wohl *darauf*?» sagtc er.

Sie lächelte. «Aber dumm bin ich manchmal, ja?»

«Ja. Nein. Ach, ich *weiß* es nicht», sagte er verblüfft.

«Sie sind sehr klug, wie?» sagte sie ernsthaft. «Sie haben ja einen Preis von 75 000 Dollar gewonnen. Da müssen Sie schon sehr –»

«*Was* hab ich?!»

«Ja, ich bin im Bilde», sagte sie, stolz auf ihr Wissen.

«Es waren doch bloß fünfundsiebzig*hundert!* Mein Gott, wer hat Ihnen denn das aufgebunden?»

«Eine Nachbarin.»

«Sind die Leute *der* Ansicht? Bombig!» Er mußte lachen. «Schön wär's schon gewesen. Für 75 000 Piepen kriegt man ein ganz paar Glas Bier.»

«Mögen Sie Bier?»

«Ich hasse das Zeug! Das war doch bloß 'ne Redewen –»

«Ich kann's nicht ausstehen.»

«Gut. Haben wir wenigstens etwas gemeinsam.»

«Wir haben so manches gemeinsam», sagte sie, plötzlich sehr ernst geworden. Er wandte ihr den Blick zu, und sie lächelte zurück, wie ein kleines Mädchen, das der Mutter Schuhe mit hohen Hacken angezogen hat und nun auf das Lob des Vaters harrt. Auch er lächelte ihr zu und fühlte den Wunsch aufsteigen, ihre Hand zu berühren. Unterließ es aber.

«Wo fahren wir überhaupt hin?» fragte sie. «Sie sagten etwas von Überraschung?»

«Na ja, ich weiß selbst noch nicht genau. Ich dachte, wir könnten zunächst was trinken?»

«Und danach?»

«Danach ...» Er zögerte. «Lassen Sie uns doch erst mal was trinken.»

«Wollen Sie mir das Trinken beibringen?»

«Ja, sicher, ich ...» Er unterbrach sich verwirrt. «Wie meinen Sie das: *beibringen*? Welche Sorte man bestellt?»

«Ja. Und wie man das Glas hält. Ich hab keine Ahnung, wie man sein Glas richtig anfaßt.»

Er wußte, daß sie log. Man hält schließlich ein Glas wie das andere, ob Wasser oder Whiskey. Aus Spaß sagte er: «Klar, ich bring's Ihnen bei, wie man's anfaßt.»

«Und wenn wir etwas getrunken haben, was dann?»

«Dann trinken wir noch einen.»

«Und dann?»

Er entschloß sich im Bruchteil einer Sekunde: «Dann gehen wir in ein Motel.»

Ein kleiner, scharfer Schrei entkam ihren Lippen. Sie setzte sich kerzengrade zurecht; und all die Nervosität, all die Furcht, all die Verkrampfung schienen mit einem Ruck in sie zurückgekehrt.

«Entschuldigen Sie», sagte er.

«Hatte ich also doch recht.»

«Mit was?»

«Der Körper!»

«Was?»

«Mein Busen!» sagte sie wütend.

«Ach, um Himmels –»

«Es ist besser, Sie fahren mich heim.»

«Schön», sagte er. «Bei der nächsten Ausfahrt biegen wir um.»

«Erst möchte ich noch was zu trinken», sagte sie eisig.

«Auch gut.»

«Konnten Sie nicht ein bißchen weniger brutal sein?!»

«Ich war nicht brutal. Lediglich ehrlich.»

«Das ist dasselbe. Sie gehen vor, daß man sich wie eine Nutte vorkommt.»

«Verzeihen Sie. Das wollte ich nicht.»

«Hätten Sie zu Ihrer *Frau* auch so gesprochen, als Sie das erste Mal mit ihr ausgingen?»

«Sie sind nicht meine Frau.»

«Ich weiß, eben. Ich bin ja bloß das Mädchen mit dem großen Busen, das Sie auf der Straße aufgelesen haben. Merken Sie sich: Ich schätze es nicht, wie eine Hure traktiert zu werden!»

«Maggie, können wir –»

«Nennen Sie mich nicht Maggie!»

«Maggie, lassen Sie uns tanzen gehen oder ins Kino, ja? Abgemacht? Was Sie nur wollen.»

«*Sie* bestimmen gefälligst, was geschieht. Sie sind der Mann! Ich wünsche, daß *Sie* die Entscheidungen treffen.»

«Aber wenn ich dann entscheide, sind Sie ja nicht einverstanden», sagte er, jetzt völlig irre geworden.

«Sie sind der Mann», wiederholte sie mit Nachdruck.

«Schön. Also erst etwas trinken und dann ins Kino. Einverstanden?»

«Jawohl.»

Sie fuhren lange schweigend dahin. Als er von der Hauptstraße abgebogen war, begannen sie nach einem Gasthaus Ausschau zu halten. «Wie wär es mit dem da vorn?» sagte er. «Dem *Großen Bären*?»

«Sind Sie früher schon mal drin gewesen?»

«Nein.»

«Also eine Premiere.»

«Sie sind ja auch eine Premiere», sagte er.

«Tatsächlich?» erwiderte sie. Und dann, in ihrer aufrichtigen Art, die ihn stets überrumpelte: «Sie bei mir nicht.»

Er bog auf den Kies des Parkplatzes neben dem Restaurant. Außen, auf einem kleinen Schild, stand:

MONTAGS GESCHLOSSEN.

«Haben wir ja Glück», sagte er und führte sie zur Eingangstür. Noch während des Eintretens suchten seine Blicke hastig den Raum ab; glitten zuerst links hinüber, wo die Gäste beim Abendessen saßen; und dann nach rechts, wo neben dem Eingang die Cocktail-Diele war. Er nahm ihren Ellbogen – seltsames Gefühl, einen anderen Ellbogen als den von Eve zu halten –, und sie gingen auf die Diele zu. Vier runde Tische standen der Bar gegenüber. Er dirigierte sie nach dem am weitesten entfernten, half ihr aus dem Mantel und rückte ihr dann den Stuhl zurecht.

Sie trug ein schwarzes Kleid mit viereckigem Ausschnitt, und zum erstenmal fiel ihm auf, daß sie lange rote Ohrgehänge trug, die er lieber fortgewünscht hätte. Die Männer, die an der Bar saßen, drehten sich nach ihr um. Der eine stieß seinen Nachbarn unauffällig an, als sie sich beim Hinsetzen vornüberbeugte. Larry empfand plötzlich Verlegenheit. Er saß ihr gegenüber; sein Blick haftete auf ihrem Kleid und dem Schattenspalt, der ihre Brüste trennte, dort, wo der tiefe viereckige Ausschnitt endete. Ihre Schönheit war geradezu beängstigend. Einerseits war er außer sich, daß er neben einer derart schönen Frau sitzen durfte; andererseits beunruhigte ihn die offenkundige Bewunderung der Männer an der Bar drüben. Ihm kam plötzlich zum Bewußtsein, daß man mit dieser Frau hier an der Seite jeglichen Ort vermeiden mußte, wo auch nur die entfernteste Möglichkeit bestand, beobachtet zu werden. Denn diese Frau fiel nun einmal unweigerlich auf. Wieder mußte er denken, man sieht sie. Man sieht sie auf der Stelle.

«Was möchten Sie trinken?» fragte er.

«Einen Martini», sagte sie rasch.

«Haben Sie schon mal einen getrunken?»

«Nein.» Sie lächelte.

«Der ist ziemlich stark. Vielleicht wäre ein Whiskey-Bitter oder dergleichen empfehlenswerter?»

«Was trinken Sie denn?»

«Whiskey und Soda», sagte er.

«Dann nehm ich das auch.»

«Wenn Sie natürlich vorziehen sollten –»

«Ich ziehe vor, was Sie vorziehen», sagte sie.

Er bestellte das Getränk. Die Blicke des Kellners verweilten auf Margaret, während er die Gläser auf den Tisch stellte. Sie griff unverzüglich nach dem Glas und setzte es an die Lippen.

«Moment», sagte Larry.

«Hab ich was falsch gemacht?»

«Ja. Sie haben den Trinkspruch vergessen.»

«Oh, fein; ein Trinkspruch.»

«Auf – ä ...» Er überlegte, erhobenen Glases. «Auf daß wir nachher im Kino Hand in Hand sitzen», sagte er und hoffte, der Hohn in seiner Stimme wäre nicht allzu offenkundig.

Sie lachte leichthin. «Ich trinke darauf», sagte sie und nahm ein Schlückchen vom Whiskey. Ihre Augen, merkte er, wanderten mehrfach zur Bar hinüber und senkten sich dann jedesmal auf die Tischplatte. Es war, als müsse sie sich vergewissern, daß sie bewundert würde; und dann – wenn sie festgestellt hatte, daß es der Fall war – überkam sie Verwirrung; sei es ob der Bewunderung oder weil sie den Zwang fühlte, sich zu vergewissern.

«Na, wie schmeckt's?» fragte er.

«Ich würde sagen, abscheulich.»

«Nach dem dritten Glas würden Sie schon fragen, ob der Kellner etwa den Whiskey vergessen hat.»

«Ich hab an dem einen genug. Mir wird schon ganz schwindlig.»

«Sie haben doch erst ein einziges Schlückchen genommen.»

«Ich hab kein Abendbrot gegessen», sagte sie. «Ich war so aufgeregt, weil ich Sie treffen sollte.»

«Oh, ehrt mich.»

Sie nahm wieder ein Schlückchen. «Es fängt schon an, besser zu schmecken», sagte sie lächelnd. «Jetzt sind Sie nett. Ich dachte schon, Sie wollten nur schneidig sein.»

«Danke schön. Und Sie sind auch nett.»

«Ich? Ich bin ein Miststück», sagte sie zu seinem Erstaunen.

Sie verfiel plötzlich in Schweigen. Nippte sinnenden Blicks an ihrem Glas. Ihre Wimpern zitterten, und sie sah ihn nicht mehr an. Jedesmal, wenn sie das Glas niedersetzte, nestelten ihre Finger an dem Symbol des ehelichen Bandes an ihrer Linken; und all die Zeit hindurch blickten ihre Augen voll schweren Sinnens, und ihre Wimpern zitterten. Und dann auf einmal sah sie ohne Übergang auf und sagte: «Gut. Was immer Sie sagen. Was immer Sie vorhaben. Das ist es doch, was Sie wollen, oder?»

«Ich will lediglich Ihnen Freude machen.»

«Ich will, was immer auch Sie wollen.»

Ihre Blicke sanken ineinander. «Trinken Sie bitte aus», sagte er fest.

«Sie auch.»

«Ich bin soweit», sagte er; langte nach seinem Glas und leerte es. «Ich will rasch noch bezahlen.»

Keinen Kilometer vom *Großen Bären* entfernt fanden sie an der Straße das Motel. Er war gleichermaßen durch die Nähe erfreut wie auch ob des Neonschildes ZIMMER FREI, das von seiner Front her leuchtete. Er lenkte das Auto in die Zufahrt, steuerte vorsichtig die steile Anhöhe hinauf und hielt vor einem kleinen grauen Gebäude, an dem BÜRO zu lesen stand.

«Das scheint ja schnell zu gehen», sagte er.

Sie nickte zur Antwort, schwieg aber. Sie hatte sich ganz in ihre Ecke des Wagens gedrückt, und ihr Gesicht trug wieder jenen verängsteten Ausdruck. Er stieg aus und ging zum Büro hinüber. Noch war die Windfangtür nicht eingehängt worden, und irgendwo im Innern hinter der Gittertür begann wütendes Hundegebell. Er klingelte. Eine Stimme rief: «Einen Augenblick.» Er hörte Schritte und dann wieder die gleiche Stimme, die rief: «Hans! Bist du ruhig! Willst du wohl aufhören, Hans!» Das Gebell verstummte vorübergehend, begann aber sogleich wieder, als der Mann die Tür öffnete. Ein dicker Mann im Unterhemd und mit rundem, glänzendem Gesicht. Der Hund hinter ihm war ein deutscher Schäferhund; die zurückgezogenen Lefzen entblößten das scharfe Gebiß, und aus der Kehle kam ein tiefes unheilverkündendes Grollen.

«Willst du aufhören, Hans!» sagte der Mann. «Womit kann ich dienen, Sir?»

«Ich möchte ein Zimmer haben.»

«Eins ist grade noch frei.»

«Das macht?»

«Sieben Dollar. Wollen Sie bitte mit reinkommen und unterschreiben?»

Larry sah auf den Hund.

«Der tut Ihnen nichts», sagte der dicke Mann.

Behutsam öffnete Larry die Glastür. Ihm gefiel weder der Mann sonderlich noch sein knurrender deutscher Schäferhund. Und auch das unschöne Schiefergrau des Bürogebäudes gefiel ihm nicht.

«Möchten Sie das Zimmer etwa vorher sehen?» fragte der Mann.

«Nein, ist schon gut.»

Der Hund schnupperte noch einmal um Larrys Hosenbeine und legte sich dann unter den Tisch. Der dicke Mann schlug eine Liste auf.

«Die Frau Gemahlin mit?» fragte er.

«Ja.»

«Tragen Sie hier rechts ein.»

Larry sah auf die Spalten. Ohne zu zögern schrieb er «Mr. und Mrs. Calder». In den freien Raum für die Anschrift trug er lediglich ein «New York / New York». In die nächste und letzte Spalte sollte die Autonummer kommen. Er schrieb erst den Anfang seiner eigenen Nummer, besann sich dann eines Besseren und stellte die Zahlen um. Legte den Federhalter hin, öffnete die Brieftasche und händigte dem Dicken einen Fünfer und zwei Einer aus.

«Das erste Zimmer, gleich wenn man reinkommt», sagte der Mann. «Handtücher und Bettwäsche sind vorhin eben frisch gewechselt worden. Falls Sie noch was brauchen, rufen Sie mich.»

«Danke Ihnen», sagte Larry.

«Ich danke *Ihnen*», erwiderte der Dicke.

Er war schweigsam geworden, als er wieder zum Auto zurückkam. Er wendete um und steuerte auf die erste Kabine zu, einen Betonwürfel mit einer hellroten Tür.

«Irgendwelche Schwierigkeiten?» fragte Margaret.

«Nein.»

«Und wer sind wir?»

«Mr. und Mrs. Calder.»

«Wie geht es Ihnen, Mr. Calder?»

«Und Ihnen, Mrs. Calder?» fragte er, ohne zu lächeln.

Sie stiegen aus dem Wagen. Von drüben, vom Büro her brüllte der Besitzer: «Die Tür ist offen. Schlüssel liegt innen, auf der Kommode. Wenn Sie wieder wegfahren, lassen Sie bitte offen, ja?»

Er hatte den Besitzer dann nicht im geringsten hintergangen. Der Mann wollte ja lediglich seine 7 Dollar. Die falsche Eintragung in der Liste wäre allerdings nicht nötig gewesen; wahrscheinlich hätte er sich überhaupt nicht einzutragen brauchen. Ein erfahrener Mann hätte einfach bedeutsam geblinzelt, und man hätte sich auf der Stelle verständigt. Geradezu lächerlich naiv kam er sich vor, als er die Kabinentür aufstieß, das Licht einschaltete und Margaret an sich vorbei eintreten ließ.

Dann schloß und verschloß er die Tür.

So schlecht war das Zimmer gar nicht. Betonwände, aber sauber gestrichen. Ein großes Doppelbett mit hellgelber Decke darüber. Eine Kommode und ein Schreibtisch und eine weitere Tür, die in ein kleines Badezimmer führte. In der Kleidernische hingen Drahtbügel; und vor den drei Fenstern waren Stabjalousien. Ein graues Automatenradio wartete auf einem kleinen Extratischchen.

Margaret war noch im Türrahmen stehengeblieben und starrte auf das Bett.

«Ich wollte ...»

«Was denn?» fragte er. Er half ihr aus dem Mantel, legte ihn sorgfältig über einen Stuhl und warf dann achtlos den seinen darüber.

«Ich wollte, es wäre nicht gleich das erste gewesen, was man sehen muß», sagte sie und starrte auf das Bett.

«Noch können wir wieder gehen», sagte er. «Oder aber auch bleiben und uns nur unterhalten.»

«Nein. Es ist schon richtig so.» Sie ging zum Bett und setzte sich auf die Kante. In ihrem Blick lag eine seltsame Ergebung. Sie seufzte und legte sich dann widerstrebend zurück. Zog die Beine nach aufs Bett, schloß die Augen und sagte: «Das ist es doch, was du willst, ja?»

«Zählt, was *du* willst, denn gar nicht?» Er setzte sich neben sie. Er rührte sie nicht an. Er saß und betrachtete sie. Ihre Augen öffneten sich wieder, und leichtes Erstaunen lag in dem Blick, als werde sie jetzt erst seiner gewahr und des Zimmers, das sie umgab.

«Wisch den Lippenstift ab», sagte er.

Sie bewegte verneinend den Kopf.

«Wisch ihn doch ab.»

«Nein. Wenn du mich küssen willst, küß mich.»

Er brachte sein Gesicht sehr nahe an das ihrige. Ihre Augen blieben offen, groß und braun, und hafteten fest auf ihm. Er konnte den Duft ihres Haares spüren und die ganz ferne Spur eines Parfums. Sein Blick ruhte lange auf dem Kissen ihres Mundes, aber er küßte es nicht.

«Du bist wunderschön», sagte er.

«Wirst du mich küssen?»

Er küßte sie, und seine Lippen hafteten an den ihren, hafteten einen Augenblick lang an dem klebrigen Lippenstift. Und dann richtete er sich auf, weg von ihr, befremdet, den Blick auf diesem Mund. «Du kannst ja ... gar nicht küssen», sagte er.

Sie schüttelte den Kopf.

«Ja, aber ...»

«Zeig mir's», sagte sie, und er mußte sich fragen, ob sie etwa wieder einen ähnlichen Trick anwende wie vorhin, von wegen Trinken und Glas richtig halten. Wieder küßte er sie, ganz leicht. Wieder blieben ihre Lippen fest geschlossen, der Mund unnachgiebig; sie küßte etwa in der Art wie eine Mutter oder Schwester.

«Wisch den Lippenstift ab», wiederholte er.

«Wieso?»

«Weil ich dich tief küssen will und heute abend noch nach Hause muß.»

Sie regte sich nicht. Lag und starrte in stillem Trotz. Er langte nach ihrer Handtasche, öffnete sie, nahm zwei Wattebäusche heraus und fragte: «Soll ich es tun?»

«Nein.» Mit einem Ruck riß sie die Watte aus seiner Hand und wischte sich den Mund. Fast wütend rieb sie sich den Lippenstift herunter, ließ die Handtasche zuschnappen und legte sich wieder zurück.

«Jetzt zeig mir's», sagte sie.

Er nahm ihr Kinn in die Hand. Er bog sich über sie, bis sein Mund nur einen Fingerbreit von ihren Lippen entfernt war.

«Mach den Mund auf», sagte er.

Ihre Lippen gingen auseinander. Er küßte sie, dann sagte er: «Zieh die Luft ein, jetzt. Gib mir mehr zu küssen.»

«So ungefähr?» fragte sie und saugte seinen Mund an den ihren.

«Schon besser so.»

«Noch einmal», sagte sie. Ihre Stimme war sehr leise geworden.

Wieder küßte er sie und machte sich dann los.

«Du stellst dich –»

«Küß mich», sagte sie.

Erneut küßte er sie.

«Küssen. Nicht aufhören mit küssen.»

Er zog sie an sich, Arme und Mund hart fordernd, und fühlte sich von einer Woge der Begierde überlaufen, als ihr Körper auf ihn zukam. Sie war unglaublich elastisch und geschmeidig und drängte sich in den Verschluß seiner Arme, als sei sie schon unzählige Male dort gewesen, als kenne sie jeden Winkel seines Körpers und passe jetzt lediglich den ihren daran, so daß Gebein und Fleisch und Muskeln, warm und willig, eingriffen, einschnappten, an und in die seinen, sich lückenlos einfügten wie das letzte Stückchen eines langen, langen Zusammensetzspiels.

«Larry», sagte sie.

«Was denn?»

«Du machst mich richtig geil.»

Er hatte das Wort noch nie aus Frauenmund gehört und fühlte eine wilde, fremde Regung tief innen aufkommen. Härter griff er in sie und packte wütender ihren Mund mit dem seinen. Seine Hände gerieten an den Reißverschluß ihres Kleides, hinten im Rücken, und als sie ihn auseinandergehen fühlte, sagte sie «Nein» und wiederum «Nein», und er streifte das Kleid von ihren Schultern, während sie sich schon wand, ihn zu unterstützen, als er das Kleid hüftwärts nach unten strich, und sagte doch immerfort «Nein, nein». Er hakte den Büstenhalter auf, daß die Globen ihrer Brüste frei wurden; und sie sagte: «Nicht, bitte, nicht»; er küßte sie, und der Fluß ihrer Worte erstarb, bis sie seine Hände an ihren Brüsten fühlte und «Oh, bitte, bitte, nicht, bitte, nicht» noch unter seinen Fingern sagte, und dann wölbte sie plötzlich den Rücken und zog seinen Kopf an ihre Brüste, und während ihre Hand sich tiefer in sein Genick krampfte, küßte er ihre Kehle und die Spitzen der Brüste, seine Hände glitten über ihren Leib, der sich unter jedem zitternden Griff bog und bäumte, und immerfort sagte sie: «Nein, nein», und dann waren sie nackt, ihre Körper griffen noch ineinander, als seien sie nie getrennt gewesen, verklammerten sich, er war wie schwindlig vor Duft und Augenlust und ihrer Berührung, und sie sagte: «Hast du ... ich möchte doch kein Kind bekommen», und er sagte: «Ja, Maggie», und sie echote: «Ja, ja, ja, ja», und er drang in sie ein.

Nichts war jetzt mehr auf der Welt als sie, nichts als ihre Wärme, die ihn umgab, ihn sanft dahinwiegte, nichts als die stöhnende Frau unter ihm; er hatte weder Sinne mehr noch Leib, weder Geist noch Seele, sie war *alles* und *jedes*, und er faßte sie, nahm sie in beide Hände, faßte und nahm, alle Hände übervoll von ihrer Lieblichkeit.

Und für sie war nichts mehr auf der Welt als er, nichts als ein heißes Eindringen, Durchdringen, tiefer, tief, nichts als der stöhnende Mann über ihr; weder Sinne hatte sie mehr noch Leib, weder Geist noch Seele, er war *alles* und *jedes*, und sie nahm und ergab sich, gab rückhaltlos, endlich erobert, gefangen, gehalten, überströmend.

Nicht eher faßten sie es in bewußte Worte, als bis sie sich im ganzen viermal so getroffen hatten. Wohl rief er sie oftmals an, zwischen ihren Rendezvous, aber keiner sprach die bewußten Worte aus, bis jene kalte Dezembernacht kam.

Da lagen sie Seite an Seite im Zimmer, erschöpft, den Blick auf dem dicken Glutpunkt ihrer Zigaretten im Dunkeln, im Ohr die leise Musik aus dem Automatenradio. und das Windgeheul ums Haus; und er sagte schlicht: «Ich liebe dich, Maggie.»

Und sie sagte: «Ich liebe dich.»

Da waren die Worte gesprochen, und nun gab es kein Zurück mehr.

Zweites Buch

14

Im Januar trug sie das erste Mal die Topas-Ohrringe.

Die Ohrringe hatten ihrer Großmutter gehört, die lange vor Margarets Geburt gestorben war. Der Großvater hatte sie aufbewahrt und wenige Wochen vor seinem eigenen Tod Margaret geschenkt. Sie hatte sie bis jetzt noch nie getragen. Bis zu dem Augenblick, wo er starb, hatte sie sie fast täglich aus dem Schächtelchen genommen, sich vor den Spiegel gestellt, sie sich an die Ohren gehalten und mit übermütig funkelnden Braunaugen kaum die Zeit erwarten können, wo sie alt genug sein würde, sie zu tragen.

Und dann, mit seinem Tod, schien auf einmal alle Freude an den tränentropfenförmigen Ohrringen dahingeschwunden. Sie verpackte sie sorgsam und räumte sie fort. Der Mann, den sie ‹Papa› nannte, hatte sie ihr in die Hand gedrückt; nun war ‹Papa› tot, und auch die Ohrringe waren plötzlich leblos geworden, nie hatte sie jemals den Drang wieder verspürt, sie zu tragen.

Sie trug sie im Januar.

Trug eine schwarze Hose, einen schwarzen Pulli und einen kurzen roten Automantel, die Wange in den hochgestellten Kragen geschmiegt. Trug auch die Topas-Ohrringe, und trieb Patrick zwanzig Minuten vor der planmäßigen Abfahrt des Autobusses aus dem Haus. Das Wochenende war ihr diesmal sehr lang geworden; sie freute sich ausgesprochen darauf, Larry heute früh zu treffen, und wollte selbst besonders hübsch aussehen. Sie tadelte sich heimlich selbst, daß sie sich wie ein albernes halbwüchsiges Mädchen benähme, eilte aber nichtsdestoweniger zur Haltestelle, wo es sie dann ärgerte, daß man von dort aus sein Haus nicht sehen konnte.

«Es ist kalt, Mutti», sagte Patrick.

«Ja, ja», erwiderte sie abwesend.

«Warum müssen wir denn so zeitig gehen?»

«Die frische Luft wird uns guttun», sagte sie.

«Mutti?»

«Ja?»

«Hast du mich lieb?»

Sie sah betroffen zu ihrem Sohn hinunter. «Wieso ...» Ihr war noch nie eingefallen, daß er sich über dergleichen Dinge Gedanken machen könnte. Sie starrte ihn an und begriff nur langsam. «Ich hab dich sehr lieb, du Kerlchen», sagte sie.

Patrick nickte. Sein helles strähniges Blondhaar hatte dieselbe Farbe wie das seiner Mutter, aber ohne deren reiche Fülle. Die Augen waren groß und braun, genau wie die seiner Mutter, und wirkten in dem blassen Gesicht, wie er so zu ihr emporsah, besonders ausdrucksvoll.

«Hast du Papa auch lieb?»

«Natürlich hab ich den Papa lieb», sagte sie.

«Sehr?»

«Ja.» Sie mußte ihren Blick abwenden, in solche Verlegenheit setzte sie sein forschendes Anstarren. «Ja, sehr.»

«Ehrenwort?» sagte er.

«Ja, natürlich. Warum denn?»

«Denkt er, daß du hübsch bist?»

«Ich glaub schon.»

«Glaubt er's nicht?»

«Warum fragst du ihn nicht selbst danach, Patrick?»

«Das hab ich ja.»

Seine Antwort machte sie stutzen. Wieder glitt ihr Blick über ihn; fast hatte sie das Gefühl, als stände sie in der Straßenkälte mit einem kleinen Unbekannten, der intime Fragen stellte und schockierende Antworten gab.

«Was ... was hat Papa denn geantwortet?» fragte sie.

«Er hat gesagt, ich wär zu jung, um solche Sachen zu fragen.»

«Was für Sachen?»

«Das weiß ich nich», sagte Patrick grüblerisch.

«Na, er meinte damit ...» Sie brach ab, verwundert, *was* Don wohl gemeint hatte. Zu jung, um nach *was* für Sachen zu fragen? Zu fragen, ob ein Mann seine Frau hübsch findet? Was für Unsinn war ...? «Er hat gemeint ... daß ... ein Junge seine Mutti grundsätzlich hübsch finden muß. Das hat er damit gemeint, Patrick.»

«Aber ich denk doch immer, daß du hübsch bist.»

Sie zog ihn liebkosend an sich und sagte: «Ich denk auch, daß du hübsch bist.»

«Hübsch ist was für Mädchen», sagte Patrick. «Ich bin intressant. Das sagt mein Schatz mir immer.»

«Dein Schatz?» fragte Margaret.

«Klar. Lucy. Lucy Hager. Sie geht in meine Klasse und ist mein Schatz.»

«Davon weiß ich ja gar nichts», sagte Margaret.

«Doch, das wissen alle. Sämtliche Kinder in der Klasse. Ich jag sie immer übern ganzen Schulhof.»

«Tatsächlich?» sagte Margaret, mit unterdrücktem Lachen.

«Du müßtest mal sehen, wie die Kloppe von mir kriegt. Und hat das so gern. Weil sie mein Schatz ist, deswegen.»

«Aha.»

«Hübsch ist sie wohl auch. – Aber so hübsch wie du nicht», setzte er schnell hinzu.

«Wie sieht sie denn aus?»

«Och, ich weiß nich. Sie trägt immer Zöpfe. Heißt das nicht so? Wenn das Haar so ... Du weißt ...» Seine Hände flochten demonstrierend.

«Richtig; Zöpfe.»

«Ja, so läuft sie rum. Ihre Mutter ist schwanger.»

«Woher weißt du denn das?»

«Sie hat mir's selbst erzählt. Die Lucy. Sie sagte, ihr Vater hätt ihrer Mutter Samen gegeben. Und der ist jetzt bei ihrer Mutter im Bauch drin. Du müßtest sie mal sehen; die ist so fett wie 'ne Tonne.»

Jetzt mußte Margaret doch herausplatzen.

«Wieso, was gibt's dabei zu lachen?» fragte Patrick.

«Nichts, nichts. Ich –»

«Ach, da kommt Chris!» rief Patrick.

Sie fühlte ihr Herz sogleich rascher schlagen. Drehte sich aber absichtlich nicht um; damit es auf keinen Fall so aussähe, als hätte sie's kaum noch erwarten können. Sie hörte Patrick rufen, vernahm auch den antwortenden Schrei von Larrys Sohn, als die beiden Jungen aufeinander zurannten. Dann erst, betont langsam, wandte sie sich, um seinen Gesichtsausdruck bei ihrem Anblick zu sehen –: Die Frau hatte schwarze Haare.

Das Haar wurde hinten im Nacken von einem hellblauen Band zusammengehalten, und selbst auf diese Entfernung wirkten ihre Augen entzückend, ein klares, reines Himmelblau. Als sie näher kam, sah Margaret, daß die Frau eine gute Nase hatte und einen vollen Mund, auch schritt sie sicher einher, aufrecht, mit geradem Rücken und erhobenen Hauptes. Und obwohl sie eine verblichene Hose trug und eine dicke Trainingsjacke mit dem Aufdruck PRATT INSTITUTE, konnte Margaret erkennen, daß die Figur der Frau gepflegt und wohlgeformt war und die Brust unter dem unförmigen Kleidungsstück rund und fest.

Die Frau begann zu lächeln. Sie kam direkt auf Margaret zu, streckte die Hand aus und sagte: «Sie sind doch bestimmt Margaret Gault. Wie geht es Ihnen? Eve Cole mein Name.»

Er hielt sie fest an sich gedrückt, so war er ihrer Wirklichkeit gewiß, und dennoch wie außer sich, daß sie ihn lieben konnte. In seinen Augen war sie aufs wundersamste mehr geworden als eine einzelne Frau; mehr als bloßes Fleisch und Blut. Er wehrte sich dagegen, ihrer wie eines Symbols zu gedenken; aber er war nun einmal berufsmäßig gewohnt, mit Symbolen zu arbeiten – ausgenommen jene erregenden Zeitläufe, wenn Symbole sich in Realitäten wandelten, wenn Linien, in Tusche gezogen, zu Mauern wurden und Bleistiftskizzen zu Zypressengetäfel und Bruchstein – und in seinem Gemüt war sie zur FRAU geworden. Nicht diese spezielle Frau, sondern all und jede Frau, die er jemals gekannt oder zu kennen gewünscht hatte.

Im Motelzimmer dann blieb er ihr nahe, völlig entspannt, abgesehen von dem augenblicklichen Drang, sie zu besitzen. Nicht weil sie nach einer Woche langen Wartens voll aufgestauter Nervosität war, wollte er sie befriedigen, aber er hatte inzwischen gelernt, wie man mit ihr umgehen mußte, hatte gelernt, daß er sie erst befriedigen mußte, erst das schreckliche tiefinnerliche Verlangen entfesseln und stillen mußte, um sie wahrhaft zu besitzen. Auf der Fahrt zum Motel hatte sie ihn beständig am Rand der Begierde gehalten. Hatte gestreichelt und hingebend geflüstert und sich dann wieder von ihm gewendet, um eine Zigarette anzuzünden oder einen anderen Radiosender einzustellen. Und war wieder zu ihm zurückgekehrt, mit Fingern, die abwechselnd sanft gewesen waren und voll wilden Verlangens; und hatte ihn erneut verlassen, bis seine Hände am Steuerrad zitterten.

Endlich angekommen und endlich allein, begann er sacht das Erlösungswerk. Er half ihr aus dem Mantel; sie nahm ihre Handtasche und ging ins Badezimmer, schloß wohl die Tür, jedoch *ver*schloß sie nicht. Er hörte das Wasser laufen, während er die Münze ins Automatenradio steckte und die Knöpfe spielen ließ. Er bewegte sich mit völliger Vertrautheit in dem kleinen Raum, bei dessen Ausstattung man keinerlei Rücksicht auf Geschmack oder Geschmacklosigkeit genommen, sondern sich lediglich auf das Wesentliche beschränkt hatte. Alles war ebenso einfach und fundamental wie ihr Drang zueinander. In diesem Raum dachte das Wesen, das Larry

Cole hieß, nicht mehr an Innenausstattung. Alles Gerät, die Möbel wie die einfältigen Bilder an der Wand wurden bedeutungslos wie anderes Nebenwerk des Lebens auch und für sein Verhältnis zu Maggie ohne jede Wichtigkeit.

Wie hatte er nur ohne sie leben können? dachte er verwundert. Wie hatte er es angestellt zu leben, ehe dieses Gesicht zu ihm gekommen war, ehe dieser volle warme Leib ihm ausgehändigt worden war, ehe dieses prachtvolle Geschöpf, dieses wundersam lebendige Geschöpf, zu ihm gekommen war, ihm ins Ohr zu klagen von Leben und Liebe, gekommen war, voll Verheißungen der Ferne, mit weichem Mund und hitzigen Händen ihm eine Weise zu klagen, die auch er einst gekannt hatte, eine Weise, die halb vergessen in dämmrigen Winkeln seines Gedächtnisses noch harrte.

Er entledigte sich seines Jacketts und hängte es in die Kleidernische, zog den Schlips auf und legte die Krawattennadel zusammen mit Brieftasche, Autoschlüssel, Zigarettenetui und Kleingeld auf die Kommodenplatte. Summte zur Radiomusik mit, während er Hemd und Unterhemd ablegte und anschließend auch Schuhe und Socken. Mit bloßer Brust und barfuß ging er im Zimmer hin und her, zog die gelbe Chenille-Decke vom Bett, schlug die Steppdekken zurück und zündete sich eine Zigarette an, die er im selben Moment ausdrücken würde, sobald sie erschien.

Als sie aus dem Badezimmer trat, war der Lippenstift von ihrem Mund verschwunden, ihr Gesicht frisch gewaschen, die Haut glühte, und in den braunen Augen stand ein forderndes Licht.

Noch trug sie Kleid und Ohrringe; aber er wußte, daß sie Strümpfe und Unterwäsche abgelegt hatte, wußte, daß ihr Kleid hinten in einem großen V offenstehen würde, wo sie den Reißverschluß offengelassen hatte. In der Art, wie sie den Liebesakt anging, war etwas wie kühle Berechnung, eine methodische frauliche Präzision, wie sie ihn erst kunstvoll quälerisch aufreizte und sich dann von ihm rasend und rückhaltlos besitzen ließ. Aus der Person, die er von der ersten Nacht her kannte, war inzwischen, im Laufe der Monate, eine radikal andere geworden. Zuweilen staunte er über die völlige Umkehrung ihrer früheren scheinbaren Unerfahrenheit. War ihre Unwissenheit nur Komödie gewesen, oder hatte er tatsächlich eine ungekannte Leidenschaftlichkeit in dieser Frau entfesselt? Er wußte es nicht. Er wußte lediglich, daß jedesmal, wenn sie nunmehr zusammen waren, ihre Augen sich bemühten, ihre eigene überwältigende Begierde beharrlich zu verhehlen. Mit echt weiblicher Grausamkeit schien sie seine Pein zu genießen; handhabte aufs kundigste Hand und Zunge, heischte, lockte, forderte heraus, wich aus, nur um sogleich zum Gegenstoß anzusetzen – und unterlag schließlich in feucht-schlaffer Hingabe, nun nichts mehr als Weib, duldete gepfählt, willfährig unter gnadenlos hämmernder Starre, umgriff und umschloß, wie Erguß auf Erguß zu Unmeßbarkeiten sich steigerte, stöhnte und zerging.

Mit unermüdlichem Entzücken ruhte sein Blick auf ihr, als sie sich jetzt näherte.

Wie ein plötzlich entspannter Bogen schoß Vorfreude in ihm auf. Begehrlichen Blicks musterte er die fließenden Bewegungen ihres Körpers, Hüften und Schenkel, den Feinbau ihrer Hände, die verschleierte Ungewißheit ihres Gesichtsausdrucks. Dank des herabgezogenen Reißverschlusses saß das Kleid ganz tief schon, nur gehalten von den hohen Kuppeln ihrer Brüste. Sie setzte sich neben ihn, sich der Pumps zu entledigen, zu welchem Zweck sie den Rock zurückzog und den Fuß aufs Knie legte, so daß der Stoff nur nachlässig-lose noch die schwellende Stelle verbarg, wo ihre Schenkel sich trafen.

Er wollte nach ihr langen, aber sie lächelte und entzog sich ihm spielerisch. Stand auch auf und ging zur Kommode hinüber. Er sah, wie erwartet, das V aus hellem Fleisch, umrahmt von schwarzem Stoff, wie es bis tief zum Ansatz ihres Rückgrats hinunterging. Seiner Gegenwart scheinbar unbewußt, entnahm sie der Packung eine Zigarette und zündete sie sachlich an. Schüttelte das Streichholz aus und tat es in den Aschenbecher. Dann kam sie barfuß zum Bett zurückgetapst. In der einen Hand die Zigarette, ein leichtes Lächeln um die Lippen, stand sie neben dem Bett.

«Erzähl mir mal was von Eve», sagte sie.

Er dachte erst an einen Scherz. Er zog sie an sich und drückte das Gesicht in ihre Brüste. Aber sie faßte mit ihrer freien Hand in sein Haar und zog sein Gesicht wieder von ihrem Körper ab. Dann ließ sie sich neben ihn auf die Bettkante nieder. Tat einen Zug an der Zigarette und sagte wieder: «Erzähl mal von Eve.»

«Maggie ...»

«Ich möchte Näheres von ihr wissen. Ich möchte wissen, wie ihr euch kennengelernt habt.»

«Später.»

«Nein.»

«Ich hab die ganze geschlagene Woche gewartet, daß –»

«Ich nicht minder», sagte sie; einen Herzschlag lang schwelte es in ihren Augen, dann beherrschte sie sich und wiederholte unbeirrbar: «Erzähl mir was von ihr.»

«Maggie, laß doch –»

«Wie habt ihr euch kennengelernt? War es sehr romantisch?»

«Ach verdammt, was weiß ich davon?!» sagte er ärgerlich und drückte seine Zigarette in den Aschenbecher, der neben dem Bett stand.

Sie hielt ihm ihre Zigarette hin. «Drück sie auch aus», sagte sie und fügte sogleich wieder an: «Wie hast du Eve kennengelernt?» Sie wußte sehr wohl, daß ihm die Frage merkwürdig vorkommen mußte. Aber ihre eigene Bekanntschaft war bisher irgendwie unwirklich verlaufen; und sie versuchte jetzt, ihr mehr Realität dadurch zu verleihen, daß sie sie mit einer von vermutlich größerer Substanz verglich. Deswegen lag ihr daran, Näheres über seine Frau und die Art und Weise, wie sie sich kennengelernt hatten, zu erfahren. Bis jetzt kannte sie Eve lediglich als die reizvolle Schwarze, die Chris zur Haltestelle gebracht hatte. Mrs. Cole kannte sie als die Frau, deren Blick sie zu vermeiden gesucht hatte. Sie hatte versucht, dieser Frau nichts von sich zu geben, und hoffte, daß jene ihrerseits ihr nichts geben würde. Sie hatte ihr ja bereits genug genommen und begehrte nicht nach mehr.

Aber selbst während sie eine Art perversen Mitleids für Eve empfand, konnte sie den Gedanken nicht loswerden, daß Larry jedesmal, wenn sie sich trennten, nach Hause zu eben dieser Frau ging, und der Gedanke erfüllte sie zutiefst mit Eifersucht. Ob sie nun Gefallen daran fand oder nicht, sie war in einen Wettstreit verwickelt worden. Ansprüche wie ältere oder erste Eigentümerschaft waren hinfällig geworden, und vor sich selbst hatte sie aufgehört, der Eindringling zu sein: *Eve* war nunmehr DIE ANDERE FRAU.

Während Larry die zweite Zigarette ausdrückte, sagte er: «Ich hab sie zu allererst in der Untergrundbahn gesehen. Wenn es das ist, was du meinst. In der BMT auf der Linie Brooklyn–Manhattan. Ich ging noch auf die Schule.»

«Pratt», sagte sie. Und nicht in fragendem Ton. «Sie trägt deine Schul-Trainingsjacke. Gestern, an der Haltestelle hatte sie sie an.»

«Ach, *deswegen* ist das Ganze. Du bist Eve in die Arme gelaufen.»

«Mit PRATT INSTITUTE quer rüber. Wie 'n Firmenschild.»

Es ärgerte sie, daß jene Beziehungen derart weit zurückgingen; daß Eve ihn schon gekannt hatte, als er noch Student war; daß die

Zeit sich dermaßen gegen Margaret Gault verschworen und sie betrogen hatte. Er sah sie merkwürdig an und griff dann wieder nach ihr. Aber sie entzog sich ihm und sagte: «Nein. Wie lange ist das her, diese ... diese U-Bahnromanze?»

«Neunzehndreiundvierzig», sagte er.

«Du kannst dich ja sehr gut an das Jahr erinnern.»

«Weißt du nicht mehr, wann du Don zuerst gesehen hast?»

«Selbstverständlich weiß ich das. Erzähl mal, wie's weiterging.»

«Sie gab mir 'ne Ohrfeige», sagte er und grinste.

«Das muß dir ja anscheinend gefallen haben», sagte sie, wütend über sein Gegrinse.

«Nicht sonderlich. Es war ziemlich peinlich.»

«Und sie schlug einfach zu? Ohne jeden Grund?»

«Oh, einen Grund hatte sie schon. Sie dachte, ich wäre unverschämt geworden.»

«Warst du's denn?»

«Nein. Aber es war sehr voll im Wagen, und *irgend jemand* hatte wohl was gemacht. Als sie herumfuhr, war ich der nächste, den sie sah. Und so kam ich denn dazu.»

«Harte Ohrfeige?»

«Verdammt hart. Und der Schock vor allem! Ich hatte vorher gar nicht auf sie geachtet, bis ich dann die Ohrfeige kriegte. Überfüllte Untergrundbahnen sind mir ein Greuel, und ich hatte nichts im Sinn, als frische Luft. – Halt, das stimmt nicht ganz. An dem Tag war noch ein Examen. Das lag mir natürlich auch im Sinn.»

«Wie alt warst du da?»

«Neunzehnhundertdreiundvierzig? Ich muß so um die achtzehn gewesen sein.»

«Und Eve?»

«Ein Mädchen erst.»

«Wie alt?»

«Höchstens fünfzehn. Aber sehr entwickelt für –»

«Du hast ein fünfzehnjähriges Kind belästigt?!»

«Einen Moment, ja! Ich habe sie nicht angerührt! Wer hat denn gesagt –?»

«Ihr kennt euch schon *so* lange?» Der Gedanke schmerzte sie mehr und mehr. Sie wollte dem Schmerz ausweichen, vermochte es aber nicht. Er sah ihr ins Gesicht und wollte sie neuerlich in die Arme schließen, aber sie saß aufrecht und unbeweglich da. Er legte sich in die Kissen zurück und seufzte schwer.

«Sie gab mir also eine Ohrfeige», sagte er, «drängte sich dann unverzüglich aus dem Wagen, und damit war der Fall erledigt.»

«Wann hast du sie danach wiedergesehen?»

«Neunzehnhundertsechsundvierzig.»

«Und konntest dich sofort an sie erinnern?» fragte sie erstaunt.

«Aber sicher: Wie oft kriegt man schließlich 'ne Ohrfeige in der Untergrundbahn?»

«Ach so, sicher», sagte sie zweifelsvoll. «Und wo war das?»

«Im Offiziersklub.»

«Gab es denn überhaupt in New York einen?»

«Offiziell nicht. Irgendeine Frauenorganisation hatte die Sache aufgezogen. Ich glaube, die Morgans hatten die Lokalitäten dafür gestiftet, für Heer und Marine. Es war jedenfalls auf der Siebenunddreißigsten oder Achtunddreißigsten Ost. Ich weiß nicht mehr genau, welche. Jedenfalls ganz in der Nähe von Park Avenue, in Murray Hill.»

«Warst du nicht in New York zu Hause? Hattest du nichts Besseres zu tun, als in Offiziersklubs zu gehen?»

«Ich wurde um die Zeit gerade entlassen», sagte Larry. «Wir mußten unten in den Südstaaten warten. Ich hatte bloß Wochenendurlaub, und mir fiel ein, daß ich noch nie dort gewesen wäre. Also ging ich mal hin. Ohne mir viel dabei zu denken; das war alles.»

Sie lächelte. «Tust du oft etwas, ohne dir viel dabei zu denken?» fragte sie.

Er nahm ihre Hand und sagte: «Damals ja. Ich war ja noch ein Junge.»

«Wie alt, Larry?»

Er wiegte den Kopf. «Einundzwanzig. Und im vollen Kriegsschmuck, mit Orden und Ehrenzeichen und Lieutenants-Abzeichen.» Er küßte ihre Finger. «Was für hübsche Hände du hast. Hab ich dir das schon mal gesagt?»

«Du warst Lieutenant?»

«Ja.»

«Oh, wie spannend. Don war Gemeiner. Oder vielmehr Sergeant, glaub ich: ist das ein Unterschied?»

«O ja.»

«Don hat sich freiwillig gemeldet.» Sie kam jetzt näher zu ihm, machte sich's bequemer, und er legte ihr den Arm um die Taille.

«Ich wollte mich auch freiwillig melden», sagte er. «Aber meine Mutter ließ mich nicht. Ich hatte zur Luftwaffe gewollt.»

«Warst du jemals im Einsatz?»
«Ja.»
«Hast du jemanden getötet?»
«Ja. Zumindest höchstwahrscheinlich. Es ist schwer zu sagen, wenn alles um dich zu gleicher Zeit schießt.»
«Wo bist du überall gewesen?»
«Im Pazifik.»
«Don war ebenfalls im Pazifik», sagte sie überrascht.
«Tatsächlich? Wo da? War er mit auf Tarawa?»
«Das weiß ich nicht.»
«Im Einsatz?»
«O ja.»
«Dann hat er ebenfalls sein Quantum umgebracht.»
«Ich weiß nicht. Er redet nie darüber.»
«Das tun viele nicht.»
Sie verfielen in Schweigen. Ganz plötzlich fühlte sie sich von Zufriedenheit überkommen. Sie hatte vergessen, wovon ihr Gespräch ausgegangen war. Nur das wußte sie noch, daß sie sich freundlich, ungezwungen, intim unterhalten hatten. Sie versuchte sich ihn in Lieutenantsuniform vorzustellen, im Krieg, und wie er auf den Feind schoß. Und dann auf einmal entzog sie sich ihm unvermittelt.
«Eve», sagte sie.
«Was jetzt wieder?»
«Was ging damals im Offiziersklub vor sich?»
«Sind wir wieder beim selben Thema?»
«Jawohl, wir sind wieder beim selben Thema.» Unglücklicherweise bin ich nur eine Frau, dachte sie, und ‹Neugier› ist die Losung unserer geheimen Schwesternschaft, und folglich sind wir wieder beim Thema. Und möglicherweise werden wir immer dabeisein und uns wundern, was denn an Eve war – abgesehen von allen Zufälligkeiten von Ort und Zeit –, das dich sie wählen ließ.
«Na schön», sagte er ermüdet. «Ich war also dort, und sie kam mit einem Fähnrich zusammen rein. Wenn ihre Mutter das gewußt hätte, sie hätte sie totgeschlagen. Eve durfte sich nicht mit Soldaten verabreden.»
«Ach, wie *süß*», sagte Margaret, hörte den garstigen Klang ihrer eigenen Stimme und staunte darüber und verachtete sich.
«Durftest du's?»
«Ich war 'n Baby während der Kriegszeit. Als er ausbrach, war

ich kaum zwölf, und als er zu Ende war, noch nicht sechzehn. Außer Vettern habe ich überhaupt keine Soldaten gekannt.»

«Wie alt bist du jetzt eigentlich?»

«Siebenundzwanzig.»

Sie war nahe daran, sich zu amüsieren: Nach alldem, was sie miteinander erlebt hatten, wußte er nicht einmal, wie alt sie war. Gerade wollte sie zu einem Lächeln ansetzen, als er sagte: «Zwei Jahre jünger als Eve. Sie ist neunundzwanzig im Augenblick», und sogleich verging ihr das Lachen.

«Wie alt bist du?» fragte sie.

«Ich werde zweiunddreißig im Juli.»

«Don ist schon zweiunddreißig.»

«Weißt du noch, wie alt uns dreißig vorkam, als wir noch unter zwanzig waren?»

«Mir kommt es heute noch alt vor. Manchmal wunder ich mich, ob ich die Grenze jemals erreichen werde.»

«Hast du's so eilig damit?»

«Teufel, nein!»

Er richtete sich unversehens hoch und küßte sie rasch einmal. «Ich hab Frauen gern, die ‹Teufel› sagen», informierte er sie.

«Tut's Eve auch?»

«Ja.»

«Oh.»

«Du meinst doch jetzt, ob sie ‹Teufel› sagt?»

«Ja.»

«Ah, das dacht ich mir. Man hätte auch meinen können ... Du verstehst ... ob *sie* Frauen mag, die ‹Teufel› sagen.»

«Nein.»

«Nein, das dachte ich auch, daß du das nicht meinst.»

«Nein.»

Erneut trat Schweigen ein. Sie saß im Zentrum dieses Schweigens, mit trotzigem Mund und brütete. Jetzt frag ich ihn aber nichts mehr, dachte sie. Nicht die geringste Kleinigkeit mehr. Es soll mir gleich sein, wie sie sich kennenlernten oder wo oder warum. Ich gebe nicht *so*viel dafür; und denke nicht dran, weiterzufragen.

«Und was geschah dann, als sie reinkam?» fragte sie.

«Ich erkannte sie wieder; aber sie schien sich nicht mehr an mich zu erinnern. Sah mich zwar kurz an, fing dann aber gleich mit ihrem Fähnrich an zu tanzen. Später hab ich sie dann auch um einen Tanz gebeten. Sie ist eine gute Tänzerin, schon immer gewesen.»

«Was kann sie noch alles gut?»

«Oh, vielerlei.»

«Zum Beispiel?»

«Hör mal, laß uns doch abbrechen. Du bist auf dem besten Weg, wütend zu werden. Ich möchte lieber nicht weitererzählen, wenn du so –»

«Ich muß es hören, Larry.»

«Schön, wie du willst. Ich tanzte also mit ihr und sagte: ‹Sie können sich nicht an mich erinnern, wie?› Und sie fragte: ‹Woher denn?›; und ich sagte: ‹Sie haben mir mal 'ne Ohrfeige gegeben, neunzehnhundertdreiundvierzig, in der Untergrundbahn.› Da fiel's ihr ein.»

«Und was sagte sie darauf?»

«Sie sagte: ‹Ich finde es höchst befremdlich von der Regierung, daß Wüstlinge Offiziere werden dürfen.›» Er lachte bei der Erinnerung. «Ich tat ihr dann dar, daß ich damals mitnichten jener Frechling gewesen sei; obgleich ich, wenn ich geahnt hätte, wie hübsch sie sei, höchstwahrscheinlich auch schuldig geworden wäre.»

«Mein Gott, wie plump.»

«Das war gar nicht plump.»

«Wie, es war dein voller Ernst?»

«Na ja ... also ... doch, jawohl!»

«Ach, Mensch, du bist derart –» Sie brach ab. «Und sie schluckte den Köder ohne weiteres?»

«Sie ... o nein, was hat das für einen Sinn?! Ich bin doch bei *dir*. Müssen wir uns da ausgerechnet über Eve unterhalten?»

«Was geschah dann weiter?»

«Nichts geschah. Ich bat sie, mal mit mir auszugehen; und dadurch kam das Ganze in Gang. Laß uns nicht weiter darüber reden.»

«So sehr ungern scheinst du's gar nicht zu tun. Du hast jetzt schon geschlagene fünfzehn Minuten darüber gesprochen.»

«Hör mal, du weißt doch, daß sie schließlich meine Frau ist, oder?»

«Selbstverständlich weiß ich das», sagte sie scharf.

«Dann weißt du ja wohl auch, daß man nicht als verheiratet geboren wird. Man trifft sich, man geht miteinander, man verlobt sich, alles entwickelt sich aufs natürlichste, und zuletzt heiratet man sich eben. Genau diese natürliche Entwicklung haben auch wir durchgemacht, und –» Er grinste plötzlich. «Mein Gott, worüber quatsch ich eigentlich?»

«Du quatschst über deine Frau, über Eve.»

«Laß uns doch ein bißchen von Don erzählen, wollen wir?»

«Du liebst sie sehr, ja?»

«Heiliger Petrus –»

«Warum ist es dir so peinlich, über sie zu sprechen?»

«Das ist es nicht. Ich sehe bloß nicht ein –»

«Ist sie gut im Bett?»

«Unnachahmlich!» versetzte er prompt und wütend. «Und jetzt kommt die nächste Frage: ‹Ist sie besser als ich?› Los. Frag schon.»

«Das würde ich niemals fragen», sagte Margaret.

«Und warum nicht?»

Ihre Stimme kam sehr leise: «Weil ich mich vor der Antwort fürchte.»

«Du brauchst nie und vor nichts Angst zu haben, Maggie», beschwichtigte er sie, und seine Stimme war plötzlich sanft geworden. Sie warf ihm einen raschen Blick zu, erhob sich unvermittelt und ging vom Bett weg. Blieb vor der Kommode stehen, den Rükken ihm zugewandt, als erwäge sie ihren nächsten Schachzug. Dann, immer ohne ihn anzusehen, streifte sie sich das Kleid von beiden Schultern. Es glitt bis zur Taille hinab, wurde aber wiederum von den Hüften aufgehalten. Sie strich es sich auch über die Hüften und stieg heraus, als es auf dem Fußboden in sich zusammenfiel. Dann drehte sie sich um. Er wandte kein Auge von ihr, als sie wieder auf das Bett zukam.

«Weißt du, wie sehr ich dich liebe?» fragte sie.

Er antwortete nicht.

«Du sollst es erfahren», sagte sie. «Küß mich. Irgendwo.»

Er setzte sich auf und zog sie zu sich heran. Sie stand ganz dicht an der Bettkante, mit hängenden Armen, und ließ seinen Mund gewähren.

«Faß mich an», sagte sie. Seine Hände wanderten über ihren Körper. Sie sah ihm seltsam berechnenden Auges zu. «Bis jetzt sind wir noch Fremde, ja?» sagte sie. «Bis zu dieser Minute, immer noch, sind wir Fremde.» Und dann drückte sie ihn von sich, aufs Bett, und ihr Mund stieß hungrig, gierig, auf ihn herab.

«Sag es!» befahl sie.

«Ich liebe dich.»

«Noch mal.»

«Ich liebe dich.»

«Oh, du», sagte sie. «Noch mal, du. Noch mal. Sag es noch mal, du, *du!*»

«Ich liebe dich.»

«Nicht aufhören. Nicht aufhören mit sagen. Sag mir, daß du mich liebst. Sag mir, daß einzig und allein ich etwas bedeute.»

«Nur du bedeutest etwas.»

«Und sonst nichts. Sie nicht und überhaupt nichts.»

«Nichts weiter bedeutet etwas.»

«Niemand, Larry. Nichts. Nur ich. Sag mir, daß du mich brauchst. Sag mir, daß du mich begehrst.»

«Ich begehre dich.»

«Ohhh, ja. Ja. Ja. Du, du, du, du. Sag mir's. Sag mir's. *Sag mir's!!*»

15

Eve saß allein im Wohnzimmer.

Als die Haustürklingel läutete, legte sie die Socke hin, die sie gerade stopfte, und ging nachsehen. Es war 22 Uhr 45 an der Küchenuhr, und wenngleich sie wußte, daß er so früh noch nicht zurück sein konnte, hoffte sie dennoch, es wäre Larry.

«Wer ist denn da?» sagte sie.

«Ich. Mrs. Garandi.»

«Oh, Signora», sagte sie enttäuscht. «Moment, bitte.»

Sie schloß auf. Mrs. Garandi stand in der Windfangtür, einen Schal über die Schultern geworfen, und sagte: «Haben Sie zu tun, Eve? Könnten Sie und Larry nicht auf eine Tasse Kaffee zu uns rüberkommen? Arthur hat einen Prachtkuchen mitgebracht, und wir drei allein werden nie und nimmer damit fertig.»

«Larry ist nicht da», sagte Eve. «Wollen Sie nicht eine Minute reinkommen?»

«Na schön, aber höchstens eine Minute.» Sie schloß die Tür hinter ihr, und sie begaben sich zusammen ins Wohnzimmer. Die Signora warf einen flüchtigen Blick auf den Fernsehapparat und nahm dann Eve gegenüber Platz.

«Aber Sie können doch getrost kommen», sagte sie. «Es ist doch bloß über die Straße. Sie können sich jederzeit vergewissern, daß den Kindern nichts passiert.»

«Ich hab 'ne Menge zu stopfen», sagte Eve.

Mrs. Garandi nickte. Schweigend musterte sie Eve; dann fragte sie: «Ist Larry wieder zum Kursus?»

«Nein, heute nicht. Er ist bei einem Kunden. Er hat ihm Anfang der Woche ein paar Entwürfe vorgelegt, und die sprechen sie heute abend durch.»

«Aha.» Wieder war Mrs. Garandi still. «Dieser Kursus, an dem er teilnimmt: geht er da ganz allein?»

«Ja.»

«Wo findet er denn statt?»

«Bei Pratt.»

«Warum gehen Sie eigentlich nicht mit?»

«Er ist lediglich für Architekten, und nach dem, was ich so von Larry höre, nur Fachleuten verständlich. Außerdem tut es einem Mann ab und zu mal ganz gut, ein Weilchen ohne Frau zu sein.»

«Nein. Das tut einem Mann gar nicht gut!»

«Auch nicht ab und zu?»

«Auch nicht *einen Augenblick*. Sie sollten mitgehen.»

«Jemand muß doch bei den Kindern bleiben.»

«Mieten Sie sich jemand zum Aufpassen. Und wenn die Vorlesungen selbst Sie nicht interessieren, treffen Sie sich gleich danach wieder. Gehen Sie zusammen 'ne Tasse Kaffee trinken.»

«Oh, das wäre doch – einfältig», sagte Eve. «Ich vertraue ihm gänzlich.»

«Warum fällt Ihnen dann als erstes gleich die Vertrauensfrage ein?»

«Je nun, weil Sie zu unterstellen schienen –»

«Vertrauen ist nur ein leeres Wort, Eve. Von Männern erfunden. Und was Männer so bequem erfinden, können sie nicht minder bequem auch wieder abschaffen.»

«Ich denke doch, es ist weit mehr als ein bloßes Wort, Signora», sagte Eve.

Mrs. Garandi zuckte die Achseln. «Wenn *mein* Mann noch lebte, *ich* ließe ihn nicht so allein rumbummeln.»

«Larry geht doch gar nicht bum –»

«Ich ließe ihn nicht allein ‹rumbummeln›», sagte Mrs. Garandi fest.

Eve sah ihr frank und frei ins Gesicht. «Larry gehört nicht zu der Sorte Männer», sagte sie.

«Er ist ein Mann. Und eine Frau ist eine Frau. Und Dinge wie *diese* Sorte Männer und *jene* Sorte Frauen gibt es nicht. Die Ereignisse sind stärker als die leeren Silbenfälle, die wir dafür benützen, Eve. Sind *Sie* denn so absolut gefeit?»

«Ich?» Eve lachte hellauf. «Ich habe andere Männer noch nicht einmal angesehen!»

«Das nehm ich Ihnen nicht ab.»

«Na ja, also *angesehen* vielleicht. Aber nie, und sei es auch nur in Gedanken –»

«Sorgen Sie dafür, daß er nicht mehr zu diesem Kursus geht.»

«Das kann ich nicht, Signora.»

«Und warum nicht?»

«Weil ich ihm vertraue», sagte Eve schlicht. «Wenn ich ihn nicht mehr zu Pratt gehen ließe, dürfte ich ihn schließlich nicht mehr allein nach Zigaretten gehen lassen. Ich müßte beginnen, ihm zu mißtrauen. Und das will ich nicht.»

«Ich ließe ihn nicht mehr gehen.»

«Nein», und Eve schüttelte den Kopf. «Larry ist doch kein Schwindler.»

«Wieder so ein Wort», sagte Mrs. Garandi. «Wer kann bis ins letzte angeben, wo Vertrauen beginnt und aufhört? Wer kann angeben, wo der Schwindel anfängt? Mann bleibt jedenfalls Mann und Frau bleibt Frau. Das Leben ist nun einmal nicht anders; und zumindest *ich* ließe meinen Mann nicht jede Woche einmal allein ausgehen.»

«Larry ist zufrieden», sagte Eve ruhig.

«Mit allem? Oder nur mit Ihnen?»

«Ich versuche ihn glücklich zu machen.»

«Dann sorgen Sie dafür, daß er daheim bleibt. Machen Sie ihn *noch* glücklicher.»

«Ich tue in dieser Hinsicht alles, was mir nur einfällt. Und er ist glücklich, Signora. Bestimmt. Ich kann mir nicht vorstellen, wieso Sie meinen, er wäre's nicht.»

«Eve, *carissima,* ich meine überhaupt nichts. Ich weiß von nichts. Aber die Ehe ist eine komische Angelegenheit in Amerika; und die amerikanische Ehefrau hat in mehr denn einer Hinsicht aufgehört, Frau zu sein.»

Mrs. Garandi machte eine Pause, und ihre und Eves Blicke trafen sich. «Verzeihen Sie mir», sagte sie. «Ich bin ein närrisches altes Weib. Und kam lediglich, um Sie zu Kaffee und Kuchen einzuladen.»

«Das ist schön und gut», sagte Eve lächelnd.

«Eve?»

«Ja?»

«Sorgen Sie dafür, daß er zu Hause bleibt.»

Und wiederum sagte Eve: «Ich vertraue ihm», und darauf gab es schließlich keine Antwort.

«Können Sie vielleicht später noch rüberkommen?»

«Möglich.»

«Aber nicht nach 23 Uhr 30», sagte Mrs. Garandi. «Arthur muß morgen wieder auf Arbeit.»

«Schon recht.»

«Denken Sie, daß Larry bis dahin zu Hause ist?»

«Ich kann's nicht sagen. Er ist bei Roger Altar – eben dem Kunden. Falls er schon heimgekommen ist, bring ich ihn dann mit.»

«Bitte, kommen Sie», sagte Mrs. Garandi, und dann ging sie. Eve schloß die Haustür hinter ihr. Sie selbst begab sich ins Wohnzimmer zurück, nahm die Socke, an der sie gestopft hatte, wieder in die Hand. Ein Fernsehkomiker lachte über seine eigenen Witze. Das Haus wirkte sehr still und leer. Im Schlafzimmer murmelte ein Kind Unverständliches im Schlaf.

Ich vertraue ihm, dachte Eve. Ich liebe ihn.

Daß sie ihn jetzt so sehr liebte, war eigentlich merkwürdig, fiel ihr ein; denn damals, an jenem längst vergangenen Abend im Offiziersklub, hatte sie ihn nicht einmal äußerlich gemocht. Sie hatte immer Jungen mit hellen Augen bevorzugt; sogar der Fähnrich, mit dem sie damals aus war, hatte grüne gehabt. Und als Larry sie dann noch an ihr allererstes Rencontre erinnerte, hatte sie ihn geschlagene fünf Minuten lang nicht ansehen können, ohne nicht die Scham und Wut jenes Morgens in der U-Bahn wieder zu empfinden. Selbst als sie nach und nach einsah, daß sie ihn damals zu Unrecht geohrfeigt hatte, war und blieb er nichtsdestoweniger für sie die wandelnde Erinnerung an ein wahrhaft abscheuliches Erlebnis. Sie nahm sich vor, Abneigung zu empfinden, und sein Äußeres war solch erstem Vorurteil förderlich. Aber noch während des Tanzes spürte sie, wie sie seiner Wärme und Aufrichtigkeit erlag. Aufrichtigkeit. Das war es vermutlich, was ihr als erstes gefallen hatte. Er war aufrichtig. Als er sie einlud, doch einmal mit ihm auszugehen, nahm sie zu ihrer eigenen Überraschung an. Aber von seinem Aussehen war sie immer noch nicht sonderlich beeindruckt. –

Die Hardersche Wohnung hatte sich am Morgen nach ihrem ersten Stelldichein in dem üblichen lethargischen Sonntagsschlummer befunden. Das Eckhaus stand gegenüber dem Park, an der

Kreuzung von 89th Street und Fifth Avenue. Die Wohnung befand sich im dritten Stock, und die Fenster der Eßnische gingen auf die Nebenstraße, so daß man die sonntäglichen Kirchgänger bequem mustern konnte. Mr. Harders Tischhälfte war mit der *New York Times* belegt; den weitaus größten Teil des Tischs hatten sich die Zwillinge mit ihren sonntäglichen Kinderbeilagen angeeignet. Kartons mit Flocken, Schüsseln, Kaffee, Eßgerätschaften waren irgendwie zwischen all die Zeitungen eingeschmuggelt worden.

Mr. Harder hegte die unerschütterliche Überzeugung, daß sämtliche Familienmitglieder zur selben Zeit miteinander essen sollten. Der Eßtisch, pflegte er zu behaupten, sei gewissermaßen das Anschlagbrett für die Tagesereignisse, der einzige Ort, wo eine Familie sich wieder auf sich selbst besinnen konnte. Lediglich an Sonntagvormittagen, wo jedermann zu ganz verschiedenen Stunden in der Eßnische aufzutauchen schien, lockerte er die Vorschrift. Ihm war, als sei das eingerissen, seitdem Eve Sonnabendabends auszugehen pflegte. Immerhin sagte er sich, daß jede Verordnung durch gelegentliche Übertretungen nur gewinnen könne, und beanstandete das Sonntag-Vormittags-Durcheinander nicht. Mrs. Harder, überm Nachthemd den Morgenrock, sah frisch und munter aus, wie stets in der Frühe, und sagte: «Das war ein sehr netter junger Mann, Eve.»

Eve war noch halb im Schlaf. Sie saß im Pyjama am Tisch, und eine schwarze Haarsträhne hing ihr über das eine Auge. «Das ist doch nicht im *Ernst* deine Ansicht, Mama, wie?» sagte sie.

«Aber durchaus», sagte Mrs. Harder.

Mr. Harder, der sich allmählich an diese sonntag-vormittäglichen Diskussionen über fremde männliche Wesen gewöhnt hatte, legte die *Times* beiseite, brachte seinen Eierkuchenteller in Angriffsstellung, und visierte dann darüber zu Eve hin. Er wollte eine Andeutung machen, betreffend ‹erwachsene Mädchen› und ‹getrost zum Frühstück angezogen erscheinen dürfen›, statt dessen sagte er: «Darf ich wissen, über wen wir uns hier unterhalten?»

«Och, irgend so 'n Jungen», sagte Eve teilnahmslos.

«Larry», sagte Mrs. Harder.

«Ein Neuer, hm?»

Lois, helläugig und beinahe sieben, sagte: «Er ist groß.»

«Was weißt denn du davon?» fragte Eve. «Du hast ja längst geschlafen, als er mich abholte.»

«Ich hab gar nicht geschlafen», sagte Lois, der Kobold, «geguckt hab ich.»

«Ich hab auch geguckt», sagte Linda. «Du, der ist hübsch, Eve. Meinst du, daß du ihn heiratest?»

«Er hat mich noch nicht darum gebeten», sagte Eve lässig. «Ist der Kaffee hier für mich, Mama?»

«Evie hat 'n neuen Freund», fing Lois an zu singen, «Evie hat 'n neuen Freund, Evie –»

«Oh, hör auf!» sagte Eve.

«Evie hat 'n neuen –»

«Mama, könntest du bitte dem Kind sagen, daß es den Mund hält!»

«Halt'n Mund, Lois», sagte Linda.

«Eure Schwester ist sehr empfindlich hinsichtlich ihrer Herren Freunde», sagte Mr. Harder lächelnd. «Vor allem, wenn sie hübsch sind.»

«Ä-Linda: ich möchte nicht noch einmal hören, daß du ‹Halt'n Mund› sagst», sagte Mrs. Harder. «Das ist ein häßlicher Ausdruck.»

Linda schnitt ein Gesicht, und begab sich wieder an ihre Comics.

«Triffst du dich nicht noch öfter mit ihm, Eve?» fragte Mrs. Harder.

«Kann sein.»

«Wann denn?»

«Nächsten Sonnabend.»

«Er macht einen sehr netten Eindruck, Alex», sagte Mrs. Harder. «Er ist Captain gewesen.»

«Lieutenant, Mama», berichtigte Eve.

«Ach ja, das ist doch noch mehr als Captain, wie? Er ist eben erst entlassen worden, Alex.» Sie wandte sich der Tochter zu. «Das stimmt doch, Eve, nicht wahr?»

«Ja, das stimmt.»

«Ein sehr netter Junge, Alex.»

«Es sind alles nette Jungen», sagte Mr. Harder ohne sonderliche Begeisterung. «Haben wir nicht noch etwas Sirup?»

«Ihr solltet euch doch weiterhin sehen, Eve», sagte Mrs. Harder gewinnend.

«Bring das Mädchen nicht andauernd unter die Haube», sagte Mr. Harder. «Haben wir keinen Sirup mehr?»

«Linda, hol deinem Vater noch etwas Sirup.»

«Warum kann Lois nicht mal was holen gehen?» fragte Linda. «Du, kann ich dann Blumen streuen, Eve?»

«*Darf* ich», verbesserte Mrs. Harder.

«Darf ich, Eve?»

«Sobald ich heirate», sagte Eve.

«Ich auch?» fragte Lois.

«Ja, du auch.»

«Er sieht wirklich sehr gut aus», sagte Mrs. Harder, und Eve zog ein abfälliges Gesicht. «Eve, es *ist* so. Laß bitte deine Grimassen. Er studiert und will Architekt werden, Alex.»

«Sag mal, wer ist eigentlich mit ihm ausgegangen?» wollte Mr. Harder wissen. «Du oder Eve?»

«Ich sehe nichts Unrechtes darin, wenn ich mich für die Freunde meiner Tochter interessiere», versetzte Mrs. Harder mit einem Anflug königlicher Würde.

«Ich freue mich also, daß er so hübsch ist und im Begriff steht, Architekt zu werden, Patricia», versuchte Mr. Harder möglichst ironisch zu erwidern, was sich jedoch für einen Sonntagmorgen als zu schwierig erwies, «aber könnte mir vielleicht *trotzdem* jemand den Sirup holen?»

«Ich bring ihn», sagte Linda und erhob sich.

«Und anschließend darfst du die Comics lassen und dafür zu üben anfangen», sagte Mrs. Harder.

«Am *Sonntag*?» protestierte Linda. «O Jee-suss!»

«Wir haben 1100 Dollar für dieses Klavier ausgegeben», sagte Mrs. Harder, «und eine von euch lernt darauf spielen!»

«Ja, und warum ausgerechnet ich?» fragte Linda. «Eve hat doch viel größere Finger.»

«Du spielst doch sehr schön schon, Lindy», sagte Eve. «Wirklich, du solltest auf keinen Fall aus der Übung kommen.»

Linda stellte den Sirup genau vor Mr. Harder hin und kletterte dann Eve auf den Schoß. «Willst du ihn wirklich heiraten, Eve?» fragte sie.

«Oh, sei nicht töricht, Müffchen. Ich kenn ihn doch kaum.»

«Hast du schon mal gehört, wenn ich den *Minuten-Walzer* spiele?»

«Nein.»

«Mir kommt's zwar mehr wie 'ne Stunde vor; aber wenn du magst, spiel ich ihn dir.»

«Ich würd's gern mal hören», sagte Eve.

Linda verfügte sich ins Wohnzimmer.

«So 'n Mist», sagte Lois. «Ich haß es. Wann wird sie endlich mal 'n richtigen Boogie-Woogie lernen?»

«Ruhig», sagte Mrs. Harder.

Linda begann zu spielen. Mr. Harder fing an, seine Eierkuchen zu essen und öffnete auch die *Times* wieder. «Dieser *new look*, sagte er. «Ich würde sagen, das ist wie damals, als wir uns kennenlernten, Patricia.»

«Ich bin sehr dafür», sagte Eve.

«Ich bin gegen jede Frauenmode, bei der man die Beine nicht sehen kann», sagte Mr. Harder. «Nebenbei, verehrte Miss, meinen Sie nicht, daß Sie allmählich angezogen am Frühstückstisch erscheinen könnten?»

«Dieser Larry Cole», sagte Eve, und schnitt neuerlich ein Gesicht. «Na, höchstwahrscheinlich seh ich ihn nächsten Sonnabend das letzte Mal in meinem Leben.»

Mrs. Harder hob die Augenbrauen in einer Geste beherrschten Mißfallens; und aus dem Wohnzimmer schrie Linda: «He, hört ihr überhaupt zu?» –

Unerklärlicherweise fuhr sie fort, sich mit Larry zu treffen. Äußerlich gefiel er ihr immer noch nicht. Obwohl er vermutlich ganz in Ordnung war. Hatten nicht – als sie ihren Einstandstee als Fuchs an der New Yorker Uni gab, und ihn mitbrachte – ein paar der Mädchen ihn sogar für recht interessant gehalten und sich erkundigt, ob er schon fest mit ihr ginge? Was für ein absurder Einfall. Eve hatte eine ganz klare Vorstellung davon, wie ihr künftiger Gatte aussehen sollte, und Larry Cole entsprach diesem Phantasiebild in keiner Hinsicht.

Außerdem war er keß.

Nicht direkt keß bis zur Anstößigkeit und vielleicht sogar überhaupt nicht einmal keß; aber zumindest ungestüm. Larry Cole – das stellte sich bald heraus – hielt nichts von fein abgetönten Übergängen zwischen Armumlegen und intimen Griffen.

«Setz dich nie einem Jungen auf den Schoß», hatte Mrs. Harder gemahnt.

Nun hatte Eve, Mrs. Harders geheimnisvoller Vorschrift zum Trotz, schon auf einer ganzen Anzahl von Schößen gesessen, und hielt sich für eine nicht ununterrichtete junge Dame und durchaus vertraut mit den meisten der damals üblichen Annäherungsmethoden. Aber Larrys Tempo verblüffte sie doch. Und was sie noch mehr verblüffte war die Raschheit, mit der sie sich diesem Tempo anpaßte. Von ihm mitgerissen, begann sie ihn in anderem Licht zu betrachten.

Sie entdeckte, daß er immerhin ein bemerkenswerter Gesellschafter war. Alles was er sagte oder tat, schien ausdrücklich bestimmt, *ihr* zu gefallen, und sonst niemand. Er vollbrachte das Kunststück ohne jede Mühe, und obwohl sie sich sagte, daß das eben sein normales Verfahren bei jedem Mädchen sei, mit dem er sich traf, genoß sie dennoch jedesmal die Exklusivität ihres Beisammenseins. Sie ertappte sich dabei, daß sie immer mehr andere Verabredungen ausschlug und die Liste ihrer sonstigen Verehrer mehr und mehr zusammenstrich. War überrascht, aber auch wiederum in gewissem Sinne erfreut, als sie merkte, daß sie eigentlich nur noch mit Larry ausgehen mochte. Und von da an ‹gingen› sie offiziell fest miteinander.

Ob sie ihn liebte oder nicht, hätte sie nicht sagen können.

Sie hatte ihn rasend gern. Sie suchte gute Eigenschaften in ihm, und da sie suchte, fand sie. Damit noch unzufrieden, übertrieb sie vor sich seine Vorzüge; so daß er in ihren Augen impulsiv hieß, ohne je kindisch zu werden; kritisch, aber nicht intolerant; interessiert, aber nicht fanatisch; komisch, aber nicht läppisch; höflich, aber nicht unterwürfig; gesprächig, aber nicht geschwätzig; ernst, aber nicht feierlich; geschmackvoll, aber nicht geckenhaft; romantisch, aber nicht – ja, zum Beispiel die Gedichte.

Er war der einzige Junge in ihrer ganzen Bekanntschaft, der je Gedichte auf sie gemacht hatte. Späterhin entdeckte sie dann, daß viele Jungen ihre Mädchen andichteten; aber zu der Zeit, als sie Larrys erste Kunstleistung dieser Art empfing, hatte sie noch gedacht, dergleichen wäre nur einem Byron oder Shakespeare vorbehalten.

Mrs. Harder hatte den Brief, zusammen mit dem Rest der Nachmittagspost, aus dem Briefkasten mit heraufgebracht. Es war ein Sonnabend gewesen, und Eve saß über einer französischen Aufgabe. Ihr Schlafzimmer lag links von der Küche, mit Aussicht auf die Neunundachtzigste. Das Fenster stand offen, und die Gardinen raschelten in dem leichten Frühlingslüftchen. Linda, im Wohnzimmer, verstümmelte auf gut irokesisch Beethoven. Lois zerstörte indessen die Kücheneinrichtung beim Versuch, einen Kuchen zu backen. In dem Augenblick aber, wo Mrs. Harder Eve den Brief aushändigte, erschienen beide Mädchen wie durch ein Wunder in ihrem Zimmer.

«Larry hat geschrieben», sagte ihre Mutter.

«Larry?» Und sie hatte sogleich das Gefühl gehabt, als poche jetzt das Schicksal an die Pforte.

«Was will er denn?» fragte Lois.

«Ist er krank?» fragte Linda.

«Mama, bitte, könntest du die beiden nicht entfernen?» sagte Eve.

«Kommt, Kinder», sagte Mrs. Harder.

«Aber was steht denn in dem Brief?»

«Du, Eve, ist es 'n Liebesbrief?»

«Evie hat 'n Liebesbrief: Evie hat 'n Liebesbrief...»

Mrs. Harder scheuchte die Mädchen hinaus, und zog die Schlafzimmertür hinter sich zu. Im Wohnzimmer begann wieder das Klavierspiel. Eve öffnete den Umschlag: Maschinenschrift auf Millimeterpapier. Auf der Rückseite war hastig ein Grundriß entworfen, die Faustskizze eines Aufrisses, und Bleistiftanmerkungen in Larrys unentzifferbarer Privat-Stenographie. Sie sagte sich, daß er das Blatt vermutlich impulsiv aus seinem Zeichenheft gerissen und einfach in die Maschine gespannt hätte. Sie las das Gedicht. Dann las sie es wieder. Und las es ein drittes Mal:

EVE

Wahrlich, Du bist Eve.
Denn...
Hätt ich nie gesehn,
Im Stehn oder Gehn,

Dein Gesicht, Deine Hände,
Deinen Gang, dann bestände
Für mich
Nicht Eve, nicht Ewigkeit.

Ewigkeit ohne Wende,
Glück und Glanz ohne Ende,
Sie verlassen uns nimmer,
1000 Wunder im Schimmer,
Für uns beide,
Für immer.

Wahrlich, Du bist Eve.
Denn ...
Ewig begann mein Staunen;

In Deinem Blick
Liegt mein Geschick,
Liegt meine Ewigkeit –
Und, Eve; ich liebe Dich, o Ewigkeit!

Ganz unvermittelt hatten ihre Augen voller Tränen gestanden. Sie stürzte zum Telefon und rief ihn an; und durch Lindas unbarmherziges Gehämmere hindurch sagte sie ihm, daß sie ihn liebe, und wie närrisch er sei, ein Gedicht zu schreiben, aber sie hätte das Gedicht so gern, und hätte ihn so gern, und liebte ihn – aber selbst während sie die Worte aussprach, wußte sie nicht, ob sie auch wirklich daran glaubte.

Schließlich war sie auch mit ihm ins Bett gegangen. Damit hatte sie allerdings gewartet, bis sie verlobt waren, weil eine offizielle Verlobung jede Intimität verzeihlich machte; aber im Grunde war auch das ganz natürlich erfolgt, wie überhaupt alles in ihren Beziehungen sich sehr natürlich, ungezwungen, einzustellen schien. Mit der Heirat war es ähnlich gewesen.

Und so saß sie denn an ihrem Hochzeitstag neben Larry, auf der Fahrt nach Atlantic City, und sah ihn zum erstenmal seit vielen Tagen richtig an; richtig sachlich an, wie man einen Fremden zu betrachten pflegt. Sie hatten sich mindestens ein Dutzend Illustrierte gekauft, ehe sie in den Zug einstiegen, und Larry fing sofort an, sie durchzusehen, überraschend ungesprächig auf einmal. Sie musterte ihn also, und mit einem Ruck kam ihr zum Bewußtsein, daß sie diesen Mann hier geheiratet hatte; daß sie ‹seine Frau› war; daß sie für immer mit ihm zusammen leben würde; daß sie absurde Gelübde ausgetauscht hatten; daß sie einen unlösbaren Kontrakt miteinander unterzeichnet hatten – und dabei mochte sie ihn eigentlich nicht einmal *äußerlich* leiden! Sie wurde nahezu von Panik ergriffen.

Sie wollte weder Hochzeitsreise noch Flitterwochen. Sie wollte nicht morgens aufwachen und ihn neben sich finden. Sie war zwar das letzte halbe Jahr mehr oder minder krampfhaft mit ihm ins Bett gegangen; fühlte sich aber unvermittelt versteift in jungfräulichem Entsetzen; fühlte plötzlich, daß es grauenhaft sein müßte, ihn im Schlafanzug zu sehen oder wie er sich die Zähne putzte. Oder schlief er etwa gar in der Unterhose? Großer Gott, falls er tatsächlich in Unterhosen zu schlafen gewohnt sein sollte?!

Ihr Blick fiel auf die Illustrierte in seiner Hand: Er studierte immer noch wie vor einer halben Stunde den gleichen Absatz eines Artikels, der hieß «Haben Sie schon die Begräbnisstätte für sich und die Ihrigen gewählt?». –

Sie begann unhörbar zu kichern, furchtlos plötzlich und befreit. Nein, es war alles in Ordnung. Er war ja Larry und hatte genauso viel Angst wie sie. Es würde sich alles finden. Sie tippte ihn auf den Ärmel; er wandte sich zu ihr und lächelte, und sie erwiderte sein Lächeln aufs sanfteste. –

Aber erst als Chris geboren war, verliebte sie sich allen Ernstes in Larry Cole. Sie hatte ihn vermutlich die ganze Zeit her schon geliebt; aber jetzt verliebte sie sich rettungslos in ihren eigenen Ehemann. Und kam sich etwas lächerlich dabei vor. Sie war doch Frau und Mutter jetzt und für dergleichen dumme Romantik war es ein bißchen sehr spät. Aber es war nicht anders, ihre Liebe wuchs und blühte, und nun erst gewannen ihre Beziehungen zu ihm ihr volles Gewicht.

Jetzt, acht Jahre nachdem sie beide ihr ‹Ja› gesprochen hatten, und fünf Jahre nach Chris' Geburt, saß sie allein im Wohnzimmer, und mußte denken, wie leer doch das Haus ohne ihn war. Sie hätte ihn so gern hier gehabt. Sie hätte ihn umhalsen wollen, nicht im sexuellen Sinne, nein, nur eben den Arm um ihn legen, und Küsse tauschen, wie damals, als sie ins College ging und er noch Student bei Pratt war. Die Romantik hatte eine Art, aus dem Leben zu verschwinden: Wahrscheinlich würde man eines schönen Tages als alte Dame aufwachen, die wehmütig der Zeiten gedachte, wo Umhalsen noch Genuß war, und ein simpler Kuß die aufregendste Sache in der Welt.

Was hatte Mrs. Garandi wohl andeuten wollen?

Sie wußte es genau; verschloß sich jedoch gegen den Gedanken. Sie hatte plötzlich das Bedürfnis, Larry anzurufen; ihm zu sagen, daß er doch recht bald heimkommen und sie in die Arme nehmen solle. Sie ging ins Schlafzimmer, suchte sich Altars Telefonnummer heraus, und wählte. Und dann, während schon der Apparat am anderen Ende zu läuten begann, hieb sie den Hörer wieder auf.

Mein Gott, er wird meinen, ich will ihm nachspionieren! dachte sie. Aber warum sollte ich spionieren, was ist da zu spionieren? Ich vertraue ihm, ich vertraue ihm.

Plötzlich wurde sie von Zittern ergriffen. Sie wollte nicht mehr allein in dem Haus sein. Das Haus war zu still und leer. Sie warf ihren Mantel um und ging über die Straße, zu Garandis, immer in der Hoffnung, Larry würde recht bald von seiner Besprechung mit Altar zurückkehren.

Ein Trumpf war unter den Entwürfen: ein Trumpfas in Adlergestalt!

Altar studierte die Entwürfe und spürte ihre schöpferische Erregtheit, und dann wilde Gehobenheit, und wiederum eine ähnliche, noch höhere Woge von Erregung, als er stellvertretend den Schöpfungsakt nachvollzog: Das war ein Haus! Das war doch wirklich mal ein Haus!

«Taugt es was?» fragte das Mädchen neben ihm.

«Baby, geh; wasch dir's Gesicht oder sonst was», hieß er sie.

«Ich hab mir lediglich eine Frage erlaubt.»

«Es ist großartig!» sagte er, schob die Skizzen zusammen, ging in sein Studio und fing an, die Nummer von Larrys Wohnung zu wählen.

Er hatte das Bedürfnis, Larry zu sagen: das hier, das wär's! Er hatte das Bedürfnis, ihm zu sagen, wie sehr er den Entwurf schätzte, mitging, wie er ihm das Gefühl gegeben hatte, als müsse er jetzt, gleich, irgend etwas unternehmen, laufen, fliegen! Daß Larry wahrlich ein Könner sei, wollte er ihm sagen, und ein Künstler, ein Schöpfergeist; und daß er das nie fahrenlassen dürfe, wollte er ihm sagen, vielmehr es festhalten, ganz fest, denn das wäre eine rare Angelegenheit. Er wünschte, Larry hätte jetzt hier, neben ihm gestanden, so daß er ihm hätte die Hand pressen können und auf die Schulter hauen und ihm einen Schnaps kaufen und lachen mit ihm und mit ihm singen, weil er's erwischt hatte, jawohl, bei Gott, jetzt hatte er's erwischt! Das Telefon klingelte und klingelte.

Altar harrte ungeduldig. Er ließ das Telefon klingeln, lange, eine ganze Weile; erst dann legte er auf.

Drüben über der Straße, bei Garandis, aß Eve von Arthurs Kuchen und trank von Marys Kaffee, während die Signora Geschichten aus der alten Heimat erzählte. Also wurde nur David von Altars Anruf wach, setzte sich, nassen Höschens, in seinem Gitterbettchen auf, und blinzelte in die Dunkelheit – aber weiter bewirkte der Anruf nichts.

Und selbst David verfiel wieder in Schlaf, sobald das Geklingel aufhörte.

16

Der Maurermeister hieß Frank Di Labbia.

«Ich bin Italiener», sagte er, «und bin stolz darauf» – was bewirkte, daß Roger Altar sogleich an diesem Stolz zweifelte.

Sie saßen in dem Speisesaal der ländlichen, weit draußen vor der Stadt liegenden Herberge; an der Decke zogen sich sichtbar die alten Balken hin, im steinernen Kamin prasselte ein mächtiges Feuer und überall im Saal stand Urväterhausrat aus den Revolutionskriegen herum: große rußige Kessel, Butterfässer, Fußwärmer und zinnerne Leuchter. Die Dielenbretter waren breit, gedübelt, und mit Butchers Bohnerwachs derart funkelnd poliert, daß General Washington Augen gemacht haben würde. Auf die bleigefaßten Scheiben drückte ein grauer Winternachmittag, und auf alle Tische hatte man Kerzen gestellt, was die kirschrote Feuersglut noch erhöhte. Kunstvoll frisierte, kunstvoll winterfrische Damen in ledernen Automänteln beugten sich über ihren mittäglichen Salat und nippten am Wodka Martini. Draußen, vor der ländlichen Herberge, standen nach Art guter Alliierter ausländische und fremde Wagen bunt durcheinander: MGs und Corvettes und Volkswagen und Caravans mit schweren Schneeketten.

Der Maurermeister war groß und dunkel, mit breiten Schultern, und mit seiner wind- und wettergebräunten Art durchaus ansehnlich. Über seiner hohen Stirn bildete das Haar eine scharfe Spitze und wucherte dann stark und wild nach oben. Das flauschige teure Sporthemd, das er trug, stand am Hals offen; dazu kam die Sportjacke aus Kaschmirwolle mit Lederflecken auf den Ellbogen, und eine dunkelgraue Flanellhose; alles Importware aus England und auf der Madison Avenue erstanden. Sein Gesicht war ausgesprochen markant; vierkantig und mit einem schwarzen Schnurrbart auf der Oberlippe.

Die Augen blickten hell und braun, und die Hände waren mächtige Maurerhände, dicht mit Maurerhaar besetzt, die Fingernägel allerdings manikürt. Altar musterte ihn und überlegte, wen er wohl mimte – Clark Gable, entschied er schließlich; und zwar den jungen Clark Gable aus einem alten Film. Er hatte sogar Gables Trick übernommen, gleichzeitig Mund und Augenbrauen zu verziehen, als amüsierte er sich insgeheim über interplanetarische Witze, viel zu verdünnt und verfeinert, als daß Erdenwürmer sie zu würdigen vermöchten.

Hinter und um Di Labbia war das angenehme Stimmengesumme leicht alkoholisch-angeregter Mittagsgespräche; das angenehm-nichtige Gesumme angenehm hübscher Frauen, in ledernen Automänteln, die am nach nichts schmeckenden Wodka Martini nippten oder in manikürten Fingerspiralen Eisglaskelche hielten, auf denen Schlipsschleifen aus Zitronenschalen schwammen. Di Labbias Stimme, mit ihrem betont frank und freien Connecticut-Akzent, brach durch das Gesumme.

«Mein Bruder freilich hat sich umtaufen lassen», sagte Di Labbia. «Hat aus einem ehrlichen Michele Di Labbia einen nichtssagenden Mike Libby gemacht. Mein Name ist immer noch Di Labbia und wird auch Di Labbia bleiben, und ich bin stolz darauf, daß ich ein eingewanderter Makkaronifresser bin.»

Aber warum gebrauchst du dann den nichtswürdigen Ausdruck Makkaronifresser? dachte Altar verwundert.

«Damals, als ich zuerst hier in die Gegend kam», fuhr Di Labbia fort, «hatten die Leute die übliche, altüberkommene Vorstellung von einem Italiener. ‹Makkaronifresser› – das waren eben die Leute, die man holte, wenn die Jauchegrube überlief. Sie hatten Dreck unter den Fingernägeln, und alles, was sie konnten, war Mehlspeisen essen, Kinder in die Welt setzen und am Ende jeden Wortes einen Vokal zugeben. Ich habe den Leuten hierherum einen neuen Begriff von Makkaronifressern beigebracht. Ich habe Qualitätsarbeit geliefert. Sie verstehen, worauf ich hinaus will?»

«Nein, nicht im geringsten», sagte Larry aufrichtig.

Er war die ganze Zeit über seltsam still gewesen, und Altar faßte ihn jetzt ins Auge, betroffen über so viel Mangel an Enthusiasmus. Er war schon vorhin auf dieselbe gleichmütige Zustimmung gestoßen, als er Larry vorgeschwärmt hatte, wie sehr ihm die neuen Entwürfe gefielen. Er konnte das nicht ganz begreifen. Denn wenn Di Labbia hier ständig heimlich über irgendeine große Komödie zu lachen schien, so war es, als brüte Larry Cole pausenlos über irgendeinem großen Welträtsel. Oder war diese Gedankenverlorenheit etwa nur Finte? War seine Zurückhaltung Mache; oder hatte Larry tatsächlich etwas Gewichtiges und Bedeutendes auf dem Herzen, etwas Schwerwiegenderes, als das dumme Haus eines dummen Schriftstellers?

Altar wurde sich darüber nicht klar. Nur das wußte er positiv, daß Larry, der freilich nie sonderlich aus sich herausgegangen war, heute einen besonders dünnen Oberflächenfirnis von Interesse aufwies, einen Blick, der Anteilnahme, ein Ohr, das Aufmerksamkeit heuchelte.

Er hätte nicht mehr von Larry erwarten sollen. Für seine zehn Prozent konnte er sich wohl einen Architekten kaufen, aber keinen Freund; und ehrlich gesagt, wußte er selbst noch nicht, ob er Larry zum Freund mochte. Aber dieser Hausbau war für Altar eine wichtige Angelegenheit, eine Art Erfolg; ein – er hätte es nicht definieren können, selbst wenn er es versucht hätte, und war entschlossen, sich seine Begeisterung nicht verderben zu lassen, auch nicht von einem interesselosen Architekten.

«Wie bitte?» sagte Di Labbia.

Und Larry antwortete: «Ich sagte: Nein, ich verstehe mitnichten, worauf Sie hinauswollen.»

Seine Stimme klang keineswegs barsch dabei; das konnte Altar ihm nicht vorwerfen. Aber kalte Gleichgültigkeit war darin, die zum Ausdruck brachte, daß ein Di Labbia für den jungen Mann, der ihm hier am Tisch gegenübersaß, nichts bedeutete, gar nichts. Hier, auf seinem Stuhl in der ländlichen Herberge, hatte Larry Cole sich in einen nüchternen Geschäftsmann verwandelt, der einen Abschluß tätigen will, und zwar rasch und vorteilhaft.

Und Altar wunderte sich, welche Architekturrichtung ihre Anhänger wohl lehrte, Verhandlungen derart hurtig und gnadenlos zu führen.

«Ich will damit lediglich sagen», erklärte Di Labbia, und seine Brauen wanden sich vor heimlichem Gelächter, «jedes einzelne Haus, das ich hierherum baue, ist *mein* Haus: mein.» Und er verdrehte die Augen wahrhaft heroisch.

Larry schien dadurch weder erschreckt noch auch nur leicht beeindruckt. Gelassen berechnenden Blicks saß er da, einem Wilden vergleichbar, der sich die Höllendrohungen eines durchreisenden Missionars anhört.

«Ich liefere Qualitätsarbeit», sagte Di Labbia. «Wenn ich ein Haus baue, so ist es mein; und für jeden Dollar, den Sie ausgeben, liefere ich Ihnen einen Gegenwert von einem Dollar und zwei Cents: daran erkennt man ein Di Labbia-Haus.»

«Ich könnte mir vorstellen, daß Sie auf diese Weise Geld einbüßen», sagte Larry trocken.

«Ich verdiene mein Teil, dank der Nachfrage», erwiderte Di Labbia, und ging sogleich in die Defensive. «Machen Sie sich um mich keine Sorgen.»

«Ich denke nicht daran», versicherte ihm Larry. «Aber darf ich fragen, was Sie damit meinen, daß es *Ihr* Haus wäre?»

«*Mein* Haus», wiederholte Di Labbia. «Kann ich es simpler formulieren? Ich baue es; also ist es mein Haus. Mr. Altar siedelt in unsere Gemeinde über. Binnen einem Jahr sind Sie verschwunden, unsichtbar wie das Gebälk. Wenn dann am Haus etwas nicht stimmen sollte: Kommt er etwa zu Ihnen gerannt? O nein: mich ruft er an! Also ist es mein Haus. Ich stehe dafür gerade.»

Diese Garantie schien ihren Eindruck auf Larry zu verfehlen. «Sie haben uns ein ungewöhnlich niedriges Angebot gemacht, Mr. Di Labbia», sagte er. «Ich möchte sagen, wenn Sie darauf beharren, werden Sie Geld einbüßen.»

«Lassen Sie das meine Sorge sein.»

«Leider ist das in diesem Fall auch *meine* Sorge. – Verstehen Sie mich recht, Mr. Di Labbia. Wenn Sie durchaus Geld loswerden wollen, dann ist das Ihre Sache. Aber ich muß meinen Klienten davor sichern, daß ihm ‹Extraaufschläge› berechnet werden, sobald er sich bloß die Nase putzt. Sollten Sie uns mit Aufschlägen totzumachen beabsichtigen, dann kann ich auch den höheren Kostenanschlag einer konkurrierenden Baufirma akzeptieren und komme auf lange Sicht doch billiger damit.»

«Ich gedenke niemanden mit Extraaufschlägen totzumachen», sagte Di Labbia. «Mein Angebot steht.»

«Und ich sage Ihnen ganz offen: es ist zu niedrig.»

«Und ich sage Ihnen: ich baue für diesen Preis.»

«Sie haben sich die Heizungsanlage genau angesehen? Und die elektrischen Leitungen? Sie wissen, wieviel Thermopanplatten vorgesehen sind? Und die Glastüren, alles Extraanfertigungen?»

«Ich weiß Bescheid.»

«Und bleiben trotzdem bei Ihrem Angebot?»

«Ohne weiteres.»

«Sie sind sich natürlich darüber klar, daß ich allwöchentlich hier erscheinen und den Bau kontrollieren werde? Sobald ich etwas entdecken sollte, was meinen Zeichnungen oder Richtlinien zuwiderläuft, müssen Sie es unweigerlich rausreißen und noch einmal neu machen lassen.»

«Ich arbeite schon länger mit Architekten», sagte Di Labbia.

«Dann sollten Sie aber auch wissen», sagte Larry rundheraus, «daß Architekten von *ihrem* Haus reden; nicht von dem des Maurermeisters.»

«Sie werden zufrieden sein», sagte Di Labbia.

«Nicht, wenn Sie urplötzlich entdecken sollten, daß die Zeichnungen hier und da Ihrem künstlerischen Empfinden widersprechen. Nicht, wenn Sie auf dem Standpunkt verharren, das sei *Ihr* Haus.»

«Ich hatte eigentlich den Eindruck, das Haus sei *mein*», mischte Altar sich jetzt ein.

«Genau darauf will ich hinaus», sagte Di Labbia. «Hier sitzt der Mann, der darin wohnen soll. Er wird zufriedengestellt werden.»

«Mr. Di Labbia», sagte Larry, «es ist eine der Aufgaben des Architekten, seinen Klienten davor zu bewahren, daß er allzuleicht zufriedengestellt wird. Eine weitere ist, daß das Haus so gebaut wird, wie er es gezeichnet hat. Allen Respekt vor Ihrem geschäftlichen Ruf und Ihrer Ehrlichkeit. Aber Sie sind in meinen Augen wie ein Hornist, der den Zapfenstreich blasen soll, und sonst nichts. Die Materialien, mit denen Sie arbeiten, sind das Horn; die Noten zum Zapfenstreich aber schreibe ich und verlange, daß es so und nicht anders gespielt wird. Ihre privaten Variationen über mein Thema wären völlig fehl am Platze.»

«Ich bedarf Ihrer Parabeln nicht, Mr. Cole.»

«Ich stelle nur eine Tatsache fest. Bei diesem Schöpfungsakt, der uns anvertraut ist, ist nur für einen Schöpfer Raum: mich.»

«Ich bin im Bilde. Aber es gibt schließlich gute Hornisten und auch schlechte.»

«Selbstverständlich. Und hinsichtlich des Geschäfts, über das wir im Augenblick hier verhandeln, erkläre ich Ihnen also nochmals ganz offen und ehrlich: wenn Sie auf Ihrem Angebot beharren und dennoch dieses Haus, unter meiner Oberaufsicht und genau nach meinen Plänen und Richtlinien, bauen – dann verlieren Sie Geld dabei.»

«Das Risiko gehe ich ein.»

«Warum?» fragte Larry.

«Ich bin ein Makkaronifresser», sagte Di Labbia. «Ich habe als Erdarbeiter angefangen. Jetzt grabe ich keine Gräben mehr. Jetzt baue ich Häuser. Und zwar verdammt feine Häuser, auf die ich stolz sein kann, eins wie das andere, ausnahmslos. Ich bin natürlich weder ein erfolgreicher Schriftsteller noch ein begnadeter Architekt; aber ich leiste immerhin auch etwas. Außerdem gefällt mir meine Wohngemeinde, und ich bin an ihrem Aufbau interessiert. Also baue ich Häuser, ich baue Straßen und Geschäfte, und das bedeutet mir einiges. Ich bin *Maurermeister.* ‹Frank Di Labbia, Maurermeister›, so steht's auf meinen Briefbogen. Maurermeister, nicht ‹Bauunternehmer›. Und Sie, Mr. Cole, mögen mich getrost für einen Hornisten halten; aber ohne Hornisten könnte kein Mensch Ihre verdammten Noten hören, und daran ist nicht zu rütteln.»

«Okay», sagte Larry.

«Okay. Ich baue Ihnen dies Haus, genauso, wie Sie's gezeichnet haben; aber dennoch ist und bleibt es *mein* Haus: *Meine* Hände haben einen Stein auf den andern gesetzt. Und wenn Sie an der Ausführung irgend etwas zu bemeckern haben – immer heraus damit. Ein Bauunternehmer würde sich vielleicht nicht groß darum scheren, aber ein Maurermeister, ja. Und ich *bin Maurermeister.*»

«Aber wenn Sie hinterher entdecken, wieviel Geld Sie dabei zugesetzt haben, fangen Sie dann gefälligst nicht an zu weinen», sagte Larry und grinste.

«Ich weine bestenfalls in der Kirche», sagte Di Labbia.

«Ich schätze, Sie könnten das Haus bauen.»

«Ich *weiß*, daß ich's kann.»

«Dann sind wir also einig?»

«Gut.»

«Vorausgesetzt, daß Mr. Altar seine Einwilligung gibt?»

«Ich bin einverstanden», sagte der leicht verwirrte Altar.

«Gut», wiederholte Di Labbia. «Darauf trinken wir einen, ja?»

Sie bestellten eine Runde und verputzten den Inhalt. Dann zogen sie die Mäntel an und schüttelten sich noch einmal die Hände, draußen, vor der ländlichen Herberge, wo die ausländischen Wagen sich mit den einheimischen Orthodoxen mischten. Di Labbia klomm in einen Ford und schob ab. Larry und Altar stiegen in des letzteren Kabriolett.

«Ja, und was meinen Sie?» fragte Altar.

«Ich denke, er wird's ausgezeichnet erledigen.»

«Ja, warum haben Sie ihn dann so rauh angefaßt?»

«War es so schlimm?»

«Das wissen Sie ja selbst.» Altar drückte auf den Starter und ließ den Motor leerlaufen. Von der Atemluft der beiden Männer beschlug die Windschutzscheibe, und Altar langte mit der behandschuhten Hand hinüber und wischte sie ab.

«Mich interessierte, warum er ein so niedriges Angebot abgegeben hat», sagte Larry. «Daß er verläßlich war, wußte ich vorher; ich hatte mich bei einigen Architekten hier in der Gegend erkundigt. Aber wieso dann der niedrige Kostenanschlag? Wenn er aus reiner Dummheit derart tief runterging, war er nicht der Mann dazu, so ein Haus zu bauen.»

«Meinen Sie denn, daß er dumm ist?»

«Nein. Ich glaube, ihm liegt daran, den Bau zu bekommen.»

«Und warum?»

«Weil es mal was anderes ist als der Griesbrei, den er bisher geliefert hat. Die Aufgabe lockt ihn und macht ihm Spaß. Vielleicht liegt ihm auch nur an dem Renommee, daß er Roger Altars Haus gebaut hat. Was weiß ich? Aber bauen will er's. Er dürfte zwar gute fünftausend zusetzen; aber bauen will er's, unbedingt.»

Altar nickte und lenkte den Wagen vom Parkplatz fort. Ehe er auf die Landstraße einbog, wurde er langsamer, nahm sorgsam die Kurve und trat dann auf den Gashebel.

«Gefällt Ihnen das Haus, Larry?» fragte er.

«Aber selbstverständlich.»

«Man hat nicht den Eindruck. Sehr wichtig zumindest scheint's Ihnen nicht zu sein.»

«O doch.»

«Ich hab nicht das Gefühl.»

«Es ist ein gutes Haus, Altar, und ich bin stolz darauf. Aber, zum Teufel noch mal, sind *Sie* denn von einem Buch noch hingerissen, wenn es erst einmal drei Wochen aus der Schreibmaschine ist?»

«Meins ist erst *eine* Woche aus der Maschine, müssen Sie wissen.»

«Welches? Ihr neuer Roman?»

«Ja. Heute nacht will ich ihn noch einmal überlesen. Und ihn dann vergessen bis einen Tag vor Erscheinen. Und dann fängt für mich das Sterben an. Schön langsam.»

«Was meinen Sie jetzt damit?»

«Das Warten auf die Kritiken.»

«Sind die denn wirklich so wichtig?»

«Das kommt darauf an, was man sich letzten Endes wünscht, glaube ich.»

«Was wäre denn Ihr höchster Wunsch, Altar?»

«Nichts. Nichts.»

Er verfiel in Schweigen. Den Blick nur auf die Straße gerichtet, fuhr er dahin und sah Larry nicht an.

«Ich geh ein dabei», sagte er plötzlich. «Ich bin wie ein Kind am Weihnachtsabend. Ich kann nicht mehr essen, nicht mehr schlafen, sogar denken kann ich nicht mehr. Ich warte auf die Bescherung, nichts weiter.» Er lachte ein kurzes, sardonisches Lachen. «Das Unangenehme dabei ist nur, daß ich die großen Geschenke schon alle aufgemacht habe. Da war der Vorabdruck in der Zeitschrift; und die Buchgemeinschaft war da; und der Vertrag über die Verfilmung, alles vor dem eigentlichen Erscheinen. Ein einziges Geschenk ist noch übrig zum Aufmachen. Und das erweist sich grundsätzlich als das bekannte Stück Kohle, mit dem man den unartigen kleinen Jungen droht. Ach, weg mit dem ganzen Mist! Ich darf gar nicht daran denken. Wenn ich bloß daran denke, werd ich schwermütig.»

«Bei den Lesern sind Sie doch beliebt», sagte Larry.

«Zweifellos. Und Dick Tracy ist auch beliebt. Aber werden ihn unsere Ur-Ur-Großenkel noch lesen?»

«Sie können doch nicht Unsterblichkeit erwarten, Altar.»

«Das tu ich ja auch nicht. Allen Ernstes. So größenwahnsinnig bin ich nicht. Soviel ist es gar nicht, was ich möchte.»

«Ja, aber was *möchten* Sie denn dann?»

«Ich möchte, daß ein wirklich angesehener Rezensent, meinethalben nur einmal, von mir sagte, daß ich ein ernst zu nehmender Schriftsteller sei. Das ist alles.» Er brach ab. «Larry, ich geb mir doch Mühe. Ich geb mir wahnsinnig Mühe!»

«Und haben doch auch Erfolg.»

«Oh, Erfolg freilich. Herrje, hab ich Erfolg! Aber manchmal graut mir vor meinem Erfolg. Was nützt er, wenn man nicht das Gefühl hat, daß man wirklich etwas leistet?» Er schüttelte den Kopf. «Verstehen Sie denn nicht? Das Glück ist 'ne Hure, und wer will sich schon von 'ner Hure aushalten lassen? Beitragen möchte ich irgend etwas; etwas geben. Man kann doch nicht immerfort nehmen.» Er schüttelte den Kopf. «Die verdammten Kerle! Es ist ungefähr, wie ... man kann doch nicht ständig seine saubere Wäsche auf die Leine hängen, wenn draußen welche stehen und mit Dreck schmeißen. Und es gehört Mumm dazu, immer wieder die eigene Unterwäsche rauszuhängen. Wenn die ... ach, weg mit dem ganzen Mist. Weg damit. Was wäre denn *Ihr* höchster Wunsch, Larry?»

«Meiner?» Larry lachte breit. «Keine Ahnung.»

Die Heizung hatte allmählich Wärme im Auto verbreitet. Beide hatten die Mäntel aufgeknöpft und sich Zigaretten angezündet. Beide schienen völlig entspannt, alte Freunde, die von einem Jagdtag heimkehren; Larry hatte die Knie ans Schaltbrett gestemmt; Altar lümmelte träge hinterm Steuer. Seltsamerweise waren sie aber gar keine alten Freunde. Vielmehr war sich keiner sicher, ob sie auch nur *neue* Freunde wären. Immerhin, jetzt wo die Heizung sie mit Warmluft umspülte und draußen die kahle Graulandschaft vorbeisurrte, konnte man die Atmosphäre im Auto gelockert und freundschaftlich nennen. Jeder von ihnen erkannte diese Stimmung und gab ihr rückhaltlos nach.

«Jeder Mensch muß einen Wunsch haben», sagte Altar.

«Ich vermute, ich wünsche mir zu viel.»

«Und was wäre das, Larry?»

«Ich möchte glücklich sein.»

«Ahhhh», machte Altar.

«Sie nicht?»

«Doch, auch.»

«Also. Das wäre alles. Glücklich sein, eben.»

«Wann würden Sie sich denn ‹glücklich› vorkommen?»

«Das weiß ich selbst nicht genau.»

Sie verfielen wiederum in Schweigen. Der Wagen summte durch die Landschaft dahin. Ein Junge fuhr auf einem Fahrrad vorbei und winkte; Altar winkte zurück.

«Haben Sie ... haben Sie je –» Larry brach ab.

«Je was?»

«Haben Sie je geliebt?» sagte er und wandte sich Altar zu.

«Das kommt darauf an, was Sie unter Liebe verstehen.»

«Sie wissen, was ich mit Liebe meine.»

«Wenn Sie meinen, ob ich je eine Frau gekannt habe, die gleichzeitig schön und leidenschaftlich war, dann ja.»

«Nein, das reicht nicht. Ich meine ...»

«Wenn Sie meinen, ob ich je eine Frau gekannt habe, die gleichzeitig wissend und unschuldig war, hingebend und spröde, einsichtig, aber unlogisch ...»

«Ja, wir kommen schon näher.»

«Wenn Sie meinen, daß ich sie begehrt habe, trotz ihrer Unzulänglichkeiten oder besser wegen derselben; wenn Sie meinen, Larry, ob eine Frau mich je mich selbst *vergessen* machte, und gleichzeitig mich in Wahrheit *wiederfinden* ...»

«Ja», sagte Larry, «ja!»

«Also dann – nein. Dann hab ich noch nie geliebt.» Er machte eine Pause. «Sie entschuldigen. Ich wollte nicht im geringsten dramatisch eine Enttäuschung herbeiführen. Ich würde in der Art selbst gern einmal für eine Frau fühlen; aber es ist nicht der Fall. Kennen *Sie* das?» Er legte blitzschnell eine Hand auf Larrys Ärmel. «Lassen Sie gut sein, erzählen Sie mir's ja nicht. Ich bin nicht neugierig.»

Larry zögerte. Dann sagte er: «O je, Altar, ich bin vollkommen durcheinander. Ich komme mir vor wie ein Dutzend Komödianten auf einmal. Haben Sie das Gefühl auch schon gehabt?»

«Zuweilen.»

«Ich habe einen ganzen Schrank voll Firmenetiketten: Architekt, Ehemann, Vater, Sohn, Streber, Sinnierer, Mensch. Ich näh mir die Etiketten in die Kleider, aber der Anzug paßt mir in keinem Fall. Unter all der Maskerade stecke doch *ich*! Und ich bin niemals ich selbst, bin nie der Larry Cole, der ich sein möchte; es sei denn, ich wäre bei –» Er unterbrach sich, urplötzlich auf der Hut.

«Sicher», sagte Altar, «und dann aber können Sie fliegen, ja? Dann sind Sie größer und stärker und schöner und klüger, ja? Dann können Sie Ihren verdammten weißen Hengst besteigen und gegen die Schwarzen Ritter ansprengen! Dann können Sie alle Bastionen des Feindes stürmen!»

«Wollen Sie mich verulken, Altar?»

«Ich mache mich nie über einen Mann lustig, dem es ernst ist», sagte Altar. «Ich dachte, Sie würden mich besser kennen.»

«Ich denke manchmal, es ist ... Ich weiß einfach nicht mehr, was gut und richtig ist. Was geschieht, wenn alle alten Maßstäbe sich verschieben, Altar? Was geschieht, wenn man sein ganzes bisheriges Leben an Ehre und Treue und Anstand geglaubt hat – und auf einmal stellen sich auch die nur als Etiketten heraus? Wie soll man noch Recht von Unrecht unterscheiden können, wenn Unrecht auf einmal Recht scheint? Was soll man dann unternehmen, Altar?»

«Das weiß ich nicht», sagte Altar. Und nach einer Pause: «Ist das der Grund, warum das Haus Ihnen nunmehr bedeutungslos erscheint?»

Larry antwortete nicht.

«Was auch immer Sie tun, verlieren Sie den Kopf nicht», riet Altar. «Sie haben ja schließlich die Untreue nicht erfunden.»

Wieder gab Larry keine Antwort.

Altar seufzte und stellte das Radio an.

Denselben Abend, als er wieder in seiner Wohnung war, holte er aus dem Schub den Pappkarton, in dem sich das Manuskript befand.

EIN STEIN FÄLLT
von
Roger Altar

Der Titel gefiel ihm. Er hatte ihn, so wie er dastand, auf einen schmalen Papierstreifen getippt, und den wiederum mit Zellophanklebeband auf dem Kartondeckel befestigt. Diesen Deckel hob er jetzt ab, fast zärtlich. Dann setzte er sich hin, das Manuskript im Schoß. Auf dem Kaffeetisch vor der Couch standen eine Flasche Scotch Whisky und eine Kiste Zigarren. Er legte die Füße auf den Tisch und begann das Buch von Anfang an durchzulesen.

Er las seine eigenen Bücher gern. Er war sein eigener Lieblingsschriftsteller, mußte er zugeben. Wenn er sich selbst las, war sogleich der vollkommenste Kontakt da; als das ideale Publikum eines Autors weinte er an den Stellen, wo er weinen sollte; entrüstete sich, wo es angebracht war; lachte über witzige Bemerkungen; und warf sich erstaunt zurück, wenn ein Kapitel mit überraschender Wendung endigte. Es war einfach wunderbar, so verständig verstanden zu werden. Er nahm im Verlauf der Durchsicht diverse Korrekturen vor; aber in den meisten Fällen handelte es sich lediglich um Tippfehler. Er betrachtete sich als Fachmann in seinem Beruf und hätte nimmermehr sein ENDE auf die letzte Seite gesetzt, wären die umfangreicheren Berichtigungen nicht längst eingearbeitet gewesen. Die Verbesserungen, die er jetzt noch vornahm, beeinträchtigten nicht im geringsten das Vergnügen, das er bei der Lektüre empfand.

Als er eine halbe Stunde vor Mitternacht mit dem Buch zu Ende war, legte er es sorgsam wieder in den leeren Schreibpapier-Karton zurück und setzte den Deckel auf. Er empfand große Erleichterung und eine unbeschreibliche Befriedigung; freilich auch eine gewisse Leere. Morgen würde er also den Roman an seinen Agenten schicken. Heute abend freilich war eine gewisse Leere da. Die nicht eher weichen würde, bis Zustimmung einging: die seines Agenten; dann die des Verlegers; und dann die anderen, alle die anderen.

Wohl an die zehn Minuten saß er so in der stillen Wohnung;

nippte vom Whisky und zog an der Zigarre, und wunderte sich, was er jetzt wohl als nächstes tun würde.

Dann ging er zum Telefon und rief ein Mädchen an.

17

Der nächste Name auf Eves Liste war Betty Anders.

Sie kannte Felix Anders nicht besonders gut, und ihre Gesprächsbekanntschaft mit Betty war auch nicht gerade aus dem Stoff, aus dem man lebenslängliche Freundschaften schnitzt. Aber sie dachte sich, daß zu jeder guten Party auch ein extrovertierter Typ gehört; ein Mann oder eine Frau ohne Hemmungen, die immer wieder Schwung in die Lustbarkeit bringen, und Betty Anders war vermutlich die Frau ihrer Bekanntschaft, die die wenigsten Hemmungen hatte. Zumindest war sie auf jeden Fall die lauteste.

Felix allerdings hatte Larry einmal um einen Entwurf zur Gartengestaltung angegangen – ein Einfall, dem Larry auch nicht einen Gedanken gewidmet hatte –, und sie überlegte zweifelnd, ob ihm Felix' Anwesenheit etwa unangenehm sein könnte? Doch wohl nicht, entschied sie und wählte Bettys Nummer.

Schon fragte es mit Donnerstimme: «Hallo?»

«Betty?»

«Jawohl. Wer ist da?»

«Eve Cole.»

«Hallo. – Oh, eine Sekunde, Eve!»

Eve vernahm ein Geräusch, wie wenn der Hörer auf eine harte Fläche fiele, hörte Betty etwas rufen, und dann noch etwas rufen, und dann hörte sie jemanden heulen, und dann wurde der Hörer wieder aufgenommen.

«Dieser kleine Schuft!» sagte Betty. «Er kann seine Schwester einfach nicht in Ruhe spielen lassen. Wie geht's denn, Eve?»

«Ausgezeichnet. Und Ihnen?»

«Total fertig. Nachts ist Felix hinter mir her und den ganzen geschlagenen Tag lang seine Ungeheuer; da lande ich in absehbarer Zeit unfehlbar in der Klapsmühle.»

Eve lachte in geheuchelter Ergötztheit auf und sagte: «Dann kommen Sie doch nächsten Sonnabend abend rüber zu uns und vergessen mal alle Sorgen, ja? Wir geben 'ne kleine Party.»

«Eine Party könnte ich mal brauchen», sagte Betty. «Im Februar bin ich ohnehin immer derart niedergeschlagen. Ein Grog täte mir nur gut, und zwar 'n möglichst steifer.»

«Bei uns werden alle Sorten vertreten sein und steif nach Wunsch», sagte Eve.

«Also Sie sind ja noch schlimmer als ich», kicherte Betty.

«Was?» sagte Eve, die einen Augenblick lang nicht begriff. «Ach so. Oh, das war es aber nicht –»

«Moment, ich guck mal in den Kalender, Eve. Um welchen Sonnabend handelt sich's?»

«Den neunten. Nächste Woche.»

«Ich sprech mit Felix. Er läßt die Kinder nicht gern mit jemand Fremdem allein; wenn seine Mutter zum Aufpassen kommen kann, erscheinen wir. Darf ich morgen noch mal anrufen?»

«Selbstverständlich. Und falls ich nicht da sein sollte, dann sagen Sie bitte Larry Bescheid.»

«Schön. Wie halten Sie's bloß mit einem Mann aus, der den lieben langen Tag zu Hause sitzt?»

«Oh, daran gewöhnt man sich.»

«Wenn Felix immer zu Hause wäre, könnte ich mein Leben auf dem Rücken zubringen. Dieser Mann –»

«Also ich hoffe, es wird klappen», fiel ihr Eve ins Wort.

«Ich versuch's jedenfalls auf Teufelkommraus. Das war kein Witz, daß ich mal anständig blau sein möchte.»

«Sie werden alles Erforderliche hier antreffen.»

«Ich brauch lediglich drei Stück und bin im siebenten Himmel.»

«Sehr gut; und Sie rufen mich also, bitte, wieder an?»

«Das soll morgen mein erstes sein. Oh, ich muß auflegen: Der Schuft ist schon wieder hinter ihr her!» Es gab einen raschen Knack in der Leitung; auch Eve legte auf und lächelte.

Sie war wirklich recht zufrieden mit der Art, wie ihre Party langsam Gestalt annahm. Die Idee war ihr ganz plötzlich gekommen. Nachmittags, als Larry in der Stadt war, hatte sie sich ihre Liste angelegt, angefangen zu telefonieren und war nach und nach immer begeisterter dabei. Es gab ja letzten Endes wirklich nichts Niederdrückenderes als einen Winter in der Siedlung Föhrenhof; und so eine kleine Party würde nicht wenig dazu beitragen, die Grillen zu zerstreuen.

Zu keiner Zeit glich die Siedlung einer einzigen riesigen Mietskaserne mehr als zur Winterszeit. Dann war es, als würden die einzelnen Häuser zu bloßen Wohnungen in einem Gebilde aus Ziegelsteinen und Betoniertem; Einzelwohnungen, mit zehn Metern vergilbtem Gras statt der Mauern zwischeneinander. In ihrer scheinbaren Abgesondertheit, ganz auf sich selbst zurückgezogen, boten sie dem Vorwurf der Einförmigkeit einen trügerischen Trotz, während doch überall dieselben identischen Schornsteine den gleichen beißenden Rauch ausspien. Wir stehen jedes auf uns allein, schienen die Häuser zu sagen; wie brave Familienmitglieder, gewiß, die tapfer dem Winter widerstehen, aber so ist es und so gefällt's uns. Der Frühling allerdings strafte die Behauptung sogleich Lügen. Im Frühling begab sich ganz Föhrenhof erlöst ins Freie und lag dort eifrig dem Lieblingssport aller Wohnsiedlungen ob: die Nase in fremde Privatangelegenheiten zu stecken.

Die trübe Winterstimmung also versah Eve mit dem zureichenden Grund für ihre Party. Der eigentliche Grund freilich stand auf einem anderen Brett.

Nicht einmal sich selbst wagte sie diesen eigentlichen Grund einzugestehen. Sie wußte lediglich, daß Larrys Gehaben seltsam geworden war, daß ein Irgendetwas an den Fundamenten ihrer Ehe nagte. Und folglich arbeitete sie instinktiv mit dem für einen Mann magnetischen Begriff der ‹Häuslichkeit›, die ihren Ausdruck in einer Party finden sollte, mit dem Mann und seinem Haus als Zentrum. Sie hätte nicht klar angeben können, was sie sich von solch einer Party erhoffte. Sie wollte lediglich den Versuch machen, Larry mit wohlbekannten und wohlgesitteten Leuten zusammenzubringen, und zwar in einer bequemen und gemütlichen Umgebung. Sie hoffte, ihren Mann dergestalt am besten an all das zu erinnern, was sie miteinander teilten.

Und folglich sah sie wiederum ihre Liste durch und überlegte weiter.

Ein einziges Paar stand noch auf ihrer Liste. Sie hatte lange hin und her überlegt, ob sie sie aufnehmen sollte, denn die Frau kannte sie nur ganz flüchtig und den Mann nicht einmal gesprächsweise. Aber die Frau war – vom persönlichen Geschmack mal ganz abgesehen – geradezu aufregend schön, und Eve dachte sich, eine so dekorative Persönlichkeit könnte auf keinen Fall etwas schaden. Da würden die anderen Frauen sich Mühe geben, die Männer galanter sein und der Anblick des Wohnzimmers nur gewinnen.

Sie machte einen kurzen Vermerk hinter Betty Anders' Namen, und ging dann das Telefonbuch durch nach *Gault, Donald.*

Als das Telefon klingelte, spürte sie einen leichten Ansatz zu Panik, weil sie dachte, es könnte wieder er sein, würde er denn nie aufhören anzurufen, würde es in alle Ewigkeit weitergehen, würde die Stimme immer «Margaret?» fragen und sie mit «Du!» erwidern, und würden die endlosen Debatten wieder anheben, das Betteln, das Beschwören, würde es denn nie, nie, nie zu Ende sein?

Aber ihr fiel ein, daß ja Larry in die City gefahren war, um Baxter sein Gutachten über Puerto Rico abzuliefern; und sie lächelte, weil sie plötzlich ganz sicher war, daß Larry am Apparat sein würde. Sie stürmte aufgeregt treppab und riß den Hörer von der Gabel.

«Hallo?» sagte sie.

«Margaret?» fragte die Frauenstimme.

«Oh», sagte sie.

«Ist dort Margaret Gault?»

«Ja. Oh, entschuldigen Sie. Ich erwartete einen anderen Anruf.»

«Ihre Stimme klingt ganz enttäuscht», sagte die Frau.

In Margarets Augen glomm es auf. «Ich bin's auch.»

«Aber dann ist es doch eher an *mir*, mich zu entschuldigen», sagte die Frau. «Hier spricht Eve Cole.»

Der Schock kam zu unvorbereitet und fürchterlich. Es überlief sie eisig; sie fiel zurück an die Tischkante und sah, wie der Hörer in ihrer Faust wackelte. Sie hatte nur einen Gedanken, sie weiß es, sie weiß es, und wunderte sich entsetzt, warum Larry sie wohl nicht telefonisch gewarnt hatte.

«Wa ... was ist denn?» fragte sie. Sie vermochte kaum die Worte zu formen. Der Hörer bewegte sich wie lebend in ihrer Faust. Sie fürchtete, er könnte klappernd an ihre Zähne anschlagen, fürchtete, ohnmächtig zu werden. Was konnte sie dieser Frau antworten? Was, um Gottes willen, was konnte sie vorbringen, wenn Eve Cole sie jetzt anklagte?

«Ist Ihnen nicht gut?» fragte Eve. «Ist irgend etwas –»

«Mir ist ganz wohl. Was gibt's denn?»

Sie war jetzt über und über mit Schweiß bedeckt, einem kalten Schweiß, der aus jeder Pore drang. Sie fühlte, wie ihre Knie weich wurden. Sie vermochte des Zitterns nicht Herr zu werden. Sag's schon, dachte sie. Mach ein Ende!

«Wir wollen nächsten Sonnabend in unserem Haus eine kleine

Party veranstalten», sagte Eve, «und möchten fragen, ob Sie und Don vielleicht Lust hätten zu kommen?»

«Eine Party?» fragte sie ungläubig.

«Ja doch, eine Party. Margaret ... sind Sie ... ist Ihnen ganz bestimmt nichts?»

Sie hätte hysterisch auflachen mögen. Eine Flut von Erleichterung ergoß sich über sie, und dann eine überwältigende Freude. «Wann ... welchen Abend sagten Sie?»

«Sonnabend. Den neunten.»

«Ich muß ihn fragen», sagte sie geistesabwesend. «Ob es geht, daß wir kommen können.»

«Don?»

«Ja», sagte sie hastig. «Natürlich: Don.»

«Und Sie geben mir dann Bescheid, ja? Wir würden Sie gern bei uns sehen.»

«Ich würde auch gern kommen», sagte Margaret. «Ich wollte schon lange mal Ihr Haus sehen.»

Langsam gewann sie ihre Fassung wieder und mit ihr das Bewußtsein der Gefährlichkeit der Lage. Eve hatte ihre Einladung zweifellos ohne vorherige Beratung mit Larry ausgesprochen. Sie fühlte sich stark versucht, anzunehmen; war sich jedoch Larrys Mißbilligung sicher. Sie würden ja auch das denkbar albernste Risiko eingehen.

Dennoch gefiel ihr der Gedanke über die Maßen, und sie mußte sich Gewalt antun, nicht auf der Stelle anzunehmen, zumal sie sich bewußt war, daß ihr vorhergehendes Benehmen Eve unweigerlich stark befremdet haben mußte.

«Ich muß mich vorhin ja idiotisch angestellt haben», sagte sie also wohlbedacht. «Ich schlief nämlich gerade, und Sie haben mich wach gemacht.»

«Oh, das *ist* mir aber doch peinlich», sagte Eve. «Sie entschuldigen, daß ich Sie so geweckt habe.»

«Aufstehen mußte ich ja auf jeden Fall», sagte Margaret, «wenn ich ans Telefon gehen wollte.»

Eve lachte. «Das ist auch einer von Larrys Lieblingskalauern.»

Eine kurze Pause entstand. Dann fragte Margaret: «Larry?»

«Mein Mann.»

«Ah, ja.»

«Sie haben einander schon gesehen», sagte Eve. «Und zwar an der Autobus-Haltestelle, oder im Delikatessengeschäft, oder wo es war. Er machte förmlich Kikeriki, als er wieder heim kam. Man hätte meinen können, er hätte in seinem Leben noch mit keiner Frau gesprochen.»

Margaret lachte, ein kleines gezwungenes Lachen. «Meiner ist genauso», sagte sie. «Wie die kleinen Jungen; einer wie der andere.»

«Ich glaub fast, Sie sind der einzige Grund, weshalb er Chris so beharrlich zur Haltestelle bringen will», sagte Eve und lachte treuherzig.

«Tatsächlich?» fragte Margaret in geheuchelter Überraschung und Unschuld; die ihr aufgenötigte Verstellung war ihr im Innersten zuwider, sie wollte sich nicht mit Eve unterhalten, sie wollte überhaupt gar nichts von dieser Frau. Gib mir nichts mehr, bitte, bitte, nichts. «Oh, Sie scherzen, wirklich, Sie können einen ganz verlegen machen.»

«Natürlich, ein Scherz», sagte Eve. «Und, Margaret, Sie sehen zu, daß Sie die Einladung annehmen können, ja? Wir würden auch Ihren Mann gern kennenlernen, und es werden allerlei nette Leute da sein. Es gibt bestimmt viel Spaß.»

«Ich werd's versuchen», sagte Margaret. «Und rufe Sie dann an.»

«Wissen Sie die Nummer?»

Um ein Haar hätte sie ja gesagt, um ein Haar wäre ihr das Ja herausgerutscht. Sie wußte die Nummer auswendig, in hundert Jahren noch hätte sie sie hersagen können, wenn Satan es verlangte; aber dieser anderen Frau hier antwortete sie: «Nein. Würden Sie sie mir bitte durchgeben?» und schrieb sie tatsächlich nieder, als hätte sie sie nie zuvor gehört und nie gekannt. Dann versprach sie noch einmal, morgen wieder anzurufen, und dann sagte sie auf Wiedersehen.

Sie sank auf einen Stuhl, und zum erstenmal seit Beginn der Angelegenheit kam sie sich wie ein Biest vor, ein kleines, dreckiges Biest.

Biester sind wir alle, dachte sie. Und müssen Biester sein, damit wir die Sachen kriegen, die wir wünschen und brauchen. Und ich brauche ihn. Ich brauche ihn über die Maßen, und wenn ich ein Biest sein muß, um ihn zu halten – nun dann bin ich eben eins! Ich hab sie ja nicht angerufen, sondern sie mich. Ich bin ein Biest; aber ich habe mich wenigstens nicht freiwillig dazu gedrängt. Ich *muß* eben eines sein. Ich kann mich nicht anders gebärden, es sei denn, ich stürbe; und das würde ich ja, wenn ich ihn hergeben müßte. Wenn man sich nimmt, was man unbedingt haben muß, ist man doch kein

Biest. Ich bin doch kein Biest, weil ich ihn brauche. Nein, ich bin kein Biest.

Und ich bin doch ein Biest, dachte sie. Was für ein dreckiges kleines Biest.

«Nicht doch!» brüllte Hank. «Aufpassen! Sie kreuzen sich, deine ... gib auf die Stöcke acht! Zurück damit! Bring deine ...» Mit dreschflegelnden Armen, wild kreisenden Stöcken, die Knie zusammen und die Zehen einwärts gedreht, die Skispitzen übereinander, in Skihose und hellrotem Pullover kam Linda Harder den Hang heruntergeschossen. In der Taille eingeknickt, unfähig zu stoppen, während die gekreuzten Skier sie dahintrugen, nahm sie die Stöcke hoch, wie eine Doppellanze, bereit ein Feindespaar damit zu durchbohren.

«Linda, du wirst ...»

Hank biß die Zähne aufeinander. Zur Tatenlosigkeit verdammt, stand er unten am Hang, und hoffte nur, daß Gott ...

«Linda!»

Und schon überschlug sie sich, die linke Skispitze zog ein breites Kielwasser hinterher, der Kopf voran, noch rotierten die Stöcke wie Windmühlenflügel; dann blieb sie liegen, ein Wirbel aus Armen, Beinen, Holz und hellroter Verwirrung. Hank stieß die Stökke ein und stieg im Grätschschritt zum Unfallort. Rasch kniete er neben ihr nieder.

«Ist dir nichts passiert?»

Linda schüttelte den Kopf; Gesicht und Pullover weiß vor Schnee. In die Stirn hing ihr das schwarze Haar, auch das wie mit Kristall gepudert.

«Auch nichts gebrochen?»

Wieder verneinte sie.

«Komm, ich helf dir hoch.» Er rammte die Stöcke tief in den Schnee, lief hinter sie und hob an. Etwas unsicher stellte sich Linda wieder auf die Füße und stieß ihre Stöcke in den Schnee. «Was hab ich denn falsch gemacht?» fragte sie.

«Na ja», sagte Hank nachsichtig, «das ist nicht ganz einfach zu beantworten. Wo soll ich anfangen?»

«War es denn so schrecklich?»

«Nicht doch; sogar ausgezeichnet. Nur, Linda, dieser sogenannte Schneepflug ist zum *Bremsen* gedacht, verstehst du?»

«Das *wollte* ich doch auch. Aber es funktioniert ja nicht.»

«Du hast die Skier nicht nach innen gekantet. Deswegen sind sie übereinander geraten. Und du mußt vor allem auch auf die Stöcke acht geben. So wie du sie handhabst, können sie ganz gefährlich werden.»

«Eigentlich ist es wunderbar», sagte Linda unvermittelt.

Sie warf den Kopf zurück und atmete tief die prickelnd kalte Luft ein. In der Nacht war Neuschnee hier auf Bear Mountain gefallen, und die Skier zogen scharfe Spuren durch das feine Pulver des Hangs: Fleckenlos blau war der Himmel und der Schnee von blendender Weiße. Und Hank, der im gewöhnlichen Straßenanzug recht dürr aussah, wirkte jetzt, in seiner massigen Skitracht, grandios.

«Willst du's noch mal versuchen?» fragte Hank.

«Sicher. Aber wann darf ich den Lift benutzen?»

«Sobald du richtig abfahren gelernt hast.»

«Also muß ich wieder rauf *klettern?*» fragte Linda kläglich.

«Tjawoll.»

«Und wie heißt das dann?»

«Der Grätschschritt.»

«Okay.» Sie seufzte. «Also los.» Sie begann hangaufwärts zu steigen. Hank hinter ihr her.

«Skier einwärts kanten», sagte er. «Sonst passiert dir dasselbe, diesmal nach rückwärts. Linda, einkanten! Linda, du ...»

Wieder waren die Stöcke in der Luft. Langsam begann Linda rückwärts zu rutschen, schnurgerade auf Hank zu. Der stemmte sich ein –

«Hank!» schrie sie. «Ich kann nicht mehr halten!»

«Doch, sofort», sagte er, und schon fuhr sie in ihn hinein, und beide überkollerten sich im Schnee. Ihr linker Ski verfehlte nur um Haaresbreite sein Gesicht; und an Hanks rechtem Stiefel löste sich durch die unnatürliche Druckverteilung die Bindung.

«Bin ich doch wieder hingefallen», sagte Linda, und Hank mußte lachen. «Was ist daran so komisch, du Idiot?» fragte sie. «Wenn du mir's richtig beibringen würdest –»

«Weißt du was?» unterbrach er sie.

«Na, was?»

«Ich liebe dich.»

Sie zwinkerte mit den Augen. «Bestimmt?»

«Ja.»

Sie richtete sich zum Knien auf, die Skier aufs merkwürdigste zur Seite, von den Handgelenken hingen ihr in den Schlaufen die Stöcke.

«Na und?» sagte sie. «Ich lieb dich ja auch.»

Da drückte er sie in den Schnee nieder. Mitten im Kuß fingen ihr die Skier wieder an wegzurutschen. «Hank!» kreischte sie, und er fing sie auf, und hielt sie fest, und küßte sie erneut; und ein Skifahrer, der eben den Hang heruntergesaust kam, brüllte: «He! Schluß jetzt!»

18

Felix Anders gehörte zu den Männern, die sich für gut angezogen halten, wenn sie eine Nelke im Knopfloch ihres Konfektionsanzugs tragen.

Allmorgendlich, wenn Felix Anders, seine *Daily News* unter den Arm geklemmt, auf den Zug wartete, ließ er den Blick mit einem Ausdruck leichter Gelangweiltheit über den Bahnsteig wandern. In diesem gezwungenen Warten auf einen Zug lag etwas Erniedrigendes, und Felix Anders tat sein Mißfallen darüber in seiner ganzen Haltung kund sowie in dem Ausdruck seines Abraham Lincoln-Gesichts.

Er war hoch gewachsen, mit glattem braunem Haar und grünlichen Augen. Diese grünen Augen trugen nicht wenig zu dem Gesamteindruck distanzierter Unnahbarkeit bei. Seine Nase war groß und knorrig, das Gesicht lang und hager, und er blickte um sich, als habe er soeben vor einer Horde Sklaven, die kein Englisch verstand, die Allgemeinen Menschenrechte proklamiert.

Felix Anders war Fleischer.

Er besaß einen kleinen Laden zwischen der 36th Street und Lexington Avenue, und der weitaus größte Teil seiner Tagesarbeit bestand in Fleischschneiden. Aber selbst in seiner blutbefleckten Schürze gelang es Felix, unbeteiligt und vornehm gelangweilt zu wirken. In seiner eigenen Vorstellung – wenn er sich wie einen Fremden von außen besah, und zwar etwas von links – wirkte Felix durchaus nicht wie ein Fleischer mit einer Fleischerschürze. Er wirkte vielmehr wie ein berühmter Gehirnspezialist, der eben eine schwierige Operation vorgenommen hat. Und auch wenn er mit der weiblichen Kundschaft Diskussionen über Kalbskoteletts führte, ging von Felix dennoch der leise Zauber des Gehirnspezialisten aus, der sich die Gummihandschuhe abstreift, nachdem er die untergeordnete Arbeit des Vernähens an seinen Assistenten weitergegeben hat.

Felix besaß, dessen war er sich bewußt, Haltung, Charme, vornehme Teilnahmslosigkeit, Distanziertheit, Verschlossenheit, Überlegenheit und scharfsinnigste Intelligenz.

Dienstag in der Frühe nun, während Felix des Zuges zum Einsteigen harrte, bemerkte er auf dem Bahnsteig Larry Cole. Er wußte wohl, daß er für kommenden Sonnabend abend zu einer Party bei Coles eingeladen war; wußte aber nicht minder, daß er Cole einmal um einen Entwurf zur Gartengestaltung ersucht, jener auch «Selbstverständlich; den ersten Augenblick, sobald ich Zeit habe» erwidert, dann aber nicht mehr das geringste unternommen hatte. Und Felix Anders war nicht gewohnt, dergleichen Behandlung ohne weiteres hinzunehmen.

Gewiß, Sonnabend abend würde er sich zu Coles Haus verfügen, würde dort dessen Brot brechen und dessen Wein trinken; aber das bedeutete deswegen noch längst nicht, daß er ihn auf einem Bahnsteig ansprechen müßte. Also befaßte er sich damit, die Schienen zu betrachten, und auf den angekündigten Zug 8 Uhr 07 zu warten. Neben Felix stand ein schlankes rothaariges Mädchen mit einem *match-bag* und bestarrte gleichfalls den Schienenstrang. Felix schenkte ihr einen gönnerhaften Blick, wandte sich dann beiseite und zog die Handschuhe glatter. Als der Zug einfuhr, ließ Felix der Rothaarigen beim Einsteigen den Vortritt, ließ auch den Blick großmütig auf ihren Beinen ruhen, als sie die Stufen mit großem Schritt nahm und der Rock über ihren Nylons hochrutschte. Dann drückte er mit der Schulter diskret einen Mitpendler beiseite, bestieg, die *Daily News* immer fest unter den linken Arm geklemmt, den Wagen, und suchte sich einen Platz hinten am Ende. Eben zündete er sich eine Parliament an, als auch Larry Cole den Wagen betrat, sich einen Augenblick umsah, und dann gleichfalls nach hinten kam, um sich neben ihn zu setzen. Nun sagte Felix sehr selten als erster «Hallo». Er wartete.

«Hallo», sagte Larry. «Wir haben uns ja eine Ewigkeit nicht gesehen.»

«Sie wissen ja, wie's ist», entgegnete Felix, «die Arbeit, die Arbeit.»

«Ja, natürlich. – Ich hab gehört, Sie kommen Sonnabend auch zu uns rüber?»

«Liegt da keine Verwechslung vor?»

«Ja, hat Betty Ihnen denn nichts gesagt?»

«Sie muß es wohl vergessen haben.»

«Sie haben jedenfalls zugesagt.»

«Freut mich», erwiderte Felix. «Zigarette?» Er streckte Larry die Packung entgegen.

«Schönen Dank; ich nehm eine von meinen eigenen.»

«Die hier sind zwar ein paar Cents teurer», sagte Felix, noch ehe er Larrys Marke gesehen hatte, «sie sind's aber wert.»

«Ich kann mir vorstellen, daß man sich an eine Tabakmarke gewöhnt und dann eben dabei bleibt», sagte Larry, schüttelte sich eine Zigarette heraus und zündete sie an.

«Durchaus diskutabel», sagte Felix, und übersetzte es dann für Larry: «Möglich, möglich.»

«Nicht allzu voll heute morgen», sagte Larry.

«Es war die ganze letzte Zeit schon leidlich», sagte Felix. «Man hat diverse Wagen angehängt. Nun, zumindest Sie haben das ja nicht allzuoft zu überstehen; für Sie wird das ohne sonderliche Bedeutung sein.»

«Na, immerhin; wenn ich auch selten mit der Bahn fahre, einen Sitzplatz hab ich doch gern.»

Ein paar Sekunden lang schwiegen sie.

«Liegt etwas Wichtiges vor?» fragte Felix. «In der City?»

«Diese Firma, die mich damals nach Puerto Rico geschickt hat», sagte Larry. «Hatte ich Ihnen seinerzeit nicht davon erzählt? Ich glaube sogar, auch im Zug, hier.»

«Ja, mir ist fast so», sagte Felix, der sich sofort daran erinnerte.

«Ja, und jetzt haben sie mich wieder hinbestellt.»

«Und zwar aus welchem Grund?»

«Keine Ahnung. Wahrscheinlich das Gutachten, das ich abgefaßt hatte. Vermutlich soll jetzt die praktische Ausführung des Projekts einsetzen.»

«Muß eine interessante Beschäftigung sein», sagte Felix. «Bauwerke entwerfen, Grundstücksplanung – manchmal auch Gartengestaltung.»

«O ja, das ist es. Ich tu's gern.»

Felix räusperte sich. «Ich hörte, Sie wollen für Roger Altar ein Haus entwerfen?»

«Ist schon entworfen», sagte Larry. «Sobald der Schnee weg ist sollen die Fundamente gegossen werden.»

«Was hat Sie eigentlich dazu bewogen, sein Haus zu entwerfen?»

«Was?» sagte Larry. «Entschuldigen Sie, ich hab wohl nicht recht –»

Klar und unmißverständlich wiederholte Felix: «Was hat Sie eigentlich dazu bewogen, sein Haus zu entwerfen?»

«Ja, so hatte ich vorhin auch verstan ...» Larry brach ab. Dann: «Ja, warum denn nicht?»

«Ich bin schließlich nur Fleischer, wie Sie wissen», sagte Felix, und es klang in seinem Mund, wie ‹Ich bin freilich nur ein berühmter Gehirnspezialist, wissen Sie›. Und er hob seine Brauen.

«Aber halten Sie diesen Altar für einen guten Schriftsteller?»

«Ja», sagte Larry.

«Gewiß, ich bin schließlich nur Fleischer.»

Wiederum verfielen beide Männer in Schweigen.

«Dennoch», fuhr Felix endlich fort. «Stinkt er meiner Ansicht nach gen Himmel; Sie entschuldigen meine offene Sprache.»

«Jeder Mensch hat ein Recht auf Meinungsfreiheit», sagte Larry achselzuckend.

«Zweifellos. Was mich anbelangt, ich ziehe die Puristen vor.»

«Wie zum Beispiel?»

«Wie zum Beispiel James Jones», sagte Felix. Nach einer Pause: «Kommen Sie demnächst wieder mal mit Altar zusammen?»

«Ich denke doch.»

«Dann sagen Sie ihm doch bitte, daß ich seine Bücher nicht schätze, ja? Richten Sie ihm das aus. Richten Sie ihm aus: Felix Anders hätte gesagt, er stinke gen Himmel. Tun Sie mir den Gefallen.»

«Ich kann Sie mit ihm bekannt machen. Ich bin überzeugt, Sie würden's ihm lieber direkt sagen.»

«Das ist nicht erforderlich», sagte Felix. «Es genügt, wenn Sie meine Botschaft ausrichten.» Pause. «Was verdient er eigentlich so mit einem Buch?» fragte Felix dann.

«Keine Ahnung.»

«Einen ganz schönen Batzen, möchte ich wetten.»

«Durchaus diskutabel», sagte Larry: «Ä-möglich, möglich.»

«Plagiator», sagte Felix, ließ den Gegenstand aber doch fallen. «Was diese Party am Sonnabend anbelangt ...?»

«Ja, bitte?»

«Kommen viel Leute?»

«Dreizehn, so viel ich weiß.»

«Jemand Bekanntes dabei?»

«Sämtlich aus unserem Viertel», sagte Larry. «Ein paar davon kennen Sie bestimmt.»

Felix schien längere Zeit zu erwägen, ob eine Fortführung des Gesprächs sich lohne.

Endlich gelangte er zu einem Entschluß, schlug seine *Daily News* auf, und sagte zu Larry: «Wollen Sie auch ein Stück Zeitung haben?»

«Danke», sagte Larry. «Ich sitz lieber so da und rauche.»

Felix zuckte die Achseln und wandte sich Dick Tracy zu.

Auf Harry Baxters Schreibtisch stand eine Bleistiftschale. Nicht alle der Stifte in dieser Schale waren gespitzt, wie etwa ein müßiger Beamter seine Bleistifte untadelig geschärft hält, um ja für den nächsten etwaigen Meisterstreich gerüstet zu sein. Einige hier waren bloße Stummel. Und alle waren zerbissen, so daß ihre gelben Stengel verbeult und splittrig aussahen. Larry brauchte nur einen Blick darauf zu werfen, um sofort zu wissen, daß Baxter wirklich arbeitete.

Im Augenblick, als Larry in sein Büro trat, erhob sich Baxter, lächerlich anzusehen in seiner eng gestreiften Hose und dem weißen Hemd. Den Schlips hatte er sich locker gezogen und die Hemdsärmel über die überraschend kräftigen Unterarme hochgekrempelt. Er kam mit ausgestreckter Hand durchs ganze Zimmer und faßte Larrys Finger mit festem Griff.

«Sind Sie mit dem Auto gekommen?» fragte er.

«Nein; mit der Bahn, Mr. Baxter.»

«Sagen Sie Harry. Bitte.» Baxter lächelte. «Eben wollte ich einen Schluck Kaffee trinken. Machen Sie mit?»

«Sogar sehr gern.»

«Rahm? Zucker?»

«Wenig Rahm; und zwei Stück Zucker.»

Baxter begab sich zur Haussprechanlage auf seinem Schreibtisch und legte einen Hebel um. «Nancy, Kaffee, bitte», sagte er. «Meinen wie üblich; und eine weitere Tasse mit etwas Rahm und zwei Stück Zucker.»

«Ja, Mr. Baxter», erwiderte eine frische Frauenstimme.

«Möchten Sie auch etwas zu essen, Larry?»

«Ich glaube kaum.»

«Essen Sie doch was. – Nancy?»

«Mr. Baxter?»

«Ein paar Sandwiches noch, ja?»

«Jawohl.»

Er ließ den Hebel zurückschnappen und kam wieder zu Larry zurück. «Wie geht Ihr Haus für Altar voran?»

«Wir haben inzwischen einen Maurermeister», sagte Larry. «Einen Mann namens Di Labbia. Kennen Sie ihn etwa?»

«Doch. Verläßlicher Mann. Der setzt Ihnen ein ordentliches Haus hin.»

«Den Eindruck hatte ich auch.»

«Haben Sie schon mit Ausschachten angefangen?»

«Diese Woche, hoffe ich. Sobald wir den Schnee erst los sind.»

«Ich nehme an, Altar gefällt Ihr Entwurf?»

«Ja.»

«Das hab ich nicht anders erwartet.» Baxter machte eine kleine Pause und überlegte. «Di Labbia ist in Ordnung. Er hat mal bei einem Bankgebäude in Westport für uns gearbeitet. Er ist flink und außerdem stolz auf seine Arbeit. Das findet man heutzutage nicht mehr häufig bei Handwerkern. Ich schätze Leute sehr, Larry, die auf ihren Beruf stolz sind. Hier, das ist das Produkt meiner Hände, und wenn's gut ist, darf ich ohne weiteres und stolz zu krähen anfangen. Sie verstehen, was ich meine?»

«O ja.»

«Schön. Also flink ist Di Labbia. Wenn er diesen Monat noch betonieren kann, müßten Sie Ihr Haus eigentlich im Herbst fertig haben. Das heißt bezugsfertig.»

«Ich hatte mir Dezember ausgerechnet.»

«Nicht wenn Di Labbia baut, verlassen Sie sich darauf. Es sei denn, Sie hätten ganz ungewöhnlich viel Sonderanfertigungen?»

«Nur eine Anzahl große Thermopanplatten; aber man hat mir Lieferung binnen vier Monaten zugesagt. Und allerdings Glasschiebetüren aus Kalifornien – da bin ich mir nicht sehr sicher.»

«Von Slipwell?»

«Ganz recht.»

«Solide Firma. Sie dürften aber höchstens auf sechs Monate Lieferfrist eingehen. Ich würde empfehlen, Sie lassen sie Di Labbia unverzüglich bestellen.» Baxter begann die Monate auf den Fingern herzuzählen: «März, April, Mai, Juni, Juli, August? ... Dann würden Sie also, wenn Sie jetzt gleich bestellen, Ihre Türen im August haben. Wenn es Ihnen recht ist, kann ich etwas nachfassen; wir haben schon mehrfach mit Slipwell gearbeitet. Wirklich große Aufträge. Ich könnte sie etwas unter Druck setzen.»

«Das wäre mir natürlich sehr lieb», sagte Larry.

Baxter machte sich eine Notiz auf seinem Terminkalender. «Ist der behelfsmäßige Verschluß ein Problem, solange diese Türen noch nicht da sind?»

«Ich glaube kaum. Über etwaige Heizung brauchen wir uns keine Sorgen zu machen, weil wir ja den Sommer über bauen. Und Wind und Wetter können wir vermittels Teerpappe aussperren.»

«Dann steht Ihr Haus im September fertig da. Garantiert.»

Larry lachte.

«Lachen Sie nicht», sagte Baxter. «Sie kennen Di Labbia nicht. Was Arbeit anbelangt ist der Mann der bare Teufel. Sie haben ihn vielleicht bei einem Glas Cocktail kennengelernt, wo er natürlich wie eine Figur aus den *Barrets of Wimpole Street* wirkt; aber haben Sie ihn schon mal mit dem Hammer in der Hand gesehen? Dann arbeitet er für zehn und verlangt dasselbe von seinen Leuten. Das ist wirklich noch ein Maurermeister. Von der Sorte gibt's nicht mehr viel.»

«Er hat aber um fünftausend unterboten», sagte Larry.

«Vielleicht doch nicht. Er arbeitet sorgfältig; aber auch gleichzeitig schnell. Daß Leute so monatelang rumfummeln und nichts vor sich bringen, das gibt's bei ihm nicht. Während der Arbeitszeit muß anständig was geschafft werden; da ist er hinter seinen Leuten her, und sobald ein Auftrag erledigt ist: ab und den nächsten in Angriff genommen. Er ist schon ein Geschäftsmann, Larry. Er weiß genau, daß seine Bank ihm ein Viertel vom Wert eines Hauses kreditiert, sobald die Außenmauern stehen und das Dach darauf ist; und ein weiteres Viertel, sobald der Rohputz beendet ist. Die nächsten 25 Prozent gibt's, sobald Heizungsanlage und Innenputz erledigt sind. Und den Rest sieht er nicht eher, bevor nicht alles bis aufs I-Tüpfelchen fertig dasteht. Also hat er zum Rumtrödeln keine Zeit. Er will bauen und dann wieder weiter. Wenn sein Kostenanschlag tatsächlich um fünftausend niedriger liegt als der nächsthöhere, dann ist der Grund, daß er es auch ohne weiteres für fünftausend weniger *schafft*. Er ist ein glänzender Organisator und schlau dazu. Verlassen Sie sich darauf: Im September kann Altar in sein Haus einziehen. Ich kenn Di Labbia.»

«Okay», sagte Larry lächelnd. «Aber ich nehm Sie beim Wort.»

«Das sind keine bloßen Worte, was ich über Di Labbia gesagt habe», wiederholte Baxter. «Ich bin schließlich selbst Geschäftsmann. Ich hab's vielleicht schon mal Ihnen gegenüber angedeutet.»

«Ich weiß wohl.»

«Ich habe insofern Glück, als ich in einem Beruf tätig sein kann, der mir liegt und bei dem ich das Gefühl habe, daß er der Mühe verlohnt. Wie aber, wenn ich – den Fall einmal gesetzt – zehn Millionen Dollar im Jahr dadurch verdiente, daß ich Scherzartikel aus Zelluloid herstelle: Wie ein Kuppler käm ich mir vor!»

Larry mußte laut auflachen.

«Er lacht», sagte Baxter. «Aber es gibt genug Leute, Larry, die von dergleichen leben. Wenn sie dann sterben, hinterlassen sie ein ganzes Reich von Scherzartikeln, auf den Knochen von Fabrikkulis errichtet. Vielleicht gibt es sogar hier und da eine Kulistadt, die dem heißgeliebten verblichenen Wohltäter noch ein Standbild setzt. Was ich allerdings bezweifle. Wir dagegen, Sie und ich, befassen uns mit Wesentlichem, Grundlegendem. Architekt ist ein Hochberuf; und ich bin stolz, daß ich daran teilhabe. Zur gleichen Zeit freilich muß ich davon leben und bin also gezwungen, ihn ab und zu mit kälterem Blick zu betrachten. Woraus sich erklärt, inwiefern es mich interessiert, *wann* Di Labbia mit diesem Haus fertig wird. Nicht Di Labbia also interessiert mich und Roger Altar noch minder. Was mich interessiert, sind in diesem Falle *Sie*.»

«Ich? Ich verstehe nicht.»

«Ihre Absichten, Ihre Ziele. Füllt es Sie zu Ihrer völligen Befriedigung aus, diese Errichtung von Privathäusern? Wenn dem so ist, habe ich keinerlei Recht einzugreifen. Aber was Sie mir betreffs unserer Puerto Rico-Siedlung da vorgelegt haben, war ganz überragend. Sobald wir die Risse fertiggestellt haben, beginnt auch der Bau. Ursprünglich wollte ich Sie bitten, das für uns zu übernehmen; aber inzwischen ist noch etwas anderes aufgetaucht. Es würde mich interessieren, Larry, von Ihnen zu erfahren –»

Es klopfte diskret an der Tür.

«Herein», sagte Baxter.

Die Tür ging auf und eine hochgewachsene Brünette erschien mit einem Tablett voll Kaffeetassen und Sandwiches.

«Ah, Nancy», sagte Baxter. «Stellen Sie's irgendwohin auf meinen Schreibtisch.»

Nancy räumte ein paar Schriftstücke zur Seite, schob einige Probekacheln ganz an den Tischrand und stellte dann ihr Tablett ab.

«Mr. Fandella hat vor fünf Minuten angerufen», sagte sie. «Ich habe gesagt, Sie hätten eine Konferenz. Er bat, daß Sie ihn doch irgendwann im Laufe des Nachmittags anrufen möchten.»

«Ah, danke.»

«Sie sind für Telefonanrufe noch immer nicht zu sprechen?»

«Erst wenn Mr. Cole hier wieder fort ist.»

Nancy lächelte Larry an und verließ darauf das Zimmer. Ein sehr anziehendes Mädchen, in deren bloßem Gang sich das Bewußtsein ausdrückte, wie gut – in solidem Sinne – sie aussah. Als sie fort war, sagte Baxter: «Ich hab gern hübsche Leute um mich. Es ist absurd, ich weiß; aber ich muß meine Angestellten nun einmal täglich acht bis sechzehn Stunden vor Augen haben. Bitte, Ihr Kaffee.» Er händigte Larry eine Tasse aus und griff dann nach dem eigenen Schwarzen. «Englischen Toast? Marmelade ist auch hier.»

«Danke», sagte Larry. Er ging zum Schreibtisch, nahm sich ein Sandwich.

«Eloise hatte zuerst allerlei Einwände. Sie wollte nicht einsehen, wieso jede Sekretärin oder Empfangsdame, die ich einstellte, ausgerechnet hübsch sein müßte. Ich hab sie dann aufgeklärt, daß das lediglich ihre Schuld wäre.»

«Wie das?»

«Sie hätte zu Hause einen derart hohen ästhetischen Standard eingeführt, daß ich nun einfach nicht mehr anders könnte!» Baxter begann zu kichern. «Die Frau ist ein Engel. Ich bete sie schlechthin an.» Wieder kicherte er. «Jetzt hat sie sich mit den hübschen Mädchen im Büro ausgesöhnt. Ich möchte sogar fast behaupten, sie sieht es gern. Leuten mit Durchschnittsgesichtern gegenüber ist es freilich ausgesprochen unfair; aber *ich* bin ja schließlich wirklich selbst kein Ausbund an Schönheit. Aber mir gefällt, wie das ganze Büro dadurch gewinnt. Es ist amerikanisch, schön zu sein. Ergibt das nicht auch einen Sinn? Meiner Ansicht nach gehören zum Begriff ‹Amerika› auch starke Körper und gerade Beine und gesunde Zähne und Sonnenbräune und solide Schönheit. Keine komischen Hollywood-Typen, die nicht. Aber in einem Büro, wo selbst die Mädchen in der Registratur hübsch sind, komme ich mir noch mehr als sonst als tätiger, mitten im Leben stehender Amerikaner vor. Meine schwache Stelle», sagte Baxter, achselzuckend lächelnd: «Solide Schönheit.»

Larry nickte, sagte jedoch nichts dazu; er mußte vielmehr an Maggies auffällige Schönheit denken.

«Was Sie anbelangt», sagte Baxter, und strich Marmelade auf einen Toast, «was für einen Eindruck haben Sie eigentlich von Hebbery?»

«Er machte einen netten Eindruck als Mensch und schien auch ein tüchtiger Architekt zu sein.»

«Haben Sie irgendwelche Hemmungen, über ihn zu sprechen?»

Larry schmunzelte: «Seinem Chef gegenüber? Ja.»

«Auf seinem Arbeitsgebiet ist er ein recht brauchbarer Mann», sagte Baxter. «Was auch immer Ihr Urteil über ihn wäre, deshalb würde er seine Stelle bei uns nicht verlieren. Also; was ist Ihre Meinung über ihn?»

«Ich könnte mir vorstellen», sagte Larry, «daß er zunächst Primus war, und zwar auf einer höheren Schule in Connecticut. Anschließend ist er dann zum Studium nach Harvard gegangen, und gleich im ersten Jahr noch Mitglied der Schachmannschaft dort geworden.» Er dachte einen Augenblick nach. «Die Unterstufe hat er mit Phi Beta Kappa abgeschlossen und die Oberstufe mit Summa cum laude.» Wieder eine Pause, während der er nachdachte; und dann nickte er, seine Meinung stand fest, und jetzt floß ihm die Rede rasch dahin: «Er trägt sein Phi Beta-Abzeichen nicht, weil er nicht angeben will, es sei denn bei Schulfeierlichkeiten, dann hält er es doch für wichtig. Im Grunde hält er es natürlich immer für wichtig und wird stets die Tatsache, daß er schon die Unterstufe mit Phi Beta Kappa abschloß, als eine der *bleibenden* Großtaten seines Lebens ansehen. In jedem Kurs über Theorie, an dem er je teilnahm, hat er das Prädikat Eins Minus erzielt, Zeichnen sogar Eins mit Auszeichnung. Seine Konstruktionsaufgaben hat er grundsätzlich immer eine Woche vor dem Schlußtermin abgeliefert, untadelig ohne Knicke, Flecke und Raduren. An sich hätte er nichts als Einsen davontragen sollen; aber das ging nicht an, weil all seinen fleckenlosen, hinreißend sauberen Zeichnungen etwas fehlte: die schöpferische Phantasie.»

«Weiter», sagte Baxter.

«Er erwähnte um eine entscheidende Spur zu oft, wie sehr ihm Puerto Rico gefällt. Ich möchte vermuten, daß er es im Grunde haßt. Seine Frau jedenfalls haßt es unweigerlich: Anfang November mußten wir uns mit ihr über Weihnachten in New York unterhalten. Aber hinsichtlich der zu klärenden Fragen hat er mich sehr ordentlich orientiert; und hatte auch gleichermaßen An- und Verstand genug, um sich klar zu sein, daß das Wie und Wann der Ausarbeitung *meine* Sache sei. Als Führer wie als Gastgeber war er angenehm und freundlich; obgleich ich des öfteren gewünscht hätte, sein Spanisch möchte sich nicht gar so sehr auf das eine Wort *bueno* stützen. – Das wäre so mein Gesamteindruck von Frank Hebbery.»

Baxter nickte gedankenvoll. Schweigend formulierte er erst seine nächste Frage und sagte dann laut: «Was wären Ihrer Ansicht nach in architektonischer Hinsicht die Hauptgefahren für eine rasch, aber planlos wachsende Ortschaft?»

«Auf eine Kurzformel gebracht? –: Elendsviertel und Veraltung.»

«Haben Sie sich jemals mit Städteplanung befaßt, Larry?»

«Ich hab mal damit angefangen, für eine Ortschaft auf Long Island; mußte aber aufhören, weil man dann doch nicht die notwendigen Mittel bereitstellen konnte.»

«Also wissen Sie aber, was der Begriff alles einschließt?»

«O ja. Vorausgesetzt, daß wir jetzt beide moderne Städteplanung meinen und nicht etwa den antiquierten Begriff der sogenannten ‹Schönen Stadt›?»

«Sehr richtig.»

«Je nun; dann besteht so ein Projekt immer aus zwei Hauptteilen. Der erste, und möglicherweise durchaus der wichtigere, wäre die Beschäftigung mit den soziologischen und volkswirtschaftlichen Gegebenheiten.»

«Wie zum Beispiel?»

«Bevölkerungszunahme, Industriepotential, natürliche Hilfsquellen, Transport- und Verkehrsfragen.»

Baxter nickte.

«Und anschließend käme dann natürlich», sagte Larry, «die eigentliche physische Planung der Umgebung.»

«Womit Sie was meinen?»

«Strukturstudien. Einzelheiten wie etwa: in welcher Entfernung Baulichkeiten von den Verkehrsstraßen anzulegen sind.»

«Wie lange würde es Ihrer Schätzung nach dauern, eine solche Generalplanung für ein Gebiet von, sagen wir, der Größe Puerto Ricos auszuarbeiten?»

«Für die ganze Insel, meinen Sie jetzt?»

«Ja.»

Larry verstummte und überlegte. Nach geraumer Zeit sagte er: «Fünf Jahre.»

«Nanu; das läßt sich aber doch bestimmt auch in kürzerer Zeit schaffen», sagte Baxter.

«Wenn's gewissenhaft gemacht werden soll, nicht», erwiderte Larry. «Dergleichen Großplanungen entstehen nicht über Nacht. Ein Projekt, das eine ganze Insel zu erfassen hätte, setzte Spezialstudien für jede der bedeutenderen Ortschaften voraus, bezüglich Erneuerung oder auch Rückbildung des Stadtkerns. Ganze *neue* Städte müßten vorgeplant werden, wo sie erforderlich würden; einschließlich der optimalen Lage für Wohnsiedlungen, Grünflächen, Fabrikparks. Man müßte das bestehende Straßennetz studieren und sich dann mit Straßenbauingenieuren zusammensetzen; auch das ist ein Teil der Gesamtplanung: Wie die erforderlichen neuen Verkehrsmöglichkeiten mit Landschaft und Bodengegebenheiten abzustimmen sind. Und zusätzlich zu Ihrer Generalplanung brauchen Sie wenigstens die Detailstudie von zumindest einem Bezirk. Ich kann mir nicht vorstellen, wie alles das in weniger als fünf Jahren geschafft werden könnte.»

«Ich auch nicht», versetzte Baxter prompt; und Larry merkte, daß er einer gestellten Falle entgangen war. «Meinen Sie, Hebbery wäre der rechte Mann für ein solches Großprojekt?»

«Nein», antwortete Larry ohne zu zögern. «Warum?»

«Weil man Baxter & Baxter beauftragt hat, die Sache in die Hand zu nehmen.»

«Die Planung für die ganze Insel?!»

«Die Planung für die ganze Insel», sagte Baxter, und in seinen Augen glühte es auf. «Was Sert, in kleinerem Maßstab, auf Kuba und in Südamerika geleistet hat, ist Ihnen bekannt. Mann; wir haben den Auftrag erhalten, ein ganzes Inselreich mit all seinem Dreck und Speck und wildem Gewuchere schön zu machen und sauber und seine Entwicklung in gerichtete Bahnen zu lenken. Mein Gott, was heißt da letzten Endes die Planung von Great Neck, damit verglichen? Können Sie sich die Insel vorstellen, in fünfzig Jahren, von heute an gerechnet? Können Sie sich vorstellen, was fünf Jahre intensivster Planungsarbeit auszurichten vermögen?»

«Das könnte eine Trauminsel ergeben», sagte Larry.

«Eine *wirkliche*, Larry!» Er brach ab. Dann, nach einer Pause: «Wollen Sie mein Assistent dabei werden?»

Einen Herzschlag lang fühlte er nur den Schock. Sprachlos saß er da und starrte Baxter an.

«Nicht als Laufjunge und Flaschenspüler, wohlgemerkt», sagte Baxter. «Assistent im wahrsten Sinne; der, mit mir im Verein, jede Phase der Vorstudien und Planungen durcharbeitet. Was sagen Sie dazu?»

«Ich kann noch gar nicht wieder richtig Luft holen.»

«Holen Sie tüchtig Luft. Ich fahre im September runter, um den lokalen Arbeitsstab zu vergrößern. Und nehme ein paar Leute aus unserem New Yorker Haus hier mit. Ich würde es gern sehen, wenn Sie und Ihre Familie mitkommen könnten.»

Unsicherheit verdüsterte unvermittelt Larrys Züge.

«Was ist denn?» fragte Baxter.

«Ach, nichts, ich ... es ist mir eine Ehre, und ... eine überwältigende. Ich ...»

«Das soll es gar nicht sein. Ich halte Sie für talentiert, phantasievoll und vor allem auch mit Vorsorglichkeit begabt. Damals, 1952, hätten Sie den ersten Preis verdient gehabt – schön, jetzt biete ich Ihnen diesen ersten Preis an. Die Gelegenheit, eine umfassende architektonische Aufgabe ersten Ranges anzugehen. – Oder ziehen Sie etwa für den Rest Ihrer Tage vor, relativ obskure Privatbauten zu errichten?»

«O nein, aber ...» Larry brach ab. «Ich muß mir's überlegen.»

Es war ein merkwürdiger Blick, den Baxter auf ihn richtete.

«Das hatte ich mir nicht vorgestellt, daß wir auf Schwierigkeiten stoßen würden», sagte er. «Ehrlich, ich hatte angenommen, Sie würden die Chance mit beiden Händen ergreifen. Gibt es irgendeinen Punkt, hinsichtlich dessen ich Sie noch überreden müßte?»

«Nein, gar nicht. Ich ...»

«Larry, es handelt sich um nicht mehr und nicht minder als das meist besprochene architektonische Unternehmen des Jahrhunderts. Leisten Sie hier etwas – und Ihr Name steht künftig in jeder Architektenfibel, dafür garantiere ich Ihnen. Und falls Sie auf Geld Rücksicht nehmen müssen: Die Angelegenheit bringt uns ein kleines Vermögen ein. Ihre Entlohnung würde ausgesprochen fürstlich sein.»

«Aber es würde fünf Jahre Fernsein von New York bedeuten.»

«Das schon. Aber Sie könnten ja Frau und Kinder mitnehmen.»

«Ja, aber ...»

«Fünf Jahre ist eine kurze Zeit, als Investition für eine gesicherte Zukunft, Larry.»

«Ich muß mir's überlegen», sagte Larry.

Baxter schien noch betroffener. Er starrte Larry ohne zu begreifen an. «Ich würde Sie gern mitnehmen», sagte Baxter. «Falls ich Sie nicht bekommen kann, bearbeite ich den Fall allein und beschränke mich, so gut es geht, auf mein bisheriges Personal. Wir verstehen uns doch auch genau, ja?»

«Ich bin mir nicht ganz sicher.»

«Ich will damit sagen, daß ich, von meiner Seite aus, die Stelle offen halten werde, bis zu dem Tag, an dem ich im September ins Flugzeug steige.»

«Ich weiß das zu würdigen», sagte Larry.

«Ich hoffe jedoch, daß Sie mich morgen anrufen und mir sagen: ich mache mit.»

«Ich wollte, ich könnte es jetzt gleich sagen», sagte Larry. «Aber ich muß mir's noch überlegen. September, sagten Sie?»

«September. Besprechen Sie's mit Eve. Werden Sie sich in aller Ruhe klar darüber, ob es das ist, was Sie sich wünschen.»

«Es klingt wie die Summe all dessen, was ich mir je gewünscht habe», sagte Larry.

Befremdlichste Trauer schwang in seiner Stimme. Einen Augenblick lang schien er unsäglich bekümmert und unsicher, in einem Ausmaß, daß Baxter beinahe die Hand ausgestreckt und sie ihm beruhigend auf die Schulter gelegt hätte.

«Überlegen Sie sich's», sagte Baxter mild. «Besprechen Sie's mit Eve.»

Er besprach es nicht mit Eve.

Er erwähnte den Vorschlag ihr gegenüber nicht einmal. Er wußte ganz genau, was ihre Reaktion sein würde. Greif zu, würde sie sagen. Mit beiden Fäusten, Mensch; mit allem, was du hast! Das ist *die* große Chance, das Angebot deines Lebens; der große Pokertopf mit silbernem Bändchen drum und Schleife!

Und auch er sah sich selbst im Geist in Puerto Rico; einem anderen Puerto Rico diesmal; nicht der malerischen Fremdenverkehrsinsel, sondern einem Ort, wo menschlich gearbeitet und gehaust wurde.

Der hübsche *americano* würde er in Puerto Rico sein. Der geehrte Architekt, der die Lösung mitbrachte für alle Probleme der einheimischen Bevölkerung. Der Held, der ausgezogen war, ein ganzes Land von Schmutz und Dreck zu befreien. Weißes Leinenzeug würde er tragen und tiefbraun gebrannt sein von der Sonne; seine Augen würden noch dunkler wirken, und kluge, verständnisvolle Teilnahme würde aus ihrem dunklen Blick sprechen. Ein Haus würden sie haben, er und Eve und die Kinder, und vielleicht stände gar ein Bananenbaum hinten im Hof, Orchideen wuchsen wild; nach einem Tag voller Konferenzen konnte man sich den Zeichentisch ins Freie stellen und, während der Nachmittag langsam zerging in purpurne Dämmerung, sich ganz den Einfällen überlassen.

Anschließend ging man dann wieder hinein, im weißen halsfreien

Hemd, die Ärmel hochgerollt, braun stachen seine Unterarme dagegen ab. Dann setzte man sich mit Eve auf die Terrasse, hinter die spanische Wand, zu einem Glas Gin oder irgendwelchen Rum-Kombinationen; Laute wie von Vögeln kamen aus dem Garten und, aus einiger Ferne, vielleicht das rhythmische Geschwirre der Gitarren. Das eingeborene Dienstmädchen servierte das einfache Abendbrot; danach ging man dann noch ein Stück spazieren, sagte zu den Leuten «Hallo» auf spanisch oder besprach mit ihnen ein bißchen die Regenzeit; oder schlenderte eben auch nur dahin, unter den Knuspersternen von Puerto Rico.

Oder vielleicht fuhr man auch aufs Land raus, zum Schweinebraten; sah zu, wie sich der Spieß mit dem Ferkel drehte: das glitzerte schon braun, wie poliert, und Fett tropfte herab auf die Holzkohlen, daß die Glut ärgerlich spuckte und zischte, während oben der Braten rotierte. Sie aßen ihr Stück Fleisch und tranken dazu Wein, und wenn sie dann nach Hause kamen, wurde geliebt, geliebt wie früher, in der schönen Zeit. In Puerto Rico würde ihr Verhältnis wieder ins rechte Lot kommen.

Und tagsüber die große Aufgabe.

Die Detailstudien; das stetige Zusammenstellen von Zahlen und Daten; die ersten flüchtig-einleitenden Einfälle, die ernsthafteren Vorstöße, die schon wohlbegründeten Lösungsversuche, wie das Problem nach und nach der schöpferischen Attacke erlag, und endlich der fertige Plan. Er sah den Plan beinahe schon auf dem Papier. Und sah im Geist die Insel, Jahre später, wenn aus dem papierenen Plan Wirklichkeit geworden war. In fünfzig Jahren, in hundert Jahren, schön war sie geworden, solide Schönheit, umrauscht von azurnen Wogen. Und er sah sich selbst durch neue Straßen schreiten und denken: Das habe ich mit geschaffen.

Und der Traum lag in Reichweite. Er brauchte nichts als zuzupacken.

Aber auch Maggie war da.

Er hatte Altar gestanden, daß er lediglich glücklich sein wolle, nichts weiter. Und hatte sich damals wohl schwerlich selbst betrogen. Aber nunmehr, wo ihm alles, was er sich nur ersinnen konnte, angetragen wurde, begann er sich doch ernstlich über seine etwaigen Lebensabsichten zu wundern.

Vor seinem Zeichenbrett im dritten Schlafzimmer seines Einfamilienhauses der Siedlung Föhrenhof stellte er sich die Frage: Was, zum Teufel, erwarte ich denn eigentlich vom Leben?

Glücklich will ich sein, schön und gut, aber das ist ja reines Gewäsch; glücklich will schließlich jeder sein. Und glücklich kann man wahrscheinlich auch im Tode sein; es ist gar nicht gesagt, daß Leben die Vorbedingung zum Glücklichsein darstellt. Die Toten schlafen zweifellos glänzend, ohne alle Probleme, und sind garantiert die glücklichsten Leute. Aber die sind eben gleichzeitig tot; während ich lebendig bin und mich langsam entscheiden müßte, was ich eigentlich vom Leben erwarte.

Nu schön also: Ich will berühmt sein!

Das ist schon begreiflicher; zumindest ein Versuch, das, was man unklar Glück nennt, unter die Lupe zu nehmen. Jedermann will Ruhm oder zumindest Anerkennung. Und ich, wie alle anderen Menschen ebenfalls, will fühlen, daß ich etwas Besonderes bin, etwas Einzigartiges. Eine Persönlichkeit. Wissen will ich, daß ich einzigartig bin und daß man mich ob dieser Einzigartigkeit liebt. Ich will das Bewußtsein haben, daß ich eine sehr reiche, hoch individualisierte und äußerst wichtige Persönlichkeit bin. Ich will ich selbst sein. Das sei mein Ruhm, und das will ich. Aber zu Vermögen muß ich auch kommen.

Ich will reich sein!

Möglich, daß nicht jedermann begehrt, reich zu sein; aber ich tu's. Ich brauche Geld. Ich schätze das Geld; Geld ist gut. Nicht die knisternden bunten Scheine als solche; sondern lediglich weil man alles dafür kaufen kann. Und Einkaufen hilft mir, mich selbst zu verwirklichen. Zur Zeit zerstört jeder Blick auf die Preisspalte einer Speisekarte etwas von meinem Selbstgefühl; und bin ich nicht schon zur Nummer geworden, zur Weniger-als-Nummer, zur Null, wenn ich das verloren habe?

Geld will ich, dachte er, und zwar nicht wenig; und Respekt will ich auch.

Respektiert sein als Mann, als Architekt, als denkendes, würdevolles Menschenwesen. Denn auch das, genau wie Ruhm und Vermögen, grenzt mich ab als Individuum. Leben bedeutet für mich schlichtweg: ich selbst sein; und ich selbst sein ist gleichbedeutend mit Glück.

Ich will Maggie, dachte er.

Ich will sie; denn wenn ich bei ihr bin, bin ich vollständig und unbestreitbar *ich*.

Aber bis zu welchem Grade will ich sie? Wenn ich auf der einen Seite Maggie habe, wäre ich gewillt, alles andere zu ignorieren,

Ruhm, Geld, Achtung – was mir ja im Augenblick unbestreitbar geboten wird –, und mich mit dem zufrieden zu geben, was sie ist und was ich in ihrer Gegenwart werde? Bin ich bereit, eine Möglichkeit der Individualisierung auf dem Altar einer zweiten Möglichkeit zu opfern? Und welche ergäbe die wahrere Persönlichkeit?

Gibt es etwa gar zwei Larry Coles; und wenn ja, welcher will ich sein? Wie kann ich überhaupt nur auf den Einfall kommen, Baxters Vorschlag jemals ablehnen zu wollen? Vor fünf Monaten noch, ja vor vier Monaten, ehe ich sie kennenlernte, hätte ich unverzüglich angenommen. Und jetzt ist eine gelegentliche Gepflogenheit – war es denn *überhaupt* eine gelegentliche Gepflogenheit – zu einem unzerreißbaren Band gediehen? Ich kann sie nicht verlassen. Ich kann nicht nach Puerto Rico gehen und fünf lange Jahre fern von ihr sein. Das kann ich nicht.

Ich habe mich selbst gefunden, mußte er denken; aber die Persönlichkeit, die ich fand, ist verloren.

19

Eine noch prachtvollere Nacht für ihre Party hätte Eve sich nicht bestellen können.

Die Quecksilbersäule war den lieben langen Tag nicht über den Gefrierpunkt hinausgekommen; und abends, gegen sieben, als sie mit Larry zusammen die Kinder zu Bett brachte, fiel sie endgültig unter Null. Draußen war es bitter kalt geworden; aber in dem wolkenlos schwarzen Himmel waren Sternspitzen erschienen, und ein greller Mond versilberte die Pflanzenskelette, die Häuser und die schneewallgesäumten Straßen. Dieser Beigeschmack nach Frost war ein ausgesprochener Genuß; aber nur zu bald lockte einen der warme Schein aus den Häusern wieder ins Innere. Für eine Party jedenfalls war es die ideale Nacht; und als Eve aus dem Kinderzimmer ging, wo Larry den Kleinen noch ihre Geschichte vorlas, summte sie befriedigt vor sich hin.

Zehn Minuten später, als sie sich die Nylons überstreifte, kam dann auch er. Sie saß auf der Bettkante und sah über die Schulter, als er ins Zimmer trat.

«Sind sie im Bett?»

«Tja.»

Geld ist gut …

... dachte Larry Cole. Beim Geld hängt die Qualität jedoch unmittelbar von der Quantität ab: Je weniger, um so weniger gut.

Seltsam übrigens, daß nach unserem Sprachgebrauch der Mensch zu Geld kommt, nicht das Geld zum Menschen.

«Gut.»

«Willst du was trinken, ehe die ganze Meute erscheint?»

«Laß uns erst anziehen», sagte Eve. «Ich glaub, das wird 'ne nette Party werden, meinst du nicht?»

«Ja, ich denke doch.»

«Mußt du dich nicht noch rasieren?»

«Schon geschehen. Vorm Abendbrot.»

«Das ist recht. Laß mich mal fühlen.» Er kam her zu ihr, und sie fuhr ihm mit der Handfläche über die Backe: «Hm, bist du heute schön glatt.»

«Tatsächlich? Ich selbst hab's nicht sehen können, die verdammte Neonleuchte flackert wieder derart!»

Sie machte die Strümpfe an ihrem schwarzen Hüftgürtel fest, stand dann auf, schlüpfte aus dem Morgenrock und ging summend und geschäftig im Zimmer hin und her, während sie Stück für Stück zusammensuchte, was sie heute abend anziehen wollte. Larry stellte sich an die Kommode, und sie merkte, wie er ihr zusah.

«Ich bin etwas dicker geworden», sagte sie.

«Ich finde, du siehst glänzend aus.»

«Männer», sagte sie, ohne sich näher zu erklären. Sie ging zum Schrank, nahm ein schwarzes Cocktailkleid vom Bügel und legte es sorgsam übers Bett. «Liebst du mich?» fragte sie unvermittelt.

«Aber natürlich lieb ich dich», sagte er.

«Hast du irgendwas auf der Seele?»

«Nein.»

«Ganz bestimmt nicht?»

«Nein, bestimmt nicht.»

«Du bist so ... ja, ich weiß nicht ... abwesend? Das kenn ich sonst gar nicht an dir.»

«Das tut mir leid. Altars Haus liegt mir vermutlich im Sinn.»

«Aber du besorgst doch nicht ernstliche Schwierigkeiten, oder?»

«Nein. Ich würde bloß gerne sehen, daß der Bau endlich beginnt.»

«Na, das wird ja demnächst geschehen», sagte Eve. Sie zögerte einen Augenblick und fügte dann hinzu: «Du bist die letzte Zeit nicht sonderlich erotisch gewesen.»

«Ich weiß.»

«Okay», sagte sie.

Sie nahm den besten Büstenhalter aus ihrer Schublade in der Kommode, legte den alten ab und den neuen an und ging dann wieder zum Bett. Nahm das tiefausgeschnittene Kleid, streifte es sich über den Kopf und strich es dann glatt über die Hüften. Sah hinten an sich hinab, wie die Strumpfnähte saßen: «Bloß eben keinen Appetit gehabt? Oder was?»

«Bloß mit den Gedanken woanders gewesen», sagte Larry.

«*Ist* irgendwas nicht in Ordnung?» fragte sie.

«Ach nein, gar nichts. Entschuldige, wenn ich irgend zurückhaltend war, Eve; aber wenn ich ernsthaft an etwas arbeite, bin ich doch nie anders.»

«*So* warst du noch nie», sagte Eve.

«Nochmals: entschuldige.»

Seine Stimme war plötzlich scharf geworden. Sie sah ihn an und sagte: «Nicht, daß ich Streit anfangen möchte.»

«Ich ebensowenig.»

«Desto besser. Lieber nicht. Ich bemühe mich doch lediglich herauszufinden, warum du ... warum du dich von mir distanziert hast. Was ist schuld daran, Larry? Wo bist du die ganzen letzten vier Monate gewesen?»

«Was willst du damit sagen?»

«Wo bist du gewesen? Wo bist du noch? Hier bist du jedenfalls nicht; soviel steht fest. Wo bist du?»

Er kam plötzlich zu ihr, faßte sie unters Kinn. «Nanu, jetzt aber», sagte er, «sei nicht dumm. Du siehst aus, als möchtest du jeden Augenblick zu weinen anfangen. Denk doch daran, daß wir eine Party geben wollen.»

Sie nickte; dann schlang sie die Arme um seine Taille und drückte ihr Gesicht in seine Schulter. «Ich hab mir Mascara gekauft», sagte sie.

«Wofür?»

Sie zuckte die Achseln. «Wimperntusche eben. Und Pancake-Puder auch.»

«Solchen Quatsch hast du doch nicht nötig.»

«Findest du mich denn wirklich hübsch?»

«Ja. Du bist sehr hübsch.»

«Und du liebst mich?»

«Natürlich lieb ich dich.»

«Du, Larry?»

«Ja?»

«Kannst du mich nachher mal richtig lieben? Später, wenn die anderen wieder alle weg sind?»

«Ja.»

«Gib mir jetzt einen Kuß, ehe ich den Lippenstift nehme.»

Er küßte sie, und sie klammerte sich fest an ihn; dann sagte er sanft: «Und jetzt mach lieber schnell. Sie können jeden Augenblick kommen.»

«Okay», sagte sie und lächelte.

Noch einmal küßte sie ihn und ging dann über den Korridor zum Badezimmer.

Als erste kamen die Ramseys. Larry empfing sie an der Haustür.

«Hallo», sagte er. «Wunderbare Nacht heut, was?»

«Ja. Sie holen am besten die Gartenzwerge rein», erwiderte Ramsey.

Larry lachte. Er schloß die Tür und sagte: «Darf ich Ihre Mäntel haben?» Er nahm ihn erst Ramsey ab und dann dessen Frau. Doris trug das Haar kurz gestutzt – und hatte ein blaues Wollkleid an. Eine reizlose Frau, vom Mund abgesehen; ein sinnlicher, einladend-großlippiger Mund in einem ansonsten alltäglichen Gesicht. Ramsey andererseits hatte äußerlich gleich gar nichts zu verschenken; er war ungefähr der häßlichste Mann, den Larry sich entsinnen konnte je gesehen zu haben. Sie hatten sich früher auf einer Föhrenhofer Bier-Party kennengelernt; und es hatte Larry ausgesprochene Anstrengung gekostet, von Ramseys bloßem Äußeren her, *kein* vernichtendes Blitzurteil über dessen Charakter zu fällen.

«Was darf ich Ihnen einschenken?» fragte er.

«Scotch und Wasser», sagte Ramsey.

«Für mich dasselbe», schloß Doris sich an; und Larry konnte nur hoffen, daß nicht allzu viele Scotch-Trinker heute abend erscheinen würden. Er hatte mehr Weinbrand eingekauft, in der Voraussetzung, daß die meisten Gäste ihn vorziehen würden. Schon folgten sie ihm an die improvisierte Bar in die Küche.

«Hübsche Tapeten hier», sagte Doris. «Garantiert teurer, als vom Unternehmer vorgesehen, was?»

«Zehn Cents mehr waren's, glaub ich», sagte Larry.

«Wenn das für mich gedacht sein sollte», sagte Ramsey, «dann bitte nur eben einen Tropfen Wasser rein.» Draußen ging die Klingel. «Schenken Sie ruhig weiter ein», sagte er. «Ich mach auf.» Er ging zur Tür, öffnete, grinste, als er Felix Anders sah und sagte: «Oh mein, oh mein; also was für Leute heutzutage so alles zu 'ner Party gelassen werden, was?»

«Hallo, Paul», sagte Felix, und die Männer schüttelten sich die Hände. Auch Larry kam an die Tür, gab Ramsey sein Glas und sagte dann: «Hallo, Felix; Betty. Geben Sie mir die Mäntel.»

«Die gehen im Leben nicht mehr an die Flurgarderobe», sagte Ramsey. «Am besten, ihr versucht's gleich mit dem Bett.»

«Kommen Sie, Larry», sagte Betty und blinzelte. «Wollen wir's gleich mit dem Bett versuchen?»

Eben kam Eve ins Wohnzimmer.

«Hallo, allerseits!» sagte sie. «Kommen Sie rein. Setzen Sie sich.»

Alle begaben sich aus dem Hausflur ins Wohnzimmer, nahmen Platz mit der steifen Förmlichkeit der Zuerstgekommenen und harrten, daß das Eis gebrochen würde.

«Ich möchte Gin und Ginger Ale, Larry», sagte Betty.

«Gin mit Ginger Ale?» fragte Ramsey. «Mein Gott, was ergibt denn das, wenn's fertig ist?»

«Es nennt sich Gin Buck», sagte Betty. «Und ist völlig legitim.»

«Dann muß es grausam fade sein», sagte Ramsey.

«Kann ich etwa beim Mixen helfen, Larry?» fragte Felix und folgte ihm in die Küche.

«Eve, Schatz», sagte Ramsey, «wenn Ihr Mann nicht zu Hause wäre, würde ich Ihnen ja ausführlich erklären, wie sehr mir Ihr ausgeschnittenes Kleid gefällt.»

«Erzählen Sie's ihr trotzdem», sagte Betty. «Es gibt nichts, was einer Frau mehr gefiele.»

«Oh, Sie sehen ebenfalls prächtig aus, Püppchen.»

«Zweite Geige», sagte Betty. «Larry, kommt mein Säftchen bald?»

«Eine Minute», rief Larry von der Küche her.

Wieder klingelte es draußen. Diesmal ging Eve nachsehen.

«Mary, Arthur», sagte sie. Zum Wohnzimmer hin, zu den anderen Gästen, erklärte sie: «Die Garandis. Hallo, Signora», fügte sie besonders warm hinzu. «Kommen Sie doch rein.»

In ihrer besten prähistorischen Matronenart sagte Mary Garandi, die Schwiegertochter der Signora: «Von drüben sah's aus, als fände hier eine Party statt – da sagten wir uns: gehen wir doch mal hin.»

«Guten Abend, Eve», sagte Arthur Garandi, bläßlich, förmlich und blond.

«Die Mäntel bitte ins Schlafzimmer», sagte Eve. «Bestellen Sie gleich bei mir, was Sie trinken möchten, und wenn Sie abgelegt haben, ist's schon fertig.»

«Haben Sie auch Scotch?» fragte die Signora.

«Ja.»

«Dann Scotch und Soda, Eve.»

«Sehr schön. Wo das Schlafzimmer ist, wissen Sie doch, ja? Wenn Sie wiederkommen, stell ich Sie den anderen vor. Was darf ich Ihnen geben, Arthur und Mary?»

«Irgend etwas», intonierten sie im Chor, während sie in Richtung Schlafzimmer abgingen.

Plötzlich klopfte es hinten an die Küchentür.

«Verdammt, wer ...?» sagte Larry, ging hin und öffnete.

«Guten Morgen», sagte Max Levy, steckte seinen roten Schopf durch den Türspalt und kollerte mit den blauen Augen. «Ich komme im Auftrag des Gerichtsvollziehers. Eine gewisse rückständige Ratenzahlung für Ihr Auto ...»

«Rein mir dir, Schwätzer», sagte Larry und grinste. «Wo bleibt denn Fran?»

«Ich bin hier», sagte Fran Levy; sie war mädchenhaft zierlich mit braunem Haar und braunen Augen. Sie trat hinter Max in die Küche und schüttelte noch immer den Kopf: «Er war nicht davon abzubringen, wir müßten mit Eklat durch die Hintertür einziehen. Er drohte mit Scheidung, falls ich nicht mitkäme.»

«Werft eure Mäntel irgendwo ins Schlafzimmer», sagte Larry, «ich mix euch inzwischen die betreffende Brühe. Was darf es sein?»

«Scotch», sagte Max. «Ein Wasserglas voll. Dann behellige ich dich für den Rest der Nacht nicht mehr.»

«Und Fran?»

«Korn und Wasser.»

«Ich liebe dich», sagte er. «Seid ihr mit Felix Anders bekannt? Felix, das sind Fran und Max Levy.»

«Sehr angenehm», sagte Felix und nahm Max' Hand. Fran nickte er lediglich zu; mit Frauen tauschte Felix nie einen Händedruck.

«Fran, Max», sagte Eve, die eben in die Küche kam. «Wie seid ihr denn reingekommen?»

«Hajo, mein Schatz», sagte Max und küßte Eve auf die Wange. «Durch den Schornstein natürlich. Wie anders kann der Weihnachtsmann wohl erscheinen?»

«Legt nur die Mäntel ab. Und paßt auf den Verkehr auf», sagte Eve. «Du, Larry, ist Bettys Glas immer noch nicht soweit?»

«O Gott, hab ich vergessen es rüberzubringen?»

«Welches ist es denn?» fragte Felix. «Ich bring's rüber.»
«Du, Eve, dein Mann liebt mich», sagte Fran. «Eben hat er's gestanden.»
«Ja? Wie das?» fragte Eve.
«Weil sie Korn trinkt», sagte Larry. Fran lachte auf und folgte Max ins Schlafzimmer. Felix verschwand mit dem Glas für seine Frau ins Wohnzimmer. Als sie mit Larry allein in der Küche war, sagte Eve: «Aber mich liebst du doch auch?»
«Sicher.»
«Wie sehr?»
«Mehr als die Welt.»
«Quatsch. – Die Signora möchte Scotch und Soda. Und Mary und Arthur irgendwas.»
«Na, dann aber nichts als Korn! Der Scotch geht mir etwas zu reißend ab.»
«Okay. Denkst du noch an dein Versprechen von vorhin?»
«Und wie.»
«Ich bin doll schamlos, was?» sagte Eve.
«Nein, anziehend», sagte Larry. «Du müßtest öfter so sein.»
«Das klingt endlich wie früher. Allmählich fang ich an, dich wieder zu mögen. Bekomm ich auch was zu trinken oder zählt die Gastgeberin nicht mit?»
Im Schlafzimmer sagte Max Levy: «Macht 'n ziemlich hölzernen Eindruck, der Verein draußen.»
«Oh, Larry und Eve doch nicht», wisperte Fran.
«Das nicht; aber alle übrigen anscheinend. Ich wette, binnen zehn Minuten sind wir bei der Unkrautbekämpfung unter besonderer Berücksichtigung des Fingergrases.»
Fran platzte heraus. Gemeinsam begaben sie sich ins Wohnzimmer.
«Die einzige Möglichkeit, dem Fingergras beizukommen», sagte Arthur Garandi eben, «ist das Rausreißen mitsamt der Wurzel. Einen anderen Weg gibt es nicht.»
«Es sind doch diverse sehr wirksame Chemikalien im Handel erschienen», sagte Felix.
«Mitsamt der Wurzel», beharrte Arthur. «Wie bei Schaben: Die einzige Möglichkeit sie totzukriegen, ist drauftreten. Und genauso ist es auch mit dem Fingergras.»
«Hör bloß mit deinen Schaben auf», sagte Mary Garandi. «Sonst denkt noch jeder, wir hätten welche.»

«Wer hat Schaben?» fragte Max, der eben aus dem Schlafzimmer kam, über dem Arm eine unsichtbare Zerstäuberspritze und die blauen Augen wie funkelnd vor Jagdlust.

«Oh, mein Gott; da, siehst du!» sagte Mary.

«Bei Ihnen sind Schaben, junge Frau?» fragte Max.

«O nein, nein!»

«Max Levy mein Name: Schabentöter. Hier meine Assistentin, Fran.»

«Hallo», sagte Fran.

«Betty, meine Frau», sagte Felix, der die weitere Vorstellung übernahm. «Paul und Doris Ramsey. Arthur und Mary Garandi und Mrs. Garandi.»

«Was Sie haben *zwei* Frauen, Arthur?» fragte Max.

«O nein; es ist meine Mutter», sagte Arthur.

«Ja, ja, Ihre Mutter! Diese junge Dame hier? Unmöglich!»

«Der gefällt mir», sagte die Signora.

«*Sie* gefallen mir», sagte Max mit einer Verbeugung. «Wollen wir uns zusammen besäuseln?»

«Zusammen oder einzeln», sagte die Signora, «*das* ist der Grundgedanke des heutigen Abends.»

«Sie sind Italienerin», sagte Max.

«Wie konnten Sie das erraten, wo ich doch Garandi heiße?»

«Oh, nicht wegen des Namens. Ich hab die Italiener gern. Ich bin im Krieg in Italien gewesen. Da wurde ich immer der ‹Fliegende Jude› genannt.»

«Von wem?»

«Von den Italienern.»

«Aus welchem Grund?»

«Na, weil ich eben ein fliegender Jude war», sagte Max achselzuckend.

Es klingelte draußen und Eve ging nachsehen.

«Bidd'um 'ntschuldjung», sagte Murray Porter mit schwerfällig verstelltem Akzent, «sind wir hier im Tempel Emmanu-El?»

Jetzt waren auch die Porters da; die Party konnte beginnen.

Je mehr sie tranken, desto widerlicher schienen sie Larry sämtlich zu werden. Und je widerlicher sie wurden, desto mehr tranken sie. Und um sie zu vergessen, trank auch er.

Er hatte keine Übersicht mehr, wieviel Gläser er getrunken hatte. Wohl erklang Musik im Wohnzimmer, aber niemand tanzte. In

Föhrenhof tanzte bei Haus-Parties kein Mensch; getanzt wurde nur bei den alljährlichen großen Bier-Parties. Auch Gelächter klang auf, oh, wie man lachte, daß sich die gottverdammten Balken bogen, dazu das laute Stimmengewirr, und überhaupt das Gefühl, wie wenn zuviel Personen in einem zu kleinen Haus beisammen sind. Er lehnte allein in der Küche am Ausguß, sein Glas in der Hand und dachte, ist das eine alberne Party. O Maggie, ist die Party albern, hätte ich dich doch bloß kommen lassen!

Als die Signora in die Küche kam, schaute er wohl auf, sagte ihr aber kein Wort; und sie musterte ihn einen Augenblick.

«Gibt's noch etwas Scotch?» fragte sie.

«Klar», sagte Larry. Er hob die betreffende Flasche und hielt sie gegen das Licht, nahm dann ihr Glas und schenkte ein. «Wasser? Oder Soda? Ich hab's vergessen.»

«Soda.»

Er goß aus der offenen Flasche, die im Ausguß stand, zu und hielt ihr dann das Glas hin. «Blödsinnige Party, was?» sagte er.

«Eine nette Party.»

«Wenn ich nicht gerade der Gastgeber wär, wär ich längst verschwunden», sagte Larry. «Das könnt ich eigentlich überhaupt tun.»

«Wohin wollten Sie denn gehen?» fragte die Signora.

«Oh, da gibt's diverse Stellen, Signora», erklärte er ihr, «alle möglichen Stellen.»

«Etwa zu einem Kursus?» fragte sie.

Er sah sogleich auf, so betrunken wie er war. Seine Brauen zogen sich zusammen, und er musterte sie argwöhnisch. «Wieso sollte ich zum Kursus gehen wollen?»

«Sie nehmen doch gern an Kursen teil, oder nicht?»

«Ja, sicher.»

«Ich ebenfalls. Vielleicht gehe ich abends mal mit Ihnen mit.»

«Die sind rein technisch», sagte Larry. «Nicht mal Eve geht mit.»

«Zweifellos», sagte die Signora. «Und ich kann mich ja auch zu selten frei machen. Ich gehe viel auf Kinder aufpassen: Die Zeit vergeht dabei, man bekommt noch bezahlt und ist immer in der nächsten Nachbarschaft.»

«Ausgezeichnet, Signora. Sehr brav.»

«Auf Margaret Gaults kleinen Jungen paß ich häufig auf», sagte die Signora.

Wieder blickte Larry auf. Die Signora betrachtete ihn aus ausdruckslosen braunen Augen. Er sah die weißhaarige Frau, deren Patriziergesicht unpassenderweise auf einen viel zu plumpen Rumpf gepfropft schien: Die Augen waren betont ausdruckslos; aber um den Mund lag Trauer.

«Sie geht häufig aus», sagte die Signora, «und ich passe währenddessen auf ihren kleinen Jungen auf.»

«Lieb von Ihnen», sagte Larry vorsichtig.

«Meinen Sie, daß sie auch ... zu Kursen geht?»

«Ich hab keine Ahnung, wohin sie geht», sagte Larry, «und es interessiert mich auch nicht.» Selbst in seinem betrunkenen Zustand wunderte er sich, wieso Maggie niemals erwähnt hatte, daß die Signora für sie Babysitter machte. War sie sich der Gefahr denn nicht bewußt? Machte sie sich nicht klar, daß die alte Dame genau gegenüber wohnte, sein Kommen und Gehen beobachten und mit dem Maggies in Verbindung bringen konnte?

«Eine schöne Frau», sagte die Signora.

«Schönheit ist nur oberflächlich. Deswegen muß man noch nicht glücklich sein, bloß weil man schön ist. Ist Ihnen das nicht bekannt?»

«Ist sie denn glücklich?»

«Woher soll ich das wissen?»

«Sind *Sie* glücklich?»

«Ich bin maßlos glücklich. Whisky macht die ganze Welt glücklich. Wollen Sie noch ein Glas, Signora?»

«Warum machen Sie sich nicht fort, Larry?»

«Wovon fort?»

«Hier, aus der Siedlung Föhrenhof. Das ist nicht der Ort für Sie. Das tut Ihnen nicht gut.»

«Mir gefällt's hier.»

«Haben Sie Eve lieb?»

«Klar hab ich Eve lieb!»

«Dann ziehen Sie weg von hier.»

«Ich kann nicht anderswohin.»

«Warum nicht?»

«Ich kann nicht, das ist alles.»

«Warum nicht?»

«Signora», sagte Larry in seiner betrunkenen Weise, «wissen Sie, das Leben ist eine sehr komplizierte Angelegenheit, ja? Es klappt nicht so, wie man sich's ausgerechnet hatte. Es plätschert auf seine eigene verfluchte Art munter dahin, und man muß das Spiel eben ansagen, wie man die Karten kriegt. Deswegen, Signora.»

«Ziehen Sie weg von Föhrenhof. Irgendwohin.»

«Meinen Sie, daß es anderswo verschieden wäre?» fragte Larry. «Wo steht denn das goldene Schüsselchen? Ich kann nicht mal den verdammten Regenbogen mehr sehen!»

«Margaret Gault ist das Goldschüsselchen nicht», sagte die Signora; und er starrte sie lange an, und schwer, und eine ganze Weile sprach keiner mehr ein Wort.

Dann sagte er: «Signora, ich kann Sie verdammt gut leiden. Ihren gruseligen Sohn mit seiner Mickiemaus von Frau nicht; aber Sie in jeder Hinsicht. Nur das eine, Signora: Kümmern Sie sich um Ihre eigenen Angelegenheiten.»

«Ich hab Sie gern, Larry», erwiderte sie, «und habe Sie immer gern gehabt. Ich möchte versuchen, Ihnen zu helfen.»

«Mir kann kein Mensch auf der Welt helfen, es sei denn, ich selbst», sagte er.

«Und wie?»

«Das krieg ich noch raus. Sobald die betreffende Brücke in Sicht kommt, wird sie überschritten. Und falls keine Brücken da sind, bau ich mir welche. Ich bin ja schließlich Architekt, was? Oder etwa nicht?»

«Das sind Sie.»

«Klar, bin ich! Und ein *berühmter* Architekt! Ein Blick auf mein Haus hier müßte das doch jedermann verraten, wie? Mein Prachtpalast! Aber ein Palast, den jeder besitzt, wie, Signora? Dies reizende nette Föhrenhof, mit seiner frischen Luft für die Kleinen und den Patios, wo man sitzen kann und Gin trinken und sich über Rasenpflege unterhalten und gepflegte Häuslichkeit, was? Der Traumpalast mit dem sammetweichen Rasen, garantiert fingergrasfrei, denn, Signora, es ist unbedingt nötig, daß kein Fingergras wächst. Wissen Sie was?»

«Was?»

«Wer *schert* sich um Fingergras?»

Die Signora lächelte.

«Wer fragt danach, ob Fingergras den Rasen überwuchert oder die Siedlung oder meinethalben die ganze Welt? Mich kümmert's nicht *soviel*; und die anderen, sollte ich meinen, im Grunde auch nicht. Aber man hat ihnen eingeredet, daß ihr Zwanzig-mal-dreißig-Meter-Sarg wenigstens ein *grüner* Sarg sein müßte. Und wenn

Sie nicht mitmachen, zeigt irgendein Halunke auf der Straße Sie noch beim Magistrat an, wegen Verschandelung der Landschaft dieses verfluchten Friedhofs, entschuldigen Sie den Ausdruck.»

«Larry, wenn Sie ...»

«Sie alle grämen sich nicht, Signora. Sie wohnen doch auf dem Land, warum sollten sie sich grämen? Hier ist doch der Große Traum: Das Weiße Haus mit den rosa Jalousien; Ecklage; Hausflur mit Diele, und unten im Keller surrt die Waschmaschine und daneben die Ölheizung, ein Jahr Garantie; und hinterm Haus der Platten-Patio, und die neue Garage wächst aus dem Boden, die Baugenehmigung an die Tür gezwickt. Das ist der Große Traum: Wer fragt da danach, daß er die ersten fünfzehn Ehejahre von trocken Brot und Bohnen gelebt hat?

Signora! Schön, nun lassen Sie all diese Leute glücklich in ihrem idyllischen Sortiment von winzigen Zwiebackbüchsen gelandet sein, mit den ländlich-klingenden Namen dran, die irgendwelche Angestellte in Madison Avenue ausgeheckt haben, in einem Bürohaus, mitten in der riesigen, dreckigen City, wo man keine Luft kriegt: ‹Am Ahornbach›! oder ‹Am Berghang› oder ‹Vier Birken-Weg›! Jetzt sind sie soweit; jetzt fangen sie ihn an zu erleben, den dicken fetten amerikanischen Traum! – Aber wann, zum Teufel, fängt das Leben denn an?

Wann hat man Zeit dazu, wenn erst das Fingergras gejätet werden muß und die Wintertür ausgehangen und durch die Jalousietür ersetzt, wenn erst der Hund spazierengeführt werden muß und die neueste Strauchsorte eingepflanzt; und der Zaun repariert und der Giebel gestrichen und ein Patio gelegt; und der Rasen geschnitten, gedüngt, gekalkt und abgestochen sowie die Schaukel und die Rutschbahn aufgebaut; das Gummischwimmbecken aufgeblasen und gefüllt und der Rasensprenger in Tätigkeit gesetzt; und die Forsythie muß beschnitten werden und im Keller die Asphaltplatten gelegt – wo bleibt denn da die Zeit, daß man sich auf den neuen Patio hinsetzen und endlich den lausigen Gin und Tonic schlürfen kann, nach dem man vor Durst vergeht? Wann hat man denn Zeit zu leben?»

«Man hat schon Zeit zu leben, Larry», sagte die Signora.

«Aber selbstverständlich hat man Zeit! Was gibt's nicht für Spaß, wenn wir Röstbraten im Freien machen, was? Und die Funken fliegen, daß die ganze verfluchte Siedlung in Brand geraten möchte; wo jeder arme Hund aus der Nachbarschaft ankommt, damit er auch mal 'ne Scheibe Fleisch zwischen die Zähne kriegt; wo die Bouletten verkohlt sind, und wo der Nachbar, der genauso alt ist wie Sie, und ebensoviel Kinder hat und aufs Haar dasselbe verdient wie Sie, wo der auch auf genau demselben Hinterhof steht, bei genau derselben Beschäftigung, kaum kann er vor Rauch aus den Augen gucken und noch rüberruft: ‹Hallo, Nachbar! Auch mal 'n bißchen beim Spießbraten?›

Sicher haben wir Zeit. Gibt's etwa keinen Spaß, wenn wir das feststehende Schema unserer Cocktail-Parties runterleiern, sei es im Haus oder außer Haus? Wo jeder Nachbar sein Getränk selbst mitbringt, und für die altbackenen Pommes frites haben wir alle zusammengelegt und für das Fäßchen Bier gleichermaßen, das Bier, an dem sich die weiblichen Familienoberhäupter dermaßen bedudeln, daß sie nicht mehr stehen können? Na, wenn das kein Spaß sein soll, was? Wir lachen doch, daß die Wände wackeln! Lachen, lachen, bis sich die Balken biegen vom Gelächter der spiegelbildlich gleichen Leute, die in den spiegelbildlich gleichen Häusern wohnen.

MEIN GOTT, SIGNORA, DAS SIND DOCH ALLES TOTE! Wohl haben sie ihren dumpfen Traum; aber in Wirklichkeit hat der Traum *sie*! Und eines Tages werden alle diese dämlichen, armseligen Gesellen erwachen und erkennen, daß sie auf einem Friedhof für junge Leute leben und daß ihr Tod genau in der Stunde eintrat, wo sie den Kontrakt unterzeichneten über ihre Särge:

Massiv; vier Schlafzimmer; Hausflur mit Diele; gesondertes Eßzimmer; Zentralheizung; vollelektrischer Haushalt; geräumiges Grundstück; Kirche und Geschäfte zu Fuß zu erreichen; zu Schule und Bahnhof Autobusverbindung; fünfzig Minuten bis New York City!

Und auch das werden sie erkennen, daß ihre Träume gestorben sind. Daß sie nichts sind als junge tote Leute mit alten toten Träumen. Und wissen Sie, wie die das Problem lösen werden, Signora? Wissen Sie, wie die ihre Auferstehung bewerkstelligen?»

«Wie denn, Larry?»

«Indem sie in die nächste Siedlung ziehen! Eine Siedlung mit ‹Häusern am Hang› diesmal. Häusern, die 20000 Dollar kosten an Stelle der früheren vierzehn-vier-neunzig, aber wiederum auf dasselbe gottverdammte 20 × 30 Meter Grundstück, mit denselben Spiegelbildern von Nachbarn ringsum!»

«Wenn Sie es so sehr hassen, Larry, warum gehen Sie denn dann nicht fort?»

«Weil ich nicht kann, Signora! Ich sitze in der Falle. Gott helfe mir, aber ich sitze in der Falle. Wissen Sie, was ich möchte? Goldene Brücken möchte ich, weitbogige goldene Brücken, die sich über safirne Gewässer spannen! Und rubinene Gefährte, in denen ich über sie dahinjage – aber ich sitz in der Falle, ich sitz in der Falle.»

Er füllte sein Glas mit neuem Korn.

«Sachte, Larry.»

«Keine Angst um mich.»

«Warum gehen Sie nicht zu Eve?»

«Warum kommt Eve nicht zu mir?»

«Ach, Larry, Larry, sind Sie unglücklich.»

«Ich bin glücklich wie der Teufel. Reden Sie mir ja nicht ein, ich wär unglücklich.»

«Wollen Sie nicht mit rüber, ins andere Zimmer, kommen?»

«Ich will hier am Ausguß bleiben», sagte Larry. «Lassen Sie mich allein, Signora; ich wollte, ich könnte mich durch die Kanalisation spülen.»

«Larry ...»

«Lassen Sie mich allein!»

Im Wohnzimmer unterhielt sich Felix Anders mit Phyllis Porter. Phyllis war eine gutgebaute Brünette mit grünen Augen, einer fürwitzigen irischen Nase und einer Art keck geschürztem irischem Mund, aus dem weiße Zähne schimmerten; ihr Mann, Murray, erzählte den Garandis, Eve und Fran den neuesten Witz aus der Textilbranche.

«Natürlich», sagte Felix, «hat ein Mann nicht minder seine Träume. Man will ja schließlich nicht immer Fleischer sein.»

Phyllis, die schon ein gutes Quantum Alkohol verkonsumiert hatte, hörte Frank Sinatra sein *Wee small Hours*-Album absingen, dazu das Stimmengewirr der allgemeinen Unterhaltung ringsum, fühlte sich mütterlich und fraulich; verständnisvoll gegenüber aller Welt und den Männern im besonderen und sagte: «Was wäre denn Ihr Traum, Felix?»

«Ein großer Traum», sagte Felix. «Zumindest für einen einfachen Fleischer.»

«Fleischer dürfen genauso gut träumen wie Kerzendreher», sagte Phyllis philosophisch. «Marty war doch auch Fleischer. Und träumte der etwa nicht? Natürlich träumte er. – Und was ist nun Ihr großer Traum, Felix-Baby?»

«Mein Traum wäre, Menschen glücklich zu machen», sagte Felix. Er legte eine dramatische Pause ein. «Können Sie das verstehen, Phyllis?»

«Aber ohne weiteres. Wen möchten Sie denn glücklich machen, Felix?»

«Jedermann», sagte Felix. Er hielt immer noch das erste Glas in der Hand, das er zu Anfang des Abends bekommen hatte. Er war nicht betrunken und auch nicht gesonnen, sich zu betrinken oder auch nur leicht angeheitert zu werden. «Jedermann», wiederholte er. «Sie.»

«Mich?» Phyllis griente schief. «Auf welche Weise möchten Sie mich denn glücklich machen?»

«Was meinen Sie wohl?»

«Keine Ahnung. Verraten Sie mir's.»

«Was wäre Ihnen denn das liebste?»

«Im Augenblick?»

«Im Augenblick.»

«Da möcht ich nichts, als rein ins Bett», sagte Phyllis. «Schlafen, mein ich.»

«Genau wie ich.»

«Auf was für Einfälle Sie so kommen», sagte Phyllis listig. «Einfälle hat Felix, das Kätzchen.»

«Gar nicht. Nur den Einfall, die Menschen glücklich zu machen.»

«Mich können Sie nicht glücklich machen, Felix», und Phyllis bewegte feierlich den Kopf: «Denn ich bin schon glücklich.»

«Wat denn, wat denn?» sagte drüben Murray und war endlich bei seiner Dialektpointe angelangt: «Laß se alle in Manchester rumloofen – *wir* gehn in Flor!»

«Ich glaub, ich hör David», sagte Eve. «Sie entschuldigen mich.»

Larry hatte sich die Schuhe ausgezogen, lehnte am Ausguß und starrte in sein Glas. Es war fast schon ein Uhr, und er wunderte sich, wann Eve wohl Kaffee und Kuchen rumreichen würde; und wunderte sich, wann alle diese Leute sich wohl endlich wieder in ihre eigenen Häuser verziehen würden. Die Signora war ins Badezimmer gegangen; er stand allein in der Küche, hielt den Ausguß fest und lauschte der traurigsten Musik von der Welt und vernahm die glücklichsten, fröhlichsten Stimmen von der Welt, und durch all das hindurch hörte er das Telefon.

«Telefon», sagte er.

Niemand antwortete. Er stellte das Glas hin, stieß sich vom Ausguß ab und marschierte den Korridor entlang, der zum Schlafzimmer führte. Bei den Kindern brannte das Licht, und er konnte Eve sich über Davids Gitterbett beugen sehen und ihr beschwichtigendes Zureden hören. Das Telefon klingelte unentwegt.

«Geht denn niemand ran?» rief Ramsey vom Wohnzimmer her.

«Bin schon dabei», sagte Larry zu Ramsey. «Ich komm schon, komm schon», sagte er zum Telefon; dann nahm er den Hörer in die Hand.

«Hallo?» sagte er.

«Hallo.»

David schluchzte ohne Grund, wie eben nur ein kleines Kind weinen kann, wenn es mitten in der Nacht von fremdem Stimmenschall geweckt wird, ein Schluchzen ohne Angst, ohne Traurigkeit, eben nur ein Geweine aus Urtiefen.

Eve sagte: «Nicht weinen, Baby; Mami ist doch da. Komm, Baby, wein nicht mehr. Nicht mehr weinen, bitte.»

Aber David wollte nicht aufhören. Sie drückte ihn fester an die Brust, wie früher, als er noch ganz klein war; und er schluchzte sein Leid gegen das nackte Fleisch über dem tiefen Ausschnitt.

«Sei gut, Liebling. So, so, Liebling. Nicht mehr weinen. Mami ist ja da», wiederholte sie beruhigend, immer und immer wieder. «Nicht weinen, Liebling. Nicht mehr weinen.»

Er stand ganz still am Telefon. Auf ihre Stimme war er nicht gefaßt gewesen. In der Dunkelheit des Schlafzimmers, mit dem begleitenden Gelächter aus dem Nebenraum, klang ihre Stimme warm und still und liebevoll.

«Wo bist du?» fragte er.

«Daheim.»

«Er?»

«Oben. Schläft. Ich *mußte* dich einfach anrufen. Können wir uns unterhalten?»

«Nein.»

«Bist du betrunken?»

«Jawohl.»

«Laß mich reden. Hör du zu. Liebst du mich?»

«Jawohl.»

«Warum hast du dich betrunken?»

«Weil ich dich liebe.»

«Du fehlst mir, Larry. Du fehlst mir so sehr. Es ist eine Folterqual, zu wissen, daß du dich dort amüsierst.»

«Wie bitte?!»

«Ist es scheußlich?»

«Ja.»

«Sehr scheußlich?»

«Ja.»

«Das freut mich. Ich will, daß du elend bist ohne mich. Ich will, daß du mich ebensosehr vermißt, wie ich dich.»

«Das ist der Fall, Maggie, was sollen wir bloß tun?»

«In welcher Hinsicht?»

«Ich weiß nicht.»

«In welcher Hinsicht, Liebster?»

«Hinsichtlich der Welt», sagte er.

«Der Welt?» Sie begann zu kichern. «Schatz, du bist betrunken! Hört sich das wundervoll an! Ach, wenn ich dich doch bloß in die Arme nehmen könnte!»

«Was aber unternehmen wir hinsichtlich der Welt, Schatz?» fragte Larry erneut.

«Die Welt soll für sich selber sorgen», sagte sie. «Es genügt, wenn wir beide uns umeinander kümmern.»

«Sehr gut. Aber was wird mit Puerto Rico?»

«Was soll damit werden?»

«Keine Ahnung. Aber was wird damit?»

«Ich versteh dich nicht, Larry.»

«Es ist arm und schmutzig», sagte er. «Und könnte so sauber sein. Ich könnte es saubermachen.»

«Ja, Liebster.» Und wieder kam das Kichern. «O Gott, bist du blau; ach, könnte ich dich abküssen!» Er hörte es in der Muschel schmatzen: «Ist er richtig angekommen? Ein Kuß für dich. Hast du ihn erhalten, Liebster?»

«Ja.»

«Du, betrinkst du dich auch mal, wenn ich dabei bin? Ich möchte dich mal betrunken haben.»

«Ja.»

«Wann denn?»

«Morgen früh. Morgen früh zum Frühstück betrinken wir uns.»

Wieder kicherte sie, ihre Stimme war ganz dicht an seinem Ohr, sehr warm war das Kichern, sehr intim.
«Ich liebe dich», sagte er.
«Noch mal», flüsterte sie, «noch mal, du.»
«Ich liebe dich.»

«Nicht weinen, David. Es sind doch fremde Leute, Schätzchen; du willst doch nicht, daß die denken sollen, du wärst noch ein Baby, wie?»
«Wo is Papa?» fragte David schluchzend.
«Draußen. Soll er kommen?»
«Ja», sagte David, nickte und schluchzte.
Eve ging bis zum Türrahmen.
«Larry!» rief sie. «Kannst du bitte mal herkommen?»
«Ich schaff ihn ran», schrie Ramsey zur Antwort vom Wohnzimmer her, «er ist grad am Telefon.» Ramsey stellte sich auf die Füße und begab sich zum Schlafzimmer. Er lehnte sich fest an den Türpfosten und sagte: «He!»
Larry drehte sich vom Apparat weg, sah Ramsey und wandte sich dann wieder der Muschel zu. «Wen möchten Sie haben?» fragte er.
«*Dich* möchte ich haben», erwiderte Maggie.
«Das tut mir leid», sagte Larry. «Sie haben vermutlich die falsche Nummer.»
«Ich hab genau die richtige Nummer, Schatz», sagte sie.
«Das tut mir leid», sagte Larry, «aber von den hier Anwesenden heißt niemand so.»
«Ruf mich morgen an, ja?» sagte sie.
«Jawohl.»
«Ich liebe dich, du!»
«Ganz recht, Sir», sagte Larry. «Ich ebenfalls. Gute Nacht.»
«Gute Nacht, mein Schatz.»
Er legte auf. Er drehte sich um zu Ramsey. «Falsch verbunden», erläuterte er.
«Ihre Frau braucht Sie», sagte Ramsey.
Er ging an ihm vorbei und über den Korridor, hörte im Wohnzimmer Betty und Doris zweistimmig singen, sah Felix in der entferntesten Ecke auf Phyllis einreden, hörte Murray der Signora einen Dialektwitz erzählen, sah Max vermittels Handbewegungen den Garandis das Fliegen erklären, sah Fran aus dem Wohnzimmer

küchenwärts schwanken, zur Bar, das leere Glas in der Hand. Er ging am Wohnzimmer vorbei, den Korridor hinunter bis zum Kinderzimmer und dann ins Zimmer selbst.

«Red du ihm doch etwas zu», sagte Eve eisig. «Das heißt, wenn du nicht allzu besoffen bist.»

«Was ist denn mit ihm los?» fragte Larry.

«Nichts weiter», sagte Eve. «Höchstens, daß sein Vater ein Hanswurst ist.»

«Was ist denn mit *dir* los?»

«Überhaupt nichts. Ich mach jetzt Kaffee. So fünf oder zehn Liter dürften dir sehr gut tun.»

Larry ging zum Gitterbettchen hin. «Was gibt's denn, Chris?» fragte er.

«Ich bin doch David.»

«Schön; aber was ist los?»

«Ich hab's Bett gar nicht voll gemacht.»

«Wer hat denn das behauptet?»

«Niemand.»

«Na also; was gibt's denn da noch?»

«Gar nichts», sagte David.

«Ich mach jetzt Kaffee», sagte Eve. In der Tür blieb sie stehen: «Wer war denn das am Telefon?»

«Altar», sagte Larry. Und Eve ging hinaus.

«Mutti is böse», sagte David. «Warum?»

«Keine Ahnung. Frauen werden immer böse.»

«Sie hat gesagt, du wärst besoffen.»

«Bin ich.»

«Was iss'n das, besoffen?»

«Was ist nüchtern?» fragte Larry die Wand. «Wirst du jetzt wieder einschlafen können?»

«Klar. Und ich hab das Bett nich naß gemacht.»

«Ein braver Junge!»

«Und ich mach das Bett auch nie wieder naß. Denn dann kann ich mit Chris in die Schule gehn.»

«Klar.»

«Bestimmt?»

«Klar.»

«Wenn ich größer werd, werd ich genau wie Chris.»

«Sehr gut», sagte Larry. «Und nun leg dich hin, mein Sohn. Ich deck dich zu.»

«Und wenn ich dann *ganz* groß bin, werd ich 'n Papi wie du. Du bist ein guter Papi. Der beste Papi in New York.»

«Schönen Dank, mein Junge», sagte Larry. Er küßte David auf das Bäckchen.

«Mich lassen», sagte David. «Ich will dir 'n Kuß geben.»

Er küßte Larry, und plötzlich riß Larry seinen Sohn an sich, hielt und preßte ihn, wild und fest.

«Gute Nacht, mein Junge», sagte er. «Gute Nacht.»

«Nacht, Papi.»

Er knipste das Licht aus; er ging aus dem Schlafzimmer und am Badezimmer vorbei und durch die Küche, wo am Herd Eve mit dem Kaffeetopf stand, und weiter durch den Hausflur und dann durch die Haustür bis zur Treppe. Er stieg die Stufen hinab, ging den Gartenpfad hinunter bis auf den Bürgersteig; bog dann einfach nach links und schritt den Häuserblock entlang, fühlte die plötzliche Kälte, merkte auf einmal, daß er nur Strümpfe anhatte, wer fragt schon danach, schneller und schneller, nur immer den einen Gedanken, ich muß entkommen, und wußte doch nicht, wem er entkommen wollte.

Die Siedlung lag schon in tiefem Schlaf; die Bürgersteige hatten sich eingerollt, über den Fensteraugen lagen die Lider, die Häuser standen einförmig und still hinter ihrem Vorfeld aus Rasen, steif und unbeugsam ragten die Telefonmasten, Drähte zeigten oben aus ihnen in alle Ferne, der Himmel war aus massivem Schwarz, vollgepfropft mit Sternen und einem Märchenbuchmond.

Er wanderte allein durch die stillen Straßen, mit immer rascherem kopfloserem Schritt, stets schwerer atmend, *weg, weg*, ohne Bewußtsein, wohin er ging – und auf einmal kam ihm zum Bewußtsein, wohin er unterwegs war, und er stand wie eingewurzelt: Er war auf dem Weg zu Maggies Haus!

Die Arme fielen ihm schlaff herunter. Der Kopf sank ihm auf die Brust; er stand mitten auf dem leeren Bürgersteig, erschlafft am ganzen Leibe, langsam bewegte sich der Kopf, in sinnloser Verneinung, was ist denn mit mir los, dachte er, was ist mit meinem Leben los?

In ihm war eine überwältigende Traurigkeit. Er wußte, weinen würde er nicht; aber drinnen, hinter seinen Augen standen die Tränen, stille Tränen, ungeweinte, ohne überzufließen. So schwer wog die Trauer, eine Bürde, die auf seinen Schultern lastete, auf seinem Haupt, und ihm Brust und Augen und Hände schwer machte. Allein stand er und reglos, mit bestrumpften Füßen gegen das Steinpflaster, übergossen von hellstem Mondlicht. Kein Wind ging. Die Welt schwieg. Allein war er, in einer schweigenden Welt; allein und kummervoll; unfähig, einen Gedanken zu fassen, nur fähig, die überwältigende Traurigkeit zu empfinden.

Das Auto hielt neben ihm an. Die Vordertür ging auf.

«Steigen Sie ein», sagte eine Stimme.

Einen Augenblick lang stand er noch still. Dann, mit einem großen Aufwand an Anstrengung, wandte er sich und ging zum Auto hin. Stieg ein und setzte sich auf den Vordersitz neben den Fahrer.

«Machen Sie die Tür zu», sagte die Stimme.

Er machte die Tür zu.

«Mir kann's letzten Endes total gleichgültig sein», sagte die Stimme, «aber sind Sie wieder auf'm Damm?»

«Mir geht's ausgezeichnet», antwortete Larry.

Das Auto fuhr jetzt. Draußen tickten einförmig immer dieselben Häuser vorbei.

«Überwältigend schlau sind Sie ja nicht gerade», sagte die Stimme. «Das kann sogar ein Fleischer sehen.»

«Ich bin schlau wie der Teufel.»

«Warum gehen Sie dann während Ihrer eigenen Party spazieren?»

«Weil ich Lust dazu hatte. Wer, zum Teufel, sind Sie überhaupt?»

«Felix Anders.»

«Mensch, hauen Sie bloß ab, Felix. Wer hat Sie geheißen, mir nachzukommen?»

«Eve.»

«Was 'n Held. Der große Fleischerheld, der die *Daily News* liest.»

«Es kann nicht jeder ein schlauer Architekt sein und die *Times* lesen.» Felix machte eine Pause. «Wir fahren ein Stück, ja? Damit Sie wieder einen klaren Kopf bekommen.»

«Mein Kopf ist klar genug.»

«Ja ja, so klar wie 'n dreckiger Hintern.»

«O mein, der Fleischer schimpft. Der Herr Zeremonienmeister-Fleischer schimpft. Der feine, überlegene –»

«Ich kann die Stümper nicht ausstehen», sagte Felix. «Wenn Sie schon mitspielen wollen, beachten Sie wenigstens die Spielregeln.»

«Wovon reden Sie eigentlich?»

«Von seiner eigenen Party wegzulaufen ist ein ausgesprochener Dummejungenstreich.»

«Ich hab keine Ahnung, von was Sie die ganze Zeit reden.»

«Was ist sie denn?» fragte Felix. «Blond oder braun?»
«Was ist wer?» fragte Larry durchtrieben.
«Die Verstellung kommt zu spät», sagte Felix. «Man konnte Ihnen heute abend sämtliche Merkmale ansehen. Verstellen Sie sich nicht noch, wenn ich Ihnen helfen will.»
«Ich bedarf Ihrer Hilfe nicht.»
«Eve ist ein raffiniertes Persönchen. Beibehalten Sie sie –»
«Drücken Sie sich gefälligst anders aus», sagte Larry. «Eve ist meine Frau –»
«Und Sie lieben sie», sagte Felix trocken. «Ich weiß.»
«Und auch *noch* lieb ich sie!»
«Liebe hat überhaupt nichts damit zu tun.»
«Alles und jedes hat mit Liebe zu tun», sagte Larry. «Da sieht man mal, was Fleischer so wissen.»
«Ich? Ich weiß überhaupt nichts», sagte Felix schlau. «Ich bin schließlich nur Fleischer. Aber wie gesagt: Wenn Sie mitspielen wollen, achten Sie auf die Spielregeln.»
«Was für ein Spiel haben Sie denn in Ihrer Ecke mit Phyllis Porter gespielt? Füßeln?»
«Ich muß Ihnen doch demnächst mal 'ne kleine Vorlesung über das Leben halten.»
«Ist gemacht! – Menschenskind, was wollen Sie schon wissen?»
«Nichts. Ich bin schließlich nur Fleischer.»
«Hören Sie bloß mal auf, allen Leuten zu erzählen, daß Sie Fleischer sind. Sonst glaubt man's Ihnen demnächst noch.»
«Wohin waren Sie denn eben unterwegs?»
«Nirgendshin.»
«Ich hoffe doch, Sie machen Ihr Spielchen nicht zu nahe an zu Hause?» sagte Felix. Larry gab keine Antwort. «Es gibt ein altes Sprichwort: ‹Wo man essen will, da spuckt man nicht hin!› Das sollten Sie beherzigen.»
«Felix Anders, Sprichwortfabrikant», sagte Larry.
«Sind Sie wieder so weit, daß wir umdrehen können?»
«Ich war längst soweit, ehe noch Ihr Vortrag anfing.»
«Zu einem Ohr rein, zum andern raus», sagte Felix. «Na, ich unterhalt mich mal mit Ihnen. Wenn Sie wieder nüchtern sind. Wenn wir jetzt bei Ihnen ankommen, lassen Sie mich die Sache in die Hand nehmen.»
«Was ist da groß in die Hand zu nehmen?»
«Sie haben keine Ahnung, wie dicht Sie am Abgrund entlang-

wandeln», sagte Felix. «Ich weiß selbst nicht, wieso ich mich derart mit Ihnen abgebe.»

«Wer zwingt Sie denn dazu? Ich möchte sogar sagen, ich kann Sie nicht leiden.»

«Ich Sie ebenfalls nicht. Sie meinen, weil Sie Architekt sind, wären Sie mir überlegen? Ich bin zwar nur Fleischer, weiß aber mehr vom Leben, als Sie jemals lernen werden.»

«Sicher.»

«Sicher. Jeder Fleischer weiß mehr davon. Das Leben ist ja ein großes Stück Fleisch. So, und da wäre Ihr Haus. Lassen Sie mich jetzt alles in die Hand nehmen.» Er lenkte den Wagen an den Bordstein. «Bleiben Sie sitzen, wo Sie sind», sagte er. «Ich komm rum und helf Ihnen aus dem Auto.»

«Ich kann allein gehen.»

«Das weiß ich. Aber bleiben Sie trotzdem sitzen.» Er kam auf Larrys Seite herüber und machte die Tür auf. «Legen Sie den Arm um meine Schulter. Was zu reden ist, überlassen Sie mir. Spielen Sie lediglich entsprechend mit.»

Er faßte Larrys Arm und legte ihn sich um die Schulter. Sie schwankten den Gartenweg hoch.

Eve wartete schon an der Haustür. «Ist ihm was?» fragte sie.

«Lediglich etwas zuviel getrunken», sagte Felix. «Ihm wurde schlecht, und er mußte ein bißchen an die frische Luft. Ich glaube, wir gehen am besten mal rasch ins Badezimmer.»

Eve besah sich ihren Gatten halb voll Mitgefühl und halb mit Widerwillen. Larry lächelte leer. Felix ging mit ihm ins Haus und an der Küche vorbei, wo am Tisch die Kaffeetrinker saßen.

Eve folgte ihnen bis zum Badezimmer. Als Felix die Tür zuzog, sagte sie: «Ich halte unterdessen Kaffee für ihn bereit.»

Bei verschlossener Tür sagte Felix: «Machen Sie das entsprechende Geräusch jetzt. Ich laß unterdessen das Wasser laufen.»

«Ist das nicht ein bißchen sehr albern, wie?» fragte Larry.

«Eine Schutzmaßnahme. Sie sind in Gefahr, Mister. Ich würde vorschlagen: Sobald alle raus sind, legen Sie Ihre Frau um.»

«Das ist keine von Ihren verdammten Angelegenheiten!» sagte Larry hitzig.

«Nicht?» Felix lächelte; ein weises, überlegenes Lächeln. «Lieber Architekt, Sie sind soeben einer großen internationalen Bruderschaft beigetreten.» Er drehte den Wasserhahn auf. «Tun Sie, als übergäben Sie sich», sagte er, «noch mehr. Lauter. Ganz viel.»

Das Haus war sehr still.

Alle Gäste hatten sich verabschiedet; und er lag Seite an Seite mit Eve, im stillen Bett, im stillen Schlafzimmer. Sie lag in stummer Verbissenheit, und er fühlte Zorn von ihr ausgehen, wie elektrische Entladungen vor einem Sommergewitter.

«Das war eine blödsinnige Party», wisperte er.

«Es war die allerschrecklichste Party, die ich bis jetzt erlebt habe», sagte Eve knapp.

«Dreizehn Leute. Man sollte nie dreizehn Leute zu 'ner Party einladen.»

Eve enthielt sich jeden Kommentars. Er langte zu ihr hinüber.

«Faß mich nicht an!»

«Was ist denn los?»

«Laß ja die Hände weg von mir!»

«Bin ich denn schuld dran, daß die Party so albern verlief?»

«Sie war albern, jawohl und langweilig und lärmend und abscheulich und nicht im geringsten so, wie ich gehofft hatte», sagte Eve. «Aber ich hab ausgehalten.»

«Na ja ...»

«Und du bist weggelaufen. Das ist eben der fundamentale Unterschied, Larry: *Du* läufst weg. – Gute Nacht», sagte sie endlich.

20

Er suchte Felix Anders aus zwei Gründen auf; über den einen war er sich klar, der andere war ihm völlig unbewußt.

Erstens also wollte er von Felix mehr über diese ‹Internationale Brüderschaft› erfahren. Er wollte sich vergewissern, daß seine Beziehungen zu Maggie nichts mit dem gewöhnlichen gängigen Rinnstein-Verhältnis zu tun hatten. Er hatte so lange für van Gogh geschwärmt, als die moderne Massenreproduktionstechnik noch nicht einen van Gogh-Druck für jedes Wohnzimmer auch der ärmeren Mittelstandsschichten geliefert hatte. Er wollte und konnte nicht glauben, daß eine Liebe wie die seine nunmehr in jedem Wohnzimmer hing, von einem Ende Amerikas bis zum andern. Er wollte sich versichern, daß er und Maggie etwas Besonderes waren. Das also war der Hauptgrund, um Felix aufzusuchen, und kein schlechter Grund.

Unbewußt verlangte er nach einem Vertrauten.

Mit Eve konnte er den Konflikt ja nicht gut durchsprechen, der ihn am meisten bedrängte; und auch Maggie mochte er die Zweifel und Ungewißheiten, die ihn peinigten, nicht anvertrauen. Da war Felix aufgetaucht, mit geheimnisvollen Anspielungen auf höhere Weisheiten. Er kannte Felix nicht sonderlich gut. Und der Felix, der ihn von der Straße geholt hatte, besaß nicht einmal die geringste Ähnlichkeit mit jenem Felix, den er auch nur flüchtig kannte. Und besonders angenehm war ihm *keiner* dieser beiden Felixe. Aber am Sonntagmorgen, der auf die Party folgte, hielt er doch nach ihm Ausschau; und hatte vielleicht schon lange Ausschau gehalten, ehe er ihn fand.

Felix war in seiner Garage und ölte eine Handsäge. Larry zögerte noch einen Augenblick auf dem Bürgersteig und schritt dann den Zementstreifen der Auffahrt hinauf.

«Morgen», sagte er.

Felix sah auf. Er lächelte nicht. Über seinem grünen Pullover trug er eine alte Eisenhower-Uniformjacke. Seine Augen blickten sehr grün und sehr klar.

«Guten Morgen», sagte er. Er ölte die Säge mit peinlicher Sorgfalt, rieb und ölte und wischte die rostige Schmiere ab.

«Ich bin vergangene Nacht wohl anständig blau gewesen, was?» sagte Larry.

«Angeheitert sind wir alle mal», entgegnete Felix.

«Na, Sie waren's nicht.»

«Ich bedarf keiner alkoholischen Stimulantia, um mich zu amüsieren.»

Beide Männer schwiegen. Felix wischte Öl vom Sägeblatt.

«Ich wollte mich bei Ihnen bedanken», sagte Larry.

«Keine Ursache.»

«Was Sie hinsichtlich Eves Bösesein andeuteten, stimmte natürlich; sie war's.»

Felix tat einen letzten Wisch über die Säge, hing sie an die Garagenwand und langte sich dafür eine Sichel herunter. «Doll, wie der Rost sich so ansetzt», sagte er.

«Ich hätte mich ganz gern mal mit Ihnen unterhalten», sagte Larry. «Über einiges, was Sie vergangene Nacht da andeuteten.»

«Darf ich Ihnen einen Gratis-Ratschlag geben?» sagte Felix und träufelte Öl auf die Sichelklinge.

«Ja?»

«Vertrauen Sie sich niemals Fremden an.»

«Sind *wir* denn Fremde?»

«Ja», sagte Felix und wischte Rost von der Klinge.

Es war Lincolns Geburtstag, und Larry ging an Felix' Haus vorbei, in der Hoffnung, daß jener Feiertag haben würde. Felix war mit Wagenwaschen beschäftigt. Er ging hin zu ihm und fragte: «Nicht auf Arbeit heute?»

«Wir wechseln uns mit den Feiertagen ab», sagte Felix. «Mein Teilhaber und ich. Zu Washingtons Geburtstag ist er dran.»

«Sie sind beim Autowaschen?»

«So gut wie fertig. Sieht noch ganz ordentlich aus für so 'ne alte Chaise, was?»

«Ich dachte, Sie hätten eventuell Lust zu einem Spaziergang, zu den Geschäften hinter?»

«Zu welchem Zweck?»

«'ne Tasse Kaffe.»

«Gern», sagte Felix. «Ich sag bloß Betty Bescheid.»

Er ging hinein ins Haus. Als er wieder erschien, zog er sich über sein Sporthemd ein Jackett. «So; wir können gehen», sagte er.

Sie schritten schweigend dahin. Für einen Februartag war die Luft mild und blau.

«Was haben Sie denn auf dem Herzen?» fragte Felix.

«Eine Tasse Kaffee.»

«Sie sind also zu mir rübergekommen, um mich zu einer Tasse Kaffee einzuladen; hab ich Sie richtig verstanden?»

«Ja, genau das.»

«Okay», sagte Felix.

«Sie sagten, Sie würden sich mal mit mir unterhalten. Sobald ich nüchtern wäre: Jetzt bin ich nüchtern.»

«Und worüber wollen wir uns unterhalten?»

«*Sie* haben doch das Angebot gemacht», sagte Larry.

Felix nickte. «Albern Sie mit irgendeinem Dämchen rum?»

«Vielleicht. Und Sie?»

«Keinesfalls», sagte Felix.

«Aber sicher. Ich weiß, daß Sie's tun.»

«Sie wissen gar nichts», sagte Felix. «Warum reden Sie eigentlich mit mir?»

«Weil Sie der einzige Mensch sind, mit dem ich darüber reden *kann*», sagte Larry ehrlich.

«Der einzige Mensch, mit dem Sie ausgiebig darüber reden sollten, sind Sie selbst. Und Ihre Blonde.» Felix unterbrach sich. «Ich meine das jetzt bildlich. Es kann genauso gut 'ne Rothaarige sein.»

Larry sagte nichts.

«Aus Ihrem Schweigen schließe ich, daß sie blond ist.»

Noch immer gab Larry keine Antwort.

«Aber das ist ja schließlich belanglos», sagte Felix aufgeräumt. «So, ist unsere Unterredung beendet?»

«Wieso meinen Sie, daß Eve Verdacht geschöpft hat?»

«Ich meine nur, daß sie an der Grenze des Verdachts angekommen ist. Unerklärliches Benehmen ist immer verdächtig. Merken Sie sich ein Geheimnis: höchste Gleichmäßigkeit zu Hause; sobald die Tür hinter Ihnen zufällt, höchste Ungleichmäßigkeit.»

«Das versteh ich nicht.»

«Treffen Sie sich nie zweimal auf der gleichen Straße», sagte Felix. «Benutzen Sie nie dieselbe Telefonzelle; gehen Sie niemals in das gleiche Motel, das gleiche Restaurant, das gleiche Wasesimmerist. Unregelmäßigkeit, das ist's! Regelmäßige Gewohnheiten erregen Aufmerksamkeit, und Aufmerksamkeit ist gefährlich.»

«Ich dachte, Sie sind nicht –»

«Bin ich auch nicht», sagte Felix. «Ich bin ein Betrachter der menschlichen Natur. Ich halte die Augen offen.»

«Klar. Wenn wir uns überhaupt unterhalten wollen, lassen Sie uns die Karten offen auf den Tisch legen, wollen wir?»

«Warum?»

«Weil ich nur unter solchen Voraussetzungen mich aussprechen kann.»

«Dann sprechen wir uns doch lieber nicht aus», sagte Felix.

Als er den darauffolgenden Mittwoch neben Felix im Zug saß, um sich mit Altar zu treffen, dachte Larry an nichts weniger als die Badezimmereinrichtung, die der Schriftsteller sich heute aussuchen wollte. Er dachte nicht an die Notwendigkeit früher Auswahl und rechtzeitiger Bestellung, zu einer Zeit, wo man auf Gegenstände des Innenausbaues endlos warten mußte. Er dachte nur an das, was Felix ihm tags zuvor gesagt hatte.

«Ihr eigenes Benehmen war aber doch auch nicht gleichmäßig zu nennen», sagte er.

«Wirklich nicht?» fragte Felix und öffnete seine *Daily News*. «Möchten Sie ein Stück Zeitung haben?»

«Nein, danke. Während der Party, mein ich.»
«Inwiefern war ich da ungleichmäßig?»
«Na, Ihr Getändele mit Phyllis Porter.»
«Woher wissen Sie denn, daß ich das nicht bei jeder Party tue? Woher wissen Sie, daß ich mir nicht grundsätzlich eine Frau aussuche, mit ihr unverbindliche Liebesgespräche führe und anschließend nach Hause gehe und meine eigene Frau umlege, bis sie quietscht? Woher wissen Sie, daß Betty dergleichen nicht von mir gewöhnt ist und es als völlig harmlos ansieht?»
«*Wissen* kann ich das natürlich nicht.»
«Dann behaupten Sie aber auch nicht, mein Betragen wäre ungleichmäßig. Ihr eigenes Betragen bedürfte der allergrößten Wachsamkeit.»
«Ich glaube nicht, daß Eve einen Verdacht hat. Die Gefahr besteht bestimmt nicht.»
«Übermäßige Vertrauensseligkeit ist die größte Gefahr von allen», sagte Felix. «Ruft Ihre Blonde Sie manchmal zu Hause an?»
«Gelegentlich.»
«Das ist gedankenlos. Rufen Sie sie an, wenn ihr Mann zu Hause ist?»
«Gelegentlich.»
«Sie *ist* also verheiratet?»
«Ja, sie ist verheiratet.»
«Sie dürfen nicht anrufen, wenn er zu Hause ist. Sehen Sie auch in Ihrem Auto nach, sobald sie ausgestiegen ist?: daß keine Lippenstiftenden liegengeblieben sind, keine Ohrringe, keine Handschuhe, kein einzelnes blondes Haar oder die entsprechenden blonden Haarklemmen? Denken Sie immer daran, daß Eve schwarzes Haar hat.»
«Ich gebe sehr acht.»
«Denn es braucht nur der Schatten eines Verdachts zu entstehen, und schon ist das Spiel aus. Dann haben Sie keine Ehefrau mehr am Hals, sondern die gesamte New Yorker Kriminalpolizei.»
«Ach, ich hab immer aufs sorgfältigste achtgegeben», sagte Larry. «Was sie, nebenbei bemerkt, ebenfalls tut.»
«Verlassen Sie sich nie auf *ihre* Achtsamkeit. *Ihr* können Sie nicht trauen.»
«Warum nicht?»
«Weil man *keiner* Frau trauen kann. In dem Augenblick, wo sie ein Verhältnis anfangen, beginnen sie auch, emotionell zu reagie-

ren. Sobald sie zu *fühlen* anfangen, hören sie auf zu *denken.*» Felix machte eine Pause, faltete seine Zeitung und richtete seine grünen Augen jetzt voll und forschend auf Larry.

«Ich will hoffen, daß *Sie* nicht emotionell engagiert sind?»

«Ich –» Larry brach ab.

«Hoffentlich nicht», sagte Felix. «Eine Frau bleibt schließlich eine Frau; und nach den ersten paar Monaten ist eine genau wie die andere. Vergessen Sie das nie. Das schwierigste an jedem Verhältnis ist die Technik des Abbrechens, sobald man genug davon hat.»

«Das glaube ich nicht, daß eine Frau wie die andere ist», sagte Larry.

«Dann kennen Sie eben die Frauen nicht.»

«Ich kann nicht behaupten, Fachmann zu sein.»

«Eine ist genau wie die andere. Wenn Sie sie gehabt haben, hat sie auch ein anderer vor Ihnen schon gehabt. Sie mag sagen, was sie will: Sie sind nicht der erste. Und wenn einmal das Wunder aller Wunder geschieht und Sie's tatsächlich sind – dann sind Sie aber garantiert nicht der letzte. Drauf können Sie getrost beide Augen wetten.»

«Ich glaube nie und nimmermehr, daß sie ... sicher, absolut wissen kann ich's nicht. Aber das spielt ja auch keine Rolle.»

«*Wohl* spielt es eine Rolle», sagte Felix. «Ich sehe doch, wie böse Sie werden, wenn Sie sich die bloße Möglichkeit vorstellen. Sie haben sich zu tief mit ihr eingelassen. Machen Sie rasch, daß Sie loskommen.»

«Das will ich aber nicht.»

«Warum nicht?»

Er zögerte einen Augenblick, denn es wurde ihm schwer, Felix gegenüber die Worte auszusprechen. Dann sagte er undeutlich:

«Weil ich sie liebe.»

«Zweifellos», sagte Felix. «Wenn Sie sie nicht liebten, was für einen Sinn hätte das Ganze dann?»

«Ich versteh Sie nicht ganz.»

«Lieben Sie doch alle. Immer eine zur Zeit; oder auch alle auf einmal. Liebe erhält ja das Weltgetriebe in Gang.»

«Wie kann man denn mehr als eine zur gleichen Zeit lieben?»

«Sie lieben doch Ihre Frau, oder nicht?»

«Ja.»

«Und lieben Sie aber nicht auch Ihre Blonde?»

«Ja.»

«Ach?! Na also.»

«Das ist etwas ganz anderes.»

«Inwiefern?» Felix zuckte die Achseln. «Frau bleibt Frau.»

«Ich sehe die Sache von einem ganz anderen Standpunkt.»

«Lediglich, weil Sie noch im ersten Rausch sind. Schön und gut: Ohne diesen Rausch geht's nicht. Aber das vergeht, Sie werden sehen. Und dann wird aus Ihrer Blonden eine Frau wie alle anderen. Und das ist der Zeitpunkt, wo Sie sich losmachen und nach einer Roten umsehen müssen.»

«Das glaub ich nicht.»

«Und falls Sie sich einbilden sollten, Sie müßten sich lange umsehen, dann sind Sie verrückt», sagte Felix. «Wissen Sie, was unser Amerika ist?»

«Na, was?»

«Eine große schmierseifige Aufwaschschüssel voll Langeweile. Das ist die reine Wahrheit. Und kein Ehemann begreift etwas von dieser Aufwaschschüssel. Und keine Ehefrau kann's der anderen Ehefrau erklären, weil alle die Hände in der gleichen seifigen Langeweile stecken haben. Also braucht man als Mann lediglich verständnisvoll zu tun: *Klar, Baby, ich weiß, ich weiß ja, du führst ein bedauernswertes Leben, hier bring ich dir auch Blumen, und hier etwas Parfum, und hier sag ich: ‹Ich liebe dich›, zieh du nur schon immer die Schlüpfer runter: Peng!*»

Er konnte, wie gebannt, den Blick nicht von Felix lassen. Felix fing an, mitteilsamer zu werden, und im gleichen Maß, wie sein Geist sich aufschloß, entspannte sich auch sein Körper, die steife Förmlichkeit fiel von ihm ab, vor Larrys sehenden Augen schien er ein anderer zu werden.

«Meinen Sie etwa, Sie wären als Liebender eine Ausnahme?» fragte Felix. «Sie sind doch kein Filmstar, oder? Sie sind nicht Rock Hudson oder Cary Grant?»

«Nein.»

«Sie sind ein gewöhnlicher Durchschnittsmensch, hab ich recht?»

«Höchstwahrscheinlich.»

«Na schön; wieso kommen Sie dann aber auf die Idee, Ihre Blonde würde sich mit keinem anderen Durchschnittsmenschen eingelassen haben, wenn Sie nicht des Weges gekommen wären?»

«Ich weiß es nicht.»

«Glauben Sie mir doch: Sie sind nicht der erste; und Sie werden auch nicht der letzte sein. Das Ganze ist eine einzige lange Prozession, ein allgemein amerikanischer Wanderverein. Von Bett zu Bett zu Bett wird marschiert: Marsch, Marsch, Marsch! Und jedermann schaut dabei woanders hin und tut, als sähe er die ganze Parade nicht. Die Hälfte der Erdbevölkerung marschiert mit im Takt der Musik; und der anderen Hälfte juckt's in den Beinen, mitzumarschieren, bloß daß sie eben keinen Mumm haben. Und wissen Sie, wer die ganze Prozession anführt?»

«Wer?»

«Eine Frau.»

«Sie halten nicht allzuviel von Frauen, wie?»

«Ich liebe sie doch; von der ersten bis zur letzten! Aber trauen würde ich keiner von ihnen, nicht so weit, wie ich das Empire State Building werfen kann. Es lebt keine Frau in der Welt, deren Schuhe nicht mal gegebenenfalls unter dem Bett eines fremden Mannes zu sehen sein könnten.»

«Es gibt welche», sagte Larry.

«Wen denn? Ihre Blonde etwa, wie immer sie heißen mag?» Felix machte eine Pause. «Sie *ist* doch blond, ja?»

«Ja.»

«Klar. Also sie etwa?»

«Das weiß ich nicht.»

«Oder Eve, Ihre Frau?»

«Eve würde dergleichen nie tun», sagte Larry fest.

«Soll ich's versuchen?»

«Nein.»

Felix lächelte auf sehr überlegene Weise, und Larry überkam unvermittelt das Verlangen, ihn zu ohrfeigen. Er wunderte sich, wieso er sich auf ein Gespräch mit einem schizophrenen Laffen wie Felix eingelassen hatte; zumal, wo er keine von dessen Spaltungspersönlichkeiten leiden konnte: weder den Grandseigneur von Fleischer, der alle Welt mit verschwiegenen Blicken musterte; noch den zynischen Schlafzimmer-Philosophen, der einer kleinen, erlesenen Hörerschaft großartige geschlechtliche Weisheiten vordozierte.

«Alle sind sie gleich», sagte Felix. «Sie verlangen Romantik. Windeln wechseln ist nicht romantisch. Und ein unrasierter Mann in Unterhose im Badezimmer ist ebenfalls nicht romantisch. Alle Jubeljahre einmal unternimmt er wohl mal was Heroisches; aber die ganze übrige Zeit ist er eben nur der alte, abgearbeitete, unromantische Ehegatte. Ungefähr wie das alte, bequeme Sofa im Wohnzimmer. Sie und ich, wir sind zu Hause bei uns wie nützliche Möbel. Aber nebenan: Ahhhh! Nebenan sind wir Helden!»

«Ich bin überzeugt, Eve liebt mich», sagte Larry.

«Aber selbstverständlich liebt sie Sie! Wer hat denn das Gegenteil behauptet? Aber Sie sind und bleiben das Wohnzimmersofa. Wenn der richtige Mann von nebenan kommt, fällt sie genauso leicht um, wie jede andere Frau auf der Welt. Eines schönen Nachts ist sie reif; und wenn sie erst einmal den ersten Schritt getan hat, und sei es in Gedanken, dann ist sie auch schon im Begriff, sich dem großen Wanderverein anzuschließen.»

«Eve nicht.»

«Wer denn? Ihre Blonde?»

«Auch sie nicht.»

«Alle verheirateten Frauen sind gleich. Und Sie sagten doch vorhin, sie wäre verheiratet, ja?»

«Ja.»

«Sicher. Hat sie Kinder?»

«Eins.»

«Junge oder Mädchen?»

Larry wurde plötzlich vorsichtig. Ihm kam zum Bewußtsein, daß er bereits viel zuviel von seinen privatesten Angelegenheiten eingestanden hatte, während Felix sich lediglich in allgemeinen philosophischen Redewendungen erging. «Was tut das zur Sache?» sagte er.

«Aber in der Nachbarschaft *wohnt* sie also?»

«Davon hab ich kein Wort gesagt.»

«Warum schnappen Sie dann sofort ein, wenn es nicht jemand wäre, den ich kennen könnte?»

«Ich schnappe nicht ein. Ein kleines Mädchen hat sie.»

«Das kam etwas zu glatt raus. Sie hat also in Wahrheit einen kleinen Jungen.»

«Bilden Sie sich doch ein, was Sie wollen.»

«Das sowieso. Sie haben also eine verheiratete Blonde aus der Nachbarschaft, die einen kleinen Jungen hat. Auf welche Weise haben Sie sich denn kennengelernt?»

«Das ist nicht Ihre Sache.»

«Sie sind verrückt, wenn Sie Ihr Spiel so nahe an zu Hause treiben. Kein einigermaßen vernünftiger Mensch geht damit in die nächste Nachbarschaft.»

«Dann bin ich ja doppelt sicher», sagte Larry verdrossen.

«Wenn's niemand macht, rechnet also auch andererseits niemand damit, und niemand schöpft Verdacht.»

«Verdacht schöpft man *immer*», entgegnete Felix. «Jeder Frau, auf der ganzen weiten Welt, wässert der Mund nach einem schönen großen saftigen Klatsch über die Nachbarin. Ihre eigenen Abwege scheinen ihr dann weniger verwerflich. Rechnen Sie doch selber mal zusammen: alle die Einkaufsfahrten; und die Besuche beim Arzt; und die Stunden im Bridge-Klub oder beim Nähkursus; und die alten Schulfreundinnen von außerhalb, mit denen man sich in New York verabredet hat; und die Gänge zum Dentisten; und die Tanzschulen; und Volkshochschul-Kurse – wissen Sie, wo fünfzig Prozent dieser Frauen in *Wahrheit* sind?»

«Na, wo?»

«Im Bett. Zu jeder Tageszeit. Morgens, mittags und abends. Mit dem eigenen Mann muß es nachts sein; im Dunkeln, saubere Bettlaken, womöglich ein Kerzenleuchter auf der Kommode und neben dem Bett der Eiskübel mit der Champagnerflasche. Mit dem Nachbarn von nebenan darf's getrost am hellen Tag sein, in der stinkigsten Scheune, auf dem dreckigsten Stroh: Das ist romantisch!»

Larry lächelte.

«Romantik», sagte Felix. «Sie alle sehnen sich nach Romantik, denn so wissen sie's aus Romanen und vom Film. Und was könnte wohl romantischer sein als ein Mann, der riskiert, vom Gatten totgeschossen zu werden, nur um seine Frau zu besitzen? Jesus, das muß doch der aufregendste Bel Ami sein, der je auf Rindsleder einherging! Ja, das nenn ich doch noch romantisch. Das ist's, wonach Miss Amerika sich sehnt. Wissen Sie, wie die abgebildet werden müßte?»

«Wie denn?»

«Mit einem Fremden obendrauf. Einem Kerl, an dem einzig und allein *das* aufregt, daß es eben ein *Fremder* ist. Für diesen Fremden tut sie alles. Sachen, die sie mit dem eigenen Mann nicht im Traum anstellen würde, tut sie ohne weiteres mit diesem Fremden. Und warum? Weil es nicht ihrer ist, und schon zuckt's ihr in den Fingern. Sie muß ihn einfach haben. Jede andere Frau auf der Welt ist ihre Feindin. Sie redet sich ein, das wäre die große Liebe; und sie riskiert alles: Heim, Lebensglück, Selbstachtung, schlechterdings alles – nur, damit sie von diesem Fremden allwöchentlich ihre Einspritzung kriegt. Jägerinnen nach Romantik. Überall laufen sie rum, bereit, sich zu vergaffen, wenn einer nur den Hut zieht. Wo eine Ehefrau ist, da ist auch theoretisch die Mätresse eines anderen.»

«*Ihre* Frau ebenfalls?» fragte Larry.

«Betty? Könnte sich nichts Schöneres denken, als sich mit einem fremden Mann im Heu zu wälzen. Die würde ihm schon was bieten. Und er ihr nicht minder. Ich wollte, sie würde sich jemanden anschaffen.»

«Warum?» fragte Larry. «Würde das Ihr Gewissen erleichtern?»

«Meins? Mein Gewissen ist rein. Ich bin ein respektabler Fleischer.»

«Und wir anderen alle sind eben Tiere, was, Felix?»

«*Sind* wir's nicht allesamt?» fragte Felix lächelnd.

Die Schranken waren gefallen; jetzt äußerte sich Felix rückhaltlos.

Und nun, wo er endlich seinen Mann zu durchschauen begann, begriff Larry allmählich, daß er von Anfang an nichts anderes gewünscht hatte, als sich auszusprechen. Sie saßen nebeneinander in der Bar, im Geschäftsviertel. Dunkelheit stand schon vor dem Spiegelglas der Fensterscheibe, und sie sprachen im Flüsterton, wie zwei alte Freunde, die über häuslichen Kummer beraten.

«Larry», sagte Felix, «es geht doch nichts drüber. Ich weiß genau, wie Ihnen zumute ist. Sie sind verliebt, und da geht ja nichts drüber.»

«Haben Sie jemals geliebt?»

«Ich bin ständig verliebt», sagte Felix. «Wenn ich nicht mehr verliebt wäre, wär ich ein toter Mann. Mein Gott, Larry, ich bin schließlich *Fleischer*!»

Er sah Felix an und dachte: Felix ist Fleischer; und er schätzt seinen Fleischerberuf nicht; und ebensowenig sein Haus in Föhrenhof mit der viel zu lärmenden Frau darin, sei sie ansonsten auch noch so nett. Und folglich geht er auf Abwege. Das ist das einzig Anregende im Leben für Felix Anders: Begegnung, Entdeckung, Eroberung, Rückzug; und weitere Eroberungen. Sonst gibt es für Felix Anders keine Welt zu erobern, die Fleischer von Amerika kennen keine anderen Welten, sie kennen nur das Weib.

Und das ist also Felix Anders' wahrer Beruf.

Haltung hat er, Charme, vornehme Teilnahmslosigkeit, Distanziertheit, Verschlossenheit, Überlegenheit und scharfsinnigste Intelligenz. Entdecker ist er und Forscher und Eroberer. Ganze Archipele unverstandener Ehefrauen gibt es, und Felix ist ein Meister seines Berufs, der in der Eroberung solcher Frauen besteht.

Bin ich wie Felix Anders?

«Ach, Larry, die Liebe!» sagte er. «Dieser Blick in ihren Augen, dieser Blick, den sie nur dir allein schenken. Süß, süßsüß. Ahhhh, da wird man richtig wieder lebendig, wissen Sie. Frauen sind so unsagbar süß. Zum Beispiel der Typ, den ich jetzt gerade abhänge. Kein Käse, nein: hochfein und bildhübsch. Langes schwarzes Haar, braune Augen, einen Gang wie das erstklassigste Modell. Sie wissen, wie diese Modelle schreiten?»

«Ja.»

«Sie erschien eines Tages im Laden bei mir, mit ihrem süßen, lächelnden Gesicht und wollte Schnitzel, zwölfeinhalb Pfund. Ich setzte ihr auseinander, daß, wenn sie schon eine so große Party plante, Koteletts angebrachter wären. So kamen wir ins Gespräch. Ich bin schließlich nur Fleischer. Ich fange von Fleisch an, und vom Fleisch kommen wir dann auf andere Gegenstände. Auf Parties im allgemeinen. Sie sagt, sie hat Parties im kleinsten Kreise viel lieber als solche mit zahlreichen Teilnehmern. Ich erwiderte, mir wären die kleinen intimen auch lieber. So hat es angefangen. Jetzt, nach drei Monaten, sind wir am Ende angekommen.»

«Ist sie verheiratet?» fragte Larry.

«Oh, ohne weiteres! Ihr Mann ist Reisender. In der Stahlbranche. Und ist von drei Wochen zwei unterwegs. Ich bin öfter mit ihr zusammen gewesen als mit Betty. Sie ist das entzückendste Geschöpf, und sie liebt mich, und ich hab sie ebenfalls geliebt. Aber jetzt ist es vorbei. Jetzt will ich sie nur noch los sein.»

Er spricht auch ganz anders, dachte Larry, wenn er Felix Anders der Eroberer ist.

Er hat mich gewarnt, nicht allzu vertraulich zu sein; aber er selbst vertraut mir, erzählt mir alles, schildert mir Felix Anders, den Eroberer. Der andere Felix ist nur Maske. Der Felix Anders, der kühl und distanziert auf dem Bahnsteig steht, hat mit dem geharnischten hier nichts gemein. Das ist nur eine Maske, die er in Gesellschaft anlegt. Und Betty und die Kinder sind ein Teil dieser Maskerade. Aber dieser neue Felix Anders ist ein Held. Dieser Felix Anders ist tausend Jahre zu spät geboren. Der müßte einen Vollbart tragen und wallende Federn auf dem Hut und einen Flamberg an der Hüfte. So müßte er seines Weges durch Frankreich rutschen, über ein Schenkmädchen nach dem andern weg.

«Ich mache mir nie etwas vor, Larry», sagte Felix. «Ich erkenne genau den Augenblick, wo es vorbei ist. Ich weiß immer, wenn es soweit ist, daß ich mich ent-liebe.»

«Mir scheint es eher, Sie wären niemals richtig *ver*liebt», sagte Larry.

«Was ist Liebe?» fragte Felix. «Können Sie mir das mal verraten?»

«Ich bin mir selbst nicht gewiß.»

«Wieso können Sie dann behaupten, ich wäre nie richtig verliebt?»

«Liebe ist gegenseitiger und gleichmäßig verteilter Genuß, vermute ich», sagte Larry.

«Aber wessen Genuß kommt an erster Stelle?»

«Er muß gegenseitig sein», sagte Larry. «Es besteht sogar die Möglichkeit, daß der Genuß des Partners einem wichtiger wäre als der eigene.»

«Da liegt der Irrtum», sagte Felix. «*Mein* Genuß kommt zuerst. Frau bleibt Frau, das lasse ich nie aus den Augen. Sobald ich Neigung dazu verspüre, das zu vergessen, stelle ich mir sogleich folgende Frage: ‹Wie würde es dir gefallen, wenn du mit diesem Mädchen verheiratet wärst? Würdest du, mit Betty verglichen, irgendeinen Unterschied merken?› – Und die Antwort ist unveränderlich die gleiche.»

«Und zwar welche?»

«Nein.»

«Ja ... ich hab mir wohl auch schon vorgestellt, wie das wäre, mit ihr verheiratet zu sein.»

«Mensch, lassen Sie ja die Gedankenspielereien. Sie sind verrückt.»

«Vielleicht bin ich's, Felix. Alles, was ich weiß, ist nur, daß sie nicht zu der Sorte gehört, von der Sie erzählt haben. Das ist kein bloßes Umsteigen in die nächste Straßenbahn. Das ist das Richtige.»

«Das Richtige?» Felix lachte. «Was ist das, *‹Das Richtige›*?»

«Das eben. Was ich habe. Was sie hat. Was wir gemeinsam haben. Das ist das Richtige.»

«Das geht vorüber», sagte Felix. «Das geht alles vorüber.»

«Das will ich nicht hoffen.»

«Sie sind ja töricht! Wenn Sie etwas Vernunft hätten, würden Sie jetzt, diese Minute noch, aussteigen. Zu diesem Telefon müßten

Sie gehen, sie anrufen und ihr sagen: ‹Leb wohl, Blondchen, es war wunderbar.› Das ist es, was Sie tun müßten.»

«Ich kann nicht, ich liebe sie.»

«Alles an ihr?»

«Nein. Alles nicht.»

«Wie sieht sie denn aus?»

«Sie ist die schönste Frau, die ich je gesehen habe.»

«Oh, lieber Freund!» sagte Felix.

«Ich rede jetzt ganz objektiv. Wo immer wir erscheinen, zieht sie die Blicke der Männer auf sich. Man kann sie einfach nicht übersehen, Felix. Manchmal macht mich das ganz betroffen.»

«Die wittern das eben an ihr. Die wittern, daß sie reif ist.»

«Nein; nein, das ist es nicht. Sie ist eben schön.»

«Gut, soll sie schön sein. Aber was gefällt Ihnen *nicht* an ihr?»

«Eine ganze Menge Sachen.»

«Beschäftigen Sie sich damit? Möchten Sie sie ändern?»

«O ja.»

«Freund, Freundfreund! Folgen Sie meinem Rat: Steigen Sie auf der Stelle aus. Sie sind auf dem besten Wege, sich maßlosen Verdruß zu bereiten.»

«Nein», sagte Larry. Er schüttelte den Kopf. «Ich kann es nicht.»

Sie saßen beisammen im ausgebauten Keller von Felix Anders' Haus und besprachen sich. Es war Ende Februar, und sie kannten sich jetzt gut genug, um sich zwanglos zu unterhalten; aber ohne daß rechte Freundschaft zwischen ihnen aufgekommen wäre. Larry hatte Eve vorgemacht, er wollte sich doch einmal diesen ausgebauten Keller besehen, von dem so viel die Rede war. Ursprünglich hatte er vorgehabt, mit Felix ins Geschäftsviertel zu gehen; aber Betty war mit einer Nachbarin im Kino, und also saßen sie unten beisammen, rauchten und besprachen sich freundlich ohne Freundschaft.

«Sie kennen ja den alten Witz», sagte Felix. «Und genauso muß man's halt machen.»

«Welchen Witz?»

«Von dem Mann, der zu seiner Frau nach Hause kommt; und wie er sich auszieht, sieht sie auf einmal den großen Lippenstiftabdruck auf seiner Unterhose. *So* ein großes rotes Lippenpaar! Schön; die Frau sieht's also, zeigt mit dem Finger drauf und schreit: ‹Du hast

Lippenstift auf deiner Unterhose!› Der Kerl sieht an sich runter. Dann auf zu seiner Frau. Und dann, mit dem erstauntesten Gesicht von der Welt, sagt er: ‹Na, was soll man aber zu so was sagen?!›»

Larry brach in ein Gelächter aus, und auch Felix kicherte.

«Mit anderen Worten: Genau, was ich Ihnen eben erzählt habe», sagte er. «*Eisern bluffen.* In Ihrem ganzen Haus ist nur eine einzige Person, die die Wahrheit weiß – und das sind Sie selbst. Ihre Frau vermutet höchstens. Selbst wenn jemand Sie mit Ihrer Blonden *sehen* sollte – Ihre Frau wird's nicht glauben wollen. Falls Sie wissen sollten, daß Sie gesehen worden sind, machen Sie ihr beim Nachhausekommen sofort blauen Dunst vor. *Fangen Sie zuerst davon an!* Erzählen Sie ihr, Sie hätten urplötzlich vor einer alten Bekannten noch aus der Schulzeit her gestanden, ihr 'ne Tasse Kaffee gekauft, und sie wär jetzt verheiratet, hätte vier Kinder und wohnte in Richmond Hill, der Mann ist Zahnarzt: Lügen Sie sich raus! Je faustdikker die Lüge, desto besser. Der einzige Fall, wo jede Lüge versagte, wäre, wenn man Sie im Bett erwischte. Und das kommt praktisch niemals vor.»

«Ich lüge nicht gern», sagte Larry. «Das ist das, was mir gar nicht daran gefällt.»

«Aber das ist unbedingt notwendig; das gehört doch zum Spiel. Was wollen Sie denn machen? Sie *müssen* schlechterdings lügen. Nehmen Sie, zum Beispiel, bloß an, Sie kommen eines Nachts nach Hause – und riechen nach Parfum.»

«Sie verwendet seitdem kein Parfum mehr.»

«Eines schönen Nachts tut sie's, verlassen Sie sich drauf. Einmal wenigstens sollen Sie nach Hause und nach ihr stinken, daß Sie sich drehen und winden müssen; bloß um Ihrer Frau mal zu beweisen, daß Sie *ihr auch* gehören. Glauben Sie mir, Larry, das kommt. Und zwar dann, wenn ihr Mann mal nicht zu Hause ist. Dann kann sie sich das Zeug übern Hals gießen, ohne erst eine langatmige Erklärung erfinden zu müssen, seit wann man auf einer Bürgerversammlung nach Tabu zu riechen hat. Arbeitet er etwa manchmal nachts?»

«Nein.»

«Was ist er von Beruf? Stehkragenproletarier? Nein, Fabrikarbeiter? Na, ist egal. Eines Nachts jedenfalls wird er schon auch mal aus sein, und sie wird in einer ganzen Wolke von Parfum in Ihr Auto steigen. ‹Ach, du, ich hatt's ganz vergessen›, wird sie sagen. Ha!»

«Und wie könnte ich dann dieses Parfum weglügen?»

«Oh, ganz einfach. Halten Sie auf der Heimfahrt bei einem Drogisten und kaufen Sie 'ne Flasche davon für Eve. Sagen Sie, die Verkäuferin, das dämliche Ding, hätte Sie riechen lassen wollen und Ihnen dabei von dem Zeug auf die Hemdbrust was verschüttet.»

«Aha.»

«Falls Sie auf Ihrem Taschentuch Lippenstiftspuren entdecken, werfen Sie's weg.»

«Sie reibt sich den Lippenstift grundsätzlich ab.»

«Eines Nachts bleibt sie in voller Kriegsbemalung! Zumal eben, wenn ihr Mann nicht zu Hause sein sollte. Sagten Sie nicht, daß er manchmal Nachtschicht hätte?»

«Nein. Das nicht.»

«Aber er arbeitet in der Fabrik?»

«Ja.»

«Sicher», sagte Felix. «Und sie wird sich die Lippen anmalen, weil sie des ewigen Versteckenspielens müde ist. Ist ihre Liebe nicht genauso echt, wie die von Eve? Warum sollte *sie* sich da verbergen? Sie ist eine Frau, Larry, sie ist eine Frau! Und alle sind sie gleich. Ich habe möglichst immer ein sauberes Hemd im Kofferraum meines Autos. Manchmal kommt es sehr zu paß. Hat sie Sie schon mal gezeichnet?»

«Was?»

«Sie gezeichnet? Gebissen? Mit Flecken nach Hause geschickt, damit Ihre Frau es sehen soll?»

«Nein.»

«Auch das kommt. Das ist eine weitere Methode, Sie für sich zu reklamieren. Wenn Sie sie noch 'ne Zeitlang behalten wollen, Larry, müssen Sie vorsichtig für beide sein. Um Ihres eigenen lieben Friedens willen.»

«Sie ist gar nicht so», sagte Larry.

«Dann wird sie's noch. Überlegen Sie doch: Sie haben hier in unserer Siedlung sich diese hübsche Blonde angelacht, stimmt's?»

«Ja, aber ...»

«Sie ist verheiratet und hat einen kleinen Jungen. So sagten Sie doch, oder nicht?»

Larry zuckte die Achseln.

«Ihr Mann ist Fabrikarbeiter! Sie dagegen sind Architekt, vermutlich die größte Chance ihres ganzen bisherigen Lebens. Sie will Sie haben. Und wird alles in ihrer Macht Stehende versuchen, Sie zu bekommen. Passen Sie auf sich auf!»

«Sie sind ja vollkommen auf falscher Fährte.»
«Meinen Sie? Frau bleibt Frau. Und ich kenne die Frauen.»
«Meinethalben; aber in *dieser* Frau irren Sie sich bestimmt.»
«Meinen Sie? Ich kenne diese Frau ziemlich genau.»
«Ja, ja, zweifellos», sagte Larry lächelnd.
«Ich kann Ihnen sogar den Namen verraten», sagte Felix.
Das Lächeln schwand von Larrys Gesicht. Sprachlos saß er da; aber Felix wartete seine Antwort nicht erst ab.
«Margaret Gault», sagte Felix und grinste.

21

März kam ins Land wie ein Tausendschönchen.
Weiß: wenn mildes Flockengestöber sich aufs Pflaster senkte, kußlich sanft verweilte und schon wieder zerging. Gelb: wenn unerwartet die Sonne durchkam, viel zu hell für die Jahreszeit und scheinbar unangebracht, da doch die blühenden Forsythien noch fehlten. Grün: wo Knospen, die es eilig hatten, sich durch den gefrorenen Boden Bahn brachen. In der City nahmen die Leute den Mantel über den Arm und schritten munterer aus, mit forschem Schritt. Das war ein kurzer Winter gewesen und milde dazu, und bald würde es Frühling sein.
Als das Telefon klingelte, stand Roger Altar unter der Dusche. Er murrte etwas von «Natürlich nie ausbleiben», schlang sich ein Handtuch um die Hüften und begab sich tropfend in den Raum, der ihm als Büro diente. Ärgerlich schnappte er sich den Hörer, ärgerlich nahm er ihn hoch, ärgerlich sagte er: «Hallo!»
«Rog?»
«Wer ist denn dran?!»
«Bert.»
«Zum Teufel, was willst du denn, Bert?!»
«Schöne Begrüßung.»
Bert Dannerdorf war Altars Agent, ein kleiner Mann mit hellblickenden braunen Augen und einem ganzen Stall von erfolgreichen Schriftstellern. Altar war das Pferd Nummer zwei in diesem Stall; Nummer eins war ein Kriminalromanschreiber, dessen Bücher noch besser gingen als Hemingway.
Dannerdorf war insofern ein ausgezeichneter Agent, als er mit

Verlegern und Herausgebern sprach, aß, trank und schlief. Von seinen Schriftstellern sprach er pausenlos, ob er nun aß oder trank und, vermutlich auch, während er schlief. In früheren Jahren war Bert Ausschreier auf dem Jahrmarkt gewesen. Jetzt bot er nicht mehr ‹Tanya das Schlangenmädchen› an; aber die Platte drehte sich immer noch unaufhörlich. «Meine Schriftsteller sind die besten der Welt» stand auf der Platte, und Bert sorgte dafür, daß man es nicht überhörte.

Am meisten erinnerte er an den Ausschreier, wenn man kurz vor dem Vertragsabschluß stand. Sobald der Augenblick nahte, wurde aus Dannerdorf der widerlichste, gerissenste, zäheste Gauner in sämtlichen Vereinigten Staaten. Und sei der betreffende Klient auch nur ein abgenutzter Wildwestschriftsteller, der in seiner Baracke in Wyoming hauste – sobald es darum ging, einen Kontrakt über ihn abzuschließen, benahm sich Bert, als sei der Mann – jetzt, in eben diesem Augenblick, in seiner verstaubten Kate in Wyoming – dabei, seine Nobelpreisrede auszuarbeiten.

Roger Altar hatte kein sonderliches Interesse für Geschäftliches. Bert Dannerdorf lebte und webte darin. Vereint ergaben sie also ein schreckliches Paar, wie Jack Spratt und sein Weib.

«Verflucht, Bert, was ist los?!» sagte Altar. «Ich komm unter der Dusche rausgerannt.»

«Trockne dich ab und ich ruf später noch mal.»

«Später noch mal, o leck! Auf dem Fußboden steht schon 'ne Pfütze.»

«Na, so wichtig ist es ja auch nicht», sagte Bert.

«Worum handelt sich's denn?»

«Diese Abtretung des Copyrights.»

«Welche Abtretung welchen Copyrights?»

«Ach, du weißt doch. Über die *Mausefalle*. Diese Kurzgeschichte von dir, die *Esquire* mal gebracht hat.»

«Ja, und was ist damit?» fragte Altar ungeduldig, den Blick auf der sich langsam vergrößernden Wasserlache um seine Füße.

«Nichts. Wir haben eben die Abtretung des Copyrights erreicht. Falls wir sie mal in einem Sammelband oder dergleichen verwenden wollen.»

«Grandios!» sagte Altar. «Ruf mich doch ja das nächste Mal an, wenn ich mit einem Mädchen im Bett liege, und sag mir, daß ich 'n Komma falsch gesetzt hätte, ja? Tu das, Bert.»

«Schön, ich notier mir's», sagte Bert und kicherte. Er schien bereit, aufzulegen. «Ach so, eine andere Sache wäre da noch», sagte er.

«Was denn?» fragte Altar erschöpft.

Und in einem Anlauf, unfähig, länger an sich zu halten, rief Bert: «Wir haben soeben die Rechte für den Zeitungsvorabdruck von *Ein Stein fällt* verkauft, und zwar für 50000 Dollar!»

«Was!» sagte Altar.

«Der *Hausfreund* hat's genommen. Abdruck auf fünf Nummern verteilt. Na, wie schmeckt dir das? Bist du jetzt froh, daß ich dich unter der Dusche rausgeholt hab?»

«Tja. – Allerdings.»

«Na also. Und wer ist nun der beste literarische Agent in Amerika, he?»

«William Morris», erwiderte Altar.

«Halt ja die Luft an», sagte Bert. «Man bot erst vierzig, und ich hab sie hochgetrieben auf fünfzig. Das nenn ich 'n Agenten!»

«Ein Agent ist der, der das Copyright für die *Mausefalle* rausholt», sagte Altar. «*Das* ist der *wahre* Agent.»

«Keine Dankbarkeit», witzelte Bert. «Man liest ihn auf im Rinnstein und macht was draus – ach, keine Dankbarkeit.»

«Ich liebe dich», sagte Altar. «Den Scheck schickst du mir, ja?»

«Aber es ist doch 'ne großartige Sache, was, Rog? Im Ernst jetzt.»

«Zugegeben. Feine Leistung, Bert.»

«Wie steht's mit dem Scheck: Könnten steuerliche Schwierigkeiten auftreten? Man will in zwei Raten bezahlen; aber beide noch im Laufe dieses Jahres.»

«Was könnten wir da unternehmen?»

«Einen Teil davon könnte ich für dich irgendwie deponieren.»

«Das wäre gesetzwidrig», sagte Altar.

«Bist du derart gesetzlich?»

«Durchaus. Ich hab keine Lust, künftig aus Zelle 21 zu schreiben.»

«Okay. Und schreib jetzt gleich das nächste Buch. Ich brauch noch 'n neuen Cadillac.»

«Ein Buch von welchem Umfang?»

«Drei-, vierhundert Seiten.»

«Bis wann brauchst du's?»

«Wär heute abend zu früh?» fragte Bert.

«Nein, paßt mir gut», sagte Altar, «aber erst will ich mich rasch noch abduschen.»

Bert kicherte und Altar kicherte; zwei Männer, zwei glänzende Komplicen, die eben zusammen ein Ding über 50 000 Zechinen gedreht haben. Und endlich sagten sie «Auf Wiedersehen», und Altar legte auf.

Ein paar Augenblicke lang starrte er auf den Hörer in seiner schwarzen Blechwiege und dann in die Wasserlache auf dem Fußboden. Dann kam eine Sekunde aufregendster, übermäßiger Wachheit und Helligkeit und er dachte: «Das war der Startschuß!»

Dann ging er wieder ins Badezimmer, um sich fertig zu duschen.

Und wie sich erneut die Jahreszeit um sie wandelte, verspürten sie auch das Bedürfnis, länger beieinander zu sein, mehr Stunden miteinander zu teilen. Den Herbst hatten sie zusammen erfahren; und dann den Winter; nun sproßte und grüßte ringsum der Frühling, und ihn wollten sie festhalten.

Eve erzählte er, daß Altar sich plötzlich in der Ausführung etwas anderes überlegt hätte; eine Änderung, die nunmehr, wo das Fundament bereits gegossen war, Schwierigkeiten bereiten dürfte. Angeblich mußte er sich also zum Abendessen mit Altar in der City treffen und anschließend das Problem mit ihm durchsprechen, bis sich eine Lösung ergeben würde – und wenn's die ganze Nacht dauerte. Maggie erzählte Don, daß eine Bekannte von ihr demnächst ein Kind erwarte und sie mit mehreren anderen nach Brooklyn wollte, das künftige Baby zu feiern, und daß man erst sehr spät wieder nach Hause kommen würde. Er bot ihr an, sie im Auto hinzufahren; aber sie sah nicht ein, warum man deshalb Geld für eine Kinderwärterin ausgeben sollte, zumal wenn alle Frauen sich in der Nachbarsiedlung treffen wollten, bei einer anderen Frau, die sie dann geschlossen nach Brooklyn fahren würde.

Um 17 Uhr 30 trafen sie sich.

Und es war ein Tag – ein einmaliger Tag eben. Die Luft war mild und balsamisch, und man hätte alle fremden Leute grüßen mögen. Und ein Plätzchen finden, wo man wilde Blumen pflücken konnte. Die Luft hätte man küssen mögen. Ein einmaliger Tag eben.

Sie hatten Pat, den Motelbesitzer, angerufen, er möchte ihnen eine Kabine reservieren, und er hatte zugesagt. Auch war es erst 17 Uhr 30, und der ganze Abend und die ganze Nacht lagen vor ihnen. Er trug einen dunkelblauen Anzug, ohne Überzieher, derart mild war es; sie ein rotes Kleid mit tiefem, rundem Ausschnitt und hohen Stulpen um die Handgelenke, und in den Ohren Ringe mit falschen Rubinen. Sie sah sehr schön aus, und er, in seinem blauen Anzug, fühlte sich nicht minder stattlich. Beide hatten sie das Gefühl, als gingen sie wirklich richtig zusammen aus. Es war merkwürdig, aber dieser Dienstag abend hatte etwas Festliches an sich.

Das kleine Restaurant, wo sie aßen, lag an einem Teich mit Schwänen darauf. Kerzen standen auf dem Tisch, und er bestellte als erstes Martinis, *mit Oliven*, bitte; worauf der Ober ihnen Martinis brachte, mit Zitronenschale, bitte. Und als sie ihren Wunsch nach Oliven wiederholten, brachte er ihnen nun eine ganze Suppenschüssel voll. Jeder tat sich davon vier in sein Glas; und anschließend bestellten sie sich Steaks und eine Flasche Burgunder.

Sie ließen dem Essen keine Gerechtigkeit widerfahren. Sie gestand später, daß sie kurz vor dem Weggehen von zu Hause Krach mit Don gehabt hätte: Schlimm genug, daß sie derart davonrannte; zumindest hätte sie doch, wenn er von der Arbeit kam, das Abendbrot für ihn fertig haben können. Aber sie sah zu, wie Larry aß und nippte vom Burgunder; und der Wein hatte die Farbe ihres Mundes und paßte zum Glutrot ihrer Ohrringe, so daß er sich über den Tisch beugen und sie flüchtig küssen mußte. Sie sprachen über alles, was sich vergangene Woche zugetragen hatte, genau wie Mann und Frau, die getrennt gewesen sind und sich nun hundert kleine Geschichten zu erzählen haben.

Sie schwatzten und tranken und rauchten; sahen Dämmerung wie mit Fingern über den Teich tasten und wie das Weiß des Schwanengefieders zu Purpur wurde und rauchigem Blau, während die späte Sonne erlosch. Als sie ihr Mahl beendet hatten, taten sie einen Gang um den Teich zum Auto hin. In der Cocktail-Diele spielte das Klavier, und sie lauschten seinem *Nie vergeß ich den April*. Keiner sprach ein Wort. Er hatte im Gehen den Arm um sie gelegt, und ihr Kopf ruhte an seiner Schulter.

Sie achteten nicht auf den gelben Buick, der hinter ihnen her kam, als sie das Restaurant verließen.

Auf dem Weg zum Motel fiel ihr ein, daß sie Don versprochen hatte, ihn anzurufen, sobald sie in Brooklyn angekommen wäre. Sie fuhren also, bis die nächste kleine Schenke in Sicht kam, die das runde Schild ‹Telefon› außen trug. Es war eine jener Gaststätten, in denen nie irgendwelcher Betrieb zu sein scheint. Das Speisezimmer war gleich links und ganz dämmrig, nur daß weit hinten, über einem zweiten Separateingang, eine schwache Lampe brannte. Kein Mensch saß dort und aß. Die Telefonzelle war drüben an der Wand, gleich neben der Schwingtür, die in die Küche führte. Maggie drückte rasch seine Hand und ging dann zur Zelle; Larry seinerseits in die Bar hinüber, wo er sich aus dem Automaten eine Packung Zigaretten holen wollte. Auch die Bar hier war, abgesehen vom Mann hinter der Theke, leer. Als er seine Zigaretten hatte, setzte er sich mit dem Rücken an die Bar. Durch die Fenster sah er, wie ein gelber Buick drüben von der Straße abbog, näher kam und schließlich draußen, neben dem Speisesaal, parkte.

Er saß eine kurze Weile; dann sah er den Musikautomaten, ging hin und studierte die Namen der Stücke. Er fragte sich, ob er eine Platte gehen lassen könne, während Maggie mit Don sprach? Na ja, sie war ja angeblich bei einer Feier; und zweifellos konnten Frauen in Anwesenheit eines noch nicht vorhandenen Babys das Grammophon gehen lassen. Er suchte sich also ein Stück aus und begab sich dann wieder zu seinem Hocker.

«Kann ich Ihnen mit etwas dienen, Sir?» fragte der Barkellner.

«Nein, danke», sagte er.

Er machte die Zigarettenpackung auf, zündete sich eine an und stieß eine große Rauchwolke aus. So saß er und rauchte und hörte der Musik zu. Als sie zu Ende war, steckte er die nächste Münze in den Automaten und suchte sich eine neue Platte aus. Und nicht eher, als bis auch dieses zweite Stück abgelaufen war, kam ihm in den Sinn, daß Maggie sich doch ganz ungewöhnlich lange in der Telefonzelle aufhielt. Sein erster Einfall war, Don könnte ihr eine Szene machen. Er nahm an, sie möchte moralische Unterstützung nötig haben, drückte seine Zigarette aus und schlug den Weg nach dem Speisesaal ein.

Der Bursche war höchstens neunzehn Jahre alt.

Er trug ein Sporthemd und eine Khakihose. Die Tür zur Telefonzelle stand offen, und im Türrahmen lehnte der Bursche.

«Margaret», sagte der Bursche, «Margaret, ich will doch bloß –»

Larry beschleunigte seinen Schritt.

Maggie saß reglos in der Zelle. Die Geldbörse im Schoß; und ihre Hände hatten sich über der Geldbörse gefaltet. Sie blickte unverwandt auf den Fußboden der Zelle und erhob nicht einmal den Blick zum Auge des athletischen jungen Mannes, der sich ungefüge über sie beugte. Larry ging unverzüglich auf die Zelle los.

«Willst du irgendwas, mein Junge?» fragte er.

Der Bursche wandte sich nicht. Ohne Larry anzusehen, sagte er: «Hau ab!»

Er war ebensogroß wie Larry, aber schwerer, mit brandrotem Haar, kräftigen Armen und einem Brustkasten wie eine Tonne. Er kehrte Larry den breiten Rücken zu, wie er so mit ausgebreiteten Armen sich in die Zelle lehnte, die Handflächen gegen die Seitenwände gestemmt, daß er die ganze Türöffnung ausfüllte. Ohne im geringsten auf Larry zu achten, sagte er: «Nur eins sollst du mir, *mußt* du mir sagen –»

«Die Dame gehört zu mir», sagte Larry. «Lassen Sie sie sofort in Frieden.»

Der Bursche wandte sich. Sein Blick glitt rasch und abschätzend über Larry. «Scheren Sie sich zum Teufel, aber flott», sagte er. «Ich hab lange genug gewartet, auf –» Und schon hatte Larry zugeschlagen.

Ganz unvermittelt, ehe er selbst noch recht wußte, was er tat, hatte er die linke Faust hochgerissen, zu einer kurzen, scharfen Geraden, die den Burschen auf die Kinnspitze traf, daß er aus der Zelle bis an die Mauer stolperte.

Der Bursche stieß sich von der Wand ab, ballte die Fäuste, tat einen Schritt nach vorn und sagte: «Okay, Mister. Sie haben's nicht anders gewollt.» Und tat einen Ausfall in Richtung Larry. Sein erster Schlag traf Larry auf die Backe; er fühlte einen heftigen Schmerz und duckte zurück. Ein zweiter Stoß traf ihn in den Unterleib, nicht minder schmerzlich als der erste, aber die Wirkung war weit gefährlicher. Dieser zweite Stoß ließ Wut in Larrys Augen und Kehle steigen; innerhalb von drei Sekunden hatte er seine ganze Kriegsausbildung wiedergefunden. Er fing sich, stellte die Füße fester und machte aus seinen Fäusten zwei harte, knotige, todbringende Waffen. Er war sich bewußt, daß, sollte dieser Junge den dritten Stoß wagen, er ihn totschlagen würde. Durch einen Schlag auf den Adamsapfel würde er ihn umbringen. Mit geballten Fäusten erwartete er den Angriff des Jungen.

Der Bursche hielt inne, mitten im Ansprung.

«Komm ran», sagte Larry. In seiner Stimme klang die kaum mehr beherrschte Raserei. Sein Körper spannte sich vornüber, während er harrte. In seinem Blick lag kalte, unverhüllte Drohung.

Vielleicht erkannte der Bursche, was in Larrys Blick zu lesen war. Der Angriff kam nicht. Der Bursche ließ vielmehr langsam die Hände sinken.

«Komm ran!» wiederholte Larry.

Der Bursche bewegte sich nicht. Angst und Scham stritten sich in seinen Zügen; und dann, auf einmal, schienen seine Schultern in sich zusammenzusinken, in einer totalen Niederlage. «Na schön!» sagte er, anscheinend im Begriff, in Tränen auszubrechen, blieb jedoch immer noch regungslos. «Na schön, also aus. Aus, aus, vorbei», und immer noch bewegte er sich nicht.

Larry wartete. Die Verwirrung des Burschen und dessen völlige Niederlage machten ihn seltsam traurig. Viele, unzählige Dinge schien der Bursche noch sagen zu wollen; wiederholte aber nur immerfort und sinnlos sein «Na schön, also aus; aus, aus, vorbei», wandte sich dann und rannte zu der Tür am anderen Ende des Saales. Die Tür schlug hinter ihm zu. Stille herrschte im Saal. Und Larry wandte sich zu der Zelle, wo Maggie immer noch regungslos hockte.

«Ist dir auch nichts?» fragte er.

Maggie schüttelte den Kopf, sah ihn aber nicht an. Draußen hörte man einen Motor anspringen. Und Autoreifen im Kies knirschen.

«Komm», sagte er sanft. Ergriff ihre Hand und führte sie aus der Zelle. Als sie ins Freie traten, war kein gelber Buick mehr zu sehen.

Als sie im Wagen saßen, fragte er: «Was war denn los?»

Schweigend saß sie sehr dicht neben ihm, ihre Hände umklammerten noch immer die Geldbörse. «Er kam zur Seitentür rein, als ich eine Weile gesprochen hatte», sagte sie. «Er wartete, bis ich fertig war, und wollte mich dann nicht mehr aus der Zelle lassen. Hat er dir sehr weh getan?»

«Nein. Was wollte er denn von dir?»

«Wenn du etwa 'ne Beule bekommen solltest, mußt du doch zu Hause erklären, wieso –»

«Was hat er von dir gewollt?»

«Das, was alle wollen», sagte Maggie leise.

«Alle? Wie oft passiert dir denn dergleichen?»

«Oft genug. Denk nicht mehr daran, Larry, bitte. Du hast dich lieb und töricht benommen, und ich weiß es zu würdigen. Aber bitte, reden wir nicht mehr davon. Ich bin ja daran gewöhnt.»

«An was gewöhnt?» Er kam sich auf einmal äußerst naiv vor; und dennoch war er bis jetzt nie auf den Gedanken verfallen, auch andere Männer könnten sich Annäherungsversuche bei ihr erlauben. «Daß Männer dich belästigen?»

«Ja. Daß Männer mich belästigen.»

«Aber wieso denn –»

«Warum wohl? Überleg mal selbst», fragte sie. «Larry, könnten wir nicht ein anderes Thema anfangen? Entschuldige, aber es ist so ärgerlich. Jedesmal, wenn es wieder passiert, werd ich –»

«Das hört sich ja gerade an, als belästige man dich zehnmal am Tage!»

«Ungefähr ja.»

«Wer? Was für Männer?»

«Irgendwelche Männer. Alle möglichen Männer. Männer, Larry. Männer!» Sie brach ab und sagte dann: «Larry, bitte, denk nicht mehr daran. Was ist denn schon dabei? Ich bin, wie ich bin. Manchmal wollte ich, ich wäre häßlich. Manchmal bin ich so weit, daß ich mein Gesicht hasse, mein Lächeln, meine Hüften, meine Brust, diese verdammten –» Sie schüttelte den Kopf. «Laß sein. Ich hab mich allmählich daran gewöhnt. Männer sind Männer, und einer will immer dasselbe wie der andere.»

«Mich mit einbegriffen, meinst du?» fragte er.

«Dich *liebe* ich», sagte sie schlicht.

«Das hast du aber nicht allezeit getan.»

«Nein. Und auch du sahst mich und begehrtest mich und sprachst mich an, so war es doch?»

«Und *bekam* dich», sagte Larry.

«Was die anderen eben nicht tun.»

«Woher soll ich das wissen?»

«Also bitte, fang jetzt nicht an wie ein eifersüchtiger Ehemann. Du bist der einzige, glaub mir. Alle anderen machen Augen, möchten mich anfassen; aber du bist der einzige, der –»

«Woher wußte der Bursche wohl deinen Namen?» fragte Larry plötzlich.

«Den wußte er doch nicht.»

«Doch. Er nannte dich ‹Margaret›. Das hab ich wohl gehört.»

«Wahrscheinlich hat er gehört, wie ich zu Anfang des Gesprächs zu Don sagte: ‹Hier ist Margaret.›»

«Du hast doch eben gesagt, er wäre erst reingekommen, als ihr schon eine Weile gesprochen hattet? Wie kann er da gleich zu Anfang deinen Namen gehört haben?»

«Nein, er kam schon rein, als ich noch die Nummer wählte.»

«Aber du kennst ihn, nicht wahr?» sagte Larry.

«Nein.»

«Wer ist er?»

«Ich hab ihn in meinem Leben noch nicht gesehen.»

«Maggie: wer ist er?»

«Das weiß ich nicht.»

«Du weißt es genau. Warum belügst du mich?»

«Larry, hör auf. Bitte.»

«Ich muß das wissen.»

«Was gibt dir das Recht dazu?»

«Ich denke, du liebst mich?»

«Das tue ich», sagte sie.

«Dann habe ich deshalb das Recht.»

«Und wenn du's dann weißt? Was dann? Auf Wiedersehen, Maggie?»

«Wieso? Lautet die Wahrheit so schrecklich?»

«Wahrheit ist immer schrecklich. Du regst dich schon auf, bloß weil Männer mich *anzusprechen* versuchen. Was soll werden, wenn du erfährst –»

«– daß ich nicht der einzige bin? Daß dieser Junge, den ich verprügelt habe, ebenfalls –»

«Nein; das hat er nicht!»

«Ja, worum handelt sich's dann? Was verbirgst du mir?»

Sie schob sich von ihm fort in die entfernteste Ecke des Sitzes. Ihre Wimpern flatterten, und sie schien plötzlich völlig nervös und verstört, und er hätte sie in die Arme nehmen und trösten mögen. Sie zündete sich unbeholfen eine Zigarette an, stieß Rauch aus und zog dann die Beine auf den Sitz hoch, unter sich, so daß ihr der Rock leicht über die glatten Nylon-Knie zurückglitt. Im Augenblick überkam ihn wilde Begierde. Im Augenblick wollte er sie nicht hören, nur halten. Sie sah den Ausdruck in seinen Augen und sagte: «Los, faß mich an. Damit du siehst, daß ich wirklich da bin.»

«Maggie ...»

«Wenn es dich auch peinigt: Mich peinigt es noch viel mehr. Ich kann es nicht ausstehen, nicht im geringsten. Aber mach doch anderen Männern keine Vorwürfe, daß sie dasselbe wünschen und voraussetzen, wie du – wie du früher und auch jetzt noch. Und mach auch mir keine Vorwürfe deswegen.»

«Erzähl jetzt von dem Jungen», sagte er.

«Schön.» Sie seufzte schwer. «Im Juli ...»

Sie hatte eine Geschichte begonnen. Hatte ihr «Im Juli» ausgesprochen wie ein «Es war einmal», und er erkannte aus diesen ersten zwei Worten, daß ihr das Erzählen große Pein bereiten würde. Aber seine Hände umklammerten fester das Steuer, und er ließ die Augen nicht von der Straße voraus.

«Don kam eines schönen Tages nach Hause. Er hatte die Chance, Vorarbeiter zu werden; und die Fabrik wollte ihn dazu auf die Schule nach Detroit schicken.» Sie sprach völlig mechanisch, als hätte sie die Worte so oft im Geist vor sich hin gesagt, bis sie ohne alles Gefühl, ohne alle Bedeutung geworden waren. «Er wollte jedoch nur gehen, meine Einwilligung vorausgesetzt. Und ich ließ ihn gehen. Die Frau soll dem Fortkommen ihres Mannes ja nicht im Wege stehen. Er fuhr also. Gleich nach dem vierten. Es war eine tolle Hitze am vierten, Larry. Kannst du dich erinnern?»

Er antwortete nicht. Er hörte die Qual in ihrer Stimme und hätte sie bitten mögen, aufzuhören, vermochte es jedoch nicht.

«Eine tolle Hitze am vierten», wiederholte sie. «Der ganze Sommer war ja so heiß. Ich weiß noch, wie ich beim bloßen Stillstehen schwitzte. Ich schwitze überhaupt ganz leicht. Und nahm ein kaltes Bad nach dem andern. Ich bade überhaupt gern. Ich hab immer ...» Sie brach ab und seufzte erneut. «Aber den betreffenden Sommer, im Juli ...»

Sie hatte ihre Geschichte immer noch nicht wirklich begonnen. Wieder war sie beim Anfang gelandet, war wieder bei den Worten «Im Juli». Er blickte auf den Tachometer und hatte das allerseltsamste Gefühl, als sähe er plötzlich den letzten Sand aus einer Uhr rinnen, als sei dies ihre letzte Fahrt zusammen und die letzten Worte, die er je von ihr hören würde.

«Ich war so sehr einsam. Ich erzählte dir's schon, als ich das erste Mal bei dir im Auto saß. Ehe wir uns überhaupt noch verabredet hatten, hab ich dir's schon erzählt. Als Don kaum erst eine Woche weg war, fühlte ich mich so einsam. Patrick war mit meiner Mutter am Strand von Montauk Point. Ich war ganz allein. Mit Don war gerade zuvor nicht alles gutgegangen; wir hatten im Juni eine Bootsfahrt mitgemacht ... und ... und vielleicht ist es im Grunde niemals gutgegangen zwischen ihm und mir und wird es nie tun. Ich weiß nicht, Larry, aber ich vermißte ihn. Und ... und der Sommer war so maßlos heiß. – Larry, *muß* ich dir das alles erzählen?»

«Wenn du's nicht gern tust, laß es.»

«Ich tu es höchst ungern!»

«Also gut.»

«Aber wissen mußt du's trotzdem, stimmt's? Männer müssen immer alles wissen. Du willst dich vergewissern, daß ich dieses bekannte gewisse *Aroma* nicht an mir habe.» Bitterkeit schwang unversehens in ihrer Stimme. Einen Augenblick lang hatte er das befremdliche Gefühl, als rede sie nicht mehr ihn an, sondern ein unbekanntes Gespenst. «Also gut», sagte sie erschöpft. «Ich saß eines schönen Tages draußen vorm Haus, auf dem Treppenaufgang.»

«Du bist mir keine Rechenschaft schuldig.»

«Auf dem Treppenaufgang», wiederholte sie. «Die Straßen waren ganz still; selbst die Kinder schienen verschwunden, und auch alle Frauen. Ich weiß nicht, wie es kam; aber ich hatte das Gefühl, als wäre ich auf der ganzen Welt der letzte lebende Mensch. Ich hatte nur Büstenhalter und Shorts an, es war derart heiß, Larry, ich dachte nicht im entferntesten daran, meinen Körper vorführen zu wollen oder sonst irgend etwas, bestimmt, ich *hasse* es, im Badeanzug rumzulaufen, ich verabscheue all die hungrigen Augen auf mir, mit *graut* davor! Ich ging in Shorts und Halter, weil es eben so heiß war, das ist alles, bloß weil es so heiß war. Und ich hätte nie und nimmermehr vorn auf der Treppe gesessen, wenn hinterm Haus auch nur eine Spur von Schatten gewesen wäre. Glaubst du mir?»

«Warum sollte ich's nicht?»

«Du sollst auf keinen Fall meinen, ich hätte irgend etwas herausfordern wollen. Das tue ich nie und tat es auch damals nicht. Ich hatte mich auf meine eigene Treppe vorm Haus gesetzt, das war alles. Ich hatte meine Knie in die Arme genommen und mein Haar mit einem kleinen Band aus dem Gesicht gebunden, der Hitze wegen. Die Straßen waren leer und glühten. – Und auf einmal kam ein Lastauto um die Ecke.»

Sie atmete kurz und schwer.

«Ich weiß nicht, ob ich es deutlich genug ausdrücken kann. Ich hatte plötzlich das Gefühl: Hier kommt noch ein zweiter Überlebender nach dem Atombombenangriff, ein anderes lebendes Wesen; begreifst du, was ich sagen will?»

«Ja.»

«Der Lkw wurde langsamer, während er am Haus vorbeifuhr. Hinterm Lenkrad saß ein junger Bursche.»

«Er?»

«Ja. Er.» Sie unterbrach sich. «Er lachte mich an ... und ich lächelte zurück. Das war alles. Ich schwöre bei Gott, daß nichts weiter vorfiel. Er lachte, und der Sommertag war so heiß, und ich so einsam, und deshalb lächelte ich zurück. Das war alles, Larry, mehr nicht. Er blickte erst mich an und dann das Haus, und dann fuhr das

Lastauto weiter die Straße hinunter, und damit war die Sache zu Ende. Für den Augenblick.»

«Und was kam dann?»

«Er kam wieder.»

«Wann?»

«Am nächsten Abend. Ich bügelte gerade im Wohnzimmer und hörte das Klopfen an der Tür. Ich ging hin zur Tür und machte auf, und da stand er da. Er sagte: ‹Hallo. Könnt ich etwa mal 'n Schluck Wasser bekommen?›» Sie zuckte ganz leicht die Achseln, als werde sie von neuem mit der einfachen Bitte des Burschen konfrontiert und ihrer Unablehnbarkeit. «Ich holte ihm also ein Glas Wasser.»

«Mach weiter.»

Ihre Stimme war auf einmal sehr leise geworden. Er mußte sich anstrengen, um sie zu verstehen, ihr Gewisper in der gespannten Stille des Autoinnern.

«Er hieß Buck. Buck Soundso; ich weiß es nicht. Ich hab auch nie gefragt. Ich wollte es nie wissen. Nimmermehr. Ich wollte, ich wüßte nicht einmal den Vornamen. Ich wollte, ich hätte ihn nie gesehen, ihn nie angelacht, nie in mein Haus gelassen.»

Sie hörte auf zu sprechen, und wieder wartete er, und wieder seufzte sie schließlich auf und fuhr fort:

«Er blieb eine Weile da. Wir saßen im Wohnzimmer. Ich bügelte, und er erzählte mir. Er fuhr den Lkw für seinen Vater; Erde transportieren zum Aufschütten für Siedlerstellen. Sie ...»

«Komm zur Sache, Maggie!»

«Er küßte mich.» Ihre Augen glitten einmal flink zu Larry. Dessen Blick lag nur auf der Straße.

«Ehe er ging. Wir standen an der Haustür, ich sagte ‹Gute Nacht›, und auf einmal griff er nach mir. Er zitterte am ganzen Leibe, wie ein Baby. Er ... er gab mir einen Kuß.»

«Küßtest du ihn wieder?»

«Nein. Ich konnte doch gar nicht küssen, ehe ich dich kennenlernte. Das weißt du doch.»

Sie machte eine Pause.

«Ich wollte seinen Kuß nicht; aber ich konnte nichts machen. Schließlich ging er weg.»

Es wurde still im Auto. Larry verspürte sogleich Erleichterung. Er drehte sich um zu ihr und sagte: «War es das, was du vorhin so schreck ...»

«Es geht noch weiter.»

Seine Finger schlossen sich wieder krampfiger um das Steuer. Die lange Stille, ehe sie wieder zu sprechen begann, schien endlos.

«Ich ... ich machte mich zum Schlafengehen zurecht, als er fort war. Und lag im Bett, als das Telefon klingelte. Er war am Apparat. Er sagte, er käme jetzt rüber. Ich erklärte ihm, daß ich schon im Bett läge. Er sagte, er käme jetzt rüber. Ich sagte, er wäre wohl verrückt, und ich würde die Polizei zu Hilfe rufen. Er sagte, er käme jetzt rüber. Ich wußte nicht, was ich tun sollte. Es war unterdessen auch schon spät geworden, wenigstens Mitternacht, vielleicht noch später. Die Nachbarn konnte ich doch auch nicht gut aufstören. Ich war ganz allein im Haus. Don in Detroit, Patrick bei seiner Großmutter. Ich wußte mir keinen Rat.»

«Ja, warum *hast* du denn die Polizei nicht angerufen?»

«Daß ich zum Stadtgespräch werde, ja? Wie konnte ich denn? Statt dessen schloß ich sämtliche Türen zu. Eine nach der andern. Dann nahm ich noch ein paar Schlaftabletten, und dann –»

«Schlaftabletten? Wo du doch wußtest, daß er schon unterwegs ist? Um Gottes willen, wie konntest du denn –»

«Ich wollte schlafen! Mir fiel einfach nichts anderes ein, ich hatte doch solche Angst, Larry, *mir fiel einfach nichts anderes ein*. Ich ... ich nahm zwei Tabletten. Ich hab immer welche da. Mein Arzt ist auch einverstanden. Ich kann manchmal einfach nicht schlafen.»

«Weiter», sagte er knapp, mit gerunzelter Stirn.

«Ich schlief beinah schon, als ich sein Auto vorfahren hörte. Den gelben Buick. Er stieg aus, kam an die Haustür und klingelte; aber ich stand nicht auf aus meinem Bett. Ich war ja auch wie halb betäubt. Selbst wenn ich gewollt hätte, hätte ich nicht aufstehen können. Er rüttelte an der Haustür und klingelte wieder und ging dann, so erschien es mir, fort. Ich hatte keine Ahnung, daß er hinten rum kommen würde, übern Rasen. Darauf verfiel ich gar nicht. Bis ich ihn an der Küchentür klinken hörte. Und dann hörte ich die Tür *aufgehen*!

Ich konnte das nicht begreifen. Ich dachte doch, ich hätte sämtliche Türen abgeschlossen; aber jetzt war er drin im Haus. Er rief ‹Margaret› von unten hoch, und ich lag im Bett, unfähig, mich zu regen, halb betäubt. Und nackend, Larry, es war ja so heiß im Zimmer, und die Klimaanlage war anscheinend auch gerade nicht in Ordnung. Ich versuchte, gegen die Müdigkeit anzugehen. Ich weiß nicht mehr, wie er nach oben gelangt sein mag; weiß auch nicht mehr, wieso er auf einmal in mein Bett gekommen ist. Ich weiß mich lediglich noch zu erinnern, wie er mich packte, und erst meine geschlossenen Augen küßte, und dann die Brüste, und dann –»

«Um Gottes willen, hör auf!»

«... mich küßte, überall, überall, und da fing ich an, etwas munterer zu werden, ein bißchen aus der Betäubung zu erwachen, und wollte mich gegen ihn wehren, aber da war es schon zu spät, zu spät schon.»

Ironisch fragte Larry: «Na, und wie war's?»

«Grausig war es, grausig, wie ein Alpdruck! Es war doch glatte Vergewaltigung, Larry, begreifst du das denn nicht?»

«Nein, das begreife ich nicht. Warum hast du diese Tabletten genommen?»

«Um ihm zu entkommen!»

«Und wieso konntest du vergessen, eine der Haustüren abzuschließen?»

«Ich hab's eben vergessen!»

«Hat er dir gesagt, daß er dich liebe?»

«Ja.»

«Und hast du ihm deinerseits deine Liebe gestanden?»

«Nein! Das habe ich noch niemandem gesagt, außer Großvater und dir!»

«Du lügst ja.»

«Ich lüge nicht. Ich denke nicht daran; meinst du etwa, mir hätte daran gelegen, dir das alles zu berichten, du hast mich danach gefragt, denkst du, für mich wär's ein Genuß gewesen, was er tat, denkst du etwa, ich hab Spaß daran, *vergewaltigt* zu werden, verdammt noch mal, meinst du, das ist ein Vergnügen!»

«Warum hast du die eine Tür offen gelassen?»

«Ich dachte, sie wäre zugeschlossen.»

«Eine Tür ist entweder zu, oder aber sie ist offen: du hast *gewollt*, daß er ins Haus könnte!»

«Nein, nein, das ist nicht wahr.»

«Du hast gewollt, daß er dich finden sollte. Deshalb hast du die Schlaftabletten genommen, so daß du dich nicht wehren, ihm keinen Widerstand leisten konntest!»

«Nein, nein!»

«Du hast so getan, als ob –»

«Hör auf, hör auf!»

«... aber du wolltest von ihm genommen sein. Verflucht, Maggie, du wolltest ge –»

«Also schön!» kreischte sie. «Wollte ich also vergewaltigt sein. Wie eine läufige Hündin, klar! Ich stank förmlich danach, was? Ich lief vor allen Männern rum, damit sie es wittern sollten, die ganze Nase wollte ich ihnen vollstänkern mit meiner Brunst, nicht wahr? Ich wollte diesen Jungen, wollte ihn, *ich wollte ihn!!»*

«Eine Hure bist du», sagte er; und ohne den Blick von der Straße zu lassen, holte er mit der verkehrten Rechten aus, und traf sie seitlich auf die Backe, daß sie an die Sitzlehne zurücktaumelte.

«Du Trottel», sagte sie.

«Halt's Maul!»

«Du verdammter, alberner Trottel, du Idiot, du dämlicher. Begreifst du nicht, daß du dennoch für mich der erste Mann bist, ganz gleich, was vorherging? Begreifst du denn nicht, daß du der *einzige* Mann bist? Oh, du alberner, alberner ...»

Sie begann unversehens und stoßweise zu schluchzen. Er hatte sie noch nie zuvor weinen sehen, und der Anblick bestürzte ihn. Ihr Elend war ohne Schranken, das umfassendste Elend, das er je auf einem Frauenantlitz erblickt hatte. Es war, als sei sie der Schönheit ihres Gesichts so sicher, daß sie alle ihre Züge getrost sich auflösen lassen konnte, sie gnadenlos zerfallen, sie sich krümmen lassen, in unaussprechlichem Kummer.

«Hör auf damit», sagte er.

«Ich hab ... dich ... verloren.»

«Hör auf damit!»

«Ich hab dich verloren! Ich hab dich verloren!»

Sie kam plötzlich dicht an ihn, mit einer überraschend schnellen Bewegung, und warf sich in seine Arme, so daß er eine Hand vom Steuer lassen mußte, um den unerwarteten Druck ihres Körpers auszubalancieren. Einen Augenblick lang verlor er die Herrschaft über den Wagen, dann aber hatte er das Steuer wieder fest, und ihr Kopf lag an seiner Brust, und sie schluchzte noch immer bitterlich und rang nach Luft.

«Sag, daß es dir nichts ausmacht», sagte sie.

Macht es was aus? fragte er sich selbst. Macht es etwas aus, daß man sie zuvor besessen hat, hatte ich nicht gleich anfangs den Verdacht, sei ehrlich, war es nicht das, was mich in erster Linie zu ihr hinzog, *wußte* ich nicht, daß man sie besitzen kann?

«Sag, daß du mich noch lieb hast», sagte sie.

Dich lieb? dachte er. Hab ich dich lieb? Ich bin total verrückt, ich könnte den Lausejungen umbringen, wenn ich ihn hier hätte, totschlagen könnt ich ihn, ich bin ja ein feiner Kerl geworden, ein sauberer, aufrechter Bürger, ich verhau kleine Jungen und schutzlose Frauen, der Held, der große Gott COLE! Aber liebe ich dich? Wo soll das Ganze *enden*, Maggie? Und wo, zum Teufel, hat es wohl angefangen? Wann werden wir endlich beginnen, einander kennenzulernen, wann kommen wir über das Stadium von zwei Fremden im Stroh hinaus, oder ist das gar nicht nötig, *ist* es überhaupt nötig? Ich bin wütend; und, schön, es ist kindisch genug, ja! Wütend bin ich; und vermutlich ist es ein Rückfall in mein früheres Idealbild der Weiblichkeit, à la Mutterbrust und lilienweiße jungfräuliche Unberührbarkeit, aber wütend bin ich trotzdem, und, Teufel noch einmal, wo soll das alles hin, wo soll das enden? Wenn dieser rothaarige Bube dich gehabt hat, und wenn ich dich gehabt habe, wieviel andere könnten und werden dich dann gleichfalls noch haben, verdammt, Felix Anders hat recht, Felix Anders ist der Weise unseres Jahrhunderts!

«Sag's doch», bettelte sie, «bitte, bitte.»

Oder vielleicht will ich auch Schluß machen, dachte er. Vielleicht habe ich sie niemals recht geliebt, vielleicht war es nur rein physiologisch und wird immer rein physiologisch bleiben, läuft darauf das Leben hinaus, läuft darauf alle Liebe hinaus, bin ich in Maggie verliebt oder bin ich nur eine Zahl im Kinsey-Report?

«Sag doch», drängte sie: «Sag doch.»

Klar, dachte er. Ich werd dir's schon sagen. Daß es aus ist, werd ich dir sagen, Maggie. Schluß. Vorbei, weil ich einfach nicht mehr durchfinde, es ist zu kompliziert, zu verwickelt, es benimmt mir die Luft, Maggie, ich kann nicht mehr atmen! Ich kenne dich jetzt schon all die Monate, und habe noch gar nicht angefangen dich zu kennen, und ich bin wütend und traurig und heulen möcht ich und mich rumprügeln dazu, und lieben tu ich dich auch, ich begreif nicht, wieso du das alles mit mir anstellen kannst, mich mit Dolchen aufschneiden, mir die Eingeweide rausreißen, mich liegen lassen, brüllend und blutend, und ich lieb dich immer noch, weiß genau, daß ich ohne dich nicht leben kann, begehre dich schon wieder und brauche dich, verflucht, warum brauche ich dich nur so sehr, Maggie, warum brauch ich dich, du Schlampe, Nutte, Bestie, ich liebe dich, ach, ich liebe dich.

Sie setzte sich sogleich aufrecht, wie intuitiv, als hätte sie seine Gedanken gelesen und wüßte Bescheid. Sie griff ins Rad, drehte es scharf nach rechts, und der Wagen polterte, als er über den flachen

Betonrand schaukelte, der die Straße säumte; noch ein Stück rollte und dann auf der Grasnarbe stehenblieb.

Er begann mit dem Kopf zu schütteln; aber sie brachte ihren Mund ganz nahe an seine Lippen, ihre Augen schimmerten in der Finsternis, und sie sagte: «Nimm mich, Larry. Hier!»

Und er riß sie rauh an sich.

22

Wie Gespräche übern Zaun lag es in der Luft. Man konnte es förmlich riechen. Noch war der April nicht gekommen; aber jedermann schien bereit, freundlich und lustig übern Zaun zu sprechen.

Felix Anders sog heimlich die Lüfte dieser letzten Märztage ein. Gefördert durch die milde Witterung umwucherte gelb und wild ein Forsythienwall den Sechs-Zimmer-Rancho, den er sein Heim nannte. Auch der magere Baum auf dem Rasenstück vorm Haus begann auszuschlagen. Weiße Wolkenkämme schwammen still im blauen Himmelswasser. Felix Anders sog die Luft ein und wirkte überhaupt wie ein Mann, der eben von der Mittagsmesse zurückkehrte. Er war auch tatsächlich gerade auf dem Heimweg von der Kirche. Obgleich er weder an Beichte noch an Geburtenkontrolle glaubte, hielt Felix sich für einen guten Katholiken. Er hatte seinen Frieden mit der Religion gemacht, aß freitags kein Fleisch und versäumte keine Messe an Sonntagen.

An diesem Sonntag nun, gegen Ende März, sog er verstohlen die balsamischen Lüfte tief in sich ein.

Die Affäre mit dem Modell lag nunmehr hinter Felix. Der Abschied war wahrlich ergreifend gewesen, würdig des Spitzenfilms einer führenden Filmgesellschaft, komplett bis auf den letzten herzzerreißenden Seufzer, übervoll des schrecklichen, bittersüßen Wissens, daß die Sterne es nicht gewollt hatten. Er sah das Finale fast greifbar vor sich, als läge der Streifen schon aufgespult, fertig zum Versand an sämtliche einheimischen Filmverleiher. Feuchte Blicke, die sich noch einmal trafen; die ungesprochenen Worte *Ich werde dich immer lieben*. Pause. *Auch wenn wir uns nicht gehören können*. Längere Pause.

Das Modell steigt kummervoll aus Felix Anders' Oldsmobile. Noch einmal leuchten sekundenlang ihre Schenkel auf, und er gedenkt noch einmal der endlichen Genüsse ihres Leibes, der unendlichen Schätze ihres Gemütes, aber nur einen flüchtigen Augenblick lang. Dann schreitet sie davon, fort von ihm, aus seinem Leben. Trauernd sieht er ihr nach. Winkt. Musik klingt auf und verhallt wieder.

Felix' Oldsmobile setzt sich in Bewegung. Eine CinemaScope-Allee, gesäumt von hohen Pappeln, fährt er hinunter, in einem Technicolor-Sonnenuntergang. Das Wort ENDE entsteht im Abendwind, überlagert das Auto, das in die Ferne rollt, weiter, weiter, immer weiter – und den Blicken entschwindet:

ENDE
ENDE
ENDE
Ende
ende

Vorbei. –

Felix, noch im sonntäglichen blauen Kirchenanzug, ganz ehrbarer Vorortvater, schritt die Front seines Grundeigentums ab, seinen dreijährigen Sohn Bruce an der Hand. Er musterte Länge wie Breite seines zwanzig mal dreißig Meter Eckgrundstücks mit dem unbestechlichen Auge des Großgrundbesitzers. Er spürte den Pulsschlag des Frühlings in der Luft, wie er ihm den Blutstrom erfüllte und durch seine Adern sang. Felix Anders war bereit zu neuer Liebe. Und musterte mit Rittergutsbesitzerblick seine Latifundien.

«Brucie», sagte er ruhig, «der Frühling kommt.»

Brucie, der im Augenblick mit vollen Höschen dahinwackelte, nickte und wiederholte: «Frühling.»

«Und hör auf, dein Schwesterchen zu schlagen, Brucie», mahnte Felix. «Der Frühling kommt: Liebe sie!»

«Diebe», wiederholte Brucie.

Nach der Belagerung durch den Winter schien die Siedlung jetzt wieder zu neuem Leben erwacht. Überall rundum konnte Felix Leute beim Einsetzen von Sträuchern und Pflanzen erblicken, Leute, die kalkten, die ihrem Rasen noch vor der Saison den ersten Schnitt gaben, die Spanische Wände aufstellten und Zäune strichen. Mit müder Überlegenheit schaute er um sich. Den Frauen schenkte er nur einen kurzen Blick; wußte doch jedermann in der ganzen Siedlung, daß Felix Anders ein verschlossener, kühler Herr war und seiner vulkanischen Gattin aufs zärtlichste ergeben. Nichts in Felix' Blick widersprach dieser Annahme. Gott, sehen die süß aus, dachte er. Keine Wintermäntel mehr, nichts als Sweater und lange Hosen, hübsche kleine runde Popos und hübsch gerundete Brüstchen: Gott, sind Frauen süß!

Über die Straße hinweg, hinter dem Cape Cod-Haus, konnte er Don Gault mit einer Schaufel arbeiten sehen. Felix schaute in beide Richtungen, ehe er die Straße überquerte; obwohl mit einem gewissen Hochmut, als wisse er, kein Fuhrwerk könne vermessen genug sein, ihn zu überfahren. Er schritt an der Gaultschen Garage vorbei und dann auf dem Gras dem Küchenfenster zu, vor welchem Don grub. Er sagte nicht etwa Hallo. Felix sagte sehr selten als erster Hallo.

«He, Felix», sagte Don und handhabte die Schaufel.

Felix amüsierte der Gedanke, daß Larry Cole ein Verhältnis mit Don Gaults Frau hatte. Es amüsierte ihn königlich, daß ein Supermann mit Tarzanmuskeln, wie Don Gault, eine Frau hatte, die sich herumtrieb. Nur mit bemerkenswerter Selbstbeherrschung gelang es Felix, Don nicht laut ins Gesicht zu lachen.

«Hallo, sieh da, Gault», sagte er. «Paar Blumen pflanzen?»

«Nein», sagte Don. «Ich will 'n Patio anlegen.» Er lehnte den Spaten an seine Hüfte und wischte sich den Schweiß von der Stirn. «Das ist aber bestimmt heiß für März, was?» sagte er.

«Ganz ungewöhnlich», bestätigte Felix. «Einen Beton-Patio?»

«Nein; Backstein. Erst mach ich eine Bettung aus Sand und verlege darauf dann die Backsteine.»

«Aha», sagte Felix.

Die Situation war doch recht erheiternd. Felix schnurrte förmlich ob ihrer heimlichen Komik. Er hätte sich keine unterhaltendere Situation ausdenken können, als ehrbar mit Don Gault über Patios zu debattieren – und gleichzeitig zu wissen, daß Margaret Gault sich mit Larry rumtrieb. Die bloße Vorstellung war fast zu komisch, um an sich halten zu können.

Don legte den Spaten hin und langte in die Hosentasche. Er holte eine Schachtel Zigaretten heraus und sagte: «Rauchen Sie eine mit?»

«Danke Ihnen», sagte Felix. «Aber ich möchte's etwas einschränken.»

«Oh, seien Sie nicht so hart», sagte Don. «Kommen Sie, nehmen Sie doch eine.»

«Nein, danke Ihnen», sagte Felix. «Es ist meine einzige schwache Seite; und ich möchte tatsächlich ernstlich meinen Verbrauch runterdrücken.»

«Man braucht viel Energie dazu», sagte Don. «Und die Versuchung ist immer da. Raucht Ihre Frau?»

«Ja.»

«Meine auch. Zwar nicht übermäßig; aber Zigaretten sind immer im Haus. Es ist eine große Versuchung.»

«Ja, ja; ich versteh Sie schon», sagte Felix. Er dachte an Versuchung im allgemeinen und an Don Gaults Frau im besonderen und hatte alle Mühe, eine ernste Miene zu bewahren. Er fühlte sich ein bißchen wie Gott. Und der Gedanke verursachte ihm keinerlei religiöse Skrupel. Heute, an diesem Fastschonfrühlings-Tag, innerlich schnurrend ob all seines geheimen Wissens, äußerlich in würdigem Gespräch mit Don Gault, fühlte er sich in gewisser Hinsicht wie Gott.

«Wie *geht's* Margaret denn?» fragte er freundlich.

«Oh, ausgezeichnet», sagte Don. «Wie immer.»

«Und Patrick?»

«Gut», sagte Don. «Es stört Sie aber nicht, wenn *ich* rauche, wie?»

«Nicht doch, nicht doch», antwortete Felix, «zünden Sie nur an.»

Don entzündete seine Zigarette und verstaute die Schachtel wieder in der Tasche.

«Sie sollten mal versuchen, richtig auszuspannen, Felix», sagte er. Er hatte es keineswegs unfreundlich gesagt, fügte aber sogleich hinzu: «Nichts für ungut.»

«Durchaus nicht», sagte Felix und lächelte huldreich.

«Sie wirken immer so ... verkrampft.»

«Ich bin nicht im geringsten verkrampft.»

«Schön, sagen wir würdevoll. Ja, das hatte ich gemeint.»

Felix lächelte. «Ich kann nichts Schlimmes dabei finden, Don, wenn man immer ein bißchen Würde bewahrt.»

«Das wollte ich damit nicht ausdrücken», sagte Don. Er hob seinen Spaten wieder auf. «Aber Sie sollten doch mal etwas ausspannen. Mehr mit Leuten umgehen. Man hat Schwierigkeiten, Sie kennenzulernen.»

«Wirklich?» fragte Felix. Er lächelte vergnügt. «Na, mein Leben ist doch wahrlich ein aufgeschlagenes Buch, Don. Ich bin Fleischer. Ich arbeite drüben in Manhattan. Hier in Föhrenhof steht mein Haus, mit der prachtvollsten Frau der Welt darin und drei charmanten Kindern. Ich bin ein glücklicher Mann.» Er machte eine Pause.

«Gewiß, vielleicht neige ich zuweilen etwas zur Beschaulichkeit. Vielleicht denke ich zuviel über alles nach, ja. Aber das tut mir leid, daß ich deswegen für zurückhaltend und unnahbar gelte.»

«Oh, vielleicht hab ich mich auch geirrt.»

«Es könnte durchaus sein, daß ein Mann von meiner Gemütsart ebenso von seiner Familie ausgefüllt ist, daß er darüber die Nachbarn vergißt. Es sollte mir aber wirklich leid tun, wenn Sie deshalb einen schlechten Eindruck von mir bekommen hätten.»

«Nein, nicht doch, entschuldigen Sie», sagte Don. «Bitte, entschuldigen Sie.» Er tat einen Zug an seiner Zigarette. «Wie geht es Betty denn?»

«Ausgezeichnet; Dank der Nachfrage.»

«Und die Kinder?» fragte Don, sah auf Brucie hinab und zauste lustig dessen Haar.

«Alle bei bester Gesundheit», sagte Felix.

«Schön; sehr schön.»

Beide Männer standen eine Weile schweigend. Don rauchte seine Zigarette, und Felix schnurrte heimlich ob seines geheimen Wissens. Don schien es mit dem Weitergraben nicht übermäßig eilig zu haben.

«Wo ist Margaret denn zur Zeit?» fragte Felix.

«Drinnen. Schläfchen.» Don zuckte die Achseln. «Frühjahrsmüdigkeit.»

«Schläft ziemlich viel, wie?»

«Immer mal ab und zu 'n paar Minuten. Sie wissen ja, wie Frauen sind.»

«Sicher», Felix lächelte. «Abgespannt, was?»

«Ach, abgespannt eigentlich nicht; eher ... Sie wissen ja. Etwas müde, möchte ich sagen. Sie wissen ja Bescheid.»

«Natürlich.»

Erneut standen sie ein paar Augenblicke schweigend. Schließlich sagte Felix: «Na ja; ich werde wieder ein Stück weitergehen. Damit Sie wieder in Ruhe Ihren Rasen umgraben können.»

«Bis zum nächstenmal», sagte Don. Er trat seine Zigarette aus und stieß die Spatenspitze wieder in die Erde. –

«Hat 'ne Schaufel», sagte Brucie.

«Ja, ja», antwortete Felix. «Hat 'ne Schaufel.» Immer grab du um, Don, dachte er im Weitergehen. Immer heb die Beine, daß dir kein Unkraut unter den Sohlen wächst. Dein süßes Frauchen hebt sie unterdessen auch fleißig, darauf kannst du dich verlassen.

Er hätte um ein Haar laut losgelacht.

Gott, war das lustig zu leben; mein Gott, war das wunderbar!

«Weißt du, Brucie, warum die immer so fleißig beim Pennen ist?» fragte er seinen Sohn.

«Penn'is», sagte Brucie.

«Ja, genau: Penis. Aber weißt du den eigentlichen Grund?»

«Warum?» fragte Brucie, den die vollgemachte Hose belästigte und der keine Ahnung hatte, wovon sein Vater sprach, ihn aber bei Laune erhalten wollte.

«Weil sie, sobald sie schläft, entkommt, mein Sohn. In die Umarmung ihres Liebhabers fliegt. Deswegen. Liebe. Werde ja ein Liebhaber, mein Junge. Alle mußt du sie lieben, wenn du erst erwachsen bist.»

«Okay», sagte Brucie und nickte und begriff noch immer kein Wort, das sein Vater sagte.

Felix Anders war bereit.

Durch Föhrenhofs Straßen schritt er dahin; nickte verbindlich den Männern zu, immer fleißig, fleißig, was?; ein kurzer Blick galt den süßen Frauen in Sweatern und süßen Hosen, so gerundet, so süß: Er war bereit.

Als er das schwarzhaarige Mädchen erblickte, erkannte er sie zuerst gar nicht. Sie trug eine enge schwarze Hose und grub vornübergebeugt im Erdreich vor dem Haus; eine schwarze Strähne hing ihr mädchenhaft über das eine Auge. Sie wirkte sehr weiblich und ungeübt, und Felix mußte wiederum denken, wie verdammt süß doch die Frauen sind.

In dem Augenblick warf sie den Schopf nach hinten, warf den Kopf in einer jugendlich-ungeduldigen Art, daß ihr das lange schwarze Haar wieder über die Schulter zurückfiel. Auch sie hatte einen Sweater an, und ihre Brüste wiegten sich weich in der Wolle, süß, süßsüß.

«Oh, hallo, Felix», sagte sie. «Ein kleiner Spaziergang?»

Er schritt zu ihr hinüber, seinen Sohn an der Hand. «Aus Gesundheitsrücksichten», sagte er. «Was haben Sie denn hier vor, Eve?»

«Oh, zusehen, daß endlich mal was wächst», sagte Eve. «Mir ist im Leben noch kein derart widerspenstiger Boden vorgekommen wie hier in Föhrenhof; oder Ihnen schon?»

«Nein», sagte Felix. Er ließ den Blick nicht von Eve. Ein vornehm gelangweiltes Lächeln lag um seinen Mund; aber in den grünen Augen war ein kluges, funkelndes Licht erwacht. «Man muß eben Ausdauer haben», sagte er. Er ließ den Blick nicht von ihr. «Mit Ausdauer überwindet man schließlich alles.»

Und sah ihr weiter zu. Und lächelte.

Der Schweiß lief Don über die muskulösen Arme herunter, daß der Spatengriff Flecke bekam. Er trug zu seiner Arbeit ein Khaki-Unterhemd und eine alte Militärhose. Die Sonne, die viel zu heiße Märzsonne, brannte auf seine breiten athletischen Schultern, während er den Spaten unermüdlich in die Erde stieß. Aus den frisch umgeworfenen Schollen stieg ein fast zu voller, schwerer Geruch.

Die Erinnerung kam ihm nicht etwa unversehens und schlagartig. Später sagte er sich, daß wohl schon während der ganzen Zeit, als er so arbeitete, die Bilder sich unbewußt summiert hätten, und der Vogelschrei sei eben nur das letzte auslösende Element in einer langen Reihe anderer Elemente gewesen, zum Beispiel die Uniform wieder, der heiße Sonnenschein, der Erdgeruch. Er handhabte den Spaten mit athletischer Kraft, stieß seine Spitze tief in die Grasnarbe, drückte mit der Wölbung der Fußsohle nach, tief hinein, schob mit mächtigen Handgelenken nach vorn, unter den Grassoden, und hob ihn aus. Er dachte nicht daran, das gute Gras kaputtzumachen. Die Soden konnte er hervorragend brauchen, um die Lücken im Rasen vorm Haus auszufüllen. Wohl spürte er den Schweiß auf seinem Rücken, in den Achselhöhlen und auf der Stirn; aber es war schön, im Freien zu arbeiten, und mit der Hand. Schritt für Schritt hatte er den geplanten Patio abgemessen, die Ränder mit Bindfaden abgesteckt und dann zu graben begonnen. Und mit jedem Spatenstich war die Erinnerung an die Insel gewachsen, mehr und mehr, der schwere, übelriechende Erdboden, die heiße Sonne, der Schweiß – und dann kam der Vogelschrei, der alles auslöste.

Die Blätter waren feucht an dem Tag gewesen, feucht trotz der Sonnenhitze. Es war unmöglich, durch den Dschungel zu brechen, ohne bis auf die Haut in Schweiß gebadet zu sein. Und schwer zu atmen war es im Dschungel. Die Luft war dick und still, überladen mit Ausdünstung von Wachsendem, ein vollgepfropftes, enges, heißes, zeitlos grünes Gefängnis. Er bewegte sich allein durch den Dschungel vorwärts. Wohl wußte er, daß seine gesamte Kompanie in lang ausgezogener Linie die gesamte Insel durchkämmte, in einer letzten Aufräumungsaktion. Aber der nächste Mann brauchte sich nur anderthalb Meter ins Laubwerk entfernt zu haben, und schon konnte man ihn nicht mehr sehen. Und also – trotz des Bewußtseins, Teil eines Ganzen zu sein – fühlte er sich allein.

Vom Haumesser wollte er keinen Gebrauch machen. Falls er unversehens auf ein paar Japse stoßen sollte, wollte er das Gewehr in der Hand haben, griffbereit zum Abfeuern. Er hatte keine Lust, das Haumesser zu schwingen und sich dabei von irgendeinem Gelben abfangen zu lassen. Er wollte auf alles gefaßt sein. Und also arbeitete er sich behutsam vor, das Haumesser ins Koppel gesteckt, rechts vor den Handgranaten. Gepäck hatte er keins. Er trug lediglich Dschungelausrüstung, überm Helm das Tarnnetz, und der Schweiß rann ihm über sein viereckiges Gesicht und die Backen herunter, über das kräftige Kinn, und tropfte ihm von da in den Hals. Schaft und Lauf des vollautomatischen Browning-Karabiners waren naß von Dschungelschweiß. Er hielt den Finger pausenlos am Abzug, jederzeit bereit zu feuern. Er hatte keine Lust, in einen Hinterhalt zu geraten. Dennoch war er total überrascht, als er plötzlich auf den Japaner stieß.

Wäre der Japs aus dem Dschungel gesprungen, das hochgeschwungene Schwert in der Hand oder ein Gewehr im Anschlag, dann hätte er sofort geschossen. Aber so war er ganz unversehens halb über den Feind gestolpert; vielleicht hätte er ja auch so auf der Stelle schießen sollen, sobald er ihn sah, aber er hatte es eben unterlassen.

Der Japs war ein Offizier.

Das erkannte er in dem Augenblick, als er das Samuraischwert im Gürtel sah und die Rangabzeichen auf den Blusenaufschlägen. Was es für ein Dienstgrad war, wußte er nicht; wohl aber, daß kein einfacher japanischer Soldat dergleichen Abzeichen trug. Der Mann saß gegen den Stamm eines Baumes gelehnt und rauchte. Er hatte kein Gewehr bei sich. An seinem Koppel hing eine Pistolentasche. Sie und das lange Samuraischwert. Sonst nichts.

Er hatte Don nicht kommen gehört. Er saß gleichmütig unter seinem Baum und rauchte, als sei die Insel nicht vier Tage lang bombardiert und mit Geschützfeuer belegt worden; als hätten keine Marine-Landungstruppen die unterseeischen Stacheldrahtverhaue und die betonierten Unterstände an der Steilküste gestürmt; als wären keine Armeeinheiten an Land gegangen und hätten den Feind über die ganze Insel zurückgetrieben, und als wäre jetzt keine nachträgliche simple Aufräumungsaktion im Gang. Er rauchte lässig. Wie wenn er auf der Terrasse vor einem Haus irgendwo in Fukuoko säße, wo eine Frau auf einem japanischen Saiteninstrumente spielte, und der sinkenden Sonne zusähe, und wie die Berge seines Heimatlandes purpurn verdämmerten. Er schien völlig unbekümmert um Krieg, Insel oder die Uniform, die er trug. Einen schwebenden, zeitlosen Augenblick lang spürte Don den seltsamen Drang, auf diesen Mann zuzugehen, sich neben ihn zu setzen und gemeinschaftlich mit ihm zusammen zu rauchen. Aber dann kam ihm blitzartig die Absurdität solcher Grille zum Bewußtsein. Er fühlte, wie ihm die Haare zu Berge stiegen, wie er unterm netzbespannten Stahlhelm auf dem Kopf eine Gänsehaut bekam.

Der japanische Offizier sah auf.

Seine und Dons Blicke trafen sich. Er machte keinerlei Anstalten, nach der Pistole oder zum Schwert zu greifen. Er blieb unter dem Baum sitzen; der Rauch der dünnen Zigarette kräuselte sich um sein Gesicht. Ein bärtiges und gebräuntes Gesicht. Mit hohen Backenknochen und platter Nase; dazu dichte schwarze Brauen über verschleierten Orientalenaugen. Der Mann lächelte. In seinem Mundwinkel blinkte ein Goldzahn auf.

«Ah», sagte er auf englisch. «Endlich.»

Daß er sich des Englischen bediente, machte Don noch betroffener. Er hatte zwar gewußt, daß der Mann Offizier sein mußte; aber nicht, daß er Englisch sprechen würde, und seine Kenntnis der Sprache ließ ihn noch weniger als Feind wirken.

«Bewegen Sie sich nicht», sagte Don.

Der Mann lächelte immer noch. «Gern», erwiderte er. «Ich habe schon auf Sie gewartet.» Sein Englisch war ausgezeichnet. Vermutlich ist er in den Vereinigten Staaten erzogen worden, dachte Don; und wieder bekam seine Vorstellung vom ‹Feind› einen Riß mehr.

«Stehen Sie auf», sagte Don.

Der Offizier erhob sich. Er war sehr klein. Er schien nicht mehr als ein Junge zu sein. Es war schwierig, sein richtiges Alter zu schätzen. Wohl wußte Don, daß ein Offizier nicht mehr allzu jung sein konnte; aber der Mann hatte nichtsdestoweniger die Gestalt eines Knaben und hätte völlig jugendlich gewirkt, wäre nicht der dichte schwarze Bart gewesen und die orientalischen Augen – die blickten irgendwie hochbetagt, irgendwie uralt.

«Lassen Sie Ihr Koppel fallen», sagte Don. «Rasch.»

Der Offizier lächelte auch weiterhin. Er schnallte seinen Gürtel auf; lautlos sanken Tasche und Pistole, Schwert und Scheide auf den Dschungelboden, auf die üppigen Polster des grünen Teppichs.

«Und weiter?» fragte der Offizier.

«Hände hoch», sagte Don; und fragte sich sofort, ob er jetzt keinen Fehler gemacht hätte, ob der Japs nicht etwa scharfe Handgranaten unter den Armen tragen könnte, unsichtbar in den Achselhöhlen festgemacht.

«Sie wollen doch nicht einen Gefangenen machen, wie?»

«Hände hoch!» schrie Don, immer noch besorgt wegen etwaiger Handgranaten, jedoch mehr noch, daß der Japs ihn unversehens anspringen könnte. Jetzt troff er förmlich von Schweiß. Aber von kaltem Schweiß. Er konnte seinen Finger am Abzugsbügel zittern fühlen.

Der Offizier hob die Hände. «Hat man Sie nicht belehrt, was hinsichtlich Gefangener zu geschehen hat?» fragte er.

«Halten Sie'n Mund», sagte Don.

Der Mann lächelte unermüdlich. «Ich habe auf Sie gewartet», erklärte er, «weil ich sterben will.»

«Sie halten gefälligst den Mund», sagte Don. «Los, kommen Sie; wir müssen ... wir müssen zurückgehen.»

«Ich möchte von Ihnen erschossen werden», sagte der Offizier.

«Was Sie möchten, geht mich gar nichts an. Los, vorwärts.» Er hob die Mündung seines Karabiners: «Kommen Sie.»

«Nein», antwortete der Offizier und lächelte.

Nur anderthalb Meter Dschungelvegetation trennten sie noch. Sie standen einander gegenüber, Don schluckte trocken und mit geschwollener Kehle; und im selben Augenblick begann, irgendwo oben in den Bäumen, der Vogel zu schreien; ein verrücktes, mißtönendes Geschrei, KAA-KAA-IIIII! IIII-KAA! II-I-KAAA! Der Dschungel erzitterte vor dem schrecklichen Vogelkonzert.

«Los, kommen Sie», sagte Don.

«Schießen Sie doch», sagte der Offizier lächelnd.

«Ich muß doch –»

«Schieß, du Yankee-Schwein», sagte der Japs verbindlich.

«Aber ... aber ich muß Sie doch mit zurück –»

«Schieß, du amerikanische Sau von Kriegshetzer. Erschieß mich!»

Der Vogel hörte nicht auf mit Schreien, III-KAA! III-KAAA! Ihn ausgenommen war der Dschungel totenstill. Der Offizier lächelte immerfort. Sah Don fest an und sprach auf ihn ein, und lächelte, während oben der Vogel kreischte und kreischte. Der Karabiner wurde schwerer und schwerer. Und Dons Hand am Lauf immer feuchter. «Los, Stinktier von Yankee, erschieß mich. Schieß doch, du dreckige Yankeesau!»

Wieder mußte Don schlucken. Er fühlte die Flechsen an seinem Hals heraustreten und das Getrommel des Herzens in seiner Brust. Jetzt war er durch und durch geschwitzt, patschnaß, stand, eine todbringende Waffe in Händen, lauschte dem unsinnigen Vogelgekreisch, lauschte der langsam lauter werdenden Stimme des Offiziers, des lächelnden kleinen Offiziers, der ruhig stand und auf den Tod wartete. Pausenlos entflossen seinem Mund die Schmähungen, immer bösartiger, immer gemeiner, endlos ausgekotzt. Und die ganze Zeit über lächelte er. Und die ganze Zeit über schrillte der Vogel.

Don wollte nicht abdrücken.

Er wollte diesen Mann nicht töten, der so gemächlich gesessen und seine Zigarette geraucht hatte, der ein richtiger greifbarer Mann war, mit einem richtigen greifbaren Gesicht, ein Mann mit einem Knabenkörper und uralten Augen, der Englisch sprach, und nicht im geringsten einem mordlustigen Feind gleichsah, er wollte den Mann nicht töten, er wollte überhaupt nicht töten. Aber der Offizier fuhr fort, gröblichste Lästerungen gegen Don auszustoßen, lächelnden Mundes, irgendwie würde sich die wirksame Kombination von Worten schon ergeben, gleichviel welche Kombination, eine Kombination aus unwissentlich lächelndem Mund, Gemeinheit nach Gemeinheit, bis die Kombination kam, die wirkte:

«Schieß doch, Yankeebastard. Schieß, Hurenjunge. Schieß, Schwein. Schieß, vollgefressener amerikanischer Kriegshetzer. Schieß, langer Yankeehengst. Schieß, du an die Wand Gespritzter! Schieß, du stinkiger Mutterficker von Yankee! Schieß –»

Er hatte gefeuert.

Sein Finger hatte sich plötzlich um den Abzug gekrampft, und war dort liegengeblieben, und das Gewehr bäumte sich in seiner Hand, und er konnte die Einschläge sehen, wie sie die Bluse des Japs zerrissen, und das Gesicht des Japs, und die uralten Augen schmerzlich zersprangen. Lautlos fiel der Offizier über den Dschungelteppich. Der Vogel kreischte auf III-KAAA! KAA-KAA-IIIIIIII! Dann war es still. Don fing an zu weinen.

Schluchzend, tränenüberströmten Gesichts und schwitzend,

stand er da, mit idiotisch herunterbaumelnder Waffe, und stammelte: «Das hättest du nicht sagen dürfen, das hättest du nicht sagen dürfen», und immerfort von Schluchzen geschüttelt. –

Heute, eine Dekade und mehr danach, im Hintergarten eines Siedlungshauses in Föhrenhof, entfiel ihm sein Spaten, weil die bebenden Hände ihn nicht länger zu halten vermochten.

«Margaret!» rief er. «Margaret? Wo, zum Teufel, bist du denn?!»

Ärgerlich ging er auf sein Haus los.

23

An einem April-Dienstag wären sie um ein Haar ertappt worden!

«Übermäßiges Selbstvertrauen ist die größte aller Gefahren», hatte Felix Anders bereits seinerzeit im Februar gelehrt; aber Larry hatte damals nicht sonderlich Notiz davon genommen. Sie gaben ja auch letzten Endes ungewöhnlich gut acht: Weder trafen noch unterhielten sie sich mehr an der Bus-Haltestelle; sie wechselten ständig mit dem Ort ihres wöchentlichen Stelldicheins; versuchten auch, es möglichst einmal auf den Tag, das nächste Mal in die Nacht zu verlegen; Maggie beschäftigte nicht mehr die Signora als Babysitter, und Larry nicht mehr Felix Anders als Vertrauten. Sie waren Fachleute geworden, hinsichtlich des gefährlichen Spiels, das sie spielten; und vermutlich weil sie sich als Fachleute fühlten, waren sie allzu sicher geworden.

Diese übergroße Selbstsicherheit war es, die sie, spät an dem bewußten Dienstag nachmittag, ein Restaurant, keine anderthalb Kilometer von Föhrenhof entfernt, aufsuchen ließ. Zugegeben, es war ein Ort, den die Bewohner der Siedlung nicht übermäßig häufig beehrten. Es gab näher gelegene und bessere Gaststätten. Aber es war eben doch nur anderthalb Kilometer entfernt, und sie hätten auf ihrem Rückweg vom Motel besser nicht dort aussteigen und Kaffee trinken sollen.

Als sie wieder aus der Gaststätte traten, war es 16 Uhr 30. Der Tag war hell und sonnig, und sie schlenderten Hand in Hand zu ihrem Dodge. Der Wagen stand ganz an einem Ende des Parkplatzes, dicht an dem hohen Bordstein. Als sie näher kamen, sahen sie, daß das Auto mit Doppelsteuerung einer Fahrschule soeben dahinter zu parken sich mühte.

«Da geht mein eines Schutzblech hin», sagte Larry, lachte und hielt immer noch Maggies Hand in der seinen.

«Ich find's recht vernünftig», sagte Maggie. «Er bringt ihr bei, daß man abseits der Straße parken soll. Auf die Art kann sie nie in Schwierigkeiten geraten.»

«Ja, sehr vernünftig», sagte Larry. «Schlimmstenfalls fährt sie meinen Wagen kurz und klein.»

Das Auto der Fahrschule befand sich eben längsseits ihres Dodge. Die Fahrerin drehte am Steuer und setzte scharf zurück. Larry und Maggie standen Hand in Hand dabei und warteten, daß die Frau den Weg frei gab.

«Kennst du den Witz von dem Wagen mit Doppelsteuerung, der einen Lkw rammt?» fragte Larry; aber Maggie schüttelte plötzlich mit einem Ruck ihre Hand frei.

«Mary Garandi», wisperte sie.

Eine Sekunde lang begriff er nicht. «Was?» sagte er.

«Die Fahrerin», flüsterte sie; und der Sinn ihrer Worte wurde sogleich und grausam klar:

Mary wandte sich im selben Augenblick dem Fahrlehrer zu, sah Larry und Maggie, und zwinkerte, wie ihr langsam die Erkenntnis kam. Dann lächelte sie und winkte.

«Nichts als Bluffen», zischte Larry. «Ich hab dich eben hier getroffen. Lach doch. Und winke. Rasch, Maggie, winken!»

Maggie lächelte mit geheuchelter Überschwenglichkeit. Hob auch eine kraftlose Hand und winkte. Mary Garandi sagte etwas zum Fahrlehrer und öffnete dann auf ihrer Seite die Wagentür.

«O Jesus», sagte Larry, «sie kommt her.»

«Larry, was sollen wir denn –»

«Schschsch!»

Mary lächelte wie eine Zahnpastavertreterin. «Na und? Wie hat Ihnen mein Parken eben gefallen?» fragte sie. Über ihrem geblümten Hauskleid trug sie Arthurs Marine-Bordjacke. Sie sah nun zwar immer aus, als käme sie eben irgendwo vom Deckscheuern; aber Larry konnte trotzdem nicht verstehen, warum sie an einem Tag wie heute eine derart dicke Jacke tragen mußte. Sie strahlte von einem Ohr bis zum andern; augenscheinlich noch ganz voll mütterlichen Stolzes ob ihrer neuen Kunst, einen Wagen anderthalb Meter vom Bordstein parken zu können. Noch war ihr nicht bewußt geworden, daß die Frau neben Larry Cole nicht dessen Frau, beziehungsweise der Mann neben Margaret Gault nicht deren Mann war.

Dem unvermeidlichen Dämmern dieser Erkenntnis zuvorzukommen, sagte Larry, wild hämmernden Herzens: «Also das ist aber doch wirklich wie ein Heimattreffen, was? Erst stoß ich drinnen im Restaurant auf Mrs. Gault; und jetzt kommen auch Sie noch dazu. Trinken Sie denn eine Tasse Kaffee mit, Mary?»

«Nein, danke schön. Wie geht's Ihnen, Margaret?»

«Ausgezeichnet», sagte Maggie. «Aber es ist doch tatsächlich ausgesprochen komisch, was? Manchmal kann man durch die ganze Siedlung gehen, ohne eine bekannte Menschenseele zu sehen – und jetzt, kilometerweit entfernt, treffen wir uns auf einmal gar zu dritt.»

Sie grinste schwächlich, voller Zweifel, ob sie nicht etwas allzu stark auftrüge? Trotz ihrer Angst wäre sie beinahe herausgeplatzt, als Larry sie als Mrs. Gault bezeichnete. Sie war jetzt lediglich auf das eine noch bedacht, Mary um jeden Preis zu suggerieren, daß es sich hier um eine ganz zufällige Begegnung handelte. Mary jedoch schien den Kopf mit weit wichtigeren Dingen voll zu haben, als ehelicher Untreue.

«Haben Sie gesehen, wie ich geparkt habe?» fragte sie aufgeregt.

«Sehr ordentlich gemacht», sagte Larry so gleichmütig wie möglich; aber in seinem Innern dachte er, durch diese Idiotin jetzt fliegt alles auf; diese Idiotin ruiniert uns! «Wie lange fahren Sie denn schon?»

«Genau vierzehn Tage. Aber hören Sie, jede Stunde kostet mich fünf Dollar: Ich muß zurück. Ja, hören Sie, was machen Sie eigentlich hier?»

«Ich hab mich nach einem Kleid umgesehen», sagte Maggie. «Sie kennen doch den kleinen Laden hier draußen, ja?» Sie wußte sehr wohl, daß Mary Garandi den kleinen Laden nicht kannte; wußte doch nicht einmal sie selbst, ob ein kleiner oder ein großer oder *überhaupt* ein Laden in der Nähe existierte.

«Ja, sicher», sagte Mary. Sie lächelte zwar noch immer; aber schon ruhte ihr Blick forschender auf Larry, und er spürte genau, wie das erste Samenkorn des Verdachts in ihrem Gemüt Wurzel faßte, wucherte und dann langsam sich über ihr ganzes Gesicht verbreitete.

«Ich bin den ganzen Tag in der City gewesen», sagte er. «Ich halte hier, weil ich 'ne Tasse Kaffee trinken will – und wen treffe ich? Mrs. Gault.» Er lächelte. Er gab sich alle Mühe, aus dem Fall die typische gutnachbarliche Landpartie zu improvisieren; randvoll mit guter Laune, nein, wie merkwürdig doch manchmal so das Schicksal und der Zufall spielen, was? «Sind Sie in Ihrem Wagen gekommen, Mrs. Gault?» fragte er.

«Nein; mit der Taxe», sagte Maggie.

«Oh, kann ich Sie denn mitnehmen?» fragte er. «Ich fahr ohnehin jetzt nach Hause.»

«Das ist aber schrecklich nett von Ihnen», sagte Maggie.

Aus irgendeinem Grund schien die steife Förmlichkeit von Larrys Angebot und dessen höfliche Akzeptierung seitens Maggie jeglichen Argwohn Mary Garandis, falls sie dergleichen gehegt hatte, zu zerstreuen. «Ja, und ich muß wieder rein», sagte sie. «Schönen Gruß zu Hause, ja?» Sie gab ihrer Bordjacke einen Klaps, und ging zum Fahrschulauto zurück. Larry und Maggie blickten ihr nach, unfähig zu sprechen. Sie fuhr im Rückwärtsgang von ihrem Parkplatz weg, winkte noch einmal, vollführte eine verwilderte Wendung und bog dann in die Hauptstraße ein, ohne die veränderte Richtung anzuzeigen oder sich nach dem Durchgangsverkehr umzusehen.

Als der Wagen außer Sicht war, sagte Larry: «Puh.»

«Was, meinst du, könnte werden?»

«Keine Ahnung.»

«Sie schien doch argwöhnisch.»

«Tja.»

«Was können wir machen?»

«Laß uns erst mal einsteigen.»

Sie ging zum Auto. Als sie saßen, sagte Larry: «Allzu lange können wir nicht beraten, Maggie; sonst ist sie womöglich noch vor uns zu Hause. Sie wohnt ja über die Straße bei mir.»

«Ich weiß.»

«Meinst du, daß sie –»

«Ich kann's nicht sagen», sagte Maggie. «Eine Zeitlang dachte ich erst; aber dann schien doch wieder alles in Ordnung.» Sie machte eine Pause. «Sollen wir ihnen etwas erzählen?»

«Ich denke, ja. Ich setz dich jetzt genau vor deiner Haustür ab. Wir machen aus dem Ganzen eine gutnachbarliche Angelegenheit. Und Eve werde ich erzählen, ich hätte dich ganz zufällig in der Gaststätte hier getroffen. Das ist das einzige, was uns übrigbleibt. Mary *könnte* doch den Mund auftun.»

«Gut, abgemacht; ich erzähl's also Don auch. – Das war dumm von uns, Larry.»

«Zweifellos; aber es ist nun mal passiert.»

«Hast du Angst?»

«Ein bißchen.»

«Ich auch.»

«Na ja; sehen wir zu, daß wir's hinter uns kriegen.»

«Und ruf mich bitte an, sobald du kannst», sagte Maggie. «Ich vergehe inzwischen.»

«Ich ruf dich an.»

«Schön. Und laß uns jetzt fahren, Larry, bitte. Ich bin ganz nervös geworden. Gib mir Bescheid. Bitte, ruf heute abend noch an.»

Er setzte sie genau vor ihrem Haus ab. Ganz offen und unverhohlen. Sobald er gebremst hatte, stieg er aus, ging auf ihre Seite herum und öffnete ihr die Tür. Don war noch nicht zu Hause, und er war dankbar dafür. Ein paar der Nachbarn sahen zu, wie Maggie aus dem Auto stieg, aber keiner von ihnen schien sonderlich interessiert oder gar betroffen über das, was da vor sich ging. Er verabschiedete sich höflich und freundlich; und sie sagte, vielleicht um eine Spur lauter als nötig: «Schönen Dank auch. Bitte, grüßen Sie Eve von mir, ja?» und ging dann ins Haus.

Als er heimkam, berichtete er Eve erst von seinem angeblich in der City verbrachten Tag und sagte dann: «Ach, etwas Komisches ist mir noch begegnet.»

«Und zwar?» fragte Eve.

«Unterwegs, auf dem Heimweg, hielt ich an; ich wollte 'ne Tasse Kaffee trinken. Oben, in dem Restaurant, an der Bahnschranke. Und treffe gleich zwei auf einmal: Margaret Gault und Mary Garandi. Die Welt ist doch wirklich klein.»

«Und weiter?»

«Oh, das Übliche», sagte Larry. «Wir haben uns ein paar Minuten unterhalten; und ich hab aus Höflichkeit gefragt, ob ich sie nach Hause bringen könnte. Margaret hab ich dann bei sich abgesetzt.»

«Worüber habt ihr euch unterhalten?» fragte Eve.

«Mit wem?»

«Margaret.»

«Ich weiß nicht mehr. Ich möchte sagen, sehr gescheit ist sie nicht, wie?»

«Aus welchem Grund meinst du das?»

«Ich hab eben den Eindruck so», sagte er. «Was gibt's denn zum Abendbrot, Schatz?»

Und, zumindest bei ihm zu Hause, war der Vorfall erledigt.

Noch lag ihm ob, festzustellen, wie sich die Dinge bei Maggie entwickelt hatten. Er nahm sich vor, gleich nach dem Abendessen noch einmal ins Zentrum zu fahren und sie von dort aus anzurufen. Aber gerade als er und Eve eben mit dem Abwasch fertig waren, kamen die Porters an. Den ganzen endlosen Abend lang war er ans Haus gebannt; nervös und zappelig, und immer voll der Hoffnung, Phyllis und Murray würden zeitig wieder abgehen, damit er, unter dem Vorwand, frische Luft schnappen zu wollen, noch einmal rasch verschwinden könnte. Aber es wurde zwei Uhr früh, als sie endlich gingen. Um diese Stunde konnte er nicht riskieren, Don aufzuwecken.

Also legte er sich schlafen; beziehungsweise wälzte sich den Rest der Nacht von einer Seite auf die andere.

Das Telefon, das ist unser Diebswerkzeug, mußte er denken.

Als er am nächsten Morgen in der Telefonzelle saß, konnte er sich schlechterdings nicht vorstellen, wie jemand je vor Erfindung des Fernsprechers ein Verhältnis hatte haben können. Der war das Band, das sie, in Beteuerung und Gegenbeteuerung, während ihrer jeweils einwöchigen Trennung zusammenhielt. Er war ihnen Späher und Spion, die einfache oder doppelte Kontrolle gegen mögliche Gefahren, war Warner und Vorbereiter. War der einzige Enterhaken, der zwei getrennt rotierende Welten miteinander verband; Welten, aus denen irgendwie zwei Menschen herausgebrochen und zusammengeschleudert worden waren. Der Fernsprecher war eine absolute Notwendigkeit.

Das Kleingeld nicht minder, dachte er, während er in die Tasche langte. Hastig steckte er sein Zehn-Cent-Stück ein und wählte.

Weil es sich um verstohlene Anrufe handelte, mußten sie eilig in den Tagesablauf jener beiden getrennten Menschenleben eingeschoben werden. Da war keine Zeit, um erst lange eine Dollarnote oder ein Fünfzig-Cent-Stück zu wechseln; keine Zeit, an einer Ladenkasse zu trödeln, wo jeden Augenblick ein neugieriger Nachbar ein Gespräch beginnen, zusehen und möglicherweise vermuten konnte, man wechsle den Schein, um ein Telefongespräch zu führen. Falls man ein Telefon zu Hause hatte, vermochte er sich eigentlich nur zwei gültige Gründe vorzustellen, warum man je eine öffentliche Fernsprechzelle benützte: Entweder man rief seine Frau an, weil man eine Zeile auf dem Einkaufszettel nicht entziffern konnte; oder man rief eben eine fremde Frau an. Er konnte sich weiterhin vorstellen, daß jener neugierige Nachbar beim erstenmal die besagte unentzifferbare Zeile akzeptierte. Daß jener Nachbar ein zweites Mal ihm die gleiche Geschichte abnähme, vermochte er sich nicht mehr vorzustellen. Also war es unerläßlich, stets das passende Kleingeld in der Tasche zu tragen; Kleingeld, welches ihm erlaubte, jederzeit einen Laden zu betreten, eine Tankstelle, ein Restaurant – und dann schnell in die Telefonzelle. Wenn er erst einmal in der Zelle war, konnte er der Glastür den Rücken kehren und in völliger Anonymität seinen Anruf tätigen.

Und, während jetzt das Telefon am anderen Ende klingelte, während er sich wunderte, warum Maggie noch nicht antwortete, wurde er sich klar darüber, daß er gelernt hatte, Kleingeld zu horten, wie nur je ein Geizhals.

Münzen im Wert von 5, von 10 und 25 Cents sammelte er getreulich und lagerte sie heimlich in seinem Schmuckkästchen bei den Manschettenknöpfen. Nie verließ er sein Haus ohne ein ganzes Sortiment von Kleingeld in der Tasche. Er nahm an, daß es jedem Mann, der ein Verhältnis mit einer fremden Frau unterhielt, nicht anders ging; und stellte sich manchmal vor, was sich an jenem zukünftigen Tag in Amerika wohl abspielen könnte, wenn argwöhnische Ehegattinnen im ganzen Land, schlagartig und ohne vorherige Ankündigung, die Taschen ihrer Ehemänner inspizieren würden.

«Hallo?» sagte die Stimme.

«Hallo», erwiderte er. Die Stimme klang fast genau wie die von Maggie, aber um eine winzige Spur unharmonischer. Er hätte beinahe «Maggie» gesagt; aber ein Etwas hielt ihn davon zurück, ein Etwas warnte ihn vor Gefahr, und er sagte statt dessen: «Wer ist denn dort?»

«Wer ist denn *dort*?!» fragte die Stimme.

Jetzt war er sich gewiß, daß die Frau nicht Maggie sein konnte. Er sagte: «Hier spricht Fred Purley; Immobiliengeschäft Purley. Könnte ich, bitte, mit Mrs. Gallanzi sprechen?»

«Ich glaube, Sie haben die falsche Nummer», sagte die Stimme.

«Spricht dort nicht Isabel Gallanzi?»

«Nein», sagte sie. «Sie sind falsch verbunden.»

«Oh, tut mir leid. Entschuldigen Sie bitte», sagte er, und hing ein.

Später, im Laufe des gleichen Tages, rief er wieder an.

«Hallo?» sagte dieselbe Stimme.

Diesmal erkannte er die Stimme sofort wieder. Er machte sogleich die seine um eine Oktave tiefer und sagte: «Ge'em Se mir doch mal Joe.»

«Wen?»

«Joe. Den Joe: Ge'em Se'n doch mal an Apparat.»

«Hier ist kein Joe bekannt», sagte die Frau. «Sie haben falsch gewählt.»

«Ach, verflucht noch mal», brummte Larry. Und er hing ein.

Drei Tage lang vermochte er nicht, sie zu erreichen; und jetzt, als wiederum die aufreizende Stimme in der Leitung war, diese Stimme, die so nach Maggie klang, ohne jedoch die ihre zu sein, war er nahe daran, in den Apparat zu schreien.

«Hallo?» sagte die Stimme.

«Schatz, hier ist Sam», versetzte er unverzüglich, «du sagtest, ich sollte Eiskrem mitbringen; aber du hast vergessen –»

«Sie müssen falsch gewählt haben», sagte die Frau.

«Alice?»

«Nein. Sie sind falsch verbunden.»

«Bitte um Entschuldigung», sagte er. Und hing ein.

Viermal noch rief er am gleichen Tag an; und jedesmal war dieselbe Frau, die Nicht-Maggie, am Apparat. Das letzte Mal war sein Vorrat an Stimmenimitationen erschöpft. Als sie «Hallo?» sagte, hing er einfach wieder ein.

Er fühlte keinerlei Bedürfnis, Felix Anders aufzusuchen; aber er sah schließlich keine andere Wahl. Auf seinem Heimweg von der Bäkkerei hielt er also vor Anders' Haus. Felix stand draußen, mit seinem jüngsten Töchterchen, June. In dem Gaultschen Cape Cod-Haus konnte Larry keine Spur von Leben entdecken.

«Haben Sie einen Augenblick Zeit?» fragte er Felix.

«Was ist denn los? Sie sehen ja ganz verstört aus.»

«Man hat uns Dienstag zusammen gesehen», sagte Larry, «und seitdem kann ich sie nicht mehr am Telefon erreichen. Ich bin nahezu von Sinnen.»

«Nur Ruhe», sagte Felix überlegen. Und, zu seiner Tochter gewandt: «Junie, du sollst das Grasausreißen lassen.» Sein Töchterchen nickte, rupfte sich ein Büschel heraus und stopfte es in den Mund, einschließlich Erde und allem. Felix zog es ihr wieder heraus und gab ihr einen Klaps auf die Finger. «Die verdammten Kinder; alles müssen sie in den Mund stecken», sagte er zu Larry. «Vergangene Woche hat sie eine ganze Packung Grammophonnadeln verschluckt. Können Sie sich das vorstellen?»

«Felix, könnten Sie mal rumhorchen? Oder Betty fragen? Rauskriegen, was dort vor sich geht?»

«Von wem sind Sie denn gesehen worden?»

«Mary Garandi.»

«Die ist harmlos. Ein Depp.»

«Ja, aber warum kommt Maggie dann nicht an den Apparat?!»

«Vielleicht hat sie unter der Dusche gestanden.»

«Seit Dienstag pausenlos?»

«Vielleicht ist sie 'ne Zeitlang weggefahren.»

«Davon hat sie kein Wort geäußert.»

«Frauen sind komisch. Vielleicht ist sie verreist, um mal nachzudenken. Frauen sind ja sehr fürs Denken. Oder, sagen wir zumindest: sie sind sehr dafür, zu denken, daß sie denken. Vom richtigen Denken haben Frauen ja keine Ahnung. Was sie Denken nennen, kommt in Wirklichkeit aus ihrer ...»

«Felix, bitte, könnten Sie feststellen, was los ist?»

«Ich kann's versuchen. Aber allzuviel darf ich nicht fragen, oder Betty tippt richtig. Das wollen Sie doch auf jeden Fall vermeiden, daß Betty tippt, ja?»

«Klar. Aber ich muß doch wissen –» Wieder sah er zum Gaultschen Haus hinüber. Das schien leer und schweigend.

«Also versuchen will ich's. Kann ich mehr tun?» Er lächelte. «Und wie geht's Eve?»

«Ausgezeichnet. Danke.»

«Nette Frau», sagte Felix freundlich.

«Felix, Sie stellen fest, was los ist, ja?»

«Sicher», sagte Felix. «Zumindest versuch ich's.»

Montag früh fuhr Felix wie üblich zur Arbeit, in den Fleischerladen in der Lexington Avenue. Im Hinterzimmer zog er sich um; und ging dann nach vorn, an den Hackklotz. Gegen zehn Uhr war er eben dabei, Koteletts zu halbieren. Die Linke fest auf das Fleischstück gestemmt, ließ er geübt die lange scharfe Messerklinge ins Fleisch eindringen, hielt inne, gerade bevor die Scheibe gänzlich aufgeschlitzt war, und ließ sie aufklappen, damit das fertige Kotelett dünner und größer würde. Er strich ein paar Fleischschnitzel vom Hackklotz in den blutigen Eimer daneben, hob das gewachste Papier mit den Scheiben darin und legte es auf die Waagschale.

«Ein Pfund Kalbskotelett, italienische Art», sagte er. «Sonst noch was, junge Frau?»

Die junge Frau vor dem Ladentisch wies in die Glasauslage. «Ist das Kalbshirn frisch?»

«Noch frischer als Sie, junge Frau», erwiderte Felix lächelnd.

«Hören Sie bloß auf, Felix», sagte die Frau und lächelte zurück. «Falls es frisch ist, nehm ich ein halbes Pfund.»

«Frisch und zart», sagte er und öffnete das betreffende Fach. Hinten im Laden klingelte das Telefon. Sein Partner nahm den Hörer ab und schrie dann: «Felix, für dich!»

«Einen Augenblick, junge Frau», sagte Felix zu der Kundin. Wischte sich die Hände an seiner blutfleckigen Schürze und ging zum Apparat. «Hallo?» sagte er.

«Felix; hier spricht Larry Cole.»

«Wer?» Er machte eine Pause. «Ach so, Larry, ja. Na, wie läuft die Sache, Larry?»

«Haben Sie was rausbekommen?»

«Rausbekommen?» Felix runzelte die Stirn. «Ach – ach ja, ja, natürlich. Ich hätte Sie anrufen sollen, sicher.»

«Ja, und was ist?»

«Sie ist krank.»

Einen Augenblick war es still in der Leitung.

«Was meinen Sie mit krank?» fragte Larry. «Ist es gefährlich?»

«Nur 'ne Infektion. Aber mit Fieber verbunden, so daß sie nicht aus dem Bett darf. Und das Telefon ist unten im Haus. Deswegen kann sie auf keinen Anruf antworten.»

«Und wer ist die Frau dort?»

«Ihre Mutter.»

«Oh.»

Wieder folgte eine längere Pause.

«Warum besuchen Sie sie nicht mal?» fragte Felix grinsend.

«Vielleicht tu ich's», sagte Larry.

«Mensch, machen Sie bloß keinen Un –» wollte Felix ansetzen; aber Larry hatte bereits aufgelegt.

Die Frau, die an die Tür kam, hätte auch niemand anderes sein können als Maggies Mutter. Haar, Augen, Figur, alles dasselbe; älter natürlich, weniger straff; aber sonst dieselbe Figur.

«Ja?» fragte sie. Auch ihre Stimme klang täuschend wie Maggies. Zwar klang darin das leichte Tremolo vorgeschrittenen Alters; aber als Mädchen mußte sie haargenau die Stimme Maggies gehabt haben.

«Hallo», sagte Larry verbindlich. «Ich bin einer von den Nachbarn der Gaults. Und wir hörten, Margaret wäre krank. Da dachte ich, ich komm mal vorbei.»

Mrs. Wagner taxierte ihn wortlos. «Wie nett», sagte sie dann. «Treten Sie doch näher.»

Larry betrat die Diele. Er war das allererste Mal in dem Cape Cod-Haus und kam sich recht merkwürdig vor; mehr nach Eindringling denn je.

«Sie liegt oben», sagte Mrs. Wagner. «Ich will mal sehen, ob sie empfangsfähig ist.»

«Mutter?» rief Maggie. «Wer ist denn da?»

«Lediglich Larry Cole», antwortete Larry. «Gehört, Sie wären krank.» Sein Herz hämmerte. Hämmerte derart, daß er überzeugt war, die Mutter müßte es hören können.

«Oh, kommen Sie doch rauf, Larry», sagte sie, und soviel Wärme und Sehnsucht schwang in der Stimme, daß er beinahe zur Treppe hingerannt wäre. Er hielt mit Gewalt an sich und ließ Mrs. Wagner den Vortritt. Über die Schulter zurück sagte sie: «Ich bin Margarets Mutter. Elizabeth Wagner.»

«Sehr angenehm», sagte Larry.

«Sie wohnen direkt hier, in der Siedlung, ja?»

«Ja.»

«Wie nett», sagte Mrs. Wagner. «Arbeiten Sie heute nicht?»

«Hm?»

«Ich meine, es ist Montag. Gehen Sie da nicht ...»

«Ach so; nein, ich arbeite meist zu Hause.»

«Das ist sehr bequem», sagte Mrs. Wagner. «Was machen Sie denn?»

«Ich bin Architekt.»

«Oh, das ist ein schöner Beruf.»

«Ja.»

Und sie traten ins Schlafzimmer.

Sie saß mitten in einem großen Himmelbett. Über dem dünnen Nylonnachthemd trug sie ein glattes Bettjäckchen, und er schämte sich selbst ob des ersten, an was er denken mußte. Aber er konnte den Blick nicht von den scharfen Spitzen lassen, wo ihre Brüste an die dünnen Stoffe stießen. Sie hatte keinerlei Make-up, keinen Lippenstift. Zum erstenmal, seit er sie kannte, war die winzige Narbe ganz klar und scharf, ein weißes Miniaturkreuz auf ihrer Wange. Das Haar hatte sie in einen Pferdeschwanz zurückgestrichen. Sie sah sehr blaß aus, und sehr erschöpft, und lächelte schwächlich, als er zusammen mit ihrer Mutter ins Zimmer trat.

«Hallo, Larry», sagte sie.

«Hallo, Margaret», antwortete er. Er lächelte. Er hätte zum Bett hinstürzen, und sie in die Arme schließen mögen. «Wie geht es Ihnen?»

«Sie fühlt sich schon weit besser», sagte Mrs. Wagner. Sie stand am Fußende des Bettes, und ihre Blicke ruhten erst auf Margaret und dann auf Larry.

«Wirklich?» fragte er sie.

«Ja.»

«Was hatten Sie denn?»

«Eine Infektion.»

«Das kann der reine Mord sein.»

«Ja.»

«Haben Sie Fieber gehabt?»

«Ja. Aber jetzt bin ich wieder ganz in Ordnung. Wie geht's Eve?»

«Ausgezeichnet.»

«Und den Kindern?»

«Ebenfalls.»

«Vergangene Woche bin ich krank geworden. Don hat meine Mutter hergeholt. Sie wissen ja, er muß auf Arbeit. Er kann nicht daheim bleiben und den Krankenpfleger machen.»

«Natürlich», sagte Larry. Ihre Blicke ruhten ineinander. Ihr Gesicht wirkte jung und rein und unberührt und unerhört schön. «Woher haben Sie denn gehört, daß ich krank wäre?»

«Ein Nachbar erwähnte es im Gespräch. Eve wäre auch mit vorbeigekommen», sagte er, mit einem Blick auf Mrs. Wagner, «aber sie mußte unbedingt einkaufen gehen.»

«Darf ich Ihnen eine Tasse Kaffee anbieten, Mr. Cole?» fragte Margarets Mutter.

«Wenn es nicht zuviel Umstände macht.»

«Nicht im geringsten. Ich hab gerade welchen auf dem Herd stehen.» Sie lächelte kurz und verließ das Zimmer. Sobald sie verschwunden war, streckte Maggie ihm die Arme entgegen, und er stürzte zu ihr.

«Liebste, Liebste», sagte er. «Ich war so verzweifelt. Ich rief und rief an ...»

«Ich weiß, ich weiß. All diese falschen Nummern. Ich bin jedesmal bald gestorben. Und sie wollten mich nicht aus dem Bett lassen. Larry, Larry, ach, wie ich dich vermißt habe!» Er wollte ihren Mund, aber sie drehte den Kopf weg. «Nicht küssen. Ich steck dich an.»

«Das ist mir egal.»

Er küßte sie; und sie hielt ihn umklammert und sagte: «Ist alles gutgegangen? Mit Mary damals?»

«Ja. Bei dir?»

«Ja. Ach, Larry, ich hab gar nicht gewußt, was mir deine Stimme bedeutet. Wie ich sie jeden Tag gebraucht habe. Laß dich doch ansehen.» Sie studierte ihn eingehend und sagte dann lächelnd: «Du siehst hübsch aus.»

«Rasieren müßte ich mich.»

«Das macht nichts. Dein Gesicht ist so rauh, so kraftvoll. Leg dein Gesicht an meines.»

Er umfaßte sie fester und fragte: «Wann wirst du aufstehen können?»

«Ich muß mindestens noch zwei Tage im Bett bleiben.»

«Können wir uns Donnerstag abend sehen?»

«Ja. Larry, wie soll ich's bis dahin bloß aushalten?»

«Ich weiß, ich weiß», sagte er, und seine Finger gruben sich in ihre Schultern.

«Kommst du mich noch mal besuchen?»

«Ich glaube kaum.»

«Natürlich nicht. Du warst heute schon unvorsichtig genug. Aber ich freu mich so, daß du gekommen bist! Als ich dich unten reden hörte –»

«Schschsch», sagte er.

«Sie kommt. Schnell: Sag's mal!»

«Ich liebe dich.» Er küßte rasch ihren ungemalten Mund und entfernte sich dann ein Stück vom Bett.

Mrs. Wagner kam mit einem Tablett ins Zimmer.

«Ich wußte nicht, was Sie dazu nehmen», sagte sie, «da hab ich vorsichtshalber alles mitgebracht.» Und, wie beiläufig, zu Maggie: «Wie trinkt er den Kaffee, Margaret?»

«Er ... oh, das weiß ich nicht», sagte Maggie.

Sie tranken Kaffee, und sie plauderten gemächlich. Larry blieb eine halbe Stunde lang und verabschiedete sich dann. Während dieser halben Stunde blickten sie einander unverwandt an. Nachdem Mrs. Wagner ihn zur Haustür hinausgelassen hatte, kam sie wieder nach oben und trat ans Bett.

«Das also ist er?» sagte sie zu Margaret.

Margaret antwortete nicht. Sie lag mit abgewandtem Gesicht in den Kissen, den Blick durchs Fenster gerichtet.

«Und es ist dir passiert», sagte Mrs. Wagner.

Und es waren vielleicht die ersten aufrichtigen Worte, die sie seit dem Tod des Großvaters zu ihrer Mutter sprach, als sie erwiderte:

«Ja. Es ist mir passiert.»

Allem Anschein nach war es Linda und Hank ebenfalls passiert. Passiert mit all dem Ungestüm und all der schmerzlichen Süße der Jugendjahre. Durch die unverhüllte Propaganda der Unterhaltungsindustrie wohlvorbereitet, wußten sie zwar, was von der Liebe zu erwarten stand; und dennoch bestürzte sie die plötzliche Überrumpelung.

Die Straße, auf der sie an dem betreffenden Abend parkten, wäre, zumal während der Wintermonate, für Liebkosungen denkbar ungeeignet gewesen. Waren doch zu jener Jahreszeit alle Bäume kahl, und die Straßenlaternen beleuchteten den ganzen Häuserblock mit unerbittlicher Helle. Jetzt im April allerdings begannen die Bäume sich zu belauben und hüllten den abgestellten Wagen in scheckig schützende Schatten.

Nicht, daß Hank MacLean ein Feigling gewesen wäre; aber einmal war ihm etwas mit dem Auto passiert, was ihn doch grundsätzlich ein wenig vorsichtiger gemacht hatte. Er und seine Freunde hatten damals eine dunkle, noch unbebaute Straße auf einem Hügel ausfindig gemacht; eine ziemlich abfallende Sackgasse, von deren oberen Ende man eine prächtige Aussicht auf das unten liegende, mit Lichtern übersäte Flachland hatte. Ein schöner Fleck für Stelldicheine. Man war sicher vor der Polizei dort; und außerdem war die Stelle romantisch wie der Teufel und wirkte besonders günstig auf jenen Mädchentyp, der immer eine kleine Extraermutigung braucht, ehe er in Stimmung kommt. Er war regelmäßig dort gewesen, mit verschiedenen Mädchen. Zuweilen hatte er den Wagen eines Freundes oben auf dem Hügel erkannt, und das hatte den Liebkosungen noch zusätzlich die Würze bruderschaftlicher Verbundenheit verliehen.

Eines Nachts, lange bevor er Linda kennenlernte, war er mit einem Mädchen namens Suzie da gewesen. Von seinen Freunden hatte er keinen an jenem Abend dort getroffen. Allein mit Suzie hatte er oben auf dem Hügel geparkt, nur einen guten Meter von dem Steilhang entfernt. Nun war Suzie ein Mädchen, das einer Ermutigung mitnichten bedurfte. Suzie war vielmehr ein Mädchen, von dem das Gerücht umging, daß sie um ein Haar vom College geflogen wäre, auf Grund einer recht angeregten Sitzung im Abstellraum hinter der kleinen Schulbühne, während vorn indessen die Probe vor sich ging. Nicht, daß Suzie ein Ferkel gewesen wäre. Das war sie nicht. Sie war ein verdammt hübsches Kind und ihre Gegenwart für Hank ein Genuß. Sie brauchte eben nur keine Ermutigung; das war alles. Temperamentvoll war sie; das war alles.

Also hatten sie sich fast unverzüglich in die Arme genommen. Rund fünfzehn Minuten lang hatten sie so Küsse getauscht, als die Autoscheinwerfer hinter ihnen erschienen. Merkwürdigerweise verfiel Hank keine Sekunde lang auf den Gedanken, es könnte etwa die Polizei sein. Dieser Hügel hier, dessen war er sich irgendwie sicher, war von den schwer zu befriedigenden Hütern des Gesetzes bisher noch nicht entdeckt worden. Einen Augenblick lang dachte er, es könnte einer seiner Freunde sein. Folglich trat er dreimal kurz und scharf aufs Bremspedal; ein Zeichen, das, falls der Wagen hinten einem Freund gehörte, durch ein rasches Flackern der Scheinwerfer hätte beantwortet werden müssen.

Aber die Scheinwerfer des fremden Wagens flackerten nicht.

Statt dessen schob er sich ganz dicht hinter Hanks Auto, so daß die Stoßstangen einander fast berührten. Die Türen des Wagens öffneten sich, und vier Jungen sprangen heraus. Und jetzt fühlte Hank das erste Mal etwas wie Angst.

Glücklicherweise war es Dezember, und die Scheiben der Fenster hochgedreht. Ebenso glücklicherweise, obwohl ganz durch Zufall, waren sowohl seine als auch die Tür auf Suzies Seite verschlossen. Schon hatten die Jungen das Auto umringt. «Aufmachen!» schrien sie, und Hank ließ den Motor an. Der eine der Jungen fing an, gegen das Fenster auf seiner Seite zu hämmern. Hank warf einen Blick hinter sich. Zum Wenden hatte er keinen Raum; denn der andere Wagen stand zu dicht. Ebensowenig konnte er vorwärts, denn der Steilabfall war zu nahe, um ein Umwenden riskieren zu dürfen. Er hatte plötzlich die Vision, wie er maßlos verprügelt und Suzie vergewaltigt wurde. Er wußte zwar, daß, was Suzie anbelangte, dies keinen sonderlichen Verlust mehr bedeuten würde; aber gegen den bloßen Gedanken bäumte sich alles in ihm auf. Suzie war mit ihm. Er hatte ja schließlich, in dem Augenblick, als er sich mit ihr verabredete, eine Art Abkommen mit ihr geschlossen: ihr Begleiter und Beschützer zu sein. Und ein Beschützer durfte sein Mädchen nicht ohne weiteres vergewaltigen lassen; vom Zustand ihrer Virginität einmal völlig abgesehen.

In dem Augenblick fiel ihm auf, daß niemand hinterm Steuer des fremden Wagens saß. Zur gleichen Zeit erkannte er, daß der Junge auf seiner Seite den Boden nach einem Knüppel oder einem Stein oder sonst etwas absuchte, womit er das Fenster einschlagen könnte. «Mach ja auf, Kerl!» schrie wieder einer der Jungen; und Hank wußte, daß er jetzt entweder handeln oder aber hinnehmen müsse, was während der nächsten paar Minuten unweigerlich eintreten würde. Er holte tief und schnell Luft, schaltete den Rückwärtsgang ein und trat dann mit aller Macht auf das Gaspedal.

Der Stoß auf den Wagen dahinter erfolgte mit beträchtlicher Wucht. Er ließ den Fuß nicht vom Pedal. Eine Woge der Erleichterung durchflutete ihn, als der Wagen hinter ihm sich in Bewegung zu setzen begann. Er schaltete um auf den niedrigsten Vorwärtsgang, fuhr zwei Meter nach vorn – wobei er fast einen der brüllenden Jungen umstieß –, schaltete wieder den Rückwärtsgang ein und erhöhte das Tempo, als er wieder Richtung auf das fremde Auto nahm. Diesmal, mit einem größeren Anlauf, kam der Aufprall mit erhöhter Wucht: Der fremde Wagen begann rückwärts zu rollen.

Einer der Jungen war aufs Trittbrett gesprungen, schrie und fluchte und schlug gegen die Scheibe. Nun war Hanks Auto zwar alt, widerstand aber doch den Fäusten des Jungen. Da er genug Bewegungsfreiheit hatte, ließ er seinen Wagen einen Bogen beschreiben; noch einmal ein Stück rückwärts; dann stand er richtig, den Kühler hügelab gerichtet. Er trat so unversehens aufs Gaspedal, daß der Wagen förmlich vorwärtssprang und der unvorbereitete Junge vom Trittbrett geschleudert wurde. Der fremde Wagen hatte zu rollen aufgehört; er war durch den Bordstein an der Straßenseite aufgehalten worden, stand ihm aber nicht mehr im Wege, und er ließ die alte Karre laufen, was sie konnte, hügelabwärts, im Renntempo.

Suzie hatte wie versteinert neben ihm gesessen. Auf den Sitz gekauert, den Blick durchs Rückfenster gerichtet, und zitternd am ganzen Leibe. Während sie so zitterte, war er ganz nahe daran gewesen, sich ernstlich in sie zu verlieben. In ihrer Furcht jetzt schien sie weit fraulicher als vorher, da sie leidenschaftliche Küsse getauscht hatten. Die jugendlichen Rowdies verfolgten sie nicht weiter. Und er brachte Suzie direkt nach Hause. Vor der Tür küßte sie ihn noch einmal voll dankbarer Zärtlichkeit. Und sobald sie im Innern des Hauses verschwunden war, hörte auch er auf, mit dem Gedanken an Verlieben zu tändeln.

Aber die Lektion dieses Abends hatte Hank sich doch gemerkt. Er hatte den Vorfall ausgiebig mit seinen Freunden durchgesprochen; und sie waren zu dem Beschluß gekommen, sich fürderhin Straßen auszusuchen, die zwar dunkel, aber auf jeden Fall mit Häusern bestanden waren.

Die Straße, auf der er heute an diesem Aprilabend mit Linda Harder parkte, war eine von denen, die man anläßlich der anschließenden, gemeinsam angestellten Suche ausfindig gemacht hatte.

Er hätte Linda gern geküßt, aber sie war heute abend in ganz ungewöhnlich gesprächiger Laune. Fünf geschlagene Minuten hindurch hatte sie jetzt schon von einem Jungen geplappert, der ihr das Stevenson-Abzeichen gegeben hatte; und Hank war allmählich so weit, daß er Demokraten und Intellektuelle von Herzen verabscheute.

«Ach, bloß so ein kleiner Dicker eben», sagte Linda, «aber mit derart wundervollen Grübchen in den Backen; und die hübschen weißen Zähne, wenn er lachte. Ich war schrecklich verliebt in ihn; und er würdigte mich nie eines Blickes.»

«Bis die Demokraten dann Stevenson als Kandidaten aufstellten», sagte Hank.

«Ja. Dann kam er dann eines schönen Tages zu mir, sagte: ‹Hier: Deine Stimme für Stevenson.› Und gab mir das Wahlabzeichen. Ich besitz es noch heute. Es war das erste Mal, daß er mich überhaupt einzeln ansprach; das erste Mal, daß man merkte: er weiß, daß ich existiere. Ich kann dir gar nicht sagen, wie wichtig ich mir da vorkam.»

«Dann muß ich dir also einen ganzen Koffer voll Abzeichen schenken: Willkie, Landon, Roose –»

«Ach, bei dir ist das nicht nötig, Hank», sagte Linda. «Wenn ich mit dir zusammen bin, komm ich mir die ganze Zeit wichtig vor.»

«Linda: Liebst du mich?» fragte er.

«Ja.»

«Ich wundere mich oft, wieso die Leute denken können, wir verstünden nichts von Liebe.»

«Was meinst du damit?»

«Ich meine ... weil wir jung sind. Wieso denken sie da immer, es wäre eben Kinderei oder so was? Weißt du, was ich glaube? Ich glaube, wir sind die einzigen, die *wirklich* etwas von Liebe verstehen. Ganz im Ernst. Wenn man älter wird, vergißt man's. Ich seh das doch alle Tage. An meinen Eltern und den Bekannten. Ich glaube, die haben längst vergessen, was Liebe bedeutet. Ich bin so froh, daß ich jung bin. Versteh mich: ich bin so froh, daß ich dich lieben kann.»

«Ich freu mich auch», sagte Linda.

«Und du hast jetzt von deinem kleinen Dicken genug erzählt?»

«Ja.»

«Und ich darf dich jetzt küssen?»

«Aber ja, sobald du nur willst! Auch wenn ich gerade reden sollte: Nimm mich doch einfach in die ...»

Er küßte sie schon.

Es war ganz merkwürdig, Linda zu küssen. Hank war jetzt einundzwanzig, war aber noch nie richtig verliebt gewesen. Außerdem hatte er solche Umarmungen bisher lediglich als Vorspiel zu dem betrachtet, was, falls man Glück hatte, anschließend folgte. Lindas Lippen waren sehr reizvolle Lippen. Sie war erst siebzehn, küßte aber ausgezeichnet und verstand das weiche innere Kissen ihres Mundes fachmännisch zu handhaben. Obgleich Hank also ein Weltmann war und wußte, worum es bei dieser ganzen geschlechtlichen Geschichte letzten Endes ging, fühlte er sich während ihres Kusses doch fast betäubt, tatsächlich und wirklich wie betäubt, von ihrem einfachen Kuß. Er lauschte ihrem schwergehenden Atem; er fühlte ihr Gesicht fiebrig und heiß an dem seinen; und wußte, ohne daß ihm ein Zweifel kam, wie dies das Mädchen für ihn sei, dies wundervolle, süße, sanfte Mädchen, das derart zu küssen verstand, dies phantastisch intelligente, erstaunlich hübsche Mädchen, das derart zu küssen verstand, dies zarte, gefühlvolle, aufregend exotische Mädchen, die derart küssen konnte, die war die Richtige für ihn, die, die so küssen konnte, daß ihm schwindelte ...

Zehn Minuten später waren sie so weit, daß sie sich vorsichtshalber einigten, sich jetzt doch lieber nach einem Eiskremsoda oder etwas Ähnlichem umzusehen.

Also knöpfte Linda ihre Bluse wieder zu und zog sich die Lippen nach.

24

Am Donnerstagabend sah Felix Anders erst Larrys Auto die Siedlung verlassen; und dann, keine fünf Minuten später, kam Margaret die Vordertreppe herunter und fuhr in ihrem Wagen davon.

Er war ganz aufgeregt, daß die beiden ihr Verhältnis auf derart sträflich liederliche Weise betreiben und trotzdem immerfort der Entdeckung entgehen konnten. Es war ein reines Wunder zu nennen, daß nicht alle Welt – von der Siedlung noch ganz zu schweigen – genau im Bilde war, was zwischen ihnen vor sich ging. Aber selbst während er sie als unglaublich nachlässige Toren bezeichnen mußte, gelang es ihm doch, in seinem Herzen eine gewisse Schwäche für sie zu entdecken. Sie waren eben letzten Endes doch verliebt; und das sprach zu ihren Gunsten. Einem Vater gleich, der zwei verblödeten Kindern die Läuse vom Haar liest, verspürte Felix Anders eine Art großes väterliches Mitgefühl für jene beiden gequälten Närrchen.

Aber zur gleichen Zeit lag natürlich auch etwas unsagbar Befriedigendes darin, wie sie sich gefoltert krümmten und wanden; recht angenehm war es, ihren dummen Ringelreihen zu beobachten, und zu verfolgen, wie sich hier krasse Amateure mit einem Spiel abgaben, für das nur Fachleute zuständig waren. Amateure belustigten ihn. Die ganze Cole–Gault-Affäre glich einer Schaustellung, die für Felix Anders allein aufgeführt wurde.

Und außerdem war noch Eve da.

Eve war wieder etwas anderes für sich.

Felix begab sich in die Küche, wo Betty eben Geschirr abwusch.

«Hör auf», sagte er. «Komm mit ins Bett.»

«Das verkneif dir mal», sagte Betty angenehm erregt.

«Los doch, los», sagte er ungeduldig.

«Ich kann nicht schmutziges Geschirr stehen lassen», sagte Betty.

Er legte beide Hände um ihr Gesäß. «Los, komm.»

«Nein. Nachher.»

«Okay», sagte er achselzuckend; er hatte jedenfalls wieder den beabsichtigten Zuchtstiereindruck gemacht, hatte in Betty die Überzeugung befestigt, daß er in dieser ganzen Welt blühender Weibsgestalten einzig und allein ihre kleine, verführerische Figur begehre. «Ich geh jetzt ein Stück spazieren. Ich bin binnen kurzem wieder zurück.»

«Wohin willst du denn?» fragte sie, die doch teilweise Appetit bekommen hatte, wie seine verdammten Hände da so auf ihr herumbotanisierten; und die schon mit dem Gedanken spielte, das schmutzige Geschirr einfach im Abwasch stehen zu lassen.

«Bloß mal rüber; Larry guten Tag sagen.»

«Ich bin auch bald fertig», sagte sie.

«Sehr gut», antwortete er. Er küßte sie und ließ die Hand noch einmal liebkosend über ihr Gesäß gleiten. Er putschte sie gern auf. Er hatte gern laufend die Kontrolle über die Burg, die sein Heim war. «Also ich bin gleich wieder da.»

Draußen pickten die Sterne wie wild in einem tiefblauschwarzen Himmel. Felix schritt durch Föhrenhofs Straßen mit dem innigen Bewußtsein, daß, wann immer es ihm beliebte zurückzukehren, Betty daheim im Nachthemd auf ihn warten würde. Eine Weile würde er sie warten lassen. Sogar eine ziemlich lange Weile. Warten lassen, bis er, seinerseits, soweit war. Auf die Art war es besser für sie. Es war die einzige Möglichkeit, sie zu bändigen. Er war längst schon von dem Glauben abgekommen, daß es in der Natur die Männchen der Gattung seien, denen der tiefe Drang, der unersättliche geschlechtliche Trieb eignete. Er war zu der Überzeugung gelangt, daß das genaue Gegenteil der Fall war. In jeder Frau war eine leere Stelle, und nur ein Mann konnte diese Leere ausfüllen. Und bis die Leere ausgefüllt war – solange war die Frau eben wesentlich unvollständig, inkomplett. Die Ehe hatten Frauen erfunden, nur um sich diese regelmäßig erfolgende Komplettierung zu sichern. Und hatten dann die eigene Erfindung wieder abgebaut, sobald sie erkannt hatten, daß diese Sicherung nicht erforderlich sei. Die Leere konnte ausgefüllt, die Komplettierung erreicht werden durch jeden Beliebigen.

Felix lächelte und bummelte den Gartenweg zu Coles Haus hinauf. Er läutete; nur einmal, ganz kurz und scharf. Dann wartete er. Eve war es, die aufmachte. Sie trug schwarze Bermuda-Shorts und einen Sweater vom gleichen Ton. Das lange schwarze Haar hing ihr über die Schultern. Das Blau ihrer Augen wirkte unerhört intensiv vor dem Hintergrund der mächtigen ungegliederten schwarzen Masse.

«Oh, hallo, Felix», sagte sie.

Felix betrat schnell das Haus. Er dachte nicht daran, nach Larry zu fragen, während er noch auf der Haustürschwelle stand. Er hatte keine Lust, zu vernehmen, daß Larry nicht zu Hause sei und er also keinen Grund mehr habe, ins Haus zu treten. Nun, da er einmal darin war, begab er sich lässigen Schrittes ins Wohnzimmer.

«Geh grad spazieren», erklärte er gleichgültig. «Da dacht ich, ich könnte vorbeikommen und Larry guten Tag sagen.» Schon nahm er behende auf der Couch Platz.

«Larry ist nicht zu Hause», sagte Eve.

«Oh, das ist aber schade», erwiderte Felix. Er machte keine Miene, sich zu erheben.

«Er nimmt an einem Kursus bei Pratt teil. Jede Woche einmal.»

«Tja, das ist ja zu schade, daß er nicht da ist», sagte Felix. «Ich hatte ihn an sich zu einem Bier einladen wollen.»

«Wenn Sie Appetit haben? Ich hab Bier im Haus», sagte Eve höflich.

«Nein, nein», wehrte Felix standhaft ab. «Sie haben doch noch zu tun, die Kinder zu Bett bringen.»

«Na ja ...» Eve zögerte. Das Geschirr war schon abgewaschen, die Kinder schlafen geschafft und der Abend an sich für sie frei. Aber sie hatte vorgehabt, ein Buch zu lesen, das sie sich aus der Bibliothek geholt hatte. Sie war heute auch in besonders unmitteilsamer Stimmung, und beinahe froh gewesen, daß Larry zu seinem Kursus mußte. Andererseits wollte sie aber auch Felix gegenüber nicht unhöflich sein. «Die Kinder liegen schon im Bett», sagte sie, «und den Abwasch hab ich auch hinter mir. *Würden* Sie gern ein Glas Bier trinken?»

Sie hatte gehofft, er würde mit Nein antworten; aber statt dessen sagte er: «Wenn es nicht zu viel Mühe macht, Eve.»

«Aber nicht im geringsten», log sie; ging in die Küche und öffnete den Kühlschrank. «Wie geht's Betty?» rief sie.

«Glänzend», sagte Felix. «Wenn ich nach Hause komme, werd ich ihr erzählen, daß Sie allein sind. Vielleicht hat sie Lust rüberzukommen.»

«Oh, das ist nicht notwendig», sagte Eve hastig. Sie sah im Geist schon einen jener berüchtigten Siedlungsabende sich entwickeln, an denen alle fünf Minuten jemand ‹rüberkommt›. Das fehlte ihr heute gerade. Mit Bierflasche, Kronenkorkenöffner und Glas kam sie ins Wohnzimmer zurück. Felix hatte in einem Magazin geblättert, legte es jedoch sofort hin, als sie eintrat. Er öffnete die Flasche, schenkte sich ein und fragte dann: «Trinken Sie nicht?»

Eve schüttelte den Kopf. Lächelte, um ihn zu beruhigen, daß es völlig in Ordnung wäre, allein zu trinken, und setzte sich dann ihm gegenüber.

«Ich hab schon oft darüber nachgedacht», sagte Felix und nippte vom Bier, «was für ein Gefühl eine Frau so haben mag, wenn sie allein im Haus ist und ein Mann kommt zu Besuch.»

Eve zuckte die Achseln. «Dasselbe Gefühl, das sie auch hat, wenn eine Frau zu Besuch kommt.»

«Oh, doch wohl nicht», sagte Felix. Er lächelte nachsichtig.

«Mmmm», sagte Eve. «Doch.»

«Wollen Sie mir damit weismachen, daß eine hübsche Frau keinerlei Unterschied spürt, wenn ihr Besucher ein Mann ist?»

Eves Stirn runzelte sich flüchtig. Das hatte gar nicht geklungen, als rede der ihr sonst bekannte Felix. Er hatte sie indirekt eine hübsche Frau genannt; und ihr Stirnrunzeln rührte einesteils von der Überraschung her – sie hatte Felix so durchtriebener Anspielungen nicht für fähig gehalten – und andernteils von der unangenehmen Gewißheit, die Felix ihr plötzlich zum Bewußtsein gebracht hatte: Sie *war* ja allein mit einem fremden Mann. Und obgleich sie das normalerweise als eine völlig reguläre Situation betrachtet hätte, war es Felix gelungen, der Lage ein schiefes Ansehen zu geben. Dennoch wollte sie immer noch nicht übermäßig steif oder zimperlich erscheinen. Ihre Stirn entrunzelte sich wieder.

«Ich möchte sagen, das hängt letztlich von der Gemütsverfassung des betreffenden Mannes beziehungsweise der Frau ab», sagte sie.

«Gut», sagte Felix leichten Tons, «und was wäre Ihre Gemütsverfassung, Eve?»

«Wenn ein Mann für fünf Minuten ‹rüberkommt›», sagte Eve, «dann kommt er eben rüber. Ich denke da gar nicht an irgend etwas; und er, nehme ich an, ebenfalls nicht.»

«Was meinen Sie jetzt mit ‹irgend etwas›?» fragte Felix.

«Na ja, ich ...» Wieder zog sich ihre Stirn zusammen. Anstatt die Situation zu entschärfen, schien sie sie vielmehr verschlimmert zu haben. Sie fühlte bereits leichtes Unbehagen. Außer mit Larry hatte sie wirklich noch mit niemandem über geschlechtliche Themen gesprochen und verspürte keinerlei Lust, sie jetzt mit Felix zu ventilieren, der ihr vollkommen fremd und überdies noch ein Mann war. «Eben *irgendwas*», wiederholte sie und hoffte, sie hätte das Wort scharf genug betont, um jede weitere Debatte über den Gegenstand auf der Stelle zu unterbinden.

«Schon recht; aber in welchem Sinne dies *irgendwas*?» blieb Felix dabei.

Diese seine Beharrlichkeit machte sie plötzlich nervös. «Ach, irgendwas», sagte sie; dann lachte sie ein gezwungenes Lachen und versuchte ihrer Stimme einen unbeschwerten Klang zu geben, als sie sagte: «Ich bin eben nur eine biedere einhundertprozentig-amerikanische Hausfrau. Sehr stumpf. Und sehr langweilig.»

«Sehr interessant», korrigierte Felix. «Die amerikanische Hausfrau ist das allerfaszinierendste Geschöpf, das es gibt.»

«Na, das freut mich, daß Sie so denken», sagte Eve, die hoffte, die Unterhaltung würde sich auf sicherem Boden bewegen.

«Andernfalls wäre ich ja nicht mit einer verheiratet», sagte Felix lächelnd.

«Oh, Betty versteht es sicher, eine Ehe inter –»

«Zweifellos», bestätigte Felix, «gewisse Situationen ergeben sich immer, ob Mann und Frau sie nun bewußt herbeiführen oder nicht.»

«Möglich», sagte Eve. Jetzt fühlte sie sich sehr unbehaglich. Sie konnte sich nicht denken, daß jemand derart lange auf einem Gegenstand verweilte, es sei denn, er führte etwas Bestimmtes im Sinne. Sie begann Felix' Anfrage als solche zu begreifen und gewann die Überzeugung, daß er einzig und allein aus diesem Grund hergekommen sei. Einen Augenblick lang kam ihr ein, ob er wohl gewußt haben könnte, daß Larry nicht zu Hause war; und als nächstes wünschte sie, sie hätte eine lange Hose angehabt und keine Shorts.

«Bestimmt», sagte Felix und nippte an seinem Glas, als sollte es die ganze Nacht über reichen. «Manchmal würfelt das Schicksal einen Mann und eine Frau zusammen, und dann passiert eben einiges. Es passiert eben. Man stelle sich etwa einen Mann und eine Frau auf einer einsamen Insel vor: Wie lange könnten sie wohl eine rein platonische Freundschaft miteinander halten?»

«Also das ist ja nun eine grundlegend verschiedene Situation», sagte Eve.

«Grundlegend verschieden von *was*?» fragte Felix und hatte sich ganz unvermittelt weit vorgebeugt.

«Von ... von der Situation eben, auf die Sie gerade anspielten.»

«*Welche* Situation?»

«Wo ein Mann und eine Frau ... gerade ... wo sie ...»

«Wo sie zum Männchen und Weibchen schlechthin werden?» half Felix nach.

«Also das ist aber doch ein ausgesprochen dummer Gesprächsgegenstand, nicht wahr, Felix?» fragte Eve. Sie lächelte zwar noch, weil er ein Gast in ihrem Haus war; aber es war ein nervöses und unsicheres Lächeln.

«Oh, ich bin sehr für Gedankenspiele aller Art», sagte Felix.

«Ich ebenfalls; aber nicht in bezug auf Situationen, in die ich nie und nimmermehr geraten werde.»

«Das kann man vorher nie wissen, Eve.»

Eve lachte; aber es klang selbst ihren eigenen Ohren hohl: «Dazu, daß ich jemals mit einem anderen Mann als Larry Schiffbruch an einer einsamen Insel erleide, besteht doch wohl nicht die entfernteste Aussicht.»

«Schon so manche Frau hat entdeckt, daß dergleichen einsame Inseln praktisch an jeder Straßenecke liegen, Eve.» Jetzt starrte er sie an. Ihr selbst unbewußt, hob sie ihre eine Hand, um eine losgegangene Haarsträhne hinter dem Ohr zu ordnen.

«Das ist aber ... das ist aber ein ausgesprochen romantischer Einfall, Felix», sagte sie.

«Ich bin ein ausgesprochener Romantiker, Sie nicht?»

«Doch», gab sie lächelnd zu.

«Und keine Frau kann vorher wissen, ob und wann Romantik plötzlich über sie hereinbricht, stimmt's?»

«Es hat ... es hat ...» Unversehens war ihr über und über heiß geworden. Sie erhob sich, und ging zum Fernseher. «Es hat ja wohl nicht viel Sinn für eine ... eine ... eine Hausfrau, sich mit ... mit ... mit Romantik zu befassen», sagte sie; überrascht, wie sie bei den wenigen Worten stotterte; und dachte, das letzte Mal, daß ich derart gestottert habe, war in der Volksschule! Sie ließ den Einstellknopf schnappen und bückte sich dann, um einen Kanal zu wählen. Im Rücken spürte sie Felix' Blicke auf sich ruhen und richtete sich sogleich auf, um die Einstellung im Stehen vorzunehmen.

«Ich nehme an, es macht Ihnen nichts aus», sagte sie und hoffte, daß ihre Stimme ruhig und beherrscht klänge. «Ich wollte die eine Sendung da sehen.»

«Aber nicht im geringsten», erwiderte Felix. «Alles zu seiner Zeit. Hab ich recht?» Er machte Pause. «Hab ich recht?»

Sie hatte nicht gedacht, er würde eine Antwort darauf haben wollen. «Ja», sagte sie.

«Sicher. Also, gute Nacht, Eve», sagte er herzlich. «War sehr nett, das Bier. Und auch unsere kleine Plauderei war sehr nett. Und sagen Sie doch bitte Larry, daß ich kurz vorbeigekommen bin, ja?»

Eve begab sich unverzüglich zur Haustür. «Gern», sagte sie, und lächelte gewinnend. Felix trat aus dem Haus und auf die oberste Stufe. Er winkte noch einmal und schritt dann den Pfad hinab. Hinter ihm schloß Eve die Tür.

Felix sah hinauf zum Himmel und lächelte.

Sie ist klug, dachte er. Ein kluges Mädchen; und spielt ihr Spiel bemerkenswert kalt. Sehr gut! Kluge Mädchen sind auch verläßliche Mädchen.

Und lächelnd schlenderte er wieder heim, zu seiner Frau.

25

Altar hatte natürlich wieder ein Mädchen mit.

Larry war einigermaßen enttäuscht. Er unterhielt sich gern mit dem Schriftsteller und hatte entdeckt, daß Altar eine ganz andere Persönlichkeit herauskehrte, sobald er eine Frau mithatte. Außerdem war dieses Mädchen hier nicht einmal hübsch. Ihr Gesicht trug den Ausdruck einer ländlichen Einfältigkeit und wirkte im ganzen viel zu bieder.

Sie hatten sich im *Howard Johnson*, jenseits der Brücke, verabredet. Larry parkte seinen Wagen, schloß ihn ab und ging dann zu dem Kabriolett hinüber. Altar lehnte sich über das Mädchen und sagte: «Das ist Joan hier: wollen Sie sie umlegen?» Und das Mädchen, offensichtlich auf seiner Hut, lächelte. Sie reichte Larry die Hand, als er sich vorstellte, und rückte dann auf dem Sitz, um Platz für ihn zu schaffen. Wie er so neben ihr saß, fiel Larry eine andere Fahrt mit Altar ein, noch gar nicht so lange her, mit ihm und …

Agnes? Hatte sie so geheißen? Rheinländer ... weiter wußte er nicht mehr. Aber das Mädchen hatte ihn damals unleugbar hochgebracht; wogegen er heute, jetzt wo er Maggie kannte, nicht mehr die leiseste Spur von Interesse an Altars neuester Errungenschaft spürte. Im Gegenteil, ihre Anwesenheit war ihm ausgesprochen zuwider.

«Das Haus macht recht nette Fortschritte», sagte er. «Ich denke, Sie werden überrascht sein, wie es vorangegangen ist.»

«Das klingt ja beinahe feindselig», sagte Altar.

«Nein.»

«Also sagen wir, anklagend. Ich wäre längst einmal hingefahren zum Grundstück; war aber mit anderen Sachen vollkommen ausgelastet.»

Larry warf einen Blick auf das Mädchen, lächelte und sagte: «Ja, natürlich.»

«Ach nicht Joan», entgegnete Altar, «wichtige Sachen. Ich glaube, wir können den *Stein* zur Verfilmung verkaufen. 'ne dicke runde Sache, mit Gewinnbeteiligung.»

«Freut mich, das zu hören», sagte Larry.

«Ja, man hört's direkt, daß Sie außer sich vor Freude sind.»

«Erfolg freut mich immer. Wissen Sie außerdem noch weitere Fälle, wo Hunde von Männern gebissen wurden?»

Altar kicherte. «Sie hatten eine Verfilmung erwartet?»

«Sie nicht?»

«Oh, doch wohl; ja. Einerseits hoffte ich allerdings beinahe, es würde diesmal *nicht* klappen. Es macht mich vollkommen fertig: Jetzt fehlt nur noch, daß eine Buchgemeinschaft kommt, und dann ist wieder einmal alles beisammen. Ich seh die schlechten Kritiken schon wieder vor mir, ehe sie noch gedruckt sind.»

«Ja, es ist herzzerreißend», bestätigte Larry. «Ihr Leben ist derart trüb und inhaltsleer.»

«Larrys Leben ist nämlich furchtbar aufregend», sagte Altar zu Joan. «Er ist mit der Aufgabe betraut worden, den Turm von Pisa geradezurichten.»

«Das klingt sehr vielversprechend», sagte Joan, und mit einem Ton, als könne es sich nur um das geistloseste Projekt in der Geschichte der Baukunst handeln.

«Joan ist durchaus enthusiastisch veranlagt», erläuterte Altar. «Allerdings beschränkt sich dieser ihr Enthusiasmus auf gewisse klar umrissene Gebiete. Lassen Sie Ihr Urteil nicht durch ihre

Schweigsamkeit beirren. Sie ist genau das, was man im allgemeinen als ‹Stilles Wasser› bezeichnet.»

«Ich bin ausgesprochen überschwenglich veranlagt», sagte Joan.

«Sie arbeitet bei einer Filmgesellschaft», sagte Altar. «Sie sortiert die Post. Und trifft außerdem alle Entscheidungen, ob deren man dann später die Hollywood-Produzenten wegen ihres Mutes rühmt.» Und nach einer Pause: «Sie stammt aber auch aus einer schöpferisch veranlagten Familie. Die Mutter ist sogar in Ihrem Beruf tätig, Larry.»

«Oh? Sie ist Architektin?» fragte Larry interessiert.

«Nein», erwiderte das Mädchen. «Sie entwirft Kulissen für die Howdy Doody Show. Die Kindersendung im Fernsehen.» Und Altar platzte heraus. –

Das Grundstück schwärmte förmlich von Arbeitern, als sie hinkamen. Sie fuhren das ausgefahrene, halb grundlose Straßenstück bis zum Bau und stiegen dann aus. Joan zog es vor, sich die Füße nicht schmutzig zu machen. Sie schlug ein Magazin auf und fing an zu lesen, während Altar und Larry sich zum Haus begaben. Schon hatte es begonnen, Gestalt anzunehmen. Wie ein Riesenvogel, der zum Flug ansetzt, stand das Bauwerk locker am Hügelhang, bereit, die Schwingen des Dachs zu entfalten. Selbst in seiner jetzigen Skelettgestalt wirkte der Schwung des Hauses schon mitreißend; majestätisch-steil brandeten die Mauern auf und schrägte sich das Dach.

«Jesus, wird das hübsch», sagte Altar.

Larry nickte abwesend. «Können Sie Di Labbia irgendwo sehen?»

Sie suchten erst das Grundstück nach ihm ab und betraten dann das Innere des Hauses. Zimmerleute sägten und hämmerten geschäftig. Elektriker rollten Leitungsdrähte ab. Klempner trugen biegsame Kupferschlangen: Heizrohre, die in Schlingen unter den Fußboden verlegt zu werden bestimmt waren. Geruch nach Sägespänen war in der Luft und der hellhallende Klang, wie Metall auf Metall schlug. Sie versuchten den Arbeitern möglichst wenig im Wege zu sein, klommen die Behelfsleiter in den Oberstock empor und fanden endlich Di Labbia in dem noch unfertigen Raum, der einst Altars Studio sein würde; ein nach Norden zu offener Raum, dessen ganze zehn Meter lange Wand praktisch ein einziges großes Fenster war, vom Fußboden bis zur Decke. Noch waren die Scheiben nicht eingesetzt; aber bereits in diesem Baustadium war die

Wirkung der Fensterwand unverkennbar. Der Raum schien sich zwanglos bis in die Wälder zu erstrecken, Nähe wie Ferne zu umschließen, so daß Altars Arbeitsplatz wie eine Kommandobrücke Bäume und Felsen beherrschte und das absinkende Land und den Himmel. Von der Voraussetzung ausgehend, daß Altar sich beim Schreiben wie ein Gott fühlen wollte, hatte Larry ihm die Welt zu Füßen gebreitet.

Di Labbia kauerte mit seinem Vorarbeiter zusammen auf den rohen Dielenbrettern über einer der Lichtpausen der Konstruktionszeichnungen. Als die beiden Männer eintraten, sah er auf. Er trug eine enganliegende Blauleinenhose und ein schmutziges weißes T-Hemd. In einer Schlaufe an der Hose baumelte ihm ein Hammer. Er stand sogleich auf, und sein Gesicht zerfiel in lauter kindliches Behagen:

«Larry!» sagte er. «Hallo!» und streckte die Hand hin. Schüttelte auch kraftvoll Larrys Rechte, unverkennbar erfreut über dessen Besuch. Dann sagte er: «Hallo, Mr. Altar. Wir haben uns lange nicht gesehen. Es fängt schon an, nach was auszusehen, wie?»

«Aber unbedingt», bestätigte Altar.

Stolz funkelte in Di Labbias Augen. Er schlug Larry auf die Schulter und sagte: «Mir macht dieses Haus tatsächlich Spaß, glauben Sie? Kommen Sie, ich zeige Ihnen, was wir alles geschafft haben. Ich denke, Sie werden ...»

«Frank?» sagte der Vorarbeiter.

Di Labbia drehte sich um: «Ja, Joe; und?»

«Wollen Sie ihn nicht selbst wegen der Tür fragen?»

«Ach ja, sicher. Unter gewöhnlichen Umständen hätte ich es schon auf eigene Faust geändert, aber ich weiß ja, wie Sie sind, Larry.» Er grinste. «Also, hier diese Tür aus dem Hauptschlafzimmer ins Badezimmer: So wie Sie die Angeln vorgeschrieben haben, würde die Tür genau gegen den Wandschrank hin aufgehen. Dürfen wir da die Angeln nicht an den rechten Türpfosten setzen?»

«Lassen Sie mich mal die Zeichnung sehen», sagte Larry.

Sie besprachen sich kurze Zeit über diese Tür. Larry mußte zugeben, daß sie zur Zeit doch recht unbequem aufgehen würde, und genehmigte die Abänderung. Di Labbia schien stolz darauf, daß er es war, der auf den geringfügigen Irrtum hingewiesen und solchermaßen die Konstruktion berichtigt hatte. Während er die beiden so beobachtete, hatte Altar das Gefühl, daß Di Labbia, ganz gleich, was er zu Beginn ihrer Bekanntschaft gesagt haben mochte, Larrys Anleitung und Oberaufsicht brauchte – ja, sie bewunderte und respektierte. Eben waren sie dabei, sich über die Verstärkung des Fundaments zu unterhalten, die wegen der mit schweren Fliesen auszulegenden Eingangsdiele erforderlich wurde; und wiederum schien sogleich ein unmittelbarer Rapport, eine mühelose Verständigung zwischen den beiden Männern zu entstehen. Und dann, wie ein Kind, das um jeden Preis sein neuestes Spielzeug vorführen muß, sagte Di Labbia: «Kommen Sie; Sie müssen sehen, was wir unterdessen geschafft haben», und er führte seine Besucher wieder nach unten.

Als Larry sich entschloß, die Wohnräume ins Erdgeschoß zu legen, hatten ihm zwei verschiedene Bereiche vorgeschwebt, von denen jeder Ausdruck einer anderen Stimmung sein sollte. Einmal ein kühler, sehr förmlicher Aufenthaltsraum, fast gänzlich von Glas umgeben, aus dem die großen Slipwell-Schiebetüren direkt auf die Terrassen führten. Und als zweites ein kleineres Wohnzimmer, ganz am entgegengesetzten Ende des Hauses. Hier, wo Stein und Holz vorherrschten, sollte man möglichst das Gefühl sicherer, warmer Umhegtheit bekommen – im bewußten Gegensatz zu dem Gefühl offener kühler Weite des größeren Raums. Eine innere Bruchsteinwand war vorgesehen, um die anschließende Hochleistungsküche stilvoll von dem Raum abzutrennen. Und an eben dieser Wand arbeitete ein Maurer, als sie eintraten.

Larry kam als letzter, hinter Altar und Di Labbia, sah den Maurer und blieb stehen. Stellte sich vor die Wand auf, stemmte die Hände in die Hüften und fragte: «Was soll denn das werden?»

Di Labbia wandte sich; um den Mund immer noch das stolze Lächeln, in den Augen immer noch den eifrigen Schimmer des Mannes, der sein Werk vorführt. «Was gibt's, Larry?» fragte er; noch immer ganz begeistert darüber, was bis jetzt die ideale Gemeinschaft Maurermeister–Architekt geschienen hatte.

«Die Mauer hier», sagte Larry.

«Die gibt dem Zimmer erst sein Gepräge», sagte Di Labbia enthusiastisch. «Sobald man das Zimmer betritt ...»

«... gibt es einem 'ne Ohrfeige, wenn man vor 'ner Mauer steht, wie die Kreissparkasse!» rief Larry bissig.

Di Labbia blinzelte verstört. «Wie?» sagte er.

«Die Zeichnung sieht ein unregelmäßiges Bruchsteinmuster

vor», und Larrys Stimme wurde immer lauter: «Und Ihr Maurer hier legt regelmäßige Quadern. Der Zweck dieses Raums soll ausdrücklich sein: dem Bewohner das Gefühl ungekünstelter Natur zu vermitteln; und Ihr Mann hier legt die Steine genau in geometrischen Linien. Sehen Sie sich's doch an! Die halbe Wand ist schon fertig – und alles falsch!»

«Jee, das ist aber komisch», sagte Di Labbia. «Der Aufriß –»

«Aus dem Aufriß geht das Muster unwidersprechlich hervor!» rief Larry. «Her mit der Zeichnung! Wo ist sie?!»

Di Labbia wendete sich an seinen Vorarbeiter. Ängstlich begann er in den Plänen zu blättern. Als man zu der Vorlage für die Mauer kam, biß Di Labbia sich auf die Lippen und runzelte die Stirn. «Ach, jetzt seh ich, wieso der Irrtum entstehen konnte», sagte er. «Sie hatten lediglich einen Teil der Mauer angedeutet; und da hat...»

«Das genügt im allgemeinen für einen geübten Maurer», schimpfte Larry. «Oder haben Sie sich etwa doch auf einmal dafür entschieden, die Gestaltung meines Hauses selbst in die Hand zu nehmen?!»

«Bitte, regen Sie sich nicht auf, Larry. Es ist ein Fehler, ja; aber ein – ein natürlicher. Der Maurer hat sich vermutlich gedacht, daß in einem so teuren Haus alles –» er suchte mit den Händen nach einem überzeugenden Ausdruck – «alles besonders nett und regelmäßig sein müßte. Er hat vielleicht gedacht –»

«Das Denken ist meine Sache!» sagte Larry. «Warum haben Sie sich nicht an die Zeichnung gehalten?»

«Es war ein Versehen», sagte Di Labbia entschuldigend, offenkundig verwirrt. Er sah auf Altar mit einem Gesicht, das auszudrücken versuchte, wie natürlich und entschuldbar ein solcher Fehler sei; und wandte sich dann wieder Larry zu, um möglichst das frühere gute Einvernehmen wiederherzustellen. Aber Larry wollte nicht darauf eingehen.

«Ist denn hier niemand, der einen einfachen Aufriß zu lesen versteht?» fragte er. «Was sind Sie eigentlich für eine Art Maurermeister, Di Labbia? Schläft denn hier jedermann?»

«Aus dem Aufriß war lediglich zu ersehen...»

«Aus dem Aufriß war genau ein unregelmäßiges, abgerundetes rauhes Steinmuster zu ersehen! Ihrem Mann ist es eingefallen, das Muster einfach zu ändern. Und Ihr Vorarbeiter hat nicht eingegriffen; und Sie haben nicht eingegriffen; und wenn ich heute nicht zufällig vorbeigekommen wäre, hätten Sie die verdammte Wand ganz getrost weiter mauern lassen, von hier bis nach China, ohne etwas zu sagen!»

«Larry, es war ein Verse...»

«Reißen Sie das Ding ein!»

«Ja, natürlich; ich laß es einreißen. Regen Sie sich doch nicht derart auf. Es ist doch bloß ein Stück Zwischenwand. Und wir wer...»

«Machen Sie mir keine Vorschriften, über was ich mich aufregen darf oder nicht! Ich schätze es nicht, wenn sich Arbeiter unberufen in meine Zeichnungen einmischen.»

«Aber kein Mensch hat sich doch einmischen...»

«Was stimmt denn sonst hier alles noch nicht? Was suchen Sie mir sonst noch zu verbergen?»

Er stürmte davon und ließ Di Labbia bei Altar stehen. Wie ein geduldiger Vater, der abwartet, bis sein verzogener Sohn seinen Koller ausgetobt hat, stand Di Labbia da, kaute nervös am Schnurrbart und ließ die mächtigen beschmutzten Hände zur Seite herunterhängen. Altar wußte gar nicht, was er sagen sollte. Durch Ideenassoziation kam er sich fast wie Larrys Mitschuldiger vor.

Draußen konnte man Larrys Stimme vernehmen, wie er auf die Arbeiter einschalt und ärgerlich durch alle Räume tobte. Als er wieder zurückkehrte, hatte er anscheinend noch kein Ventil für seine volle Wut gefunden.

«Warum hat man mit dem Einreißen immer noch nicht angefangen?!» rief er. «Muß ich Sie denn jede Minute beaufsichtigen, Di Labbia? Ich hatte gedacht, Sie sind ein ehrlicher Maurermeister.»

«Also jetzt hören Sie mal –» setzte Di Labbia an.

«Was, zum Teufel, sind Sie eigentlich? Ein Gauner? Ein Betrüger?»

«Jetzt aber einen Augenblick!» sagte Di Labbia, und auch seine Stimme war laut geworden.

«Ich schätze weder Gauner noch Betrüger! Sie haben ja mehrfach betont, Sie wären Maurermeister: Na schön, *Herr Maurermeister*, wieso machen Sie dann nicht...»

«Ich bin Maurermeister, jawohl!» brüllte Di Labbia, als hätte man seine Männlichkeit in Zweifel gezogen. «Und zwar ein verdammt guter Maurermeister!» Seine Stimme war ganz schrill vor Entrüstung geworden. «Ein Fehler kann jedem unterlaufen: Sie haben doch auch eine Tür vorgeschrieben, die nach der falschen Seite aufging, oder nicht?» Er legte eine Pause ein und senkte dann wieder die Stimme, in einem letzten Versuch, das frühere freundschaftliche Einvernehmen wiederherzustellen. «Hab ich Sie nicht darauf aufmerksam gemacht?»

«Ich bin Ihnen keinen Dank schuldig», sagte Larry. «Das würde ich auch selbst noch rausgefunden haben.»

Di Labbia zitterte förmlich vor Anstrengung, alles wieder ins rechte Lot zu bringn. Es war doch alles so wunderbar gegangen mit dem Haus, so wunderbar; und es schien ihm schlechthin unglaublich, daß das dumme Versehen eines einfachen Maurers eine solche Kluft sollte eröffnen können. Er suchte nach dem rechten Wort, aber es wollte nicht kommen. Statt dessen sagte er in kindlicher Wiedervergeltung: «Wann krieg ich denn mein Thermopan? Wie kann ich mit dem Innenausbau zu Rande kommen, wenn ich nicht richtig abdichten kann?»

«Nehmen Sie Teerpappe so lange», sagte Larry.

«Und das Glas? Wie steht's damit?»

«Ist längst bestellt. Das kriegen Sie; machen Sie sich keine Sorgen. Sie haben draußen gerade noch genug zu tun.»

«Mit den Außenarbeiten werde ich Ende nächster Woche fertig sein. Ich möchte endlich anfangen können, mit dem ...»

«Dann nehmen Sie gefälligst Teerpappe! Fangen Sie doch nicht an, künstlich Probleme zu schaffen. Ihr einziges Problem besteht im Augenblick darin, die Wand hier einzureißen.»

Di Labbia nickte. Groß und würdevoll sagte er: «Die Wand wird eingerissen und, Ihrer Vorschrift entsprechend, neu aufgebaut werden.» Er wandte Larry den Rücken und schritt davon.

«Kommen Sie, Altar», sagte Larry und verließ das Haus. Altar ging erst noch zu Di Labbia, schüttelte ihm die Hand und setzte sich dann in Trab, um Larry einzuholen. Als er Schritt mit ihm aufnahm, hörte er Larry murren: «Der Gauner! Ich kann diese verdammten Betrügereien nicht ausstehen!»

Und Altar versetzte milde: «Was für ein merkwürdiges Phänomen doch die Verlagerung des Schuldgefühls ist, wie?»

Als sie nach langer Fahrt wieder bei *Howard Johnson* ankamen und Larry aus dem Auto stieg, entschuldigte er sich bei Altar. Der Schriftsteller erlaubte sich den sanften Hinweis, daß dergleichen Entschuldigung vielleicht an die falsche Adresse gerichtet sein könnte; und Larry versprach, Di Labbia anzurufen, sobald er wieder zu Hause angelangt sei. Er sagte noch Joan auf Wiedersehen, ging zu seinem eigenen Wagen, schloß auf und setzte sich ans Steuer. So blieb er lange sitzen, ohne den Motor anzulassen. Die Strahlen der Nachmittagssonne fielen schräg durch die Windschutzscheibe und warfen einen schwachen Spiegelglanz ins Wageninnere und über sein Gesicht. Er sah in dieses Gesicht; ein Gesicht, das er einst gekannt hatte. Kein echtes Spiegelbild, sondern durchsichtig und reflektiert. Jenseits dieses Gesichts, durch es hindurch, konnte er die Leute ins Restaurant treten und andere herauskommen sehen. Er hatte plötzlich das Gefühl, als wäre die ganze Persönlichkeit, die er einst als sich selbst gekannt hatte, im Begriff, durchsichtig zu werden; genau wie dieses Gesicht, das er auch einst gekannt hatte: durchsichtig, dünner, immer schwächer, eines schönen Tages war es vermutlich ganz verschwunden.

Heute, dachte er, bin ich gegen einen anständigen Kerl losgefahren, der ehrlich arbeitet. Was werde ich morgen anstellen? Einen Blinden in den Hintern treten? Wieviel Leute werde ich wohl noch attackieren bei dem Versuch, eine Stelle in mir zu rechtfertigen, von der ich weiß, daß sie faul ist? Wie lange werde ich es noch fertigbringen, zwei ganz verschiedene, miteinander in Streit liegende geistige Persönlichkeiten in derselben körperlichen Schale zusammenzuhalten? Wie lange noch kann ich zwei Persönlichkeiten darstellen, ohne eine davon richtig zu sein; wie lange entlehne ich von jeder das Schlechteste und mache daraus eine monströse dritte? Das geht nicht, das geht nicht. Das geht nicht länger so, wenn ich mich nicht selbst zerstören will.

Ich werde aller Wahrscheinlichkeit nach Eve verlassen müssen, dachte er ruhig. Der Gedanke verursachte ihm weder Schrecken noch auch nur Erregung; er stellte sich ganz leicht und aufs vernünftigste ein, als handle es sich um das Resultat langen, unabweisbar logischen Denkens.

Wenn ich ein anderer Mensch wäre, dachte er, brauchte ich meine Frau nicht zu verlassen. Ich könnte die Dinge weiter so gehen lassen, wie sie jetzt schon gehen. Felix Anders' Theorie nach ist jedermann auf der Welt letztlich ein Betrüger, und vielleicht hat Felix recht. Vielleicht gibt es tatsächlich nichts Neues unter der Sonne; also sind auch zwei im Grunde anständige Menschen nicht weiter aufregend, die aus irgendwelchen Ursachen in so enge Beziehungen geraten sind, daß alle Maßstäbe für sie bedeutungslos wurden. Wenn ich mich nur überhaupt leichter anpassen könnte, dachte er, ließe sich zweifellos auch das regeln, so daß alles bliebe, wie es ist. Ich könnte dann einerseits meine Ehe stetig verlaufen lassen, wie eine ständig ansteigende Kurve auf einem Diagramm, immer mehr gemeinsame Erinnerungen kämen als Kapital zusammen – die Geburtstage; die Kinderkrankheiten; die Parties; die ehelichen Verkehrsstockungen; die Landpartien; die Jubiläen; die Weihnachtsfeste; die gemeinsamen Familienwitze; die gemeinsam gesehenen Filme; die gemeinsam geträllerten Schlager – und zur selben Zeit würde jene andere Diagrammkurve laufen, für Maggie & Mich, eine ähnliche Kurve, mit einem ähnlich anwachsenden Kapital von Erinnerungen, und beide fein säuberlich voneinander getrennt. So ließe sich eine Persönlichkeitsspaltung arrangieren; an einigen Stellen würden zweifellos Überschneidungen auftreten, gewiß; aber das ist ja, laut Felix, bei allen anderen genauso der Fall.

Nur eben, daß ich nicht jeder andere bin.

Ich bin ich.

Und bin wahrscheinlich im tiefsten Grunde ein Monogamist; was, wiederum laut Felix, in unserem Zeitalter der Überschallgeschwindigkeit geradezu unglaublich naiv ist. Laut Felix ist die Untreue das Sicherheitsventil, die einzige emotionelle Möglichkeit, die den Wasserkessel der Ehe vorm Explodieren bewahrt. Laut Felix ist Ehe nichts als ein handgreiflicher Scherz, den man jungen Liebenden antut. Und wenn Felix recht hätte, und die Ehe ein Witz wäre – was gedächte ich dann zu tun, sobald und falls ich meine Frau verlassen hätte? Maggie heiraten, was? Und würde wiederum die Zielscheibe desselben verbrauchten Scherzes. Und warum?

Weil ich als Monogamist erzogen worden bin. Weil mir Liebe und Ehe als unzertrennliche Einheit eingehämmert worden sind, eingeätzt ins Gehirn, als eine der absoluten Grundlagen menschlicher Beziehungen. Und weil ich also Monogamist bin, begnüge ich mich gern mit einer Frau und nehme zur Zeit an, daß diese ‹eine Frau› Maggie ist.

Sicher, monogamistisch veranlagte anständige Naturen sollten eben nicht in der Weltgeschichte rumlaufen und zusehen, wie sie sich möglichst viel Unannehmlichkeiten aufladen können; denn wer sich aus reinem Übermut nach Unannehmlichkeiten umsieht, der kann sich auch verdammt darauf verlassen, daß er einen ganzen

Haufen davon auftreibt. Ich hab mich doch wahrlich nicht danach umgesehen und habe schon eine ganze Wagenladung voll. Oder hab mich vielleicht doch danach umgesehen? Und bin vielleicht im Grunde auch gar kein anständiger Monogamist; vielleicht nicht einmal anständig in irgendeinem Sinn. Vielleicht bin ich schlechthin verkommen und sonst gar nichts?

In welchem Fall dann ja wohl jedermann in der Welt schlechthin verkommen zu nennen wäre; und wir täten nur recht daran, alle Schranken niederzureißen und die Mongolenponies durch die Straßen traben zu lassen. Denn, einmal abgesehen von aller größenwahnsinnigen Einstellung, die ich hinsichtlich meiner selbst hegen mag, werde ich doch wohl mehr oder weniger wie jedes andere männliche Wesen auch sein, das auf der Straße rumläuft. Ich muß schwer ums liebe tägliche Brot arbeiten; ich habe eine Frau und eine Familie und eine Hypothek auf dem Haus. Abends komme ich heim – im allgemeinen jedenfalls; ich habe meine privaten Wunschträume und Enttäuschungen, meine Illusionen, meine Hoffnungen, meine Ängste. Ich erzähl dreckige Witze, ich rauche und trinke und reagiere auf Marilyn Monroe: Ich bin ein durchschnittliches amerikanisches männliches Wesen.

Ich bin, sozusagen, Felix Anders.

Aber nein, ich bin nicht Felix Anders, dachte er. Felix betreibt das als Sport; und ich mitnichten. Mir ist es ernst, todernst. Ich ertrinke in einem Meer von Moralitäten und habe die ganze Zeit bisher immer gedacht, ich könnte schwimmen. Die ganze Zeit über hab ich gedacht, ich sei ein vernünftiger, feinfühliger Mann, der nach ethischen Grundsätzen handelt, der leichtfertige Gedanken und verantwortungsbewußtes Betragen miteinander zu vereinbaren weiß. Vielleicht bin ich ja weder vernünftig noch feinfühlig; aber Monogamist bin ich auf jeden Fall und möchte nur eine Frau haben. Zur selben Zeit möchte ich möglichst Eve nicht verletzen; aber wieso weiß ich denn, daß ein reinlicher Schnitt sie nicht weniger schmerzen würde als ein voreilig begangener, ins Endlose fortgesetzter Mißgriff. Oh, ja doch, ja, sieh der Sache ins Gesicht, es war ein Mißgriff, die Ehe als solche ist ein Mißgriff. Irgendwie, und zwar längst vor Maggies Zeiten, war es schon kein Spaß mehr und keine Überraschung. Nur noch ein Mißgriff nach dem andern. Und hier stoße ich wiederum auf Felix; denn Felix behauptet, jede Ehe sei eine häßliche Enttäuschung; Ehe sei das Grab der Persönlichkeit. Und falls Felix recht haben sollte, wieso meine ich dann, daß es mit Maggie um ein Haar anders gehen könnte?

Falls Felix recht hat, würde ich dann also – nachdem ich fünf, zehn, fünfzehn Jahre mit Maggie verheiratet gewesen bin – mich wiederum nach einem Verhältnis mit einer anderen Frau umsehen? Versumpft eine Ehe denn automatisch und unfehlbar in Langeweile und Ernüchterung, aus denen ein Entkommen zur absoluten Notwendigkeit wird? Entkommen oder sterben? Entkommen oder lebendig begraben sein?

Aber vermag ich Eve etwas anzutun? Wie kann ich bewußt jemanden kränken, den ich geliebt habe, mit dem ich gelebt habe, gelitten, geträumt, gewacht, mit dem ich verwachsen bin? Wie kann ich jemanden kränken, der ein wesentlicher Bestandteil meiner selbst ist? Oder wie kann ich sie als wesentlichen Teil meiner selbst bezeichnen und überhaupt eine Trennung von ihr erwägen? Und was soll aus den Kindern werden? Was bedeuten mir Chris und David? Was bedeutet diese meine ganze Vaterrolle? Worin bestehen unsere wahren Beziehungen? Morgen, Chris, Morgen, David; einmal über den Kopf fahren, mach ja das Bett nicht naß, tu dieses nicht und laß jenes; so, und jetzt gib mir einen Gutenachtkuß, was für zufällige Beziehungen alles! Was bedeuten sie mir – und, umgekehrt, was bedeute ich ihnen?

Was bedeutet *mir mein* eigener Vater?

Langweilig ist er zum Verzweifeln; einschlafen könnte ich, sobald er nur den Mund aufmacht. Werden Chris und David, wenn sie dereinst erwachsen sind, mich ebenso für einen langweiligen Simpel halten? Werde ich imstande sein, einem erwachsenen Sohn am Gasthaustisch gegenüberzusitzen und eine interessante, intelligente Unterhaltung mit ihm zu führen? Oder werden Eltern eben zwangsläufig zum Verzweifeln langweilig? Was sind Eltern letztlich mehr als Richter und Ankläger und die Erinnerung an ein Schmerzgefühl im Hintern? Welchen wirklichen Grad von Zuneigung fühlt Chris für mich? Oder meinetwegen David?

Fragen, Fragen, Fragen.

Wo sind all die Antworten darauf? Wer gibt heute die Antworten aus? Gibt es denn niemanden, der an der Straßenecke steht, sämtliche Taschen voller Antworten? Ein Mann, wie etwa Roger Altar, der die große Wundertüte voll von Patentlösungen aller Art besitzt?

Aber versuch mal, diese Lösungen auf die Wirklichkeit anzuwenden: versuch's doch mal. Im wirklichen Leben versteift man sich auf eine glückliche Lösung, und schon sind vierzehn andere Leute hineinverwickelt, die ihrerseits vierzehn andere Lösungen für richtig halten. Und all diese Lösungen widersprechen sich; und man hält entweder an seiner eigenen Lösung fest und macht die anderen Leute unglücklich; oder man geht auf deren Lösungen ein und macht sich unglücklich.

Ich will keine anderen kränken, dachte er.

Wirklich, ich möchte niemand anders kränken. Muß ich unbedingt Eve umbringen, um mir irgend etwas zu beweisen? Und was will ich mir dann beweisen, hinterher, nachdem ich sie umgebracht habe? Beweise ich dadurch nicht lediglich, daß ich entschlossen bin, meine eigenen selbstsüchtigen Grillen bis zum lächerlichsten Extrem festzuhalten? Ich bin dabei, Eve zu zerstören, um ein neues Erscheinungsbild meiner selbst aufzubauen, ein Bild, das gut und gültig sein kann, oder aber auch nicht.

Aber es wäre schon gültig.

Es wäre sogar das einzig gültige Bild meiner selbst.

Ich will den Auftrag in Puerto Rico; und ich will Maggie. Ich will nicht entweder das eine oder das andere: Ich will beide.

Ich, ich, ich, das überdimensionale Ego, das überdimensionale Universum, mit mir als Mittelpunkt! Aber worum handelt es sich im Leben sonst wohl? Nicht etwa grundsätzlich um mich? Um mein Glück und meine Trauer und meine Hoffnungen und meine nichtigen beziehungsweise verwirklichten Träume? Bin ICH nicht die wichtigste Voraussetzung für alles andere und bin es immer gewesen? Warum wohl habe ich Eve geheiratet, wenn nicht, um MIR einen Gefallen zu tun? Hab ich auch an sie gedacht; hab ich gedacht, wie huldvoll ich handle, wenn ich ihr all die unsäglichen Wohltaten dieses prächtigsten aller Geschöpfe, das ICH bin, zuteil werden lasse? Habe ich nicht immer nur an mich gedacht; und in welchem Maße Eve MICH befriedigen würde? Bin ich nicht die Endsumme des Weltalls? Hat nicht das Weltall sein Zentrum in all und jedem Einzelwesen, das «ICH, ICH, ICH!» schreit, um dem Versinken in ewige Anonymität zu entgehen?

ICH ICH ICH!

Ich will den Auftrag in Puerto Rico. Und ich will Maggie.

Seine Hand griff nach dem Zündschlüssel.

Und in der einen Sekunde, die er brauchte, ihn umzudrehen und den Motor anzulassen, kam er zu dem Entschluß, Baxters Angebot anzunehmen; sich von Eve scheiden zu lassen; und Maggie nach Puerto Rico mitzunehmen.

26

Montag nachmittag, zwei Wochen später, trafen sich die beiden Männer in einer Bar der Innenstadt.

Um diese Zeit hatte Larry sich einen vorläufigen Aktionsplan entworfen; einen Plan, in dem zunächst das einzig gewisse, so schien es ihm, eben Baxters Angebot war. Er war sich schon im Anfang seiner Überlegungen und mit einiger Einbuße an Zuversichtlichkeit darüber klar geworden, daß er durchaus nicht ohne weiteres auf Maggies sofortige Zustimmung zu seinen Plänen rechnen dürfte. Er würde ja immerhin eine Entscheidung von ihr fordern, zu der er sich selbst erst nach langen schweren Kämpfen durchgerungen hatte. Er konnte nicht von ihr verlangen, blindlings ein neues Dasein anzufangen, ohne vorher ausgiebig und ernstlich darüber nachgedacht zu haben. Gewiß, er hatte das untrügliche Gefühl, sie würde allem, was er vorschlug, bereitwillig zustimmen. Aber auch dessen war er sich sicher, daß die Erwähnung Puerto Ricos als einer vollendeten Tatsache, die Vorstellung der Insel als einer Freistatt, es ihr erleichtern würde, die Bande zu durchschneiden, die sie etwa noch an Don knüpften. Und folglich besprach er vorher weder seine Entscheidung noch seinen Plan mit ihr. Das war an der Zeit, sobald er mit Baxter gesprochen hatte. Die Annahme von Baxters Angebot war das Fundament; darauf konnte er dann weiterbauen.

Jetzt, um 17 Uhr, war die Bar überfüllt mit Verlegern und Herausgebern, die ihre Herbstprogramme diskutierten. Während Larry auf Baxter wartete, ertappte er sich mehrfach unbeabsichtigt als eine Art Horcher an der Wand, ob nicht etwa Altars Name fiele oder der seines neuen Buches. Aber Hauptgegenstand all der hitzigen Debatten schien ein neuer Roman einer fünfzehnjährigen Indianerin zu sein, die – nach der verwilderten Begeisterung zu urteilen – äußerst gewichtige Aufschlüsse zu geben hatte über Sexus und Saris. Larry konnte sich beim besten Willen nicht vorstellen, was ein fünfzehnjähriges Mädchen an geschlechtlichen Erkenntnissen sollte verkündigen können. Er sagte sich gedankenvoll, daß er eben sicher schon die mittleren Lebensjahre erreicht hätte, wo die Probleme des Jünglingsalters unbedeutend zu erscheinen beginnen; und versuchte dann, gewissermaßen um sich Lügen zu strafen, den Titel des Buches herauszuhören, damit er es kaufen und bei der Lektüre die Probleme der jungen Generation wieder würdigen lernen könnte. Aber keiner der Verleger oder Herausgeber war anscheinend an dem Titel interessiert. Mit nichts befaßten sie sich, als mit den Möglichkeiten, wie eine fünfzehnjährige Indianerin wohl hätte so ausgedehnte geschlechtliche Erfahrungen sammeln können. Eben war ein besonders feuriges Kapitel an der Reihe, und die Diskussion hatte einen Höhepunkt erreicht, als Baxter in die Bar trat.

Larry stand auf, gab ein Zeichen, und jener kam sogleich mit ausgestreckter Hand auf den Tisch zu.

«Fein, daß wir uns mal wiedersehen, Larry», sagte er. «Ich hab Appetit auf ein Gläschen. Wo bleibt denn der Kellner?»

Sie schüttelten sich die Hände und gaben ihre Bestellungen auf. Baxter lehnte sich bequemer zurück und sagte: «Ich hatte gehofft, Eve würde dabei sein.»

«Nein, heute nicht», sagte Larry.

«Das Mädchen gefällt mir», sagte Baxter. «Wie geht's ihr denn?»

«Ausgezeichnet.»

«Sie gefällt mir sehr, wirklich», sagte Baxter, und Larry empfand einen unbestimmt feinen Stich, wie eine erste Warnung.

«Ah», sagte Baxter, «hier kommen unsere Getränke.» Er wartete, während der Kellner die Gläser abstellte, und griff dann nach dem seinen. «Irgendwas stimmt mit der Zeit nicht», sagte er. «Haben Sie das auch schon mal festgestellt? Ich freu mich tatsächlich den ganzen Tag über auf mein Gläschen nach Feierabend. Ich freue mich? Mein Gott, ich *muß* es einfach haben! Ich bin bestimmt ein gelinder Alkoholiker. Aber so viel steht fest, daß, wenn ich den ganzen Tag geschrubbt und geschrubbt habe, ich abends mein Glas schlechterdings *brauche*: also Prost.» Er trank. «Und wie geht's Eve?» fragte er.

«Ausgezeichnet», wiederholte Larry, und der warnende Stich kam schon deutlicher.

Baxter nickte. «Und was meint sie so zu Puerto Rico?»

«Na ja ...»

«Oder haben Sie's etwa noch gar nicht mit ihr besprochen?»

«Doch, doch, natürlich.»

«Und schien sie der Sache geneigt?»

«Na ja ...»

«Oder scheine ich Ihnen Eves Reaktion zu viel Bedeutung beizumessen?» Baxter lächelte gewinnend und nahm wieder ein Schlückchen. «Sehen Sie, die Sache liegt doch so: Eloise und ich ziehen nach Puerto Rico. Und das ist schließlich nicht Scarsdale, Larry, wo man rasch mal hin- und herfahren kann. Wir werden für mindestens fünf Jahre, wenn nicht mehr, unseren Wohnsitz da unten aufschlagen.» Wieder lächelte er. «Wenn Sie auf mein Angebot eingehen sollten, werden wir die meiste Zeit über zusammenarbeiten. Und vermutlich werden wir dann auch gesellschaftlich eine ganze Menge zusammen sein.»

Jetzt war keine Rede mehr von unbestimmter Warnung und feinem Stich. Jetzt war nackte Erkenntnis daraus geworden. Larry fühlte, wie das Blut aus seinem Gesicht wich. Er saß völlig unbeweglich und drückte sein Glas mit beiden Händen fest auf die Tischplatte.

«Und deswegen ist es mir so lieb, daß Eve gerade so ist und nicht anders», sagte Baxter.

«Wie meinen Sie das?» fragte Larry, obwohl er wußte, was jener meinte, es ganz genau wußte, ohne jede weitere Erläuterung. Seine Hände wollten zu zittern anfangen. Er nahm einen hastigen Schluck aus seinem Glas.

«Bitte, mißverstehen Sie mich nicht. Wenn Sie kein guter Architekt wären, hätte ich Ihnen den Posten nie und nimmer offeriert, und wenn Ihre Frau die Königin von England wäre.» Er machte eine Pause. «Ach, nebenbei, wie kommen Sie mit Altars Haus voran?»

«Gut, sehr gut», sagte Larry. Ihm saß es wie ein Knoten im Hals. Er gaffte ratlos über den Tisch Baxter an, wußte, was jetzt kommen würde, und hoffte doch immer noch in schweigender Verzweiflung, daß er sich irren möchte.

«Schön», sagte Baxter. «Aber Eve ist wichtig. Sie ist genau die Frau, die Sie haben sollten; die Frau, die ich gern als die Ihre sehe. Sie wird Ihnen auf der Insel eine große Hilfe sein. Und, selbstverständlich, ich denke auch selbstsüchtig dabei: Sie gefällt mir als persönlicher Umgang und Eloise nicht minder. Wir hätten sie gern mit unten. Sie ist durchaus einer der Gründe, warum ich Ihnen das Angebot gemacht habe.» Er lächelte breiter. «Und außerdem hoffte ich natürlich, sie würde Sie im Sinne einer Annahme beeinflussen. Hat sie das getan?»

«Ich ... ich weiß nicht. – Sie wollen damit andeuten», sagte Larry, «daß Eve ... ein unerläßlicher Bestandteil dabei ist?»

«Na ja, etwa nicht?» fragte Baxter, und seine Brauen hoben sich erstaunt.

«Natürlich», sagte Larry rasch. «Ich meinte lediglich ...»

«Meinten Sie, ob ich – falls Eve dagegen wäre – Ihnen den Posten trotzdem anvertrauen würde?»

«Ja, doch. Ungefähr das.»

«Aber auf keinen Fall!» sagte Baxter. «Ich halte enorm viel von der Ehe, Larry. Und möchte sagen, daß ich kaum jemals zwei Menschen getroffen habe, die besser zueinander gepaßt hätten als Sie und Eve. Falls Eve nicht mitkommen möchte, ließe ich mir nicht im Traum einfallen, Sie trennen zu wollen. Eine Ehe aufrechtzuerhalten ist so ziemlich das Wichtigste, was ich mir überhaupt vorstellen kann. Wichtiger jedenfalls als Puerto Rico. Wichtiger sogar als *alle Architektur*! Das ist nun einmal meine Einstellung in dieser Hinsicht.»

«Aha», sagte Larry stumpf.

«Wieso? Will Eve denn nicht gehen?»

«Es ist nicht das.»

«Ja, was ist es denn?»

«Ach, nicht. Wir ... wir sind eben noch zu keinem Entschluß gekommen.»

«Oh?» Baxter schien überrascht. «Ich hatte gehofft, das sei der Grund, weshalb Sie mich heute sprechen wollten.»

«Nein, nein. Ich habe wohl, glaube ich, lediglich das Bedürfnis nach geselligem Umgang verspürt.»

«Oh, ich freu mich durchaus, daß Sie hereingekommen sind. Ich sehe Sie immer gern. Aber bringen Sie das nächste Mal doch Eve mit, warum eigentlich nicht?»

«Wird gemacht», versprach Larry.

«Das Mädchen gefällt mir», sagte Baxter wieder. «Sie ist hübsch und intelligent, und fraulich dazu. Und sie hat eine gewisse Würde. Frauen, die ihre Weiblichkeit allzusehr herausstellen, kann ich nicht ausstehen. Aber Eve ist ruhig; in der Art etwa, wie ich eine Tochter haben möchte.» Baxter grinste. «Vielleicht dürfte ich Ihnen soviel gar nicht verraten. Aber ich würde aus unseren Beziehungen gern etwas mehr machen als ein bloßes dürres geschäftliches Verhältnis. Ich möchte mit Ihnen zusammenarbeiten, Larry, sicher; möchte mich aber auch allmählich mit Ihnen anfreunden.»

«Ich verstehe schon», sagte Larry, der dachte, wie unversehens sich alles und jedes auf den Generalnenner der sogenannten Freien Willensentscheidung zu reduzieren schien. Ständig hatte man ganz simple Entscheidungen zu treffen – nur eben, daß diese simplen Entscheidungen immer so verflucht kompliziert waren. Denn nunmehr war keine Rede mehr von Puerto Rico *und* Maggie. Nunmehr war zwischen beiden zu wählen – entweder das eine oder das andere. Eine ganz einfache Entscheidung, dachte er, zumal für einen Mann, der beide will und braucht. Nimm Puerto Rico, und sei dort unglücklich ohne Maggie. Beziehungsweise nimm Maggie, und sei unglücklich ohne Lebensarbeit. Der Fall liegt doch wahrlich ganz klar und einfach: Du kannst entweder unglücklich sein – oder aber auch unglücklich.

Nun wähle!

«Ich hoffe, Larry, Sie lassen mich Ihre Entscheidung recht bald wissen», sagte Baxter. «Falls Eve irgendwelche Skrupel hat, sagen Sie mir's doch offen, dann rede ich mal mit ihr.»

«Nicht doch», sagte Larry hastig. «Da liegt die Schwierigkeit nicht. Wir erwägen nur sehr sorgfältig alle Möglichkeiten.»

«Aha. Na ja, letzten Endes müssen Sie natürlich selbst entscheiden. Aber Eve ist doch eine vernünftige Frau; und ich möchte bezweifeln, daß sie Ihnen zureden könnte, eine derartige Chance wie die hier ungenützt vorbeigehen zu lassen. Es sei denn, ich hätte mich ganz gröblich in ihr verschätzt.»

Larry versuchte zu grinsen. «Ich bekomme allmählich einen Minderwertigkeitskomplex», sagte er.

«Dazu liegt keinerlei Grund vor. Was wir für Eve fühlen, kommt genauso Ihnen zugute. Sie ist ja Ihre Frau, Larry, und darin besteht eben die Ehe als solche. Ehe bedeutet hundertprozentige Teilhaberschaft. Und das kann nicht anders sein, wenn es klappen soll.»

«Ja», sagte Larry.

Baxter sah auf die Uhr. «Besteht die Möglichkeit, daß ich Sie zum Abendessen mit Eloise und mir verleiten könnte?»

«Oh, danke, nein, heute nicht», sagte Larry. «Ich muß unbedingt wieder zurück.»

«Schön, und ich muß mich auch beeilen. Also, Larry, Sie überlegen sich die Sache allen Ernstes, ja? Die Zeit vergeht allmählich;

und ich hätte Sie und Eve gern mitgenommen. Ganz ehrlich. Überlegen Sie gut.» Baxter lächelte. «Und wenn Sie die Sache recht ins Auge fassen, bin ich überzeugt, Sie werden einsehen, daß die Entscheidung so schwer im Grunde gar nicht ist.»

Drittes Buch

27

Das eine wollte sich Eve Cole nun niemals eingestehen: daß Larry ein Verhältnis haben könnte.

Den ganzen langen Sommer hindurch grub sich die Idee in ihr Gemüt ein, dem Riß in einer Zimmerdecke vergleichbar. Mit jedem ehelichen Türknallen wurde dieser Riß weiter und sandte Ausläufer aus, die schon die Wände selbst bedrohten. Sie sah nicht hoch zu dieser Zimmerdecke; sie weigerte sich zu glauben, daß aus einem haarfeinen Spalt ein derart breiter Riß hatte werden können.

Zur gleichen Zeit jedoch wartete sie beständig darauf, daß die Decke nach innen über sie zusammenbrechen könnte, eine Lawine aus Kalkstaub und gesplitterten Latten. So oft der Gedanke an eheliche Untreue sich bei ihr einnisten wollte, so oft wies sie ihn auch von sich. Sie umging den ganzen Vorstellungskomplex, hastete blindlings an seine äußersten Grenzen, weigerte sich, sich näher damit zu befassen; und mußte feststellen, wie sich dabei und unangefochten Verwirrung ihrer bemächtigte. Ein Etwas hatte sich in ihr Leben, in ihre Ehe gedrängt, sich einem Keil gleich zwischen sie und ihren Mann geschoben, unbeweglich wie ein Granitblock. Zum erstenmal eigentlich in ihrem ganzen bisherigen Leben lernte sie während dieses Sommers Unsicherheit kennen, ein Gewebe von bestürzenden unlösbaren Zweifeln, unter dessen verstrickendem Einfluß die einfache Maschinerie ihres Haushalts auseinanderzufallen begann.

«Kann ich zu Bobby rübergehen, Ma?» fragte Chris zum Beispiel.

«Darf ich», berichtigte sie automatisch.

«Ja, aber *darf* ich?» Und Eve überlegte einen Moment, versuchte sich zu erinnern, wer Bobby war, wo er wohnte und ob gefährlich verkehrsreiche Straßen zu überqueren wären.

«Ich weiß nicht recht», war die zögernde Antwort.

Worauf Chris sie wohl erstaunt ansah und fragte: «Und? Ja oder nein?»

«Ja», antwortete sie dann. «Nein. Also schön. Aber – paß gut auf.»

Gegen Juni war ihr die Frage, was sie heute kochen sollte, zum

Greuel geworden. Ausgelastet mit ihrem anderen geheimen Problem, von dem sie trotz all ihres Ringens sich bereits sicher war, daß es die Auflösung ihrer Ehe herbeiführen würde, betrachtete sie Essen und Trinken als bedeutungslos. Das letzte Mal, daß sie Speisen verabscheut hatte, war, als sie mit David schwanger war; aber damals war sie eben mitten in der alles überschattenden Produktion neuen Lebens begriffen gewesen. Ihre jetzige Abneigung hatte grundverschiedene Ursachen. Der gemeinsame Mittagstisch, bisher ein sehr bedeutungsvoller Bestandteil des Familienlebens, schien seicht und sinnlos, sobald das betreffende Familienleben selbst von Zerstörung bedroht war. Mehr und mehr wurde die Zusammenstellung der Speisen zu einer lästigen, faden, häuslichen Plage.

Eines Abends, als sie eine Platte Hammelkoteletts mitten auf den Tisch stellte, hub David an zu wimmern: «Ach nein, nich; nich schon wieder!»

«Was?»

«Gestern abend gab's das *auch* schon», informierte Chris sie kläglich.

Sie starrte erst einen Augenblick auf das Fleisch und schnitt ihm dann kurz das Wort ab: «Dein Vater ißt Hammelkoteletts gern. Sofort fangt ihr an zu essen, oder ihr werdet beide ins Bett gesteckt.»

Im Selbstbedienungsgeschäft ertappte sie sich dabei, wie sie, den Einkaufszettel in der Hand, denselben Gegenstand zweimal aus den Regalen holte, und nachher, an der Kasse dann, den Doppelkauf entdeckte. Wenn sie Auto fuhr, übersah sie, daß die Verkehrsampel längst auf Grün geschaltet hatte, und mußte aus ihren Grübeleien über Larry erst durch mehrfaches lautes Hupen ihrer Hintermänner geweckt werden. Bei der Bank vergaß sie die erforderlichen Einzahlungen auf ihr Konto zu machen, mit dem Erfolg, daß gleich zwei Schecks zurückkamen, mit dem Vermerk KEINE DEKKUNG.

Im Juli kaufte sie sich ein Paar Kniestrümpfe, weil gerade Ausverkauf war und ihr die Farbe gefiel. Als sie damit nach Hause kam, mußte sie feststellen, daß sie, als sie sie vom Ladentisch griff, vergessen hatte, auf die Größe zu achten – der Fuß war ihr um drei Nummern zu klein. Sie ertappte sich, wie sie vergaß, den Zettel für den Milchmann hinzulegen; wie sie vergaß, getroffene gesellschaftliche Verabredungen einzuhalten; vergaß, längst überfällige Bücher wieder in die Bibliothek zu bringen. Und die ganze Zeit über lauerte das eine, was sie so gern doch vergessen hätte, unbeweglich in einer finsteren Ecke ihres Gedächtnisses. Als ihre Mutter sie Anfang August einlud, doch ein paar Tage an den Strand nach Easthampton hinauszukommen, ergriff sie die Gelegenheit inbrünstig. Zwar wies Mrs. Harders Einladung auch diesmal die üblichen Einschränkungen und Bedingungen reichlich auf. Übers Wochenende war das Strandhäuschen grundsätzlich überfüllt mit ihren eigenen Freundinnen; also Wochenenden kamen nicht in Frage. Für Mittwoch und Donnerstag wiederum hatten die Zwillinge ein paar von ihren Freundinnen eingeladen, allerdings mit der Auflage, daß das Haus Freitag früh wieder geräumt sein müßte. *Diese* beiden Tage jedenfalls mußten unter allen Umständen von der Liste gestrichen werden.

«So, *wann* möchtest du denn nun also gern kommen, mein Kind?» fragte Mrs. Harder anschließend.

«Freitag», sagte Eve.

«Eve – also eben habe ich dir mitgeteilt, daß ich andere Gäste erwarte. Ich möchte sagen, daß es bestenfalls irgendwann im Laufe der nächsten Woche wird sein können. Sagen wir Montag oder ...»

«Hast du nicht irgendwo ein Einzelbett frei?»

«Wie meinst du das?»

«Ein Bett, wo ich schlafen kann.»

«Natürlich habe ich ein Bett für dich, wo du schlafen kannst. Aber ihr seid ja schließlich vier Leute, mit Larry und den beiden Kindern. Ich kann euch doch nicht alle in ein ...»

«Ich möchte ganz allein kommen, Mama», sagte Eve.

«Allein?» – Eine Zeitlang herrschte Schweigen in der Leitung. Dann sagte Mrs. Harder: «Ist irgend etwas nicht in Ordnung?»

«Doch. Aber ich möchte gern einmal ein paar Tage allein sein.»

Wieder folgte ein längeres Schweigen.

Mrs. Harder sagte: «Kind, falls irgend etwas nicht in Ordnung sein sollte ...»

«Nicht doch, Mama. Also du hättest ein Bett für mich?»

«Komm so bald du willst, Eve», sagte Mrs. Harder. «Komm heute, wenn du Lust hast.»

«Ich komme so, daß ich Freitag nachmittag da bin.»

«Sehr schön.» Mrs. Harder machte eine Pause. «Äh – Eve –» sagte sie.

«Ja?»

«Du bist doch nicht etwa wieder in anderen Umständen, oder?»

«Nein, Mama.»

«Also schön, dann sehen wir uns am Freitag. Aber bring dir eine dicke Strickjacke mit. Es wird kühl nachts.»

Als sie Larry ihre Absicht mitteilte, war er sofort einverstanden: Jawohl; ein paar Tage ausspannen war genau das, was sie brauchte. Vielleicht hatte sie im stillen auf einen Einwand seinerseits gehofft – aber sie wartete vergebens.

Donnerstag abend half er ihr beim Packen. Und am ersten Freitag im August, um acht Uhr in der Frühe, fuhr Eve ab von ihrem Haus in Föhrenhof. Es war das erste Mal in acht Ehejahren, daß sie von ihrem Mann getrennt war.

Nicht weit von der Siedlung lag ein Kinderspielplatz, den man ‹Freudenland› getauft hatte.

Freudlos über drei Morgen schwarz asphaltierten Grundes hingebreitet, prunkte ‹Freudenland› mit einem eigenen Parkplatz und Restaurant und Spielgelegenheiten aller Art, vom Karussell an bis zur Miniatur-Rollschuhbahn. Am Sonnabend, als sie mit ihrer Hausarbeit fertig war und Don hinten, um den neuen Patio, Büsche pflanzte, fuhr Maggie ihren Sohn hin zu diesem Vergnügungspark in kleinem Maßstab. Patrick war schätzungsweise schon fünfzigmal im Freudenland gewesen, seitdem sie hier in die Siedlung gezogen waren, aber er wurde des Ortes nicht müde. Und sie nahm stellvertretend an seiner kindischen Freude teil; lachte ihm zu, wenn das Karussell vorbeiwirbelte, und preßte kunstvoll die Hand auf den Mund, wenn er auf dem Reitpferd kreischte.

Dann gelang es ihr, ihn zu einer Atempause zu überreden, indem sie ihm im Restaurant eine Freudenland-Eistüte kaufte. Als sie danach wieder ins Freie traten, fiel ihr Blick auf Larry. Zuerst wollte sie kaum ihren Augen trauen. Ihr Mund ging zu einem überraschten kleinen «Oh» auf. Sie lächelte, das Wangengrübchen bildete sich; sie griff nach Patricks freier Hand und zerrte ihn förmlich dahin, wo Larry mit seinen Söhnen stand.

Auch er wandte sich erstaunt: «Maggie! Was ...»

«Hallo», sagte sie. «Ach. Du!»

«Was treibst du denn hier?»

«Hallo, Chris», sagte Patrick.

«Hallo, Patrick.»

«Was treibst *du* denn hier?» fragte Maggie.

«Ich dachte lediglich, ich wollte die Kinder mal –» Er zuckte die Achseln und grinste glücklich.

«Das ist doch mein kleiner Bruder», sagte Chris. «Er heißt David.»

«Hallo», sagte David zum Gruß. Er sah Patrick vorsichtig an.

«Hallo», erwiderte Patrick.

«Er ist drei», sagte Chris.

«Ja?»

«Ja, ich bin drei», sagte David.

«Und ich bin fünf.»

«Und ich bin drei», sagte David. «*Chris* ist fünf.»

«Ich hab keine andern Brüder», sagte Patrick.

«Aber ich hab einen», sagte David, «und ich bin überhaupt auch fast vier.»

«Na und?» sagte Patrick. «Gehst du schon in die Schule?»

«Er ist noch zu klein für die Schule», sagte Chris.

«Ich muß aber vielleicht bald in Kindergarten gehen», sagte David, dessen Stirn sich runzelte.

«Das ist keine richtige Schule», sagte Patrick. «Ich fahr schon auf'm Pferd und überhaupt auf allem», fügte er hinzu, betrachtete David als abgetan und wandte sich nur noch an Chris.

«Du, Papi, können wir jetzt auch fahren?» fragte Chris aufgeregt.

«Sicher, sicher», sagte Larry.

Er kaufte ihnen ein paar Billetts, und sie setzten alle drei Kinder auf eine Bahn mit Miniaturtanks und geräuschvollen Maschinengewehren.

«Du siehst wundervoll aus, Mag», sagte er. «Wenn ich gewußt hätte, daß du abkommen kannst ...»

«Don hatte hinterm Haus zu tun. Ich hab ihm gar nicht gesagt, daß ich wegfahre.» Sie machte eine Pause. «Hat bei dir alles ohne weiteres geklappt?»

«Ja, glänzend.»

«Wann kommt sie wieder?»

«Montag abend.»

Sie lehnten sich auf das eiserne Geländer, das die Tankbahn umgab. Er legte seine Hand über die ihrige; sie warf erst einen hastigen Blick über die Schulter und wandte sich dann wieder ihm zu.

«Hast du dich wütend gestellt, als sie vom Wegfahren anfing?»

«Nein.»

«Denkst du, daß sie eventuell die Höflichkeit erwidern wird?»

«Was meinst du damit?»

«Denkst du, daß *du* dich nun auch mal für ein paar Tage wirst freimachen dürfen?»

Er war einen Augenblick still. «Möglich.»

«Bei mir würde's vielleicht gehen.»

«Wann?»

Sie zuckte die Achseln: «Sag du.»

«Wird er dich fahren lassen?»

«Du hast Eve ja auch fahren lassen, oder nicht?»

«Ja.»

«Er wird mich lassen.»

«Es ließe sich aber erst machen, wenn Altars Haus fertig ist.»

«Sobald du willst», sagte sie.

«Die Tour ist zu Ende. Hier kommen sie an.»

Die Kinder klommen aus ihren Tanks, wie eine Invasionstruppe, die Frankreich befreien will. David, in Gegenwart der älteren Jungen, zeichnete sich durch besonders herausfordernde Gangart aus. Einmal hatte er seitwärts Chris ins Ohr gewispert: «Erzähl ihm nicht, daß ich das Bett naß mach.» Einen Augenblick umschwärmten sie Larry und Maggie und rannten dann in drei verschiedenen Richtungen davon, jeder nach der Bahn seiner Wahl. Larry und Maggie trieben sie wieder zusammen und setzten alle drei auf eine Vorrichtung, die Motorboote im Wasser vorstellte. David beklagte sich, weil er auf den Rücksitz eines Bootes kam, das Patrick vorn steuerte.

«Wo wollten wir denn eventuell hin?» fragte sie.

«Keine Ahnung. Irgendwo ins Hinterland?»

«Laß uns mal was Neues sehen», sagte sie. «Wo noch keiner von uns gewesen ist.»

«Gern. Einverstanden.»

«Da könnten wir ein paar Tage lang vorgeben, wir wären verheiratet», sagte sie leichthin.

Und er antwortete schwer: «Ja. Wir könnten vorgeben, wir wären verheiratet.»

Schweigend sahen sie den Kindern zu. David saß mürrisch auf seinem Rücksitz im Boot, die Arme stoisch über der Brust gekreuzt. Patrick handhabte das Rad mit aller Eleganz des geborenen Wassersportlers, ohne sich bewußt zu werden, daß sein Boot sich auf der vorgeschriebenen Kreisbahn bewegen würde, gleichviel, was für Steuerkünste er vollführte. Einförmig glitten die Boote im Kreis, immer rundherum. Die Kinder zerrten an den Steuerrädern, drehten daran, bogen sie, verrenkten sie, ließen sie rotieren; aber die stählernen Stangen, die die Boote mit der Nabe im Zentrum verbanden, führten sie deswegen doch gleichmäßig, regelrecht im Kreis, immer rundherum.

Ihm war plötzlich traurig zu Sinn geworden. Diese kreisenden Boote hatten etwas so kunstvoll Falsches an sich, etwas Zwangsläufiges, das wie ein Hohn auf die Wirklichkeit wirkte. Während er den Kindern und ihren Booten zusah, war ihm, als würde er ein Teil jenes Betrugs; war ihm, als griffe die Täuschung weiter um sich, bis er und Maggie ein Teil davon geworden waren. War der Ablauf ihres Verhältnisses nicht letzten Endes ebenso vorgeschrieben wie der Weg dieser Boote? Was hatten sie je mehr davon zu erwarten, als ängstlich-enges Gekreise um ein Zentrum aus Lüge. Ihr gemeinsames Universum – war es nicht von den vier Wänden eines Motels umschlossen? Und bald – nein, was für ein riesiges, expandierendes Universum! –, bald würde es ja vielleicht gar ein heimliches Wochenende mit umfassen; aber dann auch gleich wieder zurück ins Motel-Exil, hoffentlich mit dem Schild ‹Frei› daran, Frei, Leere, Vakuum. – Die Boote liefen monoton im Kreis. Er mußte daran glauben, daß noch mehr vor ihnen lag; aber auf das Labyrinth seiner eigenen Gedankengänge vermochte er solchen Glauben nicht zu bauen. Einiges mehr mußte er noch wissen, und nur sie konnte ihm Auskunft darüber erteilen. Sollte das alles sein, was die Zukunft für sie bereithielt: eine Welt aus Motels und Neonschildern, auf denen ‹Frei› stand, leer, LEER, alles leer, diese ganzen gefälschten überhasteten Wochenenden – sollte sich letzten Endes daraus die Summe all ihres gemeinsamen Erlebens zusammensetzen? Sollte das dereinst als Erinnerung bleiben, geometrisch unterteilte Leere, LEERE, Leere, LEERE? Er mußte wissen, wohin das alles führte.

«Komm hier mit raus», sagte er scharf. «Bist du mit dem Wagen hier?»

«Ja», sagte sie, überrascht von dem rauhen Klang seiner Stimme.

«Also schön; lassen wir sie noch ein paarmal irgendwo rumfahren und dann ab mit uns. Um welche Zeit mußt du wieder zurück sein?»

«Ich muß noch Abendbrot machen. Also vier Uhr dreißig? Fünf?»

«Gut.»

Die Kinder wollten zwar protestieren, wurden aber trotzdem zum Auto abgeführt; und Maggie fuhr die Landstraße entlang, bis zu einem der ländlichen Picknickplätze. Er sah ihr zu, wie sie fuhr. Dann und wann nahm sie eine Hand vom Steuer, um die seine zu berühren, die neben ihr auf dem Sitz lag. Die drei Jungen saßen hinten. David hatte erst am Fenster sitzen wollen, aber Patrick hatte behauptet, das wäre *sein* Auto, und hatte ihn nicht gelassen.

«Fühlst du dich auch richtig gutbürgerlich?» fragte sie ihn. «Mit deiner Frau am Steuer und deinen drei Kindern auf dem Rücksitz?»

«Jawohl», sagte er. «So gutbürgerlich wie Satan persönlich.»

«Was ist dir denn, Larry?»

«Nichts.»

Der Picknickplatz wimmelte von Städtern. Er warf einen Blick auf die Menschenscharen und sagte: «Vielleicht ist es doch nicht sonderlich klug?»

«Etwa wegen Mary Garandi?» fragte sie. «Das spielt keine Rolle heute. Wir haben unser dreifach-wundervolles Alibi bei uns.»

Sie erlaubten den Kindern frei herumzulaufen. Und schlenderten müßig, Seite an Seite, hinter ihnen her.

«Don hab ich auch beim Picknick kennengelernt, weißt du das?»

«Nein, das hab ich nicht gewußt», sagte er abwesend. Er mußte wieder denken, daß sie bestenfalls zwei Erinnerungsreihen miteinander gemeinsam haben würden: einmal die Lügen, die sie sich ausdenken mußten, um ihre Stelldicheine zu tarnen; und zweitens die kurzen Augenblicke gemeinsamer Leidenschaft. Leidenschaft und Lüge, dachte er. Das werd ich Roger Altar schenken. Das ergibt einen glänzenden Titel für einen Sammelband Kurzgeschichten über Dschungeltiere. Es ist aber tatsächlich spaßig. Wirklich zum Lachen. Wann in ihrer Entwicklung hat die Menschheit wohl aufgehört, über die wirklich wichtigen Urphänomene zu wimmern und dafür lieber Witze darüber zu reißen?

«Ich war eben erst sechzehn», sagte Maggie. «Elf Jahre her – wie kann man jemanden bloß so lange kennen. Ich wollte, ich wäre lieber dir begegnet, Larry. Ich wollte, du wärst damals vor elf Jahren erschienen.»

«Sicher», sagte er, «aber es war eben nicht der Fall.» Und wieder schwang die befremdliche Rauheit in seiner Stimme.

Sie wandte sich ihm zu. «Willst du nicht meine Hand halten?» fragte sie. Er warf einen Blick auf die Menschenmenge. «Ach, wer fragt schon nach *denen*?» fragte sie und warf den Pferdeschwanz mit einer trotzigen Kopfbewegung zurück, die der ganzen Welt galt.

Er nahm ihre Hand.

«Hast du irgendwie Angst?» fragte sie.

«Nicht vor Leuten.»

«Leute sind das einzige, wovor man Angst haben muß», sagte Maggie. Und nach einer Pause: «Don hat damals, bei dem Picknick, auch meine Hand gehalten. Er war zwar sehr schüchtern, aber meine Hand hielt er doch. Das war in Pelham Bay Park, und man veranstaltete gerade ein Wettlaufen auf drei Beinen, und mir fehlte ein Partner. Ich fragte Don. Er war längst aus der Schule, weißt du; sogar eben frisch vom Militär entlassen. Eines von den Mädchen sagte, er wäre berühmt gewesen, in der Schule. Als Führer der Schwimmannschaft. Unsere Schule hatte die Stadtmeisterschaft damals, als er Mannschaftsführer war.»

«War das der Grund, weshalb du ihn als Partner wolltest?»

«O nein; sei nicht albern.»

«Warum denn dann?» fragte er.

«Ganz einfach, weil er einen netten Eindruck machte. Deswegen ging ich hin und sagte: ‹Wollen Sie etwa mit mir zusammen laufen?› Da sah er mich ein paar Minuten an, ohne ein Wort zu sprechen; aber dann stand er auf – er lag nämlich da – und sagte lediglich: ‹Gern.› Ich hielt ihm die Hand hin, und er nahm sie. Den Wettlauf haben wir verloren. Aber als er vorbei war, sagte er: ‹Mein Name ist Don Gault. Wie heißen Sie?› Ich sagte: ‹Margaret Wagner›; und er sagte wieder: ‹Könnten wir etwa ein Stück zusammen spazierengehen?› Das taten wir auch. Und so hat es eben angefangen. – Komisch, wie es so bei den meisten Leuten anfängt, nicht?»

«Ja. Platzen könnte man vor Lachen», bestätigte er.

«Larry, was ist denn mit dir los? Stimmt irgend etwas nicht?»

«War er dein erster Freund überhaupt?»

«Ja.»

«Bist du mit ihm ins Bett gegangen?»

«Nein, o nicht doch. Er hat mich immer behandelt wie ... wie eine Heilige.»

Einen Augenblick schaute sie sehr betroffen drein. «Manchmal hab ich schon gedacht, er hätte Angst vor mir. Oder besser: Angst davor, daß ich eine Frau bin.» Sie schüttelte den Kopf. «Ach, das ist albern. Laß uns von was anderem reden.»

«Warum hast du ihn geheiratet, Maggie?»

«Ich weiß nicht. Er war nett und sah gut aus und ... und war rücksichtsvoll, möchte ich sagen.»

«Hast du ihn geliebt?»

«Wer weiß in dem Alter schon, was Liebe ist? Ich war kaum achtzehn, als wir heirateten.»

«Aber geheiratet habt ihr. Einen Grund mußt du doch gewußt haben.»

«Ich fühlte mich bei ihm geborgen. Ich glaube, ich mußte endlich wieder jemanden haben, der mir dieses Gefühl vermittelte.»

«Fühlst du dich bei mir geborgen?»

«Nein.»

«Nicht?» fragte er erstaunt.

«Weil ich dich ja nicht wirklich besitze, Larry. Ich borg dich doch lediglich manchmal.»

«Und auch das bloß, wenn du mich brauchst.»

«Brauchen täte ich dich *immer*. Das weißt du ja auch selbst.»

«Vielleicht brauchst du uns *beide*», sagte er langsam. «Vielleicht wäre ich, ganz ohne ihn, dir auch nichts nütze.» Und jetzt stand er seiner noch unausgesprochenen Frage von Angesicht zu Angesicht gegenüber. Wieder einmal hatte ihre Unterhaltung den seit ihrem ersten Zusammensein anscheinend unvermeidlichen Verlauf genommen – ohne bewußte Lenkung oder Absicht eines von ihnen waren sie wiederum bei dem Punkt angelangt, wo die letzte entscheidende Frage unausweichlich wurde. Und nun, wo er schon zur Frage ansetzte, wunderte er sich wieder, ob es gut *wäre*, die Frage in Worte zu fassen; und wußte doch schon, daß er sie stellen würde, gleichviel, welche Gegenargumente ihm jetzt noch zu Sinn kämen. Und er fühlte weiterhin, daß, wie immer sie auch antwortete, nichts dadurch sich ändern würde. Was sie auch erwidern mochte, die Begrenzungen ihres isolierten Universums würden unverrückbar die gleichen bleiben, nun und für alle Zeiten. Wirklich, es hatte keinerlei Sinn, überhaupt erst zu fragen. Und dennoch stellte er die Frage.

Und dennoch stellte er die Frage.

«Gesetzt den Fall, Maggie, ich bäte dich, ihn zu verlassen?»

«Tu's nicht», sagte sie schlicht.

«Warum nicht?»

Sie zögerte lange Zeit; endlich sagte sie: «Weil ich möchte, daß es so bleibt, wie es ist.»

Und das war ihre Antwort. Nicht die erhoffte Antwort; im Grunde vielleicht überhaupt keine Antwort. Vermutlich nur eine neue Art Vorwand, eine neue Fopperei, ein weiteres seichtes Bemühen, die Schranken zu erhalten, die sie einengten. Und jetzt, angesichts der Antwort, dachte er, das ist aber doch nicht alles; das *kann* doch nicht alles sein!

«Nichts bleibt letzten Endes so, wie es ist», sagte er hitzig, «alles verändert sich.»

«*Wir* werden uns nie ändern», sagte sie.

«Das hört sich toll romantisch an, sicher; aber es ist nicht wahr. Entweder man verändert sich oder man geht zugrunde, Maggie! Spürst *du* denn an dir keine Veränderung, seitdem es angefangen hat? Mein Gott, *ich kann mich beinah selbst nicht mehr erkennen!*»

Sie lachte nur leicht auf und sagte: «Wieso sind wir jetzt auf einmal so todernst geworden?»

«Ich will, daß es ernst wird, Maggie! Einmal, ein einziges Mal nur, laß uns doch die Sache ernstlich betrachten. Einverstanden? Wohin, zum Teufel, geraten wir eigentlich, Maggie? Was, zum Teufel, steht uns denn bevor? Wo ist der uns angemessene Platz in dieser Welt? Soll ich etwa immer und ewig den Liebhaber mimen? Ich bin ein Mann, Maggie. Verdammt noch mal, Leben heißt doch schließlich noch mehr als bloß ... bloß ...»

«Bloß Liebe?» ergänzte sie ruhig.

«Nein, gar nicht; aber doch mehr als nur den Liebesakt! Sonst wären wir doch wie die Tiere. Wir unterschieben ...»

«Umarmst du mich denn nicht gern?»

«Maggie, um Gottes willen, benimm dich jetzt nicht dämlich», sagte er wild. «Ich bemühe mich, dich zu überzeugen, daß es auf die bisherige Weise zu nichts Gutem führen kann.»

«Willst du Schluß machen?» fragte sie ruhevoll.

«Nein!»

«Was willst du denn dann?» fragte sie.

«Ich will, daß es *anfängt*! Ich muß wissen, wo du stehst und was du vorhast. Ich muß endlich die Trümmer meiner Existenz zusammenraffen können und mir ein neues, leidlich vernünftiges Dasein zimmern –»

«Was ich vorhabe, hab ich dir vorhin gesagt», erwiderte sie ruhig.

«Was war das?»

«Ich will, daß es so bleibt, wie es zur Zeit ist.»

«Aber es kann doch nicht so bleiben, wie es zur Zeit ist!»

«Es muß es sogar», sagte sie ruhig. «Es ist die einzige Möglichkeit, wie ich dich haben kann; und haben will ich dich.»

«Mich ganz und gar? Oder bloß den munteren Bel Ami? Willst

du auch den anderen Kerl, den gehemmten und verwirrten und geängsteten? Den, der manchmal nachts allein wachliegt und heult? Maggie, willst du mich ganz, oder willst du bloß jenen verfluchten Fremden, der dich einmal pro Woche umarmt?!»

«Das ist aber sehr unschön jetzt von dir, Larry», sagte sie ruhig.

«Der Kampf ums Dasein *ist* unschön! Grausam ist er und realistisch, und ich versuche mit aller Macht zu überleben! – Ich muß wissen, wohin ich gehe», sagte er. «Ich muß es wissen; oder aber ich verliere mein –»

«Ich will es aber nicht im geringsten wissen», sagte sie ruhig. «Laß es doch passieren. Laß doch passieren, was passieren will.»

Sie gab seiner Hand einen Druck. «Ist es nicht genug, daß wir demnächst zusammen für ein paar Tage verreisen können?»

«Nein», sagte er. «Das ist nicht genug.»

«Für mich ist es genug», sagte sie. «Wann wird Altars Haus denn fertig sein?»

«Ende des Monats.»

«Dieses Monats? August, jetzt?»

«Ja.»

«Könnten wir da die letzte Augustwoche fahren? Das wäre eine schöne Jahreszeit, Larry.»

«Falls das Haus fertig wird», sagte er. «Hör, Maggie, können wir noch einmal ganz kurz darauf zurückkommen? Ich glaube, du stellst dir nicht ganz vor, wie wichtig das für mich ist; sonst würdest du es ja wohl nicht beiseite schieben wie ... wie ... Weißt du, wer Baxter & Baxter ist? Die Firma, die mich damals nach Puerto Rico geschickt hat? Schön; die also haben mich gefragt –»

«Das ist mir egal!» hörte man plötzlich Patrick brüllen. «Ich mag dich schon lange nicht!»

«Oh-oh-oh», sagte Maggie und fing an zu laufen. Leeren Blicks starrte Larry ihr nach, wie der blaue Rocksaum um ihre festen Waden schlug, kräftig und doch schlank waren die Knöchel unten, oben lag der Rock straff um die vollen Schenkel. Er seufzte und ging dann langsam hin zu ihr, wo sie und die Kinder eine widerspenstige Gruppe machten.

«Er ist viel kleiner als du!» schrie Chris.

«Na und? Dafür hat er angefangen!» sagte Patrick.

«Gar nicht wahr!» jaulte David.

«Doch, hast du!»

«Jungens», sagte Maggie.

«Nein!»
«Doch!»
«Jungs, Jungs», mahnte Maggie, schon energischer.
«Wollen wir uns doch beruhigen», griff auch Larry ein.
«Er hat David geschlagen», sagte Chris. «Und da hab ich ihm eine reingehauen.»
«Warum hast du das getan?» fragte Larry.
«Ich hab dir's eben erzählt: Er hat David geschlagen!»
«Warum hast du David geschlagen?» fragte Maggie ihren Sohn.
«Er hat angefangen.»
«Das ist nicht wahr», rief David. «Du bist ein Maulheld.»
«Du bist jetzt ruhig, David», sagte Larry.
«Ist er aber. Ich bin bloß drei, und da denkt er, er kann's machen.»
«Du bist fast vier», sagte Patrick.
«Willst du noch eine reingehauen haben?» fragte Chris.
«Das Wort will ich nicht noch mal hören, Chris», sagte Larry.
«Ist es ein unanständiges Wort?» fragte Chris.
«Nein; aber ich will es trotzdem nicht mehr hören.»
Patrick begann unvermittelt zu weinen. Maggie nahm ihn in die Arme. «Sie haben mich umzingelt», schluchzte er, «alle beide.»
«Es sind doch eben Brüder, mein Schätzchen», sagte Maggie. «Brüder müssen so sein.»
«Warum besorgst du mir dann nicht *auch'n* Bruder?» schluchzte Patrick.
«Hör auf zu weinen. Komm, sei gut.»
«Umzingelt haben sie mich. Eingekreist.»
«Chris, du entschuldigst dich bei Patrick», sagte Larry.
«Wieso? Wo er David geschlagen hat?»
«Das weiß ich wohl; aber du sagst jetzt, daß es dir leid tut.»
«Es *tut* mir aber doch gar nicht leid. Du hast doch immer selbst gesagt, wenn jemand David weh tun will, soll ich ihm eine reinhauen. Wieso soll es mir da jetzt leid –?»
«Chris, ich hab dir gesagt, ich will das Wort nicht mehr hören.»
«Welches Wort?»
«Reinhauen.»
«Okay; aber hast du immer gesagt, ich müßte David beschützen, oder nicht? Er ist mein Bruder; und Patrick ist ein Fremder; und früher hast du immer gesagt: Familie bleibt Familie, und Fremde sind ...»

«Laß gut sein, Larry», sagte Maggie. «Du weißt ja, wie Kinder sind.»

Patrick hatte zu weinen aufgehört. Mürrisch sah er zu Chris hin, verlegen ob seiner Tränen eben.

«Wollen wir wieder Freunde sein?» fragte Chris und hielt ihm die Hand hin.

«Nein.»

«Okay. Dann laß bleiben.»

«Er hat mich ja geschlagen», sagte David mit unverkennbarem Stolz, daß er es war, der den Streit verursacht hatte.

«Los», sagte Larry, «gebt euch die Hände, und erledigt.»

«Er will ja nicht», sagte Chris. Wieder hielt er die Hand hin. «Willst du oder willst du nicht, Patrick?»

Widerstrebend griff Patrick nach der dargebotenen Hand und schüttelte sie einmal gezwungen. Dann gingen die Jungen nach dem Auto zurück, oberflächlich ausgesöhnt, freundlich auf eine feindliche Art. Larry und Maggie schritten schweigend hinter ihnen drein.

Zuletzt hörte er sie sagen: «Familie bleibt Familie. Und Fremde bleiben Fremde.»

«Er wollte damit sagen ...»

«Natürlich», sagte sie, als erteile sie ihm damit die endgültige, unwiderlegliche Antwort auf seine Frage von vorhin.

Mr. Harder war stolz auf seine erwachsene, verheiratete Tochter. «Das ist das Mädchen, das mich zum Großvater gemacht hat», erzählte er allen Freunden des Hauses, und seine Augen strahlten dabei vor väterlichem Wohlgefallen. Mrs. Harder hieß ihn das arme Mädchen gefälligst in Frieden lassen und nahm darauf Eve beiseite.

«Du brauchst dich hier weder besonders liebenswürdig noch auch nur höflich anzustellen, Eve», sagte sie. «Du bist gekommen, um auszuspannen; und dafür werden wir sorgen.»

«Danke schön, Mama», sagte Eve.

Mrs. Harder schloß ihre Tochter in die Arme und sagte: «Und falls irgend etwas ist, was du mir anvertrauen möchtest ...»

«Nein, Mama.»

«Also schön. Dann zieh dich jetzt um und geh an den Strand runter. Leg dich in die Sonne. Es gibt ja wohl keine Frau auf der Welt, die sich nicht wohler fühlt, wenn sie hübsch braungebrannt ist.»

Hier am Strand schienen alle ihre Probleme zu verschwinden.

Ob sie die Brandung durchschwamm oder danach in ihrem knappen feuchten Badeanzug im Sand lag, ergab sie sich rauschhaft den gegenwärtigen Sinneseindrücken und verschloß sich aller übrigen Welt. Die Sonne röstete ihre nackten Glieder, und der Wind kühlte sie wieder. Sie sog die salzgeschwängerte Luft ein, und gleichzeitig wisperte ihr im Ohr das Wiegenlied des Ozeans. Gelegentlich erschien dann wohl ein Boot fern am Horizont, und sie richtete sich auf und folgte ihm mit den Blicken, fühlte sich losgelöst von allem, bar jeglicher Verpflichtung, geborgen in einem zeitlosen Dämmerschlaf.

Sie unternahm weite Spaziergänge auf dem einsamen Sandstrand, suchte Muscheln in unbegangenen Dünenhängen, blieb stehen, ganz wann sie wollte, und liebäugelte mit einer Wolkenbildung. Föhrenhof schien eine Million Meilen weit da hinten zu liegen. Hier, am Rande der Ewigkeit, fühlte sie sich im Einklang mit der Natur und sich selbst. Wenn der Abend dann tiefer sank, wenn die Sonne verschwand und der Himmel sich purpurn fleckte, nahm sie ihren *match-bag* hoch, der Wind wehte ihr das Haar um die Schultern, und allein schlenderte sie wieder dem Strandhäuschen zu, so sehnsüchtig-befriedigt wie ein Mädchen von sechzehn. Die Freunde ihrer Eltern trugen nicht wenig zu diesem ihrem Gefühl erneuter Jugendlichkeit bei. Wenn man abends auf der windgeschützten Veranda beisammensaß, lauschte sie dem Stimmengesumme, nippte mit ihnen vom Cocktail, während die Sternspitzen aus dem Himmel drangen; und ihre fortgeschrittene Ältlichkeit kontrastierte scharf mit der Jugend, die sie ihren eigenen Körper durchpulsen fühlte.

Und tief in der Nacht, wenn sie allein in ihrem schmalen Bett lag und durch die Fensterladen auf das flimmernde Rad der Nacht blickte, spürte sie eine Zufriedenheit, so tief, wie sie sie diesen Sommer noch nicht empfunden hatte. Wie eine junge Frau fühlte sie sich wieder, jung und begehrenswert.

28

An jenem Montag, nachdem Eve von Easthampton zurück war, beging Felix Anders eine Serie von Schnitzern, die allenfalls bei einem mittelmäßigeren Mann verzeihlich gewesen wären.

Aber Felix war ja eben kein mittelmäßiger Mann. Seiner eigenen Schätzung nach besaß er eine ausgezeichnete Beobachtungsgabe, unübertreffliches Fingerspitzengefühl für den richtigen Zeitpunkt und untrügliche Kenntnisse in Charakterkunde. Über das geheime Nachrichtennetz der Siedlung hatte er in Erfahrung gebracht, daß Eve die Woche zuvor allein an der See gewesen war. Im stillen hatte er sich gewundert, wieso Eve das Bedürfnis empfunden haben könnte, ein paar Tage zu verreisen; und hatte triumphierend daraus gefolgert, daß eine Frau, die ihr Heim verließ, eine ruhelose Frau sein müßte. Was ja auch nicht schwer zu begreifen war: Wenn Jung-Lawrence laufend das Weite suchte, war es da nicht völlig plausibel, daß Eve vernachlässigt wurde? Felix konnte sich mit der Vorstellung, daß jemand so Apartes wie Eve beiseite geschoben wurde, gar nicht befreunden. Das war eine Verschwendung, die er einfach nicht dulden konnte.

Außerdem war er auch ansonsten überzeugt, daß sie reif war.

Er hatte sie am Tag nach ihrer Rückkehr aus Easthampton gesehen. Sie war entzückend braun geworden, und die Augen in dem ovalen Gesicht wirkten geradezu aufregend blau. Das Mädchen hatte etwas ausgesprochen Patrizierhaftes an sich, dachte Felix, etwas wie – unberührbar, hochgezüchtet, verfeinert. Dieses Gesicht hätte er in den Händen halten mögen und beobachten, wie die kühlen blauen Augen ekstatisch zersprangen. Das hätte ihm schon gefallen. Sie hatte an dem betreffenden Mittwoch nur Shorts und einen Büstenhalter angehabt. Einen sehr schmalen Halter, übervoll von ihren Brüsten; und er hatte einen Zoll milchweißer Haut wahrnehmen können, wo der Badeanzug abgeschnitten hatte, woran die Sonne nicht gekommen war. Barfuß hatte sie hinten im Garten gearbeitet, lang waren ihre Beine gewesen und gerade, fest und dreidimensional hatten sie aus den Umschlägen der kurzen Hosenbeine geragt. Er war am Haus vorbeigeschritten und hatte ihr kurz zugenickt. Und sie hatte zurückgelächelt; weiß hatten die Zähne aus dem sonnengebräunten Gesicht geblitzt.

Ruhig jetzt, hatte sich Felix gedacht.

Und geduldig hatte er gewartet.

Am Montag darauf nun schienen seine Berechnungen scharf und unwiderleglich; obwohl ihm natürlich nicht die Wohltat weder von Larrys noch von Maggies Ratschlägen zuteil wurde. Er verfolgte die Ereignisse, wie sie eintraten, und zog daraus die, wie ihm schien, logischen Folgerungen. Er hatte gemütlich auf der Haustürtreppe gesessen, abends gegen 20 Uhr, und seine *Daily News* gelesen. Dick Tracy hatte man eben auf eine Eisscholle gefesselt, die nun mit ihm den Wildstrom hinuntertrieb. Tja, es sah aus, als wäre es mit Dick Tracy zu Ende jetzt. Felix seufzte und sah dann hoch, als er drüben bei Gaults die Haustür aufgehen hörte.

Aus dem Cape Cod-Haus trat Margaret Gault; zögerte erst einen Augenblick und eilte dann überstürzt die Stufen hinab. Felix beobachtete sie. Ja, bei der hier konnte man es förmlich riechen; und Felix bewunderte, obwohl widerstrebend, Larry, daß er das sogleich erkannt hatte. Auch ihr ganzer Gang wirkte so ausgesprochen weiblich, wie wenn eine Dschungelkatze über wohlbekannte Schleichpfade einhertritt. Sie bog nach links auf den Plattenweg, der sich um den großen Ahorn im Vorgarten zog, und ging dann weiter nach hinten zur Garage. Felix beobachtete sie. Sie trug ein grünes Seidenkleid und hochhackige Pumps. Ganz schön aufgedonnert, dachte er; und schloß daraus unverzüglich, daß sie sich mit Larry verabredet hätte. Er beobachtete auch, wie sich ihr Kleid über die Knie hochschob, als sie sich auf den Sitz des Chevrolet zwängte. Er wartete, während sie den Motor laufen ließ, und sah zu, wie sie rückwärts auf die Straße einbog. Schrecklich eilig schien sie's zu haben. Winkte ihm nicht einmal zu, während sie vorbeifuhr.

Felix befaßte sich wieder mit seiner Zeitung und wartete.

Tja, wie man die Sache auch drehen und wenden mochte, jetzt war es doch wohl zu Ende mit Dick Tracy.

Zehn Minuten später fuhr Larry Cole am Haus vorbei. Er hupte Felix zu und winkte. Felix winkte zurück. Tempo, Tempo, mein Herr Verehrer, dachte er. Sie hat zehn Minuten Vorgabe.

Er legte die Zeitung zusammen und ging ins Haus.

«Betty», sagte er. «Ich geh mal auf einen Sprung zu Larry rüber. Sehen, ob er ein Glas Bier mittrinkt.»

«Ob du wohl jemals auf den Einfall kommst, mal im Haushalt mit zuzugreifen?» fragte Betty.

«Ob du wohl jemals auf den Einfall kommst, jeden Tag in die City zu fahren und Fleisch auszuhacken?» fragte er. «Es kann nebenbei spät werden. Ich hab einen Mordsdurst.»

«Du wirst dich noch zum Säufer entwickeln», sagte Betty und tunkte den nächsten Teller ins Abwaschwasser.

Felix begab sich erst ins Badezimmer, kämmte sich und verließ dann das Haus. Soweit waren seine Berechnungen zweifellos korrekt, nahm er an. Das Liebespaar war weggefahren, um sich irgendwo zu treffen. Fast 20 Uhr 30; und das wiederum bedeutete, daß Eve sowohl mit dem abendlichen Aufräumen fertig als auch die Kinder im Bett wären. Und selbst das Wetter schien ihn begünstigen zu wollen. Schwarzes Gewölk begann sich am Himmel zu türmen. Das bedeutete Regen; und Regen trieb bekanntlich jedermann ins Haus. Nicht daß es allzu wichtig gewesen wäre. Der Besuch eines Nachbarn und Freundes war ja wohl nichts Verdächtiges. Immerhin, Regenwetter konnte nicht schaden. Wieder blickte er himmelwärts, und schon begannen die ersten Tropfen zu fallen, ein langsames gleichmäßiges Sprühen. Er grinste und fing an, rascher auszuschreiten, nunmehr fest überzeugt, daß jede seiner Beobachtungen sich als ebenso einwandfrei erweisen würde wie diese Voraussage des Regens.

Ihm schwante wenig, daß das die einzige richtige Schlußfolgerung heute abend gewesen sein könnte oder daß ihm der gröblichste Schnitzer noch bevorstand.

Als erstes nämlich war der Grund für Margaret Gaults auffällige Eile, mit der sie das Haus verlassen hatte, daß sie für 20 Uhr zum Zahnarzt bestellt war, in Dr. Bennutis Sprechzimmer; eine Bestellung, zu der sie ohnehin schon zu spät kam. Sie eilte also nicht, um Larry zu treffen; sie hatte lediglich ein Stelldichein mit einem Bohrer.

Und auch Larry war durchaus nicht bei ihm vorbeigefahren, um sich mit ihr zu treffen. Larry fuhr lediglich in die Stadt, um sich Zeichenmaterial zu besorgen, und gedachte mitnichten, die Nacht außerhalb zu verbringen, wie Felix voraussetzte. Er war keine drei Kilometer entfernt und suchte sich eben Bleistifte aus, als Felix an die Pforte seines Hauses pochte.

Und selbst Eve, ob nun reif oder nicht reif, hatte noch nicht ganz Feierabend gemacht. Gewiß, die Kinder lagen im Bett und das Geschirr war abgewaschen; aber noch stand ein Duschbad auf ihrem Programm. Sie hatte sich das Haar mit einem Band zurückgebunden, war ausgezogen ins Badezimmer gegangen, ließ bereits das Wasser laufen und wollte gerade in die Wanne steigen, als sie es an der Haustür klopfen hörte.

«Wer ist denn da?» rief sie.

Die Badezimmertür war zu, und sie konnte sich also nicht ganz sicher sein; aber es hörte sich an, als wäre jemand ins Haus getreten, ohne erst das übliche «Herein» abzuwarten. Selbst in Anbetracht von Föhrenhofs Herdentrieb schien das ein wenig befremdlich. Sie warf ihren Bademantel über, öffnete die Badezimmertür und lugte hindurch.

«Wer ist denn da?» fragte sie wieder.

«Ich. Felix.»

«Oh», sagte sie. «Larry ist nicht daheim, Felix.»

«Ja, ich weiß.»

«Ich will mich eben abduschen. Handelt es sich um etwas Wichtiges?»

«Bloß auf eine Minute, Eve.»

«Na schön», sagte sie. «Setzen Sie sich doch.»

«Ich sitze bereits», antwortete er.

Sie zog die Badezimmertür wieder zu und fragte sich ob, ob sie sich nicht besser wieder anzöge? Entschied sich jedoch dagegen. Hatte er nicht gesagt, es würde nur eine Minute dauern? Und sie war entschlossen, es dabei auch bewenden zu lassen. Sie zog den Gürtel des Bademantels fester um ihre Taille, schlug zusätzlich noch den Kragen hoch und besah sich dann prüfend im Spiegel. Der Bademantel war aus schwerem Velours, schützend, dick, undurchdringlich. Befriedigt mit dem Ergebnis fuhr sie in die Pantoffeln und begab sich ins Wohnzimmer. Sobald sie eintrat, erhob sich Felix.

«Ich hoffe, ich störe nicht?» sagte er.

«Nicht im geringsten», erwiderte sie und lächelte verbindlich. «Was gibt's denn?» Er schien irgendwie verlegen, sie im Bademantel zu sehen. Der Gedanke amüsierte sie ein bißchen. Sie war vollständig, ja furchterregend gepanzert; dennoch vermied er es, sie anzusehen.

«Ich wollte mich nur erkundigen, was Sie mit Ihren Azaleen angestellt haben», sagte er.

«Azaleen?» Sie ging an das Kaffeetischchen, nahm sich eine Zigarette aus der dort stehenden Dose und zündete sie an.

«Ja. Draußen vorm Haus.»

«Ich versteh nicht. Ich hab doch gar nichts damit angestellt.»

«Sie halten aber doch den Garten hier in Ordnung, ja?»

«Ja», sagte Eve. Sie hatte in einem der Klubsessel Platz genommen und den Mantel fest um sich gezogen. Draußen wusch der Sprühregen die leeren Siedlungsstraßen.

«Na ja, sie kommen so gut fort. Betty und ich wollten uns auch ein paar kaufen; wollten aber doch erstmal fragen ...» Er brach ab. «Sie haben Ihr Haar hochgebunden, ja?»

«Was?» sagte Eve.

«Ihr Haar.»

Ihre Hand griff unwillkürlich in den Nacken. «O ja.»

«Lose sieht's aber hübscher aus.»

«Ach, na ja, ich mag keine Badekappe», sagte sie. «Es wird zwar naß so; aber ich find's handlicher.»

«Warum lassen Sie es nicht lose fallen, Eve?»

«Was meinen Sie damit?»

«Warum machen Sie das Band nicht los?»

«Weil ich unter die Dusche will, sobald Sie fort sind.»

«Aber lose sieht es so viel hübscher aus.»

«Ja, danach trag ich's dann ja auch wieder lose.»

«Lassen Sie es jetzt hängen, Eve», sagte er. «Lassen Sie es frei ums Gesicht hängen.»

Eve gab keine Antwort. Sie sah ihn nur verwirrt an.

«Sie haben ein sehr hübsches Gesicht, Eve.»

«Schönen Dank», sagte sie hastig. «Was die Azaleen anbelangt, so habe ich lediglich ein Loch gegraben und den Grund dann mit Torfmull ausgelegt. Und natürlich reichlich gegossen. Das ist alles.» Sie erhob sich. Felix blieb sitzen.

«Wann haben Sie sie eigentlich eingepflanzt?» fragte er.

«Im Frühjahr.»

«Meinen Sie, daß ich auch bis zum Frühjahr warten sollte?»

«Wie soll ich das wissen.» Sie zuckte die Schultern.

«Sicher; aber was würden Sie mir raten? Soll ich bis zum Frühjahr warten, oder kann ich jetzt schon pflanzen?»

«Ich kann's tatsächlich nicht sagen, Felix. Ich möchte meinen, August wäre nicht die ideale Zeit, Pflanzen einzusetzen; aber das müssen Sie letzten Endes entscheiden. Der Gärtner wird vermutlich nicht garantieren können.»

«Machen Sie das Band ab, Eve», sagte Felix.

«Felix, seien Sie doch nicht kindisch», sagte sie. «Ich muß doch unter die Dusche.»

Felix erhob sich. Sie ließ kein Auge von ihm, als er jetzt auf sie zukam. Zum erstenmal, seitdem er ins Haus getreten war, verspürte sie etwas wie Furcht. Sie bewegte sich nicht, als er die Hand hob, um das Band zu lösen; und dennoch hatte sie das Gefühl, als beuge sie sich, kraftlos, seinem Willen. Sie wußte, daß, wenn sie ihm gestattete, diesen dummen Stoffstreifen abzunehmen, es gleichbedeutend damit wäre, wie wenn er ... wie wenn er ... aber sie vermochte sich nicht zu regen. Sie fühlte, wie seine Finger an der Seide nestelten. Das Band fiel. Haar sank ihr ums Gesicht. Felix trat von ihr zurück, das Band noch in Händen. Dämmerung war im Raum, und der graue Sprühregen schraffierte das große Querfenster, das auf die Straße hinausging.

«So», sagte er, «so ist es schon besser.» Er grinste. «Ein sehr hübsches Gesicht haben Sie und ganz wundervolle Augen.»

Eve lächelte verkrampft. «Schön, zanken wir uns nicht lange um ein Band», sagte sie, und die Worte überstürzten sich aus ihrem Mund. «Aber was die Gärtnerei und die Pflanzen anbelangt, so bezweifle ich, daß man Garantie übernimmt, wenn Sie ...»

«Eve ...»

«... im August einpflanzen. Das sollten Sie berücksichtigen, falls ...»

Sie sahen beide gleichzeitig den Blitz. Er zuckte quer über den Himmel, ein plötzliches grelles Leuchten, ein verzacktes strahlendes Weißgelb. Dann, nur einen Herzschlag später, polterte der Donner, und sogleich tobte der Regen heftiger und geißelte die leeren Siedlungsstraßen in grundloser Wut.

«Jetzt geht es tatsächlich im Ernst los», sagte Felix.

«Ich werde wohl besser Licht machen.»

«Warum?»

«Es ... es wird doch zu dunkel hier drinnen.»

«Sehen Sie nicht gern dem Sturm zu?»

«Doch», sagte sie still.

«Dann lassen wir das Licht doch aus.»

Drüben, über der Straße, sah sie Arthur Garandi zu seinem Auto hin rennen, eine Zeitung über den Kopf gehalten. Er kurbelte in aller Eile die Fenster hoch und rannte dann wieder zurück ins Haus.

«Es gibt doch nichts Schöneres, als wenn es richtig stürmt», sagte Felix.

Eve erwiderte nichts. Ihre Blicke trafen sich und blieben ineinander haften.

«Hat es sehr weh getan?» fragte Felix. «Als ich das Band abmachte?»

Es war nur ein Wispern, als sie «Nein» antwortete.

«Tat's weh?» wollte er wissen.

Sie hob den Blick und sah ihn an. «Nein», sagte sie, etwas lauter diesmal.

«Und nun zieh den Bademantel aus», sagte Felix.

Ein Blitz schnellte über den Himmel und erhellte das Zimmer mit plötzlichem elektrischem Zucken. Fern am Horizont rumpelte der Donner.

«Zieh ihn aus, Eve», sagte Felix sacht.

Sie antwortete nicht. Starrte ihn nur weiter an. An den Wangen konnte sie das gelöste Haar fühlen.

«Zieh ihn aus, Eve», sagte Felix. «Du willst es doch. Ich weiß ja.»

Er trat einen langsamen Schritt vorwärts. Sie sah seine Hände sich ausstrecken, hätte jedoch kein Glied rühren können, ihn aufzuhalten. Er faßte die Aufschläge ihres Bademantels und zog sie, in einer einzigen schnellen Bewegung, von oben bis unten auseinander. Sie spürte die kalte Luft an ihren Brustspitzen, als ihre Brüste so plötzlich frei lagen. Wieder trat Felix von ihr zurück und studierte den Anblick bewundernd. Sie regte keinen Finger, um den Bademantel wieder zu schließen. Stand lediglich und starrte ihn an.

«Schön!» sagte er und kam schon wieder auf sie zu.

Sie zog den Arm zurück, weit nach hinten, und brachte ihn dann nach vorn, in einem Schwinger, daß die offene Hand Felix auf die Backe traf. Es klatschte, daß es in dem stillen Zimmer nur so schallte. Felix blinzelte.

«Raus jetzt», wisperte sie.

Felix rieb sich sein Gesicht; Felix grinste und sagte: «Wollen wir doch nicht dumm tun, Eve. Ich weiß doch, was du willst.»

«Raus jetzt», wiederholte sie mit erstorbenem Flüstern.

Felix grinste noch immer. «Ja, ja doch. Aber das wissen wir doch beide, daß wir in höchstens zwei Minuten zusammen da drüben sein werden, im Nebenzimmer.»

«Laß deine dreckigen Blicke von mir», sagte sie und zog den Mantel wieder zusammen. Knotete den Gürtel zu und stand vor ihm, ihre Augen wurden zu Schlitzen, doch ihre Stimme blieb das gleiche beherrscht-zornige Gewisper. «Raus jetzt; und zwar schnell, eh ich die Polizei anrufe.»

«Also hör mal, Eve», sagte Felix und grinste noch immer.

«Raus!»

«Na, na, na», sagte er und kam wieder auf sie zu.

«Oh, du verfluchter alter Bock», sagte sie; Tränen stiegen ihr in die Augen, und in einem Augenblick klarster Erkenntnis sah Felix ein, daß er sich verrechnet hatte. Sah ein, daß er einen schweren Schnitzer begangen hatte. *«Raus! Raus!»* sagte sie immer wieder, schon stieß sie die Worte förmlich aus, er merkte, wie sie zu zittern begann, und bekam Angst, daß sie die nächste Sekunde loskreischen könnte. Er wandte sich und ging zur Tür. Ging ohne auf Wiedersehen zu sagen. Schweigend schritt er hinaus in den Regen.

Eve stand inmitten des Raums und zitterte. Sie wollte nicht weinen, konnte aber nicht die Tränen zurückhalten. Sie schluchzte in die vorgehaltene Hand und sagte immer wieder in die Stille: «Oh, der verfluchte alte Bock», und weinte unbeherrscht, während draußen die Blitze über den Himmel sprangen.

Als Larry keine zehn Minuten später nach Hause kam, regnete es noch immer. Im Wohnzimmer war es finster. Eve, im Bademantel, lag auf der Couch und schluchzte immer noch.

«Was ist denn?» sagte er und stürzte zu ihr hin. «Eve, was ist denn los?»

Sie erzählte ihm, was sich ereignet hatte. Er hielt sie fest in den Armen, suchte ihr Zittern zu beschwichtigen und fühlte dabei wilde, unsinnige Wut in sich hochsteigen.

«Ich bin gleich wieder da», sagte er. Und lief hinaus in den Regen, um Felix zu suchen.

Schwer schlug ihm der Regen ins Gesicht.

Er trug keinen Hut. Er ging im Regen dahin, fühlte das Wasser auf seinem Gesicht, in seinen Augen und wie ihm die Kleider schlaff und vollgesogen wurden. Er dachte, daran bin ich schuld. Daß Eve das passiert ist. Seine Füße waren naß, und Wasser quietschte in seinen Schuhen, als er auf Felix' Haus zuschritt, mit geballten Fäusten. Der Regen war eisig, und er fühlte, wie er anfing sich zu erkälten. Er ging sogleich zur Haustür und klingelte. Betty erschien.

«Larry!» sagte sie und musterte ihn mit einem raschen Blick von oben bis unten. «Was gibt's denn?»

«Wo ist Ihr Mann?»

«In die Bar gegangen. Vor einer Minute hat er sich den Wagen geholt. Er hatte Sie ursprünglich mitnehmen wollen, aber Sie waren nicht ...»

«Danke», sagte Larry. Er wandte sich und ging die Stufen hinunter. Nur einen kurzen Blick warf er auf das Gaultsche Haus auf der anderen Seite der Straße. Er dachte an das, was er vorhatte; und dachte auch, Felix kann mich ruinieren. Ich hätte ihm niemals trauen dürfen; aber er wußte auch, daß er Felix finden und ihm einprägen mußte, daß Eve seine Frau sei, Mrs. Lawrence Cole, und daß niemand ungestraft in sein Haus eindringen und seine Frau belästigen durfte. Er sah keine Spur von Ironie oder Komik an der Situation.

Er schritt rascher aus in Richtung Zentrum; Gedanken aller Art durchkreuzten sein Gehirn, ohne daß er einem erlaubt hätte, länger zu verweilen.

Der einzige Gedanke, der haftenblieb, war Eve und wie Felix sie belästigte.

Vor der Bar sah er schon den Oldsmobile stehen, den einzelnen Wagen auf dem Parkplatz im strömenden Regen. Er stieß die Tür zur Bar auf, trat ein und stand triefend im Türrahmen. Der Barkellner sah hoch und ihn an. Sein Blick nahm den Ausdruck unruhiger Vorsicht an, als mache er sich auf einen Kassenüberfall gefaßt. Hinten, auf der äußersten Ecke der Bar, stand ein einsames Glas Bier. Eine Telefonzelle war an die Rückwand des Raums geklebt, genau neben dem ‹Für Männer›. Larry begann sich auf diese Telefonzelle zu in Bewegung zu setzen.

«Was darf's sein, Paul?» versuchte der Barkellner.

Larry gab keine Antwort. Stieß vielmehr die Tür der Telefonzelle auf.

«... na, darüber müssen Sie sich klar sein, daß es ganz so einfach nicht ist ...» sagte Felix gerade. Als die Tür aufging, unterbrach er sich. Er wandte sich und sah zu Larry auf. «Einen Moment», sagte er in die Muschel und hielt dann die Hand darüber. «Ich bin gerade beim Telefonieren, Larry.»

«Auflegen.»

«Wieso?»

«Eve hat mir erzählt, was passiert ist», sagte Larry verbissen.

«Reden wir nicht davon», sagte Felix. «Ich hab mich in ihr geirrt. Entschuldigen Sie.»

«‹Entschuldigen Sie› genügt nicht ganz, Felix.»

«Nicht?» Und Felix grinste. «Ich würde Don Gault zwar ungern von seiner Frau und Ihnen erzählen ...»

Larry langte in die Zelle und nahm Felix vorn bei der Hemdbrust. Er holte aus und ließ die Faust auf Felix' Mund landen. Felix entfiel der Hörer. Ein feiner Blutfaden begann sich aus seinem Mundwinkel zu ziehen. Wieder stieß Larry nach ihm, wieder traf ihn eine Rechte, dann ließ er das Hemd fahren und schlug mit der Linken zu; dann wieder mit der Rechten und hämmerte dann methodisch und präzise erst auf Felix' Gesicht herum und dann auf dessen Körper, kurzum, verabreichte ihm eine kühle, wohlüberlegte Tracht Prügel, während Felix hochstolperte und den Schlägen auszuweichen versuchte.

Zum Schluß stieß Larry ihn in die Zelle zurück, und Felix sank an die Rückwand, blinzelnd, mit blutender Lippe, und auch von seiner rechten Backe strömte es rot.

«Machen Sie in Zukunft einen großen Bogen um Eve», sagte Larry.

Er wandte sich und schickte sich an, die Bar wieder zu verlassen. Der Kellner fragte noch: «Hatte der Kerl was ausgefressen?»

«Ja», erwiderte Larry, und der Kellner nickte verständnisinnig.

29

Tags darauf wußten im ganzen sechs Leute, daß Felix zur Strafe eine Züchtigung erhalten hatte.

Von diesen betreffenden sechs nahm der Barkellner die geringste Notiz davon. In seinem Geschäftslokal war eine Tracht Prügel verabreicht worden? Ja und? Im Vergleich mit den meisten Schlägereien, die in seiner Bar ausgetragen wurden, war es bei dem Kampf ausgesprochen ruhig her- und zugegangen. Wenn man das Ganze überhaupt einen Kampf nennen konnte. Er hatte Felix in die Männertoilette geführt, ihm dort das Blut vom Gesicht mit abwaschen helfen, und dann war Felix nach Hause gegangen. Schon am nächsten Tag hatte der Barkellner überhaupt nicht mehr daran gedacht.

Für Felix war es nicht ganz so einfach, die erhaltene Züchtigung zu vergessen.

Da war als erstes – obwohl man den Riß innen im Mund ja nicht sah – die klaffende Wunde auf der Wange, für die Betty gegenüber eine Erklärung erfunden werden mußte, als er abends nach Hause kam. Er hatte ihr weisgemacht, daß irgendein halbverrückter Bube auf einmal eine Bierflasche quer durchs Lokal geschmissen und diese Flasche eben zufälligerweise ihn getroffen hätte. Der Mann war total betrunken und urplötzlich von dem Drang beseelt gewesen, die Flasche zu werfen; nicht, daß er etwa auf Felix gezielt, und noch weniger, daß er absichtlich vorgehabt hätte, ihn zu verwunden. Im Gegenteil, fügte Felix großherzig hinzu, der Mann hätte sich endlos entschuldigt, als es passiert war; ihm sogar angeboten, mit ihm sofort zu einem Doktor zu fahren; aber Felix hatte jedwede ärztliche Hilfe heldenhaft abgelehnt. Betty zeigte entsprechendes Mitgefühl und entsprechende Entrüstung. Sie konnte nicht begreifen, wieso ein Mann zum Trinken ins Lokal gehen mußte – war sein eigenes Haus nicht gut genug dazu? Aber wenn er schon in ein Lokal ging, wieso mußte er sich dann ausgerechnet eines aussuchen, in dem Besoffene mit Bierflaschen rumwerfen? Voll mütterlicher Geschäftigkeit hatte sie ihm gleich eine Eiskremsoda gemacht zur Läuterung, und zwar mit Vanilleeis und Coca-Cola, und dann waren sie zu Bett gegangen. Felix hatte die halbe Nacht wach gelegen und überlegt. Gegen Morgen war er sich dann über sein künftiges Verhalten und seine Verfahrensweise schlüssig gewesen.

Er mußte sich widerstrebend eingestehen, daß er sich hinsichtlich Eves geirrt hatte. Also nicht etwa, daß sie auf keinen Fall zu haben gewesen wäre; es lebte ja letzten Endes keine Frau auf der Welt, die nicht zu haben wäre. Der Fall lag lediglich so: daß sie *im Augenblick* nicht zu haben war. Er hatte sich in der Zeit geirrt, das war alles. Dennoch strich er nunmehr Eve Cole endgültig aus seinen Gedanken und von der Liste möglicher Eroberungen. Er hatte dabei schließlich auch eines seiner eigenen Grundgesetze außer acht gelassen – «Wo man selbst ißt, darf man nie hinspucken» –, als er sich ihr zu nähern gedachte. Das Experiment war entsprechend unbefriedigend ausgefallen und konnte nur dazu dienen, ihn in seinen eigenen gesunden Ansichten über Schäkereien in nächster Nachbarschaft zu bestärken. Eve Cole war, zumindest was Felix Anders anbelangte, für immer abgetan. Andererseits lag Larry Cole ihm natürlich schwer im Magen!

Wohl hatte Felix die Schläge hingenommen; aber noch während die Fäuste ihn in der Zelle herumpufften, hatte er gedacht, das bleibt dir nicht geschenkt! Die ganze lange Nacht hatte er wach gelegen und Rache gebrütet. Gegen Morgen nun war er zu dem Ergebnis gekommen, daß Rache, zumindest im Augenblick, unmöglich war. Nicht nur unmöglich, sondern schlechthin unvorstellbar. Das wurmte ihn, daß unverzügliche Vergeltung ihm versagt sein sollte! Larry Cole hatte sich wie ein ausgewachsener Esel benommen: Ein Mann, der selbst auf Abwege ging, hatte kein Recht mehr, beleidigt zu tun, wenn man bei seiner Frau einen Versuch machte. Kannte dieser Larry denn nicht einmal die elementarsten Grundregeln des Spiels? Augenblickliche Rache gegen einen dergleichen Stümper wäre hoher Genuß gewesen – aber Rache war zur Zeit ausgeschlossen.

Denn, gesetzt den Fall, Felix ging jetzt zu Don Gault, was sein erster Gedanke gewesen war – dann würde Larry auf der Stelle wissen, wer ihn verraten hatte. Und könnte nun seinerseits die wahre Geschichte der Schlägerei Betty ausplaudern. War eine kleinliche Rache nun das Opfer eines ganzen Lebensstils wert? Zweifellos nicht. Dazu genoß Felix seine außerehelichen Belustigungen viel zu sehr. Falls Betty von dem Vorfall mit Eve Cole erführe, könnte sie auf den Einfall geraten, sich scheiden zu lassen. Oder, schlimmer noch, ihn zum Gefangenen innerhalb seines eigenen Hauses machen. Nein, es lohnte sich schlechterdings nicht; zumal für eine Affäre, bei der nichts herausgekommen war.

Er wunderte sich, ob dieser Larry wohl wissen könnte, was für Trümpfe er in der Hand hielt. Und schon kam ihm die nächste Überlegung, peinlich und belustigend zugleich: Es fiel ihm ein, daß, falls Don Gault, auf welche Art auch immer, Wind von dem Verhältnis bekommen sollte – Larry automatisch voraussetzen würde, daß er, Felix, den Angeber gemacht hätte. Und, sobald er das glaubte, bestand wiederum die Gefahr, daß er sich zur Vergeltung an Betty wandte. Das war aber doch eine prekäre Situation: Nicht nur, daß Felix gezwungen war, sich das Vergnügen einer sofortigen empfindlichen Rache zu versagen; nein, er mußte statt dessen noch zusätzlich die Rolle des Beschützers spielen! Don Gault durfte auf keinen Fall seine Frau mit Larry verdächtigen. Falls das eintrat, konnten die Rückwirkungen die Grundfesten auch von Felix' Haushalt erschüttern.

Mürrisch durchdachte Felix Anders diese seine neue Rolle und kam zu dem Ergebnis, daß sie ihn anstank.

Gewiß, eines schönen Tages würde er einmal ungestraft gegen Larry zurückschlagen können. Aber zur Zeit mußte er nur hoffen, daß seine eigenen Mißgriffe – Banquos Geist gleich – nicht gegen ihn aufstanden und ihn verfolgten.

Es schien Larry ein zufälliges, aber doch bezeichnendes Zusammentreffen, daß die ersten und einzigen Faustkämpfe, die er seit seinem zwölften Lebensjahr ausgetragen hatte, in beziehungsweise vor einer Telefonzelle und jedesmal zur Ehrenrettung einer Frau stattgefunden hatten. Als er noch ein Junge war, hatte seine Mutter ihm ihre eigene besondere Sorte von Ritterlichkeit einzuhämmern versucht, wenn sie ihm häufig und wiederholt riet: «Laß dich nie wegen eines Mädchens in eine Prügelei ein!»

Nun hatte er sich, im Laufe der letzten Monate, zweimal in Prügeleien eingelassen und sogar wegen zwei verschiedener Mädchen. Eines davon war seine Frau gewesen. Irgendwie lag etwas Komisches in der Vorstellung. Als er an jenem Abend nach der Schlägerei durch Nacht und Regen zurückgestapft war, hätte er bei dem Gedanken beinahe laut lachen müssen. Zwanzig Minuten vorher, als er aus dem Haus gestürmt war, war ihm wild zumute gewesen, primitiv, als müsse er Eve instinktiv schützen. Jetzt, mit schmerzenden Knöcheln, durchweichter Kleidung, im Regen, der mit kalter methodischer Wut sein Gesicht peitschte, hätte er laut gen Himmel lachen mögen. Was war aber eigentlich so merkwürdig daran, daß man seine eigene Frau verteidigte? War man als Ehemann nicht dazu da? Und dennoch war es wiederum so befremdlich und verblüffend und amüsant. Lust zum Lachen hätte er gehabt, wie er so durch den Regen dahinging; heroisch kam er sich vor, sehr befriedigt und auch sehr beschämt.

Als er wieder ins Haus trat, wartete Eve schon auf ihn. Er wollte ihr die Einzelheiten der Prügelei ersparen; aber sie sah ja die geschwollenen Hände, die aufgetriebenen Knöchel, und fing sogleich an zu weinen. Sie lief ins Badezimmer nach Borsäure und heißem Wasser, und während sie ihm die Hände badete, lauschte sie seiner Erzählung. Als er zu Ende war, hob sie seine Hände aus dem Wasser und küßte sie. Funkelnden Auges. Und diese Nacht umarmten sie sich, umarmten sich in einer Weise, wie sie es seit undenklicher Zeit nicht getan hatten.

Erst am nächsten Tag begann Larry dann über die möglichen Auswirkungen nachzugrübeln. Beabsichtigte Felix Vergeltungsmaßnahmen? Er durchdachte den Fall geraume Zeit und kam dann zu dem Ergebnis, daß er sicher sei, Felix würde sich hüten, Don etwas zu verraten, weil seine eigene Situation viel zu gefährdet war. Dennoch mußte Maggie unverzüglich von dem Ereignis erfahren, um sie vorsichtshalber für den Fall, daß Felix doch unberechenbar handeln sollte, vorzubereiten. Also rief er sie noch am gleichen Nachmittag an, und sie wurde die fünfte Person, die von der Prügelei erfuhr.

Als sie den Hörer wieder auf die Gabel zurücklegte, dachte sie, er liebt seine Frau.

Der Gedanke war ihr keineswegs neu, und sie konnte nicht begreifen, wieso er sie derart schmerzte. Sie hätte sich doch wahrlich im Laufe der Zeit an ihn gewöhnen können. Sie war doch wirklich abends oft genug mit dem Gedanken zu Bett gegangen und morgens mit ihm aufgestanden.

Er liebte seine Frau.

Ein ganz einfacher Gedanke, eine ganz einfache Vorstellung. Und dennoch schmerzte er, tat weh, weh wie die Hölle. Müde saß sie am Küchentisch, am Tisch mit der Kiefernholzplatte, und sah hinaus in den hellen Augustsonnenschein.

Tja, Margaret, wie soll es nun weitergehen?

Es war die gleiche Frage, die Larry gestellt hatte; jetzt stellte sie sie auch; aber auch ihre Antwort blieb die gleiche: Es soll so bleiben, wie es ist. Selbst wenn er seine Frau liebt. Das ist ganz in der Ordnung. Du hast genau gewußt, daß er sie liebt. Vielleicht hat *er selbst* es nicht gewußt; aber du hast es genau gewußt, also tu jetzt nicht, als ob das ein ganz neuer Gesichtspunkt wäre. Er hat Felix verprügelt, und Felix hatte's verdient. Totschlagen hätte er ihn sollen. Also sei lieber stolz auf ihn, anstatt daß du albern wirst und eifersüchtig und niedergeschlagen. Du hast die ganze Zeit gewußt, daß er seine Frau liebt; also laß dich jetzt gefälligst deswegen nicht derartig gehen.

Ja, er liebt seine Frau.

Ja, und wie. Ja; aber weh tut's trotzdem. Er sollte nur mich lieben, mich allein; es schmerzt wie die Pest, daß er derart hinausstürmt, um ihre verfluchte weiße jungfräuliche Scheiß-Reinheit zu verteidigen. Ich wollte, Felix hätte sie gehabt, und zwar von hinten und von vorn.

VERNÜNFTIG JETZT!

Sie saß und hatte die Hände auf der Tischplatte fest ineinandergeklammert.

Vernünftig jetzt. Bitte. Vernünftig jetzt.

Ja.

Gar nichts hat sich geändert. Alles ist genau wie vorher, genau wie es immer sein wird. Genauso, genau wie ich es will, was geht's mich an, ob er seine Frau liebt. Soll er sie lieben; aber gehören soll er mir, ohne mir zu gehören. Nie mehr, nie mehr, nie mehr werd ich einsam sein! Du wirst mich nicht verlassen, Larry, weil ich dir geben werde, was du willst; nicht alles; das nie, das nie mehr, solange ich lebe; aber immer genug, genug, und du wirst mich nicht verlassen, gleichviel wie sehr du sie liebst, mein wirst du immer sein, nie werd ich mehr verlieren, alles wird bleiben, wie es ist, alles wie es ist, es darf nicht aus und vorbei sein!

Sie legte den Kopf auf den Tisch und fing an zu weinen.

Ihr Großvater hatte eine mächtige schneeweiße Haarmähne gehabt. Er war 63 Jahre alt gewesen, aber er ging mit durchgedrückten Schultern und erhobenen Hauptes; und wenn sie mit ihm spazierenging, hatte sie ihn immer für einen sehr großen Herrn gehalten, obwohl er nur einszweiundsiebzig war. Ihr Großvater sprach mit einem leichten deutschen Akzent, und manchmal gebrauchte er ihr gegenüber deutsche Ausdrücke; Worte wie *«Liebchen»* oder *«Maggie-lein»*.

Er erzählte ihr die wundersamsten Geschichten über Deutschland und Österreich und Schitouren in den Alpen. Manchmal jodelte er ihr auch etwas vor, um zu beweisen, daß er in der Schweiz gewesen war. Braune Hände hatte er. Seine Hände waren immer braun gewesen, mit dick herausstehenden Adern. Manchmal hatte sie auf die weichen Wülste dieser Adern gedrückt, bis er sagte: «*Gott,* Maggie, du sperrst mir noch das Blut ab!»

Sie hatte ihren Großvater sehr geliebt. Und es ihm auch immer gesagt. «Papa», hatte sie immer gesagt, «ich hab dich so lieb!» Er war bestimmt der warmherzigste Mann auf der ganzen Welt. Sie war so gern mit ihm spazierengegangen und hatte mit ihm geplaudert oder auch nur still auf seinem Schoß gesessen und gar nichts gesagt oder eben auch auf die dicken Adern auf seinem Handrücken getippt. Er lebte schon im Ruhestand und war folglich immer da, wenn sie ihn brauchte. Zuweilen las er ihr vor. Eine Menge Worte sprach er falsch aus und wurde ganz wütend, wenn sie ihn dann auslachte; aber sie liebte ihn, selbst wenn sein Gesicht rot vor Ärger war.

Sie spielten viele Spiele zusammen, und wenn sie so spielten, lachte er wohl sein überlautes klangvolles Lachen. Immer wenn er so lachte, mußte sie an die Geschichten denken, die er ihr erzählt hatte, wenn er im *Hofbräuhaus* saß und starkes dunkles Bier trank, und sie sah ihn förmlich vor sich mit dem steinernen *Maßkrug* in beiden Händen, wie er lachte und wieder lachte. Sie liebte sein Lachen und liebte den Großvater eben überhaupt; mit einer ganz besonderen rückhaltlosen Liebe, die sie sonst niemand anders auf der Welt zuwandte.

Sie nannte ihn «Papa», weil ihre Mutter ihn so nannte. Sie stellte sich vor, daß ‹Papa› in gewissem Sinne ihr zweiter Vater wäre – weil ihr richtiger Vater Reisender war und sehr viel unterwegs. Diesen richtigen Vater liebte sie natürlich auch; aber nicht so wie Papa, nicht auf diese ganze besondere Art. Der war immer da, mit seinen weichen braunen Händen, seinem schallenden Lachen, seiner warmen Stimme und seinen Augen. Immer war er da, sobald sie ihn brauchte.

Und dann, kurz nachdem Papa ihr die Topas-Ohrringe schenkte, hatte sich auf einmal alles verändert.

In der Stadtwohnung, die sie innehatten, war ihr Schlafzimmer gleich neben dem ihrer Eltern; und die Tür wurde immer offen gelassen, weil sie sich in einem ganz dunklen Raum fürchtete. Eines Sonnabends, mitten in der Nacht, wurde sie wach. Ihr Vater war nach Hause gekommen; sie vernahm lauten Wortwechsel, erkannte im Halbschlaf die Stimmen des Vaters und der Mutter und lag großäugig in ihrem Bett, die Decke bis zur Nase hochgezogen, ein bißchen verschüchtert, auch noch nicht ganz wach, und lauschte dem Wortwechsel.

«Du weißt ja nicht, was du sagst», hörte sie ihren Vater, «das ist ja das Dümmste, was ich je gehört hab.»

«Das ist nichts weniger als dumm», erwiderte ihre Mutter. «*Dumm* bist du! Das erste Mal, seit zwei Jahren, sag ich dir die Wahrheit, und du bist zu dämlich, sie zu begreifen.»

«Welche Wahrheit? Nennst du das Wahrheit? Komm ich deswegen nach Hause, um mir dergleichen anzuhören?»

«Ich hab ein Verhältnis mit einem anderen Mann!» schrie ihre Mutter. «Sperr die Ohren auf! Damit du's begreifst!»

«Ich hab keinerlei Lust, dergleichen zu begreifen.»

«Ich liebe ihn. Und er liebt mich. Seit zwei Jahren geh ich mit ihm ins Bett! Hast du's jetzt erfaßt?! Ins Bett, Mensch! Seit zwei Jahren! Lieben tu ich ihn und will mit ihm zusammen abhauen!»

«Sei vernünftig, Elizabeth. Du machst das Kind noch wach.»

«Was schert mich das Kind?! Ich will mit dir jetzt ins reine kommen.»

«Du scherst dich nicht um Margaret?»

«Ich scher mich um nichts auf der Welt, als wie ich bei ihm sein kann!»

«Du hast 'n Vogel, Elizabeth. Leg dich schlafen. Laß uns morgen früh weiter drüber reden.»

«Ich will die Sache *jetzt* ins reine bringen!»

«Was heißt hier ins reine bringen? Was willst du? Dich scheiden lassen?»

«Jawohl.»

«Hast du darüber schon mit deinem Vater gesprochen?»

«Nein.»

«Es würde ihn auch umbringen.»

«Nein.»

«Es würde den alten Mann umbringen; und das weißt du sehr wohl, Elizabeth, das geht doch nicht. Denkst du denn kein bißchen an ihn? Oder an deine eigene Tochter? Ist denn nichts mehr übriggeblieben; bist du durch und durch Dreck?»

«Ich liebe ihn», sagte sie rundheraus.

«Liebe, Liebe: Liebe ist für 'n Film! Was bist du denn, ein Schulmädchen? Red doch nicht solchen Unsinn, Elizabeth!»

«Willst du mich nicht verstehen? Mein Gott, *willst* du denn einfach nicht verstehen?!»

«Ich versteh lediglich das eine: nämlich, daß hier wesentlich mehr auf dem Spiel steht als dein eigenes kleines, dämliches, selbstsüchtiges Verhältnis! Deine Tochter ist ja wohl auch noch da ... und dein Vater ...»

«Morgen in aller Frühe sag ich's ihm!»

«Und bringst ihn um damit.»

«Den bring ich damit nicht um, laß das deine geringste Sorge sein. Mein Vater ist ein Mann. Ich wollte, ich könnte das gleiche von dir sagen!»

«Ich bin sehr wohl ein Mann, Elizabeth», sagte er ruhig.

Margaret hörte ihre Mutter auflachen.

«Ich bin ein Mann», wiederholte er.

«Du bist überhaupt nichts», sagte ihre Mutter. «Kein Mann, kein gar nichts. Du hast keine Ahnung, was ein Mann ist!»

Margaret lag im Dunkeln, die Decke hochgezogen bis zum Kinn. Sie hatte sich sehr gefürchtet. Nicht alles, was sie eben gehört, hatte sie auch verstanden; aber plötzlich hatte das Gefühl sie überkommen, als ob ihre Eltern ein paar Fremde wären, ein fremder Mann und eine fremde Frau, die aus irgendeinem Zufall zusammen im Schlafzimmer nebenan lagen. Und zitternd, mitten in all der Finsternis ringsum, hatte sie gelegen und gedacht, aber ich hab ja Papa. Papa liebt mich. Papa wird für mich sorgen. –

Die Woche darauf war der Großvater dann gestorben.

Im Schlaf gestorben; und jedermann sagte, für einen alten Mann wäre das ein ganz natürlicher Tod. Aber Margaret wußte, was wirklich geschehen war. Margaret wußte, daß ihre Mutter ihm alle jene Dinge erzählt hatte. Margaret wußte, daß ihre Mutter Papa umgebracht hatte.

Ihre Mutter wurde nicht geschieden, wie sie beabsichtigt hatte; vielleicht war der Tod des alten Mannes ihr ja tatsächlich nahegegangen. Auf jeden Fall ging sie nicht auf und davon. Blieb vielmehr auch weiterhin in einem Haushalt, der plötzlich aus Fremden zu bestehen schien. Und eines Tages, Monate, nachdem der alte Mann längst begraben war, war Margaret in die Küche gekommen und hatte ihre Mutter in Tränen gebadet vorgefunden. Ihre Mutter hatte sich zu ihr umgedreht und gesagt: «Ich hab ihn verloren; ich hab ihn verloren»; aber Margaret hatte gewußt, daß sie mitnichten Papa meinte: sie redete von diesem fremden Mann irgendwo. Und also wandte sie ihr nur den Rücken und verließ den Raum. Und später kamen dann neue Männer. Margaret lernte allmählich die Anzeichen kennen, wenn ihre Mutter ausging und sich mit einem fremden Mann verabredet hatte; aber zu jener Zeit war es ihr schon gleichgültig geworden.

Ihre Mutter hatte den einzigen Menschen umgebracht, den Margaret je wahrhaft geliebt hatte; nun war keiner mehr da, den sie noch hätte umbringen können, und also war es ihr von nun an gleichgültig.

Mit zehn Jahren hatte sie erfahren, daß man sich hüten mußte, irgend jemand allzu heiß zu lieben; denn früher oder später war man grundsätzlich doch wieder allein.

Allein und fürchtete sich.

Am gleichen Abend noch, als Don von der Arbeit heimkam, berichtete sie ihm von der Prügelei, obgleich sie wußte, daß sie sich damit möglicherweise in Gefahr begäbe. Die Coles waren schließlich keine allzu guten Bekannten, und es hätte ihm durchaus auffallen können, wieso sie zu dergleichen Interieurs gekommen sei. Aber sie verspürte einen gewissen Zwang, davon zu erzählen, und er lauschte ernsthaft ihrem Bericht und fragte kein einziges Mal, wieso sie von der Attacke eigentlich Kenntnis bekommen hatte.

Als sie fertig war, sagte er: «Ich glaube kein Wort davon.»

«Was glaubst du davon nicht?»

«Daß Felix stupide genug wäre, dergleichen zu unternehmen.»

«Willst du damit sagen, daß Eve die Geschichte erfunden hat?»

«Das weiß ich nicht.»

«Warum sollte sie so eine Geschichte in die Welt setzen?»

«Das weiß ich nicht», Don verharrte einen Augenblick in Gedanken. Dann fragte er: «Sie hat doch zwei Kinder, nicht wahr?»

«Ja.»

«Also wie hätte Felix dann auf so was verfallen sollen? Das glaub ich nie und nimmer. Außerdem sieht sie mir gar nicht nach der Sorte Mädchen aus, denen dergleichen widerfahren könnte.»

«Aber es ist ihr doch widerfahren.»

«Falls es tatsächlich passiert sein sollte, muß die Schuld an Felix liegen. Dann muß er schmutzige Gedanken haben.»

«Vielleicht hat sie ihn herausgefordert», sagte Maggie.

«Meiner Ansicht nach bestimmt nicht. Sie ist doch eine verheiratete Frau und Mutter von zwei Kindern.»

Maggie sah ihn an, ohne mit der Wimper zu zucken. «Auch verheiratete Frauen», sagte sie langsam, «sind bekanntlich schon zu guter Stunde mit fremden Männern ins Bett gegangen. Du wirst wohl aus allen Wolken fallen, bei der bloßen Idee ...»

«Ich fall aus gar keinen Wolken, Margaret; aber ich bin froh, daß ich von der Sorte Frauen keine kenne. Und Eve Cole gehört bestimmt nicht zu der Sorte.»

«Woher willst du das wissen?»

«Ach, ich weiß es eben irgendwie. Das merkt man doch, wenn man sie bloß ansieht. Sie ist doch Mutter von zwei Kindern, ich bitte dich; und ich kann mir beim besten Willen nicht denken, warum sie sich sinnlos in kitschige Situationen begeben sollte ...»

«Ja, gut.»

«... wo ein Kerl wie dieser Felix –»

«Ja, ist gut, Don.»

«... sich zunutze machen könnte –»

«Gut jetzt!» fuhr Maggie ihn an. «Du hast ihre Unschuld erfolgreich verteidigt!»

«Ich kann mir nicht helfen; so denk ich eben.»

«Ja, du hast deinen Beruf verfehlt.»

«Wie meinst du das?»

«Du hättest Artikel schreiben sollen; für den Muttertag.»

«Den Witz versteh ich nicht.»

«Es war sogar ein sehr guter Witz», sagte Maggie. Ließ ihn sitzen und begab sich in die Küche zum Abwaschen; und wunderte sich, was er wohl unternehmen würde, falls er jemals herausbekäme, daß seine eigene Frau, *eine Mutter, ich bitte dich,* zu der Sorte Frauen gehörte, von denen er froh war, daß er keine kannte.

Don saß in seinem Sessel, griff zur Zeitung und begann zu lesen. Nach einer Weile rief er: «Glaubst du tatsächlich, daß Felix ihr gegenüber zudringlich geworden ist?»

«Ja», sagte sie.

«Armes Ding», antwortete Don. «Was mag sie bloß für ein Gefühl haben?»

Zuerst fühlte Eve nichts als Stolz.

So abgenützt, immer-neu, primitiv und urweiblich es auch sein mochte: das Bewußtsein, daß ihr Mann zu ihrer Verteidigung herbeigeeilt war, überwältigte alles. Und das Unwetter hatte das Gefühl der Geborgenheit noch erhöht. Larry war ja nicht nur ausgegangen, um einen anderen Mann herauszufordern, er hatte gleichzeitig den tobenden Elementen Trotz geboten. Natürlich war der ganze Vorgang total mittelalterlich gewesen, sagte sie sich – erst Beleidigung, Verteidigung, siegreiche Rückkehr, Tröstung; und schließlich die Belohnung. Sie hatte ihn in jener Nacht leidenschaftlich umarmt; ganz überrascht von der eigenen Glut. Hatte ihn ergriffen, ihn wiederentdeckt, wollte besitzen und besessen sein. Lust hatte sie in dieser Nacht empfunden, Lust und Leidenschaft und Besitzerstolz. In dieser Nacht war er ihr Mann.

Am nächsten Morgen schien alles wieder vergessen zu sein.

Noch war das Schlafzimmer kühl von der erquickenden Nachtluft. Später, im Laufe des Tages dann, würde die Augustsonne über dem kleinen Häuschen brüten und unerträgliche Hitze herniedersenden. Aber noch war es frisch, und sie schlug die Augen auf und setzte sich aufrecht und dehnte sich und fuhr sich mit den Händen hinten im Genick hoch, bis das lange schwarze Haar ihr durch die Finger floß. Sie erinnerte sich und lächelte zufrieden.

Larry war schon aufgestanden. Auch sie erhob sich jetzt, ging zum Wandschrank und legte einen blauen Morgenrock an. Sie hoffte, die Kinder würden bereits angezogen und aus dem Haus sein.

Ihr war keck und unternehmungslustig zumute, als sie in die Küche trat. Larry stand gerade am Tisch und tat einen Löffel Nescafé in ihre Tassen. Sie ging zu ihm und stand hinter ihm, die Arme um seinen Leib geschlungen, die Wange an seinem Rücken. Und dann, ohne vorherige Ankündigung, fing sie an, ihn zu liebkosen.

«Hallo!»

«Machst du Kaffee?» gurrte sie unschuldig.

«Aber, aber», sagte er. Fing sich sacht ihre Hände und drehte ihr das Gesicht zu.

«Wo sind die Kinder?» fragte sie.

«Bereits draußen.»

«Hast du ihnen Frühstück gemacht?»

«Ja. David wollte sein Ei wieder nicht essen.»

«Komm doch mal mit ins Schlafzimmer», sagte sie. «Ich will dir was zeigen.»

«Was willst du mir denn zeigen?»

«Mich», sagte sie.

«Also so ein lüsternes Geschöpf! Zieh dich lieber an.»

«Ich möcht mich viel lieber ausziehen.»

«Ich muß wohl tatsächlich öfter Leute verprügeln.»

«Tatsächlich, das müßtest du.»

«Tatsächlich.»

«Tatsächlich.» Sie standen und sahen einander an. Eve blinzelte vielsagend: «Na und?»

«Die Kinder laufen doch bestimmt rein und raus.»

«Wir schließen die Tür zu.»

«Später», sagte Larry.

«Warum nicht jetzt?»

«Ich muß Arbeit erledigen. Altar einen Brief schreiben; über eine Mehrausgabe. Und sonst noch ein paar Sachen.»

«Oh.» Eve ließ die Schultern sinken. «Na schön.» Sie wandte sich von ihm. «Möchtest du Röstbrot haben?» fragte sie und hoffte, er würde ihr die Enttäuschung nicht anmerken.

Mehrfach im Laufe des Tages kam sie in den kleinen Arbeitsraum und machte sich in der Nähe des Zeichentischs zu schaffen; aber er gab nicht sonderlich acht auf sie. Und mehrfach im Laufe des Tages ertappte sie sich über dem alten quälenden Verdacht. Jetzt, wo die Episode mit Felix überstanden war, begann sie sich doch zu fragen, wieso es überhaupt dazu hatte kommen können. Bei sich selbst konnte sie den Grund für Felix anmaßendes Verhalten beim besten

Willen nicht finden; sie hatte ihn doch wahrlich nie auch nur das geringste Anzeichen von Unrast und Unbefriedigtheit sehen lassen, oder gar Willfährigkeit, seine Avancen zu dulden; und allmählich fing sie jetzt doch an, sich zu wundern, *wieso* er überhaupt auf diesen Einfall geraten sein mochte.

Und als sie soweit war, fiel ihr wieder einmal mehr das Wort ‹Untreue› ein.

Was sie sich sofort aus dem Sinn schlug.

Worauf es prompt wiederkehrte.

Sie hatte sich eingebildet, durch das Wochenende in Easthampton die törrichte Vorstellung endgültig gebannt zu haben; aber jetzt war sie wieder da und anscheinend stärker nach der kurzen Ruhepause. Sie versuchte die Vorstellung wegzudenken, sich einzubilden, sie wäre nicht da; aber Larrys Teilnahmslosigkeit bestärkte den vagen Verdacht, bis er allmählich festere Gestalt anzunehmen begann.

War Larry ihr etwa untreu? Und hatte er sich etwa Felix anvertraut? Und war das der Grund, warum Felix sich eingebildet hatte, er könne sich ihr ungestraft nähern?

Die Idee war natürlich phantastisch.

Aber möglich.

Ach was; grotesk.

Aber auch wieder einleuchtend.

So nagte es ständig in ihr, und sie unternahm nichts mehr dagegen.

Vielleicht, wenn Larry sie im Laufe des Tages umarmt hätte – oder auch am selben Abend noch –, hätte sie den Verdacht wenigstens zeitweise verworfen. Aber Larry umarmte sie mitnichten.

Und vielleicht wenn Harry Baxter am nächsten Tag nicht angerufen hätte, hätte sie den Verdacht gar für immer verworfen. Aber am nächsten Tag *rief* eben Harry Baxter an.

30

Mittwoch früh.

Der Fernseh-Wetterbericht am Abend vorher hatte von Temperaturen über 35 Grad gesprochen. Und schon um acht Uhr morgens war es im Haus heiß zum Ersticken. Drückende Schwüle lag in der Luft, eine stickige, klebrige, kriechende, durchdringende Hitze, die vor Kleidung, Möbeln und dem eigenen Fleisch nicht halt machte.

Stille hatte sich über Föhrenhof gesenkt. Rasenflächen, Bürgersteige und Hausdächer glühten in der Sonne. So groß war die Stille, daß man halbe Straßen weit die Telefone klingeln hörte. Ab und zu bellte fern ein Hund. Wie eine erstickende Decke war Augustglut über den Himmel gespannt, hell und gelb und blendend.

Sie erwachte von der Hitze.

Das erste, was sie unternahm, war, daß sie sich kalt abduschte. Die Kinder schickte sie ohne Hemden ins Freie, nur in kurzen Höschen. Noch hoffte sie, daß die Hitzewelle nicht bis zu ihr gelangen würde. Sie trug den schmalsten Halter und die kürzesten Shorts; aber die Hitze behielt die Oberhand. Und als der Morgen sich hartnäckig zum Vormittag wandelte, wurde mehr und mehr ersichtlich, daß die Wettervoraussage sich nicht geirrt hatte. Sie versuchte es draußen im Schatten; aber selbst im Schatten machte das Atmen heute Mühe.

«Larry», sagte sie, «bittschön: Laß uns die Sachen packen und raus an den Strand fahren!»

Er willigte sogleich ein. Sie begab sich ins Haus, um rasch ein paar belegte Brote zu machen, und mußte dabei feststellen, daß kein Aufschnitt mehr im Hause war. Rasch schrieb sie eine Liste, schickte Larry damit zum Einkaufen und ging ihrerseits wieder vor die Tür, in den Schatten. Larry hatte den Kindern das Plastikbecken hinausgestellt, und sie tobten und planschten geräuschvoll im Wasser herum. Mit dem Neid der Erwachsenen sah sie ihnen zu, und ging schließlich auch hin, um sich wenigstens auf den Rand zu setzen und die Füße ins Wasser zu halten. Drüben über der Straße sah sie die Signora im Schatten vor der Haustür sitzen und sich Luft zufächeln. Auch ging die Drahttür auf und schloß sich klappernd wieder; Mary Garandi trat heraus.

«Ist es Ihnen heute nun warm genug, Eve?» rief sie.

Eve nickte; sparte sich aber jeglichen Kommentar.

«Warum gehen Sie nicht mit rein, zu den Kindern?» rief Mary.

«Ich wollte, ich könnt's.»

«Na dann los doch!»

Eve lächelte schwach. Wieder hörte sie ein Telefon klingeln.

Zuerst – weil die Straße so still war; weil die Hitze heute jeden Laut zu verstärken schien – wußte sie nicht genau, ob es ihr eigenes Telefon wäre? Sie lauschte. Es klingelte hartnäckig weiter. Sie schwang die Beine über den Beckenrand und ging über den Rasen bis zur Haustür. Als sie dort stand, erkannte sie am Klingeln endlich das ihrige. Sie öffnete die Drahttür und lief durchs Haus bis ins Schlafzimmer. Die geringste Anstrengung machte einen heute fertig: Als sie den Hörer abhob, war sie naß zum Auswringen!

«Hallo?» sagte sie.

«Mr. Cole bitte. Für einen Anruf von Harry Baxter.»

«Er ist eben für ein paar Minuten weg», sagte Eve. «Hier spricht Mrs. Cole. Kann ich ihm etwas ausrichten?»

«Moment bitte», sagte das Mädchen. Eve wartete. Dann war wieder die Mädchenstimme in der Leitung: «Mr. Baxter möchte selbst mit Ihnen sprechen», sagte sie. «Einen Moment.» Wieder wartete Eve.

«Hallo, Eve?» sagte Baxter, und seine Stimme schallte gar fröhlich im Apparat.

«Hallo, Mr. Baxter», sagte Eve warm. «Wie geht es Ihnen denn?»

«Ausgezeichnet; Dank der Nachfrage.»

«Und Mrs. Baxter?»

«In bester Verfassung. – Das ist wunderbar, daß wir uns mal sprechen können, Eve. Wo haben Sie sich so lange versteckt gehabt?»

Eve wußte nicht, ob und was für eine Antwort von ihr erwartet wurde, und lachte lediglich.

«Warum kommen Sie mit Ihrem Mann nicht manchmal mit rein, so daß wir alle vier zusammen Abendbrot essen können?»

«Aber herzlich gern», sagte Eve.

«Wie wär's mit heute?»

«Wir fahren raus, an den Strand. Hier ist es unerträglich. Wie ist es denn bei Ihnen, in der City?»

«Noch schlimmer», sagte Baxter, «aber ich sitz sehr bequem hier, mit der Klimaanlage überall rundrum.»

«Ach, der Glückliche!»

«Aber nachdem Sie am Strand waren, könnten Sie doch kommen? Wir essen heute ohnehin sehr spät zu Abend.»

«Das ist schrecklich nett von Ihnen», sagte Eve, «aber wir werden wahrscheinlich vollkommen erschöpft sein. Könnten wir's nicht lieber 'n andern Abend vorsehen?»

«Sicher», sagte Baxter. «Ich bin vermutlich auch ein bißchen überängstlich, was?»

Eve lächelte; sagte aber nichts, denn sie wußte nicht, was er meinte.

«Aber», fuhr Baxter fort, «die Zeit wird ja tatsächlich etwas knapp, wie?»

«Ja», sagte Eve, und wunderte sich dann, wieso sie ihm eigentlich zugestimmt hatte. Die Zeit wurde etwas knapp –: *wofür?*

«Also werden Sie meine Ungeduld ja entschuldigen, wie?»

«Natürlich», sagte sie, ganz verwirrt.

«Wie ist denn *Ihre* Einstellung dazu, Eve?»

«Aber wir freuen uns grundsätzlich, wenn Sie uns einladen», sagte sie. «Geben sie uns nur vorher kurz Bescheid, damit wir jemand zum Aufpassen für die Kinder besorgen können.»

«Was?» sagte Baxter.

«Ja, meinten Sie denn eben nicht ...?»

Baxter kicherte. «Nicht doch, nicht doch; ich sprach von Puerto Rico.» Er machte eine Pause. «Oder spielen Sie lediglich die gewiegte Geschäftsfrau?»

«Ach, Puerto Rico», sagte Eve lachend.

«Ja. Und was ist nun Ihre Einstellung?»

«Na ja, ich find's wunderbar, daß Larrys Entwürfe Ihnen gefallen haben. Haben Sie mit dem Bau schon begonnen?»

Eine lange Pause.

Dann hörte sie Baxter kichern, und er sagte: «O Eve, Eve; aber für solche Tricks bin ich doch wirklich zu alt!»

«Was?»

«Kann ich auf Larry rechnen oder nicht?»

«Was?» sagte sie wieder.

«Na, das Angebot, das ich ihm gemacht habe», sagte Baxter.

«Das ...» Sie brach ab. Trotz der Hitze wurde ihr plötzlich eiskalt. Mit grausamer Helligkeit überkam sie die Gewißheit, daß Baxter etwas wußte, das ihr unbekannt war. Die Frage, die ihr Mund unverzüglich stellen wollte, sollte «*Welches* Angebot?!» heißen. Mit bemerkenswerter Selbstbeherrschung enthielt sie sich ihrer und sagte statt dessen: «Ach ja; das Angebot.»

«Na, was meinen Sie dazu?»

«Na ja, ich ... uh ... Ich ... Ich möchte mich da nicht festlegen. Larry will ... oh ... will vielleicht lieber selbst mit Ihnen sprechen.»

«Uh und oh?» sagte Baxter. «Es klingt wenig vielversprechend.»

«Nicht doch, nicht doch», sagte sie hastig. «Es ist nur, daß ... ich misch mich nicht gern in berufliche Angelegenheiten.»

«Aber regt Sie denn der Gedanke, eine ganze Insel umzubauen, gar kein bißchen auf?»

«Insel ...» Ihr wurde auf einmal ganz schwach. Sie hoffte nur, sie würde nicht ohnmächtig werden. Sie umklammerte den Hörer, wie wenn er allein sie noch aufrechthielte. «Ja, das ... das ist natürlich aufregend.»

«Es ist doch eine wunderbare Chance für Larry, Eve. Ich würde doch nie versuchen, Ihnen irgend blauen Dunst vorzumachen. Hunderte von Architekten im ganzen Land ließen sich Hände und Füße abhacken, wenn sie mein Assistent bei einem derartigen Projekt sein dürften.»

«Die ... Die Insel-Planung für ... für Puerto Rico, meinen Sie jetzt?»

«Ja, was denn sonst?»

«Ihr Assistent», wiederholte sie leer.

«Ja. – Oder hat Ihnen Puerto Rico etwa nicht gefallen?»

«Doch, es hat mir gefallen.»

«Ja, woran liegt's denn dann noch? Es kann doch nicht die Schule für die Kinder sein, warum Sie so zögern. Ihr Ältester geht eben in die unterste Klasse, ja?»

«Ja; er ... er ...»

«Hätten Sie irgend etwas dagegen, mit der ganzen Familie nach unten überzusiedeln?»

«Ich ... ach, ich weiß nicht. Nein, das ist es wohl nicht», sagte sie; total überwältigt von dem Ausmaß dieses Angebots, seiner Wichtigkeit, ja, seiner *Ungeheuerlichkeit*; und der noch größeren, daß Larry bisher nicht das leiseste Wort davon erwähnt hatte. Warum, warum, warum? «Da sprechen Sie am besten ... am besten mit Larry selbst. Soll ich ihm sagen, daß er Sie gleich anrufen möchte?»

«Eve, reden Sie ihm in meinem Sinne zu, ja?»

«Ja, ja, ich ...»

«Falls Sie's nicht schon getan haben.»

«Nein. Ich werde veranlassen, daß er Sie anruft. Er ruft bestimmt an, Mr. Baxter. – Oh, ich hör die Kinder unten. Ich muß auflegen.»

«Lassen Sie ihn die Chance nicht verpassen, Eve. Er verdient so eine Gelegenheit, wo er zeigen kann, was in ihm steckt.»

«Ja. Auf Wiedersehen, Mr. Baxter. Er ruft Sie dann gleich an.» Sie legte hart auf; und brach dann auf dem Stuhl neben dem Telefon zusammen, in der festen Überzeugung, daß sie jeden Augenblick ohnmächtig werden würde. Sie wußte im voraus, daß es Krach geben würde, sobald Larry jetzt nach Hause käme. Sie wollte keinen Krach, und sie sagte sich, er muß doch seinen guten Grund haben, er muß, muß, muß, er würde mir doch nie und nimmer etwas derart Wichtiges vorenthalten, wenn er nicht einen ganz, ganz stichhaltigen und gültigen Grund dafür hätte; aber sie wußte, es würde Krach setzen. Wußte es, weil sie im selben Moment, wo sie sich einredete, Larry müßte guten Grund für sein seltsames Betragen haben, gleichzeitig dachte, er hat eine andere Frau.

Sie wollte den Gedanken auslöschen, zermalmen, erdrücken; aber, ungreifbar wie Quecksilber, er rann durch all ihre labyrinthischen Gedankengänge, immer und immer wieder. Schweißgebadet saß sie, fühlte die drückende Hitze, die in dem kleinen Haus herrschte, hörte die Kinder draußen geräuschvoll planschen, und fühlte finsterste Verzweiflung in sich aufsteigen, die sie, im Verein mit der Hitze, noch schlapper machte. Er hat einen Grund, dachte sie. Er *muß* einen Grund haben. Und wieder war der Grund da, sprunghaft, der einzige Grund, der einzig mögliche Grund, und sie mahnte sich selbst, heul jetzt nicht, verdammt noch mal, heul nicht! Schwer atmend saß sie, nahm einen großen Schluck nach dem andern von der feuchten heißen Stille und wartete.

Sie hörte die Drahttür rasseln, als er ins Haus zurückkam.

«Schatz?» rief er. «Wo bist du?»

«Im Schlafzimmer», sagte sie schwer; und es kam ihr in den Sinn, daß das Schlafzimmer der einzig angemessene Ort wäre, dergleichen auszutragen; daß dieses wichtigste Ereignis ihres Ehelebens schicklich in dem einen einzigen Raum des Hauses ausgetragen werden sollte, der im wahrsten, intimsten Sinne ihnen allein gehörte, genau wie diese Ungeheuerlichkeit jetzt.

Sie konnte seine Schritte im Haus hören, immer näher. Jetzt hielt er an, genau vor der Schlafzimmertür draußen.

«So», sagte er. «Das Zeug wäre besorgt.»

«Ja?» antwortete sie.

«Was machst du denn da drinnen? Ist es da kühler?»

«Nein.»

Er sah betroffen herein. «Du hast die Kinder ganz allein draußen gelassen?»

«Ja.»

«Mit dem Planschbecken? Aber Schatz; Kinder können doch ertrinken und wenn nur der Boden –»

«Harry Baxter hat eben angerufen», sagte Eve.

«Oh?»
«Ja.»
«Was hat er denn gewollt?»
«Ja, was hat er wohl gewollt, Larry?»
Würde er wohl immer noch zu bluffen versuchen, fragte sie sich einen Augenblick lang. Hoffentlich nicht. Sie sah ihn an, unverwandt, fest und scharf, und hoffte, er würde nicht erst lügen.
«Puerto Rico?» sagte er und ließ die Schultern sinken.
«Ja.»
«Hat er dir erzählt?»
«Ich höre, Larry.»
«Ich hatte nicht damit gerechnet ...»
«Ich höre, Larry. Gottverdammich, ich höre!»
«Über was regst du dich so auf?»
«Warum hast du mir keine Silbe davon erzählt?»
«Ich wollte erst darüber nachdenken.»
«Allein? Ich denke, wir sind verheiratet? Ich denke, wir teilen alles miteinander? Seit wann tust du –»
«Eve, um Gottes willen, sämtliche Fenster im Haus stehen doch offen.»
«Das ist mir ganz egal! Warum hast du mir nichts davon gesagt? Mit welchem Recht hast du mir das vorenthalten?»
«Ich wollte es dir keineswegs vorenthalten. Ich wollte lediglich eine Zeitlang im stillen nachdenken.»
«Wie lange?»
«Eve, bitte, hör auf zu schreien.»
«Ich tu das, wozu ich Lust hab, verflucht! Wenn du dir erlauben kannst, etwas so Wichtiges für dich zu behalten, dann –»
«Ja, schön, es ist wichtig! Ich wollte ja auch lediglich meine eigenen Ansichten reif werden lassen, ehe ich dich damit überfalle.»
«Seit wann bist du denn auf *das* Verfahren verfallen?»
«Das hab ich seit eh und je getan!»
«Ich hatte immer den Eindruck, daß –»
«Dann hast du eben den falschen Eindruck gehabt!»
«... daß wir die Dinge –»
«Schön, hast du dich eben geirrt.»
«... gemeinsam durchberaten! Hör auf, mir einzureden, ich wäre im Irrtum. Diesmal bist *du* im Irrtum! Ich hatte das Recht, unverzüglich von diesem Angebot zu erfahren. Bin ich deine Frau, oder was bin ich?»

«Du bist meine Frau.»

«Ja, aber warum dann? Verdammt noch mal: *warum?!*»

«Ich hab dir's schon einmal gesagt: Ich habe keine Lust, mich länger mit dir zu unterhalten, wenn du –»

«Larry, bleib ja hier jetzt! Wenn du jetzt das Zimmer verläßt, brauchst du nicht mehr wiederzukommen!»

«Dann mäßige gefälligst deine Stimme.»

«Wann hat er dir denn dieses Angebot gemacht?»

«Das weiß ich nicht mehr genau.»

«Wann?»

«Ach, irgendwann im –»

«Wann, wann?!»

«Es ... es kann Februar gewesen sein.»

«Februar?: Und jetzt haben wir August! – Das hast du all die Zeit mit dir herumgetragen? Larry, was ist los mit dir? Mein Gott, was ist denn bloß los mit dir?!» Und sie brach in Tränen aus.

«Ah, jetzt geht's los», sagte er.

«Ja, jetzt geht's los, jetzt geht's los. Ich hab nicht viel mehr getan, als um dich geweint, seit ... seit ... ach, ich weiß nicht, wie lange schon. Du ... Du verkommenes Subjekt! Was ist los mit dir?»

«Gar nichts ist mit mir los. Ich hab lediglich sämtliche Möglichkeiten sorgfältig vorbedacht, das ist alles.»

«Hör auf. Du lügst, Mensch. Lüg mich nicht an, Larry!»

«Ich lüge nicht.»

«Wirklich nicht?» Sie saß auf ihrem Stuhl und sah ihn über das ganze Zimmer hinweg an. Das Zimmer war erdrückend heiß – ihr Schlafzimmer –, und der Schweiß lief an ihnen herunter. Schlaff hingen die Kleider um ihre Leiber, als seien auch sie erschöpft nach dem schwerwiegendsten Streit, den sie je miteinander ausgekämpft hatten. Weit hinten, die Straße hoch, klingelte wieder ein Telefon. Draußen planschten Chris und David im Becken herum. Irgendwo hoch in den Lüften konnten sie das leise Dröhnen eines Flugzeugs vernehmen.

«Liebst du eine andere Frau?» fragte Eve.

Er zuckte nicht, er wankte nicht. Er hielt ihren Blick aus. Und äußerste Ehrlichkeit schien aus ihm zu sprechen, als er antwortete: «Nein. Und das ist die reine Wahrheit.»

31

Wahrheit oder nicht, jedenfalls sprachen sie mehr als eine Woche lang nicht miteinander. In einer Hinsicht war er froh ob der Galgenfrist; wußte er doch, daß der erste Unterhaltungsgegenstand, sobald sie wieder miteinander sprächen, Puerto Rico heißen würde. Er wußte nicht, was Eve jetzt dachte, und begann sich zu fragen, ob er es jemals gewußt hatte. Er hatte zwar gefürchtet, daß eines schönen Tages das Puerto Rico-Angebot versehentlich ans Licht kommen und man dann der Tatsache gegenüberstehen würde, daß er es ihr verhehlt hatte. Aber darauf war er nicht gefaßt gewesen, daß sie eine gedankliche Verbindung zwischen seiner Verheimlichung und der möglichen Existenz einer anderen Frau herstellen würde. Auf ihre kalt und nackt vorgetragene Frage war er in keiner Beziehung vorbereitet gewesen; und tief bekümmert ob der eigenen frechen Stirn, mit der er sie, wie er glaubte, angelogen hatte.

Wenn das Schweigen erst einmal gebrochen war, dann, das wußte er genau, würde auch Baxters Angebot wieder im Haus zur Sprache kommen. Und diesmal würde die Auseinandersetzung nicht wieder im Sande verlaufen. Diesmal würde der Gegenstand ausführlich vorgenommen und seziert werden. Antworten würden verlangt, Entscheidungen gefordert werden. Und er wollte sich nicht entscheiden. Wollte Maggie nicht verlieren; und – wie er plötzlich mit einiger Überraschung verzeichnete – auch Eve wollte er nicht verlieren. Was, zum Teufel, willst du eigentlich? fragte er sich. Einen Harem?

Er fürchtete das Ende der Schweigezeit, weil ihn eine unklare, schleichende Furcht überkommen hatte, Eves erstes Wort könnte die Ankündigung sein, sie wollte ihn verlassen. Er wollte von Eve nicht verlassen sein. Aber er erkannte nunmehr den nicht wiedergutzumachenden Fehler, ihr Baxters Angebot verborgen gehalten zu haben. Welch plausible Entschuldigung seinerseits war wohl angetan, ein derartiges Betragen zu rechtfertigen?

Weiterhin: was alles mochte Baxter ihr mitgeteilt haben? Ob sie mit dem vollen Ausmaß der ihm gebotenen Chance vertraut war? Ob sie wußte, daß dies der Wendepunkt ihres gemeinsamen Lebens sein konnte, und für ihn wahrscheinlich die Erfüllung beruflicher Wunschträume? Und falls sie es wußte, wie konnte er je den Tatbestand entschuldigen, es mit ihr nicht ausgiebig beraten zu haben? Und plötzlich überkam ihn ein neuer Einfall wie ein Schock: Hatte sie etwa noch mit anderen gesprochen? Hatte etwa Altar an manchen Abenden hier angerufen, wo er ihn als Alibi angegeben hatte?

Hastig begab er sich zum Telefon und wählte Altars Nummer.

«Altar?»

«Ja, wer ist denn da?»

«Larry.»

«Ah, hallo, Larry. Was gibt's denn?»

«Nichts Besonderes. Ich hatte nur ursprünglich vor, die Woche noch zu unserem Haus rauszufahren. Ich dachte, Sie wollten vielleicht mitkommen?»

«Ah; gut. Ich war vergangenen Sonnabend da. Di Labbia legt wirklich ein anständiges Tempo vor. Der Außenanstrich ist schon fix und fertig, und sogar innen hatten sie schon zu malen angefangen. Wann meinen Sie, daß er fertig sein könnte?»

«Bis Ende des Monats; mühelos», sagte Larry.

«Ich hätte gern noch über die Farben mit Ihnen gesprochen», sagte Altar. «Ich kann zu keinem Entschluß kommen, wie ich mir mein Studio anstreichen lasse.»

«Na ja, also das liegt ganz bei Ihnen. Ich kann allenfalls Vorschläge machen; aber die endgültige Entscheidung –»

«Vielleicht wäre Schwarz am angemessensten», sagte Altar.

«Schwarz?»

«Na, der *Stein* erscheint doch demnächst. Die Kritiken können schlecht sein.»

«Das glaub ich nicht», sagte Larry.

«Ich sitz wie auf Nadeln! Es ist albern, ich weiß; ich dürfte mich nicht so gehenlassen. Aber ich kann's nicht ändern.»

«Nur Ruhe», sagte Larry. «Vielleicht ist man ja außer sich vor Entzücken.»

«O Gott, wenn's doch der Fall wäre! – Es sind ja nur noch siebzehn Tage, wissen Sie.»

«Bis wohin?»

«Na, bis zum Tag des Erscheinens! Am 30. August!»

«Wollen Sie damit sagen, daß Sie die Tage zählen?»

«Abstreichen tu ich sie: am Kalender, jawohl! Der 30. August – ich darf das Datum gar nicht erwähnen, sonst werd ich sofort zappelig.»

«Nehmen Sie eine Miltown.»

«Tu ich längst. Regelmäßig. Aber es hilft nichts. Ich denke, ich bestell mir 'ne Frau für heute abend.»

«Glänzende Idee.»

«Ach, das hilft auch nicht. Ich bin nicht zu gebrauchen, bis dies verdammte Buch erschienen ist und ich die ersten Besprechungen gesehen habe.»

«Verfluchen Sie Ihr Buch doch nicht.»

«Nein, ich hätt's nicht tun sollen. Es ist gar kein verdammtes Buch; es ist ein schönes Buch, ein gutes Buch. Aber ich kann's einfach nicht erwarten, bis das verdammte Ding erschienen ist!»

Larry lachte.

«Lachen Sie nicht, Mensch! Wie wär Ihnen denn zumute, wenn ich jetzt auf einmal Ihren Hausentwurf nicht möchte, nachdem alles fertig gebaut ist?»

«Das würde mir gar nichts ausmachen.»

«Sicher; Ihre verdammten zehn Prozent kriegen Sie auf jeden Fall. Ich bin eingekreist von Zehnprozentigen: mein Agent; Sie ...»

«Mit dem Buch wird schon alles gutgehen. Machen Sie sich doch darum keinen Kummer.»

«Machen Sie sich doch darum keinen Kummer! Das ist ungefähr, wie wenn man einen Krebskranken empfiehlt, doch einfach keinen Krebs zu haben. Gestern hab ich die Zeitschrift vom Buchklub ‹Buch des Monats› gekriegt. *Die* haben vielleicht den Mund mit Lob vollgenommen.»

«Was meinen Sie; ich versteh nicht?»

«Na mein *Stein*. Hatte ich Ihnen noch nicht gesagt, daß es zum ‹Buch des Monats› für September ernannt worden ist?»

«Nein.»

«Na ja, es ist jedenfalls so. Und in der erwähnten Zeitschrift, die die versenden, wird ihre Wahl eben verkündet. Marquand, oder sonst irgendeiner von den Leuten da oben, schreibt üblicherweise so eine Art Besprechung über das betreffende Buch. Diesmal hörte sich's an, als hätte es ihnen tatsächlich gefallen.»

«Na, das ist aber doch ein gutes Zeichen.»

«Ach, so berühmt ist das nicht. Ihr Buch des Monats gefällt denen immer: Kein vernünftiger Mensch wird doch erwarten, daß sie ihre eigene Wahl schlecht machen.»

«Ach so. Auch wahr.»

«Aber die Kritik ist insofern ganz ordentlich, weil sie ehrlich begeistert klingt. Das gehört heutzutage zu den seltensten Erscheinungen und ist gar nicht so einfach. Ehrlich begeistert zu klingen, mein ich. – Was denken Sie: ob die Leute im September gern Bücher kaufen?»

«Und wie.»

«Na ja; hoffen wir's.»

Einen Augenblick herrschte Schweigen.

Dann sagte Larry: «Sie haben in letzter Zeit nicht bei mir hier angerufen, oder doch?»

«Nein. Warum?»

«Ich dachte, Sie hätten eventuell mit Eve gesprochen.»

«Frauen ruf ich nur an, wenn ich Absichten auf sie hab.»

«Sehr gut.»

«So; und jetzt, wo ich weiß, warum Sie eigentlich angerufen haben, dürfen Sie wieder auflegen.»

«Sie soll doch der Teufel holen», sagte Larry.

«Wollen Sie tatsächlich morgen, beziehungsweise den Tag darauf, zur Baustelle fahren?»

«Hatte ich morgen gesagt?»

«Sie hatten gesagt ‹noch diese Woche›. Und sonntags können Sie ja schwerlich fahren. Zumindest nicht, wenn Sie Di Labbia sprechen wollen.»

«Haben wir tatsächlich morgen schon Freitag?»

«Den ganzen Tag», sagte Altar und kicherte dann. «So sagt meine Mutter immer. Wenn sie fragen ‹Haben wir heute Mittwoch?›; dann anwortete sie prompt ‹Den ganzen Tag›. Sie kommt als Nebenfigur im *Stein* vor; hatt ich's Ihnen schon erzählt?»

«Nein.»

«Also, was mich dies verdammte Buch piesackt!» sagte Altar. Mit seiner besten Hier-spricht-der-Familienberater-Stimme sagte Larry: «Gehen Sie, Mr. Altar, gehen Sie hin zu den Leuten; bitten Sie sie um Vergebung, sagen Sie ihnen, ihr Herz ...»

«Ach, es gibt kein Mitgefühl mehr unter den Menschen», sagte Altar. «Das ist die Wurzel allen Übels. Kein Mitgefühl mehr.»

«Dann will ich Sie also Ihrem Elend überlassen», sagte Larry.

«Das tut jedermann und immerfort. Wollen wir nun zum Haus hinfahren oder nicht?»

«Warten wir noch bis kommende Woche.»

«Das hab ich mir gedacht. Schönen Dank für Ihren Anruf. Wenn ich den Gashahn aufdrehe oder aus dem Fenster springe, dann wird's Ihnen leid tun.»

«Dann ja.»

«Zu spät; damit machen Sie nichts wieder gut», sagte Altar und legte auf.

Larry grinste. Dann wurde sein Gesicht feierlich, und er dachte, ja, vielleicht *ist* es zu spät zum Wiedergutmachen. Auch er legte auf und versuchte sich für die unvermeidliche Auseinandersetzung zu wappnen.

Die ganze nächste Woche lang erfolgte die Verständigung nach Vorschrift der klassischen Komödie auf dem Umweg über die Kinder.

«Frag doch deinen Vater, ob er mir nicht die Butter rüberreichen kann, bitte, Chris.»

«Warum fragst du ihn nicht selber, Ma? Da rechts sitzt er doch.»

«Frag ihn, bitte.»

«Papi, könntst'u bitte Mutti die Butter rüberreichen?»

«Hier, Chris.»

«Danke.»

«Sag ‹Danke schön› zu deinem Vater, Chris.»

«Das hab ich doch längst.»

«Für mich.»

«Mutti läßt ‹Danke› sagen, Papi.» –

Das Schweigen dauerte an.

Maggie, die von der Explosion in Larrys Haus nichts ahnte, schmiedete die eifrigsten Pläne für das Wochenende, das sie in den letzten Tagen des Monats gemeinsam verbringen wollten. Bei Don hatte sie bereits vorgefühlt, und er hatte in ihre kleine Reise eingewilligt, vorausgesetzt, daß seine Mutter während der Zeit ihrer Abwesenheit kommen und auf Patrick aufpassen könnte. Ihr Anliegen schien ihn nicht im geringsten überrascht zu haben, und er hatte relativ wenig Fragen gestellt, wohin sie zu fahren oder was sie dort zu treiben gedächte. Atemlos informierte sie Larry am Telefon, daß sie, was sie anbelangte, Donnerstag abend, am 29. August, fahren könnte: Würde das Haus bis dahin fertig werden? Könnte er ab dann abkommen?

Er konnte ihr von dem Streit über das Puerto Rico-Projekt nicht erzählen, ohne sie gleichzeitig von dem Projekt selbst in Kenntnis zu setzen. Und so sagte er lediglich, er wolle sein Heil bei Eve versuchen, sobald sich die erste Gelegenheit dazu darböte.

Diese Gelegenheit ergab sich freitags, am 23. August, am Abend, als das Schweigen beendet wurde.

Er hatte sich gegen Mitternacht zu Bett begeben, während Eve noch im Wohnzimmer vorm Fernsehapparat saß. Als sie um ein Uhr ins Schlafzimmer kam, war er noch wach. Sie knipste das Nachttischlämpchen an, ging zu ihrem Bett und setzte sich auf den Rand.

«Können wir jetzt endlich vernünftig darüber reden?» fragte sie.

«Ah, sieh da, es kann sprechen», sagte Larry leichthin.

«Wenn du so weitermachen willst, ist das deine Sache», sagte Eve kalt. «Ich möchte jedenfalls keinen neuen Streit.»

«Und ich nicht minder.»

«Dann schlage ich vor, wir unterlassen alle Sticheleien, jeder von uns.»

«Entschuldige, bitte.»

«Schon gut.»

Erst noch ein längeres Schweigen.

Dann tat Eve einen tiefen Atemzug. «Ich will gar nicht weiter darauf eingehen, warum du die Sache geheimgehalten hast», sagte sie, und es klang wie der Anfang einer oft geprobten Ansprache. «Ich bin mir klar, daß gewichtige Gründe dafür vorliegen müssen und daß diese Gründe sehr privater Natur sind und mich ganz und gar nichts angehen.»

«Ich denke, wir wollten alle Sticheleien lassen?»

«Oh, entschuldige», sagte Eve sogleich. «Ich hätte aber jetzt gern einiges über dieses Angebot erfahren. Ich schlage vor, du erzählst mir davon, als sei es dir gestern gemacht worden, und nicht schon im Februar. Ich schlage vor, du erzählst mir alle Einzelheiten, und dann möchte ich entscheiden – ich möchte, daß *wir uns* entscheiden.»

«Ich weiß nicht, ob eine Entscheidung jetzt auf der Stelle möglich ist.»

«Aber erzählen davon kannst du doch wohl.»

Also erzählte er ihr von dem Antrag. Er ließ nichts fort. Und sie saß schweigend auf der Bettkante und lauschte. Ihr Gesicht zeigte nicht die geringste Erregung, und noch während des Sprechens wurde er sich darüber klar, daß – indem er das Angebot nicht sogleich erwähnte, als es gemacht wurde – er sie auch einer wahrhaft freudigen Erregung beraubt hatte. Jetzt war es zu spät. Jetzt war aus dem Ganzen eine kalte, geschäftliche Angelegenheit geworden, über die eine hochverantwortliche Entscheidung zu treffen war. Wie der Vorsitzende eines Aufsichtsrates saß Eve, lauschte angespannt und intelligent; aber ihr Gesicht blieb ausdruckslos und kein Funke blitzte in ihren Augen auf. Falls sie noch etwas empfand, ließ sie nicht das geringste sichtbar werden. Fall sie etwas empfand, hielt sie es starr in tiefsten Innern ihres Körpers verschlossen.

Als er geendet hatte, sagte sie nichts als: «Das klingt gut.»

«Ja.»

Wieder schwiegen sie lange. Dann sagte sie: «Meiner Ansicht nach sollten wir annehmen. Meiner Ansicht nach sollten wir sehen, daß wir von Föhrenhof wegkommen.»

«Ich weiß nicht recht», sagte Larry vorsichtig. «Es wäre eine große Veränderung.»

«Oder hast du persönliche Gründe, weswegen du die Vereinigten Staaten nicht verlassen möchtest?»

«Eve ...»

«Oh, entschuldige. Das hätte ich nicht sagen sollen. Es ist ja zu wichtig.– Ich habe das Gefühl, wir sollten zugreifen. Ich meine, das ist die tollste Sache, die dir jemals begegnet ist. Ich kann dein Zaudern nicht begreifen.»

«Na ja, ich bin zum Beispiel immer gern mein eigener Herr gewesen. Das weißt du ja.»

«Das wäre hier wohl nahezu auch der Fall.»

«Möglich. Jedenfalls muß man darüber nachdenken.»

«Soviel ich weiß hast du doch seit Februar darüber nachgedacht.»

«Ja.»

«Bist aber noch zu keinem Entschluß gekommen?»

«Nein. Es ist ja schließlich keine ganz leichte Entscheidung.»

«Mir scheint sie sehr leicht. Baxter hat recht: Hunderte von Architekten ließen sich Hände und Füße abhacken für den Posten.»

«Na, ganz so einfach liegt's doch nicht.»

«Anscheinend nicht.» Eve erhob sich und ging zur Spiegelkommode, um ihr Nachthemd zu holen. Kam zum Bett zurück und sagte: «Ich meine, wir sollten zugreifen, Larry.»

«Ich werd mir's durch den Kopf gehen lassen.»

«Wann wirst du dich entschieden haben? Falls wir für fünf Jahre nach Puerto Rico gehen sollten, müßten ja umfassende Vorbereitungen getroffen werden.»

«Das ist wahr.»

«Schön; wann wirst du dich also entschieden haben?»

«Baxter fährt erst im Laufe des Septembers ab.»

«Wirst du dich bis dahin entschieden haben?»

«Ich dachte ...»

«Ja?»

«Ich dachte schon daran, mal ein paar Tage ganz allein wegzufahren. Damit ich ... damit ich in aller Ruhe überlegen kann.»

«Würde dir das förderlich sein?»

«Ja; ich denke doch.»

«Und zwar wann?»

«Ende nächster Woche, hatte ich gedacht. Ich hatte gedacht, ich könnte so Donnerstag abend abfahren. Am 29. Und übers Wochenende bleiben.»

«Und während dieses Wochenendes ... gedenkst du zu einem Entschluß zu gelangen?»

«Ja.»

«Endgültig?»

«Ja.»

«Ich will hoffen, daß du die rechte Entscheidung triffst», sagte sie, und er hatte das Gefühl, daß sie damit nicht lediglich auf Baxters einfaches Angebot abzielte.

Da klingelte das Telefon.

Es durchschrillte derart die Stille des schlafenden Hauses, daß beide herumfuhren und überrascht hinstarrten. Der Uhrzeiger stand auf 1 Uhr 30. Das Telefon klingelte beharrlich weiter.

Einen Augenblick lang erschien es Larry wie ein übles Folterinstrument. Er machte keine Anstalten hinzugehen. Auf Eves Gesicht war ein Ausdruck der Verzweiflung getreten. Sie legte ihr Nachthemd wieder auf den Bettrand und ging auf den Apparat zu. Nahm auch den Hörer ab:

«Hallo?»

«Eve?» Und die Stimme war rauh und brüchig.

«Ja?»

«Hier ist Mama. Könntest du mit Larry zu uns rüberkommen, gleich als erstes morgen früh?»

«Was ist denn passiert?» fragte Eve hastig.

«Deine Lieblingsschwester ist durchgebrannt, sonst eigentlich nichts weiter», sagte Mrs. Harder.

32

Der Familienrat an jenem Sonnabend morgen – es war der 24. August – fand in einer Atmosphäre grimmer Zweckmäßigkeit statt. Ihn im Sommerhaus zu Easthampton abzuhalten hätte zweifellos leichtfertig gewirkt; Mrs. Harder hatte das, mit dem Instinkt der geborenen Tragödin, gespürt, und folglich den Clan in der New Yorker Mietwohnung versammelt.

Als Larry und Eve mit den Kindern eintrafen, waren Harders schon mit dem Frühstück fertig, und saßen im Wohnzimmer, dessen Fenster auf die Fifth Avenue und den Park hinausgingen. Die Vorhänge waren zurückgezogen, und die schrägen heißen Strahlen der Sonne füllten den Raum. Lois hatte würdig auf dem Klaviersessel Platz genommen. Sie trug einen schwarzen Pullover, der irgendwie der Feierlichkeit der Situation angemessen wirkte, und der, als willkommene Abwechslung, weder zu weit noch zu eng war. Das Klavier, wie auch alle anderen Möbel, trug noch seinen Überzug; war es doch vorgesehen gewesen, daß Harders nicht vor Labor Day wieder in die Stadt kämen, und kein Mensch wäre in der Wohnung gewesen, hätte nicht etwas Schreckliches sie gebieterisch dorthin genötigt.

Und ein einziger Blick in Mrs. Harders Antlitz hätte wahrlich auch den flüchtigsten Beobachter davon überzeugen müssen, daß dieses Schreckliche tatsächlich eingetreten war. Gesicht und Körper waren ihr von der Sonne Easthamptons gebräunt worden. Ihre Arme, die aus den kurzen Ärmeln des leichten Baumwollkleides kamen, waren schlank und muskulös geworden, vom Schwimmen im Meer. Einerseits wirkte sie mit ihrer Sonnenbräune völlig fehl am Platz, hier im Wohnzimmer, wo die weißen Geister von Möbeln buckelten; aber ihr Gesichtsausdruck widerlegte in seiner grimmen Unbeugsamkeit ihre sonstige Ferienfarbe aufs gründlichste.

Das erste, was sie zu Eve sagte, war: «Die Kinder hättest du nicht mitzubringen brauchen.»

«Ich wußte nicht, wo ich sie lassen sollte, Mama», sagte Eve und fügte augenblicklich hinzu: «Ist mit Linda alles in Ordnung?»

«Wie soll ich das wissen?» sagte Mrs. Harder. «Ich habe ja nicht einmal die geringste Ahnung, *wo* sie ist. Ein Telegramm! Ein Mädchen verheiratet sich – und schickt ihrer Mutter ein Telegramm!»

«Ich bin überzeugt, ihr geht's gut», sagte Mr. Harder. «Hank ist doch ein anstelliger, intelligenter Junge.»

Wie er so auf dem Fensterplatz saß und in den Park hinausschaute, schien Mr. Harder so übermäßig entsetzt gar nicht. Stark beteiligt, ja; aber nicht entsetzt.

«Genau das sage ich ja wohl ständig!» fuhr Mrs. Harder zu ihrem Gatten herum: «Ein *Junge*, ja; und nichts weiter.»

«Wir sind schließlich alle mal Jungen gewesen», gab Mr. Harder zu bedenken.

«Alex, du warst immerhin 23 Jahre alt, als wir heirateten, und das betrachte ich nicht mehr als Jungen. Aber Hank MacLean ist immer noch erst *ein*undzwanzig, und also ein Junge: ein *Junge!*» wiederholte sie pathetisch.

«Ich seh nicht ein, welchen Unterschied ausgerechnet die zwei Jahre machen sollen», sagte Mr. Harder.

«Einen gewaltigen Unterschied machen sie!» fauchte Mrs. Harder.

«Chris, willst du nicht so dicht ans Fenster gehen?» rief Eve. Mrs. Harder fuhr herum; und Eve sagte entschuldigend: «Ich hab immer eine Todesangst, sie könnte mal rausfallen.»

«Sie denken gar nicht daran, aus dem Fenster zu fallen», sagte Mrs. Harder. «Sie sind ja schließlich nicht zum erstenmal in ihrem Leben hier und bisher noch nie rausgefallen. Ich habe drei Kinder in dieser meiner Wohnung groß gezogen; und keines davon ist mir jemals aus dem Fenster gestürzt.»

«Das weiß ich; aber . . .»

«Du hättest sie eben überhaupt nicht erst mitbringen sollen. Das ist kein Ort für Kinder. Nicht wenn wir Dinge besprechen –»

«Aber Mama, ich wußte nicht, wohin ich –»

«Können wir das Telegramm mal sehen?» mischte sich jetzt Larry ein.

«Wo ist das Telegramm, Alex?» sagte Mrs. Harder.

«Auf dem Tisch in der Diele, meines Wissens.»

«Lois, hol das Telegramm.»

Lois erhob sich vom Klaviersessel und ging wortlos in Richtung Diele. Es war schwierig, aus ihrem Gesichtsausdruck abzulesen, wie sie über das doch recht impulsive Unternehmen ihrer Zwillingsschwester dachte. Ihr Instinkt sagte ihr, daß die Familie eine Doppelhochzeit eher akzeptiert hätte; und deswegen wäre sie lieber von Linda ins Vertrauen gezogen worden. Gleichzeitig jedoch war sie sich bewußt, daß dergleichen nicht mehr als bloßer lustiger Zwillingsstreich gewertet werden konnte; und verhielt sich folglich vorsichtshalber beobachtend und abwartend. Sie nahm das Telegramm zur Hand, trug es zurück ins Wohnzimmer und offerierte es ihrer Mutter.

«Gib es Larry», sagte Mrs. Harder und wehrte das Blatt Papier mit einer Gebärde ab, als wimmle es von Ungeziefer.

Larry nahm das Telegramm entgegen und las:

LIEBSTE MAMA UND PAPPI. HEUTE NACHMITTAG GEHEIRATET. WAHNSINNIG GLÜCKLICH. SIND BALD WIEDER BEI EUCH. LIEBE GRÜSSE. LINDA UND HANK.

Larry gab die Drahtnachricht an Eve weiter.

«‹Wahnsinnig glücklich›», sagte Mrs. Harder; als ob gerade dieser Satz sie besonders geärgert hätte.

«Das Telegramm ist in New York aufgegeben worden», sagte Larry.

«Ja. Aber das besagt gar nichts. Es ist um 21 Uhr abends aufgegeben worden. Die Trauung kann sonstwo erfolgt sein.»

Eve sah verblüfft auf. «Worin liegt da der Unterschied, *wo* sie getraut worden sind?»

«Linda ist erst siebzehn», sagte Mrs. Harder. «Im Staate New York aber muß man achtzehn sein. Laut Gesetz. *Soviel* weiß ich auch noch. Wie es in anderen Staaten damit steht, weiß ich nicht; aber falls sie in New York getraut worden sein sollte, können wir –»

«Warum wartest du zumindest nicht, bis wir erst mal mit dem Mädchen gesprochen haben, um Himmels willen!» sagte Mr. Harder. «Du läßt die Sache bereits für ungültig erklären, wo wir doch noch nicht einmal –»

«Sie ist doch erst siebzehn!» sagte Mrs. Harder und begann zu weinen.

«Sie ist beinahe achtzehn, Patricia», sagte Mr. Harder.

Mrs. Harder gab keine Antwort. Sie saß auf ihrem Stuhl und schluchzte in ein kleines Spitzentüchlein.

«Sind Hanks Eltern darüber informiert?» fragte Larry.

«Sie haben genau dasselbe Telegramm erhalten», sagte Mr. Harder. «Ich hab gestern abend noch mit Mr. MacLean gesprochen. Er scheint ein ganz vernünftiger Mann.»

«Was hat der wohl auch für Sorgen?» sagte Mrs. Harder. «Ist es denn seine Tochter? Sein Sohn war ja noch nicht einmal beim Militär. Was geschieht, wenn er eingezogen wird? Was macht Linda dann? Soll sie etwa Marketenderin werden? Sie ist doch noch ein

Kind.» Unversehens wandte sie sich mit ihrer Rede an Eve: «Eve! Sie ist doch ein Kind; deine kleine Schwester, und nichts weiter!»

Eve nickte. Wenn sie so ihre Mutter ansah, und weiter an ihr vorbei auf Lois, hätte sie am liebsten mitgeweint. Alles schien auf einmal derart verwirrt und verwirrend, und sie hätte sich so gern herausgehalten. Und dennoch war Linda ihre Schwester, und sogar stets ihr Liebling gewesen. Aber jetzt, wo sie Mrs. Harder gegenübersaß, sagte sich Eve, ich will mich nicht hineinverwickeln lassen. Das geht nicht. Und hätte doch am liebsten mitgeweint.

«Hast du Sam angerufen?» fragte Mrs. Harder.

«Ich habe Sam angerufen», sagte Mr. Harder.

«Schön; und wo ist er?»

«Heute ist Sonnabend. Selbst Rechtsanwälte machen ab und zu einen Tag Ferien.»

«Kommt er noch?»

«Er sagte, ja.»

«Und wann?»

«Sobald wie möglich.»

«Und wird er über die Staatsgesetze im Bilde sein?»

«Er ist ja schließlich Anwalt. Ich könnte mir vorstellen, daß er über die Gesetze im Bilde ist.»

«Wie hat sie mir das nur antun können?» fragte Mrs. Harder. «Wie konnte sie nur so etwas tun?»

Die Art, wie Linda Harder so etwas hatte tun können, war relativ einfach.

Obgleich Mrs. Harder die zäheste Gegnerin der jetzt geschlossenen Ehe war, trug sie in gewissem Sinne keinen kleinen Teil der Verantwortlichkeit dafür. Sie hatte schon Eve in dem Glauben zu erziehen versucht, daß ein Mädchen ihr Brautbett grundsätzlich als Jungfrau besteigen müßte. Eve hatte vorgezogen, diesen Rat ihrer Mutter nicht zu befolgen; ein Tatbestand, hinsichtlich dessen Mrs. Harder noch heute in glücklicher Unwissenheit lebte. In ihren eigenen Augen hatte sie, was Eve anbelangte, eine glänzende erzieherische Leistung vollbracht; und wandte folglich die gleiche Methode mit Nachdruck auf die Zwillinge an; begleitet von den gleichen Mahnungen, sich nie einem Jungen auf den Schoß zu setzen. Und wenn auch diese Mahnungen bei Lois verschwendet waren, sie waren es nicht bei Linda. Bei ihr hatte Mrs. Harder Erfolg gehabt, wenn sie ihr den Lehrsatz einhämmerte, daß ein artiges Kind damit warte, bis es verheiratet sei. Und also hatte Linda, angesichts ihrer wachsenden Leidenschaft für Hank, vor diesem Dilemma gestanden: entweder ein unartiges Kind zu werden – oder aber eben zu heiraten.

Dies ihr Dilemma wurde noch ausgeprägter durch Hank MacLeans Einstellung zu der betreffenden Frage. Er glich ja in vielen Beziehungen Mrs. Harder – ein Vergleich, der ihm freilich nicht sonderlich angenehm gewesen wäre. Auch seiner Ansicht nach unterschied man zwischen artigen und unartigen Mädchen, und die unartigen heiratete man eben nicht. Also trug er auch kein Verlangen, aus Linda Harder, dem Mädchen, das er liebte, ein unartiges Mädchen zu machen. Ganz behutsam hatten sowohl er als auch Linda bei ihren beiderseitigen Eltern hinsichtlich der Frage einer Heirat sondiert; in beiden Familien war die Antwort die gleiche gewesen.

«Wartet. Ihr seid noch Kinder. Linda geht sogar noch auf die High School. Hank kann eingezogen werden. Also wartet.»

Warten konnten sie aber nicht mehr. Der Fall lag ganz einfach. Am 21. August, Mittwoch früh, hatte Linda Harder das Sommerhaus in Easthampton verlassen. Ihrer Mutter hatte sie erzählt, sie würde die nächsten paar Tage bei einer Schulfreundin, namens Sissie Carlisle, in der City verbringen. Mrs. Harder hatte nichts dagegen. Diese ‹gegenseitigen Mädchenbesuche› waren eine Formel, an die sie sich als die Mutter dreier Backfische allmählich gewöhnt hatte. Sie wußte auch, daß Linda ein artiges Mädchen war, auf das man sich verlassen konnte und die keine Ungelegenheiten bereiten würde. Also küßte sie ihre Tochter noch einmal liebevoll, und dann brach Linda, das Köfferchen in der Hand, auf. Das konnte Mrs. Harder freilich nicht wissen, daß sie ihre Tochter das nächste Mal als fast gleichberechtigte Frau wiedersehen würde. Allerdings, als sie damals so das Haus verließ, sah Linda fraulicher aus denn je. Die volle Brust, die kräftigen Hüften, das Haar aus dem Gesicht zurückgekämmt, dazu das gutsitzende Kostüm und die braunen Boxcalf-Pumps – sie wirkte bei weitem älter als siebzehn.

In New York wartete Hank auf sie; und beide begaben sich gemeinsam auf die Reise nach Elkton, Maryland.

Hank hatte lange darüber nachgedacht, ob man ihm auf Grund einer großzügigen Auslegung der Man Act etwa zur Last legen könnte, er hätte sie in unsittlicher Absicht über die Staatsgrenze entführt. Sie hatten allen Ernstes beraten und waren zu dem Ergebnis gekommen, daß eine Heirat ja wohl nie als unsittliche Absicht betrachtet werden könnte. Und gleich anschließend waren sie in ihrer Unterhaltung wieder bei dem einen gefährlichen Engpaß angelangt – dieser Engpaß war Lindas Alter. In New York kam eine Heirat überhaupt nicht in Frage; man ging in diesem Staat engherzig nach dem Buchstaben des Gesetzes vor, und sie waren überzeugt, daß Linda eine Geburtsurkunde würde vorlegen müssen. Als sie im Schnellzug nach Süden brausten, wußten sie nicht einmal sicher, ob man in Elkton nicht auch danach fragen würde.

«Wie alt seh ich denn so aus?» fragte sie ihn allen Ernstes.

«Wie achtzehn mindestens.»

«Oder neunzehn?»

«Vielleicht auch.»

«Zwanzig?»

«Könnte sein.»

«Wenn ich achtzehn sage, verlangen sie garantiert eine Bescheinigung. Aber wenn ich behaupte, ich wäre zwanzig, dann denken sie vielleicht eher, daß ich nicht schwindle: Wer würde die Stirn haben und gleich um drei Jahre lügen?»

«Da könntest du recht haben», sagte Hank.

«Naja, es wären im Grunde ja auch bloß zwei Jahre und zwei Monate.» Eine Pause. «Wir könnten ja auch noch die zwei Monate warten, wenn du willst. Dann hätten wir keinerlei Schwierigkeiten mehr. Dann wär ich wirklich achtzehn. – Möchtest du lieber warten?»

«Nein. Du?»

«Nein. Ich möchte dich heiraten.»

Dann besprachen sie wieder das Grundgesetz des Staates Maryland, wie sie es bruchstückweise von Bekannten erfahren hatten, die ebenfalls ausgerissen und dort getraut worden waren. Soweit sie im Bilde waren, mußte der Mann mindestens einundzwanzig, das Mädchen wenigstens achtzehn sein. War das nicht der Fall, so mußten sie eine schriftliche und notariell beglaubigte Erlaubnis ihrer Elternteile vorlegen, ehe die Heiratsgenehmigung erteilt wurde. Eine Blutprobe wurde dort nicht verlangt, wohl aber mußte ein Aufenthalt von mindestens 48 Stunden nachgewiesen werden, bevor die Trauung vorgenommen werden konnte. Außerdem verlangte das Gesetz auch die kirchliche Trauung. So saßen sie nebeneinander im Abteil, die Koffer oben im Gepäcknetz, und besprachen im Flüsterton den Meineid, den Linda zu leisten im Begriff stand.

Elkton war keine bedeutende Stadt und konnte sich keines großen Bahnhofs rühmen. Als sie ankamen, entdeckten sie, daß ein einziger Wagen den dortigen Bahnsteig ausfüllte, und mußten durch den ganzen langen Zug gehen, um nur aussteigen zu können. Als sie mit ihren verbeulten Koffern in der Hand sich durch die Wagengänge drängten, sahen sie, wie man sich nach ihnen umdrehte, und hörten die geflüsterten Worte: «Reißen aus, die beiden.»

Als sie aus dem Zug gestiegen waren, nahm Hank ihre Hand und preßte sie heftig. «Alles in Ordnung?» fragte er.

«Von mir aus!» Und sie grinste. «Es ist doch nichts Schlimmes, wenn man sich verheiratet, oder?»

«Aber auf keinen Fall», sagte Hank. «Und jetzt sehen wir, daß wir die Genehmigung kriegen.»

Im Taxi wurde noch einmal Generalprobe veranstaltet.

«Wie alt sind Sie?»

«Zwanzig.»

«Wann sind Sie geboren?»

Immer und immer wieder wiederholten sie im Flüsterton die Daten, leise, damit der Chauffeur sie nicht hören und den Anschlag durch Verrat an irgendeine Behörde vereiteln könnte. In Wahrheit sah der Taxifahrer nicht sehr nach Spitzel aus. Ein kleiner dicker Mann vielmehr, der beim Aussteigen nur sagte: «Wenn's soweit ist, denken Sie doch an mich. Joey, mein Name. Ich weiß, wo Sie 'ne nette kleine Feier veranstalten können.»

Als sie bei der Behörde warteten, wisperte Hank: «Ob du dir etwa noch 'ne Zigarette ansteckst?»

«Nein», wisperte Linda zurück.

Sie füllten das Antragsformular aus und gaben es dann dem Angestellten hin.

«Sie sind einundzwanzig?» fragte er Hank.

«Jawohl, Sir», sagte Hank.

«Können Sie Ihr Alter irgendwie belegen? Geburtsurkunde? Taufschein?»

«Jawohl, hab ich mit; im Koffer», sagte Hank. Er bückte sich und schickte sich an, ihn zu öffnen.

«Lassen Sie gut sein», sagte der Angestellte. Dann sah er auf Linda. «Und Sie sind zwanzig, kleine Dame?»

«Ja», erwiderte sie. Und lächelte unbeschwert.

«Mmmm», machte der Angestellte, und sein Blick ruhte noch immer auf ihr. Es erschien Linda im Moment schlechthin lächerlich, daß dieser adlernasige Angestellte hier, ganz nach Lust und Laune, von ihr einen Beweis ihres Alters sollte fordern dürfen, oder auch nicht; worauf sie in dem einen Fall heiraten durfte – oder eben auch nicht.

Der Angestellte griff nach Stempel und Stempelkissen, aber immer noch ruhte sein Blick auf Linda.

Dann nahm sein Gesicht einen leicht gelangweilten Ausdruck an, und er stempelte den Antrag.

«Nach achtundvierzigstündigem Aufenthalt dürfen Sie heiraten», sagte er. «Standesamtliche Trauung genügt nicht. Und jetzt, bitte zur Kasse, junger Mann.»

Als sie das Büro verließen, wurde sich Linda zum erstenmal bewußt, daß noch andere Leute im Zimmer warteten. Sämtliche Mädchen, so schien es ihr wenigstens, wirkten weit jünger als sie. Im Korridor hakte sie bei Hank ein.

«Wie spät ist es?» flüsterte sie.

Er sah auf die Uhr. «14 Uhr 20», sagte er.

«Freitag um diese Zeit sind wir schon verheiratet.» Sie machte eine Pause; dann: «Sag mal, hast du tatsächlich eine Geburtsurkunde bei dir?»

«Ja, sicher; du weißt doch, daß ich einundzwanzig *bin*!»

Linda kicherte und drückte seinen Arm fester an sich.

Zwei Nächte brachten sie noch in einem Motel am Außenrand der Stadt zu, in zwei nebeneinanderliegenden Zimmern. In der ersten Nacht sprang Hank aus dem Bett, weil ihm deuchte, er habe Linda nach ihm rufen hören. Lange stand er an der Tür, die ihre Zimmer verband, und lauschte. Dann drückte er die Klinke und lugte ins Nebenzimmer. Linda lag in friedlichem Schlummer. Er schloß die Tür und begab sich wieder zu Bett.

Am 23. August, nachmittags um 14 Uhr 30, einem Freitag, wurden sie im Hinterzimmer eines Antiquitätenladens von einem protestantischen Geistlichen getraut. Sie hatten ursprünglich vorgehabt, die kommende Nacht in Baltimore zu verbringen; entschlossen sich jedoch statt dessen, lieber nach New York zurückzufahren. In der City speisten sie zu Abend und schickten dann die Telegramme an ihre Eltern. Als sie sich im *Waldorf-Astoria* eintrugen, waren sie überrascht, daß niemand ihren Trauschein zu sehen verlangte. Um 21 Uhr 30 abends, in einem Zimmer im sechsten Stock, vollzogen sie dann ihre Ehe. Sie waren sehr glücklich.

Und Linda nicht wenig verlegen, wenn sie sich vorstellte, was das Zimmermädchen wohl beim Anblick der Bettlaken denken würde.

Es machte den Eindruck, daß die Sitzung in der New Yorker Wohnung sich längere Zeit hinziehen könnte, und also nahm man die Bezüge von den Möbeln.

Larry war ob der Aussicht auf eine längere Sitzung nichts weniger als freudig gestimmt. Das Wochenende war irgendwie da gewesen, und schon wieder vorbei, und heute war bereits Montag, und der Aufenthaltsort der Flitterwöchner war immer noch unbekannt. Und Donnerstag abend sollten Maggie und er, wie abgemacht, ihre kleine Reise antreten. Immer nervöser sah er die Zeit verstreichen, während Sam Gottleib, Harders Rechtsanwalt, Linda und Hank zu finden versuchte.

Gottleib war als erstes von der Voraussetzung ausgegangen, daß die Jungvermählten sich verbergen und folglich die vornehmeren Hotels vermeiden würden. Also recherchierte er in den Motels, von New Jersey und Long Island; den zweitrangigen Hotels, wie sie in den vierziger Straßen in West New York gediehen; und anschließend nahm er die Hotels in den äußersten Stadträndern Westchesters vor. Erst Dienstag früh begann er dann, und widerstrebend dazu, auch die erstklassigen New Yorker Hotels anzurufen. Larrys Ungeduld hatte unterdessen den Siedepunkt erreicht. Hier, in der Harderschen Wohnung wie gefangen, hatte er noch nicht einmal zu telefonieren vermocht. Maggie war ja noch nicht informiert, daß seine Pläne für das Wochenende inzwischen Gestalt angenommen hatten. Sie wußte nicht einmal, *daß* sie sich treffen konnten; noch ganz zu schweigen wo und wann.

Das erste Hotel, das Gottleib Dienstag früh anrief, war das *Waldorf-Astoria*.

Und innerhalb von zwei Minuten – nach dreitägiger ergebnisloser Suche – war er mit Hank MacLean verbunden. So ruhig, wie es sich bei den akkompagnierenden Schreien von Mrs. Harder im Hintergrund tun ließ, forderte er das Pärchen auf, sogleich in die Arme der Eltern zurückzukehren. Mrs. Harder bestand darauf, schon jetzt mit Linda persönlich sprechen zu wollen; aber Gottleib hinderte sie wohlweislich daran. Er wollte vermeiden, daß das Mädchen sich vor Schreck nun wirklich erst versteckte.

Um 12 Uhr mittags an diesem Dienstag nun waren beide Familien versammelt, um die Ausreißer zu empfangen. Rein äußerlich wirkte die Versammlung durchaus wie eine Hochzeitsgesellschaft, jedoch ohne deren innerliche Freudigkeit oder warme Anteilnahme. Mrs. Harder bot belegte Brote herum. Ihr Bruder Fred, der schon zweimal geschieden und also Spezialist für solche Fälle war, entkorkte unaufgefordert eine Flasche Bourbon und schenkte sich einen vorfrühstücklichen Morgentrunk ein. Mrs. Harder wollte nicht unhöflich erscheinen und fragte also auch die übrigen Anwesenden, ob sie vielleicht ebenfalls etwas zu trinken möchten? Sam Gottleib nahm an, und auch Joshua MacLean, Hanks älterer Bruder, der in Cornell, Ithaca, Medizin studierte. Die anderen Männer dankten. David fragte Eve erneut, ob denn jemand gestorben wäre?

Um 12 Uhr 30 läutete es an der Korridortür. Mrs. Harder begann zu weinen. Mr. MacLean, Hanks Vater, sagte: «Aber, aber.» Mr. Harder ging und öffnete die Tür. Da stand lächelnd Linda, eine Orchidee am Jackettaufschlag ihres Kostüms, und warf sich ihrem Vater in die Arme. Mr. Harder faßte Hanks Hand und wisperte: «Gratuliere! Und paß ja gut auf sie auf, hörst du?!» Dann begaben sie sich vereint ins Wohnzimmer.

Der Anblick der ihrer Unschuld beraubten Tochter ließ die Wogen von Mrs. Harders Hysterie höher schlagen. Mr. MacLean, ein hagerer Sechziger, mit weißem Haar und blaßblauen Augen, wiederholte unermüdlich sein beschwichtigendes «Aber, aber. Aber, aber», Seine Gattin Martha hatte ein rotes, frisches Gesicht, auf dem zur Zeit deutlich die Ungehaltenheit über all das Getue zu lesen stand. Sie konnte an ihrem Sohn kein Fehl entdecken. Die Mutter wohl *jedes* Mädchens, so schien es ihr, hätte froh und stolz sein sollen, ihn zum Schwiegersohn zu bekommen.

Linda ging geradewegs auf Eve zu.

Eve stand auf; die Schwestern umarmten sich; und Eve war selbst erstaunt, als sie merkte, wie fest sie Linda in die Arme nahm. Erneut mahnte sie sich, sich innerlich nicht zu sehr zu beteiligen; aber dennoch hielt sie ihre Schwester eng an sich gepreßt und wünschte ihr alles Glück, und im stillen auch, daß der von Mrs. Harder verursachte Mißklang kein ungünstiges Vorzeichen für die junge Ehe bedeuten möge. Es gab ja so viel, was Linda zu lernen, zu erfahren hatte; und wenigstens der Anfang hätte doch freudig sein sollen, ähnlich wie ihre eigene Ehe mit Larry begonnen hatte. Und als sie an ihren Anfang dachte, und das Glück, das sie empfunden hatte, überflutete sie eine neue Welle von Traurigkeit; über Lindas Schulter hinweg sah sie Larry stehen, und wunderte sich einmal mehr, ob sie sich in dem Mann, den sie liebte, derart getäuscht haben könnte?

«Wo sind Sie denn eigentlich getraut worden?» fragte Gottleib unvermittelt.

Linda wandte sich. Der Rechtsanwalt war ein untersetzter Mann Mitte Fünfzig. Über seine Weste zog sich die goldene Uhrkette, von der ein Phi Beta Kappa-Abzeichen baumelte. Auch trug er einen braunen Anzug mit Nadelstreifen und eine Krawatte aus Seidenrips. Seine Brille rutschte ihm grundsätzlich bis mitten auf die Nase herunter. Und den Kopf neigte er ständig auf die eine Seite, als Ausdruck, daß er zunächst einmal schlechterdings alles bezweifle.

«Wir sind in Maryland getraut worden», sagte Hank.

«Dann war die Trauung ungesetzlich», sagte Gottleib triumphierend. «Gemäß den Gesetzen des Staates Maryland muß die Braut –»

«Das betreffende Gesetz ist uns bekannt», sagte Hank fest.

«Dann wird Ihnen ja wohl auch bekannt sein, daß Ihre Frau sich des Meineids schuldig gemacht hat, als sie fälschlicherweise angab –»

«Wir sind jetzt verheiratet», sagte Hank.

«Ich wünsche, daß die Ehe für ungültig erklärt wird», sagte Mrs. Harder still.

Linda wandte sich ihrer Mutter zu. «Warum?» fragte sie.

«Weil ihr beide noch Kinder seid. Die Ungültigkeitserklärung der Ehe kann mühelos erfolgen. Du bist ja noch unmündig. In dem Augenblick, wo wir das Schwergewicht auf diesen einen Punkt –»

«Ich bin kein Kind mehr, Mama», sagte Linda mit ruhiger Würde.

»Bloß weil ihr ein paar Nächte zusammen in einem Hotelzimmer –» wollte Mrs. Harder ansetzen; aber Mr. Harder fiel ihr scharf in die Rede: «Patricia! Kein Wort mehr!»

«Ich wünsche, daß die Ehe für ungültig erklärt wird», wiederholte Mrs. Harder.

«Und wir wünschen es nicht», sagte Linda.

«Das kommt hier nicht sonderlich in Betracht, was Sie wünschen, junge Dame», gab ihr Gottleib zu verstehen.

«Also nun mal –» sagte Henry MacLean. «Ich meine doch, unsere Kinder sollten selbst entscheiden –»

«Mr. MacLean», sagte Mrs. Harder, «wir wollen den Fall nicht unnötig komplizieren: meine Tochter ist unmündig. Das genügt mir; Mr. Gottleib genügt es ebenfalls; und den Gesetzen des Staates Maryland nicht minder. Ich sehe keinen Grund für –»

«Patricia, du redest wie eine Törin», sagte Mr. Harder.

«Alex –»

«Jetzt halt bitte mal eine Minute lang den Mund, wenn du kannst, ja?!» Er sah seine Frau mit drohend gerunzelter Stirn an; und sie ihrerseits blickte mit drohend gerunzelter Stirn zu ihm auf. «Die Kinder sind verheiratet. Schön; fassen wir den Fall jetzt mal nicht am falschesten Ende an, indem wir ständig ‹Ungültig! Ungültig!› brüllen.» Er wandte sich zu Hank: «Wie hast du dir den Unterhalt deiner Frau vorgestellt, Hank?»

«Ich habe bereits seit längerer Zeit Halbtagsarbeit», sagte Hank. «Und nächstes Semester mache ich mein Abschlußexamen.»

«Und ich gehe ebenfalls auf Arbeit», sagte Linda. «Bis Hank die Prüfung bestanden hat.»

«Was das anbelangt», schaltete sich Mr. MacLean ein, «werde ich Hank so lange unterstützen, bis er auf eigenen Füßen stehen kann. Linda gefällt mir ausgezeichnet; und ich möchte nicht –»

«Sie ist noch nicht mal von der High School runter», sagte Mrs. Harder. «Was wird, wenn sie ein Kind bekommt?»

«Na, dann bekommt sie eben ein Kind», sagte Mr. Harder. «Ist das etwa irgendwie unrecht, daß verheiratete Leute Kinder bekommen?»

«Ich soll eine Großmutter sein, die nicht einmal bei der Hochzeit ihrer eigenen Tochter dabei gewesen ist? Wie hast du mir das nur antun können, Linda? Bin ich denn eine so schlechte Mutter? Habe ich jemals –»

«Mama, Mama.»

«*Eve* hat so etwas nicht getan: Warum mußtest du das tun?»

«Mama, ich hab ihn *lieb*», sagte Linda.

«Ach, hör du auf, von Liebe zu reden», sagte Mrs. Harder.

«Was ist daran denn wieder Unrechtes, daß sich die zwei lieb haben?» verlangte Mrs. MacLean zu wissen.

«Es sind doch Kinder! Was wissen denn die von –»

«Aber sie sind alt genug, um Kinder in die Welt setzen zu können, eh?» erkundigte sich Mrs. MacLean mit gesträubten Augenbrauen, und ihr Gesicht schien wieder um einen Schein röter zu werden.

«Also so kommen wir keinen Schritt weiter», sagte Mr. Harder. «Ich lehne es ab, meine Tochter wie eine Verbrecherin zu behandeln.»

«Ich wünsche, daß die Ehe für ungültig erklärt wird», sagte Mrs. Harder.

«Selbst wenn wir unter uns zu dem Ergebnis gelangen sollten», fragte Gottleib, «daß die Ehe praktisch durchführbar wäre?»

«Für ein solches Ergebnis sind lediglich zwei Personen hier zuständig», sagte Mrs. MacLean.

Mr. Harder lächelte zu ihr hinüber. «Sehr richtig! Und zwar meine Tochter und Ihr Sohn. Wir anderen sind alle mehr oder weniger unnötiger Ballast. Ich schlage vor, wir machen den Whiskey auf und stoßen an auf das Wohl von Braut und Bräutigam.»

«Alex!» sagte Mrs. Harder scharf. «Der Fall ist noch nichts weniger als geklärt!»

«Was hast du eigentlich vor? Willst du den Staatsanwalt bemühen? Linda ins Zuchthaus bringen? Um Himmels willen, Patricia, mach doch mal die Augen auf, und sieh sie an! Da steht eine Frau! Deine verheiratete Tochter! Gib ihr einen Kuß; nimm sie in die Arme; liebe sie, Patricia: *Mensch, lieb sie!!*»

«Ich wünsche, daß die Ehe für ungültig erklärt wird», sagte Mrs. Harder fest.

«Könnte ich ... könnte ich bitte mal allein mit Eve sprechen?» fragte Linda.

Eve sah auf. Sie wollte schon mit dem Kopf zu schütteln beginnen; aber Linda hatte sie bereits bei der Hand genommen und führte sie aus dem Zimmer. Sie ging auf dem kürzesten Weg zu dem Raum, in dem Eve als Mädchen, als sie noch daheim war, geschlafen hatte. Jetzt wurde er zwar als zweites Fernsehzimmer benützt; aber einige von dem Zierat, mit dem Eve damals die Wände geschmückt hatte, war noch da – ein Fähnchen, das Larry ihr bei einem Footballspiel in Randalls Island geschenkt hatte; ein Schild mit der Aufschrift Lexington Avenue Express, das sie und Larry anläßlich einer Jagd auf Straßenschilder gemeinschaftlich geklaut hatten; ein gerahmtes Foto von ihr und Larry, wie sie auf dem Rummelplatz von Palisades Park standen; das Programm ihrer Examensfeier bei *Astor*, bei der Larry ihr Begleiter gewesen war. Linda schloß die Tür.

Irgendwie webte ein Gefühl der Vergangenheit in diesem Raum; etwas wie Unschuld der Mädchenjahre war selbst in dem umgeräumten Zimmer noch; Erinnerungen, wie Linda als kleines Mädchen hereingekommen war, um sich mit Eve zu unterhalten, bevor diese zu einer Verabredung ging, oder auch, wenn sie spät abends davon zurückkehrte. Und in diesem Raum, der einst der ihre gewesen war, fiel ihr plötzlich jener eine Sonnabend ein.

Frühling war es gewesen, das Fenster hatte offen gestanden, und dazu der Schleiertanz der Gardinen im lauen Luftzug. Notizen in Französisch, erinnerte sie sich, hatten auf ihren Arbeitstisch am Fenster herumgelegen; und aus dem Wohnzimmer war Beethoven-Musik gekommen. Sie dachte . . .

> Wahrlich, du bist Eve.
> Denn . . .
> Hätt ich nie gesehn,

Linda kam zu ihr. «Eve?» sagte sie.

> Hätt ich nie gesehn,
> Im Stehn oder Gehn,
> Dein Gesicht, deine Hände,
> Deinen Gang, dann bestände
> Für mich
> Nicht Eve, nicht Ewigkeit.

Sie mußte ihre Schwester plötzlich und heftig in die Arme schließen. «Oh, mein Kleines», sagte sie. «Bist du glücklich, Linda? Bist du wirklich glücklich, Liebling?»

«Ja, Eve. Ach, Eve, ich hab ihn ja so lieb! Was ist denn bloß mit Mama los? Begreift sie denn einfach nicht, daß wir uns lieb haben? Könntest du nicht mal mit ihr reden, Eve? Könntest du sie nicht zur Einsicht bringen?»

«Liebling, Liebling . . .» Linda hatte sich jetzt ihr zu Füßen auf den Boden gesetzt, und Eve strich ihr über das lange schwarze Haar, hob ihr dann das Kinn und sah Linda lange in die Augen.

«Hat er dich sehr lieb, Linda?» fragte sie.

«Ja, Eve.»

«Du bist dir ganz sicher, Linda? Das muß man sein. Ich fühl mich so alt. Ach, ich komm mir so verdammt alt vor!»

Linda sah betroffen zu ihr auf. Sie faßte Eves Hand und sagte: «Ist irgendwas nicht in Ordnung?»

«Doch, doch. Ich freu mich, daß du verheiratest bist. Das wird fein werden, wenn man eine verheiratete Schwester hat. Und daß man eines schönen Tages Tante sein wird.»

«Gefällt er dir, Eve?»

«Gefällt er *dir*, Kleines? Darauf kommt's doch einzig an.»

«Ja, ja. Ach, und wie!»

«Und du liebst ihn? Du bist dir sicher? Bist dir absolut sicher?»

«Ja.»

«Linda ...»

Sie wollte zu ihrer Schwester von der Ehe sprechen. Es waren ja so unzählig viele Einzelheiten, die Linda hätte wissen müssen; wundervolle Einzelheiten, und schreckliche Einzelheiten, Sicherheit und Ungewißheit, Zärtlichkeit und Grausamkeit, Aufregung und Langeweile, Zeiten der Muße und der Mühseligkeit. Erzählen wollen hätte sie ihrer Schwester, die sie in diesem Augenblick sehr liebte, die ihr rein und unbefleckt erschien, jung und unschuldig; erzählen hätte sie ihr mögen von dieser prachtvollen und abscheulichen Einrichtung, die man Ehe nannte. Aber als sie zu berichten versuchte, wußte sie nichts zu sagen.

Wohl erinnerte sie sich an Ereignisse in ihrer eigenen Ehe, erinnerte sich so deutlich, als geschähen sie eben jetzt; aber alle schienen sie eigentlich der Mitteilung nicht wert. Schienen nichts als allerpersönlichste Vorkommnisse, die zwar zu ihr und Larry gehörten, aber wohl schwerlich auf das Leben anderer anwendbar waren. Und weiterhin überkam sie Verwirrung, weil neuerdings in das Leben, das sie und Larry teilten, eine unpersönliche Note gekommen war; ein geheimnisvoller Mißklang, der die Harmonie ihrer Ehe, dieses persönlichste und privateste aller menschlichen Verhältnisse zerstörte. Für den Fall ihrer Schwester empfand sie fast nichts als himmelhoch Jauchzen; für sich selbst und die eigene festgefahrene Ehe blieb nur das zu Tode betrübt. Lachen hätte sie mögen, und gleichzeitig weinen, und tat doch weder das eine noch das andere. Saß da, in unentschlossenem dumpfem Schweigen, gleich unfähig zu Worten wie zu Taten. Trat ihre Schwester nicht eben in einen Kreislauf ein, den gleichen Kreislauf, der für sie vor acht Jahren begonnen hatte? Was sollte sie ihr sagen? Wie sie vorbereiten?

Sollte sie sagen: «Ach Kind, Kind; das Leben ist nicht nur eine Schüssel voll Kirschen?»

Sollte sie sagen: «Es werden gute und böse Tage kommen, Linda: bereite dich auf *beide* vor?»

Sollte sie all die abgenützten Gemeinplätze wiederholen, all die Banalitäten, den ganzen Quatsch, den eine Generation der andern weiterzugeben sich bemüßigt fühlte, die Mutter der Tochter, die ältere Schwester der jüngeren? Wie sollte ausgerechnet sie jemanden beraten können, hinsichtlich der besten Art, jenes allerprivateste und allerpersönlichste Verhältnis zu beginnen, das je Menschen für Menschen ersonnen hatten?

Lachen hätte sie mögen; und weinen hätte sie mögen. Und sagte endlich doch nur: «Wir wollen Mama gut zureden. Du wirst glücklich sein, Liebling.»

Und hoffte inbrünstig, daß Linda es sein möge.

33

Sobald er Mittwoch früh aus der Harderschen Wohnung entkommen konnte, war sein erstes, Maggie anzurufen.

«Mein Gott, Larry, wo bist du gewesen?!» fragte sie.

Er berichtete ihr von Lindas Entlaufen; und sie erzählte ihm ihrerseits, wie rasend sie das Warten auf seinen Anruf gemacht hätte. Gestern war sie sogar an seinem Haus vorbeigegangen und hatte alles noch fester verschlossen als ein Grabgewölbe gefunden. Sie hatte sich nicht vorstellen können, was da passiert sein mochte.

«Und fahren wir nun morgen?» fragte sie. «Ich war vielleicht schon in Verlegenheit, was ich Don erzählen sollte.»

«Jawohl, wir fahren», sagte er.

«Aber wie willst du dich frei machen?»

«Ich fahr einfach los. Gleichviel, ob die Sache hier eingerenkt ist oder nicht. Mich braucht man dazu nicht.»

«Ja, und dies andere Dings da, von Puerto Rico?» fragte sie. Einen betäubenden Augenblick lang war er völlig sprachlos. Und auch dann vermochte er nichts herauszubringen als «Was?».

«Felicia.»

«Wer? Von wem sprichst du, Maggie?»

«Den Wirbelsturm. Felicia. – Hast du kein Radio gehört?»

«Nein.»

«Er soll die Richtung hierher genommen haben», sagte sie, «er ist 150 Kilometer nördlich von Puerto Rico vorbeigezogen, und man nimmt an, daß er sich der Küste nähert. Im Radio sagten sie, er werde vermutlich morgen über unser Gebiet hinwegziehn.»

«Ja, was hat das mit uns zu tun?»

«Ich hab gedacht, du würdest vielleicht nicht fahren, wenn –»

«Ich bin schon früher bei schlechtem Wetter gefahren. – Wo treffen wir uns, Maggie? Und um welche Zeit?»

«Beim Postamt?»

«Nein; diesmal nicht. Das wäre zu riskant.» Er überlegte einen Augenblick. «Am Stadtrand gibt es eine Schnellimbißhalle; *Paradies* nennt sie sich, oder so ähnlich. Gleich neben der Kegelbahn. Kennst du's?»

«Ich find's schon. Und wann?»

«20 Uhr?»

«Nein», sagte sie, «es wird viel, viel später sein müssen. Dons Mutter wird kaum vor 22 Uhr eintreffen; sie ißt bei Bekannten zu Abend, und die fahren sie dann anschließend zu uns raus.»

«Um welche Zeit dann?»

«23 Uhr.»

«Schön. – Ja, Maggie, ich muß mich beeilen. Ich bin auf dem Weg zu Altars Haus.»

«Ist es fertig?»

«Das hoffe ich. Es soll die Schlußbesichtigung sein.»

«Ich wollte, ich könnte mit dir kommen.»

«Wir sind ja dann das ganze Wochenende beisammen», sagte er. «Also sehen wir uns morgen abend. 23 Uhr an der Schnellimbißhalle. Abgemacht?»

«Ich komme. Paß gut auf dich auf, Larry.»

«Wird gemacht. Also bis morgen, Maggie.»

Er legte auf, und erst dann fiel ihm ein, daß er kein Wort von Liebe zu ihr gesprochen hatte.

Sterbender Sommer.

Ende August; und an den Riesenbäumen, die das Haus umstanden, das Haus, das er entworfen hatte, begannen schon einzelne Blätter die Farbe zu wechseln. Schweigen lag über der Landschaft. Königlich stand das Haus oben am Hang und beherrschte Land und Himmel. Er inspizierte es erst von außen; und fand dann, an ihrem Nagel in der Garage, die sechs genau gleichen Schlüssel; er nahm sich einen aus dem Bund und öffnete die Eingangstür. Noch roch es im ganzen Haus nach frischer Farbe; und auch ein anderes gewohnt-aufregendes Aroma war spürbar, das Aroma des Neu-Seins. Er schloß die Tür hinter sich und stand schweigend in der Eingangshalle.

Er war froh darüber, daß er allein war.

Hier, umgeben von etwas, das er geschaffen, das er aus seinem eigenen Geist geboren, aus seinen Zeichnerhänden, bis es sichtbare Gestalt gewonnen hatte, wie Reibungselektrizität, die in gelben Funken aus den Fingerspitzen sprüht – hier freute er sich, daß er allein war.

Er durchging das ganze Haus: das riesige, von Glas umschlossene Wohnzimmer, den kleinen, intimen Raum aus Holz und Stein; hinauf ins Arbeitszimmer, dem die Welt zu Füßen lag; und dann wieder treppab durch Küche und Speisezimmer, zurück in den prachtvollen gläsernen Wohnsaal, wo draußen die Wildnis sich bis zum Rand des Himmels dehnte.

Dann durchschritt er zum zweitenmal das Haus, diesmal das kleine schwarze Notizbuch in Händen, in das er die wenigen unbedeutenden Korrekturen eintrug, die noch vorgenommen werden mußten. Als er diesen seinen offiziellen Rundgang beendet hatte, setzte er sich in den Raum im ersten Stock, den Raum aus Stein und Holz: saß mit dem Rücken zur Steinwand, und ein Lächeln lag um seinen Mund und eine wunderliche leichte Versonnenheit in seinem Blick.

Lange saß er dort allein.

Dann trat er aus dem Haus und ging wieder zu seinem Wagen zurück. Die Hand schon am Türgriff, zögerte er und sah noch einmal die Straße zurück, bis dahin, wo das Haus in den Himmel ragte, scheinbar bereit, sich jederzeit aufzuschwingen in die Wolken, könnte es sich nur von seinem Fundament freimachen. Er ließ den Motor an und fuhr in die Stadt zurück. Von einer öffentlichen Telefonzelle aus rief er Altar an und informierte ihn, daß er eben das Haus besichtigt hätte. Es sei ein gutes Haus und ein schönes Haus, abgesehen von ein paar ganz untergeordneten Veränderungen und Korrekturen, die Di Labbia noch vornehmen müßte. Aber sobald jetzt die Genehmigung der Baubehörde vorläge, könnte Altar einziehen. Er empfahl ihm, von der endgültigen Summe 300 Dollar so lange noch zurückzubehalten, bis Di Labbia die erwähnten Berichtigungen vorgenommen hatte. Er war sich nichts weniger als sicher, ob Altar auch nur eines seiner Worte begriff.

Denn man schrieb den 28. August; und *Ein Stein fällt* sollte am 30. erscheinen!

Als er nachmittags in die Wohnung zurückkehrte, war es Mr. Harder, der ihm die Korridortür aufmachte.

«Willkommen daheim», sagte er. «Und bei uns stimmt's auch endlich!»

Drinnen im Wohnzimmer hielt die schluchzende Mrs. Harder ihre Linda fest an die Brust gedrückt. «Aber warum hast du mir bloß nichts davon gesagt, Liebling?» wiederholte sie: «Eine Mutter muß das doch wissen. Die Hochzeit ihrer Tochter, ihrer eigenen Babytochter!»

Larry nahm Eve auf die Seite und wisperte: «Wie ist das zustande gekommen?»

«Papa hat ihr ständig ins Gewissen geredet», sagte Eve. «Zu guter Letzt hat sie dann klein beigegeben.»

«Was möchtest du trinken, Larry?» fragte Mr. Harder strahlend. «Ich hab wieder einen Sohn mehr in meiner Herde, und das ist wirklich ein Grund zum Feiern. Ich bin schließlich ein Mann, der zeit seines Lebens nichts als Weibergeplapper vernommen hat.»

Und sie tranken sich zu, die drei Männer. Larry, das Glas noch hochgekippt am Mund, hörte Lois flüstern: «Du, Lindy, wie war's denn nun? Hat er verlangt, daß du dich völlig ausziehst?» Und er wäre beinahe an seinem eigenen Whiskey erstickt.

Man speiste zwar spät, aber einträchtig zu Abend. Chris und David hatten schon früher ihr Süppchen bekommen und saßen unterdessen im Fernsehzimmer vorm Apparat, wo eben die Meteorologen bekanntgaben, daß der Wirbelsturm Felicia die Küste von North Carolina erreicht hätte und sich, an Morehead City und Beaufort vorbei, weiter inlandwärts bewegte; hinter ihr ein Kielwasser von Überschwemmungen und beträchtlichen Zerstörungen. Felicia nahm ihren Lauf nordwärts. Falls sie die bisherige Richtung beibehielte, würde sie die Chesapeake Bay durchqueren und anschließend, irgendwann im Laufe des nächsten Tages, das heißt Donnerstag, über das Gebiet von New York hinwegziehen.

David sagte zu Chris: «Kommt 'n nich bald Disneyland?»

Nun war es Donnerstag.

Am Nachmittag ließen sie die Kinder in der Obhut von Mrs. Harder und gingen ein Stück spazieren. Die Stadt lag grau und schweigend. Die Leute in den Straßen spürten das nahende Unwetter. Immer wieder schauten sie unwillkürlich himmelwärts.

Für Eve hatte die City immer etwas Magisches gehabt. Im Augenblick, als sie in New York ankam, wurde ihr Schritt rascher, sie drückte die Schultern durch und trug den Kopf höher. Die City war übervoll von geschäftigen Menschen, die zielvoll durcheinanderstürmten. Man fühlte das beschleunigte Tempo im Moment als man aus dem Zug stieg. Fühlte es stromgleich die Straßen durchwogen, hörte es im rauhen Echo der Taxihupen, im Singen der Neonröhren, spürte es an den wolkenhohen Bauten himmelwärts branden. Die City war wie ein Panzerschrank voller Energien; auflachen hätte man mögen vor Freude am Wohlstand, diese unsichtbaren Juwelen der City aufnehmen und durch die Finger rieseln lassen, während das eigene Gelächter widerhallte von Beton und Stahl, in denen das Leben pulste.

Auch an diesem Donnerstag war die City da, ja; aber Eve schien sie heute dumpf und leblos. Als sie neben Larry die Fifth Avenue hinunterschlenderte, dachte sie, das ist die schönste Straße der Welt; aber der Gedanke blieb ein bloßer Silbenfall, weil sie heute keinen rechten Enthusiasmus aufbringen konnte. «Mama will am Sonnabend eine Feier für das junge Paar geben», sagte sie. «In der Wohnung. Können wir solange noch hier bleiben?»

«Du ohne weiteres», sagte Larry.

«Ja, und was ist mit dir?»

«Ich fahr heute abend weg», informierte er sie.

«Du fährst –? Ach so, ja. Das hatte ich ganz vergessen.»

Schweigend schritten sie dahin. Wind kam auf. Es sah aus, als wollte es jeden Augenblick anfangen zu regnen.

«Wohin gedenkst du zu fahren, Larry?» fragte sie.

«Ich bin mir selbst noch nicht klar.»

«Um welche Zeit heute abend wirst du denn abfahren?»

«Gegen 21 Uhr.»

«So spät erst?»

«Ich fahr gern nachts.»

«Der Wirbelsturm nähert sich», sagte Eve. «Könntest du nicht abwarten, bis –»

«Durchaus möglich, daß er unser Gebiet gar nicht berührt.»

«Oder gerade. – Und bedeutet Lindas Hochzeit dir denn gar nichts?»

«Doch; selbstverständlich.»

«Könntest du denn dann nicht zu der Feier hier bleiben? Nur die Familie und ein paar Freunde; und es würde recht merkwürdig wirken, wenn du nicht dabei wärst.»

«Erzähl den Leuten, ich wäre in dringenden Geschäften abwesend. Ganz hinten im Staat.» Er zuckte die Achseln. «Ich bin ja auch früher schon manchmal abgerufen worden.»

«Das schon», sagte sie. «Aber Larry, wir *kriegen* einen Sturm. Ist es denn so absolut wichtig, daß du heute abend losfährst?»

«Ich muß unbedingt mal raus», sagte er.

«Ich will dich ja gar nicht aufhalten; aber du könntest doch auch Sonntag oder Montag fahren, wie? Warum ausgerechnet heute abend?»

«Ich fahre heute abend los», sagte er.

«Was ich sage, spielt wohl überhaupt keine Rolle mehr, was?» fragte sie; und er antwortete nicht.

Sie setzten sich an die Fontäne neben der Plaza. Eve hielt die verklammerten Hände im Schoß und starrte unbeweglich vor sich hin, in eine graue City, die den kommenden Sturm erwartete. Und während sie so saß, fühlte sie, immer überwältigender, Trauer in sich aufsteigen. Saß und fühlte sich zunehmend leerer, ausgelaugter, toter.

Am Dienstag hatte sie versucht, Linda etwas zu erklären, und hatte es nicht vermocht. Nun saß sie hier, neben der Fontäne, und versuchte sich selbst etwas klarzumachen; und wiederum fand sie sich vor der gleichen undurchdringlichen Nebelwand, der gleichen Unfähigkeit, klar zu überlegen oder zu denken. Wenn sie doch nur hätte denken können. Wenn sie doch nur ganz einfach Ordnung hätte schaffen können – das und das ist so; und dies und jenes ist nicht so – wenn sie nur hätte denken können. Aber der einzige klare Gedanke, den sie fassen konnte, war: das einzig Gewisse ist die Ungewißheit!

Sie hatte rückhaltloses Vertrauen in einen Mann gesetzt, von dem sie dachte, daß es ihn gäbe, und dieses Vertrauen war mißbraucht worden. Aus irgendeinem Grund hatte dieser Mann plötzlich beschlossen, allein seines Weges zu gehen und sie neben sich zu übersehen. Allein. Und einen, der allein war, konnte man nicht ansprechen; ihn nicht erreichen, ihn nicht berühren. Und er, seinerseits, konnte einen nicht in die Arme schließen und trösten; er konnte die Worte nicht sagen, nach denen man dürstete, konnte nicht sagen: «Es ist ja alles gut; hier bin ich doch und werde immer bei dir sein.» Nein, der Mann, der hier neben ihr saß, war ein Fremder: ohne Sprache, ohne Gesicht, ohne Gemüt.

Und angesichts seiner Einsamkeit schien ihr die eigene Isolation überwältigend. Furcht überkam sie urplötzlich. Die ganze Welt schien ihr auf einmal nur noch eine endlose Einöde; eine unbekannte und abstoßende Einöde, die sie allein durchwanderte, allein und von niemandem erwünscht. Voller Gefahren war diese Einöde; hinter jeder verquälten Felsgestalt konnten sie lauern, hinter jedem verrenkten Baum. Allein durchwanderte sie eine Wildnis, schreckhaft geweiteten Auges, in einer Welt, die von Drohungen wimmelte. Nirgends in dieser leeren Einöde war jemand, an den sie sich hätte wenden können – kein lächelndes Antlitz, keine feste Hand – nichts als Wildwuchs, der mit Astklauen und Dornenranken nach ihr langte.

Wem darf ich trauen? dachte sie. An wen mich wenden? Wer will mich? Wer liebt mich noch? Was soll ich tun? Wie kann ich leben, wie kann ich überleben, was soll ich machen, wohin mich wenden, wen soll ich lieben, was tut man so allein, warum bin ich so allein, warum fürchte ich mich, ich will nicht allein sein, ich brauche jemanden, ich hab Angst, ich kann nicht allein sein, ich hab so Angst, ich kann nicht, ich weiß nicht, ich möchte, allein, nein, ich kann nicht, ja, Vertrauen bitte, Liebe bitte, mich bitte, nimm, nimm, bitte, ich kann nicht, ich fürchte mich, ich fürchte mich, bitte, ich fürchte mich, bitte, bitte, bitte BITTE.

Und wie Explosionen der Seele brachen Tränen aus ihren Augen.

Sie hatte auch früher geweint. Selbstverständlich hatte sie auch früher schon geweint. Aber die Tränen diesmal waren die Tränen äußerster Verstörtheit, Tränen des Kummers aus den tiefsten Tiefen ihres Seins, eines Kummers, der ihr hochstieg bis in die Kehle und dort brannte, siedend heiß, und ausbrach in großen, herzzerreißenden Schluchzern; ein Leid, das deshalb sie so ganz überwältigte, weil sie nicht wußte, warum sie weinte; dergestalt, ohne ersichtlichen Grund begonnen, ohne ersichtlichen Grund zum Aufhören, wurde ihr Weinen zum Inbegriff des Weinens an sich.

Larry fuhr aufs höchste betroffen herum. «Eve, was ist denn?» fragte er. Seine Blicke glitten ab von ihrem Gesicht, zu den Passanten hinüber und dann wiederum zu ihrem Gesicht.

«Ich weiß nicht», sagte sie. Stöhnte sie. Die Worte kamen wie der gequälte Schrei eines verwundeten Tieres, das sich in Dunkelheit birgt: «ICH WEISS NICHT!»

Er packte ihre Schultern und rüttelte sie, und einen Herzschlag verstummte sie, nach Atem ringend. Aber dann setzte auch das Weinen wieder ein, in kurzen Schluchzern, wie die Feuerstöße eines

Maschinengewehrs, *uh-uh-uh* ging ihr Atem, als sie versuchte, die riesigen Schluchzer zu unterdrücken. Sie zitterte am ganzen Leib vor Anstrengung, das Schluchzen zu unterdrücken. Ihre Tränen rannen; aber ihr Kummer hätte der Tränen nicht bedurft; dafür war Ausdruck genug das verzerrte, gefolterte Antlitz, das wilde Fingergewimmel in ihrem Schoß, das Ringen nach Luft, als sei sie am Ersticken, die verzweifelten Versuche, Luft in ihre Lungen zu saugen.

Er rüttelte sie mit Macht. «Aufhören!» sagte er. «Eve, *aufhören!!*»

Sie nickte gehorsam, konnte aber nicht anhalten mit Weinen. Alles, was sie herausbringen konnte, war ein törichtes «Die Leute, die Leute ...».

«Zum Teufel mit den Leuten!» Er legte den Arm um sie und versuchte, sie an sich zu ziehen; aber sie saß unbeweglich. Wie ein steinernes Bild, an dem nur Schultern und Brust arbeiteten, saß sie und gab kein Zeichen, daß sie seine Berührung spüre.

«Was ist dir?» fragte er ratlos.

«Bist du glücklich?» fragte sie. Ihre Stimme war kaum vernehmbar. Nur mit Mühe entkam sie ihren Lippen, dünn und verklemmt zwischen Schluchzern.

«Nein», sagte er.

Sie nickte mit dem Kopf und schüttelte dann den Kopf. Das Weinen klang schwächlicher. Wieder nickte sie und sagte: «Ich möchte, daß du glücklich bist.»

«Ja, ist ja gut; aber hör jetzt auf zu weinen. Eve, bitte ...»

«Kannst du nicht glücklich sein?»

«Ja. Ja, natürlich. Es ...»

«Bin ich schuld?»

«Eve, bitte, hör doch auf zu weinen. Bitte, wein doch nicht derartig.»

«Ich kann doch nichts dafür. Bin ich schuld?»

«Nein.»

«Bestimmt nicht? Mach ich dich unglücklich?»

«Nein.»

«Denn; falls ich schuld sein sollte ...» Eine neue Woge von Seelenpein schlug über ihr zusammen. Sie wandte das Gesicht ab von ihm, schluchzte und rang nach Atem.

«Eve, Eve ...»

«Wenn ich schuld bin, sag's nur. Sag mir's, Larry; und dann laß ich dich gehen.»

«Eve, jetzt ist nicht die Zeit zu …»

«Wann denn? Wenn du zurückkommst? Wirst du zurückkommen, Larry? Wird *Larry* wiederkehren, das Wesen, das ich einst gekannt habe? Wo sind wir, Larry? Wer sind wir denn? Larry, begreifst du denn nicht, wie sehr ich dich brauche?» sagte sie, rief sie, durch ein Schluchzen hindurch; und wandte sich plötzlich auf ihrem Sitz und warf sich in seine Arme. «Bitte, Verstoß mich nicht, bitte, mach mich nicht tot. Ich muß wissen, daß ich dein bin. Bitte, Larry, ach bitte!»

Er hielt sie fest; er tröstete sie und beschwichtigte sie. Die Vorbeigehenden warfen ihnen seltsame Blicke zu und schauten dann wieder himmelwärts, im Vorgefühl, daß Felicia bald eintreffen würde.

Kurze Zeit darauf begann Regen zu fallen.

Er rief ein Taxi an und brachte sie in die Wohnung zurück.

34

Erst gegen 21 Uhr begann Maggie sich an jenem Abend anzukleiden.

Die Regengüsse, die im Laufe des Nachmittags über die Siedlung dahingezogen waren, schienen plötzlich nachgelassen zu haben, um einer unheilverkündenden Stille Platz zu machen. Im Wetterbericht kam die Warnung, daß dies das Auge des Wirbelsturms sei und nichts als die trügerische Stille vor der wahren Ankunft der Windsbraut Felicia; aber Maggie schien es nur, als sei der Sturm schon vorüber, schien es, als sei er vorbeigezogen. Nachmittags hatte Larry noch rasch einmal angerufen, um ihr mitzuteilen, daß er abends um 21 Uhr von der City abfahren würde; er ließ sich absichtlich so großen zeitlichen Spielraum, falls schlechtes Fahrwetter sein sollte. So fühlte sie Dankbarkeit für die augenblickliche Windstille. Eben jetzt würde er ja starten, und sie freute sich, daß er nicht im Regen zu fahren brauchte.

Sie stand im Unterrock, als Don ins Schlafzimmer kam.

«Wo ist Patrick?» fragte sie.

«Unten beim Fernsehen.» Don setzte sich auf den Rand des Himmelbetts, beide Hände hinter sich. «Und du willst tatsächlich weg, Margaret?» fragte er.

«Ja, Don.»

«Trotz des Sturms?»

«Der Sturm? Ist doch vorbei.»

«Im Fernsehen sagten sie eben das Gegenteil.»

«Na ja, ich fahr jedenfalls.»

Schweigend betrachtete er sie eine Weile. Dann sagte er: «Du hast breite Hüften, weißt du das?»

«Mmmmm.»

«Wie geschaffen zum Kinderkriegen.»

«Besten Dank.»

«Oh, ich wollte nicht unanständig sein», sagte er entschuldigend. «Es sollte ein – äh ...» Er brach ab, zuckte die Achseln und verfiel neuerlich in Schweigen. Endlich sagte er: «Du freust dich wirklich sehr auf diese Reise, ja?»

«Ich berechne die Sekunde, wo ich raus kann», sagte sie. «In dem Haus hier kann man ja schwermütig werden.»

«Oh, freilich, ich weiß ja. Bitte, versteh mich nicht falsch, Margaret. Ich hab nichts dagegen.»

Sie fühlte einen leichten ärgerlichen Stich bei seinen Worten. Sie stand brüsk auf, als wollte sie heftig erwidern; begab sich aber statt dessen hastig zum Wandschrank und nahm sich ein Kleid vom Bügel. Zog es sich über den Kopf, strich es glatt über die Hüften hinunter; und all die Zeit, während ihre Hände so beschäftigt waren, dachte sie ärgerlich: Ja, warum *hat* er nichts dagegen? Sie ging hin zu ihm und sagte: «Könntest du mir mal den Reißverschluß zumachen, bitte?»

Don zog ihr den Reißverschluß hinten am Rücken hoch und nahm dann die Hände sofort wieder hinter sich aufs Bett.

«Du scheinst dir ja nicht viel aus meiner Abwesenheit zu machen», sagte sie, mit deutlicher Schärfe in der Stimme.

«Ich wünschte lediglich, du würdest warten, bis der Sturm vorbei ist; sonst nichts.»

«Das meinte ich jetzt nicht.»

«Was *meintest* du denn?»

«Daß ich wegfahre. Nicht der Sturm. Aber daß ich überhaupt wegfahre.» Mit jedem neuen Wort, das er sprach, wurde sie zunehmend ärgerlicher. Sie konnte ihren Ärger selbst nicht begreifen; aber sie spürte, wie er sich ungehindert immer weiter ausbreitete. Während sie zum Frisiertisch ging, konnte sie förmlich fühlen, wie sich ihr Gesicht bösartig zusammenzog.

«Warum sollte ich mir deshalb Gedanken machen?» Don zuckte die Achseln. «Jeder Mensch muß doch ab und zu mal ausspannen.»

«Nicht viele Männer würden ihre Frau allein verreisen lassen», sagte sie. Sie hatte sich hingesetzt und die Lippenstifttube zur Hand genommen. Mit kurzen, abgehackten Bewegungen betupfte sie mit dem Bürstchen die Farbe.

Wieder hob Don nur die Achseln. «Wer kümmert sich darum, was andere Männer tun? Du bist *meine* Frau und nicht ihre.»

«Die *meisten* Männer würden fühlen ...»

«Ich kann mit dem besten Willen nichts Schlimmes dabei finden, wenn du mal für kurze Zeit ausspannen fährst.»

«Die *meisten* Männer», sagte sie, «würden ihren Frauen nicht in solchem Maß vertrauen.»

«Also *ich* vertraue dir jedenfalls, Margaret.»

«Vielleicht solltest du's nicht tun», sagte sie; sogleich bestürzt ob der Worte, die ihrem Mund entkommen waren.

«Was willst du damit sagen?»

«Genau das!» sagte sie; und kommandierte sich selbst, jetzt aber aufzuhören; im vollen Bewußtsein, daß die Unterhaltung schon etwas zu weit gediehen war, und fuhr dennoch fort, in perverser Verbissenheit, während die Wut in ihr immer weiter zunahm: «Vielleicht hab ich's ja bloß so eilig, weil ich mich mit einem anderen Mann verabredet hab; was weißt denn du?»

«Ja, sicher», sagte Don.

«Wieso nicht? Wäre das denn so verflucht ausgeschlossen?»

«Ja, ich kann mir eben einfach nicht vorstellen ...»

«Nehmen wir doch mal an, ich *hätte* mich mit einem anderen Mann verabredet, Don?!»

«Margaret, ich schätze dergleichen Unterhaltungen gar nicht.»

«Würdest du wenigstens eifersüchtig sein, Don?»

«Also, ich ...»

«Würdest du rasen, Don? Könntest du dir vorstellen, wie er mich abküßt, Don; und mich streichelt, und –»

«Hör jetzt auf. Du weißt, ich mag –»

«Wie würde dir das gefallen, Don? Ein anderer Mann, der mich umarmt?»

«Das würde mir ganz und gar nicht gefallen. Und jetzt hör mit solchem Gerede auf. Du sprichst in einer Art – also manchmal denk ich ...»

«Was?» sagte sie, und fuhr vor dem Spiegel herum, so daß sie ihm von Angesicht zu Angesicht gegenübersaß.

«Ach, nichts. Aber es ist nicht anständig, Margaret. In vollem Ernst jetzt. Du redest wie eine ... eine ...»

«Eine *was*, Don?» sagte sie blitzenden Auges.

«Ich weiß nicht was; aber es gehört sich nicht für eine Frau, in solcher Art und Weise zu reden. Gesetzt den Fall, Patrick hätte dich gehört? Dich; seine Mutter. So reden.»

«Jawohl, heute abend les ich mir einen Kerl auf», sagte sie wuterfüllt und mit eherner Stirn.

«Also jetzt aber Schluß damit.»

«Irgendwo im Sturm besorg ich mir einen, und –»

«*Gar nichts* wirst du dir besorgen. Und jetzt hör auf mit dem Thema. Du wirst in aller Ruhe abfahren, wie sich's gehört; und wirst dergleichen wieder zu mir zurückkommen, wie sich's gehört.»

«Gesetzt den Fall, ich käm überhaupt nicht wieder?»

«Du kommst.»

«Du scheinst dir ja verdammt sicher zu sein, was?» sagte sie; und so hitzig klang ihre Stimme, daß er große Augen machte und sie einen Moment lang anstarrte, ehe er wieder das Wort ergriff.

Dann sagte er: «Ja, ich bin mir sicher.»

«Rechne nur nicht allzu fest damit!» zischte sie.

«Margaret, was –»

«Gewöhn dir ab, mich als selbstverständlich hinzunehmen! Ich bin eine Frau! Und eines schönen Tages könnte es mir in den Sinn kommen, auf und davon zu gehen; und zwar für *immer*!»

Don sagte sanft: «Komm, Margaret; das weißt du ja selbst, daß das nicht stimmt: Du wirst immer wieder zu mir zurückkehren.»

Sie wandte sich von ihm ab und nahm bösartig wieder die Lippenstiftbürste zur Hand; ihre Finger zitterten. Im Spiegel sah sie ihre Augen Blitze schleudern vor rasender Wut. Verdammter, alberner Idiot, dachte sie. *Ich werde immer wieder zu ihm zurückkehren.* Verdammter zufriedener, selbstsicherer, alberner Idiot!

Aber recht hat er, dachte sie. Du wirst immer wieder zu ihm zurückkehren. In der Beziehung hat er recht. Hast du das nicht gewußt?

Nein, das hab ich nicht gewußt. Ich könnte sehr wohl ...

Du hast nicht gewußt, daß du ihn niemals verlassen wirst? dachte sie.

Nein, ich kann ihn sehr wohl verlassen, wenn ich will! Jede Sekunde! Ich kann ...

Ach, Margaret, nicht doch. Bitte. Sieh doch der Wahrheit ins Gesicht, Margaret. Du kannst zwar Larry jetzt haben, und hundert andere nach ihm, wenn du Appetit hast; aber du wirst immer wieder zu Don zurückkehren. Weißt du nicht, warum, Margaret? Weil ihr füreinander geschaffen seid.

Geschaffen für ...?!

Ja, ja, natürlich, das weißt du doch, sicher. Du könntest ihn gar nicht verlassen, selbst wenn du wolltest. Und außerdem willst du ja auch gar nicht. Hast du nicht selbst gesagt, alles sollte bleiben, wie es ist? Du willst doch, daß alles beim alten bleibt, nicht wahr? Nicht wahr?

Ich will nicht mehr hören! dachte sie.

Hör du nur zu, dachte sie, denn du weißt, daß jedes Wort wahr ist. Du weißt, daß du gefangen bist, in deiner eigenen kleinen Privathölle. Du bist an Don geschmiedet zeit deines Lebens, bis zum Todestag; und dann kommst du vielleicht erst in die richtige Hölle; aber ...

Ich denke nicht daran, zuzuhören! Ich brauche gar nicht ...

... inzwischen ist das schon gerade genug, völlig ausreichend, für mich langt meine Hölle. Gleichviel, wie sehr ich mich von ihm loszumachen verlange, gleichviel, wer draußen in Sturm und Regen auf mich wartet, jetzt oder irgendwann, du wirst es nie tun.

Schluß damit, dachte sie. Schluß. Ich denke nicht daran, zuzuhören!

Nie wirst du es tun, weil Don sicher ist! Der sicherste verdammte Kerl, der auf der Welt aufzutreiben war, und deshalb hast du ihn ja auch geheiratet.

Nein!

Gib's zu, gib's nur zu! Sieh dir in deine Augen, und gib's zu. Larry mag dich vielleicht eine Weile lang ausfüllen, schön; aber immer wieder wirst du zu Don zurückkehren, weil er nicht so viel von dir begehrt: Er begehrt nicht dein Herz.

Nein, dachte sie. *Schluß damit. Bitte.*

Und dachte: Ja, ja, gewöhn dich schon an die Hölle. Gewöhn dich daran, hier zu sein, und wieder hierher zu kommen, und mit einem Mann zu leben, der keine Ahnung davon hat und sich ergo nichts daraus macht. Aber es wird wenigstens alles beim alten bleiben. Immer. Und ewig. Gesellschaft wirst du haben – und wirst allein sein für den Rest deines verfluchten bißchen Lebens!

Nein! Ihr Kopf begann zu schütteln. *Nein, das ist nicht wahr. Nein, es –*

Unten hörte man die Haustürklingel gehen. Das Geräusch ließ sie zusammenfahren. Sie ließ die Lippenstiftbürste sinken und sah dann auf in den Spiegel, aus dem sie ein schneeweißes Gesicht angaffte, das sie noch nie gesehen hatte.

Vom Bett her sagte Don: «Sollte das meine Mutter sein? So früh schon?»

Sie gab keine Antwort. Sie starrte regungslos in den Spiegel, wo sich ihr Gesicht wie eine verschreckte weiße Maske unaufhörlich hin- und herbewegte. Don verließ das Zimmer. Erneut ertönte die Haustürklingel. Sie konnte hören, wie er treppab stürmte, um aufzumachen.

«Mom!» sagte es unten glücklich: «Mom!»

Als Larry abends um 21 Uhr die Hardersche Wohnung verließ, war die City still wie ein Grab. Der Regen hatte aufgehört; aber ein fremdartiger Schein stand am Himmel, und über den Straßen lag es wie eine Vorahnung. Er machte sich auf den Weg zur Garage, wo er seinen Wagen geparkt hatte, hielt jedoch unterwegs bei einem Zeitungskiosk, um die erste Ausgabe der Morgenzeitung mitzunehmen. Hastig durchblätterte er sie, bis er zur Buchseite kam. Als Schlagzeile stand über der betreffenden Kritik:

EIN STEIN FÄLLT:
EIN AUTOR STEIGT!

Er empfand plötzlich hohen Stolz. Er faltete sich die Seite handlich zurecht, und begann im Stehen, unter der Straßenlaterne, die Spalte zu lesen:

Wenn das Glück dem Kritikbeflissenen jeden Monat einen namhaften Roman beschert, dann hat er Grund zur Freude. Wenn er aber im August, der traditionellen Zeit der Flauten, gleich zwei solcher Stücke vor sich sieht, dann kann er wahrlich von himmlischen Chören reden. Falls Roger Altars neues Buch Ein Stein fällt *kein vollendetes Meisterstück sein sollte, so ist es doch ganz nahe daran. Auf jeden Fall ist es ein reifes Kunstwerk und eines der besten Bücher des ganzen Jahres, wenn nicht gar des Jahrzehnts.* Stein *ist – in dieser Hinsicht dem neulich besprochenen Stück recht ungleich ...*

Larry vermochte nicht die Kritik bis zu Ende zu lesen. So aufgeregt, so voll ehrlicher Freude über einen anderen, war er nicht gewesen, so lange er denken konnte. Er zitterte vor teilnehmender, stellvertretender Lust. Er mußte auf der Stelle mit Altar sprechen. Mußte den Triumph des Schriftstellers mit ihm teilen, und sei es auch nur für ganz wenige Minuten. Eilig holte er seinen Wagen aus der Garage und fuhr in die Unterstadt. Er schaffte es in zehn Minuten bis zu Altars Wohnung. Er stürmte die Treppen hoch; das Zeitungsblatt in der Hand, neugierig, ob Altar es schon gesehen hätte, und in der Hoffnung, er würde als erster die gute Nachricht bringen können. Ungeduldig schellte er und hämmerte dann an die Tür. Die tat sich weit auf. Altar stand auf der Schwelle, ein breites, betrunkenes Grinsen übers ganze Gesicht. Er hatte die Besprechung bereits gesehen.

«Verdammt noch mal!» schrie er ekstatisch.

Larry schnappte sich seine Hand und klopfte ihm die Schulter mit der Zeitung. «Gratuliere, alter Ganove!» sagte er, und Altar zog ihn in die Wohnung, anscheinend nicht im geringsten überrascht, ihn hier in New York zu sehen.

«Verdammt noch mal!» brüllte er ekstatisch. «*Verdammt* noch mal! Trinken Sie 'n Glas mit?»

«Ein kleines.»

«Haben Sie's gesehen?»

«Und ob ich's gesehen hab!»

«*Verdammt* noch mal!» grölte Altar. Er schwankte zum Flaschenschrank hin und schenkte ein mit fiebernder Hand, der Whiskey schülpte über den Rand des Glases. Kam in fliegender Hast zu Larry zurückgestolpert und schob es ihm in die Finger. «Drauf trinken!» sagte er. «Haben Sie's gelesen? Ein Kunstwerk! Der Dialog straff und gewetzt, die Charaktere echt! Tiefschürfend! So hat der Bube sich ausgedrückt: Ein Kunstwerk!» rief er freudevoll, in gespannter Ekstase.

Larry konnte ihn nur stupide angrinsen.

«Larry, jetzt ist es geschafft», erklärte Altar erregt. «Jetzt ist's geschafft, Mann! Was kann danach noch kommen? Mann, das ist die Höhe, der Gipfel, der Weg zum Himmelstor!» Wild stürzte er sich den Whiskey in die Kehle. «Ich hab's erreicht, Larry!»

«Ja.»

«Diesmal hab ich's tatsächlich erreicht!»

«Ja!»

«Umgehauen hat's die Kerle; auf den Hintern gefallen sind sie», sagte er, und in seinen Augen flackerte es heiß und hell, während der Kopf nervös dazu nickte: «Ich hab's geschafft; ich hab ein Kunstwerk geschrieben; gekriegt hab ich ...» Und plötzlich verlor sich seine Stimme, und es wurde still im Raum.

Altar schüttelte den Kopf.

«Zum Teufel, wen verkohl ich denn hier eigentlich?» fragte er die Wand.

«Was?»

«Ich hab die ganze Zeit hier gesessen, seitdem ich die Kritik gelesen habe; hab mich dumm und dämlich gesoffen und versucht, irgendeinen Gewinn für mich daraus zu ziehen! Versucht hab ich, mir weiszumachen, daß diese verdammte Besprechung das A und das O wäre; und dabei ist die einfache, ehrliche, gottverfluchte Wahrheit, daß nicht das geringste dabei rauskommt; nicht das kleinste albernste verfluchte Scheißbißchen!» Er wandte sich voller Verzweiflung zu Larry: «Larry: es ist nicht genug!

«Aber in der Kritik steht doch –»

«Ja, und das ist nicht genug! – Was stimmt denn bei mir nicht? Was zum Teufel will ich denn eigentlich? Wieso soll ich jetzt, im Augenblick, nicht Kopfstehen vor Glück? Was werd ich wohl anstellen, wenn ich eines Tages mal den Nobelpreis kriege? Mir 'ne Kugel vor den Kopf schießen. *Was ist denn genug für mich?* Larry, Larry, ich hab keine Ahnung mehr, was ich im Grunde eigentlich will!»

«Nanu!» sagte Larry. «Nanu, jetzt aber –»

«Ach, was 'n Müllhaufen!» sagte Altar. «Was 'n wertloser Müllhaufen das doch ist: ERFOLG! Was für 'ne Fälschung, 'ne doppelt und dreifache Fälschung. Trink, Mensch, trink bloß.» Er füllte sein eigenes Glas wieder. «Die zwei amerikanischen Wunschträume», sagte er, «unsere beiden Riesenmohrrüben: beim Mann heißt die Mohrrübe ERFOLG, bei der Frau heißt sie SCHÖNHEIT. Das sind die Mohrrüben, mit denen wir rumjonglieren. Wollen sie was lernen? Mohrrüben sind gut für Kaninchen, ansonsten stinken sie einen an! Denn wir sind *Menschen*: Haben Sie das noch nicht gewußt?»

«Ja, das weiß ich wohl», sagte Larry. «Aber als Mann muß man sich um Erfolg bemühen. Sie können nicht –»

«Wissen Sie, worum sich ein Mann bemühen sollte?» fragte Altar: «Ein Mann sollte sich Mühe geben, ein *Mann* zu sein, sonst nichts. Was zum Teufel heißt schon Erfolg? Ich hab Erfolg gehabt, schön; aber was nützt das? Die Welt liegt mir zu Füßen! Ein Kunstwerk, hat der Mann gesagt! Herz, was willst du mehr? – Ich wollt, ich wär ein Kerl, der die Kanalisation reinigt. Ich wollte, ich könnte abends heimgehen, zu 'ner kleinen dicken Frau, und Rührei essen und ihr weitläufig erzählen, was für einen verdammt schweren Arbeitstag ich da wieder hinter mir hab, unten in der Kanalisation. Das wär das Angemessene für mich! Ein Kanalrohr voll Dreck!»

«Das ist nicht Ihr Ernst, Altar!»

«Ich rede grundsätzlich und immer im Ernst. Erfolg? Quatsch. *Gewäsch!* Eine Ente! Sagen Sie's ihnen mal. Erzählen Sie das all den Stehkragenproletariern, all den jüngeren Angestellten, wie sie da rumlaufen in ihren Konfektionsanzügen. Sagen Sie ihnen: Erfolg ist Posse! Sagen Sie ihnen, sie werden nicht eher Erfolg haben, ehe sie nicht ein *Mann* sind –» Altar brach in Gelächter aus, – «und die dämlichen Kerls werden Ihnen erwidern: ‹Sie sind nicht eher ein Mann, ehe Sie nicht Erfolg gehabt haben.›»

Larry nippte schweigend an seinem Glas.

«Es lebe das große erfolgreiche Junggesellenheim draußen auf dem Lande», gab Altar als Trinkspruch. «Lange möge es ragen, ein Mahnmal des Blutes, das wir vergossen haben, und auch der Tränen, und nicht minder der Preise, die wir heimbrachten aus der Kanalröhre. Wissen Sie was?»

«Was?»

«Ich hab in meinem Leben noch keinen Preis gewonnen.»

«Ich ja.»

«Und? Was hat man für ein Gefühl dabei?»

«Nicht sonderlich überwältigend.»

«Wieso nicht?»

«Na ja, wenn man den Preis einmal hat – was soll man nachher groß damit anfangen?»

«Einpökeln», sagte Altar. «Genau meine Ansicht. In dieser unserer gottverfluchten Welt sind keine wahren Preise mehr möglich. Denn wenn es wahre Preise gäbe, wer würde sich dann noch darum kümmern, was irgendein Kritiker über seine Arbeit daherfaselt?»

Larry warf einen Blick auf die Uhr. «Ich muß gleich wieder weiter», sagte er.

«Um welche Zeit?»

«Vor zehn.»

«Ruhe; da ist noch viel Zeit.» Er unterbrach sich. «Oder doch nicht? Unsere Zeit geht zu Ende, was, Larry?»

«Unsere Zeit geht zu Ende», wiederholte Larry.

«Wir werden alt, Larry. Wir sollten hineingreifen ins volle Menschenleben, solange noch was zum Greifen da ist. – Hören Sie: bleiben Sie hier!»

«Ich muß weg», sagte Larry.

«Was ist los? Können Sie mich nicht leiden?»

«Ich kann Sie leiden.»

«Ich Sie ebenfalls, Larry.»

«Gut.»

«Das ist sogar sehr gut. Ich kann Sie leiden; ja, Mensch, ich liebe Sie. Sie sind ein feiner Kerl. Und das ist ja das allerletzte Geheimnis, Larry: Liebe. Nicht Erfolg, nicht Schönheit, und auch nicht der Dreck in der Kanalröhre. Wissen Sie was?»

«Was?»

«Eines schönen Tages heirat ich. Sämtliche Nutten schmeiß ich aus der Wohnung und besorg mir 'ne Frau. Eine süße kleine Frau, die den Teufel sich darum schert, was die Kritiker verzapfen und die mir tüchtig Rühreier macht.»

«Essen Sie Rührei so gerne?»

«Ich *hasse* Rühreier», sagte Altar. «Los, kommen Sie mit ins Dorf; lachen wir uns 'n paar Puppen an.»

«Ich muß weiter», sagte Larry.

«Sicher, entschuldigen Sie. Verzeihen Sie. Heim zur Ehefrau. Ich weiß. Sie sind zu 'm Ergebnis gekommen, ja?»

«Altar ...»

«Klar, ich seh schon, Sie haben das richtige Resultat rausgekriegt. Hab ich's Ihnen nicht gesagt? Verlieren Sie nicht den Kopf, hab ich gesagt; nur nicht den Kopf verlieren. Liebe; das ist das große Geheimnis. Heim zum Weib, heim zur Frau. Das ist's, was mir im Augenblick fehlt. Ich muß heute nacht 'ne Frau im Bett haben.»

«Das hat aber nichts mit Liebe zu tun, Altar», sagte Larry.

«Ich weiß, ich weiß; das ist lediglich wieder die Mohrrübe: Liebesersatz. Sie haben die richtige Liebe. Ich hab's Ihnen ja vorausgesagt, es würde sich schon ergeben, hab ich, oder nicht? Sicher. Jesus, ich wollte, ich könnte auch ein Mädchen lieben. Hören Sie, ich liebe Ihre Frau. Wie heißt sie gleich? Eve? Die liebe ich. Ich liebe Eve. Die Mutter aller Menschen, Eve. Ich liebe sie. Hören Sie: Sie fahren jetzt auf dem schnellsten Weg nach Hause, verstanden?»

«Ich ...»

«Und zwar etwas plötzlich; denn sonst erwischt dieser alberne Sturm Sie ganz allein bei der Hurrikanlampe. Flott jetzt, Larry. Nach Hause mit Ihnen, und geliebt die Eve, diese wunderbare verdammte Eve! Und entwerfen Sie ja weiter Ihre grandiosen Häuser, Mann, eins nach dem andern, wie ein Wasserfall muß das gehen. Und lieben Sie Ihre Frau, und setzen Sie ja bloß Jungen in die Welt, und sofort wieder die Frau geliebt! Erfüllen Sie die ganze Erde, Larry! Füllen Sie sie mit Ihren Häusern und Ihren Kindern, dann sind Sie auf dem rechten Weg zur Ewigkeit! Heim zur Eve mit Ihnen, Mann; und danken Sie Gott, daß Berg und Tal Ihres Lebenslaufes nicht von einem Haufen Papier mit einem Leinenfetzen drumrum abhängt, und was die Kritik darüber meckert!»

Larry sah auf die Uhr. «Ich muß tatsächlich jetzt ...»

«Klar, klar. Warten Sie auf mich. Ich zieh mir bloß den Mantel über und komm mit Ihnen runter. Ich muß mich in mein Auto setzen und mit offenem Verdeck fahren, und soll der ganze verdammte Sturm um mich rum losplatzen wie er will! Und ein Weib muß ich mir aufgabeln und wieder herkommen, und dann kann der Sturm meinetwegen den Takt dazu schlagen!»

Er griff sich seinen Mantel; sie stiegen die Treppen hinunter und standen nebeneinander auf dem Bürgersteig. Der Sturm setzte zum Ausbruch an. Schon jagten einzelne wilde Windstöße Zeitungsblätter über die Trottoirs. Es dröhnte dumpf in den Straßen. Der Himmel war wutgeschwollen bis zum Bersten.

«Und das Haus ist also fertig», sagte Altar.

«Ja.»

«Und was als nächstes?»

«Ich weiß nicht.»

«Das Zeitalter der Ungewißheit», sagte Altar. Er nickte rauh, und seine Haarsträhnen zuckten im Wind. «Sicher ist letzten Endes nur das eine, Larry.»

«Und zwar was?»

«Menschen kommen und gehen. Fremde begegnen sich ... und meistens gehen sie auch wieder als Fremde auseinander. Und wenn man ein anderes menschliches Wesen tatsächlich mal richtig kennenlernt, dann ist das ein glattes Mirakel.» Er faßte Larrys Hand mit festem Griff. «Ich hab das Gefühl, daß ich nicht mehr viel von Ihnen zu sehen kriegen werde, jetzt, wo das Haus fertig ist. Das Gefühl hab ich. Also, Mann: Passen Sie auf sich auf!»

«Werd's versuchen. Und Sie auch.»

Altar ließ seine Hand frei. Larry fühlte, daß er noch mehr hätte sagen sollen, und er suchte nach Worten; aber schon war der Augenblick vorbei. Altar wandte sich auf dem Absatz um und ging die Straße hinunter zu seinem Kabriolett. Er ging schnell für einen so mächtigen Mann; die breiten Schultern gegen den Wind gestemmt, der schollernd durch den schmalen Betoncañon strömte. Larry sah ihm nach, wie er in den Wagen stieg. Er hörte den Motor anspringen; und dann kam das Verdeck herunter, langsam, langsam ...

Larry ging zu seinem Wagen und fuhr ab in Richtung Brücke.

35

Als der Sturm um ihn losbrach, fühlte er sich fast wohl.

Und er brach unvermittelt los. Eben noch hatte Stille geherrscht, und im nächsten Moment raste er mit plötzlicher, nicht zu überbietender Wut, daß das Auto zitterte. Als der wolkenbruchähnliche Regen einsetzte, war er noch einige Kilometer weit von der Brücke entfernt. Er spürte das plötzliche Schlingern des Wagens, als eine stärkere Bö ihn traf. Fester packte er das Steuer, nahm die Herausforderung der Windsbraut auf wie einen hingeworfenen Fehdehandschuh, und grinste nur in die auf einmal wie flüssig gewordene Windschutzscheibe. Regen überzog das Glas in immer neuen Lagen, ungeachtet aller Bemühungen der scherenden Scheibenwischer. Das Glas zerging in ein verwirrendes Gemisch von Facetten und formlosen Flecken; und er kniff die Augen und spähte hindurch, um die Straße zu erkennen. Langsamer fuhr er deswegen nicht. Obleich um ihn die Windsbraut brüllte, an den Fenstern schrillte, überm Dach kreischte, im Verein mit den unaufhörlichen Regengüssen, die rote, grüne und weiße Lichter über seine Windschutzscheibe schmierten – er fühlte sich geborgen in seiner geschlossenen metallenen Kammer, die geradeaus und verläßlich dahinfegte inmitten undeutlicher Tunnel aus Furiengeheul.

Vor der Nacht hatte er überhaupt keine Furcht. Wie er so durch den Regen dahinfuhr, lächelnd und spähend hinter seiner verwischten Windschutzscheibe, war er sich gewiß, den Wagen vollkommen in der Hand zu haben. Ihm war eher wie bei Antritt eines großen Abenteuers, einer ereignisreichen und spannenden Reise, nach deren Beendigung man ihn für bewiesenen Mut und Ausdauer belohnen würde. Mutig also und ausdauernd, versuchte er auch weiterhin die Straße zu erkennen; den Fuß auf dem Gashebel, steuerte er den Dodge durch den Sturm. Er mußte denken, wie kindlich und naiv Altars Vorstellungen von der Ehe waren; wie groß wohl die Windgeschwindigkeit draußen sein mochte, ging ihm durch den Kopf; und ob Maggie wohl schon das Haus verlassen haben könnte? Und dennoch, unter all den müßigen Halbgedanken, einer glitzernden Unterströmung von Vorfreude vergleichbar, hatte er das Empfinden, daß ihm etwas Großes geschehen würde. Vor seinem Gesicht zerfloß wieder die Windschutzscheibe, und kaum konnte er noch die Fahrbahn erkennen. Er spürte die Püffe, die Wind und rasendes Wasser den überanstrengten Gelenken seines Wagens versetzten; aber er fühlte sich sicher umhüllt von einem starken metallenen Kokon.

Er sagte sich, daß es im Grunde natürlich nur der Sturm wäre, gekoppelt mit der selbstgefälligen Vorstellung vom winzigen Menschen, der sich erfolgreich mit mächtigen Naturkräften mißt; das, und dazu noch das Gefühl des Alleinseins, mit dem er durch die Nacht dahinschoß; aber er konnte die hartnäckige Einbildung doch nicht abschütteln, daß er ganz dicht vor einer überwältigenden Erkenntnis stünde. Geduckt übers Steuer fuhr er dahin, völlig gefaßt, daß ein plötzliches grelles Licht das Autoinnere erhellen könnte, eine Explosion, funkelnd und weißglühend um ihn herum, ganze Leuchtkugelschwärme von Wahrheit und Offenbarungen. Er runzelte die Stirn über diesen Begriff der plötzlichen Offenbarung und lehnte ihn ab; das war bestenfalls eine stereotype Formel, mit der Stümper in Altars Gewerbe arbeiteten. Es gab diese ‹Offenbarung›, diese sogenannte ‹Plötzliche Erkenntnis› gar nicht. Der Fall lag vielmehr so, daß eine Wahrheit einfach auf die andere gemauert wurde; bis dann eben eines Tages das prächtige Gebäude dastand, scheinbar durch Zauberschlag wie aus Luft entstanden. Und trotzdem, obwohl er den Begriff ablehnte, war ihm zumute, als ob er nahe daran sei, eine solche plötzliche Erkenntnis zu haben; war ihm zumute, als würde er binnen kurzem fähig sein, durch den tobenden Sturm hindurchzusehen, ihn zu durchschauen, bis tief in den Kern allen Lebens, und weiter noch, bis zum Tode, und darüber hinaus in die Ewigkeit, ins innerste Sein selbst.

Ähnlich war ihm, wie damals in Puerto Rico, als er dem Trauerzug zugesehen hatte.

Und plötzlich durchlief ihn ein Zittern.

Sein Geist schien auf einmal klar wie Kristall, randvoll von Gedanken, überlaufend von Einsichten. Er brauchte nur hineinzugreifen in den Haufen zerstreuter glitzernder Einzelstücke und sie aneinanderzupassen, bis er dachte, er müßte vergehen vor der reinen Erregung der ganz nahen Enthüllung. Klar wie ein Bild kam der Augenblick zurück, als er das erste Mal Maggie gesehen hatte, und alles, was später gefolgt war, die Begegnung zweier Unbekannter, die Umklammerung zweier fremder Hände. Mit beharrlicher Logik fragte er sich, warum sie beide nacheinander die Arme ausgestreckt hatten? Was in ihm war wohl unbefriedigt gewesen? Was in ihm, und in all den tausend anderen, die das Ehegelöbnis brachen, verursachte solche Unrast? War es das Ringen nach einem ‹Preis› im Sinne Altars; nach Erfolg, nach Schönheit, in einer Welt, die auf einmal zu kompliziert geworden war für ein einfältiges Tierwesen?

Als er seinem Begehren derart nachgab: war es nicht ein einfacher Akt der Rebellion gewesen? Ein bewußtes Zurückgehen auf klar Verstehbares, inmitten einer Umwelt voll unverständlicher Dinge und Ideen? War ihm Geschlechtlichkeit als solche nicht etwas Sicheres gewesen, in einer Welt der Ungewißheit? Eine Erfüllung, inmitten einer Welt undurchführbarer Träume und vereitelter Bestrebungen? War es nicht einfach das, warum er eine Maggie gesucht und gefunden hatte?

In einem plötzlichen Gefühl von Freiheit lachte er laut den Sturm aus; frei und fessellos jagte er zu auf das zähneknirschend tanzende, kreischende Ungeheuer da draußen, schlug es aufs Haupt; das Biest, richtete den Kühler seines Autos tiefer in Schwärze und Regen und johlenden Wind, während die Scheibe wieder dahinschmolz in Schlieren und Schlingen und Kleckse und Nadelspitziges aus Rot und Grün und Gelb und Weiß.

Demnach also gab es so etwas wie Liebe gar nicht? War Liebe auch wieder nur ein Etikett? War die ganze Welt, mit allem was darin war, nur ein gigantisches Hirngespinst, eine Schalttafel mit nichts dahinter, ein Schwindel für Schwindler? Aber von dem Gedankengang schwenkte sein Geist wieder ab; denn er war jetzt unerbittlicher Logik mächtig und wollte den glatten Pessimismus solcher Idee nicht hinnehmen, nicht in die allzu sichtbare Falle voreiliger Schlüsse geraten; nicht jetzt, wo Wahrheiten zu seinen Füßen lagen, Riesenbergen glitzernder Goldmünzen vergleichbar. Nicht jetzt, wo er sich nur zu bücken brauchte, um beide Hände voller

Wahrheiten zu haben, und sie spielerisch durch die Finger rieseln zu lassen, in ganzen Kaskaden aus Offenbarung und Glanz. Natürlich gab es Liebe! Möglich, daß Romantik identisch mit Verlogenheit war; aber Liebe war etwas so Reales wie Atemluft, und was er bei Maggie empfand, war Liebe.

Aber erneut scheute sein Geist vor allzu griffbereit liegenden Erklärungen zurück; sondern stellte vielmehr, immer umgeben vom Glanzlicht der offenbarten Wahrheit, die nächste Frage: Oder ist es doch Romantik? Und weiter, unaufhaltsam ergab sich aus solcher Frage unentrinnbar die nächste: Ist es nicht dieselbe Romantik, wie ich sie seinerzeit mit Eve erfuhr? War es nicht bei uns genauso, damals, als wir noch Kinder waren, die einander entdecken? Ja! Ja! Aber ich *liebe* Maggie doch nun einmal; ich *weiß* genau, daß ich sie liebe; das mußte unbedingt eingeräumt werden, und daraus folgte unwidersprechlich: Seine Liebe zu Maggie wurde beschützt und beschirmt durch jünglingshafte Romantik. Er war damit zu einem jugendlichen Glauben zurückgekehrt, hatte zu täppisch hingegriffen nach Blendung und Aufregung – und er wußte auch, warum. Während der Wagen jetzt mit ihm durch die Nacht dahinschoß, wußte er, warum: Gegriffen hatte er nach dem Flitter und Flimmer, weil die Wirklichkeit so verflucht schmerzhaft war und so verflucht kompliziert. Aber was hatte er gefunden; und warum hielt er noch weiterhin Ausschau?

In seinem Tunnel aus Regen und Wind wunderte er sich, ob man wohl jemals aufhören würde, Ausschau zu halten; ob man sich jemals wahrhaft selbst finden würde, in all dem Krach, all der Verwirrung, all dem Gejage; oder ob man verzweifelt Ausschau halten mußte, bis ans Ende des Lebens? Und eine weitere Wahrheit überkam ihn mit überwältigender Gewißheit; er wußte, daß man sich selbst nicht fand, indem man tat, als wäre man noch einmal siebzehn. Mag sein, daß man suchte und Ausschau hielt, bis man tot war und begraben; aber ein Zurück gab es nicht.

Jetzt wurde ihm auch der Irrtum seiner Reaktion damals bei dem Leichenzug in Vega Alta klar. An jenem Tag hatte er das Drama von Leben und Tod geschaut. Er hatte sich selbst in den dahingetragenen Sarg projiziert; ihm nachgesehen, die Straße hinunter, mit dem Bewußtsein, daß er gleich außer Sicht sein würde; mit dem Bewußtsein, daß auch sein eigenes Leben dahinströmte, unverwirklicht, ungefunden, und daß man auch ihn eines Tages begraben würde. Bald, bald! Und so, auf Grund dieser Begegnung mit dem unausweichlichen Tod, hatte er nach dem Leben greifen wollen, es umarmen und festfassen und so den stetigen Strom der Zeit aufhalten, der ihn unvollendet dahintragen würde, bis zum Grabe. Er hatte die Uhren zurückstellen wollen, ehe es zu spät war.

Statt dessen hatte er Maggie Gault gefunden.

Und die Signora hatte es ausgesprochen, anläßlich einer Party im Februar, als er zu betrunken gewesen war, um sie zu begreifen. Die Signora hatte es ausgesprochen: «Margaret Gault hat nichts zu tun mit dem Goldschüsselchen.»

Jetzt, als schon die Lichter der Brücke verwaschen in der Ferne auftanzten; jetzt, da Felicia, die Windsbraut, den Wagen packte in ungeschwächter Raserei; jetzt dachte auch er: Nein; Maggie hat nichts mit dem Goldschüsselchen zu schaffen. Ich liebe sie, ja; aber das Goldschüsselchen ist sie nicht; und vielleicht gibt es ja überhaupt keine Goldschüsselchen. Vielleicht findet man es auch bloß nie; oder hält eben immer nur Ausschau nach ihm. Aber eines ist sicher; dadurch findet man es nie, indem man Stellen absucht, wo man längst gewesen ist! Das weiß ich gewiß, daß ich es auf die Art nie finde. Ich liebe dich, Maggie, ja, dachte er; aber jetzt weiß ich's gewiß.

Das war der funkelndste, schimmerndste Moment, in dem er das echte Gold der Wahrheit erkannte; und er nickte mit dem Kopf, und er dachte, ich fahre heim jetzt, zu Eve.

Vorn kam die Auffahrt zur Brücke in Sicht. Durch die zerlaufende Windschutzscheibe sah er sie näher kommen, links voraus, und wie die überhöhte Rampe in hoher Kurve aufstieg, mitten in den Sturm. Geradeaus lief die Straße, die zu Eve zurückführte, die Straße, die der Weg zurück war, zum Schachbrettmuster Manhattans. Das weiße Schild erschien plötzlich im Sturm; unerbittlich peitschten Wind und Regen die schwarzen Buchstabenreihen: LETZTE AUSFAHRT VOR BRÜCKE.

Ich fahre heim, zu Eve, dachte er.

Voll neuer Entschlossenheit trat sein Fuß auf den Gashebel, und wieder nickte er, weil er endlich die Wahrheit gefunden hatte.

«Ich fahr heim, zu Eve!» sagte er laut in die Stille des Wagens. *Letzte Ausfahrt* mahnte das Schild. Und schmerzdurchzuckt sah er das Schild rechts vorbeischweben: Unfähig anzuhalten, steuerte er den Wagen nach links, der Rampe entgegen, die zur Brücke führte, und also zu Maggie. Voll eines Entschlusses, unter Schmerzen gefaßt, jetzt mit Schmerzen wieder verworfen, fuhr er entschlußlos die Rampe hinauf, unfähig zu bremsen, eingefangen im Auto, das mit ihm die weitgeschwungene ansteigende Betonkurve hinanraste. *Letzte Ausfahrt* hatte auf dem Schild gestanden; aber er, diese letzte Ausfahrt vor Augen, hatte es nicht beachtet; war unterlegen, hatte machtlos dem Etwas in ihm nachgegeben, das sich als unfähig erwies, den letzten endgültigen Trennungsakt zu vollziehen. Er konnte Maggie nicht aus seinem Dasein entfernen; konnte nicht einen Teil seiner selbst roh und blutend auf dem Pflaster liegenlassen. Er hatte gelernt, daß Erkenntnis den Menschen überkommen konnte, blitzartig, in Schauern von Licht; und daß er dennoch hilflos geblieben war, unfähig zu zerreißen, was sie verband.

Und als ihm das klar wurde, begann er zu weinen.

Aus der ohnehin vom endlosen Regen überwaschenen Schutzscheibe wurde eine protoplasmagraue, schlierige Masse, als er zwinkernd die blendenden Tränen zurückzuhalten suchte. Das Weinen kam aus den Grundfesten seines innersten Wesens; unaufhaltsam quollen die Tränen aus seinen Augen und überströmten ihm das Gesicht, als er hineinjagte in den Sturm und auf die hohe Brückenbahn. Voraus konnte er nichts mehr erkennen. Die Straße schien eine geworden, die er wohl früher und mehrfach gefahren war; aber auch gleichzeitig ein ödes Fremdland voll eintöniger, monotoner, freudloser Landschaften, in denen er ein unbekannt Bekannter war. Entschlossen, aber entschlußunfähig, gebunden, aber ohne wirkliche Bindung weinte er bitterlich. Regen stromschnellte übers Wagendach; Böen rüttelten an den Fenstern. Hilflos hielt er sich am Steuer und weinte. Blindlings folgte er irgendeinem Urinstinkt, der ihn durch die Finsternis trieb, stürzte dahin, nur um an ihre Seite zu gelangen, stürzte zu Maggie, Maggie, Maggie, Maggie. –

Vielleicht geriet der Wagen nur deshalb ins Schleudern, weil ungehindert über die offenen Wasser her eine neue, heftigere Bö kam, das Auto plötzlich seitlich erfaßte und die Reifen einen Augenblick lang auf dem schlüpfrigen Pflaster nicht mehr griffen. Vielleicht hatte er sich auch für den Bruchteil einer Sekunde seines ersten Entschlusses erinnert und den Fuß unwillkürlich aufs Bremspedal gesetzt, um dem Gebot der Vernunft zu folgen und eine nunmehr widersinnige, völlig unmögliche Kehrtwendung zu versuchen. Oder vielleicht auch – vielleicht hatte er plötzlich in der gewohnten Straße eine Straße ohne Ende erkannt; vielleicht, angesichts einer verzweifelten, früher nie empfundenen Verworrenheit, hatte er den Wagen auch bewußt zum Brückenrand hin gelenkt.

Das Auto rutschte scharf herum und geriet in ein seitliches Schleudern mit unverminderter Geschwindigkeit. Flüchtig kam und ging ein Gedanke: daß man zu wenden versuchen solle, wenn man ins Schleudern geriet; aber wenn er auch wußte, wie er den Wagen wieder hätte fangen können, so traf er doch keinerlei Anstalten dazu. Und schon war auch der Augenblick des Handelns vorüber; und mit einem leichten Schock wurde er sich bewußt, daß er jegliche Kontrolle über das Auto verloren hatte. Der Schock verging nahezu auf der Stelle wieder. In einer Art resignierter Erwartung saß er da, während der Wagen seitwärts glitt, in einem scheinbar endlos langen Bogen, glitt, glitt, immer noch glitt – und dann anprallte.

Er spürte den Ruck, als der Wagen das Brückengeländer rammte; hörte Glas splittern und das Knirschen und Reißen von Metall, trotz des Sturmgeheuls. Niedergehalten vom Gewicht des Motors, bohrte sich die Nase des Wagens tiefer in das dunkle Loch, wo Stahlstäbe in Beton mündeten. Das hintere Ende bockte und schnellte, noch voll der Fahrtgeschwindigkeit, hoch in die Luft; wurde sogleich von den wilden Windwirbeln mit Orkanstärke erfaßt; hoch hoben sie die Hinterräder, hoch, höher, und kippten schließlich das Auto um, wie ein Spielzeug. Sein Brustkorb wurde hart gegen das Steuerrad gepreßt, und ein scharfer, unerträglicher Schmerz durchdrang ihn, während der Wagen einen Salto vollführte, der ihn torkelnd über die Stahlbrüstung sandte. Er langte nach dem Wagendach; und dann auf den Sitz; fühlte, wie das Auto sich vom Geländer losgemacht hatte, eine Sekunde lang kopfstand, und dann, ungehindert, frei und leicht, in die verwilderte Nacht hinausschoß und auf den Fluß hinunterstieß. Festgeklemmt hinterm Steuer dachte er, jetzt ist es passiert.

Hilflos im sich überschlagenden Auto dachte er, jetzt sterb ich, um Gottes willen, jetzt sterb ich.

Der Gedanke überraschte ihn; und amüsierte ihn. Was für ein verdammter komischer, alarmierender Gedanke, daß er derart sterben sollte, was für eine verfluchte, besoffene, lächerliche, blödsinnige Art zu sterben! Er war bestürzt darüber; und fühlte doch, daß diese Art zu reagieren ein bißchen dürftig war; der falschen Spannung vergleichbar, mit der man einen Zug zur Fahrt ins Blaue besteigt. Schmerz durchschnitt wie mit Messern seine Brust, während die Welt um ihn rotierte, die Windsbraut ihm ins Ohr kreischte, und er dachte, so geht es zu in der Welt, du schwitzt und plagst und schindest dich und machst große Augen vor Staunen, und auf einmal stirbst du für nichts und wieder nichts, ohne Grund, wo sind da all die Preise, wenn du niemals richtig gelebt hast, wieso konntest du da lernen, so schnell zu sterben? Ob Chris wohl jemals ins College gehen wird, dachte er.

Eve, dachte er. Eve.

Ich muß Baxter anrufen. Puerto Rico wird gemacht. Das schaffen wir schon, keine Angst, das schaffen wir.

Mit dem unerträglichen Schmerz in der Brust und dem endlos kreisenden Wagen, wie unten das Schwarzwasser wirbelte, ein Stein fällt, dachte er, und mein armer kleiner David macht noch immer das Bett naß: O Jesus, mein armer ...

36

Die Musik zur Großen Bier-Party von Föhrenhofs Dreijahrfeier war in vollem Gange.

Leiter der Kapelle war ein Versicherungsagent aus der Siedlung selbst. Er handhabte seine Trompete ziemlich hilflos, und trübe akkompagnierten ihn vier weitere Musiker, die aus Queens gekommen waren und diesen vorstädtischen Possen hier ausgesprochen lustlos zusahen. In Queens, ja, da wußten die Leute zu leben.

Wohl ließen die Musiker ihre Blicke über die Noten wandern, gaben sie jedoch ohne sonderlichen Schwung wieder; denn Oktober war nun einmal ein trüber Monat; und außerdem handelte es sich um Schwarzarbeit. Nicht daß irgend die Gefahr bestanden hätte, ein Gewerkschaftsführer konnte sie in diesem obskuren American Legion-Saal nach ihrem Gewerbeschein fragen; aber tariflich hätte jeder Spieler 22 Dollar pro Kopf bekommen müssen, der Kapellmeister das Doppelte, und statt dessen erhielt die Kapelle nur 20 Dollar pro Kopf, einschließlich des Kapellmeisters, der – im Hinblick darauf, daß er selbst in der Siedlung hauste – auf die doppelte Gage verzichtet hatte. Und folglich war die Musik leidlich laut, aber nicht sonderlich feurig.

Die Musiker waren abends gegen 20 Uhr eingetroffen und hatten um 20 Uhr 15 alles fertig aufgebaut und gestimmt; obwohl der offizielle Beginn der Party erst für 20 Uhr 30 vorgesehen war. Ein paar ganz Eifrige kamen auch auf die Minute genau. Es gab ja immer und überall, dachten die Musiker, diese paar Übereifrigen, die pünktlich mit dem Glockschlag erschienen, als wollten sie von der bevorstehenden Lustbarkeit auch nicht eine Sekunde verpassen. Die eigentliche Großeinwanderung der Föhrenhofer in den American Legion-Saal setzte jedoch nicht vor 21 Uhr ein. Um diese Sekunde hatten all die Babysitter, beziehungsweise Schwiegermütter, ihre detaillierten Instruktionen erhalten.

Gewiß, in einigen Heimstätten der Siedlung setzte es noch in letzter Minute Häkeleien mit den Kindern; obwohl die sämtlich in dem Wissen erzogen worden waren, daß die Nacht nun einmal den Erwachsenen gehöre, als eine Zeit unbegreiflich-geheimnisvoller Belustigungen. Hatten Mami und Papi nicht den ganzen Tag sich bemüht, ihre Schätzchen glücklich zu machen, he? Hatten sie nicht in sämtlichen Schaukeln Freudenlands heute gesessen, nicht warme Würstchen schnabuliert, und Puffmais, und überhaupt alle Freuden dieser Erde genossen? Also schlaft jetzt gefälligst ein, ihr kleinen Halunken! Wir kommen ja auch nicht, wenn *ihr* Kinderfest habt, oder?! –

Um 21 Uhr also, wie auf ein gegebenes Signal hin, taten sich dann die aluminiumbeschlagenen Sturmhaustüren sämtlicher Siedlungsranchos auf beziehungsweise der Cape Cods oder ‹Häuser am Hang›. Lächelnde Frauen im Festtagsstaat erschienen und schritten, gefolgt von den Gatten, autowärts. Auf den Grasflächen vor dem Haus gingen, obschon es bereits Oktober war, überall die Rasensprenger: Das Recht zu sprengen wurde als unveräußerlich, ja, gottgegeben, betrachtet und nur mit starkem Widerwillen bei Einbruch des Winters außer Kraft gesetzt.

Dann schoben sich die Limousinen und Kleinlieferwagen – deren nicht wenige waren – wie auch die Kabriolette rückwärts, die kurzen betonierten Fahrstreifen hinunter, wendeten und rollten dann stadtwärts. Und über der allein zurückbleibenden Siedlung lag es wie tiefinnerlicher Friede in der Luft, ein fast greifbares Gefühl satter Befriedigung: In den sauber aufgeräumten Straßen glommen warm die regelmäßig angebrachten Laternen. Die Grasflächlein, die Süchtigen, die ihre Spritze 10–6–4 erhalten hatten, funkelten in sattem Smaragdgrün und glitzerten vor Gesprengtheit. Ja, Wärme und Schönheit gediehen in Föhrenhof, und Gottes Segen ruhte darauf. Auf den Vordersitzen der Automobile lagen die Flaschen mit dem Gesöff, wohlverpackt und in braune Papiertüten gesteckt, auf den Etiketten waren die Namen der betreffenden Paare in Tinte zu lesen. Setups, das heißt Sodawasser, Gläser und Eiswürfel, stellte die American Legion Hall: Das würde eine verdammt vornehme Angelegenheit werden!

In der Eingangshalle gab es dann ein großes Gewühl, ehe die Paare, die einzeln ankamen, sich entschieden hatten, wohin sie sich setzen wollten und zu wem. Auch in der Garderobe ergaben sich die bekannten unvermeidlichen Engpässe; aber nach und nach wurden auch sie überwunden, und es dauerte nicht lange, bis der Freund zum Freund gefunden hatte. Stühle wurden an die langen hölzernen Tische herangerückt, und jedermann nahm Platz, in dieser freudlosen Holzschachtel, die sich ‹Saal der Amerikanischen Legion› nannte; und jeder Nachbar sah den Nachbar an, mit geduldiger, erwartungsvoll-gelangweilter Miene, die auszudrücken schien: «Schön, hier wären wir also: nun unterhalte mich.» Die Männer gingen erst noch nach den Setups, und dann wurden die Whiskeyflaschen geöffnet. Die Kapelle begann zu spielen. Man schenkte ein. Plätze wurden gewechselt. Gelächter klang überall im Saal auf.

«Ganz netter Verein, was?» sagte Betty Anders. Und die Trompete wimmerte dazu ihre Totenklage.

«Findet ihr es nicht auch schrecklich heiß hier drinnen?» fragte Doris Ramsey.

Einem Mann, der zu seinem Tisch zurückhastete, rutschte die Flasche mit Ingwerbier aus der Hand. Fiel auf den Fußboden und zerbrach. Wilder Applaus und Hurrarufe lohnten ihm seine Unbeholfenheit.

Mrs. Levy sagte: «Meiner Ansicht nach sollte man dergleichen weit öfter veranstalten.»

«Gar keine schlechte Idee», sagte Betty. «Man könnte es eigentlich mal in der Bürgerversammlung vorschlagen.»

«Wir brauchen noch mehr Eis», sagte Felix; stand auf und verließ den Tisch.

«Meinem Gefühl nach dürfte es grausam langweilig werden», sagte Doris unvermittelt. Sie lächelte. «Anwesende natürlich ausgeschlossen.»

«Na und?» sagte Max Levy. «Wir machen uns unseren eigenen Spaß.»

«Wird uns weiter nichts übrigbleiben», sagte Doris.

«Entscheidend ist immer, was man aus einer Sache macht», erklärte Max weise.

«Wir sind gestern bei einer neuen Siedlung vorbeigekommen», sagte Arthur Garandi. «‹Eichengrund› hieß sie. Fast alles Häuser am Hang. Und wirklich nett angelegt. Mit geschlängelten Straßen. Sehr nett.»

«Und das Haus kostet dort?» fragte Paul Ramsey.

«Ich glaube sechzehnneunhundertneunzig», sagte Arthur. «Kann's aber nicht genau sagen. Wir haben nicht angehalten.»

«Ganz schönes Geld», sagte Doris.

«Ich könnte immer aus der Haut fahren, wenn ich hören muß: neunhundertneunzig», sagte Ramsey. «Was die Kerls wirklich meinen, ist siebzehntausend. Warum können sie das nicht frei und offen sagen?»

«Auf die andere Art klingt es billiger», sagte Mary Garandi.

Felix kam zurück, in der Hand einen ganzen Eimer voll Eis.

«Wißt ihr, was jetzt eine ganze Menge Leute schon machen?» fragte Max: «Sich diese großen Grundstücke an der Küste kaufen! Die gibt es praktisch für 'n Song.»

«Und was bedeutet Song in diesem Fall?» fragte Betty.

«Vierzigtausend, etwa. Ganz rund.»

«Und das verstehen Sie unter Song?! Ach, singen Sie mir doch mal so ein Song.»

«Hm, das sind weiße Elefanten», sagte Mary. «Allein die Heizung kostet ja ein Vermögen.»

«Das schon», mischte sich Felix jetzt in die Unterhaltung, «aber andererseits hat man ein Riesenstück Land für sein Geld, und ein wirklich großes Haus. Neunzehn, zwanzig Zimmer.»

«Wer braucht schon so viel Zimmer?» fragte Mary. «Übrigens, warum reden wir eigentlich andauernd von neuen Häusern? Zieht jemand weg?»

«Es geschieht wohl gewissermaßen unbewußt», sagte Felix. «Jetzt, wo Eve ihr Haus zum Verkauf angeboten hat.»

«Das ist ja was anderes», sagte Mary. «Was bleibt ihr schon übrig? Hierbleiben mit den beiden Kindern? Ohne Mann?»

«Ach, laßt uns bloß davon aufhören», sagte Betty. «Ich krieg's Gruseln dabei.»

«Meinen Sie, daß sie das Haus leicht wieder los wird?» fragte Max.

«Überhaupt kein Problem», sagte Felix. «Dergleichen Häuser sind auf dem Grundstücksmarkt sehr gefragt. Sie wird vermutlich sogar noch etwas daran verdienen.»

«Es ist eine Schande», sagte Mary. «Die arme Frau. Man weiß ja nie im voraus, wann und wie einem so etwas passieren kann, wie? Oh, die arme Frau.»

«Ach, laßt uns doch bloß davon aufhören», sagte Betty.

Ramsey räusperte sich. «Ich hab da einiges über Larry munkeln hören», sagte er. «Nicht etwa, daß ich Klatsch unter die Leute bringen wollte.»

«Gemunkel in welcher Hinsicht?» fragte Max.

«Oh, lediglich warum er damals in diesem Unwetter ausgerechnet unterwegs sein mußte», sagte Ramsey.

«Wie meinen Sie das?» fragte Fran.

«Na ja, also ein Gerücht lediglich», sagte Ramsey, «und nicht etwa, daß ich Gefallen an Klatsch fände: Aber man munkelte so was, wie von einer anderen Frau.»

«Ach, Sie haben ja 'n Vogel», versetzte Felix auf der Stelle.

«Ich gebe nur wieder, was ich gehört habe.»

«Und was Sie gehört haben ist dann eben falsch. Ich möchte behaupten, daß ich Larry besser gekannt habe als sonst jemand hier. Stimmt es, Betty?»

«Ja, ihr seid viel zusammen gewesen», bestätigte Betty.

«Und ein Mensch von sauberem Charakter war nicht auf der Welt», sagte Felix. «Ich möchte doch mal wissen, Paul, wer Ihnen dergleichen erzählt hat.»

«Ach, das ist ja ganz gleich. Ich hab es eben so gehört.»

«Wenn ich wüßte, wer dergleichen Gerüchte in die Welt gesetzt hat, würde ich hingehen und dem Betreffenden diverses klar machen, darauf könnt ihr euch verlassen!»

«Ach, nicht der Rede wert», sagte Ramsey. «Ich hab es doch lediglich so nebenbei gehört.»

«Der Mann war wirklich einwandfrei», sagte Felix. «Mal ganz ohne Scherz. Ich hab schließlich Menschen genug in meinem Leben kennengelernt; aber Larry Cole war einer der wenigen wirklich einwandfreien Männer. Ich hätte für ihn alles getan. Er hätte bloß einen Ton sagen brauchen. Ich sag das nicht aus Spaß; ganz im Ernst.»

«Ich hab gar nicht gewußt, daß Sie derart eng mit ihm befreundet waren?» sagte Max.

«Na, wer prahlt schon groß mit Freundschaft? Man ist entweder befreundet, oder man ist es nicht. Aber es frißt mich, daß die Leute eine ganz reguläre Geschäftstour – er mußte damals raus in Wind und Wetter, um einen Kunden zu besuchen – gleich wieder verdrehen und etwas daherfaseln von ... von ... von fremden Frauen! Also so was frißt an mir! Mein Gott, manchmal frage ich mich wirklich, wo die Leute bloß mit ihren Gedanken sein mögen!»

«Na, lassen Sie es gut sein», sagte Ramsey. «Ich hab's ja bloß flüchtig gehört.»

«Wissen Sie, wie schwer der Mann gearbeitet hat? Meinen Sie, es wäre eine Kleinigkeit, so ganz auf sich selbst angewiesen zu sein, ohne daß jede Woche regelmäßig der gesicherte Lohn anfällt? Der hat sich wegen jedem einzelnen Cent dazuhalten müssen. Deswegen war er in dem verdammten Sturm unterwegs! Den nächsten Kunden ranschaffen, damit die Familie wieder zu leben hat. Sie hätten ihn mal hören sollen, wenn er von seiner Eve sprach, oder von den Kindern. Und das Gesicht dazu! Das war ein zärtlicher Gatte! Wirklich, einer von den ganz einwandfreien Leuten, glauben Sie mir schon.»

«Ich hab ihn immer gern gehabt», sagte Max.

«Eine Schande», sagte Mary. «Daß dergleichen passiert. So ein junger Mann noch.»

«Ich möchte eines klarstellen: Mir ist es so und so egal», sagte Ramsey, «ich meine, ob er nun auf Abwege gegangen ist oder nicht. Das tut ja letzten Endes jedermann!»

«Jetzt sei aber still, Paul», sagte Doris.

«Na ja, also er hat nicht völlig unrecht, Doris», sagte Max.

«Sexualität gibt es und wird es immer geben», sagte Ramsey achselzuckend. «Wollen wir's schon zugeben.»

«Sehr richtig», spottete Fran. «Mein Mann, die Sexualmaschine.»

«Wer?» sagte Max und tat, als sei er gekränkt.

«Die Sexualmaschine, mit dem fehlenden Teil.»

«*Wer* hat hier ein fehlendes Teil?!»

«Na schön, aber nicht direkt fehlend; aber schwer zu finden.»

Alles lachte; und in solchem Gelächter schienen die letzten Reste des vorherigen Gesprächsgegenstandes unterzugehen.

«Diese Leute da, in Massachusetts, die die Schlüsselparty veranstalteten, haben schon gewußt, was sie taten», sagte Ramsey.

«Wie ist es, Felix?» sagte Doris, und klapperte mit den Augen: «Wollen Sie meinen Hausschlüssel?»

«Sicher, sicher», sagte Felix.

«Du, nimm sie beim Wort, Felix», sagte Betty und griente.

«Sicher, sicher.»

«Hier, ich bin noch frei», bot sich Max an.

«Frag ihn, Doris», sagte Fran. «Der rennt kilometerweit.»

«Los, versuchen Sie's mal mit mir», sagte Max.

«Nichts da: Felix oder keinen», sagte Doris, und blinzelte diesmal Betty zu.

«Seht doch mal rüber auf die Tanzdiele da», sagte Ramsey, «jeder tanzt mit der Frau eines anderen. Das ist der einzige wahre Grund, warum sie zu diesen Parties kommen.»

«Wer schlecht redet, denkt schlecht», sagte Felix.

«Ich mache lediglich meine Beobachtungen», sagte Ramsey. «Sehen Sie doch hin: Backe an Backe. Wer ist da der Ehrlichere? Diese aalglatten Ehrabschneider auf der Tanzdiele da draußen, oder jene in Massachusetts, die einfach die Hausschlüssel miteinander getauscht haben?»

«Die im guten alten Mass», gab Max unverzüglich zu.

«Zweifellos.»

«Ich bin anderer Ansicht», sagte Felix.

«Felix denkt sehr moralisch», sagte Betty feierlich. «Nein, bestimmt; im Ernst.»

«Durchaus nicht, daß ich prüde wäre, aber was die Ehe anbelangt, habe ich recht altmodische Ansichten. Ehebruch ist unredlich. *Und* unmoralisch. *Und* ungesetzlich obendrein.»

«Ich halte jede Wette», sagte Ramsey langsam, «daß mindestens die Hälfte von den Kerlen, die da drüben mit der Frau eines anderen tanzen, auf der Stelle mit ihr ins Bett gehen möchten.»

«Also jetzt ist es gut, Paul», sagte Felix ernsthaft. «Das ist kein Gesprächsstoff für –»

«Ich möchte lediglich eine Theorie aufstellen.»

«Dann stellen Sie sie rasch auf; und lassen Sie uns dann von was anderem reden.»

«Ich möchte lediglich das eine wissen: was ist ehrlicher und aufrichtiger: dieses hinterhältige Rumpoussieren; oder gleich ein Verhältnis?»

«Gar kein übler Gesichtspunkt», sagte Max.

«Das sehe ich nicht ein», antwortete Felix barsch.

«Schauen Sie mal hin auf die Tanzdiele», sagte Ramsey: «Sehen Sie den Großen da; den mit der Brille? Das Mädchen, mit dem er tanzt, ist *nicht* seine Frau: Und nun, achten Sie mal darauf, wo er die Hand hat!»

Alles achtet darauf.

«Ja doch, ja», sagte Felix.

«Wer ist ehrlicher, frage ich?» beharrte Ramsey. «Die dort; oder die, die gleich ins Bett gehen? Wer ist verdorbener?»

«Und das war also, was Sie sagen wollten?» fragte Felix.

«Das war es, was ich sagen wollte; jawohl.»

«Schön; wir haben es also gehört. – Und jetzt wollen wir aber doch lieber vom Wetter reden, oder dergleichen.»

Ramsey kicherte. «Denen mißtraue ich immer am meisten, die kein Wort davon hören können», sagte er.

«Sicher», erwiderte Felix lächelnd.

«Will denn heute niemand tanzen?» fragte Arthur.

«Ja, komm, Schatz», sagte Felix. Und nahm seine Betty liebevoll in die Arme.

Das Litho von Picasso, mit dem Jungen, der das Pferd führt, war sein Lieblingsstück gewesen; nun nahm es der Transportarbeiter bedächtig von der Wand und trug es, an Eve vorbei, durch die Haustür. Sie wußte noch genau, wie sie das Litho gekauft hatten. Es war ein bitter kalter Januartag gewesen, und sie waren eigentlich nur ins Museum gegangen, um von den ausgefrorenen Straßen zu kommen. Sie sah, wie der Mann das gerahmte Bild in den Möbelwagen reichte; und schon kam ein anderer Mann mit dem Stuhl, der sie gut und gern 300 Dollar gekostet hatte; die einzige Extravaganz, die sie sich als Jungvermählte erlaubt hatten, als sie ihre erste Drei-Zimmer-Wohnung in Bronx möblierten.

Sie sah den Stuhl aus dem Haus verschwinden, und staunte nur, wie schnell aus dem Ort, den sie ihr Heim genannt hatte, nichts als ein leeres Gehäuse wurde, entblößt von jeder persönlichen Note, die seine Besitzer ihm zu geben versucht hatten. Und wie sie so im ehemaligen Wohnzimmer stand, und die Möbelpacker um sie herum hantierten, wie ein schweigender Demontagetrupp, fühlte sie sich verlassener denn je seit dem Augenblick des Unfalls. Sie suchte mit Gewalt, die Erinnerung an das Grauen jener Nacht aus ihrem Gedächtnis zu streichen: erst der Anruf der Hafenpolizei; dann das wilde Gehaste zum Krankenhaus, immer in der Hoffnung, daß sie sich geirrt haben möchten, bitte, bitte, laß sie sich doch bloß geirrt haben; und dann die schreckliche weiße Stille der Leichenhalle, der finstere unsichere Wärter, und der rasche scharfe Schmerz beim Anblick des toten Antlitzes dessen, der einst ihr Mann gewesen war; und das Wissen, daß nun alles vorbei war.

Ich darf jetzt nicht daran denken, dachte sie. Das Leben geht weiter. Ich darf nicht darüber nachdenken.

So stand sie allein inmitten des Wohnzimmers, während die Möbel, die ihre Umwelt gebildet hatten, zum Möbelauto getragen wurden, das mit dem Hinterende zum Bordstein stand. Wie leicht läßt sich ein Heim auseinandernehmen, dachte sie. Wie mühelos sich ein Leben von hinten in ein Möbelauto packen. Heute nachmittag noch würde sie zu ihren Eltern, in die Mietwohnung auf der Fifth Avenue ziehen. Die Möbel wurden auf den Speicher gestellt; und dann würde sie als Gast in der Wohnung leben, die einst ihr Zuhause gewesen war. An Föhrenhof würde sie nur mit Schmerzen zurückdenken können. Das Gefühl der Einsamkeit umgab und verschlang sie ganz. Sie wußte nicht, was vor ihr lag – irgendeine Berufstätigkeit vermutlich. Sie konnte schließlich nicht von ihrem Vater verlangen, daß er sie und ihre beiden Kinder erhielt, und wollte das auch nicht. Also irgendein Beruf; so wie später dann vielleicht eine eigene Mietwohnung; für David der Kindergarten; und möglichst eine Frau, die im Haushalt half. Ein neues Leben, für sich allein. Sie hatte immer gedacht, ihr Leben läge fest, sein Ablauf sei geregelt für immer. Und jetzt ...

Das Wohnzimmer war leer.

Glanzlosen Blicks sah Eve auf die kahlen Wände.

Wieder grübelte sie über jene Augustnacht nach; und wieder versuchte sie sich zu suggerieren, daß er tatsächlich allein einen Ausflug vorgehabt habe; und daß er nach diesem Ausflug zu ihr zurückgekommen wäre. Das war es, was sie glaubte, und was sie glauben wollte, bis zu ihrer Todesstunde.

Einer der Tranportarbeiter näherte sich ihr. Er wischte sich die Stirn und sagte: «Das wär's ja wohl, die Dame. Ist sonst noch irgendwo was?!»

Eve schüttelte den Kopf und sagte: «Nein; jetzt ist nirgends mehr etwas.»

Und verließ dann das Haus; und machte nicht einmal den Versuch mehr, zurückzuschauen.

Roger Altars Mädchen war diesmal blond, von der Farbe des Honigs, mit einem hellblauen Augenpaar. Sie knöpfte sich die Bluse auf und sagte: «Ist das ein grandioses Haus! In so einer Bleibe bin ich in meinem Leben noch nicht gewesen! Das kann einen richtig hochbringen.»

«Ausgezeichnet», sagte Altar. «Deswegen hab ich's ja so bauen lassen, damit es dich hochbringt.»

Vor den Schlafzimmerfenstern toste der Farbenaufruhr herbstlicher Wälder. Das Mädchen warf ihre Bluse über einen Stuhl und ging zu den Fenstern. «Also da ist ja das Ende weg!» sagte sie. «Wer hätte je gedacht, daß die Natur derart verrückt sein kann? Hast du das Haus selbst entworfen?»

«Nein», sagte Altar.

«Wer denn?»

«Ein Mann namens Larry Cole», sagte Altar.

«Ein Freund von dir?»

Altar zögerte. «Ja», sagte er endlich. «Ein Freund.»

«Also in dem Haus kann man tatsächlich einen Tanz veranstalten», sagte das Mädchen. «Das ist ja der Gipfel. Verrückt!»

«Tja», sagte Altar.

Einen Augenblick lang waren seine Gedanken zurückgewandert, zu jener Sturmnacht, als er Larry das letzte Mal gesehen hatte. Und einen Augenblick lang kam der Impuls wieder, den er schon immer seit jener Nacht verspürt hatte: der Wunsch, zum Telefon zu stürmen, die Witwe seines Architekten anzurufen und zu sagen: «Eve, ich möchte Ihnen sagen, wie leid es mir tut. Sie sollten wissen, Eve, wieviel ich von Ihrem Gatten gehalten habe. Das wollte ich Ihnen bloß sagen.»

Dieser Anruf war nie erfolgt. Vielmehr einmal, als er sich hingesetzt hatte, um Eve Cole einen Brief zu schreiben, mußte er die Erfahrung machen, daß er – der Schreiber von Beruf – sein Gefühl nicht in Worte zu fassen vermochte.

Das Mädchen begab sich zu dem riesigen Bett und wälzte sich genießerisch darauf herum.

«Sonnenschein und Liebe», sagte sie. «Was ein tolles Gemix!»

«Würdest du ein Glas mittrinken?» fragte Altar. «Ich könnte eins brauchen.»

«Klar», sagte sie. «*Ich* bin zu allem bereit. Die Bleibe hier bringt mich einfach hoch.»

Altar schenkte schweigend ein. Das Mädchen reckte die Arme zur Zimmerdecke und ließ sich neuerlich von der herrlichen Bleibe hochbringen. Er hielt ihr eines der Gläser hin.

«Wo kriegst du eigentlich die Ideen für deine Bücher her?» erkundigte sie sich.

«Oh; die kommen eben so», sagte er.

Eines Tages würde er diesen Anruf tätigen. Eines Tages, versprach er sich selbst, würde er Eve Cole anrufen, und ihr sein Beileid ausdrücken. Eines Tages, ehe alles in Vergessenheit geriet.

«Von mir aus kann der Tanz losgehen», sagte das Mädchen.

Das Pflaster war ganz bedeckt mit roten Blättern, und gelben und orangenen und braunen und goldenen. Sie ging mit gesenktem Kopf; Wind griff in den Blätterteppich, und schob ihn rauschend ein Stück über die Steine; dann vernahm man wieder das Rascheln ihrer hohen Hacken. Ihr blondes Haar flog frei im Wind. Mit einer Hand hielt sie den Kragen an ihre Wange gepreßt, so daß er die kleine Narbe verdeckte. Hoch oben, in den kahlen Baumwipfeln, sang der Wind sein wildes, klagendes Lied.

In der Nacht, als er starb, war auch Wind gegangen.

Sie konnte sich wohl entsinnen, wie die Tür der kleinen Imbißhalle gerasselt hatte. Sie konnte sich wohl des Jungen entsinnen, der unten am Ende der Theke bei seiner Tasse Kaffee gesessen hatte. Sie konnte sich entsinnen, wie der Sturm die Straßen drosch; und konnte sich ihrer Hände entsinnen, wie sie sich krampfhaft in ihrem Schoß geöffnet und geschlossen hatten, während der Zeiger der Uhr unaufhaltsam über die Elf hinausrückte.

Um zwölf hatte der Besitzer sie darauf aufmerksam gemacht, daß jetzt geschlossen würde; und ob er sie etwa rasch nach Hause fahren könnte? Sie hatte gedankt, im Gefühl ständig steigender Angst; und hatte dann im Torweg der geschlossenen Imbißhalle weiter gewartet, und verfolgt, wie der Sturm allmählich nachließ. Um ein Uhr wußte sie, daß er nicht zu ihr kommen würde, und machte sich auf den Heimweg.

Am nächsten Tag vernahm sie durch Betty Anders von dem Unglück. Sie hätte beinahe laut losgekreischt; und lauschte dann, mit mühsam verhohlener Seelenpein, den Einzelheiten. Ganz Föhrenhof war voll von der Neuigkeit. Hundertmal hatte sie die Geschichte an dem Tag zur Kenntnis nehmen müssen; und die darauf folgende Nacht hatte sie in der Finsternis des Schlafzimmers gelegen und geschluchzt, und Don hatte keinerlei Versuch gemacht, sie zu trösten. Als sie am nächsten Morgen erwachte, schien das Cape Cod-Haus ihr leer. Sie wartete, daß das Telefon klingeln möge; aber es schwieg. Sie wartete auf seine Stimme, und das ersehnte: «Hi!»; aber es kam nimmermehr. Sie weinte wieder. Sie schien nicht mehr aufhören zu können mit Weinen. Mitten in der einfachsten Haushaltsarbeit kamen ihr plötzlich die Tränen in die Augen. Eine Woche lang weinte sie so; dann hatte sie keine Träne mehr, die sie hätte vergießen können. Dann fühlte sie nur noch die schreckliche Leere ihrer erneuten Einsamkeit.

Jetzt, im Gehen, gesenkten Hauptes, mit dem Laubgeraschel vor ihr auf dem Pflaster, grübelte sie, ob denn wirklich alles zu Ende ginge; ob denn alles und jedes bestimmt sei, zu einem plötzlichen und grausamen Halt zu gelangen? Und grübelte über ihr eigenes Leben, über die endlosen leeren Jahre, die jetzt bevorstanden; ihr; allein. Und sie schauderte und duckte die Schultern tiefer gegen den Wind.

Ein Auto erschien plötzlich neben ihr am Bordstein. Sie sah gar nicht erst herum. Langsam fuhr der Wagen weiter, so dicht wie möglich am Bürgersteig, langsam, ganz im Tempo ihrers Schritts. Es hupte. Sie sah nicht auf. Erneut hupte es. Sie zögerte; und wandte sich dann, blinzelnd in der Sonne des Herbstnachmittags, um Wagen und Fahrer zu erkennen.

«Hallo, Margaret», sagte der Fahrer.

Sie erkannte ihn jetzt, und lächelte nervös. «Hallo», sagte sie, und ihre Stimme klang sehr leise.

«Darf ich Sie ein Stück mitnehmen?»

Sie zögerte. Im sonnendurchfluteten Innern des Oldsmobil saß lächelnd Felix Anders; sehr grün schimmerten seine Augen, sehr weiß blitzten seine Zähne.

«Kommen Sie», sagte er.

Wiederum zögerte sie einen Augenblick. Ihre Wimpern begannen zu zittern. Fester preßte sie den Mantelkragen mit der Rechten gegen die Wange. Dann kam sie rasch her, zur Tür des Wagens, und öffnete sie. Bückte sich steif. Sehr kühl klang ihre Stimme, als sie sagte: «Ich muß nur zum Supermarkt.»

Felix Anders lächelte.

«Wird gemacht», sagte er. «Steig ein, schöne Fremde.»

rororo

Graham Greene

Der menschliche Faktor
rororo Nr. 4693

Die Kraft und die Herrlichkeit
Roman · rororo Nr. 91

Das Herz aller Dinge
Roman · rororo Nr. 109

Der dritte Mann
Roman · rororo Nr. 211

Der stille Amerikaner
Roman · rororo Nr. 284

Heirate nie in Monte Carlo
Roman · rororo Nr. 320

Unser Mann in Havanna
Roman · rororo Nr. 442

Die Stunde der Komödianten
Roman · rororo Nr. 1189

Leihen Sie uns Ihren Mann?
Komödien der Erotik · rororo Nr. 1278

Die Reisen mit meiner Tante
Roman · rororo Nr. 1577

Eine Art Leben
rororo Nr. 1671

Das Ende einer Affäre
Roman · rororo Nr. 1787

Schlachtfeld des Lebens
Roman · rororo Nr. 1806

Ein Sohn Englands
Roman · rororo Nr. 1838

Zentrum des Schreckens
Roman · rororo Nr. 1869

Der Honorarkonsul
Roman · rororo Nr. 1911

Das Attentat
Roman · rororo Nr. 1928

Orientexpress
Roman · rororo Nr. 1979

Kleines Herz in Not
Roman · rororo Nr. 4051

Jagd im Nebel
Roman · rororo Nr. 4093

Zwiespalt der Seele
Roman · rororo Nr. 4177

Am Abgrund des Lebens
rororo Nr. 4249

Lord Rochesters Affe
Das ausschweifende Leben des genialen Trunkenboldes und Hurenhaus-Poeten · rororo Nr. 4307

Ein ausgebrannter Fall
Roman · rororo Nr. 4329

Erzählungen
rororo Nr. 4749

57/24

31/17

93/35

1085/1